国家社科基金
GUOJIA SHEKE JIJIN HOUQI ZIZHU XIANGMU
后期资助项目

明代唐诗选本与诗歌批评

Tang Poems Anthology and Poetry Criticism in the Ming Dynasty

孙欣欣 著

中华书局
ZHONGHUA BOOK COMPANY

图书在版编目(CIP)数据

明代唐诗选本与诗歌批评/孙欣欣著. —北京:中华书局,
2021. 12
(国家社科基金后期资助项目)
ISBN 978-7-101-15544-0

Ⅰ. 明… Ⅱ. 孙… Ⅲ. 唐诗–诗歌研究–中国–明代
Ⅳ. I207. 22

中国版本图书馆 CIP 数据核字(2021)第 279199 号

书　　名	明代唐诗选本与诗歌批评
著　　者	孙欣欣
丛 书 名	国家社科基金后期资助项目
责任编辑	吴爱兰
出版发行	中华书局
	(北京市丰台区太平桥西里 38 号　100073)
	http://www.zhbc.com.cn
	E-mail:zhbc@zhbc.com.cn
印　　刷	北京新华印刷有限公司
版　　次	2021 年 12 月北京第 1 版
	2021 年 12 月北京第 1 次印刷
规　　格	开本/710×1000 毫米　1/16
	印张 22¼　插页 2　字数 326 千字
国际书号	ISBN 978-7-101-15544-0
定　　价	98.00 元

国家社科基金后期资助项目出版说明

　　后期资助项目是国家社科基金设立的一类重要项目，旨在鼓励广大社科研究者潜心治学，支持基础研究多出优秀成果。它是经过严格评审，从接近完成的科研成果中遴选立项的。为扩大后期资助项目的影响，更好地推动学术发展，促进成果转化，全国哲学社会科学工作办公室按照"统一设计、统一标识、统一版式、形成系列"的总体要求，组织出版国家社科基金后期资助项目成果。

全国哲学社会科学工作办公室

目　录

序

詹福瑞

　　中国古代诗歌以两种形态传世，一种是别集，一种是总集，唐诗的传播亦如此。据初步调查，唐诗总集应在七百余种，存世四百六十种左右。别集因为关涉到诗人研究，历来受到学者的重视，而总集研究则相对较少。在总集中，又因辑录唐诗文献的份量，更重视有诗必录的汇集本，而不甚关注唐诗选本。然就研究意义而言，选本的价值不在别集之下，甚至有过于别集，它不仅有传统学术的作品辑佚和校勘的价值，更可藉此描述某一时期作家作品的传播与接受，考察批评家或某一文学流派、某一地域的文学观念。选本研究，还有我近些年所强调的研究文学经典化的价值。因此研究梁代萧统编《文选》甚至成为一门学问，称之为"文选学"。20世纪80年代以来，唐诗选本逐渐引起学术界的重视。先是孙琴安、陈伯海、朱易安先生从揭示唐诗总集的书目文献入手，出版相关著作，继之傅璇琮、陈尚君先生率先开展唐人选唐诗整理与研究，渐次成果日多。聚焦明代，既有金生奎《明代唐诗选本研究》专著，又有查清华《明代唐诗接受史》、孙青春《明代唐诗学》涉及选本，至于论文也是日见其多了。

　　欣欣此书的初稿是博士论文。她的研究兴趣在唐诗选本，对明代唐诗选本文献上颇下功夫，查阅一手资料，对现存明代唐诗选本作了总体性考察。但受我培养方向为文学批评史的限制，不得不选了这样一个题目，即以唐诗选本为入径，考察明代的诗歌批评。明代诗学思想极为活跃，各张门户，标榜己见，然如黄节所言"有明一代之诗，步趋唐辙"（《诗学》），批评仍然是围绕如何学唐而展开。明初高启以唐诗为模范，"盖明诗步趋唐辙，季迪实为之倡，而摹拟之风，亦季迪为之始"（同上）。弘治以还的前七子，虽言复古，而诗尚中唐。至王世贞、李攀龙等后七子起，论诗"必推盛唐"。到了公安三袁，始反王世贞、李攀龙"文则必欲准于秦汉，诗则必欲准于盛唐"，"王、李之风渐息"。然无论公安三袁，还是竟陵的钟、谭，都是浸淫唐诗甚深者。所以明代诗学与唐诗的渊源甚深，而唐诗选本则是明代诗学各家表达诗学观的重要载体。唐诗选本发展至明代，在继承前代唐诗传播与接受历史的基础上，与诗学批评密切结合，取得了超越前代的成就。明代唐诗选本体例完备、内容丰富，体现了明人在唐代诗歌文献整理方面的卓越成绩，同时也活跃了明代诗歌批评，丰富了明代诗学，极大地促进了明代文学创作的繁荣。因此以唐诗选本为入径研究明代诗学，是颇有学术眼光的。不仅如此，此一选题，也避开了明代唐诗选本和明代诗学已经取得很多成果的正面的综合性研究，使其在众多的同类研究中独具特色。

欣欣的答辩很顺利，论文得到专家的充分肯定。毕业后，她未急于出版论文，继续做明代唐诗选本研究，2015年加入我的历代唐诗选本整理与研究课题组，为子课题"明代唐诗选本研究"的负责人，更是集中精力于此，从文献到选本的内容更为全面而又具体地考察明代唐诗选本，研究不断精进，修改论文亦见明显提升，同年获得国家社科基金后期资助。入选后期资助，说明欣欣论文的学术水平又一次得到未名专家的认可，我很感欣慰。

此书之创获在两方面最为突出：

深入考察唐诗选本与诗歌流派关系，探讨流派之争中唐诗选本所发挥的重要作用，从选本的角度重新审视明代各家流派的诗学思想，以唐诗选本中的批评印证流派的诗学主张，此为其一。明代不同历史时期，都有诗学领袖揭起诗学主张的旗帜，或倡复古，或尚趋新，或论格调，或主性灵，呈现出鲜明的流派特征。而不同的派别，也都编刊有自己的唐诗选本。值得关注的是，欣欣此书为我们揭示出明代唐诗选本的编撰与诗歌流派之间所形成的独特的相互依存关系。一方面，唐诗选本的大量产生依托于各个诗歌流派宣扬诗学主张、确立诗歌范本的需求；另一方面，众多诗歌流派的诗学主张因同气相求的唐诗选本而传播得愈发广远，影响也愈大。此书围绕二者之间这种紧密联系展开深入探讨。例如，在复古诗派与唐诗选本一节中，以选本为主线，通过选目之比较以及对评点、序跋的解读，不仅以有别于诗话等著作的视角重新考察复古派的诗学理论，同时也勾勒出一条与复古派诗学思想发展变化交叉并行的选本发展线索,两者相互交织,共同展现了明代中期诗学复古的主流思潮。性灵派影响下的唐诗选本则是通过对个案的分析来反观这一诗学流派在明代后期的巨大影响,从选诗对象、选诗标准及具体的诗作评点等入手,展现其与复古派之间激烈的诗学纷争。明代末季,竟陵派异军突起,其领袖钟惺、谭元春以编选唐诗的方式再次证明了诗歌选本在诗学论争中的重要作用,其《诗归》也成为风靡一时的诗歌选本。其中《唐诗归》亦有单行本存世,集中体现了选家对唐诗的认识以及竟陵派的诗学思想。欣欣对《唐诗归》的解读细致深入,尤其是对钟、谭不以盛名选诗深层原因的分析,很有说服力,丰富了学界对《唐诗归》的认知。明末清初的诗坛,在流派纷争中慢慢呈现出调和融通的趋势。本书通过对其中极具代表性的一部唐诗选本李沂《唐诗援》的深入考证与解读,不仅纠正了学界对其作者与编选时间的著录错误,同时展示了这部唐诗选本融合各派思想、调和折衷的选诗特色。

梳理唐诗选本序跋与评点,发掘提取明人的诗歌批评观,丰富了明代诗学,此为其二。明代唐诗选本具有很高的诗学价值,它以一种更为具体形象的方式传达出了具有明代特色的诗学观念。欣欣此书爬梳明人唐诗选本,归纳抽取出明代诗学中最突出的三个理论话题。首先是辨体论。明人在辨体方面有着独特的心得体会,辨体理论的发展较前代也更为突出。但是目前为止专门从唐诗选本角度探讨明人辨体观念的却不多见。而此书则通过对明代唐诗选本体例、序跋的分析解读,考察了明人对古体、律体的辨析,对绝句与律诗的关系探究,对五言古诗的古、唐之辨,对乐府的古、唐之辨。总结出明代唐诗选本大都采用的"以体为序"的编选体例,以及高棅《唐诗品汇》所构建的独特的辨体模式,从异于诗学论著的角度充分展现了明人独特的辨体成果,为我们更加全面地了解明人的辨体观提供了新的视角。其次是格调论。"格调"论是明代复古派诗学主张中最为重要的组成部分。此书在唐诗选本视域下重新考察明人的"格调"论,既有某一时期唐诗选本中所体现的"格调"论的横向分析阐释,又有从先导者高棅的《唐诗品汇》以"格调"论诗,到践行"格调"论的胡缵宗《唐雅》将"雅格""雅调"作为铨选诗歌的标准,再到李栻修正与改良"格调"论《唐诗会选》的纵向考察。一纵一横,从选本的角度较为全面地展示了最具明代诗学特色的"格调"论。最后是性情论。"性情"一直是中国古代文学批评中的重要话题。本书同样是透过唐诗选本这面镜子清晰地映现出明人"性情"观发展嬗变的过程。作者通过对大量唐诗选本的深入解读,结合选诗评诗,提炼出明人丰富的性情观。其中有的选本体现出的是受理学思想浸染强调"性情之正"的"性情"观,有的选本则是在性灵思潮影响下,对"性情"的理解更侧重于人的一己真情,发现了选本形态下"性情"更为丰富的层次。

　　欣欣本科就是我的学生,我给他们班讲文学批评史课,此后就不再有机会给本科授课。欣欣是学习委员,印象中是文学感悟力很好的学生。后来从我攻读硕士、博士学位,性格开朗通达,治学亦认真。当然,目前学界在处理选本这一批评形式上,还未具备像研究诗话那么丰富的经验,毕竟选本没有呈现给我们直接的批评语言,它最直接的批评就是选诗,然而要真正地掌握这种批评方式,对其作深入透彻的分析研究,不仅需要对诗歌史有深刻的理解,同时还要具备对诗歌作品的良好感悟力。欣欣此书尚存在对选诗的把握不够到位、理论与选诗结合不够紧密的问题。但是学无止境,面对古人留下的这笔文学遗产,我们晓得本着严谨的研究态度一步一步地去努力,就一定会发掘出更多更珍贵的诗学理论。我相信欣欣现在正在撰写的另一部明代唐诗选本专著,会呈献给学界更丰厚的内容、更新颖的面目。

2021 年 12 月

绪　论

　　唐代是我国古代诗歌创作的黄金时代,它为后世建立了内容广博、风格多样的诗歌范型。唐以后,唐诗的传播与接受形成了一个连绵不绝的诗学传承体系。其中,唐诗选本发挥了极为重要的作用,原因在于,唐诗选本既是唐人别集之外唐诗传播的另一种主要形式,同时又成为唐诗批评的重要手段。"选"是选本最根本的批评方式,在一部唐诗选本中,首先能够体现选家批评思想的是入选作品部分,这也是整部选本的主体所在。在这一部分里,选家出于某种编选动机,按照一定的标准和宗旨进行具体的批评实践,通过选、删、增补、编等行为将其所收集来的诗歌按照一定的体例顺次进行排列,并通过这种有意识的排列以及对每个阶段诗人入选数量、每位诗人选诗数量等比例分配来直接体现选家的选择意图乃至诗学思想。此外,很多唐诗选本还借助一些其他的批评方式,其中包括附属于这些选本的序、跋、凡例、批点和评注等来展现自身的价值、体现选家的批评观。例如序和凡例部分,主要是直接阐述选家的编选缘由、编选宗旨、取舍标准,甚至在某些选本的序或凡例中直接就将选家本人的文学观和批评观寓于其中。从某种意义上说,它是作为一个指挥者制约着此后整部选本的"选"的行为。而选本的批点和评注部分则是将选者、作者及读者放在同一层面上进行直接对话与交流,这应当说是最能体现出选本批评价值的一个部分。从对字句的训释解读,到对整首诗的把握,从对作家作品的介绍和考证,到对作品的理性观照,无不鲜明地彰显出选家个人的批评个性。而读者通过阅读选家所作的评注批点,也能够更深刻地把握、了解选家的批评观念。因此,作为一种文学典籍形式、作为一种诗学批评方式,选本无疑具有深厚的文学和文学批评内涵,同时,也承载着许多的社会、文化、教育功能。

　　唐诗编选自唐代就已有之,至明代,在继承前代唐诗传播与接受历史的基础上,结合其时具体的社会文化背景与诗学批评环境,形成了专属于有明一代唐诗选本的特点与成就。明代唐诗选本体例完备、内容丰富,不但体现了明人在唐代诗歌文献整理方面的卓越成绩,而且还极大地促进了明代文学创作的繁荣,同时也丰富了明代诗学的理论成果。因此,对明代文学批评的深入研究,不能忽视唐诗选本这一重要领域。不过从目前已出版的各类著作和已发表的论文总体情况来看,关于明代唐诗选本的专门研究开展得尚不够系统深入,其中有的是对明代唐诗选本进行穷尽式的著录;有的是将明代唐诗选本放在唐诗学的研究体系中,把其作为构成明代唐诗学发展的重要内容来研究;有的则是对明代较为重要的一些唐诗选本作个案式的研究。而从选本本身入手,对明代唐诗选本进行总体、系统的研究,尤其是通过唐诗选本来研究明人之诗歌批评观念还不多见。明代一部部唐诗选本的产生是其特定文学思潮甚至社会思潮的直接产物,这些选本当中都体现了明代文人怎样的文学批评观? 它们是如何体现的? 其发展脉络如何? 明代唐诗选本的特点与成就如何? 这些问题还有待于进一步系统深入地去开展研究。正基于此,本书试图对明代唐诗选本进行总体性研究,以期解决上述问题,在唐诗选学研究领域、在明代诗歌批评研究领域有所突破。

文学选本在文学的传播与接受,在文学史及文学批评史中都发挥着极为重要的作用,一部文学选本的诞生往往要经过选家有目的的斟酌遴选,不仅对时人或后人的文学创作提供了可供参考的范本,同时也从中反映出选家的文学史及文学批评观念。鲁迅先生曾说过 :“凡是对于文术自有主张的作家,他所赖以发表和流布自己的主张的手段,倒不在于作文心,文则,诗品,诗话,而在于出选本。”①古代文人就已非常重视选本的作用,他们在编选的同时也开始了对选本的研究。在各种文学选本中,唐诗选本数量众多,在诗歌批评领域发挥着重要的作用。唐诗的编选自唐代就已有之,而对唐诗选本的研究、关注到明代已渐成风气,如胡应麟就曾在他的《诗薮》中设有专章对唐诗选本进行讨论,古人对唐诗选本的重视由此可见。历代留存下来的大量的唐诗选本也为后人进行文学批评研究提供了重要的资料来源,开通了新的研究渠道,拓宽了研究的领域。面对这样一笔丰富的文学、诗学遗产,从近代到今天,我们的研究者对唐诗选本的研究利用经历了由个别关注到逐步升温的过程。

① 《集外集·选本》,《鲁迅全集》卷七,人民文学出版社 1981 年版,第 136 页。

在近代,选本尤其是唐诗选本的价值开始受到一定程度的关注,一些著名的文学史家、文学批评家,如朱自清、朱东润、方孝岳等几位先生,都曾在不同方面有所论及。如朱自清先生曾经撰写《〈唐诗三百首〉指导大概》,介绍了《唐诗三百首》的版本及其在古代的流传情况,而重点是对其中某些具体诗篇的赏析指导。方孝岳先生的《中国文学批评》、朱东润先生的《中国文学史批评大纲》也都曾涉及一些在文学批评史中占重要地位的选本。郑振铎、施蛰存两位先生亦作过几十种选本的提要,鲁迅先生的《集外集·选本》则专门论述了选本的作用。但是1949年以来,各种文学批评史却又很少提及,可以说,在20世纪80年代以前,学界在唐诗选本的研究方面尚显薄弱。

自20世纪80年代始,一些研究者开始对唐诗选本投入一定的精力,特别是对历代唐诗选本的基础性研究已经展开,其中最具代表性的有两部:一部是孙琴安先生的《唐诗选本六百种提要》(陕西人民教育出版社1987年版;按,此书修订版于2005年由上海书店出版,改名为《唐诗选本提要》),该书将唐代至清代留存下来的唐诗选本作了系统勾稽,在研究资料的全面性与系统性上具有开拓之功;另一部是陈伯海、朱易安两位先生合著的《唐诗书录》(齐鲁书社1988年版;按,在此书基础上,作者又后续增订而成《唐诗书目总录》,为"唐诗学书系"重要组成部分,于2015年由上海古籍出版社出版),同样对历代唐诗选本书目进行了细致的梳理辑录。两书梳理唐至清代的唐诗选本书目,介绍选本编写及版本存佚情况,为唐诗选本研究作了扎实的目录学工作。除此之外,更多的研究者将目光集中在某些唐诗选本的个案研究上,以目前笔者查阅到的资料来看,这一时期研究的对象主要集中于明代钟惺、谭元春编选的《诗归》,就论述的内容来看,有的是通过《诗归》的解读对竟陵派在文学史上的地位和作用作出较为客观的评价,如周子瑜的《从钟惺〈诗归序〉看他的诗学观点》〔《西华师范大学学报》(哲学社会科学版)1985.3〕、王恺的《关于钟、谭〈诗归〉的得失及其评价》(《甘肃社会科学》1986.4);有的则是从艺术鉴赏、美学、选诗标准、评选特色等不同角度分别对《诗归》进行研究,如王恺的《"美耻同归谗独受,此中真赏在孤行"——从〈诗归〉看钟惺、谭元春的艺术鉴赏观》〔《江苏大学学报》(高教研究版)1985.2〕及其《钟、谭〈诗归〉的风格理论浅述》〔《南京师大学报》（社会科学版）1987.2〕、刘建国的《简论〈诗归〉选诗与评价诗人的标准》（《中国文学研究》1987.4）、羊春秋的《论〈诗归〉的美学价值》（《中国韵文学刊》1987.1）等。这些文章都从《诗归》这部诗歌选本入手，并将其与竟陵派的诗歌理论相联系，为竟陵派的研究开辟了新的途径。另外一个研究重点是唐人选唐诗中的几部集子，其中有代表性的是李珍华、傅璇琮的《唐人选唐诗与〈河岳英灵集〉》（《中国韵文学刊》1988.2），该文把《河岳英灵集》放在整个唐人选唐诗的发展过程中，在对殷璠的诗歌批评与理论观念进行具体分析的同时，对唐人选唐诗的演进作概括的考察，并通过考察比较从两个方面凸显了《河岳英灵集》的价值：一是殷璠试图通过《河岳英灵集》中对盛唐诗歌的评选提出他的诗歌主张，那就是诗要有"神来、气来、情来"；二是殷璠在此集中提出了几个值得作理论探索的美学概念，如三"来"说、"兴象"说以及声律理论。文章以发展的眼光通过比较的方法对《河岳英灵集》进行研究，得出了较为切实可信的结论。运用此方法进行选本研究的还有一篇很具代表性的论文是蒋寅的《从〈河岳英灵集〉到〈中兴间气集〉——关于大历诗风演变的抽样分析与假说》，文章从唐诗本的角度来勘察盛唐至中唐诗风的转变，主要考察殷璠《河岳英灵集》、元结《箧中集》和高仲武《中兴间气集》，通过对三部唐诗选本在选诗、评点等方面的对照比较，总结出了这种诗风的变化：（1）在诗型上，由重乐府歌行古风等转向偏重律诗，尤其是五律。（2）在审美趣味上，"移风骨之赏于情致"，崇尚六朝清新婉丽、工于形似的诗风。（3）在创作倾向上，由风骚并举转向独倡风雅，继承《诗经》比兴怨刺批判现实的传统。（4）在题材选取上，由重乐府及"感兴""古意"之类直抒胸臆的咏怀内容转向重赠行之类的纪事、应酬内容①。通过唐诗选本探讨诗风转变，为唐诗研究开辟了一个新的视角。诸如此类的文章对以后的研究者进行相关个案研究提供了很好的思路和方法。

　　进入90年代，陈尚君《唐代文学丛考·唐人编选诗歌总集叙录》（中国社会科学出版社1997年版）遍检所见唐代文献，爬梳钩沉，整理唐诗选本书目，提及137种，存目51种，继续为唐诗文献的整理做了细致

---

① 《广西师范大学学报》（哲学社会科学版）1988年第4期。

扎实的工作。不过此时的研究仍集中于唐人选唐诗，其中一些基础性工作仍在继续，如傅璇琮先生主持的《唐人选唐诗新编》（陕西人民教育出版社1996年版），该书在1958年中华书局上海编辑所编印的《唐人选唐诗（十种）》的基础上进行重新编辑，不但补充了新的材料，改选了较好的本子，而且重新根据有关版本及材料作了校记，改正了原书或过去刻本中的一些错误，为后人进行唐诗研究奠定了良好的基础。此外，延续了80年代对唐人选唐诗中个案选本的研究，此阶段在《河岳英灵集》研究方面又有文章相继发表，如杨胜宽的《从〈河岳英灵集〉不选杜诗说到殷璠的选诗标准》（《杜甫研究学刊》1994.1）等，将研究视角集中于对《河岳英灵集》中某些概念的阐释，如"兴象""风骨""声律"等。而李珍华、傅璇琮《河岳英灵集研究》（中华书局1992年版）一书的出版可以说是此时学界在《河岳英灵集》研究方面最为系统、全面的学术成果，该书不仅载有经过重新校订的《河岳英灵集》，而且对其中的很多具体问题都有独到的见解，如对《河岳英灵集》中音律说的探索、对盛唐诗风与殷璠诗论的阐析等。此外，对唐人选唐诗中另外一部重要的集子《中兴间气集》也有相关文章发表，如王运熙的《高仲武〈中兴间气集〉述评》（《学术研究》1990.4），结合中唐前期的诗坛风气阐释《中兴间气集》"体状风雅，理致清新"的选诗标准，并对其选诗价值及失误之处作了客观评价。孟二冬的《论高仲武〈中兴间气集〉》（《北京大学学报》1999.4），高林广、卢宇苗的《试论〈中兴间气集〉的诗学本体与审美准则——兼及中唐前期之诗学旨趣》〔《内蒙古师大学报》（哲学社会科学版）1999.6〕两篇文章的研究思路与王文基本一致。除了对唐人选本的研究之外，此阶段学界在明代唐诗选本的研究方面亦有相关论文发表，其中有影响的如朱易安的《明人选唐三部曲：从〈唐诗品汇〉〈唐诗选〉〈唐诗归〉看明人的崇唐文化心态》（《上海师范大学学报》1990.2），通过考察明代三种唐诗选本的编纂和流传，依次展示了明人唐诗观念演变的过程以及明代诗学思想的发展变化。文章从选本入手，揭示出了明人崇尚唐诗的文化心态，以及这种心态得以产生的文化机制，将考察视野横向扩展，拓展了对明代唐诗学史的把握。陈国球先生的著作《唐诗的传承——明代复古诗论研究》于1990年由台北学生书局出版，该书从唐诗传承的角度来研究明代复古诗论，很多地方都牵涉到明代唐诗的选编、刊刻问题，其中第五章"唐诗选本与复古诗论"专门谈到了《唐诗品汇》《唐诗正声》《唐诗选》三部明代唐诗选本的代表作与复古诗论的关系问题,后又将其作为单篇论文发表于《文学评论》(1993.2)上,文章由选本的兴替来揭示唐诗在明代的接受情况,并将其与复古诗论相连接,得出了一些富有启发性的结论。该文将明人唐诗选本与复古诗说的关系阐述得甚为清晰。

通观20世纪八九十年代唐诗选本的总体研究状况,我们可以看出,在这二十年中,研究者对唐人选唐诗的关注明显多于宋、金、元、明、清各个阶段的唐诗选本,尤其是对十种唐人选唐诗中的《河岳英灵集》《中兴间气集》关注较多,对明、清两代众多的唐诗选本的研究却仅仅局限于《诗归》《唐诗品汇》《唐诗选》《唐诗评选》《唐诗三百首》等少数几部,成果数量也很少,而对宋、金、元时期唐诗选本的研究就更少了。

进入21世纪,唐诗选本的研究进入了飞跃阶段,学界出现了"选本研究热"。二十年来学界不仅在专著、论文的出版、发表数量上远远超过前两个阶段,并且在研究的范围视角、深度广度上较之前也都有了相当大的拓展,尤其是宋、元、明、清唐诗选本研究引起关注,成为研究热点,唐诗选本个案研究、断代研究以及唐诗选本与诗歌流派、唐诗选本与文学思潮研究等,都取得了丰硕的成果。著名唐诗选本的整理出版也取得了成就,如詹福瑞主持"历代唐诗选本丛书"整理工作,出版了《唐诗合解笺注》(2000)、《唐诗鼓吹评注》(2000)、《唐诗解》(2001)、《唐音评注》(2006)(以上四种均由河北大学出版社出版)。此外,尚有黄永年等点校《王荆公唐百家诗选》(辽宁教育出版社2000年版)、王克让《河岳英灵集校注》(巴蜀书社2006年版)、葛景春等点校《唐诗品汇》(中华书局2015年版)等。截至目前,据不完全统计,点校整理出版的唐诗选本有30余种,这对深入进行唐诗选本研究起到了推动作用。

下面分唐宋金元、明、清三个时期进行综述:

一、唐宋金元时期唐诗选本的研究。对唐人选唐诗的研究是学界在唐诗选本研究中开展较早的领域,其中既有整体性研究也有大量的个案研究。在整体性研究方面,吕玉华的专著《唐人选唐诗述论》(文津出版社2004年版)以及赵立新《唐人选唐诗研究》(上海师范大学,2001)、孙桂平《唐人选唐诗研究》(南京大学,2007)、石树芳《唐人选唐诗研究》(浙江大学,2013)三篇博士论文,既将唐人选唐诗作为一个有机整体进行系统考查,同时也进一步分析其中具体选本的编选情况及特色。卢燕新《唐人编选诗文总集研究》(中国人民大学出版社 2014 年版)视野开阔,对唐诗选本研究考证多有新意。在个案研究方面,从 20 世纪 80 年代至今,已发表相关论文 160 余篇,涉及唐代唐诗选本中的 9 部,关注程度由重至轻依次为《河岳英灵集》(68 篇)、《中兴间气集》(19 篇)、《才调集》(18 篇)、《箧中集》(17 篇)、《御览诗》(13 篇)、《极玄集》(10 篇)、《搜玉小集》(7 篇)、《又玄集》(6 篇)、《国秀集》(3 篇)。其中 2000 年以后的成果明显增多,对《河岳英灵集》的研究程度亦远超其他选本。此外,傅璇琮、陈尚君、徐俊编《唐人选唐诗新编(增订本)》(中华书局 2014 年版)共收选本 16 种,是近年来唐代唐诗选本整理与研究的代表作。陈伯海、朱易安《唐诗书目总录》(上海古籍出版社 2015 年版),陈伯海主编《唐诗学文献集粹》(上海古籍出版社 2016 年版)是唐诗学研究的最新成果,前者收书目总录 2740 种,后者收唐至清末民初唐诗研究资料千余篇,两书对唐诗选本研究具有重要参考价值。

　　值得注意的是,由于宋、金、元时期唐诗选本数量有限,使其很少作为研究对象被前人关注,但是在进入 2000 年后,学界对宋、金、元唐诗选本的关注程度有所提高并取得了一定成绩。萧瑞峰博士论文《宋代唐诗学》(浙江大学,2001)在部分章节对宋代唐诗选本进行论述。张智华《南宋的诗文选本研究》(北京师范大学出版社 2002 年版)、卞东波《南宋诗选与宋代诗学考论》(中华书局 2006 年版)对南宋时期唐诗选本进行了探讨。陈斐《南宋唐诗选本与诗学考论》(大象出版社 2013 年版),对存世的五种南宋唐诗选本——《唐诗绝句》《众妙集》《二妙集》《唐诗三体家法》《唐僧弘秀集》做了细密的个案研究,并且从南宋唐诗选本与南宋诗歌创作、批评互动的角度入手,对选本的编选倾向及其与选家、诗坛的诗学观念、诗歌风貌间的联系进行论述,并阐明了选本的诗史意义。通过选本研究,该书对姚贾诗派的确认、“江湖”诗风的成因、南宋“宗唐”诗学的流变等问题,进行了扎实可信、富有新意的论述。赵鸿飞的硕士论文《宋代唐诗选本研究》(复旦大学,2005)主要探讨宋代有代表性的唐诗选本与宋代特殊的学术背景、学术潮流和文学风会,特别是诗歌流派的交融互动关系。个案研究方面,20 世纪 80 年代以来,共发表相关论文 50 余篇,其中包括硕士论文 7 篇,主要集中在王安石的《唐百家诗选》（13篇）以及洪迈的《万首唐人绝句》（13篇）两部选本的研究上，其次为《三体唐诗》（10篇）、《众妙集》（3篇）、《二妙集》（3篇）、《注解章泉涧泉二先生选唐诗》（2篇）、《唐僧弘秀集》（2篇）、《分门纂类唐歌诗》（2篇）、《唐诗绝句》（1篇）。其中2000年以后的成果如杨艳红的硕士论文《王安石〈唐百家诗选〉研究》（西北大学，2008），考述了《唐百家诗选》的编者、成书背景、编选意图及流传情况，较为系统地考察了该选本在宋、清两代的刊刻经过及版本源流情况，并结合北宋前期的文化背景及王安石的文学观，用统计分析的方法考察了《唐百家诗选》所选诗人及所选诗歌的特点，并且结合《唐百家诗选》的选诗特点，论述了该选本的诗学价值和在考证、校勘、辑佚等方面的文献价值。此外，王洁的硕士论文《〈唐百家诗选〉与王安石诗学思想研究》（首都师范大学，2011）、王雅婷《〈万首唐人绝句〉研究》（上海师范大学，2010）、朱建新《〈三体唐诗〉研究》（南京师范大学，2011）、栾潇潇《〈众妙集〉研究》（鲁东大学，2012）等，都对宋代唐诗选本做了个案分析。

　　金代唐诗选本中最具代表性的是元好问《唐诗鼓吹》，较具代表性的研究有张立荣《元好问〈唐诗鼓吹〉研究》（山西大学，2003）、李玉燕《〈唐诗鼓吹〉考探》（厦门大学，2006），二文都就选者辨析、版本源流、为何不选李杜、韩孟、元白六家诗等问题进行了研究，但前者侧重于《唐诗鼓吹》所体现的诗学思想，后者更侧重于对其文献价值的考探，并且在入选诗歌内容方面，前者认为其偏重于感怀离乱诗，而后者则认为不只局限于感时伤乱，酬赠、送别、奉和、悼念的作品均占很大分量。

　　元代唐诗选本研究则主要集中于杨士弘《唐音》，王建军的硕士论文《〈唐音〉简论》（上海师范大学，2003）从编者杨士弘考、《唐音》版本考析、《唐音》选诗简评三个方面对《唐音》进行了较为全面的研究。王万驰《〈唐音〉研究》（上海师范大学，2016），对《唐音》在明代的接受状况进行了较为细致的考察，重点探究《唐音》对明代唐诗学特别是唐诗选本的影响，论述了明人如何接受并重新阐释《唐音》的情况。张天羽《〈唐音〉及其接受研究》（云南民族大学，2016），重点探讨《唐音》产生的年代、内容与版本，以及《唐音》的接受问题。陶文鹏、魏祖钦《〈唐音〉考论》（《中国文化研究》2006春之卷）则不仅涉及了《唐音》的版本、体例内容等问题，而且对其注本及评点本亦作了分析评价。张红《论〈唐音〉的唐诗学史地位》(《上海师范大学学报》2004.3)、王守雪《从"音律正变"理论到格调说——〈唐音〉在元明诗学嬗变中的理论意义》(《殷都学刊》2000.4)分别着手于《唐音》对明代唐诗学的开启作用,及《唐音》的音律正变理论对明代复古诗派格调说的导引意义等方面进行分析评价。以上成果都反映出今人对宋、金、元唐诗选本的研究在不断深入。

二、明代唐诗选本的研究。进入21世纪以来,学界在明代唐诗选本的研究方面取得了突破性进展,产生了相当丰厚的成果,相继有一些代表性专著问世,如查清华的《明代唐诗接受史》(上海古籍出版社2006年版)和孙春青的《明代唐诗学》(上海古籍出版社2006年版),查书是陈伯海先生主编的《唐诗学史稿》(河北人民出版社2004年版)中第三编的扩充,孙书是她的博士论文。这两本书虽然名字不同,但主要内容谈论的却都是明代唐诗学的问题,都是按照时间顺序来探讨明代唐诗批评的历史发展进程,唐诗选本作为唐诗学的重要组成部分,在两书当中都大量涉及。金生奎的《明代唐诗选本研究》(合肥工业大学出版社2007年版)一书,对明代唐诗选本进行了全面性的著录,将孙琴安先生的《唐诗选本提要》中的216种明代选本扩充为323种,并结合明代诗学的发展轨迹进行分析、归类。对明代几部重要的唐诗选本的版本源流问题进行考证,但是从诗学批评的角度对明代唐诗选本的研究稍嫌简略。在个案研究方面,从20世纪80年代至今共发表论文80余篇,其中博士论文1篇、硕士论文7篇。主要集中于高棅《唐诗品汇》(26篇),钟惺、谭元春《诗归》(24篇),李攀龙《唐诗选》(6篇),张之象《唐诗类苑》(6篇),唐汝询《唐诗解》(6篇)等。其中2000年以后的论文成果主要有陈敏的硕士论文《〈诗归〉与竟陵派的论诗纲领》(山东师范大学,2000),主要把《诗归》作为竟陵派论诗的形象化图解,通过对《诗归》的研究解读竟陵派的诗论纲领。王松景《〈诗归〉研究》(南京大学,2012),在前人研究基础上,对《诗归》的诗学主旨、审美范畴、评选特色等作了进一步的研究。毕伟玉的硕士论文《李攀龙〈唐诗选〉研究》(上海师范大学,2003),重点研究《唐诗选》的版本源流及其派生的评点本。查屏球的《"李攀龙〈唐诗选〉"评点本考索》(见章培恒主编的《中国文学评点论文集》),对《唐诗选》在明代的评点与刊刻的情况进行了考证。此外还有苏晓辰硕士论文《试论李攀龙的〈唐诗删〉》(黑龙江大学,

2011)、许建业《旧题李攀龙〈唐诗选〉的早期版本及接受现象》(《文学遗产》2018.5)等等。在高棅《唐诗品汇》研究方面,研究者分别从《唐诗品汇》与四唐说的关系、《唐诗品汇》与格调派诗学辨体论的关系、《唐诗品汇》的正变观等不同角度进行阐释,如方锡球《高棅的"四唐七变"说》(《安徽师范大学学报》2008.1)、申东城《论〈唐诗品汇〉的诗体正变观》(《安徽农业大学学报》2009.4)、饶龙隼《论〈唐诗品汇〉一书编纂的思想资源及创新点》(《南开学报》2004.4)、邓新跃的《高棅〈唐诗品汇〉与明代格调派诗学辨体理论》(《湖南科技大学学报》2005.2)等。王顺贵《〈唐诗品汇〉何以成为典范的唐诗选本——论元代三种唐诗选本与〈唐诗品汇〉的关系》(《文学遗产》2013.2),主要分析探讨明初高棅编纂《唐诗品汇》如何继承了元代三部唐诗选本《唐音》《唐诗含弘》《唐人五言排律选》的诗学养料而加以创新,并最终成为唐诗选本领域的一座丰碑。闫霞《文学史意识与盛唐经典观:论高棅的〈唐诗品汇〉》(《文艺评论》2012.10),主要分析了《唐诗品汇》中如何体现高棅的"盛唐经典观"以及这种观念对后代诗学发展的影响,较有新意。此外几篇硕士论文分别关注了明代较为著名的几部唐诗选本,如,高仙《陆时雍〈唐诗镜〉研究》(中南民族大学,2011)、薛宝生《唐汝询〈唐诗解〉研究》(西北师范大学,2010)、陈艳芬《〈唐诗归〉与〈唐诗镜〉比较研究》(黑龙江大学,2012)等等。除了以上这些著名的唐诗选本研究较多之外,2000年后,学界也开始关注到一些不太著名的个案选本,如杨波的博士论文《〈唐诗类苑〉研究》(河南大学,2008),论文以明代中期文学思想发展为背景,对张之象编纂的唐诗总集《唐诗类苑》进行作家作品研究,主要对张之象的生平事略、《唐诗类苑》的编纂宗旨、编纂体例、成书和刊刻经过及其在后世的地位与影响进行了全面深入的考察。石张燕的硕士论文《〈唐诗画谱〉研究》(南京师范大学,2014),重点研究了《唐诗画谱》的编定与流传、编选特点以及《唐诗画谱》对明代诗画谱的突破,通过对明代画谱的格局进行梳理并与《诗余画谱》相比较,进一步阐析《唐诗画谱》在明中后期的新变。沈菲的硕士论文《〈唐风定〉研究》(南京师范大学,2011),结合邢昉的家学渊源与晚明的社会文化背景考察《唐风定》的编订经过,用统计分析的方法以及交游考述的方法论述该选本的编选特点与诗学思想,并结合邢昉的《石臼前后集》考察其诗学主张与创作实绩的矛盾。此外还有周兴陆《周汝登〈唐诗助道〉浅论》(《浙江社会科学》2014.4)、姚奎《周珽与〈删补唐诗选脉笺释会通评林〉研究》(四川师范大学,2018)、丁放《〈删补唐诗选脉笺释会通评林〉与明代唐诗学》(《文学评论》2017.1)等等,都对明代唐诗选本个案展开深入研究。

　　三、清代唐诗选本的研究。清代留存下来的唐诗选本在历朝历代中数量最多、种类最广,超过了自唐至明唐诗选本的总和,出现了集大成的繁荣局面。但是如同明代唐诗选本一样,四十年来,学界对清代唐诗选本的总体研究也并不十分丰富,而且大都集中在2000年以后。专门研究者有贺严《清代唐诗选本研究》(人民出版社2007年版)和韩胜《清代唐诗选本研究》(中国社会科学出版社2010年版)两部同名著作。贺著主要探讨了清代社会特点对唐诗选本的影响、唐诗选本与诗学思潮的关系以及清代唐诗评点的意义;韩著按照时代顺序总结清代唐诗选本特点,亦专门讨论了普及性选本特点以及唐诗选本与清代诗学的关系。二著互有交集,亦相互补充,对清代唐诗选本特点及与诗学关系的论述多有建树。但这些相关研究还难称对清代唐诗选本做到了全面、系统地观照,为进一步深入和全面的研究留有广阔空间。且,所涉及选本多集中于王夫之《唐诗评选》、王士禛《神韵集》《唐贤三昧集》《唐人万首绝句选》、沈德潜《唐诗宗》《唐诗别裁集》、翁方纲《唐人七律志彀集》、王尧衢《古唐诗合解》以及《唐诗三百首》等三四十种,此数量相较于清唐诗选本的总量,明显不足。而大部分有关清代唐诗选本的研究还是集中于个案,其中关注程度最高的是《唐诗三百首》,有8篇硕士论文对其进行专门研究,其中2000年以后的成果有徐明玉的《蒙学诗歌读本〈唐诗三百首〉研究》(吉林大学,2008),该文通过对题辞的分析阐述了其用作家塾课本和进行诗歌欣赏的编纂目的,通过对诗歌作品的比较与分析,界定了《唐诗三百首》为童蒙教育后期诗歌教材的性质,从儒家诗教主张入手,论述了《唐诗三百首》对古代蒙童的诗教功能。曹战强《〈唐诗三百首〉研究》(河北大学,2009),主要就孙洙的生平、诗学思想及其对《唐诗三百首》选编的影响、《唐诗三百首》的历史定位及其对后世的影响进行了较为深入的研究。邹坤峰《〈唐诗三百首〉研究》(上海师范大学,2009),则是以《唐诗三百首》的编选特色为中心,通过对清代主要版本的梳理、相关社会文化背景的述评、向西方世界传播情况的介绍,揭示影响《唐诗三百首》对唐诗成功传播的各种因素。其他几篇硕士论文也从不同角度对《唐诗三百首》进行了分析论述。单篇论文中有的从唐诗经典的角度对其进行分析阐述,如王宏林《论〈唐诗三百首〉的经典观》(《文艺理论研究》2013.5),杨鉴生、吴留营《例谈〈唐诗三百首〉中的经典偏失》(《长沙大学学报》2011.7)等;有的对《唐诗三百首》中是否有宋诗进行辨疑,如莫砺锋《〈唐诗三百首〉中有宋诗吗?》(《文学遗产》2001.5)、李定广《〈唐诗三百首〉中有宋诗吗——与莫砺锋先生商榷》(《学术界》2007.5)等。

除《唐诗三百首》之外,学界的关注点还集中在王夫之《唐诗评选》、沈德潜《唐诗别裁集》、王士禛《唐贤三昧集》等几部著名的唐诗选本上,例如陈勇《〈唐诗评选〉考论》(西北师范大学,2005)、孟雪《王夫之〈唐诗评选〉的诗学观》(哈尔滨师范大学,2013)、蒋愿望《王夫之〈唐诗评选〉研究》(兰州大学,2013)、朱新亮《王船山〈唐诗评选〉研究》(上海师范大学,2015)等硕士论文皆是从不同角度对《唐诗评选》作了全面研究。还有几篇文章对《唐诗评选》的选评特色及得失分别进行探讨,如胡光波《王夫之的唐诗观及唐选价值》(《大连大学学报》2006.1)、任慧《王夫之〈唐诗评选〉的选诗标准及评点方法》(《文献》2009.2)等。《唐诗别裁集》研究方面有于海安《沈德潜〈唐诗别裁集〉之"别裁"研究》(暨南大学,2011)、武菲《沈德潜〈唐诗别裁集〉研究》(陕西师范大学,2007)等硕士论文都对其进行了综合性研究。对《唐贤三昧集》的研究除了毛文静《〈唐贤三昧集〉研究》(上海师范大学,2011)、薛海丹《王士禛〈唐贤三昧集〉研究》(广西大学,2011)两篇硕士论文进行了专门研究外,蒋寅的《〈唐贤三昧集〉与王渔洋诗学》〔《唐代文学研究(第九辑)》2000.10〕从王士禛选诗的经过与动机、选诗标准,《唐贤三昧集》理论意义及影响等方面作了深入探讨。张寅彭《〈唐贤三昧集〉与诗、禅的分合关系》(《文学遗产》2001.2)则通过分析《唐贤三昧集》中存在诗禅并非相通的情况,来探讨渔洋诗学乃至中国诗学"诗禅相通"原则可信、可行的限度。

此外,20世纪80年代傅璇琮先生开始倡导建立唐诗学,陈伯海、朱易安等先生扬其波,为学界在古典诗学研究方面开辟了新的领域,经过近三十年的努力,取得了丰硕的成果,如陈伯海主编的《唐诗学史稿》

（河北人民出版社 2004 年版）、朱易安的《唐诗学史论稿》（广西师范大学出版社 2000 年版）等，都对唐诗学术史作了纵向研究，还有一些唐诗学的断代研究，如傅明善的《宋代唐诗学》、张红的《元代唐诗学》、孙春青的《明代唐诗学》等。唐诗选本在唐诗学的研究中皆成为重要组成部分。陈伯海"唐诗学书系"中的另外两种《唐诗学引论》（知识出版社 1988 年版）和《唐诗论评类编》（山东教育出版社 1993 年版）虽未专谈唐诗选本，但选本研究离不开唐诗学的宏观视野，故陈伯海的"唐诗学书系"对推动唐诗选本深入研究具有重要意义。另外，还有针对选本作为批评方法进行的研究，如张伯伟先生的《中国古代文学批评方法研究》（中华书局 2002 年版），设有专章讨论选本的形成、发展和影响。邹云湖先生出版了博士论文《中国选本批评》（上海三联书店 2002 年版），专门从文学批评史的角度来探讨选本的价值。此外，李定广先生于《"唐诗选学"论纲》（《学术界》2016.8）一文中提出了"唐诗选学"的学术概念。他认为"唐诗选学"属于"唐诗学"的一个分支，"唐诗选学"的立足点和重心在唐诗总集，并指出"唐诗选学"一千年发展演变的内在逻辑线索是由重晚唐到重盛唐再到以盛唐为主兼顾三唐，归纳了唐诗选学择优与取类、强大的诗学批评功能、诗学理论价值和诗学文献价值等八个方面的理论和实践意义。

　　考察四十年来我国在唐诗选本研究方面的总体情况，目的不仅是要梳理唐诗选本研究的发展脉络，指出不同阶段学界在唐诗选本研究内容、思路、方法等方面的发展变化，更重要的是要将明代唐诗选本研究放在历代唐诗选本的研究过程中，从纵向与横向两个角度突出其研究的必要性。所谓纵向是将其在四十年来的研究情况作线性梳理，考察其研究程度、研究重点的发展变化。从前面所作的勾勒中我们可以得出这样的结论：学界对明代唐诗选本的研究经历了一个由较少关注到全面研究、从个案分析到整体把握的过程，应该说到目前为止有了一个较大的发展。所谓横向则是将明代唐诗选本与其他历史时期的唐诗选本研究情况作一个截面比较，寻找其今后研究的空间，如在研究范围的开拓方向、研究思路的多角度变化、研究对象的深入细化等方面是否具有进一步挖掘的可能。从这种横向比较中我们观测到了一个比较明显的现象，那就是唐人编选唐诗留存下来的仅十余种，而明代唐诗选本却多达二百余种,但是今人对唐人选唐诗的研究却远远多于对明代的关注,无论是对唐人选唐诗的总体观照还是个案把握,无论从成果数量还是在研究深度上都明显超过了对明人唐诗选本的研究,个中原因我们暂且不去探讨,重点是通过这种横向比较我们发现了它的潜在研究空间、在此基础上进一步进行深入研究的可行性道路,以使其不断发展完善。

以目前笔者掌握的相关资料来看,在明代唐诗选本研究这片领域中,已被开发之处还不多,从前面的梳理中可以看到,前人对明代唐诗选本的研究止于两方面:一是对高棅《唐诗品汇》,李攀龙《唐诗选》,钟惺、谭元春《诗归》等几部著名选本的个案研究较多;二是虽出现了像《明代唐诗选本研究》这样的整体性研究专著,但又侧重于文献整理,于诗学理论方面联系不够。而《明代复古派唐诗论研究》《明代唐诗接受史》《明代唐诗学》等专著侧重明代诗学的研究,唐诗选本只是作为其中的一个组成部分,研究深度不够。可以说,在专著和论文方面,目前还未出现专门从明代唐诗选本来研究明代诗歌批评的。而恰恰在明代,选本的批评价值得到了充分体现,批评家们往往以选诗的方式来标举自己的文学思想,张扬所在流派的文学主张,继而激起了声势浩大的诗歌批评潮流。本书的研究内容即是在对前人研究成果进行细致梳理分析后,寻找到一个新的切入点,通过对明代众多唐诗选本序、跋、凡例、评点、批注的分析解读,通过对选目的比较,结合明代诗学的发展对明代唐诗选本作总体观照,不仅将唐诗选本在明代的发展脉络进行线性的勾勒评析,更为重要的是,从众多的唐诗选本中挖掘提取明人的文学批评观念,探讨唐诗选本与明代诗歌流派的关系,明代唐诗选本的理论特色,写成一部目前较为集中讨论明代唐诗选本所体现出的明代诗歌观念、诗歌批评的专著。

第一章　明前及明代唐诗选本发展概况

第一节　明前唐诗选本编选概况

唐诗是中国古典诗歌之瑰宝,《全唐诗》中收载唐代诗人过两千,诗篇近五万,此外散佚者尚多。面对浩渺如烟的诗歌海洋,世人要想撷其精华而讽咏之,多感烟海苍茫而不得津要。因此,自唐代以来,选家辈出,代有名编。纵观其发展历程,我们可大致将其分为四个历史阶段:唐五代——萌生阶段;宋金元——发展阶段;明代——兴盛阶段;清代——集大成阶段。在这样一个历史发展链条中,明代唐诗选本处于承前启后的重要位置,这一时期唐诗编选取得的成就及特点的形成皆建立于前人探索实践的基础之上,故不能孤立对待之。因而,在开展本书研究之前,有必要对明前的唐诗编选与刊刻情况进行简单的线性梳理。

一、唐五代唐诗选本

唐诗选本是伴随着唐诗的发展而出现的,对于唐人选唐诗的情况,清代王士禛就曾编选过《十种唐诗选》,收集了唐代殷璠《河岳英灵集》、高仲武《中兴间气集》、芮挺章《国秀集》、元结《箧中集》、佚名《搜玉集》、令狐楚《御览诗》、姚合《极玄集》、韦庄《又玄集》、韦縠《才调集》9 种唐人选唐诗,以及宋代姚铉《唐文粹》中的古诗。今人对唐人选唐诗也有搜辑统计,孙琴安《唐诗选本提要》中辑录达 37 种;陈尚君《唐人编选诗歌总集叙录》中统计达 137 种;而傅璇琮先生主编的《唐人选唐诗新编》则辑录了《翰林学士集》《珠英集》《丹阳集》《河岳英灵集》《中兴间气集》《玉台后集》《才调集》《箧中集》《搜玉集》《御览诗》《极玄集》《又玄集》《国秀集》13 种。

统观唐代的唐诗编选情况,我们可以看到它的阶段性倾向较为明显地分为前后两个时期:一是唐初至大足元年(701)前后;二是大足元年

（701）前后至安史之乱前①。前一阶段主要是通代选本，将唐诗附在其他朝代诗后，与前代诗歌合编一处，而没有单独的唐诗选本。这时的唐诗编选大体缺乏编选者的独立意识、个性意识，更多的是模拟前朝选本的样子进行编选，这当然是与唐前期诗歌发展程度密切相关，编选者对本朝诗歌的主要艺术特征及审美价值没有充分的认识，因而在通选之中更重前代诗歌，所选唐诗数量很少，也没有什么独到的评价。

真正能体现编选者独立意识的是后一阶段出现的专选唐人诗作的选本。这些选本从三个方面对后世唐诗选本的编撰产生影响：

（一）此时出现的专选唐诗的断代诗选反映出选家成熟的选诗观念与严格的选诗标准。这些诗选大都是编选者对之前或当下唐诗创作的一种直接体认，体现出他们独到、敏锐的诗学洞察力。选家的诗学观念，如对诗歌流变、诗歌质素的认识，都通过选诗的方式表现出来，并直接决定着他的选诗标准。这种现象表明，作为一种诗歌批评形态的唐诗选本已经出现并发展起来，代表了这一时期唐人选唐诗的巨大成就。而这种借选本阐发诗学观念的方法也就为后世许多唐诗选本的编选者继承与发扬。在这方面有几部很具代表性的唐诗选本，如，殷璠《河岳英灵集》，分上、中、下三卷，选录玄宗开元二年（714）至天宝十二载（753）常建、王维、李白等24人诗共计234首，可见这是一部专选盛唐的诗歌选本。书前有序、集论各一篇，序中针对南朝诗风"理则不足，言常有余，都无兴象，但贵轻艳""自萧氏以还，尤增矫饰"②的弊病，标举声律、风骨兼备的盛唐诗歌。他所运用的"风骨""兴象""声律"等范畴都标示出殷璠对盛唐诗歌精神的深刻而又独到的把握。元结辑《箧中集》，选取7人诗24首，7人皆为元结生前好友，且仕途失意、生活困穷。此集针对盛唐、中唐之际诗坛"拘限声病，喜尚形似，且以流易为词，不知丧于雅正"③的创作风气，大力提倡古体诗，所选24首诗皆为古体，并标举雅正，以质朴高古作为选诗标准。高仲武所辑《中兴间气集》，分上、下两卷，选取至德至大历年间26位诗人诗作134首。在书前序言中，他承袭了传统诗学

---

① 陈伯海主编《唐诗学史稿》，河北人民出版社2004年版，第35页。
② 傅璇琮、李珍华《河岳英灵集研究》，中华书局1992年版，第117页。
③ 傅璇琮主编《唐人选唐诗新编》，陕西人民教育出版社1996年版，第299页。

"缘情"与"言志"的论述,在中唐诗歌复兴的时代诗坛中高举"风雅"大旗,逐一评述自《文选》以来诸多诗歌选集的弊端,并借此提出了自己的选录标准:"体状风雅,理致清新,观者易心,听者耸耳,则朝野通取,格律兼收。"① 这也是他对中唐前期诗歌风气之新变特征所作的总结与把握。以上选本都是通过选取唐代某一阶段或某一类诗人来标举他们的诗歌批评观念。至晚唐五代时期,随着唐诗的不断发展,选家也有了对整个唐诗的发展历程作全面观照的机会,因而更加注重在整体把握唐诗发展的基础上凸显自己的批评观。其中最具代表性的是顾陶的《唐诗类选》,其收录初唐至晚唐诗作共计1232首,是当时卷帙最大的一部唐诗通代选本。此集以"雅正"为标准,不仅选取"关切时病""风韵特标"之诗,且又不废俚俗华艳之作,可谓兼收并蓄。更为可贵的是,编选者能够对李、杜两位大家的独特地位予以充分认识并且大力推崇。在这部选本中已经体现出选家对唐诗的综合整理与全面认识了。此外还有唐末韦庄的《又玄集》,选诗范围也包罗了初、盛、中、晚四个时期,各体各派都有代表作选入,并且在整体观照的基础上以"清词丽句"作为选诗标准,倡导一种清新婉丽的诗风。五代韦縠的《才调集》,共十卷,选诗范围同样是遍及初、盛、中、晚,然以晚唐为多,初唐最少,古律杂歌,各体皆选。所选诗歌多为清丽风流之作,正如《四库全书总目提要》所云:"縠生于五代文敝之际,故所选取法晚唐,以秾丽宏敞为宗,救粗疏浅弱之习,未为无见。"② 在韦縠看来,最能够救五代粗疏浅弱之文敝的,当只有晚唐秾丽宏敞之作,从中可见其选诗宗趣。

　　(二)在选诗体例上,唐人选唐诗也为后代唐诗选本的编撰提供了范式。唐诗选本的体例在后代的不断成熟与完备,离不开唐人在唐诗选本早期阶段所做的努力。以现存的唐人选唐诗而言,大部分是以诗人所处时代先后为序来进行编排,如《河岳英灵集》《国秀集》《中兴间气集》等。也有按题材内容分类纂集的,如《唐诗类选》等。而在选集正文之前,一般还要以选家的自序冠于其首,如《箧中集》《河岳英灵集》《中兴间气集》《唐诗类选》《极玄集》等,自序中主要述及选家的编选缘起、

---

① 傅璇琮主编《唐人选唐诗新编》,第456页。
② 永瑢等《四库全书总目》卷一百八十六,中华书局1965年版,第1691页。

编选动机、编选宗旨及去取标准等,如殷璠在《河岳英灵集》自序中首次提出了"兴象"这一文学理论范畴,不仅代表了他对盛唐诗歌风貌的深刻认识,而且对后世诗论家把握唐诗独特艺术价值产生了较大影响。这些序言成为选诗正文之外的另一种独特的诗歌批评方式,后代唐诗选本也大都采取作序的方式来直接彰显选家的诗学观念。此外,在《又玄集》的编选体例中还出现了一种新的现象,那就是并未将方外、女性诗人穿插在其他诗人之中,而是集中置于全集最后一卷的卷末,这在当时来说是一种独特的选诗编排方式,这种编排方式直接影响到其后韦縠《才调集》的编选体例,并且为后世许多选唐诗者所继承与发展。当然,在早期的一些唐人选唐诗的编选体例上仍出现混乱不清等问题,但是这并不影响它们对后世选本所起的作用,那些问题的出现不仅与选家个人素养、水平有关,而且与唐诗自身的发展和唐诗选本早期体制的不完备分不开。

　　(三)开创了选诗与评点相结合的编选方式,对后世唐诗选本亦产生了较大影响。唐代以前出现的诗文选本,或只选不评,或评而不选。如萧统《昭明文选》只注重文本的提供,而缺少直接表明批评意向的评点;而钟嵘的《诗品》又重在批评,而缺乏作品的完整提供。殷璠却首创评选结合的体例,借选诗明确表达自己的诗歌批评观。《河岳英灵集》中除有序和集论直接概括其选诗宗旨及诗歌发展源流外,又于集中每位诗人名下缀有简短的评语,或简介其生平,或总括其创作风格,每有精辟论述。如评王维云:"维词秀调雅,意新理惬,在泉为珠,着壁成绘,一字一句,皆出常境。"[1] 准确地把握住了王维诗歌的主要特征。评李白云:"白性嗜酒,志不拘检,尝林栖十数载,故其为文章率皆纵逸,至如《蜀道难》等篇,可谓奇之又奇,然自骚人以还,鲜有此体调也。"[2] 将李白的个性与其文章之纵逸、诗歌之尚奇风格很好地结合在一起。又如评储光羲:"储公诗格高调逸,趣远情深,削尽常言,挟风雅之道,得浩然之气。"[3] 评王季友:"季友诗,爱奇务险,远出常情之外,然而白首短褐,良

---

① 傅璇琮、李珍华《河岳英灵集研究》,第148页。
② 傅璇琮、李珍华《河岳英灵集研究》,第138页。
③ 傅璇琮、李珍华《河岳英灵集研究》,第213页。

可悲夫！"①等等,这些精辟的评点,体现出选家对所选诗人及其诗歌风格特征的精到把握,颇多真知灼见。殷璠之后,高仲武的《中兴间气集》亦是如此,将选与评结合,虽然评点内容、深度各不相同,但在体例上非常接近,都是先总论大体,然后列举佳句,只不过高仲武摘句较多,这当然也是大历时期追求雕琢诗风的一种体现。这种选评结合的编选方式,既能够总论自己的批评理念,又能够针对具体的诗人诗作发表议论,有的放矢,具体而微但不琐碎,生动细致而不空洞。这样一种选、评结合的选本体例不断为后世选家所继承,成为唐以后唐诗选本的一种主要样式。

总之,唐人选唐诗所开创出来的选诗体例、标准及其所体现出的诗学思想,对后世唐诗的编选皆产生很大影响。当然,唐代的唐诗编选仍属于萌生、初创阶段,其编选历程是与唐诗的发展共同进行的,因而对唐诗的整体性认识还不够深入、成熟,并且在编选体例上尚存在诸多问题,这还有待于后世唐诗选家的不断改进与完善。

二、宋代唐诗选本

宋代唐诗选本继唐代而来,宋人对唐诗选本的编撰是在其特殊的诗学与文化背景下展开的。宋代文人面对唐诗这座巍然高耸却又难以逾越的高峰,一直在摸索着自身的发展道路。如何从唐诗当中汲取营养为我所用,开创诗歌创作的新局面,成为此时文人士子不断思索的问题。因而,自赵宋建制后的六七十年中,诗坛便流行起了白体、晚唐体、西昆体,此"三体"都是在对唐诗传统的直接模仿学习中切入的,体现出宋人试图通过对整个唐诗传统的承习来建立属于他们自己的当代诗学模式。此外,两宋时期推行"偃武修文"的文化政策,统治者非常重视文治,因而造成了书院兴盛,教育发达,形成了浓厚的学术氛围。加之此时雕版印刷的发展和活字印刷的出现,大大提高了出书效率,有力地促进了书籍的传播。在这样的诗学与文化背景下,宋人从多方面开始了他们对唐诗的关注,比如在对唐诗文献的整理加工上,有对唐人别集的辑佚、校勘,还有对唐人别集进行的集注和编年,其中的"千家注杜""五百家

---

① 傅璇琮、李珍华《河岳英灵集研究》,第163页。

注韩""五百家注柳",可谓盛况空前。与此同时,宋人在对唐人诗歌的编选上也取得了较大成绩。据孙琴安《唐诗选本提要》所辑,现可知的宋代唐诗选本达到三十多种,而当时实际诞生的唐诗选本数量应不止于此。

宋代的唐诗选本,在选诗形式上,有通选有唐一代诗作的,如王安石的《唐百家诗选》;亦有分体而选的,如佚名《唐五言诗》、佚名《唐七言诗》、林清之《唐绝句选》、周弼《三体诗法》;还有分题而选的《唐省试诗集》等。不少选本或附以序跋,或添加评点,为后人更好地研究唐人与唐诗积累了资料。纵览宋人编选的这几十种唐诗选本,其中最值得我们关注的有三点:

首先,宋代的某些唐诗选本体现出宋人对诗学问题的深入思考。面对唐诗的巅峰之势,宋人在编选唐诗时,关于如何学习唐诗、如何在学习中寻求突破成为其思考的实际问题。在此方面最具代表性的是周弼的《三体唐诗》,这部唐诗选本将诗歌体式与诗法相联系,专门探讨七绝、七律、五律三种体式的特点及其创作方法。周弼编选《三体唐诗》是针对南宋中后期诗坛上江西诗派因重意而出现的枯瘠瘦硬的弊端,以及晚唐体堆垛景物、过于实化的偏颇,通过选诗以及讨论诗法的方式试图开辟出一条学唐、趋唐的道路。选家通过对诗法的探讨,将创作之道归结于情景交融、虚实相生。总之,《三体唐诗》作为唐诗选本,将选诗与探讨近体诗作法紧密结合,也就是将标举唐诗传统的实践与诗学理论的探讨有机联系在一起,丰富了作为文学批评方式之一的诗歌选本的内容,使其成为具有浓厚诗学思辨意味的批评形式。

其次,宋代专选某一诗歌体式的选本大量出现,数量占到整个宋人唐诗选本的一半以上。如绝句选、五言诗选、七言诗选、律诗选等。其中较有代表性的如洪迈《万首唐人绝句》,刘克庄《唐五七言绝句》,赵蕃、韩淲《章泉、涧泉二先生选唐诗》,周弼《三体唐诗》等。尤其是南宋时期,自洪迈向宋孝宗进呈了《万首唐人绝句》,受到孝宗的赏识,在此影响下,唐人绝句在宋流行起来,出现了时天彝的《续唐绝句》,柯梦得的《唐绝句选》,林清之的《唐绝句选》,赵蕃、韩淲合选、谢枋得注的《注解唐诗绝句》,胡次焱的《赘笺唐绝句》,刘克庄的《唐五七言绝句》《唐绝句续选》等选本,可谓盛极一时。这种专体唐诗选的大量出现,一方面使得选本作为诗学范本的作用大大加强，像洪迈《万首唐人绝句》原只为儿童发蒙所用，刘克庄的《唐五七言绝句》也是专供刚入学的孩子读书用的通俗读物，当然这种指导初学的目的也为诗话、评点本的出现起到了推动作用。另一方面，专体唐诗选的集中出现，表明宋人对诗歌体式的高度关注，而辨体也恰恰是诗学批评的重要组成部分，体现出宋代诗学领域学术性倾向的加强，这也对明人诗歌辨体意识的增强产生了一定影响。

第三，在宋代唐诗选本中出现了评点本。虽然在唐人选唐诗中也有评点出现，但那时的评点还处于一种不成熟状态，基本不是直接与具体的诗歌文本结合，而是出现在序、论中或掺杂于诗人小传中。到了宋代，特别是南宋中后期，宋人对唐人、唐诗的评点开始兴起。如圈点的出现以及之后评点与批语、评语的结合，使其成为一种紧密结合文本的研究形态。当时在诗歌评点方面较为著名的是刘辰翁、谢枋得。其中，刘辰翁曾投入了大量精力评点唐人诗作，成为我国文学史上的第一位评点大家，他所评点的唐诗选本有《刘辰翁批点三唐人集》《盛唐四名家集》《唐百家诗选》等。宋代唐诗的评点虽说还处在起步阶段，但却在评点用语、手法、符号等方面对后世唐诗的评点产生了很大影响。

三、元代唐诗选本

元代的唐诗编选在整个唐诗选本的发展历程中处于相对沉寂的阶段，由于元蒙统治者在文化政策等方面采取了一系列不利于以正统诗文为主的雅文学的发展策略，造成其与传统文化的疏隔，因而在传播条件及受众数量等方面对唐诗选本的编选产生了一定限制，据《唐诗选本提要》统计，现可知的元代唐诗选本也就十种左右，在数量上远不及宋代，更无法和明清两代相比肩。不过在南宋诗学氛围影响还较为浓厚的元初以及倡导传统诗文雅文学的元代后期，唐诗的编选还是取得了一定成就，其中最值得一提的是杨士弘的《唐音》。因为《唐音》不仅在唐诗编选领域具有一定的开创性，并且对明代诗学思想以及唐诗选本的编撰均产生了重要影响。《唐音》的编选有其特殊的诗学背景。元代诗学兼承金与南宋，"弃宋归唐""宗唐得古"是其基本归向。但元人宗唐与南宋人不同，南宋人是借宗唐来建立有宋一代之诗歌体制，而元人宗唐则是借唐以明诗之正变。元人宗唐根本上是整个元代文坛的复古思潮在诗坛的直接反应,伴随着整个文坛针对南宋文风而起的复古求雅之风,元人论诗也越过宋诗而直接宗唐,特别是宗盛唐。在此诗学大背景下,一部《唐音》也以选本的形式体现出了这一时代特色。《唐音》共15卷,选录唐人各体诗1341首,分为始音、正音、遗响三个部分。第1卷为始音,仅选录王、杨、卢、骆四家诗93首。第2至第14卷为正音,选69家诗885首,以初、盛唐诗为主体,分体编次。第15卷为遗响,选诗363首,不以诗体编次,收录从初盛至晚唐间,或存诗不多不足以名"家"者,或音调不纯不得列为"正格"者,旁及方外、闺秀、无名氏之诗。李白、杜甫、韩愈三家因世多全集而未加选录。通观整部《唐音》,其成就至少表现在三个方面:一是在元代"宗唐"的大背景下,《唐音》成为第一个明确表明以盛唐为宗的唐诗选本。在此之前的许多唐诗选本大都是略盛唐而主中、晚唐诗,如高仲武《中兴间气集》、王安石《唐百家诗选》、元好问《唐诗鼓吹》等。而杨士弘则通过独到的构思和体例安排,显现出其独特的诗学观念,他将严羽在《沧浪诗话》所倡导的诗学理论首次运用于选诗当中,大大推进了宗盛唐的诗学潮流,他的主张亦开启了有明一代崇尚盛唐的诗歌风气。二是《唐音》中对"四唐"的划分、对唐诗流变的概括,体现出杨士弘明确的诗史意识。杨氏之前的选唐诗者往往不太注意对唐诗初、盛、中、晚的阶段划分,即便是通选四唐的选本,也并未对其诗歌发展的阶段性特征作出概括描述。在唐诗的分期上,从南宋末年严羽《沧浪诗话》的"五唐说"到明初高棅《唐诗品汇》"四唐说"的正式提出,处于二者之间的《唐音》对唐诗发展阶段的划分实际上已经具备"四唐"的规模了。虽然从表面上看《唐音》是将唐诗划分为"初盛唐诗""中唐诗""晚唐诗",是"三唐说",但是它又单独将初唐四杰归为"始音",并总结这一阶段的特征为:"开唐音之端",音律"未能皆纯"。实际已经将初唐看作是与盛唐有别的独立阶段了,而这对高棅"四唐说"的理论是具有重要的启示作用的。以"四唐"来区分唐诗也成为了明、清两朝非常普遍的唐诗划分法。三是《唐音》是第一部从源流正变的角度来编选唐诗的选本,其体例结构、编选宗旨等都对整个明代诗坛的复古思潮有着深刻的影响,明人评选唐诗,基本上未脱此书之窠臼。其中受《唐音》影响最大的当属明初的高棅,他所编选的《唐诗品汇》,推崇盛唐的倾向和按"四唐""九品"之体例概括唐诗源流正变的做法,都是直接秉承《唐音》而来。而《唐音》"别体制之始终,审音律之正变"的这种审音辨体的诗歌观念及其所建立的展示整个唐诗发展流变的编选体系都对后世唐诗的编选产生了很大影响。明人对《唐音》多有好评,三杨之一的杨士奇跋《唐音》时称:"此编所选,可谓精矣。"① 又跋《录杨伯谦乐府》说:"前此选唐者皆不及也。"② 而《唐音》本身一直到明代中叶还屡有刻本,到明后期地位依然未减,胡应麟曾评价:"唐至宋元,选诗迨数十家……数百余年未有得要领者,独杨伯谦《唐音》颇具只眼。"③

第二节　明代唐诗选本发展概况

唐诗的编选发展到明代进入到一个繁荣阶段,据孙琴安《唐诗选本提要》著录统计,明人编撰的唐诗选本达到200余种,数量上大大超过了前代唐诗选本的总和。唐诗选本至明代出现兴盛的局面,与其特殊的文化条件与诗学背景密切相关,在此背景下,明代唐诗选本在编选与刊刻等方面也呈现出新的特点。

一、明代唐诗选本兴盛的文化与诗学背景

(一)文化背景

从明太祖朱元璋开始,明代君主就非常注重对人才的培育。明代的教育具有相当完备的体系,从民间教育到官方教育以及书院教育,构成了有明一代多层次的教育系统,大多数读书人经过民间教育达到一定的文化程度后,再进入官办的学校进行学习,为以后通过科举求取功名做准备。教育的相对普及以及教育制度的规范化,大大提高了明人的文化素质,据《明史·艺文志》记载,明人的诗文别集已达到1188部,将近两

---

① 杨士奇《东里续集》卷十九,《影印文渊阁四库全书》第1238册,台湾商务印书馆1986年版,第616页。
② 杨士奇《东里续集》卷十九,《影印文渊阁四库全书》第1238册,第617页。
③ 胡应麟《诗薮》外编卷四,上海古籍出版社1979年版,第190页、第191页。

万卷。伴随文化素质的大幅度提高,明代的读者群也得到了空前壮大。走入仕途的文人雅士将书籍看作是颐养性情的雅品,而不少商人也附庸风雅,与文人士子之间有倡和往来。到了明代中后期,在文人圈中又出现了许多较为活跃的平民文人,加上此时普通市民对文化需求的不断增长,都为唐诗选本在明代的编撰与传播打下了坚实的人文基础。

文化素质的提高,读者群的扩大,成为明代刻书业巨大的潜在市场。活字印刷始创于宋、元,但并未流行,到明代,铜活字的普遍采用大大提高了印刷技术,这成为明代刻书业有力的技术保证。此外,明代中叶以后,随着社会经济实力的不断增强,书籍的双重特性表现得愈来愈突出,一方面,它体现了文化人的文化需求,另一方面,书籍也开始进入商品流通市场,成为适应社会需求的文化商品。中央及地方官府、藩王府都有刻书机构,颇具规模。民间的书肆更是遍及全国,仅福建建宁一带就有书坊达60家^①,叶德辉曾记载明人的刻书风尚:"前明书皆可私刻,刻工极廉。闻前辈何东海云:'刻一部古注十三经费仅百余金,故刻稿者纷纷矣。尝闻王遵岩、唐荆川两先生相谓曰:数十年读书人,能中一榜,必有一部刻稿;屠沽小儿,身衣饱暖,殁时必有一篇墓志。此等板籍,幸不久即灭,假使尽存,则虽以大地为架子,亦贮不下矣。又闻遵岩谓荆川曰:近时之稿版,以祖龙手段施之,则南山柴炭必贱。'"^②这段话虽然重点是在批判当时书籍的滥刻现象,但也间接地反映出明中期以后私家刻书的繁盛。社会发展的需求加上刻工极廉,这些条件极大地促进了明代刻书业的发展,据周弘祖《古今书刻》上编记载,隆庆三年(1569)以前明代所刻书就达2500种。印刷术的改进,刻书业的发达,为唐诗选本的编刻提供了极其便利的条件,使其出现了前所未有的繁荣局面,以至于出现了像《唐诗类苑》《唐诗纪》《四唐汇诗》《唐音统签》这样巨型的唐诗总集。

(二)诗学背景

公元1368年明朝建立,汉族人终于从异族手中重新夺回了政权。摆脱异族统治的汉人扬眉吐气,为了尽快振兴汉族文化的大业,上自皇

---

① 张秀民《明代南京的印书》,《文物》1980年第11期。
② 叶德辉著,耿素丽点校《书林清话》卷七,国家图书馆出版社2009年版,第126页。

帝下至士人,都将复古视作富国强邦、复兴汉文化的有效途径,把汉、唐盛世看作自己的奋斗目标。其时弥漫的复古思潮成为有明一代的主流思潮,为唐诗编选的兴盛提供了重要契机。当然,明代诗坛"宗唐"的原因除民族心态外,还在于士人的逆反心态。明初统治者在政治思想领域采取高压专制政策,程朱理学成为绝对真理,这种文化钳制使士人的思想自由受到极大的限制,然而限制越紧就越容易激起人的逆反心理,因此,在这样的背景下,明人对宋诗的"主理"产生厌恶之情,而对唐诗的"主情"倍加推崇,正是他们对专制制度心存不满的曲折反映。基于此,他们才高喊出"诗必盛唐"的口号,将其理想目标寄托于汉魏、盛唐诗,从而导致了明代宗唐复古的诗学潮流。诗歌发展到明代,各种体式都已相当完备,各种题材亦相当丰富,诗歌的各种风格、各种审美特色也已形成。对于明人来说,要想在此基础上有一番新的突破,寻找到一条能够创时代之新的发展道路是非常困难的。因此,当他们去面对前朝留下的丰厚的诗歌遗产时,主要任务也只能是努力找寻如何确立本朝学习仿效的目标了,而这也就成为明人编选唐诗的原动力之一。

　　明代诗学还有一个非常突出的特色,那就是集团林立,流派繁多。据郭绍虞先生统计,明代的文人集团达到 176 家[1],诗人结社成风。这些集团从性质上可以划分为兴趣型、主张型和政治型三类[2],而其中"主张型"的文学团体最能引起文学论争。就诗歌流派来说,最具影响力的有七子派、公安派、竟陵派等。每一派都有其较为明确的诗学主张,或倡复古,或尚趋新,或论格调,或主性灵。不论是高喊"复古"的口号,还是高举"反复古"的旗帜,这些流派在主观上大都具有强烈的革新意识,都希望革除前弊,使诗歌创作符合自己心中的目标,造成了诗歌批评领域的纷争局面。无论是趣味相投的诗社还是以情谊维系的派系,周围都有许多人簇拥,这又有助于某种诗学主张的迅速传播,扩大影响。例如,七子派所倡导的格调论诗学观之所以能够远播,产生巨大影响,就与整个流派的势力及影响密不可分,在声气相求的前七子周围,既有以李梦阳为

---

[1] 郭绍虞《明代的文人集团》,《照隅室古典文学论集》上编,上海古籍出版社 1983 年版,第 518 页。
[2] 郭绍虞《明代的文人集团》,第 518 页。

首的开封作家群，以何景明为首的信阳作家群，还有以康海、王九思为首的关中作家群，以顾璘为首的南京作家群①。他们遥相呼应，为了共同的诗学主张而努力。总体说来，在明代无论是何种诗派、何种主张，他们效法的主要对象都是唐诗。在此诗学背景影响下，明代唐诗选本得以发展繁荣起来，许多诗派都以选本的形式来宣扬自己的诗学主张，确立诗歌创作的范本，这也成为明代唐诗选本最重要的特色。

二、明代唐诗选本编选与刊刻的特点

唐诗选本经过历代的发展，到明代已经形成了自己较为成熟完整的体系，明代唐诗选本在前人的经验基础上，与本朝的文化与诗学背景相结合，在其编选与刊刻等方面形成了异于前朝的特点，归纳起来主要表现为：

第一，内容丰富、形式多样、体例完备、众体兼具。

从时代来看，此时的唐诗选本大都以通选四唐为主，如高棅《唐诗品汇》、李攀龙《唐诗选》；但也有专选某一时段的选本，如樊鹏《初唐诗》、吴复《盛唐诗选》、蒋孝《中唐十二家诗集》等。从体式上说，有的各体兼收，如陆时雍《唐诗镜》，钟惺、谭元春《唐诗归》；有的则专选某体，其中有专选唐人古诗的《唐诸贤五言古诗》，有专选律诗的《初盛唐律诗选》，有单选绝句的《唐人绝句精华》，也有专选乐府的《唐乐府》。从题材上说，有的是各种题材兼而有之，而有的则是专题之选，如张之象《唐雅》专选唐君臣唱酬之作；杨肇祉《唐诗艳逸品》专以名媛、香奁、观妓、名花为选；吴勉学《唐省试诗》专以唐代省试诗为选；聂先、蔡方炳、金希仁《唐人咏物诗》专选唐人咏物之诗。从审美取向上说，各有其选诗宗趣，如《全唐风雅》以风雅为宗旨，而《唐诗归》则以"幽深孤峭"为归趣。从评选结合上看，既有单纯的诗选、笺注之选、评点之选，亦有在前代诗选基础上的增选、广选、删选等，如郭濬《增定评注唐诗正声》、周珽《删补唐诗选脉笺释会通评林》等，都是借已有的选本张扬己学。总之，历代唐诗选本的各种风格、形式，在明代几乎是无所不备。

此外，在编选体例上，明代唐诗选本也是包罗万象、无所不有。其

---

① 廖可斌《明代文学复古运动研究》，上海古籍出版社 1994 年版，第 77 页。

中,有按时代先后编排的,如程元初《初唐风绪笺》《盛唐风绪笺》等,不过这在明代唐诗选本的编选体例中尚属少数,按诗体或按类来编排是此时较为常见的体例。如按诗体编排的有高棅《唐诗品汇》《唐诗正声》,李默、邹守愚《全唐诗选》,李栻《唐诗会选》,顾应祥《唐诗类钞》等;按类编排的有敖英《类编唐诗七言绝句》,以吊古、送别、寄赠等十五类编排,张之象《唐雅》以天文、四时、节序、山岳、京都、宫殿等分类编选,而他编选的另一部选本《唐诗类苑》亦是以类编次,分为天、地两部,每一部又分诸类,类目极细。张居仁《唐诗十二家类选》以应制、扈从、早朝、怀古等二十五类来编排,李维桢《唐诗隽》四卷亦是各以类分。此外还有按韵编排的,如康麟《雅音会编》以平声三十韵为纲,按韵编次。朱谋㙔《唐雅同声》也是以一东、二冬、三江等音韵来编排。施端教《唐诗韵汇》则是以上平、下平韵编次。

总体说来,明代各种唐诗选本不仅数量多、题材广、体裁多样、体例万端,而且各种功能也得到极大地丰富,有用以指导初学的,有用来陶冶性情的,也有用来张扬诗学观的。唐诗的精神也随着这些形式多样、旨趣各异的诗歌选本渗透到明人的社会生活中,影响着明代的诗学、文化乃至社会生活。

第二,大量的唐诗选本成为明代诗学的一种直接表现形式,这是明代唐诗选本最为突出的特色。

明代诗学纷争激烈,其中有"师古"与"师心"的针锋相对,亦有宗汉魏初盛与崇中晚宋元的相互较量;有对效摩格调的不断修正,亦有对盲目趋新的深刻反思。在这相互攻讦与修正改良的交叉并行中,选诗也成为宣扬各自诗学主张的有力武器。例如,前后七子倡导"诗必盛唐",李攀龙作为后七子的领袖之一,他编选的《唐诗选》就成为七子派复古诗论的最直接体现。李攀龙建立纯粹"唐诗"的企图以及唐诗古体概念的产生,都随着他的《唐诗选》的广受关注而深入到复古诗论家的意识之中,也正因此,对盛唐诗歌的崇尚也成为了当时诗学的主流。到晚明时期,诗坛出现了针对七子之师古而主张师心、标举性灵的公安派,而公安派发展到最后却又陷入浅率俚俗之流弊。继公安而起的竟陵派意图调和二者,以"凄清幽独"为"真性灵",又倡言"以古人为归",他们所编选的《诗归》(包括《古诗归》与《唐诗归》)也就成为一部全面体现其诗论的诗歌选本。钟惺、谭元春编选《诗归》,目的就是将之作为张扬其诗学主张的"著书之道",《诗归》的出现,以一种更直观、更具说服力的方式实践了竟陵派诗学理论,钟、谭二人在此书中所作的序和评语都成为其诗歌主张的直接阐发,再加上其选评结合,将选诗实践与理论融为一体,使竟陵派成为晚明诗坛影响巨大的诗歌流派,由此名满天下,自成一家。这些诗选与他们的诗话、诗歌理论相得益彰,共同完成了对各自诗学的阐释。不仅如此,明人还有相当一部分唐诗观念并不是通过诗话或理论进行阐述,而仅仅是通过唐诗选本的编撰体现出来的,这样,唐诗选本也就成为一种更为直接的诗学批评形式了。

第三,明代唐诗选本的编撰与刊刻具有明显的阶段性。

从唐诗选本编刻的时间及其相对应的数量来看,明代中后期唐诗选本的编选以及与之相关的刊刻活动要明显超过明代前期。在洪武至成化的 120 年间,选诗领域相对沉寂,唐诗选本并不多,其中最有成就的也就只有高棅的《唐诗品汇》与《唐诗正声》。而到弘治至崇祯的 100 多年间,唐诗选本数量急剧增长,几乎达到前期的 5 倍之多。从刊刻的角度来看,高棅《唐诗品汇》终明一代先后有 15 次刻印,属于前期的只有两次,而其余的 13 次都在中后期。明代唐诗选本之所以会出现前期寂寥、中后期兴盛的阶段性特征,原因主要有两方面:

首先,明代前期与中后期士人对唐诗的认识与判断有所不同。在明前期,由于上层对程朱理学的大力推崇,既笼住了读书人的思想,又弱化了他们的诗歌审美能力,限制住了士人对唐诗审美功能及意义的认识。朱明立国后,"颁科举定式,初场试《四书》义三道,经义四道,《四书》主朱子《集注》,《易》主程《传》、朱子《本义》,《书》主蔡氏《传》及古注疏,《诗》主朱子《集传》"[1]。这种八股取士制度与思想文化政策相结合,使程朱理学成为有明一代文化界绝对主导的意识形态。在此影响下,注重教化、文以载道的儒家传统诗学观成为一种普遍认识,诸如"文所以明道也,文不足以明道,犹不文也"[2]之类的观念在明前期的文人士

---

[1]《选举志二》,张廷玉等《明史》卷七十,中华书局 1974 年版,第 1694 页。
[2] 方孝孺《送平元亮赵士贤归省序》,《逊志斋集》卷十四,《影印文渊阁四库全书》第 1235 册,第 423 页。

子集中屡见不鲜。反映在诗歌创作上，那就是以"三杨"为代表的台阁体诗风和以陈宪章、庄昶为代表的性气诗派成为诗坛的主流。前者多是歌功颂德、点缀升平；而后者则主要以理趣、教化为诗歌第一义。这种现象表明，明代前期的诗学批评领域对唐诗的认识还具有较大的局限性，对唐诗意境淳美、气象高迈的美学特性以及多样化的风格特征均没有充分认识，因而在这种认识的局限下，唐诗的编刻与传播比较稀少也就显得非常自然了。而到了中后期，在思想领域，随着王阳明心学的兴起，思想文化备受钳制的状况发生了根本性的改变，在文人士子阶层中，"笃信程朱，不迁异说者，无复几人矣"①。在诗坛，台阁体诗风与性气诗派早已风光不再，摆脱了重重思想束缚的士人对于唐诗开始有了新的认识，从前期之末的李东阳倡导格调论开始，就已看出士人对唐诗认识的深度大大增加，对唐诗重视的程度也大为提高了。到嘉靖初，前七子高举"诗必盛唐"的旗帜，对唐诗特别是盛唐诗的宗奉业已成为诗坛的主流。例如，对明代宗唐之诗歌主流具有开启意义的《唐诗品汇》，虽然规模宏大，卷帙繁多，但是在弘治到嘉靖初年这短短三四十年中就已刊刻了五次之多，而在明前期的 120 年间，至多刊刻了两次。这种现象表明，从明中叶开始，人们对唐诗的认识在进一步加深，对唐诗尤其是盛唐诗歌的无比崇尚，使得唐诗的编撰与刊刻得到了极大的发展，这应该称得上是明代唐诗选本编刻的第一轮高潮了。明万历以后，随着思想界的进一步活跃，人们的诗学观念更趋于自由多样，对唐诗的认识也更加深刻、全面，编刻唐诗成为当时极为火热的文化现象，如李攀龙的《唐诗选》能够在短短几十年内刊刻将近二十次，并且出现了若干评点本就很能说明这一现象。

其次，明前期与中后期有着不同的刊刻背景。明代前期，在统治者重农抑商经济政策的实行以及文化控制极严的情况下，如同所有的文化现象一样，民间私人刻书不可能有较大的发展，这一时期的书籍以官方刻本为主。除了中央级别的南北国子监、六部、翰林院等部门之外，地方各省的布政使司、按察使司、分巡道、府、州、县等行政部门，各地书院、藩王府、郡王府等，都参与了刻书活动。而这种由官方主持或出资进行

---

① 《儒林一》，张廷玉等《明史》卷二百八十二，第 7222 页。

的书籍刊刻,基本都要受到当时官方文化政策及文化理念的控制。明代前期的官刻绝大部分都与儒家典籍紧密相关,而与理学、八股科考关系不大的唐诗在那时基本不在其视野之内。与此同时,私人刻书业在明前期并未发展起来,一方面由于统治者的文化专制,另一方面,此时针对工商业的抑制政策,使得书籍刊刻这样的手工业受到极大限制,在书业一向繁盛的江南、福建等地几乎没有什么私刻活动。总之,由于官刻的忽视、私刻能力有限,使得明代前期唐诗选本的编选与刊刻在传播媒介上受到很大的限制。到了明中叶以后,随着社会经济的不断发展和财富的逐渐积累,有着浓厚商业色彩的南方地区迎来了工商业的繁荣局面,这就极大地促进了明代私刻业的发展,私刻力量的崛起从外部的物质传播层面保证了唐诗选本编刻的需求,刺激唐诗选本的编刻活动走向繁荣。

　　此外,关于明代唐诗选本编撰与刊刻的特点,还有一点值得注意,那就是评点在明代唐诗选本中得到很大发展,亦形成了自己的特色。明代前期专门的唐诗评点本并不多,对唐诗的批评大多集中于“诗话”一类的著作中。而到了明中叶,于弘治、正德年间兴起的前七子掀起了诗坛的复古运动,高倡“诗必盛唐”,士人对唐诗的价值有了充分的体认,对唐诗的推崇渐成风气,这直接促成了唐诗评点的发达。其中有敖英辑评的《类编唐诗七言绝句》,于大多数诗后都有评语,言简意赅。桂天祥《批点唐诗正声》,部分诗前有总批,时有眉批或尾批,批语中带有前七子格调论色彩。朱梧批点《琬琰清音》,对诗句多有圈点,而批点大都在诗题下,多为两字,极为精要。以上这些唐诗评点大都比较简单,点到为止,属于一种感悟式评点,但也可启人心智,助人开悟。此时也出现了批点详赅、观点鲜明、自成体系的唐诗评点本。如顾璘的《批点唐音》,对许多诗人、诗作,甚至是同一诗人的不同诗体都分别加以批点,并采用多种批点形式,如总批、眉批、尾批、题下批、夹批、圈点等等。在批点中清晰地展现出了他自成体系的格调论诗学观。又如徐献忠的《唐诗品》,亦是通过评点展现他力主模仿唐诗格调的唐诗观。此类批点点面结合,感悟与学养并重,对唐诗有着较为深刻的体认,并能够直观地给读者以导引,使其评点的唐诗以及评点者本人的诗学观念得到更为直接而有效的传播。经过前、中期的摸索、积累,到明万历时期,唐诗的评点已蔚然成风,仅李攀龙的《唐诗选》就有蒋一葵、王穉登、钟惺、高江、陈继儒、李颐、孙镤、凌宏宪、刘孔敦、黄家鼎、叶羲昂等多家评注本[①]。而将前朝或当朝名家对唐诗所作的评注汇集在一起,使唐诗选本成为带有集成性质的汇评本,可以说是明代后期唐诗评点最突出的特色。如郭濬《增定评注唐诗正声》、沈子来《唐诗三集合编》、唐汝询《汇编唐诗十集》、徐克《详注百家唐诗汇选》等均带有汇评性质。而在现今所能见到的唐诗选本中,汇评最为丰富的当属周珽所辑《唐诗选脉会通评林》,此书汇集评语极为丰富,既有书前的《古今名家论括》中高棅、李维桢等八人对唐诗的统论,亦在每一诗体前引述前贤对此体的论述,并且在每一诗人名下、每首诗之后都广引刘辰翁、严羽、徐献忠、李梦阳、何景明、徐祯卿、顾璘、蒋一葵、杨慎、胡应麟、钟惺、唐汝询、郭濬、陆时雍等名家的评语,间附己评。如此众多的汇评难免招致"贪多务博、冗杂特甚,疏舛亦多"[②]的批评,但是它将诸多名家的批评意见汇集在一起,使读者能够从不同角度鉴赏学习、批评领悟唐诗,提高读者的鉴别能力。同时,也在一定程度上具有了批评史的意味。

三、明代唐诗选本的发展历程

明代唐诗选本不仅数量繁多,其发展还具有阶段性特征,不同阶段,唐诗选本在数量、风格、选诗取向等方面都表现出不同的特点,下面我们将明代唐诗选本分为三个阶段,分别进行概述,以期对明代唐诗选本的流布情况及其发展脉络有一个较为全面的把握。

(一)明洪武至成化年间的唐诗选本

在明初的一百二十年间,诗坛虽已出现了宗唐之音,但是选诗领域却相对沉寂,唐诗选本并不多,与中后期相比仍然不成气候,此时更多的是对唐、宋、元三朝有代表性的选本的重刊。而此时最有影响、最具权威的唐诗选本是杨士弘的《唐音》。正如明初台阁体代表杨士奇所言:"近代选古惟刘履,选唐惟杨士弘,几无遗憾,则其识有过人者矣。"[③]茶陵派

---

① 陈伯海、朱易安《唐诗书录》,齐鲁书社 1988 年版,第 57 页、第 58 页。
② 永瑢等《四库全书总目》,第 1762 页。
③ 杨士奇《沧海遗珠序》,《东里续集》卷十四,《影印文渊阁四库全书》第 1238 册,第 549 页。

领袖李东阳亦言："选唐诗者,惟杨士弘《唐音》为庶几。"①洪武二十九年(1396)举人,永乐初编撰《太祖实录》的梁潜也曾说："唐诸家之诗,自襄城杨伯谦所选外,几废不见于世。虽予亦以为伯谦择之精矣,其余虽不见无伤也。"②由于《唐音》在当时影响甚大,因而刊刻较多,今天我们还能见到十一卷本的两种刻本,一标为明初刻本,一为正统七年(1442)道立书堂刻本;十卷本的两种刻本,一为正统年间魏氏仁实堂刻本,一为成化二十三年(1487)磻溪书堂刻本。此外,今天还存有宋赵蕃、韩淲编,谢枋得注《注解唐诗绝句》宣德刻本,方回编《瀛奎律髓》四十九卷,成化三年(1467)紫阳书院刻本,金元好问编,元郝天挺注《注唐诗鼓吹》十卷,明初复元刻本。但总体来说,这些重刻本的数量也并不多。

此阶段在唐诗编选方面成就最突出的是高棅的《唐诗品汇》与《唐诗正声》。今存最早的版本分别是成化十三年(1477)陈炜刻本和正统七年(1442)彭曜刻本。《唐诗品汇》继《唐音》"别体制之始终""审音律之正变"的编选宗旨,立足于源流正变,宣扬伸正黜变的诗学观,开启了明代宗唐复古的诗学思潮。《唐诗正声》则是针对《唐诗品汇》的"博而寡要,杂而不纯",以"声律纯完""得性情之正"为去取标准,对明代以格调论诗的兴盛亦有开启作用。

除此之外,从诗体上看,有的专选唐人古体诗,但数量不多,如佚名《唐诸贤五言古诗》。更多的是专选唐人近体诗,如天顺七年(1463)康麟所辑《雅音会编》,选录唐人五、七言近体诗三千八百余首;此外还有何乔新《唐律群玉》、王行《唐律诗选》、宋棠《唐人绝句精华》、杨廉《唐诗咏史绝句》等,都是专取唐人近体的诗歌选本。从编选体例上看,有的是按诗体编次,如《唐诗品汇》,以五古、七古(附歌行长篇)、五绝(附六绝)、七绝、五律、七律(附七排)分列;有的是以类编次,如周叙《唐诗类编》、王棻《律诗类编》、吕炯《唐诗分类精选》,都是按题材分别归类;还有的是按韵分编,如康麟《雅音会编》,将当时流行的唐诗选本《唐音》《三体》《鼓吹》《正声》《光岳英华》,加之李、杜、韩三家集中的近体诗,依"一东、二冬、三江、四支"等三十韵部重新编次,取诗之同韵者,以类

---

① 李东阳《麓堂诗话》,丁福保辑《历代诗话续编》,中华书局1983年版,第1376页。
② 梁潜《跋唐诗后》,《泊庵集》卷十六,《影印文渊阁四库全书》第1237册,第423页。

从类。从编选目的上看,有的是为宣扬某种诗学观念或展现某种诗歌主张而编,如高棅《唐诗品汇》与《唐诗正声》,其伸正黜变观、声律纯完说均对明清两代的格调论诗学观具有重要的开启意义。另外如何乔新编选的《唐律群玉》,何氏在其自序中云:"唐之律诗,其音响节族虽与古异,然其本于性情而有作则一而已。读者因其词索其理而反之身心焉,则可兴、可观、可群、可怨而有裨于风化者,岂异于《风》《雅》《骚》《选》哉?"从儒家传统诗教的角度对唐人律诗加以肯定。有的则带有指导初学的目的,如高棅在《唐诗品汇总叙》中明言其编此选"以为学唐诗者之门径"。为康麟修订并刻梓《雅音会编》的王钝序曰:"各韵所载,众则必备,其间四炼、五法、七德、六义、傍犯、磋对、假对、双声、叠韵,与夫正格、偏格、句法、句眼之类一览而举在目前,其为后学启蒙者多矣。"[①] 有的则着重展现某地的人文精粹,如《唐贤永嘉杂咏》《唐贤昆山杂咏》《唐贤金精山诗》《唐贤君山诗》《唐贤岳阳楼诗》等佚名所编诗选。还有的着力展示唐诗某一阶段的风貌,如吴复《盛唐诗选》、尚冕《盛唐遗音》等。

　　总体来说,此阶段唐诗选本的发展相对沉寂,选本数量少,选者观念不一,由于许多选本今已亡佚或仅有存目,因此我们看不到更多的与诗学思潮紧密相关的诗歌选本。但是,此阶段还是出现了一些可供我们研究的本子,尤其是高棅的《唐诗品汇》与《唐诗正声》影响巨大,成为有明一代的诗学范本,正如《明史·高棅传》所云:"其所选《唐诗品汇》《唐诗正声》,终明之世,馆阁宗之。"[②]

(二)明弘治至隆庆年间的唐诗选本

　　此阶段,诗坛崇唐风气日盛,唐诗的编选与刊刻也相应繁盛起来,其中仍有对前人所编唐诗选本的重刊。如有宋洪迈《万首唐人绝句》嘉靖十九年(1540)陈敬学德兴堂刻本,宋周弼编、元释圆至注《笺注唐贤三体诗法》嘉靖二十八年(1549)吴春刻本等。除重刻前朝旧集外,此时对明初的唐诗选本也有重刻,如高棅的《唐诗品汇》,出现了弘治六年(1493)张璁刻本、嘉靖十六年(1537)姚芹泉刻本、嘉靖十七年(1538)康河重刻本、嘉靖十八年(1539)牛斗刻本。《唐诗正声》出现了嘉靖

---

① 康麟《雅音会编》卷首,明嘉靖二十四年(1545)沈藩勉学书院刻本。
② 《文苑传二》,张廷玉等《明史》卷二百八十六,第 7336 页。

二十四年（1545）何城刻本、嘉靖三十三年（1554）韩诗刻本。康麟的《雅音会编》亦出现嘉靖二十四年（1545）沈藩勉学书院刻本。

与重刻前人的选本相比，此阶段唐诗的编选更加兴盛，且大都带有较强的文学倾向和理论色彩，反映着当时诗学领域的理论动向。此时诗坛上以前后七子为代表的复古诗派先后主盟，他们高举"诗必盛唐"的大旗，倡导古体尊汉魏、近体崇盛唐，在对唐诗的体认与接受中注重体格声调的辨析，形成了以格调论诗的诗学思潮。在此影响下，许多唐诗选本都带有复古派的格调论倾向。如胡缵宗编《唐雅》八卷，分体编次，选诗重盛唐，尤以李白、杜甫、王维诗最多。胡氏在自序中说明了自己的选诗标准："缵宗所辑，必其出汉、魏，必其合苏、李，必其为唐绝唱，否则虽工弗取。廷礼谓'予于欲离欲近而取之'，愚亦谓'予于欲协欲谐而取之'。故乐府必典则、古体必春容、绝句必隽永、近体必雄浑，铿然如金，琤然如玉，虽不可尽陈之宗庙，然皆可咏之间巷也。"①他将"协""谐"二字作为选诗标准，对体格、声调的辨别甚细。蔡云程《唐律类钞》二卷，专从杨士弘《唐音》、高棅《唐诗品汇》中择取五、七言律诗五百首，分类而编。选诗以初、盛为多，中唐次之，晚唐间取之。蔡氏在自序中称："自《风》《雅》《骚》《选》之迭变，至唐人始以律名家，于体为近，于词为精，于法度森整之中而格律浑雄，意兴超逸，斯亦善之善乎？"②其以盛唐为宗，讲求法度与格律的宗旨与格调论者同气相求。嘉靖三十一年（1552）张逊业所辑《唐十二家诗》，选录王勃、杨炯、卢照邻、骆宾王、陈子昂、杜审言、沈佺期、宋之问、孟浩然、王维、高适、岑参十二家诗集各二卷，除孟、杜、岑三家外，其余九家皆有赋附之，分体编排。江都黄埻梓行时题跋语云："王、杨、卢、骆沿袭六朝之习，为天赋之才，实一代声律之发硎。自是文运益昌，乃有陈、杜、沈、宋倡于前，王、孟、高、岑继于后。当时指武德、贞观为初唐，天宝、贞元为盛唐，元和、开成之末曰晚唐。则十二家者，又唐之可法者欤？"③着眼于体格声调的源流变化，将十二家确立为可取法的对象，该选所定十二家，在当时颇有影响，也一直为后来的格调

---

① 胡缵宗《唐雅》，明嘉靖二十八年（1549）文斗山堂刻本。
② 蔡云程《唐律类钞》，明嘉靖刻本。
③ 张逊业《唐十二家诗》，嘉靖三十一年（1552）刻本。

论者所遵循。而此时在以格调论为主导的唐诗选本中,影响最大的无疑是李攀龙的《唐诗选》。该书在选诗上明显重初盛而轻中晚,在诗体辨析上更为严苛,在审美风格上偏执于冠冕整齐、声响宏亮一格,执着于他心目中的"正"体,对"格调"要求甚为苛刻。李攀龙以选诗的形式为格调论竖起了大旗,影响甚巨,正如胡震亨所云:"李于鳞一编复兴,学者尤宗之。"①

此阶段在前后七子"诗必盛唐"的诗学主流思潮之外,也有人另奏新声,在唐诗的编选上显示出与之不同的诗学观念。如樊鹏《初唐诗》三卷,只选择贞观至开元间的律诗,供时人师法。他在嘉靖十二年(1533)春的《编初唐诗叙》中云:"初唐诗如池塘春草,又如未放之花,含蓄浑厚,生意勃勃。大历以后,锄而治之。""诚以律诗当于初唐求之,古诗当于汉、魏求之,此则编诗意也。"② 其中虽见格调派的影响,但又对"诗必盛唐"有所突破,体现出对初唐律诗的偏好。蒋孝于嘉靖二十九年(1550)编刻《中唐十二家诗集》七十八卷,选录储光羲(附储嗣宗)、独孤及、刘长卿、卢纶、钱起、孙逖、崔峒、刘禹锡、张籍、王建、贾岛、李商隐十二家诗。蒋氏在自序中认为中唐诗"虽不能窥望六义,而格深律正,所以寄幽人贞士之怀,以发其忧沉郁抑之思者,盖已妙具诸品矣"。对中唐诗具有寄托、抒发真情的作品是予以肯定的。薛应旂在为其作序时称中唐诗:"沉涵超悟,舒愫发情,不靡不弱,宛然真切,而三百年污隆升降之会,一讽咏而可得矣,虽其人品造诣不能皆同,而言有可取,固不当以人而废。"③ 对中唐诗不靡不弱、宛然真切之作亦表认可。黄贯曾编选《唐诗二十六家》五十卷,在自序中黄氏认为:"自武德迄于大历,英彦蔚兴,含毫振藻,各臻玄极,虽体裁不同,要皆洋洋乎尔雅矣。"因而在其所选二十六家中,包括了皇甫曾、皇甫冉、权德舆、李益、司空曙、严维、顾况、韩翃、武元衡、李嘉祐、耿湋、秦系、郎士元、包何等中唐诗人。但对晚唐诗人仍持否定态度:"元和以后,沦于卑弱,无足取者。"④ 同样,顾应祥辑《唐诗类钞》八卷,顾氏自序中认为:"古今论诗者必曰唐诗,选唐诗者非

① 胡震亨《唐音癸签》卷三十一,上海古籍出版社1981年版,第326页。
② 黄宗羲编《明文海》卷二百二十,中华书局1987年版,第2219页。
③ 蒋孝《中唐十二家诗集》,明嘉靖二十九年(1550)蒋孝刻本。
④ 黄贯曾《唐诗二十六家》,明嘉靖三十三年(1554)黄氏浮玉山房刻本。

一家,惟襄城杨伯谦《唐音》最为严格,分别始音、正音、遗响,非合作者弗录。予自入仕以来,每携一帙自随,然中唐以后多有杰然脍炙人口者俱不见录。"于是摘其中为世所称者增入。而对入选晚唐诗,顾氏却解释道:"夫伯谦之意正病诸家所选略于盛唐而详于晚唐,乃今复以晚唐入之,欲以便观览云尔,非选也。"① 可见其编入晚唐诗歌并非选的结果,并不表明自己对晚唐诗的认可,只不过为了便于观览而已。即便如此,我们也可以看到,以上这些选本已经远远突破了前七子"长歌取材李杜,近体定轨开元"② 的严格界限。此阶段像这样不与复古派同流的唐诗选本还有佚名《初唐诗》、高叔嗣《二张集》、萧彦《初唐鼓吹》、刘成德《唐大历十才子诗集》、张谊《中唐诗选》、顾起经《大历才子诗选》、彭辂《唐诗衍调》等。不同的选诗趋向正是当时诗学思想的反映,初唐诗歌选本的出现,反映出正德、嘉靖年间习好初唐的诗歌风气。入选中晚唐诗也反映出时人对"诗必盛唐"观念的突破,这种诗学观念的变化,其实在七子派内部就已开始了,如王世贞兄弟就已开始从诗歌发展渐变的角度重新审视唐诗,打破了"四唐"的绝对界域,对中晚唐诗态度较为宽容。当然,此时入选中晚唐诗作,并不能说明他们已经深刻地认识到了中晚唐诗的真正价值,尤其是对晚唐诗,还不能从本质上对其加以肯定,而是出于聊备各体的目的。

从诗体上看,此阶段出现了较多的分体诗选,如符观《唐诗正体》,此书专从杨士弘《唐音》和高棅《唐诗正声》中选取五言律诗、七言律诗和七言绝句三种诗体,用自己的眼光重新编撰而成。还有专选唐人绝句的,如敖英《类编唐诗七言绝句》、张含《唐诗绝句精选》、杨慎《唐绝增奇》《唐绝搜奇》《绝句辨体》《五言绝句》《绝句衍义》、简绍芳《唐音百绝》、李材《唐绝雅铨》等。专选唐人律诗的,如窦明《参玄续集》,所选皆为七言律诗;黄凤翔、詹仰庇撰,朱梧批点《琬琰清音》专选唐五、七言律诗;王梦弼《唐诗别刻》,专从《唐音》中钞出五、七言律诗三百六十首;此外还有张铎《全唐律诗》、蔡云程《唐律类钞》、方介《博选唐七言律诗》等。从编选体例来看,这一时期虽有张之象《唐雅》《唐诗类苑》、潘光统

---

① 顾应祥《唐诗类钞》,明嘉靖三十一年(1552)自刻本。
② 王世贞《艺苑卮言》卷五,丁福保辑《历代诗话续编》,第1024页。

《唐音类选》等以类编次的选本,但大多数选本更热衷于按体分编。不论是分体编选还是按体编次,都充分显示出这一阶段明人辨体意识的增强,当然,这种辨体意识的增强又与他们以体格声调论诗的思路紧密相连。另外,此阶段的唐诗选本在选诗题材内容上也较为丰富,如张之象《唐雅》,选录唐武德至开元间君臣唱酬之作千余首,带有明显的台阁趣味;王化醇《百花鼓吹》,此书皆杂采唐人咏花之诗,凡三十八种;王纳善《唐代伦常诗选》,分修、齐、治、平诸门,以唐诗之关于伦常者依门入之;万表《唐诗选玄集》,多收僧人之诗等。

(三)明万历至崇祯年间的唐诗选本

万历中叶后,随着以袁宏道为代表的性灵派的崛起,诗坛上"师古"与"师心"、崇性灵与讲格调的激烈论争随即展开,与之相应地,在选学领域,选诗的针对性更强,大都通过诗歌选本来攻伐异端,伸张自己的诗学理论。其中为格调论张目的唐诗选本继续出现,如赵完璧辑《唐诗合选》十五卷,将杨士弘《唐音》与高棅《唐诗正声》合二为一,赞同胡缵宗"伯谦主调、廷礼主格,《音》精而《声》加严焉"的评价,对二选亦多加赞美:"但谛观《音》集,原始要终,拔其纯粹,撷其英华,虽采及晚唐亦不为多。再睹《声》选,区别精详,取予严正,虽略及晚唐亦不为少。二美混而为合选焉,约而要,非初学指南一佳器耶?"[①]徐用吾编《唐诗分类绳尺》七卷,虽从选目中无法看出其尊盛唐的倾向,但在书前《谈诗要语》中徐氏称:"故学诗者当以识为主,入门须正,立志须高,以汉魏盛唐为师,不作开元天宝以下人物。若自生退屈,即有下劣诗魔入其肺腑间,由立志不高也。故曰:取法乎上,仅得中,学其中,斯为下矣。又须先明彻古人意格声律,其于神境事物邂逅郁折得其全理于胸中,随寓唱出,自然超绝。"[②]完全与七子派论调一致。此外还有邢昉编《唐风定》二十二卷,从入选作品看,仍然是重盛唐、略晚唐,中唐也仅推钱起、刘长卿、韦应物、柳宗元、韩愈、孟郊、张籍、王建、韩翃、贾岛少数几家。吴勉学编《唐乐府》十八卷,汇集唐人乐府,但只录初、盛,而不及中、晚。臧懋循编《唐诗所》四十七卷,也只选录了初盛唐诗。杨一统编《唐十二名家诗》十二

---

① 赵完璧《唐诗合选》,明万历十一年(1583)赵慎修刻本。
② 徐用吾《唐诗分类绳尺》,明万历二十五年(1597)刻本。

卷,辑王勃、杨炯、卢照邻、骆宾王、陈子昂、杜审言、沈佺期、宋之问、孟浩然、王维、高适、岑参诗各一卷,所收皆初盛唐诗。许自昌辑《前唐十二家诗》二十四卷,亦选录王维、杨炯、卢照邻、骆宾王、陈子昂、杜审言、沈佺期、宋之问、孟浩然、王维、高适、岑参诗各二卷。毕效钦编《十家唐诗》十二卷,专录初盛唐诗人李峤、苏颋、张说、张九龄、李颀、王昌龄、祖咏、崔颢、储光羲、常建诗各一卷,这几部唐诗选都与复古派重初盛、薄中晚的观念一致。此时还出现了多种李攀龙《唐诗选》的评注、笺释本,如蒋一葵的笺释本,吴逸的注释本,叶羲昂注释本,王稚登参评本等等。这些都表明复古派诗论在诗坛仍具有较大影响。

但是,此时性灵派势力已在诗坛风生水起,他们虽没有以选诗的形式阐释其诗学观念,不过其诗学主张对复古派的格调论诗学观的冲击仍然很大,使得人们在以格调论诗的同时也能够从新的视角来体认唐诗,如李栻《唐诗会选》十卷,在书前《辨体凡例》中,李栻对各体风格特征及源流派别的辨析,都带有格调论的色彩。但其在《自序》中却又说道:"予尝尚论古人之诗,《三百篇》之风不可复矣,其次亦必格力、音调、气象、意趣四者备焉,而后可以言诗……格力非悟弗融,音调非悟弗谐,气象非悟弗神,意趣非悟弗邃,其要尤在妙悟。苟有悟焉,四者之美,不期而自合;苟无悟焉,虽强以合之,四者之失必不能免也。"[1] 在格力、音调之外,亦强调诗歌的气象及意趣,并将"妙悟"作为诗歌创作的枢纽关键。张可大辑《唐诗类韵》四卷,其自序中言道:"昔人论诗,遂谓汉魏晋与盛唐天籁也,大历以还地籁也,晚唐人籁也。亦未必然。诗者,吟咏性情也,有理,有意,有兴,有趣。"[2] 张居仁辑《唐诗十二家类选》将张逊业的《唐十二家诗》重新编选,按类编次,并在卷首《小引》中说:"因治唐十二家诗,类分雠选,自谓唐人之才也、情也、趣也尽是矣。"[3] 气象、意趣、才情、风神等因素成为他们评价唐诗的重要标准,这些选本体现出七子派的格调论在性灵思潮冲击之下自身的修正与改良。

在性灵派的影响下,此时又有许多唐诗选本通过多选或专选中晚唐

---

① 李栻《唐诗会选》,明万历二年(1574)李栻刻本。

② 张可大《唐诗类韵》,明万历刻本。

③ 张居仁《唐诗十二家类选》,明万历二十四年(1596)自刻本。

诗来与七子派"诗必盛唐"的观念相对抗,体现出与之相异的诗歌观念。如刘生龢所编《唐诗七言律选》八卷,此书在元好问《唐诗鼓吹》基础上加以删补汇编而成。李、杜二家皆不选,在选诗比例上,初唐入选 9 人,诗 18 首;盛唐入选 10 人,诗 23 首;中唐入选 42 人,诗 162 首;晚唐入选 59 人,诗 388 首。从如此悬殊的比例可看出其重中晚、轻初盛的选诗倾向。龚贤编《中晚唐诗纪》,因感冯惟纳有《古诗纪》,黄德水、吴琯有《初盛唐诗纪》,而独缺中晚唐诗纪,可见其对中晚唐诗的重视。崇祯年间毛晋合辑了一系列唐人诗集,如《唐人八家诗》四十二卷,选入许浑、罗隐、李中、李群玉、贾岛、李商隐、薛能、李嘉祐八家中晚唐诗人集,其所编《唐六人集》四十二卷、《五唐人诗集》二十六卷、《唐四人集》十二卷、《唐三高僧集》等也均以中晚唐诗人为主。陆汴辑《广十二家唐诗》八十一卷、朱之蕃辑《中唐十二家诗集》十一卷,所选十二家均为:储光羲、独孤及、崔峒、孙逖、刘长卿、钱起、刘禹锡、卢纶、王建、张籍、贾岛、李商隐。朱之蕃另辑《晚唐十二家诗集》二十五卷,选录晚唐孟郊、许浑、郑谷、姚合、杜牧、李中、薛能、罗隐、吴融、李频、许棠、杜荀鹤十二家诗。李之桢编《唐十家诗》五十一卷,专选徐安贞、刘长卿、韦应物、李德裕、皮日休、陆龟蒙、许浑、郑谷、欧阳詹、黄滔等中晚唐诗人集。钱谷编《苏州三刺史诗》专选韦应物、白居易、刘禹锡三家。赵士春所编《唐诗选》也以中唐诗人为主,略及盛唐。总之,热衷于中晚唐诗是此阶段唐诗编选的一个突出特点,与嘉靖年间的此类选本相比,此时选取中晚唐诗已不仅仅是出于各体兼备的目的,而是对中晚唐诗本身有了较为深刻的认识,例如李栻在《唐诗会选凡例》中称晚唐绝句"妙悟透彻,托兴深远",对晚唐绝句的审美特征有了较为清晰的把握。又如陆时雍在《唐诗镜》中评价中唐诗"去规模而得情趣",也可谓抓住了中唐诗歌独特的艺术价值。

　　无论是诗法盛唐,还是崇尚中晚,这些以选诗方式为各家流派摇旗呐喊的唐诗选本都在一定程度上成为不同诗学观念正面交锋的有力武器,但同时也带有一定的局限性,专选初盛,或仅取中晚,都不能使读者全览唐诗的整体面貌以及不同阶段的风格特征,因而此时也有一些唐诗选本在选诗上求全、求大,兼取四唐,以见唐诗的整体面目。正如吴勉学所言:"作者称诗,上必风雅,下必汉魏六朝、四唐。若风雅则列在学宫,汉魏六朝则具诸《诗纪》,独四唐未见全书。"①基于此认识,他编选了一部《四唐汇诗》,今天我们只见到其中的初唐汇诗七十卷及盛唐汇诗二百二十四卷,而未见中晚唐汇诗,但吴氏在此书《凡例》中曾说过:"故以初盛中晚,厘为四部,非直天贵有限,抑亦时代为紧,所以俾夫吟咏性情者咸得因时以辨文章高下、词气盛衰,本始以达终,审变而归正,亦犹《品汇》分为正始、正宗、羽翼、接武、正变、余响意也。盖自武德而景隆为初,开元而至德为盛,元和、会昌为中,会昌而降为晚。"②可见,他是仿照高棅的《唐诗品汇》而有意汇编全唐,未见全璧的原因可能是已散佚或能力及时间等因素导致未能刊刻。黄克缵、卫一凤编选《全唐风雅》十二卷,此选旨在展示全唐之"风雅",因而将高棅《唐诗品汇》及李攀龙《唐诗选》所选之诗均加以删除,适当增入中晚唐诗,正如黄克缵在其序言中所言:"世分初中与晚而诗无取羽翼正宗,盖仪凤、通天之际,淫哇盛行,神龙、景云之间,雅音未畅,差快人意,独一开元,而天宝、至德、海内风尘已骚然动矣,安所称盛? 彼杜陵、昌黎俨然为百代师,与王、岑、钱、刘、韦、柳皆唐中叶人,何必高视初盛而卑视中唐也? 故予欲于二百九十年间,以九十余年为初,百年为中,九十年为晚。"③曹学佺所辑《唐诗选》一百一十卷,该书是其《石仓十二代诗选》中的唐代部分,从曹氏的自序中也可看出其求全唐的意图:"自唐六家诗而至近代之《诗删》《诗归》,皆偏师特至,自成队伍;高氏《品汇》独得其大全。予之选亦惟仿其全者而已矣。"黄德水、吴琯所编《唐诗纪》,今所见万历十三年(1585)吴琯刻本只存初唐诗纪六十卷、盛唐诗纪一百一十卷,李维桢在书前序云:"始黄清父辑《初唐诗》十六卷,无何病卒,鄮郡吴孟白以为未尽一代之业,乃同陆无从、俞公临、谢少廉诸君,仿冯汝言《诗纪》纪全唐诗,诗某万某千某百有奇,人千三百有奇,名氏若诗阙疑者五十人有奇,仙佛神鬼之类为外集,三百人有奇。考世里、叙本事、采评论、订疑误,稗官野史之说,残篇只字之遗,无所不捃摭,合之得若干卷,积年而告成,盖其难哉! "可见其刊刻初衷是为举全唐。吴琯在书前凡例中亦表明此意:"是

①《四唐汇诗凡例》,明万历三十年(1602)吴勉学刻本。
②《四唐汇诗凡例》,明万历三十年(1602)吴勉学刻本。
③黄克缵、卫一凤《全唐风雅》,明万历四十六年(1618)刻本。

编原举唐诗之全,以成一代之业,录中、晚篇什繁多,一时不能竣事,故先刻初、盛以急副海内之望,而中、晚方在编摩,绪刻有待。"只可惜续刻未成。

　　与上述选本在重初盛与崇中晚的尖锐对立中寻求通观全照之路所不同的,此时面对复古派格调论与公安派性灵说的激烈争锋,还有一些选家在二者之间力求调和,带有融通互补的倾向。其中最具代表性的是唐汝询所辑《汇编唐诗十集》,其书前自序云:"余少习廷礼《唐诗正声》,爱其体格纯正,而高华雄浑或未之全;及读于鳞《唐诗选》,则高华而雄浑矣。犹恨偏于一而选太刻,俾秀逸者不尽收;及读伯敬《唐诗归》,则秀逸矣,而索隐钩奇,有乖风雅,字评句品,竟略体裁。是三选各有所至,而各有所未至也。"正因如此,他欲编此集以正三家之偏:"余谓高、李所选,风格森典,李唐之'二南';伯敬所收,奇新跌宕,唐风之变什。存变去正,既非其宜,开明广聪,亦所当务。于是取三家而合之,并余所翼高、李而作《解》者,别其异同,定为十集。复采高、李之旧评而补其缺,汰钟说之冗杂而矫其偏,庶几高之纯雅、李之高华、钟之秀逸,并显而不杂;而所谓庸者、套者、偏僻者,各加议论,以标出之,令后之来者不堕其轨辙,于诗不无小补焉。"① 合三家之集并自己所作《唐诗解》,辨析异同,以期达到以钟、谭之奇新济高、李之痴板,以高、李之典雅济钟、谭之谲诡的调和目的。同样,郭濬《增定评注唐诗正声》,今存卷十、十一,在卷首自序中郭氏称:"我明高廷礼先生尝辑《品汇》,拔其尤为《正声》,标格闲体,典则可法,汹汹乎洵一代雅音矣,而人顾取其平者摘之。济南《诗选》,风骨綦高,而人仅录其戛然之响,且谓伤于刻也。自钟伯敬先生《诗归》出,奇情秀句咸得评目焉,以佐高、李之不及,而不善法之者,乃以轻艳为秀逸,拗僻为新奇,于是复诋二家为善音,为残沈,而唐调之可歌咏者亦亡。"在他看来,晚明流行的这三部唐诗选本各有偏颇之处,高棅《唐诗正声》选诗只重平和闲雅一格;李攀龙《唐诗选》选诗仅以风骨奇高为标准;而钟、谭《唐诗归》又带出了轻艳、拗僻的流弊。因此,郭氏增订此集,意欲"合梓二家之选,取其不悖于正者稍益之。收苏双美,救其二

---

① 唐汝询《汇编唐诗十集》,明天启三年(1623)刻本。

偏"①。在《正声》的基础上增入《唐诗选》及《唐诗归》的篇目,以《唐诗归》的"奇情秀句"补《正声》与《唐诗选》之不足,又以《正声》及《唐诗选》来救《唐诗归》之流弊,这正是郭濬增订合选的主要目的。此外,这一时期最热的一部唐诗选本当属钟惺、谭元春所编的《唐诗归》,这部唐诗选本是晚明诗歌思潮影响下的产物,同时也具有调和各派思想的编选意图。贺贻孙在《诗筏》中曾说:"以余平心论之,诸家评诗,皆取声响,惟钟、谭所选,特标性灵。其眼光所射,能令不学诗者诵之勃然乌可已,又能令作诗者诵之爽然自失,扫荡腐秽,其功自不可诬。"②《唐诗归》不取声响,特标性灵,要求接唐人之精神,这是吸取了公安派的合理内核来矫正七子派末流因袭模拟之弊。而钟、谭提出的"以古人为归",则又是对公安派独抒性灵的反驳,同时又以"幽深孤峭"的宗旨来矫正公安派末流的浅率俚俗。至于这一选诗宗旨所带来的"凄声寒魄为致""噍音促节为能"③的流弊我们暂且不谈,单就《唐诗归》的选诗倾向来说,即表明此时选家在选诗时已具有了较强的互补融通的意识。除此之外,陆时雍所编《唐诗镜》五十四卷,在成书时间上晚于钟、谭的《唐诗归》,也是针对格调派的"好大好高"、性灵派的"好奇好异",力求在格调与性灵之间寻找新的突破口,拈出了"神韵"作为调和众家的新的选诗取径。此类唐诗选本的出现应当说是晚明不同诗学观念由尖锐对立走向调和互补的结果。

　　受明代后期哲学思想、社会风尚的影响,有一些唐诗选本在审美趣味上表现出崇尚声色与艳逸的特点,其中最具代表性的是杨肇祉的《唐诗艳逸品》。杨氏将他所选的艳逸之作分为四类,按体排列,其中名媛集选诗九十一首,香奁集选诗一百零五首,观妓集选诗六十九首,名花集选诗一百零八首。在书前自序中,杨肇祉透漏出了他对唐诗艳逸一品的偏爱:"艳如千芳绚彩,万卉争妍,明灭云华,飘摇枝露,青林郁楚,丹巘葱蒨,而一段巧缀英蕤,姿态醒目;逸如湖头孤屿,山上清泓,鹤立松阴,蝉翳萝幌,碧柯翘秀,翠筱修纤,而一种天然意致,机趣动人,此余《艳逸

<hr>

① 郭濬《增定评注唐诗正声》,明天启刻本。
② 郭绍虞编选,富寿荪校点《清诗话续编》,上海古籍出版社1983年版,第197页。
③ 钱谦益《列朝诗集小传》丁集中,上海古籍出版社1983年版,第571页。

品》所由刻也。"① 并在凡例中具体道出了他的选诗标准,即以使人"起艳逸之思"者为选。另有周诗雅编选的《唐诗艳》,据其小叙所言,名园、佳丽、盛馔皆属"艳"之列,但同时他又对"艳"作了界定,"艳未有不从清中流出者"。他将艳与清紧密结合,"予第近取其清者,而艳在其中矣,游名园、对美人、御盛馔,都向三者之外寻讨,是予清新之所寄也"②。因而在周诗雅看来,所谓"艳"指的是那些从诗人内心流出的带有清新寄托之作。这些选本反映出了晚明士人纵情自适的心态。

此时还有一些唐诗选本仍然热衷于辨体,其中有专选唐人七律的,如熊维宽《初唐七律诗选》、刘生龢《唐诗七言律选》、张玉成《七言律准》;有专选唐人排律的,如孙矿《唐诗排律辨体》;有专选唐人绝句的,如黄凤池《唐诗画谱》;有专选唐人乐府的,如吴勉学的《唐乐府》等。在编排体例上,除分体编排之外,还有以人统体的,如《唐诗纪》《唐诗归》《唐诗镜》;有依韵类聚的,如冯琦《唐诗类韵》,张可大《唐诗类韵》,聂先、蔡方炳、金希仁《唐人咏物诗》,毛懋宗、朱谋㙔《唐雅同声》,施端教《唐诗韵汇》等。

---

① 杨肇祉编,闵一栻订《唐诗艳逸品》,明天启六年(1626)闵一栻刻本。
② 黄宗羲编《明文海》卷二百二十六,第2317页。

第二章　明代唐诗选本与诗歌流派

纵观整个明代文坛，不难发现，其最突出的现象即是集团林立，流派纷呈，文人结社成风。各家各派，自立门户，或张扬己见，互相标榜；或相互攻讦，诋諆异己。这种现象在整个中国文学思想史上都是不多见的。其根本原因在于，明代处于封建社会晚期，随着时代的变迁、环境的改变，人们在生活内容、思维方式上相应地发生了新的变化，在这种情况下，新的文学样式及创作方式代替传统文学形态及古典审美理想就成为文学发展的必然趋势。然而，任何事物的发展变化都不可能是一朝一夕、一蹴而就的，在明代这一文学形态及古典审美理想发生重大转变的时期里，各种文学流派的风起云涌及激烈纷争，正是固守传统与倡导革新之间相互碰撞的结果，它的最突出表现即是诗坛上复古与反复古的斗争。其中涌现出的著名诗歌流派有以李东阳为首的茶陵派；李梦阳、何景明、王世贞、李攀龙为首的复古派（亦称七子派）；袁宏道为首的公安派（亦称性灵派）；钟惺、谭元春为首的竟陵派等。每一派都有其较为明确的诗学主张，或倡复古，或尚趋新，或论格调，或主性灵，造成了明代诗歌批评的繁荣局面。而更值得我们关注的是，在明代，唐诗选本的编撰与诗歌流派之间形成了一种独特的相互依存的关系，一方面，唐诗选本的大量产生依托于各个诗歌流派宣扬诗学主张、确立诗歌范本的需求；另一方面，许多诗歌流派的诗学主张因为那些与其同气相求的唐诗选本而传播得愈来愈远，在诗坛的影响也愈来愈大。因此，我们应当看到，明代诗坛纷繁复杂的诗学论争，各个流派的观点伸张及思想交锋，因为有了与之相应的唐诗选本的参与而变得更为激烈，也更加异彩纷呈。通过对唐诗选本的考察不仅能使我们更全面、更深入地认识与把握明代诗坛独特的"多流派"现象，还有助于引导我们从一个更加开阔的视野来观照整个明代繁荣的诗歌批评。本章主要以明代最有影响的三大诗歌流派——复古派（七子派）、公安派（性灵派）、竟陵派为中心，以与之相应的唐诗选本为主要研究对象，探讨选本与流派的关系，及其在流派纷争中所起的重要作用。

第一节　复古派与唐诗选本

　　复古是有明一代诗学的主流。可以说在明代诗坛这座热闹纷繁的大舞台上，表演得最卖力、最精彩的就是那些以复古自命的"角儿"们，他们中的重要人物"前、后七子"以其遵循汉魏盛唐审美理想的复古观及创作实践而被后人称之为复古派。他们以师古相号召，希望恢复汉魏盛唐以来的古典文学传统，扭转明代社会文化中的种种流弊，以期给诗坛带来新的气象。复古派的诗学思想由于与创作实践密切相连，所以他们的一个论断、一个观点的提出都会引起士人们的关注与思索，他们就像指挥者一样时时引导着诗坛的发展动向。

　　总观复古派诗学，其核心目标即是以汉魏盛唐诗歌传统来振兴明代诗坛，给人们指明一条有益的创作道路。在确立创作范型时，汉魏盛唐诗自然而然地成为了被标榜的对象，在复古派眼中，它们代表了中国古典诗歌的最高审美典范。前七子领袖李梦阳曾云："三代而下，汉魏最近古。"① 何景明亦称："学歌行近体，有取于（李白、杜甫）二家，旁及唐初、盛唐诸人，而古作必从汉魏求之。"② 王九思更是直言："夫文必先秦两汉，诗必汉魏盛唐，庶几其复古耳。"③ 而对中唐以下特别是宋元以来的诗歌，他们又持绝对否定的态度："诗自中唐而下，一切吐弃。"④ 如此确立创作典范是有其合理性的，中国古典诗歌自《诗经》而下，汉魏承之，古诗创作成就非凡，至盛唐，不仅体制大备，而且达到了艺术的巅峰，中唐之后则逐渐衰落，这是中国古典诗歌自身发展的必然趋势。所以，复古派以巅峰时期的诗歌形态作为理想的创作典范，的确无可厚非。然而他们的局限性也十分明显，主要体现为过于拘执于那些在他们眼中尽

---

① 李梦阳《与徐氏论文书》，《空同集》卷六十二，《影印文渊阁四库全书》第 1262 册，第 564 页。
② 何景明《海叟集序》，《大复集》卷三十四，《影印文渊阁四库全书》第 1267 册，第 302 页。
③ 王九思《明翰林院修撰儒林郎康公神道之碑》，《渼陂续集》卷中，《续修四库全书》第 1334 册，上海古籍出版社 1994 年版，第 230 页。
④ 张廷玉等《明史》卷二百八十五，第 7307 页。

乎完美的学习样板,而忽略了自己所处的时代与那些样板之间的岁月隔阂,一味地以之为标的,创作出的作品即使极为相像,也不能适应这个新的时代。更何况他们把学习的空间压缩得如此逼仄,甚至把可供参法的对象集中在为数不多的几个作家身上,在学习过程中必定会出现千篇一律、千人一面的模拟之弊。

复古派诗学思想的另一个重要方面是师古的方法问题。醉心于汉魏盛唐诗歌审美理想的复古者们把其心仪的作家作品奉为典范,并不是单纯为了把玩鉴赏,他们更为紧迫的任务是用以指导创作,付诸创作实践是最现实的目的。所以接下来,复古派倾大力探讨的问题就是如何师古,这看起来也是自然而然、顺理成章的事。然而,就在这个具体操作的环节中,不仅复古派内部互相指责、争论不休,而且因最终结果的不成功而遭致后人的诟病。在复古派的诗学思想中,学古与创新的关系问题始终没有得到妥恰的处理。他们也都认识到了创新变化的重要性,从理论上来看,他们并不想做头脑简单的模仿者,何景明曾在《与李空同论诗书》中提出了其学古原则即是"拟议以成其变化"[①]、"以有求似"[②];李梦阳也认为学古的最高境界应是"积久而用成,变化叵测矣。斯古之人所以始同而终异,异而未尝不同也"[③]。从整个复古派的诗学主张来看,既重学古,又强调变化的一般原则基本上是趋同的,问题出在具体的学古方式上,李、何之争正是复古派内部在学古方式上的一场最著名的分歧论争。李梦阳学古的切入点是典范作品的体裁法度,通过揣摩其具体的字法、句法、篇法运用于自身的创作中去。何景明的入手处为"富于材积,领会神情,临景构结,不仿行迹"[④],也就是在熟参涵咏前代典范作品的基础上,总体领会其神情精髓,化入胸中,创作时便可自由吐露,与古作宛然相合。对比来看,似乎何氏的观点更为变通、灵活,但是就当时来说,真正能够用来指导创作的还是那些看得见、摸得着的具体可感的

---

① 何景明《与李空同论诗书》,《大复集》卷三十二,《影印文渊阁四库全书》第 1267 册,第 290 页。
② 何景明《与李空同论诗书》,《大复集》卷三十二,《影印文渊阁四库全书》第 1267 册,第 291 页。
③ 李梦阳《答周子书》,《空同集》卷六十二,《影印文渊阁四库全书》第 1262 册,第 570 页。
④ 何景明《与李空同论诗书》,《大复集》卷三十二,《影印文渊阁四库全书》第 1267 册,第 290 页。

"法"。所以复古派内部成员大都倾向于李梦阳的观点,就连何氏本人也不得不讲起法来:"仆尝谓诗文有不可易之法者,辞断而意属,联类而比物也。"① 所关注的也是诗文的结构及例证等方面的具体之法。

而最能概括复古派之师古方法的范畴即是"格调"。对于明人所论之"格调",有人认为它即是风格,复古派所遵循模仿的就是汉魏盛唐诗歌的风格特征;有人认为是指一种融入了诗人主体思想情感的"有意味的形式";也有人认为它指的就是诗歌外在的体格声调。笔者认为,这三种解释都有其合理性,因为中国古代文学批评中的许多范畴都是具有多义性及内涵的模糊性的,这与我们古人以体悟为主的文学思维方式密切相关,这也是中国古典文学理论与西方文艺理论的相异之处。就拿"格调"来说,其理论内涵在各朝并不完全相同,而到明代由于复古派对其运用较为频繁,所以被后代论者视为其诗论的核心,在笔者看来,明代复古派的格调论与其所推重的"法"密不可分,所以在内涵上更多的是指向诗歌具体的体格声调,他们力求从典范诗作外在的形式上把握创作要点,进行学习仿作。当然,有时"格调"在复古派那里也指风格,如李梦阳在讲作诗"七难"时,其中前两难即为"格古调逸",意在表明其所追求的是那种古朴超逸的诗歌风格。而笔者以为复古派以格调代指风格仍然是建立在他们对具体诗歌的体制结构及声调的运用与把握之上,因为风格的呈现毕竟离不开这些外在的形式。

由于复古派将研习体格声调乃至细微末节的诗法作为求诗的门径,势必影响他们对诗歌的全方位观照。拘泥格调,严守法度最终导致了两个必然结果,一是过分关注诗歌的外在形式,而相对忽视其内在情感(虽然复古派诗论中不乏对情的关注,但最终的结果还是屈从于格调),导致诗歌创作缺乏个性,流于摹拟。与李、何友善的陆深曾说:"近时李献吉、何仲默最工,姑自其近体论之,似落人格套,虽谓之拟作亦可也。"② 七子派领袖尚且如此,他人之作亦可想而知了。二是评价尺度过于褊狭,仅以汉魏盛唐诗歌格调作为标准,对于不尽与之相符且发生一定程度变异

① 何景明《与李空同论诗书》,《大复集》卷三十二,《影印文渊阁四库全书》第1267册,第291页。
② 陆深《玉堂漫笔》卷上,《俨山外集》卷十一,《影印文渊阁四库全书》第885册,第62页。

的诗歌没有做到合理对待,狭隘僵化,画地为牢。

面对复古过程中产生的这些流弊,复古派内部也在不断反思,尤其到后七子时期,谢榛、王世贞等人的复古论体现出了明确的修正改良的意图。一方面他们对恪守格调诗法的做法有所反思,如王世贞所云:"夫古之善治诗者,莫若钟嵘、严仪,谓某诗某格某代,某人诗出某人法,乃今而悟其不尽然。"① 与此同时,他们又强调诗人主体的因素,谢榛在其《四溟诗话》中曾屡屡言"悟":"诗固有定体,人各有悟性。夫有一字之悟,一篇之悟,或由小以扩乎大,因著以入乎微,虽小大不同,至于浑化则一也。"② 他认为诗歌体式虽是固定的,但是人的悟性各有不同,如能悟入,那么都可达到浑化的至高境界。对才情的强调也是复古派内部改良的重要体现,谢榛在批评当下盛行的模拟之风时说:"今之学子美者,处富有而言穷愁,遇承平而言干戈,不老曰老,无病曰病。此摹拟太甚,殊非性情之真也。"③ 而王世贞则进一步提出了以才情与格调互"剂"的观点,他说:"其气完,是以句工而不累篇;其调谐,是以篇工而不累格;窅得沉而收,华得质而御。夫天下不难乎才,难乎才而无以剂之。"④ 这里的"气"和"调"分别代指才情与格调,王氏追寻的是二者的相得益彰。

另一方面,对师法对象的拓展也是后七子修正改良思想的重要内容。谢榛提出效初盛唐十四家之佳者,而"不必塑谪仙而画少陵"⑤,意在纠正前七子专主李、杜一二大家之偏。王世贞认为:"自李、何诸公之论定,而诗于古无不汉、魏、晋、宋者,近体无不盛唐者,文无不西京者。汉、魏、晋、宋之下,乃有降而梁、陈;盛唐之上,有晋而初唐,亦有降而晚唐,诗之变也。西京而下,有靡而六朝,有敛而四家,则文之变也。语不云乎:'有物有则。'能极其则,正可耳,变亦无不可。"⑥ 他对诗歌发展之

① 王世贞《邹黄州鹡鹩集序》,《弇州四部续稿》卷五十一,《影印文渊阁四库全书》第1282册,第663页。
② 谢榛著,宛平校点《四溟诗话》卷四,人民文学出版社1961年版,第118页。
③ 谢榛著,宛平校点《四溟诗话》卷二,第47页。
④ 王世贞《叶雪樵诗集序》,《弇州四部续稿》卷四十四,《影印文渊阁四库全书》第1282册,第581页、第582页。
⑤ 谢榛著,宛平校点《四溟诗话》卷三,第80页。
⑥ 王世贞《蒙溪先生集序》,《弇州四部续稿》卷五十二,《影印文渊阁四库全书》第1282册,第684页。

"变"采取了宽容理解的态度,在一定程度上承认变的合理性,这样的诗歌发展观势必对前七子所确立的师法典范产生冲击,打破四唐畛域的实践已蓄势待发了。

以上我们对明代复古派的诗学思想作了简单概括的梳理归纳,从中可见,尽管他们的理论与实践存在着无法解决的矛盾,给诗坛带来了种种流弊,但是复古派终究是有明一代诗坛最为重要的派系,驱遣着诗坛风气,对诗人的创作观念、诗歌思想产生了巨大影响。这种巨大的影响力渗透到选诗领域,促使了唐诗选本的大量产生,这些选本,有的来自复古派领袖对自己诗学观念的进一步伸张;有的来自与复古派同调的应和者;有的以批点的方式实践复古派思想;有的则以实际选诗对复古派思想进行改良。透过这些唐诗选本,我们能够更加清晰也更为深入地认识弥漫明代诗坛的复古思潮。

一、明代复古派诗学思想的张目之选——李攀龙《古今诗删》

李攀龙(1514—1570),字于鳞,号沧溟,历城(今山东济南)人。嘉靖二十三年(1544)进士,历任刑部主事、员外郎、河南按察使等职,著有《沧溟集》。于鳞为后七子领袖,"操海内文章之柄垂二十年"[1],在嘉靖诗坛颇具影响力,其诗学思想上承李、何。虽然他没有专门的诗学论著,但却亲操选政,以选本的方式将其诗学主张传播得更远。

《古今诗删》是一部通代选本,《四库全书》收载《古今诗删》并作《提要》曰:

> 《古今诗删》三十四卷,明李攀龙编。攀龙有《沧溟集》别著录。是编为所录历代之诗,每代各自分体,始于古逸,次以汉魏南北朝,次以唐,唐之后继以明,多录同时诸人之作,而不及宋元。盖自李梦阳倡不读唐以后书之说,前后七子率以此论相尚,攀龙是选犹是志也。[2]

正如四库馆臣所言,《古今诗删》卷一至卷九选录古逸至南北朝古诗,卷

---

① 钱谦益《列朝诗集小传》丁集上,第428页。
② 永瑢等《四库全书总目》卷一百八十九,第1717页。

十至卷二十二选录唐诗,卷二十三至卷三十四选录明诗,而惟独不及宋元两朝,可见李攀龙坚决继承的是前七子的论诗主张。其中选唐部分后来别行,名曰《唐诗选》,在明代流传甚广。

《古今诗删》收录唐诗七百四十首,以体编次,其中卷十、十一为五古,卷十二、十三为七古,卷十四、十五为五律,卷十六、十七为七律,卷十八、十九为五排,卷二十为五绝,卷二十一、二十二为七绝。但其编次顺序看起来较为混乱,并不是完全按照时代顺序排列,如五古部分,张九龄位列陈子昂之前,韦应物、柳宗元位列崔颢之前;七古部分,张若虚位列白居易之后等等,编者亦未加任何说明。其原因许学夷在《诗源辨体》中作了揭示:"尝与黄介子伯仲言于鳞选唐诗似未睹诸家全集,介子伯仲曰:向观于鳞诗选所录,不出《品汇》。如《品汇》五言以崔颢为'羽翼',故次韦、柳'名家'之后,七言古,张若虚、卫万无世次可考,故次'余响'之后;骆宾王以歌行长篇,故又次张、卫之后。今于鳞既无分别,而次序亦如之,是可证也。"[1]原来主要是因为其所选诗歌皆从《唐诗品汇》而出,胡震亨也曾称"李选与《正声》,皆从《品汇》中采出"[2],而其编选次序亦随《唐诗品汇》。笔者对照二书详细检阅,的确如此。

从四唐诗歌的入选比例来看,盛唐占绝对优势,数量达到所选诗歌的60.1%,其次是初唐和中唐,分别占16.9%和16.5%,而晚唐诗歌数量却少得可怜,仅占2.4%。从入选的具体诗人诗作数量来看,排第一位的是杜甫(91首),接下来是李白(57首)、王维(47首)、岑参(39首)、高适(38首)、王昌龄(31首)。由此可见,李攀龙选唐诗的确是实践了复古派"诗必盛唐"的论诗宗旨。

在《古今诗删》中,李于鳞仅在选唐部分前有一段序言,可以看出他对自己的唐选极为看重,《选唐诗序》曰:

> 唐无五言古诗而有其古诗,陈子昂以其古诗为古诗,弗取也。七言古诗唯杜子美不失初唐气格,而纵横有之。太白纵横,往往强弩之末,间杂长语,英雄欺人耳。至如五七言绝句,实唐三百年一人,盖以不用意得之,即太白亦不自知其所至,而工者顾失焉。五言

---

[1] 许学夷著,杜维沫校点《诗源辨体》卷三十六,人民文学出版社1987年版,第368页。
[2] 胡震亨《唐音癸签》卷三十一,上海古籍出版社1981年版,第326页。

律、排律,诸家概多佳句。七言律体,诸家所难,王维、李颀颇臻其妙,即子美篇什虽众,愦焉自放矣。作者自苦,亦惟天实生才不尽,后之君子本兹集以尽唐诗,而唐诗尽于此。①

这里李于鳞以诗体为序对唐诗人进行评论,也可视作他为自己选诗所作的一个简要说明。在对各体唐诗的评价中,透露出了选家的诗学观。

首先,对五古一体,李攀龙提出了自己的独家论断,可谓大胆新奇,引来诗坛纷争不断。我们在本书"辨体论"部分将会从辨体的角度探讨这个话题,如果换个角度来看,李攀龙的"唐无五言古诗而有其古诗"其实仍是七子派"古体宗汉魏、近体尊盛唐"思想的反映。在他眼中,只有汉魏五言古诗才是五古之正宗,唐人已经写不出那样正宗的五古作品了。但这并不意味着于鳞完全否定唐人五古,相反,他还是认为唐人有属于自己时代特色的五言古诗,所以在集中他收录了唐代五古119首,仅次于七绝的164首和五律的124首,数量也极为可观。

不过他对唐人五古的评选极为严苛,他称"陈子昂以其古诗为古诗,弗取也",意思是说,陈子昂自认为继承了古诗传统的五古,其实并不是汉魏正宗的五古,所以不予入选。陈子昂是初唐倾大力倡导复古的著名诗人,他通过自己的实际创作以期恢复汉魏古诗的传统,在唐代诗坛影响甚大。明初高棅编《唐诗品汇》,不仅选取陈子昂五古55首,数量仅次于李白(198首)、韦应物(93首)、杜甫(86首),而且还将其置于"正宗"之位,对其评价甚高。而同样是以复古自命的李攀龙却对初唐这位复古名家如此苛刻挑剔,其中颇有值得玩味之处。结合具体选诗来看,他对陈子昂的五古不仅不是"弗取",而且还取了七首之多,在初唐诗人中位列第一,仅次于杜甫(17首)、李白(9首)、储光羲(9首)、高适(8首)。这似乎与他序言所论自相矛盾,但若仔细观察就会发现,这七首中没有陈子昂最著名的五古代表作《感遇》诗38首,选入的是其《冀丘览古赠卢居士藏用》6首和《酬晖上人夏日林泉》。陈子昂《感遇》诗向来被视为追摹古作的代表,唐代皎然曾言:"子昂《感遇》三十首,出自阮公《咏怀》。"② 胡应麟亦言:"子昂《感遇》,尽削浮靡,一振古雅,唐初自是杰出。

---

① 李攀龙《古今诗删·选唐诗序》,《影印文渊阁四库全书》第1382册,第91页。
② 皎然著,李壮鹰校注《诗式校注》,齐鲁书社1986年版,第162页。

盖魏晋之后,惟此尚有步兵余韵。"①高棅《唐诗品汇》所录陈子昂55首
五言古诗中包括《感遇》诗36首;"拔其尤"的《唐诗正声》收录陈子昂
五古10首,其中《感遇》诗就占了7首之多。而李攀龙却对其一首未
选,个中原因不易把握,有研究者认为《感遇》诗有明显的律化倾向,失
去了古诗之"正",所以落选。这应该说是原因的一方面,初唐诗本来就
古律难分,在陈子昂诗中的确存在这种现象,正如许学夷所言:"五言自
汉魏流至元嘉,而古体亡。自齐梁流至初唐而古、律混淆,词语绮靡……
子昂《感遇》虽仅复古,然终是唐人古诗,非汉魏古诗也。且其诗尚杂用
律句,平韵者犹忌上尾。至如《鸳鸯篇》《修竹篇》等,亦皆古、律混淆,
自是六朝余弊。"②以此来解释陈子昂《感遇》诗"弗取"之原因尚可行得
通,但是在《古今诗删》选唐部分还有一个人的境遇与陈子昂极为相似,
那就是大诗人李白,他的《古风》五十九首也是一首未选,如果还以上述
理由来解释似乎就有些牵强。

　　其实我们如果把二人联系到一起,就会大致揣摩出于鳞如此选诗
的真正目的:陈子昂《感遇》诗与李白《古风》都是唐代非常著名的五古
佳作,不仅在当代而且对后世影响巨大,后人经常将《古风》《感遇》与
阮籍《咏怀》诗视作一脉相承的关系,朱熹曾说:"(李白)《古风》两卷,
多效陈子昂,亦有全用其句处,太白去子昂不远,其尊慕之如此。"③李梦
阳在谈到李白、陈子昂与阮籍的关系时亦云:"予观陈子昂《感遇》诗差
为近之,唐音沨沨乎开源矣,及李白为《古风》,咸祖籍词。"④也就是说,
后人几乎把《感遇》诗与《古风》看作是唐人追寻汉魏古诗传统的典范。
但是以李攀龙苛刻的眼光来看,它们并不是真正能够与汉魏古诗相媲美
的作品,要想识见真正的汉魏古诗,必定还要从汉魏求之。而这些越是
著名、越是有影响的作品恰恰越容易误导学诗者,也许正因此,于鳞才决
定将其删掉,以这样的大胆之举来告诫人们什么是五古之"正格"。可以
说李攀龙以选诗的方式将前七子坚守"第一义"的观点发展到了极致。

　　其次,在对七言古诗与七言律诗的择取与评价中进一步显示出于鳞

① 胡应麟《诗薮》内编卷二,上海古籍出版社1979年版,第37页。
② 许学夷著,杜维沫校点《诗源辨体》卷十三,第144页。
③ 朱熹著,黎靖德编《朱子语类》卷一百四十,中华书局1994年版,第3326页。
④ 李梦阳《刻阮嗣宗诗序》,《空同集》卷五十,《影印文渊阁四库全书》第1262册,第464页。

精严甚至苛刻的删选标准。李、杜是唐代诗坛巨擘,他们诗歌的主要成就分别体现于七言歌行和七律,何景明曾言:"学歌行、近体,有取于(李、杜)二家,旁及唐初、盛唐诸人。"①李梦阳更是全面学杜。而李攀龙却对李白的七古和杜甫的七律挑剔指瑕,甚为苛刻。对七言古诗,他以"初唐气格"为标准,初唐七古主要走的是歌行的路子,篇幅宏伟,铺叙繁富,抒情婉转,文辞精美,并在一定程度上吸取了律诗的优点,对仗工整,音调和谐。而杜甫、李白七古都与初唐至盛唐以来的七言歌行之体调有所不同,杜甫的变化在于他将散文的句法与章法融入诗篇,在音律体制上尽力避免近体声律的影响,以艰涩拗口的字法、句法取得了声情顿挫的艺术效果,造成了奇绝拗峭的诗风。这就使七言古诗脱离了初唐歌行体调特征,形成了不入律的古风。李攀龙称"杜甫不失初唐气格,而纵横有之",可见其对杜甫七古的变化并不认同,在他眼中仅仅是变而"不失"而已,因而他所选的杜甫13首七古基本上都是乐府歌行体,如《贫交行》《折槛行》《朱凤行》《莫相疑行》《骏马行》《渼陂行》《乐游园歌》《饮中八仙歌》《哀王孙》《哀江头》《丹青引赠草将军霸》等,这些诗既上承初唐七言歌行的气脉,同时又融入杜甫本人的个性创造,多具纵横之气。李白七古之变则是在继承齐梁至初唐歌行体制特点的基础上,又着重吸收楚辞至鲍照歌行的参差句式,多用散句,破偶为奇,在极不对称中寻求整体语言节奏的和谐,以纵横的笔触抒写跳荡的情感,达到极高的艺术成就。然于鳞却称"李白纵横,往往强弩之末,间杂长语,英雄欺人耳",完全持批评的态度。实际上,若论"气格",初唐七古难比盛唐,特别是李白,完全进入了以气势驱遣文字的至高境界,豪逸飞动,变幻超忽,无人能比。于鳞偏偏以"初唐气格"绳之,仅选李白七古8首,并且对其著名的《梦游天姥吟留别》《蜀道难》《远别离》等作一概不选,只因这些诗多用骚体句式,长短不等,纵有纵横之气,但在于鳞看来已是强弩之末,英雄欺人罢了。由此可见,李攀龙是本着他心中初唐七古之"正格"来选诗,对于那些"变调",即便是再著名也舍弃不选。如此狭隘的诗歌发展观遂遭致后人诟病,清代潘德舆《养一斋李杜诗话》称于鳞论七古"何其諿也!太白歌行,只有少陵相敌……于鳞转以太白为'强弩之末',为

---

① 何景明《海叟集序》,《大复集》卷三十四,《影印文渊阁四库全书》第1267册,第302页。

'英雄欺人',更不堪一笑耳。《诗辨坻》亦谓'太白歌行,跌宕自喜,不闲整栗,唐初规制,扫地欲尽',与于鳞一鼻孔出气。此皆误以初唐为古体,故嫌李诗之一概放佚,而幸杜诗之偶一从同。岂知诗之为道,穷则变,变则通……(于鳞)徒以初唐一体绳太白、子美歌行之优劣,所以终身宗法唐人而不免为优孟钦?"①他以通变的诗歌流变观对李攀龙僵化板滞、固守某一格调的诗歌观念进行抨击,可谓正中其弊。

对七言律诗,李攀龙推崇的是王维和李颀,他称二人七律"颇臻其妙",并将其视为七律之正格,选取王维11首、李颀7首代表作,在数量上分别位列第二和第三。的确,七律发展至盛唐,经王维、李颀等人之手已日渐纯熟,成就斐然,于鳞崇尚王、李本无可厚非,但紧接着他却称"子美篇什虽众,愦焉自放矣",对杜甫七律多加贬抑,这一观点又不得不引起我们进一步深思揣度。唐人七律至杜甫而境界顿开,大放异彩,因而一向被后人视为圭臬,崇尚有加,胡应麟在肯定王、李、高、岑等人七律的同时,进一步指出:"(七言)近体,盛唐至矣,充实辉光,种种备美,所少者曰大,曰化耳,故能事必老杜而后极。"②而于鳞为何要称其"愦焉自放"呢?愦,为昏乱之意,自放,指无所拘束,他批评杜甫于七律昏乱无所约束其实还是不满其"变"。杜甫七律将题材内容作了大幅拓展,囊括了现实生活中的各类题材,可谓海涵地负,包举宇内,使律诗也能以短小精干的体制达到古诗博大精深的境界。为此,杜甫在炼字、声调、谋篇、属对等方面都作了大胆的革新。与以往律诗内容仅限写景抒情不同,杜甫开始将议论引入诗中并与抒情紧密结合;在声律体制上,杜甫七律多用拗字,运古于律,这不仅是他更新律诗的主要途径,也是他七律的显著特征之一。杜甫对七律一体所作的大量探索与大胆革新,使其作品与以往的七律风貌有了明显区别,对于这种变化,于鳞是持否定态度的。

结合选诗来看,杜甫七律入选数量达13首,位列第一,这在表面看来似乎又与其所论相背离,其实我们只要把杜甫与王维、李颀三者七律作品数量与入选数量作一个简单的对比就可明白其中并不矛盾。王维七律今存20首,于鳞选录其11首,入选比例超过了50%;李颀七律

① 潘德舆《养一斋李杜诗话》卷一,郭绍虞编选,富寿荪校点《清诗话续编》,第2173页。
② 胡应麟《诗薮》内编卷五,第90页。

今存7首,于鳞全部录入,入选比例达100%;杜甫七律共150余首,只有13首被选中,入选比例仅为8%。可见,杜甫七律在入选绝对数量上虽然占据第一,但并不表明于鳞对其肯定与尊崇,事实恰恰相反,从这样悬殊的入选比例可以看出他对杜甫七律持有多么挑剔的眼光。从具体入选的作品来看,这13首诗中,没有诸如《诸将》五首这样融入议论成分的作品,也没有如《白帝》《白帝城最高楼》《昼梦》一类多用拗字的诗篇,也就是说,他删去的是那些体现杜甫七律之"变"的诗作。而其入选的这些作品在内容上也并未展现杜甫七律宏深博大、题材丰富的特点,主要接续的是前人七律即景抒情的传统,如《野望》(西山白雪三城戍)、《登楼》通过眼前之景抒发了诗人深深的忧国之思;《题张氏隐居》则通过描写张氏隐居环境的幽美,赞美其良好的德行以及讴歌二人的深情厚谊;《九日蓝田崔氏庄》作于乾元元年(758),此时诗人身在蓝田,诗中通过对登高饮酒、故作欢态的描写,暗暗流露出人生难料、仕途坎坷的淡淡忧愁;《吹笛》《阁夜》《返照》三首诗皆作于大历元年(766)诗人寓居夔州之时,通过笛声、夜色、雨后之景表达了诗人的乡关之思、伤乱之情以及衰病乱离之感。这些诗虽不失为佳作,然不足以真正展现老杜七律的巨大成就。归根结底,还是因于鳞囿于自己所认定的盛唐"正格",对于诗歌的发展流变不能辩证地看待,从而失去了公正客观的评价。所以后人对其七律之选颇多微词,同为后七子盟友的王世贞曾评价其云:"于鳞选老杜七言律,似未识杜者,恨曩不为极言之,似非忠告。"[1]清代潘德舆亦批评道:"于鳞七律当代首推,而所选七律,于老杜《诸将》《咏怀古迹》等作一概不录;若初唐人应制诸篇,则累累选之,不知有何意绪?"[2]于鳞于初唐独取沈佺期七律7首之多,数量与李颀、岑参持平,且大都为应制之作,如此选诗更体现出他将初唐至盛唐以来的七律作为典范,而对杜甫七律选评却失之偏颇,潘氏此语亦颇中于鳞选诗之要害。

李攀龙《古今诗删》选唐部分与高棅《唐诗正声》同出于《唐诗品汇》,选诗数量亦较为接近,然而两部选本体现出的选诗宗趣却不尽相同。高棅《正声》贯穿了其"伸正黜变"的思想,力求在突出盛唐的基础

---

① 王世贞《艺苑卮言》卷四,丁福保辑《历代诗话续编》,第1007页。

② 潘德舆《养一斋诗话》卷九,郭绍虞编选,富寿荪校点《清诗话续编》,第2136页。

上亦凸显中晚唐诗之流变特征;而于鳞所选则主要是体现其心目中的唐诗特色,对于不符合其铨选标准的,即便是名篇佳制也毫不犹豫地挥删而去。在选诗比例上于鳞所选较《正声》加大了盛唐诗作而减少了大历以后的作品,如五律,《正声》选录刘长卿5首、钱起4首,而于鳞仅选前者1首,而后者一首未录;七律,《正声》入选刘长卿8首、钱起6首,而于鳞仅选后者2首,前者一首未录。对晚唐诗于鳞则更加苛刻,不仅在总体选诗比例上仅占2.4%,而且七古与五排二体竟未有一篇晚唐作品入选。由此可见,李攀龙此选比《唐诗正声》有着更强的伸张本派诗学主张的目的性,它是复古派"中唐而下,一切吐弃"思想的具体实践,他以选诗的方式使复古派遵循"第一义"、规摹汉魏盛唐格调的诗学观念得到了有效传播,成为复古派诗学思想的张目之选。

当然,通过这部唐诗选本,我们也清晰地看到了明代复古派对唐诗"正格"的理解日趋狭隘与僵化。为了充分表现个人的诗歌主张,于鳞选诗过于一任己意,从他所说的"后之君子本兹集以尽唐诗,而唐诗尽于此"就可看出这样的倾向。他完全恪守自己心目中的所谓"正格",所以在删选诗歌时常常有失客观公允。王世贞曾对李攀龙过分以"格"评选诗人做过委婉的表达:"于鳞以意而轻退古之作者,间有之;于鳞舍格而轻进古之作者,则无是。"[①]而正是由于其选诗的过于严苛,常遭致后人的不满与质疑,明末许学夷批评道:"李于鳞《古今诗删》首古逸诗,次汉魏六朝乐府,次汉魏六朝诗,次唐诗,次国朝诗。其去取之意,漫不可晓。大要黜才华,尚气格,而复有不然。"[②]清初钱谦益更是批评李攀龙:"僻学为师,封己为是,限隔人代,揣摩声调。论古则判唐、《选》为鸿沟,言今则别中、盛为河汉,谬种流传,俗学沉锢。"[③]这些批评各自的出发点或许不同,但大都看到了于鳞选诗中存在的主要问题。

尽管如此,李攀龙《古今诗删》选唐部分的单行本《唐诗选》仍不胫而走,不断被坊间书贾以各种托名大量刻印,并且出现了以《唐诗选》为

---

① 王世贞《古今诗删·序》,《影印文渊阁四库全书》第1382册,第3页。
② 许学夷著,杜维沫校点《诗源辨体》卷三十六,第367页。
③ 钱谦益《列朝诗集小传》丁集上,第429页。

底本的多种笺注本,明末吴芳在《唐诗训解序》中云:"唐诗自李于鳞先生选行世后,而诸选皆废。"[1]可见其影响之大,这部唐诗选本在彰显复古派诗学思想方面的确发挥了巨大作用。

二、"诗必盛唐"的实践者——胡缵宗《唐雅》与唐汝询《唐诗解》

自明弘、正年间,前七子复古主张一经提出,即在诗坛引起巨大反响,天下操觚谈艺之士翕然宗之。至嘉、隆时期,经李攀龙、王世贞等后七子的进一步发扬,复古派诗学思想更是巨浪滔天,追随者趋之若鹜,竞相攀附。在选诗领域,受复古派"诗必盛唐"思想的影响,出现了大量重初盛而薄中晚唐诗歌倾向的唐诗选本,如,嘉靖年间张逊业《唐十二家诗》辑王勃、杨炯、卢照邻、骆宾王、陈子昂、杜审言、沈佺期、宋之问、孟浩然、王维、高适、岑参诗各一卷,所收皆初盛唐诗。此后这十二家加之李白、杜甫,一直成为人们诗法的对象,直至明末。又如,李默、邹守愚所辑《全唐诗选》十八卷,书名虽为"全唐诗选",但从选诗比例上来看,仍是以初盛唐为主而略晚唐。蔡云程《唐律类钞》二卷,专从杨士弘《唐音》、高棅《唐诗品汇》中择取五、七言律诗五百首,分类而编。选诗以初、盛为多,中唐次之,晚唐间取之。晚明时期,臧懋循编《唐诗所》四十七卷,也只选录了初、盛唐诗。万历年间杨一统重刻《唐十二名家诗》十二卷,延续了嘉靖年张氏所辑十二家。许自昌辑《前唐十二家诗》二十四卷,亦选录王勃、杨炯、卢照邻、骆宾王、陈子昂、杜审言、沈佺期、宋之问、孟浩然、王维、高适、岑参诗各二卷。毕效钦编《十家唐诗》十二卷,专录初、盛唐诗人李峤、苏颋、张说、张九龄、李颀、王昌龄、祖咏、崔颢、储光羲、常建诗各一卷。诗坛之风尚由此可见。而在诸如此类的唐诗选本中,胡缵宗《唐雅》及唐汝询《唐诗解》是较为典型的两部,下面我们以这两部选本为例来进一步揭示复古派尊崇盛唐思想的巨大影响。

胡缵宗《唐雅》编于嘉靖二十八年(1549),此时后七子诗学思想在诗坛势头正炽,宗唐抑宋之风也愈演愈烈,胡缵宗编撰《唐雅》首先体现的就是其宗唐倾向,《唐雅序》开篇即说道:

---

[1]《唐诗训解》卷首,清刻本。

> 诗自《三百篇》后，五七言继作，古今体嗣出，诗之变极矣。汉近古、魏犹古，晋稍工、唐尤工，诗去风雅虽远，然大篇、短章、乐府、绝句，至唐皆卓然成家，诗家谓诸体兼备，不其然哉！传谓：周以降无诗，愚亦谓：唐以降无诗。故近代学诗者咸自唐入，由唐入汉，庶可薄风雅而追骚些尔。故诗截然以唐为宗者，其以是哉？①

这里胡缵宗描述了诗歌自《三百篇》之后的发展流变，他认为，汉魏古诗尚能继承《诗经》的古朴之风，而至晋、至唐，诗歌却工于精巧，离《三百篇》的浑涵古朴之风渐行渐远。胡氏的这一认识是受儒家传统诗学正变观的影响，《诗经》在儒家传统诗学中被看作是诗歌的最高典范，它既是历代诗歌发展的源头，又是诗歌的最高价值体现。因此，在古代诗学正统中，《诗经》被奉为典则，成为诗歌流变中的"正"。后人在进行诗歌批评时，亦以《诗经》为准则，符合者视为正，不符合者则视为变。然而，胡氏虽将唐诗划入了"变"的范围，但似乎对其又有着特殊的认识，他认为诗至唐，各体兼备，且皆能卓然成家，学诗者只有从唐诗入手，才可接汉魏，薄风雅。这种认识与唐诗在整个古代诗歌发展长河中的特殊地位有关，唐代诗人以其独有的气质个性造就了诗歌的彬彬之盛，于各体均有极深的造诣，并且唐人也试图扭转齐梁以来的靡丽诗风，他们上追汉魏，力求风雅，从唐初陈子昂对"汉魏风骨，晋宋莫传"②的深忧，到李白"大雅久不作，吾衰竟谁陈"③的慨叹，再到杜甫"别裁伪体亲风雅"④的决心，都表明唐人对风雅传统的有意识继承。从这个角度来看，唐诗虽在整个诗歌发展史中是"变"，但又于变中得"正"，与《诗经》开创的风雅传统一脉相承。胡缵宗正是抓住了这一点，因而将汉——魏——唐看作是风雅之嫡传："汉、魏有诗，梁、陈、隋无诗；唐有诗，宋、元无诗。梁、陈、隋非无诗，有诗不及汉、魏耳；宋、元非无诗，有诗不及唐耳。不及唐，不可

---

① 胡缵宗《唐雅》卷首。
② 陈子昂《与东方左史虬修竹篇序》，郭绍虞主编《中国历代文论选》（一卷本），上海古籍出版社1979年版，第119页。
③ 李白《古风》其一，詹锳主编《李白全集校注汇释集评》第1册，百花文艺出版社1996年版，第20页。
④ 杜甫《戏为六绝句》，仇兆鳌注《杜诗详注》卷十二，中华书局1979年版，第898页。

与言汉、魏;不及汉、魏,不可与言风雅矣。"①

　　胡缵宗本人诗学思想中带有浓厚的儒家传统诗教色彩,他曾著过《愿学编》,乃其讲学之语汇集而成,以讲解儒家思想为要,《四库全书总目》称其"大抵皆先儒所已言也"②。他选唐诗倡言风雅可以看作是这一思想的具体体现。当然,笔者以为,胡氏编撰《唐雅》并不仅仅是为了表明他对风雅传统如何崇尚,他将唐诗与风雅密切相连,同时也是在为自己的宗唐寻找最有力的依据,也就是说,他在这里的主要目的还是以风雅传统来支撑自己的宗唐观点。在胡缵宗看来,因为唐诗能够接续风雅传统,所以学唐宗唐也就成为必然。那么,究竟该如何宗唐呢?《唐雅》的编撰为我们回答了这个问题。

　　胡缵宗在《唐雅序》中以日月为喻将他心目中的唐诗作了生动的描述:

　　　　今观唐诗,杨、王、卢、骆,辟之日初升、月初出,其光煜煜,其色沧沧;陈、杜、沈、宋、李、杜、王、孟、高、岑、储、李、王、常,辟之日既高、月既复,其光皞皞,其色盈盈;刘、钱、韦、柳,辟之日未昃、月未亏,其光晖晖,其色耿耿,皆可仰而不可及。③

这段话中胡氏并未清晰地将唐诗划分为初、盛、中、晚四个阶段,但是他以日月的变化为喻形象地表达了自己对不同阶段唐诗的看法。首先,在此比喻中,初、盛、中三个阶段的诗人都有所提及,而唯独对晚唐诗人只字未提,足见其对晚唐诗歌并不认同。其次,胡氏虽称上述诗人"皆可仰而不可及",但实际上这些诗人在他眼中还是有区别的,以四杰为代表的初唐诗以及以钱、刘为代表的中唐诗,一个好比日月刚出,一个就像日月将落,虽然也是高高在上,色泽明亮,光彩熠熠,然而终究比不上如日最高、月最圆之时的盛唐诗那么的光芒万丈、莹润饱满。这个精彩的比喻透露出了胡氏宗盛唐的真面目。这一点我们还可从《唐雅》具体选目中得到印证:

---

① 胡缵宗《杜诗批注后序》,《鸟鼠山人小集》卷十一,明刻本。
② 永瑢等《四库全书总目》,第 810 页。
③ 胡缵宗《唐雅》卷首。

《唐雅》选录情况表

乐府	李白（33），杜甫（24），王昌龄（14），王建（14），韩愈（13），王维（9），崔颢（9），张籍（9），余皆9首以下
五古	李白（43），韦应物（38），杜甫（34），储光羲（22），陈子昂（20），柳宗元（17），王维（15），常建（11），孟浩然（8），余皆8首以下
七古	杜甫（15），李白（14），岑参（12），王维（8），余皆5首以下
五绝	王维（16），李白（7），孟浩然（5），裴迪（5），刘长卿（5），韦应物（5），柳宗元（5），张籍（5），余皆5首以下
七绝	李白（16），王昌龄（12），刘禹锡（10），岑参（8），张籍（6），许浑（6），王维（5），刘长卿（5），韦应物（5），李益（5），余皆5首以下
五律	王维（30），杜甫（26），李白（12），孟浩然（11），岑参（10），骆宾王（8），刘长卿（8），陈子昂（7），沈佺期（7），余皆7首以下
七律	杜甫（25），刘长卿（8），岑参（7），王维（7），许浑（6），卢纶（5），李白（4），李颀（4），李商隐（4），余皆4首以下

　　由上表可见，胡缵宗选诗基本是以盛唐为主，初唐、中唐次之，而涉及的晚唐诗人诗作比例很小。在盛唐诗人中，胡氏对李、杜尤为推重，录入杜甫诗136首、李白诗129首，在选诗数量上远远超过了其他诗人，这与复古派崇尚李、杜的思想完全一致。不过，胡缵宗推崇李、杜还有其独特的理由，他曾说："文至于苏，去昌黎远矣，况秦汉乎？诗至于白，去彭泽远矣，况汉魏乎？文法韩柳，然可与言典谟训诰乎，诗宗李、杜，然可与言风雅颂乎。"[1]在胡氏眼中，李、杜乃是唐代诗人中可以上接风雅的代表，他们的诗歌继承了《三百篇》之遗绪，他对李、杜的推崇再次表明了其思想中所带有的儒家正统诗学色彩。

　　胡缵宗编撰《唐雅》不仅力主盛唐，而且还体现了其以"格调"论诗的思想（关于这一点我们在后面的章节还会专门论述），这些都表明，在复古派诗学思想的滚滚大潮中，这部唐诗选本以选诗的方式将其化作具体实践，展现了与复古派同调的诗学观。而与此同时，在众多受复古派诗学思想影响的唐诗选本中，我们之所以选择《唐雅》，还在于它的独特性。从总体上看，这部选本的确不脱复古大潮的影响，是以应和者的身份出现的，但是，当我们仔细观察它的选诗却发现，相对于许多尊崇盛唐

① 胡缵宗《愿学编》卷下，《续修四库全书》第938册，第448页。

的唐诗选本来说,它显得较为通达,少了复古派对唐诗接受的偏狭与僵化。例如,对待中唐诗歌,以李攀龙选唐诗为代表的一些选本基本上都是抱着"一切吐弃"的态度,而胡氏选诗则较为客观,如五古一体,他选取韦应物38首,仅次于李白(43首),而超过了杜甫(34首)。七律,他选取刘长卿8首,位列第二,虽不及杜甫的25首,但是却超过了许多盛唐名家,而中唐诗人入选五言绝句的比例同样相当可观。此外,对晚唐诗,其总体选取数量并不多,但是对某些在晚唐较有成就的诗体,他还是有意将其突显出来,像七律,胡氏选入晚唐许浑6首,超过了盛唐诗人李白(4首)、李颀(4首),李商隐也有4首入选,而在高棅《唐诗正声》及李攀龙《古今诗删》选唐部分则根本未见二人身影。七绝,也入选许浑诗6首,超过许多盛中唐诗人。中晚唐诗人在律诗和绝句创作上确有其独特成就,如晚唐许浑之七律与七绝,格律圆熟,用字精工,布局谨严,诗意警拔,达到了较高水平。胡缵宗选诗并未机械地以盛唐格调绳之,他充分认识到了中晚唐部分诗人在某些诗体创作中的成就,这较复古派之严守盛唐格调的思想来说显得豁达许多。也许是此时胡氏年已七十,已入暮年的他不会像年轻人那样任性使气,能够较为平静客观地对待唐诗,当然,更主要的原因应该还是他本人诗学思想的不断成熟。通过《唐雅》的编选,也隐约暗示了复古派"诗必盛唐"的诗学主张势必要走上修正改良的发展道路。

晚明时期,性灵思潮的不断高涨给复古派诗学带来了巨大冲击,流派纷争也变得日趋复杂激烈,而此时唐汝询仍站在复古派立场上,以其编撰的《唐诗解》成为了复古派"诗必盛唐"思想的坚决支持者。

唐汝询,字仲言,明末松江府华亭(今上海市松江区)人,五岁失明,聪颖过人,钱谦益《列朝诗集小传》称其:"五岁而瞽,父兄抱膝上,授以《三百篇》及唐诗,无不成诵。旁通经史,能为诸体诗。笺注唐诗,援据该博。"[1] 著有《编蓬集》《汇编唐诗十集》等。《唐诗解》共五十卷,选录唐诗一千五百余首,分体编次,其中五言古诗十卷,七言古诗十卷(包括长篇歌行、骚体、琴操),五言绝句四卷(包括六言绝句),七言绝句六卷,五言律诗八卷,七言律诗六卷,五言排律六卷。

---

[1] 钱谦益《列朝诗集小传》丁集中,第527页。

　　唐汝询编选《唐诗解》的主要目的在于"解",即串解诗意,然而"解"毕竟是要建立在"选"的基础上,所以《唐诗解》首先是一部选本,其次才是一部注解本,透过其具体选诗我们仍然可以窥见编选者的诗学思想。

　　关于《唐诗解》选诗所依底本,唐汝询在凡例中作了明确说明:"诸家诗散佚汗漫,廷礼之选,已无遗珠。故是编悉掇《品汇》之英,不复外索。"① 可见,《唐诗解》选诗皆从《唐诗品汇》中出,不仅如此,此选在编选体例上亦是"一遵《品汇》之例"。此外,仲言选诗又受另外两部唐诗选本的影响,一是高棅的《唐诗正声》,一是李攀龙的《唐诗选》。《四库全书总目》评《唐诗解》时云:"是书取高廷礼《唐诗正声》、李于鳞《唐诗选》二书,稍为订正,附以己意,为之笺释。"② 前文我们曾提到,高棅《唐诗正声》与李攀龙《唐诗选》皆由《品汇》精选而成,这三部选本有一个共同特征,即尊崇盛唐,尤其是《正声》与《唐诗选》,虽然选诗旨趣有异,但"以盛唐为宗"的思想都在具体选诗中得到了很好的贯彻。唐汝询非常推重这两部选本,他在凡例中言:"选唐诗者,无虑数十种,而正法眼藏,无逾高、李。"不过,他同时也指出了二选的不足:"然高之《正声》,体格綦正而稍入于卑,李之《诗选》,风骨綦高而微伤于刻。"所以,在此基础上他要"收其二美,裁其二偏,因复合选之。得若干首,令观者驾格于高而标奇于李,其于唐诗或庶几矣"③。由此看来,《唐诗解》是一部《正声》与《唐诗选》的合选本,唐汝询专门将两部以盛唐为主的唐诗选本重新编排,合二为一,表明他对复古派尊崇盛唐思想的支持与认同,而《唐诗解》选诗也具体实践了这一观点。

《唐诗解》选录情况表

五古	李白(54),杜甫(50),韦应物(24),储光羲(21),王维(17),陈子昂(14),刘长卿(14),高适(13),常建(12),柳宗元(12),岑参(9),王昌龄(9),孟浩然(9),李颀(7),钱起(6),余皆6首以下(柳宗元以下1首不录)

---

① 唐汝询《唐诗解》卷首,清顺治己亥(1659)武林万笈堂刊本。
② 永瑢等《四库全书总目》,第1763页。
③ 唐汝询《唐诗解》卷首,清顺治己亥(1659)武林万笈堂刊本。

续表

七古	杜甫（27），李白（24），岑参（15），李颀（10），高适（9），王维（10），王建（10），刘长卿（7），张籍（6），韩愈（6），钱起（5），余皆5首以下（晚唐诗人1首不录）
五绝	李白（20），王维（18），钱起（13），韦应物（7），王勃（6），崔国辅（6），王昌龄（6），裴迪（6），刘长卿（6），孟浩然（5），余皆5首以下
七绝	李白（34），王昌龄（25），岑参（13），刘禹锡（13），王维（12），贾至（8），刘长卿（8），李益（8），张籍（8），韦庄（7），韩翃（6），张仲素（6），李商隐（6），杜甫（5），常建（5），高适（5），顾况（5），杜牧（5），许浑（5），余皆5首以下
五律	杜甫（40），李白（30），孟浩然（23），王维（17），陈子昂（7），岑参（12），杜审言（8），宋之问（7），高适（7），沈佺期（6），刘长卿（5），余皆5首以下（晚唐仅录3首）
七律	杜甫（36），王维（12），刘长卿（10），沈佺期（8），岑参（8），李颀（7），李白（6），钱起（6），余皆6首以下（晚唐仅录12首）
五排	杜甫（13），王维（9），李白（7），刘长卿（7），宋之问（6），张九龄（6），钱起（6），余皆6首以下（晚唐1首不录）

由上表可见，在总体比例上《唐诗解》的确是贯彻了以盛唐为宗的选诗标准。在晚明时期，以公安派为首的性灵思潮席卷而来，他们以"独抒性灵，不拘格套"①为号召，给复古派"诗必盛唐"的诗学观带来了极大冲击，而此时唐汝询之《唐诗解》却以选诗的方式再次高扬复古派诗学主张，足见复古派诗学在诗坛巨大的影响力与生命力。

其实，在晚明时期将前人唐诗选本进行合选的本子并不只有《唐诗解》，万历年间，赵完璧的《唐诗合选》就是杨士弘《唐音》与高棅《唐诗正声》的合选本，但是赵完璧的合选目的较为单纯："要之二公（杨士弘、高棅）皆所以垂范而加意焉者，与其歧而二之，而烦且劳，孰若合而一之，而简且便耶？乃于《音》集中随各名类，以《声》集参续，合者标其同，不合者标其异，无标者其《音》之余也。虽合而犹分也，各仍不失二二原选之意。迂叟窥管何知？但谛观《音》集，原始要终，拔其纯粹，撷其英华，虽采及晚唐亦不为多；再睹《声》选，区别精详，取予严正，虽略及晚唐亦

---

① 袁宏道《叙小修诗》，钱伯城笺校《袁宏道集笺校》卷四，上海古籍出版社1981年版，第187页。

不为少。二美混而为合选焉，约而要，非初学指南一佳器耶？"①这部选本除了客观上体现其尊崇盛唐的诗学思想之外，其最直接的目的就是将这两部明代流行的唐诗选本融为一本，为初学者提供简捷方便的诗学范本。而《唐诗解》却并非如此，它不单纯是两部选本的简单拼凑，而是在其基础上有所定正，稍附己意。这样一来，选家的诗学思想也就蕴含其中了。

《唐诗解》在选诗上主要着意解决《唐诗正声》"稍入于卑"、《唐诗选》"微伤于刻"的问题。对于后者，唐汝询以《唐诗正声》所选为依据，增补了许多因李攀龙过于严苛而被删去的诗作，例如，五言古诗，李攀龙仅选取李白9首，《唐诗正声》选取35首，而《唐诗解》则在《唐诗正声》基础上增至54首。针对前者，则删去了《唐诗正声》中他认为"格卑"的作品，他在凡例中云："凡《正声》所选有应删者，略其注而各附于诸人之末。其无可附者，则以世次而附于一卷之末。正以是编行世既久，不欲废其全书云。"因《唐诗正声》是一部流行已久的著名选本，所以唐汝询保留了它的全貌，将其诗完全载入，但是对其中他并不认同的"格卑"之作，还是以不作评注的方式标示了出来。例如，在李白入选的54首五言古诗中就有《关山月》《妾薄命》等12首是未加评注的，这些诗在仲言看来完全不必入选。当然，仲言认为当删的诗歌绝大部分还是中晚唐之作，体现了其维护"正格"的意识。

《唐诗解》的编撰不仅体现了复古派"诗必盛唐"的思想主张，而且对诗体的辨析也与复古派精于辨体的思路一脉相承。《唐诗解·凡例》中云："唐人诗中有绝类楚词者，如太白《鸣皋》、摩诘《山中人》之属，语既参错，调亦不伦。又退之《琴操》有通篇四言者，高氏并目为七言古诗，失制殊甚。今分二体列于长古之后，俾作者知江、汉非可同源云。"②《唐诗解》在编选体例上一遵《唐诗品汇》，但在某些具体细节上仲言与高棅却有分歧，《品汇》在七古一体之后仅附长篇歌行，而《唐诗解》则在此基础上又分列"骚体"与"琴操"，足见其对体制辨析之精细。同样，仲言也注意到了唐诗人诗作中的古、律混淆现象："凡古诗有半似律体者，

---

① 赵完璧《唐诗合选序》，明万历十一年（1583）赵慎修刻本。
② 唐汝询《唐诗解》卷首，清顺治己亥（1659）武林万笈堂刊本。

如伯玉'故人洞庭去'(《送客》),太白'去国登兹楼'(《登新平楼》)是
也;有律体而彻首尾不对者,如襄阳'挂席东南望'(《舟中晚望》),青莲
'牛渚西江夜'(《夜泊牛渚怀古》)是也;又有仄体而目为律者,如工部
'已从招提游'(《游龙门奉先寺》),常侍'垄头远行客'(《登垄》)是也。
此类甚多,难以殚述。今归古于律,则音声不调,归律于古,则浑厚浸薄。
姑从廷礼编次,不复更定云。"①对于唐诗中大量诸如此类的作品,此前唐
诗选本的编撰者并未作过仔细辨析,仲言在这里虽然没有将其单独摘出
分列,然而他能够提出此问题,足以说明他对唐诗体制的认识与辨析越
来越深入与精严了,这也是复古派精于辨体思想不断深化的结果。

　　总之,《唐雅》与《唐诗解》,一部出现于嘉靖时期,一部出现在晚明
时期,相隔时间跨度虽然很大,但是它们都将复古派的诗学思想贯彻其
中,透过这两部唐诗选本我们更加清晰地看到了复古派自明中叶以来在
诗坛的巨大影响。

三、复古思潮下的唐诗批点本——顾璘《批点唐音》与桂天祥《批点唐诗正声》

　　嘉靖时期,在前七子诗学复古运动的巨大影响下,人们不仅以选唐
诗的方式来张扬复古派的诗学主张,同时还涌现出了许多以宗盛唐、崇
格调为主的唐诗选本的批点本,顾璘的《批点唐音》与桂天祥的《批点
唐诗正声》就是其中颇具代表性的两部。

　　顾璘是金陵诗人群体的重要代表,《明史·文苑传》云:"初,璘与同
里陈沂、王韦号'金陵三俊',其后朱应登继起,称'四大家'。璘诗矩矱
唐人,以风调胜;韦婉丽多致,颇失纤弱;沂与韦同调,应登才思泉涌,落
笔千言。然璘、应登羽翼李梦阳,而韦、沂则颇持异论。"②可见,顾璘是以
李梦阳为代表的前七子外围人物,与前七子有着同调的诗学观,他的《批
点唐音》正是以评点的方式将七子派规模盛唐格调的诗学思想落实到了
细微处。

　　《批点唐音》依据元代杨士弘所编《唐音》进行评点,《唐音》共由三

---

① 唐汝询《唐诗解》卷首,清顺治己亥(1659)武林万笈堂刊本。
② 张廷玉等《明史》卷二百八十六,第7355页。

部分组成:《始音》《正音》《遗响》,其中最为重要的是《正音》部分,依据诗体厘为六卷,每卷又以初、盛、中、晚顺序排列。顾璘对《正音》部分的批点最为详细,其诗学观念亦大都蕴于此中。

顾璘《批点唐音》首先继承了前七子古体尊汉魏、近体崇盛唐的诗学主张。例如,他常常以汉魏、选体为标准来评骘唐人古诗之优劣,其评韦应物五古:"韦公古诗当独步唐室,以其得汉魏之质也。"① 其《送终》后评:"苏州可谓刻意选体,大入堂奥者矣。"② 批评柳宗元《田家三首》(其二):"与选乖,柳多此累,远不及韦。"③ 这一思想正是来源于复古派对"第一义"的追寻。

其次,与复古派以"格调"论诗的思维模式一样,在《批点唐音》中顾璘特别注重对体制风格、音律、音调等诗歌外部特征的辨析。如,他对不同诗体的体制要求及风格特征作了细致的描述:

> 七言律诗,务于雄浑富丽中有清沉微宛之态,故明白条畅而不疏浅,优游含咏而不轻浮,最忌俗浊。纤巧则失古人风调矣。夫盛唐唯王、岑、高、李最得正体,足为规矩。后之学者,不晓音调,学雄浑者必枯硬,学清沉者必软腐而归于庸俗矣。④

> 五言律诗,贵乎沉实温丽,雅正清远,含蓄深厚有言外之意,制作平易无艰难之患,最不宜轻浮,俗浊则成小儿对偶矣。似易而实难。又须风格峻整,音律雅浑,字字精密,乃为得体。唐初唯杜审言创造工致,盛唐老杜神妙外,唯王维、孟浩然、岑参三家造极。王之温厚、孟之清新、岑之典丽,所谓圆不加规、方不加矩也。⑤

> 五言绝句以调古为上,以情真为得体。卷中唯王维名家可法,次则孟浩然。⑥

对诗体的辨析,是复古派论诗的前提基础,在以指导创作为目的的复古

---

① 杨士弘编,顾璘评点,张震辑注,陶文鹏、魏祖钦整理点校《唐音评注》,河北大学出版社 2006 年版,第 150 页。
② 杨士弘编,顾璘评点,张震辑注,陶文鹏、魏祖钦整理点校《唐音评注》,第 153 页。
③ 杨士弘编,顾璘评点,张震辑注,陶文鹏、魏祖钦整理点校《唐音评注》,第 173 页。
④ 杨士弘编,顾璘评点,张震辑注,陶文鹏、魏祖钦整理点校《唐音评注》,第 391 页。
⑤ 杨士弘编,顾璘评点,张震辑注,陶文鹏、魏祖钦整理点校《唐音评注》,第 291 页。
⑥ 杨士弘编,顾璘评点,张震辑注,陶文鹏、魏祖钦整理点校《唐音评注》,第 473 页。

诗论中,对不同诗体体制要求及风格特征的把握,有益于构建每种诗体的理想范式,以便为学诗者提供可用于师法的典范。顾璘这里不仅详尽辨析了各体的体制特色,而且分列了各体的优秀代表作家,为学诗者提供了具体参法的对象。

不过,在顾璘的批点中,最注重的还是对诗歌音律的辨析。他特别推崇"音律雄浑"的盛唐诗:

> 右丞此篇,真与老杜颉颃,后惟岑参及之,它皆不及。盖气象阔大,音律雄浑,句法典重,用字清新,无所不备故也。(评王维《和贾舍人早朝大明宫》)①

> 此篇只是好结,音律雄浑,中联参差,不及王岑远甚。(评贾至《早朝大明宫》)②

> 此篇题添雪后二字,句句见之,用字温丽清洒,音律雄浑,行乎其中,结语用故实,若出天造,精金美玉,自无瑕疵。(评岑参《和祠部王员外雪后早朝即事》)③

> 此二篇音律雄浑,句法清新,可次闺怨。(评王昌龄《青楼曲》)④

从以上评点可见,顾璘将"音律雄浑"视为盛唐诗歌重要的艺术特征,不仅如此,他还以音律雄浑与否作为区分盛唐与中唐的标志:

> 此篇句律典重,通篇匀称,情景分明,又一意直下,固足为法,但看音律不雄浑,绝似中唐。(评崔曙《九日登仙台呈刘明府》)⑤

> 此篇音律柔缓,独似中唐。(评岑参《赴嘉州过城固县寻求安超禅师房》)⑥

盛唐诗的音律特征是雄浑的,与之相对,中唐诗的音律特征则是柔缓的。除了以音律为标准来品评诗人、区分时代外,顾璘还常常以音调来评诗,在李商隐《锦瑟》题下顾璘批云:"诗以兴意为高,不以故实为博;以音调

① 杨士弘编、顾璘评点、张震辑注、陶文鹏、魏祖钦整理点校《唐音评注》,第392页。
② 杨士弘编、顾璘评点、张震辑注、陶文鹏、魏祖钦整理点校《唐音评注》,第399页。
③ 杨士弘编、顾璘评点、张震辑注、陶文鹏、魏祖钦整理点校《唐音评注》,第406页。
④ 杨士弘编、顾璘评点、张震辑注、陶文鹏、魏祖钦整理点校《唐音评注》,第555页。
⑤ 杨士弘编、顾璘评点、张震辑注、陶文鹏、魏祖钦整理点校《唐音评注》,第403页。
⑥ 杨士弘编、顾璘评点、张震辑注、陶文鹏、魏祖钦整理点校《唐音评注》,第408页。

为美,不以属对为切。"① 其中"音调"在他看来是诗歌必备的艺术特征,也是诗歌创作必备的要素。尤其对五绝一体,他特别要求以"调古"为上。他认为:"中唐音调柔弱,但不俗耳。就中惟刘文房、韦应物、王建、张籍可法。"② 而在这几位可供师法的诗人中,顾璘尤对刘长卿最为称道,主要是因为文房五绝符合其"调古"的标准,如评其《江中对月》:"俗事清语,庶几古调。"③ 评其《同褒子秋斋独宿》:"语未甚工而调古。"④ 评其《宿永阳寄璨律师》:"清语古调。"⑤ 等等。

由上可见,顾璘批点唐诗真正将复古派的格调论化为具体实践,当然,作为前七子的追随者,顾璘不仅充分张扬了复古派以格调论诗的思想,而且还承袭了复古派重"法"的传统。如在高适《送前卫县李寀少府》:"黄鸟翩翩杨柳垂,春风送客使人悲。怨别自惊千里外,论交却忆十年时。云开汶水孤帆远,路绕梁山匹马迟。此地从来可乘兴,留君不住益凄其。"题下顾璘评曰:"此篇托时起兴,接句便见春景,乃以别旧而悲,下面情联切实而清婉,时联切实而典丽,且优柔有余意。如此制作森整,极可为法。学盛唐此其门径也。"⑥ 从起句至接句,至情联,至时联,对每一步创作顾璘都给予了细致的讲解,并从章法上将此诗推为后世学盛唐之入门功课。诸如此类的批语显示出顾璘对诗歌创作之"法"有着特别的关注与心得,这也是对李梦阳等前七子重"法"思想的进一步发扬。

顾璘的批点贯彻了复古派以盛唐为宗的诗学宗旨,他推崇盛唐诗歌的雄浑、典重与温厚,而认为初唐诗"词语浮艳,骨力较轻"(评卢照邻《长安古意》)⑦、中唐诗"音调柔弱"(评皇甫孝常)⑧,尤其对晚唐诗,更是多加贬抑,如:

> 晚唐用字虽浓丽,不甚温厚,惟杜牧之似优柔,此作是也。(评

---

① 杨士弘编,顾璘评点,张震辑注,陶文鹏、魏祖钦整理点校《唐音评注》,第454页。
② 杨士弘编,顾璘评点,张震辑注,陶文鹏、魏祖钦整理点校《唐音评注》,第500页。
③ 杨士弘编,顾璘评点,张震辑注,陶文鹏、魏祖钦整理点校《唐音评注》,第504页。
④ 杨士弘编,顾璘评点,张震辑注,陶文鹏、魏祖钦整理点校《唐音评注》,第506页。
⑤ 杨士弘编,顾璘评点,张震辑注,陶文鹏、魏祖钦整理点校《唐音评注》,第507页。
⑥ 杨士弘编,顾璘评点,张震辑注,陶文鹏、魏祖钦整理点校《唐音评注》,第405页。
⑦ 杨士弘编,顾璘评点,张震辑注,陶文鹏、魏祖钦整理点校《唐音评注》,第39页。
⑧ 杨士弘编,顾璘评点,张震辑注,陶文鹏、魏祖钦整理点校《唐音评注》,第500页。

杜牧《汉江》)①

　　此篇纤媚,似晚唐,但不俗,故别。(评王昌龄《采莲曲》)②

　　此篇结不典重,所以为晚唐。(评杜牧《赤壁》)③

他认为,晚唐诗用字浓丽,体态纤媚,缺乏盛唐的典重与温厚,而他更反对的是晚唐诗的刻与俗。如其评贾岛《山中道士》:"此篇是一意下来,不及王、孟典重温厚,似枯刻急直耳。"④且对尚俗的温庭筠大加批判:"温生作诗全无兴象,又乏清温,句法刻俗,无一可法,不知后人何故尊信。大抵清高难及,粗浊易流,盖便于流俗浅学耳。余恐郑声乱雅,有误后学,故特排黜之。"⑤

　　总而言之,顾璘《批点唐音》显现出了与复古派同调的诗学观,他重格调、讲法度、尊盛唐。作为复古派的外围人物,顾璘力图通过批点的方式,将复古派的诗学思想落实到音律、章法、用字等种种细微处,而这一做法也为明中期轰轰烈烈的诗学复古运动增添了强劲的推动力。

　　嘉靖年间,同样受复古派诗学思想影响的还有桂天祥的《批点唐诗正声》。桂天祥,字子兴,江西临川人,嘉靖乙丑(1562)进士,由兵部主事改监察御史,巡按山西、山东,出知大名府。《唐诗正声》是高棅在其所编《唐诗品汇》基础上"拔其尤"者汇编而成,是一部以盛唐为宗的唐诗选本。

　　在复古派诗学思想的影响下,桂天祥对《唐诗正声》的批点首先体现了崇初盛而抑中晚唐的思想倾向。例如,七言古诗他最推崇盛唐诸家,特别是李、杜二人:"唐诸公七言古诗当以李、杜为祖。"而对刘长卿等中唐诗人却稍有微词:"刘长卿七、五言稍觉不协,以李、杜大家及盛唐诸公在前,故难为继耳。"⑥同样,对五言排律一体,桂天祥亦是重初盛而轻中晚唐:

　　　　五言长律当学唐初诸公,犹当以杜工部为盟主,若古诗、长篇歌

---

① 杨士弘编,顾璘评点,张震辑注,陶文鹏、魏祖钦整理点校《唐音评注》,第616页。
② 杨士弘编,顾璘评点,张震辑注,陶文鹏、魏祖钦整理点校《唐音评注》,第556页。
③ 杨士弘编,顾璘评点,张震辑注,陶文鹏、魏祖钦整理点校《唐音评注》,第617页。
④ 杨士弘编,顾璘评点,张震辑注,陶文鹏、魏祖钦整理点校《唐音评注》,第768页。
⑤ 杨士弘编,顾璘评点,张震辑注,陶文鹏、魏祖钦整理点校《唐音评注》,第771页。
⑥ 桂天祥《批点唐诗正声》卷九,明嘉靖刻本。

行,必以太白为宗,元白之流不足法也。李白天才飘逸,长律虽法度整严,而清骨不泯。①

唐初诸公排律是一样,李白是一样,孟浩然是一样,王维、高、岑等是一样,杜甫独自成一样,各有佳处。气格以唐初为主,飘逸以李白为主,冲雅孟浩然为主,丰腴王维、高、岑为主,长篇浩浩,历万言不竭以杜子美为主。②

排律自钱起以后自是一格,中间随珠燕石俱在,观者少失淘洗,便坠迹蹊径矣。③

在他眼中,初盛唐诸公之长律,风格虽不同,然各臻其妙,皆为佳制。而自中唐钱起之后则落入另一格,与初盛唐相比似乎稍逊一等,鱼龙混杂,泥沙俱下,观者稍有不慎便会误入歧途。很明显,在桂天祥的批评话语中流露出了鲜明的倾向性——崇初盛而贬中晚,这种观点的产生正是来自于复古派,在复古派那里,盛唐诗已被奉为不可撼动的楷模与典范,同时也是他们衡量诗作的标尺,同样,桂天祥也是抱着这样一把尺子来评价诗歌,特别是中晚唐诗:

七言绝句当以李白为第一,孟浩然次之,张说、王翰诸公,下至皎然,格气风调得正法眼。刘长卿以后至于唐末,或尚风骨,或专理致,或立巧意,或事款调,法出多门,而其体丧矣。今之评诗者将盛唐佳篇字句、意兴融会胸中,却看中唐、晚唐诸作,瑕疵竟尽,规矩准绳在吾肺腑,物之方圆曲直自不能逃。苟无方寸,无一定见,则真伪交作,无所取裁矣。④

其实七绝在唐代固以李白、孟浩然包括王龙标为高,然而中晚唐亦不乏像杜牧、李商隐这样的绝句高手,但是桂天祥的批评态度依然像对待七古、五律一样,以初盛(尤其是盛唐)为尊而贬抑中晚唐。究其原因,就在于他把盛唐诗作为规矩准绳,横于胸中,再以之衡量中晚唐诗,所以看到的尽是其瑕疵。对这种做法,桂氏似乎极为自信,视其为辨别真伪、取裁

---

① 桂天祥《批点唐诗正声》卷十四。
② 桂天祥《批点唐诗正声》卷十四。
③ 桂天祥《批点唐诗正声》卷十五。
④ 桂天祥《批点唐诗正声》卷二十。

诗歌的重要途径,而这也正是复古派领袖李攀龙选唐诗所采用的方法。可见,桂天祥在四唐优劣问题上完全吸纳了复古派的论调,与之站在相同的立场上。

不仅如此,在《批点唐诗正声》中,桂天祥也捧起了复古派的"格调"论,在他的批点中,常常出现以格调论诗的影子,如:

> 三词格调俱古,而渔樵佳甚,晚唐贵似而格似卑弱,故难看。(评储光羲《樵父词》)①
>
> 中段铺叙,造语精炼,格高调古,至"清渭东流"二句,尤令人千载生怨。(评杜甫《哀江头》)②
>
> 此赋物诗,格调既高,法度又谨,妙而易见者也。(评李白《侍从宜春苑奉诏赋龙池柳色初青听新莺百啭歌》)③

"格调"是复古派论诗的核心,他们侧重于从诗歌外部形式特征上进行揣摩,寻找诗歌创作的途径,以期恢复汉魏盛唐之古典审美传统。在对艺术形式与诗人性情二者的关注程度上,前者更深于后者。所以,复古派论"格调",强调的是诗歌体制风格特征及声调、音律等形式因素,有时连在一起使用也指诗歌的整体风格,这种思维方式在整个明代中期影响甚大。从以上例句来看,桂天祥不仅常以格调评诗,而且特别欣赏那些具有高古俊逸之格调的诗歌,而"格古调逸"也正是李梦阳等复古派成员所崇尚并认为很难达到的诗歌境界。此外,复古派特别注重诗歌的音乐特质,重"调"的思想在他们诗论中表现得尤为突出,桂天祥对唐诗的批点也体现了这一点:

> 谢注佳。然只论理致,若此诗清思逸音不及一言,是未足与论正声矣。(评岑参《虢州后亭送李判官使晋绛》)④

宋人谢枋得注此诗曰:"诗为去国者作,末句隐然富贵不足道,汉公卿往来汾阴不知几人在,惟白云似汉时秋矣。"⑤桂天祥既肯定了谢注,同时又

---

① 桂天祥《批点唐诗正声》卷四。
② 桂天祥《批点唐诗正声》卷八。
③ 桂天祥《批点唐诗正声》卷八。
④ 桂天祥《批点唐诗正声》卷二十。
⑤ 桂天祥《批点唐诗正声》卷二十。

对其仅关注诗歌哲理思致而忽视"逸音"等艺术特征有所不满,在他的批点中特别强调诗歌的声调、音节等艺术质素:

> 阳关三叠,唐人以为送行之曲,虽歌调已亡,而音节自尔悲畅。(评王维《送元二使安西》)①
>
> 又襟期雄旷,辞旨慷慨,音节浏亮,无一不可。(评李白《庐山谣寄卢侍御虚舟》)②
>
> 太白绝句篇篇只与人别,如寄王昌龄、送孟浩然等作,体段无一分相似,音节、风格万世一人。(评李白《闻王昌龄左迁龙标尉遥有此寄》)③
>
> 声调视中唐人为胜。(评皎然《晚秋破山寺》)④
>
> 他亦有作者,无此声调,此飘逸。(评李白《早发白帝城》)⑤
>
> 语苦,调逸俊。(评孟浩然《送从弟下第后归会稽》)⑥
>
> 调逸,郑谷亦有此作不多见。(评郑谷《淮上别故人》)⑦

桂氏如此频繁地用声调、音节来评价诗作,显现出他对诗歌外在艺术元素的高度重视,在这一点上他直接承袭了复古派的诗学观。

值得注意的是,桂天祥《批点唐诗正声》与顾璘《批点唐音》虽然都产生于诗学复古运动的背景下,并且不同程度受到复古派诗学思想的影响,然而二者的差异性还是比较明显的。其中最突出的一点是,顾璘多从诗歌的体制风格、字句、声律等方面进行评点,而桂天祥却特别注重诗歌的"气格",侧重于对诗歌的整体性把握。实际上,高棅于《唐诗品汇》中就已多次使用气格来论诗,后七子领袖谢榛论诗也特别强调"气格",其《四溟诗话》以"气格"论诗处多达 15 次,他们所追求的"气格"即是诗歌所体现出的雄浑刚健的气象。桂天祥同样从"气格"上来把握诗歌,并将是否具有雄浑高古的气格作为区分初盛与中晚唐的

---

① 桂天祥《批点唐诗正声》卷二十。
② 桂天祥《批点唐诗正声》卷八。
③ 桂天祥《批点唐诗正声》卷二十。
④ 桂天祥《批点唐诗正声》卷二十。
⑤ 桂天祥《批点唐诗正声》卷二十。
⑥ 桂天祥《批点唐诗正声》卷四。
⑦ 桂天祥《批点唐诗正声》卷二十二。

标志：

　　气格雄浑，为一代文宗，信哉！（评陈子昂《春日游登九华观》）①

　　七言律自沈、宋以下，逮杜工部，气格高古，声调俊逸，神遇景会，千载绝唱。作者以之为俱得上乘法眼矣。即有未到，不失晚唐。刘长卿以下爰及胡宿，中亦有追踪盛唐者，但诸作未及处便气格卑弱，音节柔缓，令人效之萎靡不振，愈去愈远矣。（评七言律诗）②

　　气格丧尽。盛唐后每以如此声调为佳，世运使然耳，司空此诗更堕晚唐矣。（评司空曙《峡口送友人》）③

　　常诗短篇固佳而气格少减，晚唐胚胎必自此始。（评常建《塞上曲》）④

　　如此诗岂不佳？但气格伤卑弱，后人屡屡爱此，遂成晚唐。（评戎昱《客堂秋夕》）⑤

在他眼中，初盛唐诗具有雄浑高古的气格，可撼动人心，令人振奋，而中晚唐诗气格渐趋卑弱，给人萎靡不振的感觉。我们试比较两首诗：

春日游登九华观

陈子昂

白玉仙台古，丹丘别望遥。

山川乱云日，楼榭入云霄。

鹤舞千年树，虹飞百尺桥。

还逢赤松子，天路坐相邀。

客堂秋夕

戎昱

隔窗萤影灭复流，北风微雨虚堂秋。

虫声竟夜引乡泪，蟋蟀何自知人愁。

---

① 桂天祥《批点唐诗正声》卷十。
② 桂天祥《批点唐诗正声》卷十七。
③ 桂天祥《批点唐诗正声》卷二十一。
④ 桂天祥《批点唐诗正声》卷五。
⑤ 桂天祥《批点唐诗正声》卷九。

四时不得一日乐，以此方悲客游恶。

寂寂江城无所闻，梧桐叶上偏萧索。

陈子昂诗描写了春天里的金华道观。远远望去，这座古老的道家圣地在云日缭绕的山川之间若隐若现，高高的楼榭直入云霄，既不失古逸，又多了几分气势。走进道观，千年树旁、百尺桥上虹飞鹤舞，共筑着人间圣境。而仙人的天路相邀又将仙界与人间接连在一起，给人无限遐想、无限希望，整首诗充满雄浑逸气，令人读罢心胸开阔。戎昱诗则通过萤影、北风、微雨、虫声、梧桐叶等客堂四周的景象描写，抒发了诗人客游他方、愁绪满腹的游子情怀。秋天的傍晚，窗外的萤火忽闪忽灭不知流走到哪里，北风夹着微雨又把秋意带进空荡荡的屋堂，蟋蟀自顾自地彻夜低鸣，却不知人类的愁绪烦忧，身在他乡的游子终日不乐，而此时寂静的江城中只听见细雨轻敲梧桐，流出一片萧索，一片惆怅。此诗情感表达细腻婉转，真挚感人，因此桂氏称："如此诗岂不佳？"然而从整首诗体现的气象来看，较陈子昂诗则有了明显的衰飒之气，所以桂氏批评其"气格卑弱"。显然，在桂氏心中这样气格卑弱的中晚唐诗是比不上气格雄浑的初盛唐诗的。

桂天祥重"气格"体现了他对诗歌整体艺术效果的关注，也正是由于这种观照视野的拓宽，才使他对诗歌的把握不局限于字句、声律等诗法范围，对诗人诗作的评价也较为豁达公允。如他评初唐四杰五言排律："唐初，卢、骆、王、杨始变古体，而为声律，虽破荒之始，音节未完，气格、韵调自尔旷远。后诸公因之变化，流风遗响、卓越万代者，青出于蓝而青于蓝也。评四才子诗，不可摘字句看，要须识大体，方见他好处。"① 初唐四杰处于律诗的初创阶段，虽然声律不够纯完，却具有旷远的气格与韵调，后之诗人就是在他们的基础之上才取得了卓越万代的成就。所以他认为对待初唐四杰律诗不应拘于字句声律，而要从气格、韵调这些角度入手对其进行总体性把握，才能真正发现他们的价值。

桂天祥突破字句、声律等具体诗法批点唐诗的做法与顾璘的唐诗批点形成了鲜明对照。例如，同是对高适七律《送前卫县李寀少府》的

---

① 桂天祥《批点唐诗正声》卷十三。

批点,前面提到顾璘是从诗的起句至接句,至情联,至时联,对每一步作诗之法皆进行详细评点,而桂氏却称其:"旷逸,不拘拘于声律者。"[1]他看重的是此诗旷远超逸的气象。两相对比便可看出,桂天祥对唐诗的批点较顾璘少了些拘谨,多了份通达。之所以会有如此差异,大概与复古派本身的发展密切相关,因为二人都是在复古派诗学大潮的影响下进行的唐诗批点,顾璘的批点早于桂天祥,那时复古派诗学思想在诗坛的影响正处于逐渐放大的阶段,所以相对来说他受复古派影响较大,而桂氏批点唐诗则到了后七子时期,这时复古派内部已开始出现对自身的反思与修正,如谢榛多论"气格",就是在格调之外援入新的元素来补其狭隘。桂天祥或许受谢榛启发,进一步将其运用到了自己的诗歌批点中。

　　总而言之,嘉靖时期的这两部唐诗选本批点本皆为复古派诗学思潮影响下的产物,它们都尊初盛唐(尤其是盛唐),而贬抑中晚唐,它们都将"格调"作为批点唐诗的重要元素,以批点的方式对复古派诗学思想作了具体演绎。当然,顾、桂二人受复古派影响程度并不相同,所以在批点中也表现出明显的差异性,但是由顾璘《批点唐音》到桂天祥《批点唐诗正声》的差异恰恰给我们展现了复古派诗学思想在明中期的发展变化,为我们更加全面地了解明中期的诗学复古运动提供了新的观照视角。

四、复古派修正改良的应和者——黄贯曾《唐诗二十六家》

　　如前所述,复古派的诗学理论在整个复古运动的发展过程中因过于强调以盛唐为宗而带来了拘泥格调、模拟因袭等种种流弊。因此,在复古派内部,从后七子代表谢榛、王世贞等人开始就已经对自身进行反省,并做出了一定程度的修正与改良。与此同时,也有人通过编选唐诗的方式来体现其修正改良的意识。黄贯曾所辑《唐诗二十六家》就是其中一部典型的唐诗选本。

　　黄贯曾为五岳山人黄省曾之弟。《唐诗二十六家》编于明嘉靖三十三年(1554),共五十卷。选入初唐至中唐包括虞世南、李峤、苏颋、许敬宗、李颀、王昌龄、崔颢、崔曙、祖咏、常建、严武、皇甫曾、皇甫冉、权

---

[1] 桂天祥《批点唐诗正声》卷十六。

德舆、李益、司空曙、严维、顾况、韩翃、武元衡、李嘉祐、耿湋、秦系、郎士元、包何、包佶在内的二十六家诗集。其选诗宗旨黄贯曾在《序》中已有明确说明：

> 夫诗自《三百篇》以来，代有作者，至于李唐而音律始备，今流传者无虑百家，元和以后，沦于卑弱，无足取者。自武德迄于大历，英彦蔚兴，含毫振藻，各臻玄极，虽体裁不同，要皆洋洋乎《尔雅》矣。大家如李杜，有集广播。洞庭徐太宰刻陈、杜而下十二家，迤毗陵蒋氏刻钱、刘而下十二家，翼徐刻行世。至如唐初若李峤、若苏颋辈，盛唐若李颀、若崔颢、若常建、若祖咏、若王昌龄辈，中唐若李嘉祐、若郎士元、若皇甫曾、冉辈，较之二氏所刻，诸名家岂少哉？而都无刻本。[①]

在复古派那里，唐诗自中唐以下一切吐弃，然而黄氏却认为从初唐至中唐皆有其佳作。这在一定程度上冲破了复古派"诗必盛唐"思想的束缚，扩大了唐诗典范的范围，对复古派诗论作了一定程度的修正。至于这二十六家，则是经过黄氏的精心考虑而定，其中没有李、杜，是因其早已有集广播，而在当时也已有专选初盛唐十二家以及中唐十二家的集子问世，因此黄氏将选择的范围放在了此二集之外，择取他认为较有成就的名家。当然，他称元和以后渐沦于卑弱，其诗无足可取，也说明黄氏还没有完全摆脱复古派以时代论优劣之诗学观的影响。

黄贯曾选诗不受复古派"诗必盛唐"的约束，虽在一定程度上具有改良与修正复古派诗学思想的作用与意义，但是对于这部唐诗选本来说，其最大的诗学价值却来自于黄姬水为其作的《刻唐诗二十六家序》。黄姬水，字淳父，黄省曾之子，著有《黄淳父集》。

《刻唐诗二十六家序》中黄氏首先否定了当下以时代论诗、唯尊盛唐的诗学风气：

> 叔氏浮玉子梓唐人诗，自武德迄建中二十有六家，成，有诋之者曰："唐人诗自贞元以后，其音缓替之渐也，弗梓可也。"以问余，余作而叹曰：夫诗者，声也，元声在天地间一气，而其变无穷者也。取

---

① 黄贯曾《唐诗二十六家》卷首，明嘉靖三十三年（1554）黄氏浮玉山房刻本。

诸洩志而真已矣。代曷论也？今之谈诗者，其谁不曰：风骚而下，其汉与魏乎？汉魏而下，其唐之盛乎？指五尺童子而问之，亦知谈如是也。嗟乎！名言也，而未为通方之说也。即是而论，则《三百篇》已矣，奚有于骚，奚有于汉于魏，又奚有于唐之盛耶？呜呼！今古时迁，质文俗革，圣人制礼乐而不制于礼乐，故苟根于志，不必复古，苟出于真，何嫌于今？①

在他看来，诗的本质是抒发真情，只要根于真，只要根于自己的情志，便无需以时代论之。这样一来，他就完全推翻了复古派"诗必盛唐"的论断，肯定了初、中、晚三个阶段的唐诗："有唐三百年间，不知作者凡几，而流传于世者仅百人耳，虽所到不同，缅想吟魂，靡不极虑沉思，殚其生平者矣。则虽卑弱如晚唐，不可以训，而亦不可以湮也。况郎拾遗、秦隐君、皇甫、司空辈与钱、刘抗行者哉！至如李、苏、虞、许，接轸于沈、宋，灏、咏、顾、建，方驾于王、孟者，所不待赘也。"②如上所述，黄贯曾对晚唐诗仍是持否定态度的，但是在这里，黄姬水却认为只要发自真性情，那么即使卑弱如晚唐，亦有其可取之处，而不可轻易将其埋没。这种认识比黄贯曾又向前迈进了一大步。

其次，黄姬水对当下拘泥格调、剽窃模拟之风也作出了无情批判：

> 窃笑夫穷鄙之社，空空其夫，句读字义尚未或通，却仍剽窃其辞，倔强其语，晓晓然曰：我汉、我魏、我盛唐也，而辄置其蜇喙以凌诮往哲，可羞也已。悲夫悲夫，良工独苦，宁自今哉？③

他将尖锐的矛头指向了那些本无才识而徒事模拟者。在他看来，诗歌来源于人的真性情，而不是一味地固守格调，"今夫闺房里巷，未尝论讨，而其言可被管弦。彼宿儒老师曰某格某调，卒岁穿求而不能几一言者有矣"④。黄姬水特别强调性情之"真"，在他看来，倘若出于"真"，那么作诗就不应拘于某一风格："若曰气有强弱，调有高下，以是疵焉，则天地可以声求者莫如风雷，必以奋者迅者为雷，则殷殷然以鼓者非雷也耶？必以

---

① 黄姬水《刻唐诗二十六家序》，黄贯曾《唐诗二十六家》卷首。
② 黄姬水《刻唐诗二十六家序》，黄贯曾《唐诗二十六家》卷首。
③ 黄姬水《刻唐诗二十六家序》，黄贯曾《唐诗二十六家》卷首。
④ 黄姬水《刻唐诗二十六家序》，黄贯曾《唐诗二十六家》卷首。

飘者飑者为风，则飉飉然以嘘者非风也耶？故悲壮雄奇者诗也，温柔畅婉者亦诗也，唯其真焉而已。"① 倘若出于"真"，也无需计较自己的创作是否如盛唐："故如其人，虽俯而为贞元、建中，真也，犹之章缝之士而为纤陌之谈，俗亦雅也；非其人，虽企而为开元、天宝，弗真也，犹之市井之夫而习都人之语，雅亦俗也。"②

由上可见，黄姬水所言几乎击中了复古派诗学思想中所有的弊端，并以"真性情"来对其进行修正。其实复古派代表谢榛也曾提出作诗应有"性情之真"，他说："今之学子美者，处富有而言穷愁，遇承平而言干戈，不老曰老，无病曰病，此摹拟太甚，殊非性情之真也。"③ 这表明，在复古派诗学思想风行天下，上自宿儒老师，下至五尺儿童张口皆言我必盛唐、潜心某格某调之时，它的弊端也已暴露无遗，显示出这种诗歌观念不得不变，乃至被新的诗学思想所取代的趋势。在这个过程中，无论是复古派内部成员，还是唐诗的编选者，他们以修正改良的实际行动在客观上对促成这一转变起到了巨大的推动作用，从某种意义上开启了晚明公安派论诗的先声。

第二节　公安派影响下的唐诗选本

明万历年间，王阳明心学逐渐深入人心，大行其道，《明史·儒林传》云："宗守仁者曰姚江之学，别立宗旨，显与朱子背驰，门徒遍天下，流传逾百年，其教大行，其弊滋甚。嘉、隆而后，笃信程、朱，不迁异说者，无复几人矣。"④ 思想界的大变革带来了文学思潮的变迁，此时七子派的复古运动已由盛转衰，屠隆、李维桢、王世懋、胡应麟等人对格调论束缚人情以及一味以汉魏、盛唐为宗所带来的模拟因袭之弊都已有所认识，甚至提出了"本性求情，且莫理会格调"⑤ 的大胆主张。这些均显示出复古运

---

① 黄姬水《刻唐诗二十六家序》，黄贯曾《唐诗二十六家》卷首。
② 黄姬水《刻唐诗二十六家序》，黄贯曾《唐诗二十六家》卷首。
③ 谢榛著，宛平校点《四溟诗话》卷二，第47页。
④ 张廷玉等《明史》卷二百八十二，第7222页。
⑤ 王世懋《艺圃撷余》，何文焕《历代诗话》，中华书局1981年版，第780页。

动的衰落以及诗学观念不得不进行变革的趋势。随着后七子领袖王世贞于万历十八年（1590）的谢世，执掌文坛的权柄遂落入了公安派领袖袁宏道手中。

袁宏道（1568—1610），字中郎，号石公，公安人，万历二十年（1592）进士，官至吏部郎中。与其兄宗道、弟中道合称"公安三袁"，是公安派的主要代表人物。袁宏道受以李贽、张渭、汤显祖等人为代表的晚明个性思潮影响很大，其诗学思想的核心是"独抒性灵，不拘格套"①，"独抒性灵"，即主张诗歌创作应以自由抒发人的内心情感为主，而"不拘格套"，则是要摆脱各种规范的束缚。显然，袁宏道的诗学理论所针对的是七子派的复古学说，他说：

> 盖诗文至近代而卑极矣，文则必欲准于秦、汉，诗则必欲准于盛唐，剿袭模拟，影响步趋，见人有一语不相肖者，则共指以为野狐外道。曾不知文准秦、汉矣，秦、汉人曷尝字字学六经欤？诗准盛唐矣，盛唐人曷尝字字学汉、魏欤？秦、汉而学六经，岂复有秦、汉之文？盛唐而学汉魏，岂复有盛唐之诗？唯夫代有升降，而法不相沿，各极其变，各穷其趣，所以可贵，原不可以优劣论也。②

他把尖锐的矛头指向复古派诗学中的独尊盛唐、模拟因袭之弊，以"代有升降，而法不相沿"驳斥复古派的重"法"传统。在他看来，其实"唐人妙处，正在无法耳，如六朝汉魏者，唐人既以为不必法，沈、宋、李、杜者，唐之人虽慕之，亦决不肯法"③，这正是唐诗取得度越千古之成就的主要原因。所以他认为不应拘泥于"法"，只要"各极其变，各穷其趣"，便不可简单地以时代论优劣。

袁宏道倡导诗歌创作要发自性灵，"非从自己胸臆流出，不肯下笔"④，他认为"唐人之诗，无论工不工，第取而读之，其色鲜妍，如旦晚脱笔砚者；今人之诗，即工乎，然句句字字拾人牙慧，才离笔砚，已似旧诗矣。夫唐人千岁而新，今人脱手而旧，岂非流自性灵与出自模拟者所从

---

① 袁宏道《叙小修诗》，钱伯城笺校《袁宏道集笺校》卷四，第187页。
② 袁宏道《叙小修诗》，钱伯城笺校《袁宏道集笺校》卷四，第188页。
③ 袁宏道《答张东阿》，钱伯城笺校《袁宏道集笺校》卷二十一，第753页。
④ 袁宏道《叙小修诗》，钱伯城笺校《袁宏道集笺校》卷四，第187页。

来异乎！"①可见，只有那些流自"性灵"的诗歌才能够千古常新，剽窃模拟只能拾人牙慧，毫无新意可言。

处在晚明时期的袁宏道，在个性思潮的影响下，他所言之"性灵"已经不同于理学中受"性"约束的"情"，亦不同于原始儒家的群体性情感，而是自由活泼的一己之情，而其本质则为真，他认为："诗何必唐，又何必初与盛？要以出自性灵者为真诗耳。"②并以"真"为依据打破了初、盛、中、晚乃至唐宋诗的界域：

> 大抵物真则贵，真则我面不能同君面，而况古人之面貌乎？唐自有诗也，不必选体也；初、盛、中、晚自有诗也，不必初、盛也；李、杜、王、岑、钱、刘，下迨元、白、卢、郑，各自有诗也，不必李、杜也。赵宋亦然。陈、欧、苏、黄诸人，有一字袭唐者乎？又有一字相袭者乎？至其不能为唐，殆是气运使然，犹唐之不能为选，选之不能为汉魏耳。今之君子，乃欲概天下而唐之，又且以不唐病宋。夫既以不唐病宋矣，何不以不选病唐、不汉魏病选、不三百篇病汉，不结绳鸟迹病三百篇耶？果尔，反不如一张白纸。③

袁宏道基于对真性灵的关注，冲破了复古派"诗必盛唐"的格套，他反对模拟唐诗、固守法度，他的诗学思想在其兄、其弟，及其羽翼陶望龄、江盈科等人的共同倡导下，形成一股巨浪，在诗坛掀起狂飙。清初钱谦益在谈到公安派所带来的巨大影响时说："中郎之论出，王、李之云雾一扫，天下之文人才士始知疏瀹心灵，搜剔慧性，以荡涤摹拟涂泽之病，其功伟矣。"④在以公安派为代表的性灵思潮影响下，诗坛风气随之发生了转移，对此钟惺曾有过这样的记述："今称诗，不排击李于鳞，则人争异之。犹之嘉、隆间，不步趋于鳞者，人争异之也。"⑤诗坛对公安派的趋同使复古派气焰大消，这样一股强劲的"性灵"之风吹向选诗领域，影响了选家的审美取向。

---

① 江盈科《敝箧集叙》引，钱伯城笺校《袁宏道集笺校》附录三，第1685页。
② 江盈科《敝箧集叙》引，钱伯城笺校《袁宏道集笺校》附录三，第1685页。
③ 袁宏道《丘长孺》，钱伯城笺校《袁宏道集笺校》卷六，第284页。
④ 钱谦益《列朝诗集小传》丁集中，第567页。
⑤ 钟惺《问山亭诗序》，《隐秀轩集》卷十六，上海古籍出版社1992年版，第254页。

一、中晚唐诗歌选本的大量出现

公安派的崛起及性灵思潮的高涨,在选诗领域的最突出表现即是中晚唐之风盛行,选家们力图通过多选或专选中晚唐诗来与七子派"诗必盛唐"的观念相对抗。如刘生穌所编《唐诗七言律选》八卷,此书在元好问《唐诗鼓吹》基础上加以删补汇编而成。李、杜二家皆不选,在选诗比例上,初盛唐共入选四十一首诗,而中晚唐则入选五百五十首,从如此悬殊的比例可看出其重中晚、轻初盛的选诗倾向。龚贤编《中晚唐诗纪》,因感冯惟纳有《古诗纪》,黄德水、吴琯有《初盛唐诗纪》,而独缺中晚唐诗纪,可见其对中晚唐诗的重视。崇祯年间毛晋合辑了一系列唐人诗集,如《唐人八家诗》四十二卷,选入许浑、罗隐、李中、李群玉、贾岛、李商隐、薛能、李嘉祐八家中晚唐诗人集,其所编《唐六人集》四十二卷、《五唐人诗集》二十六卷、《唐四人集》十二卷、《唐三高僧集》等也均以中晚唐诗人为主。陆汴辑《广十二家唐诗》八十一卷,朱之蕃辑《中唐十二家诗集》十一卷,所选十二家均为:储光羲、独孤及、崔峒、孙逖、刘长卿、钱起、刘禹锡、卢纶、王建、张籍、贾岛、李商隐。朱之蕃另辑《晚唐十二家诗集》二十五卷,选录晚唐孟郊、许浑、郑谷、姚合、杜牧、李中、薛能、罗隐、吴融、李频、许棠、杜荀鹤十二家诗。李之桢编《唐十家诗》五十一卷,专选徐安贞、刘长卿、韦应物、李德裕、皮日休、陆龟蒙、许浑、郑谷、欧阳詹、黄滔等中晚唐诗人集。诸如此类的唐诗选本在诗坛的刊刻流行,使得公安派诗学主张得到了更加广泛的传播。此外,还有两部非常具代表性的选本,一部是《全唐风雅》,另一部是《唐世精华》,它们也都从不同侧面反映了公安派诗学思想对晚明诗坛的巨大影响。

二、黄克缵、卫一凤《全唐风雅》

黄克缵、卫一凤所编《全唐风雅》十二卷,以体编次,其中卷一至卷二为五言古诗,卷三至卷四为七言古诗,卷五至卷六为五言律诗,卷七至卷八为七言律诗,卷九为五、七言排律,卷十为五言绝句,卷十一至卷十二为七言绝句。共选唐诗三千六百九十五首。今存万历四十六年(1618)刻本。黄克缵,字绍夫,晋江(今福建省晋江市)人;卫一凤,字伯瑞,阳城(今山西省阳城县)人,二人均为万历进士。

从书名来看,《全唐风雅》是一部带有浓厚儒家诗教色彩的唐诗选本,黄克缵在《刻全唐风雅序》中曰:"诗至于唐,《三百篇》之一变也。而称风雅者,以唐诗继《三百篇》也。"[1] 在他看来,唐诗是《三百篇》之后的变体,但它仍然继承了风雅传统,而唐诗与风雅的异同之处在于:

> 风雅与唐异者,其体庄而古,其词简而文,其比兴深而婉,唐人不能为也。若因事造端,比物连类,其所处者皆君臣父子骨肉交游之间,而其所咏者皆忠孝仁义礼乐征伐之事,虽古人不能与唐异也。[2]

《三百篇》之体格、文词及比兴的运用,唐人虽不能为之,然而在其所咏之事、所传达之意义上,唐人与古人实为一脉相承。因此,对于唐诗之变,黄氏认为:

> 唐拟古而自为古,变古而创为律,古无常格,律有定韵,法度可循,骈俪易工,穷学力之所至,骋才情之所极,上下古今,出入宇宙,罗网山川,飞潜动植,仙佛怪诞之事,以理裁之,皆可为吾用也。故唐诗虽风雅一大变乎,然变而不失其正,其烂然者使人目夺,温然者使人气和,凄然者使人神清,其情至之语往往使人感慨欷歔而继之以泣也。斯亦何惭于风雅乎? [3]

所谓"变而不失其正",既指出了唐诗在体制等方面的变化特色,同时又强调了唐诗对《诗经》移人性情之教化功用的继承。《全唐风雅》所体现出的儒家正统思想与嘉靖时期胡缵宗所编《唐雅》"宗唐以追风雅"的诗学观有异曲同工之处。胡缵宗认为:"近代学诗者咸自唐入,由唐入汉,庶可薄风雅而追骚些尔。"[4] 同样是在强调唐诗与风雅一脉相承的关系。当然,两部选本所选取的角度并不完全相同,《全唐风雅》"大都取其文章尔雅、音韵谐畅、雄浑高古、沉抑顿挫,无不兼取,而用意必归于忠厚,庶几风雅之遗,乐而淫,如万楚'五丝续命'之句无取也,怒而骂,如商隐'不及莫愁'之章,可弃也。轻而佻,如禹锡'江湘卧龙'之句,可删

---

① 黄克缵《刻全唐风雅序》,明万历四十六年(1618)刻本。
② 黄克缵《刻全唐风雅序》。
③ 黄克缵《刻全唐风雅序》。
④ 胡缵宗《唐雅序》,《唐雅》卷首。

也。诸如此类,咸以意裁"①,侧重于"意";《唐雅》则"欲备一代之音,取意于乐,故以雅名"②,侧重于"乐"。然而更为重要的是,这两部唐诗选本产生于不同的诗学背景,虽然都非常重视唐诗与风雅的继承关系,但是选家诗学主张的差异性仍然表现得较为明显。

《唐雅》编撰于明嘉靖年间,此时正值七子派诗学复古运动高涨之时,作为复古派"诗必盛唐"思想的应和者,胡缵宗选诗颇重盛唐,而相对忽视中晚唐,并且胡氏以"雅格""雅调"为标准,用选诗的方式实践了复古派的"格调"论思想。所以,总体而言,胡缵宗所编《唐雅》是复古派诗学思想影响下的产物,它的出现,为明中期那场轰轰烈烈的诗学复古运动起到了推波助澜的作用。而《全唐风雅》编于明万历年间,此时公安派的崛起及性灵思潮的高涨给复古派诗学思想带来了巨大冲击,受此诗学风气的熏染,《全唐风雅》所体现出的诗学观较之《唐雅》就有了新的变化。例如,董应举在为《全唐风雅》作序时首先就对复古派的代表性唐诗选本进行了批评:

> 后世之诗,去《三百》远矣,而选者又多艳其辞而遗其义,拘于时而失其旨,专取声调而不本于情实。如唐诗诸选,国初惟高廷礼为称,约有《正声》,多有《品汇》,当其搜辑之始,不观姓名即知谁作,可谓善于寻声矣。而但以声调为主,无局外之观,作者亦时有病之。厥后于鳞有《选》,又但以其意所及者为贤,英雄欺人,耳食可笑。其他议论,分别羽翼正宗,规规初、盛、中、晚,若隔畛域。总之随声测响,未合大通,安足窥于"兴观群怨""无邪"之旨哉?③

董氏在这里指出了以高棅、李攀龙选唐诗为代表的唐诗选本普遍存在的两个问题:一是恪守"格调",二是将唐诗划分阶段,以时代论优劣。专注于声调等诗歌外部形式,以盛唐为正宗,正是从高棅至前后七子论诗的重心,董氏此言显然是对其持否定态度的。而黄克缵的序中也暗暗透露出对复古派的批评:"夫以风雅律唐诗虽谓无诗,亦可以唐诗追风雅,则虽谓再睹风雅亦可。何也?必字字句句皆如风雅则其去风雅也远

---

① 黄克缵《刻全唐风雅序》。
② 盛汝谦《唐雅叙》引胡缵宗语,《唐雅》卷首。
③ 董应举《唐诗风雅序》。

矣。"①针对的是复古派字模句拟、固守法度之弊。所以,尽管这部选本与
《唐雅》一样都带有浓厚的儒家传统诗教色彩,但诗坛风气的改变已经使
它不可避免地打上了时代烙印,而这一改变完全落实在了《全唐风雅》
的选诗当中。

　　《全唐风雅》选诗参考了高棅的《唐诗品汇》与李攀龙的《唐诗选》,
这两部选本均是以初盛唐为主,而黄氏则"于高、李之选各有删除,而增
其所漏者十之六七"②。具体做法是,"于高去十之五,而增入者十一;于
李去十之一,而增入者十八"③。所以,在他的删选下,《全唐风雅》增入了
许多中晚唐之作。据笔者统计,除去 22 首六言以及衲子等人的作品,其
他几种诗体初盛唐的入选总量为 1634 首,而中晚唐的入选总量为 1984
首。其中七律、五绝及七绝三种体式,中晚唐诗人诗作的入选数量均大
大超过了初盛唐(入选比例分别为 406∶227,181∶107,372∶160)。由这
样的选诗比例可见,黄氏选诗已经不再受复古派"诗必盛唐"诗学观的
钳制,虽然他是站在追踪"风雅"这一传统诗学思想的角度来删选诗歌,
但是他能够将视野跳出复古派画好的盛唐圈圈,选取了大量中晚唐诗,
特别是中唐诗,说明其在当时诗学思潮的熏染下,已经自觉地走上了与
复古派相异的诗学道路。

　　不仅如此,与《唐雅》等许多受复古派诗学思想影响的唐诗选本不
同,《全唐风雅》的编选者反对将唐诗划分初、盛、中、晚四个阶段且以羽
翼、正宗评之,他的做法是:

　　　　世分初中与晚,而评无取羽翼正宗。盖仪凤、通天之际,淫哇盛
　　行,神龙、景云之间,雅音未畅,差快人意,独一开元,而天宝、至德,
　　海内风尘已骚然动矣,安所称盛?彼杜陵、昌黎俨然为百代师,与
　　王、岑、钱、刘、韦、柳皆唐中叶人,何必高视初盛而卑视中唐也?故
　　予欲于二百九十年间,以九十余年为初,百年为中,九十年为晚。论
　　诗,中唐视初、晚辄倍收焉,祖构之士其许我乎?④

① 黄克缵《刻全唐风雅序》。
② 董应举《唐诗风雅序》。
③ 黄克缵《刻全唐风雅序》。
④ 黄克缵《刻全唐风雅序》。

《全唐风雅》选诗不同于自高棅《唐诗品汇》以来划分四唐、分别羽翼、正宗的做法,虽然仍是以世次选诗,但黄氏却将四唐中的盛唐、中唐合二为一,其原因董应举在其序中作了解释:"以唐无盛际,而唐诗之盛,亦时见于初、中之间,不得专称,遂去盛而以初、中、晚为号。"① 这种做法在某种程度上突破了复古派"诗必盛唐"观念的束缚,使得大量中唐诗有了重新被认识的机会,获得了与盛唐诗同样的地位。《全唐风雅》的编选能够摆脱盛唐"格套",从一个侧面反映出公安派诗学思想在当时的巨大影响。

三、余俨《唐世精华》

万历时期余俨所编《唐世精华》,也是一部受公安派诗学思想影响的唐诗选本。今存明万历四其轩刻本。关于这部唐诗选本,目前学界已有研究者关注并做过著录,然而在著录中却存在一些诸如选本名称及编者身份等疑问,尚需进一步辨析。

关于选本名称问题,目前有两种著录,一种为《唐世精华》,陈伯海、朱易安《唐诗书录》即将此书著录为:"《唐世精华》,十二卷,明余俨辑,明万历四其轩刻本,成都杜甫草堂藏。"② 另一种为《唐诗精华》,孙琴安《唐诗选本提要》将此书著录为:"《唐诗精华》,明余俨撰。此书余未见,有明万历四其轩刻本,十二卷,现藏成都杜甫草堂。"③ 金生奎《明代唐诗选本研究》亦将此书著录为:"《唐诗精华》,余俨编。《中国古籍善本书目》著录。此书今存。有明万历年间四其轩刻本,藏国家图书馆等地。"④ 笔者未得见成都杜甫草堂的《唐诗精华》,在《中国古籍善本书目》中也并未见到《唐诗精华》,只有《唐世精华》,其著录为:"《唐世精华》,十二卷,明余俨辑,明万历四其轩刻本。"⑤ 而国家图书馆藏明代余俨所编、万历四其轩刊刻的这部唐诗选本,书名亦为《唐世精华》,十二卷,且书内有编者自序:"上下唐之初盛中晚间,共得人百四十七,诗七百有奇,

---

① 董应举《唐诗风雅序》。
② 陈伯海、朱易安《唐诗书录》,齐鲁书社1988年版,第65页。
③ 孙琴安《唐诗选本提要》,上海书店出版社2005年版,第81页。
④ 金生奎《明代唐诗选本研究》,合肥工业大学出版社2007年版,第23页。
⑤ 《中国古籍善本书目》卷二十八(总集类),上海古籍出版社1996年版,第1672页。

题曰《唐世精华》。"由此可见,今存明代余俨所编、万历四其轩刊刻的这部唐诗选本应名为《唐世精华》,而非《唐诗精华》。

关于《唐世精华》的编者余俨,孙琴安、金生奎二人皆著录为:"余俨,字持敬,南昌人,永乐二十一年(1423)举人,曾任监察御史等职。"历史上确有此人,王世贞《弇山堂别集》卷六十二在"都察院左右佥都御史"官位下记载:"余俨,江西南昌人,由乡举,正统十四年(1449)任右,天顺元年致仕。"①《江西通志》卷五十二:"余俨,南昌人,常德知府。"②《大明英宗睿皇帝实录》卷二百八之《废帝郕戾王附录》第二十六记载:"景泰二年(1451)九月丙申朔,太上皇帝居南宫……壬子,升广东道监察御史余俨为都察院右佥都御史,专理清黄。"③又《大明英宗睿皇帝实录》卷二百七十五记载:"天顺元年(1457)二月乙未朔……命兵部左侍郎俞纲仍理部事;罢礼部尚书章文、太医院院判欣克敬俱为民;改南京户部右侍郎杨翥、都察院右佥都御史余俨、大理寺右少卿朱绂、太仆寺少卿李亨俱为知府。"④综合上述史料可知,这位余俨大约生活于明代初期,南昌人,由乡举,于正统、景泰之际由广东道监察御史升任都察院右佥都御史,并于天顺元年(1457)出任知府。

那么,《唐世精华》的编者是否就是此余俨呢?国家图书馆藏《唐世精华》内有余俨本人所作序,其落款为"万历甲寅中秋会稽余俨谨序"。这条信息告诉我们:首先,编选《唐世精华》的余俨并非南昌人,而是会稽人;其次,万历甲寅年即万历四十二年(1614),也就是说,这位余俨至少应为明代中晚期人,而明初那位余俨的生活年代距此时已有近两百年,他是不可能在这个时期作序的。由此可推断,编选《唐世精华》者并非明初的那位余俨,而是另有其人。然而在会稽及相关方志、家谱中并未见与《唐世精华》编者余俨相关的任何记载,在《唐世精华》内也只有"会稽余俨望之甫撰,关中杜继芳德馨甫校"的字样,可知这位余俨字望之。但是,在山东临清县志中却记载了一位同为明代人且同名同字的余

① 王世贞《弇山堂别集》,中华书局1985年版,第1163页。
② 《江西通志》卷五十二,《影印文渊阁四库全书》第514册,第712页。
③ 孙继宗监修,李贤、陈文、彭时裁《明实录·英宗睿皇帝实录》,"中研院"历史语言研究所1962年版,第4474页。
④ 孙继宗监修,李贤、陈文、彭时裁《明实录·英宗睿皇帝实录》,第5831页。

俨："字望之,持躬端谨,究心理学,当道累征不起,晚年笑傲林泉,有白傅之风。著有《朴菴文集》《十岳斋陟鳌馆笨菴秦晋纪游诗》诸稿。"[1]可知这位余俨仕途不畅,晚年过着隐居生活,他与《唐世精华》的编者是否为同一人呢?

据明末清初著名书法家王铎[2]《拟山园选集》所载,他曾经与一位名为余俨的朋友相交甚深,并为之作传,其文如下:

> 余生望之,越山阴人,名俨,字望之。父柯洲,生望之。幼警颖强记,工制义,尤嗜诗,少为诸生,名甚。起家不造,罹火灾,饘粥不给,仗剑走北都,年二十,良乡某馆为上客,拥皋比,弟子日益众,学使者奖,生映丽有声,娶胡氏,舍挽辂以舟归越,吟诗遇喜处即大叫,震林木。复入北都,某公延馆穀之。有青衣夜奔,书橑祫服挑达甚都,生拒之厉,后又托老苍头通殷勤,赠杂佩焉,生终不纳⋯⋯余生两入闱不售,遂烧诸生书而崨力于诗,大愤,咤曰:"天乎!青紫中无余生,汉唐坫坛上亦无余生坐位耶?"于是遇嘉景吟哦不能舍,卖文,有羡则以分柯洲君,佐其兄之不给,室人胡氏时为供客具,与二三君子谈风雅,达夜不倦。因纵心于名山川,东登岱,西走襄陵,独眺姑射山,北穷马邑银山铁壁,观毳帐沙漠,东南则台荡四明三衢,及楚蜀秦豫,踪迹无不至,至无不摅为诗章。年五十始卜居清源,海内慕生诗,争相交游引重,相得极欢。生持己严峻,终身不肯以利,故一牍一事相浼。壬午兵内讧,梦一老人语曰:"其虚其邪既亟,只且明日弃庐舍,携妻子南归。"离城未六十里,浴铁之骑霆摧雷掣而城陷矣。至杭得酒,与友登顿山寺,握塵尾辩说数千言,至吟得意则醉卧草间,灶米不给亦不问。生贫且老,明世故,指画事忠爱悱恻忧然,不顾利害,于人坦直无城府,虽蹢躅泥淖中,立志较然不二。病危犹敲诗不已,将暝复瞠目,呼其子曰:"孟津王觉斯素知我,汝求一文足矣!"他不复言,年六十有几,子名某。太史氏曰:予交望之二十四年,相知不可谓不深,予失家踉蹡,联舸至爪步,欲赠余

---

① 徐子尚修,张树海等纂《中国方志丛书·山东省临清县志》,民国二十三年(1934)铅本,成文出版社1968年影印,第1134页。

② 王铎(1592—1652),字觉斯,号嵩樵,又号痴庵,别署烟谭渔叟,孟津(今河南孟津)人。

> 生，忽不见，又一年，再至杭始知其死，抑郁磊落寓于悲歌。噫！吴
> 山越水孰有人焉知望之者哉！ ①

此传完整记述了余俨的生平事迹，其中不乏细节描写，可见二人二十四年的交谊之深。据此传可知，王铎的这位挚友余俨，字望之，越州山阴人，山阴县自汉代起便为会稽郡下属，《汉书·地理志》中就有会稽郡山阴县的记载②。后两县同城而治组成了会稽城，古属越州，即今天的绍兴市。因此，这位余俨首先从其名、其字以及籍贯上是与《唐世精华》的编者相符的。此外，根据王铎的生卒年——明万历二十年（1592）至清顺治九年（1652）可知，其挚友余俨的生活年代至少也应是明代中晚期，这与《唐世精华》编者的生活年代也是一致的，且据传中所记，余俨自幼聪颖，少负才名，尤嗜诗，所到之处皆倍受推崇，然仕途不畅，内心郁郁不平，每每寄情于山水，以诗篇抒胸臆。可见这位余俨是一位酷好诗歌者，在其两次科考失败后曾烧掉诸生书，愤然叹曰："天乎！青紫中无余生，汉唐坫坛上亦无余生坐位耶？"话语中既有不平，也暗示出其对汉唐诗坛的尊崇，从此便更加着力于诗歌创作，由此可见，其编选《唐世精华》这样一部唐诗选本亦是在情理之中了。综合以上内容我们可以断定，王铎的这位挚友就是《唐世精华》的编选者余俨。此外，传中提到余俨曾于五十岁时隐居清源，而清源恰是今山东省临清县的古称，这正与山东临清县志中所载余俨"晚年笑傲林泉"相照应，由此可以肯定，山东临清县志中记载的余俨与李铎之友、《唐世精华》的编者余俨应为同一人。

　　据王铎所作传我们还了解到，余俨自五十岁隐居清源之后，于壬午兵变时梦一老人告诫其离开此地南归，结果当他刚刚离开，清源城即陷落矣。历史上明末的壬午兵变发生于崇祯十五年（1642）十一月，当时清军大举进攻河北、山东，在攻占临清（清源）后，又绕济南进入青州，王铎所记当指此事。据此可知，余俨在崇祯十五年（1642）时年龄约为五六十岁，那么他的生年当至早为万历初年，由此可进一步断定余俨应为明代晚期人。在他离开清源之后来到杭州，并最终卒于杭州，临终前

① 王铎《拟山园选集·余望之传》，王钟翰主编《四库禁毁书丛刊》，集部第87册，北京出版社2000年版，第672—674页。
② 班固《汉书》卷二十八上，中华书局1997年版，第1590页。

嘱其子求王铎为其作传,终年六十余岁。

《唐世精华》,共十二卷,卷首分别有余俨和孙如游于万历甲寅中秋所撰序文,页下标有"四其轩藏版"。此选以体编次,卷一至卷三为五言古诗,卷四至卷五为七言古诗,卷六至卷七为五言律诗,卷八至卷九为七言律诗,卷十为五言绝句,卷十一为七言绝句,卷十二为五言排律。

如前所述,明万历时期是思想界发生重大变革的时期,随着王阳明心学不断深入人心,人们对个体自我投入了前所未有的关注。徐渭、李贽、汤显祖等人大力张扬人的个性精神,文学领域公安派领袖袁宏道高举"独抒性灵,不拘格套"的大旗,承认并尊重人的个性差异,倡导性灵文学观,他对真性灵的关注冲破了明中期以来复古派"诗必盛唐"的格套,反对模拟唐诗、固守法度,其诗学思想在其兄袁宗道、其弟袁中道及其羽翼陶望龄、江盈科等人的共同倡导下,形成了一股新的诗学巨浪。在以公安派为代表的性灵思潮影响下,诗坛风气随之发生了转移,人们对公安派的趋同使复古派气焰大消,这股强劲的"性灵"之风吹向选诗领域,亦影响了选家的审美取向。余俨编选《唐世精华》就是在这种思潮的影响下,冲破复古派以"格调"为标准、以时代论优劣的选诗方式,开始突显人的性情。其书前自序曰:

> 诗至李唐,所谓古体、近体、长短、歌行、绝句、排律等制,沨沨乎盛矣、备矣、蔑以加矣。然自贞观至开元、贞元之轧,宁三百季间,宿老、钜老、大手笔、大宗匠、大家、名家,若雅正、飘逸、雄沉、高古、清新、悲壮、冲淡、真率以及寒瘦、怪癖,虽气骨不同,声律各变,总之不离性情者。[1]

在这里,他首先对唐诗作了充分肯定,在他眼中,唐诗体制完备,是诗歌发展的极盛阶段。接着又指出,唐代涌现了众多风格各异的著名诗人,尽管他们的作品气骨与声律各不相同,然而却都是发自性情的产物。从这个评价可以看出,余俨对唐诗的认识不同于复古派特别注重的"气骨"与"声律",他更加关注的是其抒情特征。正基于此,他将"性情"作为自己编选《唐世精华》的标准:

---

[1] 余俨《唐世精华序》,明万历四其轩刻本。

　　　　近世选唐者自芮挺章《国秀集》爰及我明，无虑数十家，或略于盛而详于晚，或繁于近而简于古，彼去此取，此取彼弃，或同或不同，或小异或大异，家各不同，总之近吾性情者选是。余结发而嗜诗，上自汉魏，下洎六朝，浑噩或乏英华，骈靡则不高古。惟李唐体制音律灿然大成，尤为后学楷式，尤欲窥其藩篱，晨渔旰猎十余年未得诸体之精者，辄手录之，上下唐之初盛中晚间，共得人百四十七，诗七百有奇，题曰《唐世精华》，藏之箧中，聊以适吾之所嗜，取其近吾性情者耳。[①]

自唐代以来，选唐诗者各家不同，但是余俨却认为这些选本皆是本于选家个人性情而定，他们所选取的都是与本人性情相近的诗作。余俨编选《唐世精华》同样如此，之所以选取这一百四十七位诗人的七百余首诗，其标准只有一个，"近吾性情者耳"。其实，不同选家在编选唐诗时，大都是依据其诗学思想及个人喜好来设定标准，例如在复古思潮的影响下，有的侧重于声律，有的侧重于气格来选诗。而余俨却把前人不同的选诗标准归于一点——性情，由此可见，"性情"在他的诗学观念中占有非常重要的地位，而这确又是以公安派为代表的晚明诗歌思潮的重要体现，公安派受王阳明心学之影响，特别强调人的个性情感，左东岭先生就曾指出："公安派审美观念中，具有非常突出的阳明心学重主体心性的倾向。"[②]这样一种重视人的主体性情的诗学思想作为晚明诗歌思潮的核心观念对选诗领域产生了巨大影响。余俨编选《唐世精华》就是在这种思潮的影响下，冲破了过去以"格调"为标准、以时代论优劣的选诗方式，他突出的是人的性情。

　　余俨认为，唐诗是诗人主体性情的体现，而选家也是选取与自己性情相适的作品，那么由此似乎可以推出这样的结论，唐诗选本是选家与诗人性情的共同体现，余俨把诗人与选家通过情连接在一起，追寻的是自己的性情与诗人性情的相通，关于这一点，孙如游在为《唐世精华》作序时有着更为详细的论述：

---

① 余俨《唐世精华序》，明万历四其轩刻本。
② 左东岭《从良知到性灵——明代性灵文学思想的演变》，《南开学报》1999 年第 6 期。

> 《三百篇》而后,代不乏作者,而唐为盛。谈诗者非唐不攻也,
> 攻唐者年莫或唐,而仅就其己之所为诗者尔已。就己所为诗,而朝
> 夕之所披诵,才情之所结想,又靡非唐也者。岂唐以诗罗士,家传户
> 习,举三百年人士所共攻之,物神独华焉,而后之人即竭其才之所
> 至,卒莫嗣其响欤?　①

他认为,唐代是《三百篇》之后诗歌发展的鼎盛阶段,因而后世学诗者特
别致力于唐诗的研习,然而在他看来,这些潜心研究唐诗者从年代来说,
本身离唐已经很远了,所以他们实际上还是在依照自己的心神、情感来
进行诗歌的创作,而正因为他们"就己所为诗",将情感集结其中,朝夕吟
诵,所以在本质上又与唐人创作是一致的。只不过,诗歌在唐代有着更
为优良的创作环境,再加上唐人的共同努力,才达到了"物神独华"的至
高境界。而后世为诗者,只要竭其才力、付之真情,还是可以继唐诗之遗
响的。这种观点同样是在强调包括性情在内的诗人主体因素对诗歌创
作的重要性。正是基于此认识,孙氏对选唐诗者提出了自己的要求:

> 诗之选也,一如其作者,作者以其神旨探于寥廓,一语赏心,手
> 舞足蹈,若神相之,非以俟夫知己于后者而得之。一时垂之篇牒,
> 其神固与其人俱往矣。选者非身自有之,乌能以其不相涉之神而仰
> 探作者之神,以穷正变、辨妍媸也?……选唐者难以缕数,滥求者以
> 滥病,而苛求者以苛漏。盖神不与作者通而强以意解耳。善哉乎,
> 《精华》之选也,卷不盈几,而自初唐迄晚季,唯其什不惟其时,诸诗
> 之体裁与诸人之名篇犁然毕具。岂其身自有之乎,而于以企作者之
> 神,固自不可诬也。父学余君与中翰杜君夙尚风雅,两人同心乃成
> 此帙。读是者得以神游于唐而因得两君之神于所选也,则是编有足
> 述矣。②

对于诗人来说,其诗歌创作的过程就是一个心神俱往的过程,作者将其
全部身心、所有情感精神都投入到诗歌的创作中去。而作为选诗者,如
果没有与诗人相通之"神",是不可穷其正变、辨其美丑的。孙氏在这里

---

① 孙如游《唐世精华序》,明万历四其轩刻本。
② 孙如游《唐世精华序》,明万历四其轩刻本。

所说的"神",可以理解为精神,带有强烈的个人主体意识,他要求选家在选诗过程中不断去体会与把握作者在创作时细微的心灵律动,如此方可达到与作者创作精神的自然冥合。在此基础上,他批评之前唐诗选本或滥、或苟的根本原因,即是"神不与作者通而强以意解"。同时,他肯定《唐世精华》,不仅因其将各体诗歌、诗人名篇皆收入内,更在于编者余偃能够以自己之"神"来"企作者之神",做到了精神的相通。这种观念已不同于自高棅《唐诗品汇》、前后七子乃至胡应麟的选诗与论诗,无论是以"声律"为标准划分四唐,还是从艺术角度探讨"格调",他们都还属于形式批评的范畴,而孙氏所论则已经进入了主体批评的层面。

余偃与孙如游序言中所体现出的对人之主体精神与性情的重视,皆是驻足于公安派的"师心"立场,且与整个时代高扬的个性思潮紧密相连。而这又很容易让人联想起晚明另外一部著名的诗歌选本——《诗归》,钟惺曾在《诗归序》中说:"内省诸心,不敢先有所谓学古不学古者,而第求古人真诗所在。真诗者,精神所为也。"[1] 他所要追寻的真诗与孙如游所言一致,都是诗人精神之所为,而他对古人之诗的评选,同样也是出于对诗人创作精神的体悟与冥合,"取而覆之,见古人诗久传者,反若今人新作诗;见己所评古人诗,如看他人语。仓促中,古今人我,心目为之一易,而茫然无所止者,其何故也? 正吾与古人之精神,远近前后于此中,而若使人不得不有所止也"[2]。余偃《唐世精华》编于万历四十二年(1614),而钟惺、谭元春也恰恰是从这年冬开始"精定《诗归》",他们观点的一致或许是出于巧合,又或许钟、谭二人在某种程度上受《唐世精华》编选的影响,但归根结底,他们以"精神"与古人相通、重视人之主体性情的诗学观念还是受到了以公安派为代表的晚明性灵思潮的重要影响。

从选诗的角度来看,在《唐世精华》所选的近700首[3]作品中,初盛唐为435首,中晚唐为256首,且入选最多的诗人乃为李、杜(分别为74首和68首)。这些数字似乎表明《唐世精华》仍未脱复古派之影响,是

---

[1] 钟惺、谭元春编,刘敔重订《诗归》,明末刻本。
[2] 钟惺、谭元春编,刘敔重订《诗归》,明末刻本。
[3] 余偃自序中称选诗"七百有奇",据笔者查阅核对,仅有691首。

一部重初盛而轻中晚的唐诗选本。而事实上,通过对编者自序的解读,我们知道,编者选诗是取其与本人性情相适者,孙如游在其序中亦称余俨选诗"唯其什不惟其时",看重的是诗歌本身而不是其所处的时代,因此不能仅仅凭借这些数字而简单地下结论。这样一种选诗比例只能说明,初盛唐诗作在整体上更契合编者的性情,更能达到与编者的心灵相通,例如,五言古诗,初盛唐与中晚唐的入选比例为119∶36,其中余俨最为欣赏的是杜甫(17首),其次是李白(15首)、韦应物(15首)、岑参(12首)。而七古排在前三位的是李白(17首)、杜甫(16首)、岑参(13首),其余诗人大都仅取一两首。从中可见,余俨于唐人古体最为偏重的是盛唐。然而不是对所有体式编者都是偏重初盛唐的,如七律与七绝,入选中晚唐诗的总体数量均超过了初盛唐(分别为56∶47及63∶31)。七绝一体除李白入选较多之外(达16首),其余十位入选的初盛唐诗人诗歌总量仅为15首。而入选的中晚唐诗人达41人之多,虽然他们入选诗作数量较为平均,但在绝对数量上却大大超过了初盛唐。所以说余俨选诗并非事先在心中圈定了一个初盛唐的框框,而是真正做到了不以时代论优劣,完全从个人性情出发,寻找与一己之情相适的诗作。

　　具体而言,在七言绝句一体中,余俨对盛唐两位著名绝句大家李白、王昌龄采取了完全不同的择取态度,其中李白入选16首,在所有入选诗人中位列第一,而王昌龄却仅有3首作品入选。李、王二人之七绝在唐代并称,为后人所共同激赏,王世贞称:"七言绝句,王江陵与太白争胜毫厘,俱是神品。"[1] 叶燮亦云:"七言绝句,古今推李白、王昌龄。"[2] 而且王昌龄在当时已有"七绝圣手"的称号,可见其在七绝一体上的确颇有造诣。为何他的七绝作品不受余俨青睐呢? 其实,李、王二人七绝虽皆有成就,而其差异性也非常明显。总体而言,李白七绝更为自然,这与他爽朗豪迈的性格、自由自适的气质有关,李白作诗常常凭借一己之灵感,诗兴一来便脱口而出、即兴而成,从而形成了自然天成的诗歌特点。并且李白七绝常直陈己情,毫不掩饰,给人一种亲切感,仿佛在与朋友面对面地说知心话。如其入选的《早发白帝城》:"朝辞白帝彩云间,千里江陵

---

[1] 王世贞《艺苑卮言》卷四,丁福保辑《历代诗话续编》,第1005页。
[2] 叶燮《原诗》外篇,《原诗 一瓢诗话 说诗晬语》,人民文学出版社1979年版,第74页。

一日还。两岸猿声啼不住,轻舟已过万重山。"表达了诗人流放夜郎途中遇赦返还的欢快心情,整首诗轻盈快活,诗笔奔放,自然亲切,正应了他自己的那句诗:"清水出芙蓉,天然去雕饰。"李白七绝的这些风格特点,在其大量的写景、游纪题材中得到了充分体现,所以余俨入选此类题材作品较多,如《峨眉山月歌》《山中问答》《东鲁门泛舟》《五老峰》、《陪族叔刑部侍郎晔中书舍人贾至游洞庭湖》(三首)、《苏台览古》《越中览古》《早发白帝城》等,占16首诗中的半数以上。相比之下,王昌龄七绝更具匠心,可以说每首诗都是他的呕心沥血之作,都经过其精心的构思与安排,他特别讲究诗篇的结构修辞、起承转合,由锤琢洗练而至完美,虽然在边塞及闺怨等题材中王昌龄七绝成就不凡,但是在整体风格上却不如李诗那么真率自然。而这又与两人的性格密切相关,李白生性狂放不羁、桀骜伟岸,再加之天才纵姿、傲世遗俗,所以其七绝作品大都不受规范的羁绊,任性而为,兴会所至,随意挥洒,不拘格套,达到了自然天成的境界。而王昌龄性情温敛,不尚张扬,因而其作品大都悠游不迫,含而不露,追寻意格完美、诗味隽永,注重炼字琢句,给人中规中矩、恪守章法的感觉。那么,由余俨对二人七绝的选择态度可看出,他更为欣赏的是李白真率自然的诗歌风格以及由此体现出的诗人随性自由、不受拘束、自然天真的性格,这一性格不仅属于诗人李白,同时也属于编者余俨。据王铎《余望之传》记载,余俨从北都归越途中,吟诗遇喜处即大叫,声音震林木。壬午兵变后由清源至杭,得酒,与友登顿山寺,握麈尾辩说数千言,至吟得意则醉卧草间,灶米不给亦不问。生动展现了余俨无拘无束、率性自然的性格特征。正因为余俨与李白个性上的这种相似之处,才使他以大量的篇幅选取了与自己性情契合、能在近千年后产生心灵共鸣的作品。应当说,这样的选择结果不仅是余俨本人之性情所好,同时也是整个时代崇尚个性与自我的精神在选诗领域的一个投影。

万历时期的诗坛流派纷争,壁垒分明,宗唐宗宋,针锋相对。余俨身处此时,虽命运多舛,然为人真率坦直,醉心于诗歌创作,尤慕唐诗,其所编选《唐世精华》以个体"性情"作为选诗标准,为晚明文坛的主"情"大潮推波助澜,在明代诗歌思潮发展中以独特的选诗方式彰显着编者的个性主张,在明代诗歌流派的相互较量中亦扮演着重要角色。不仅如此,《唐世精华》作为一部诗歌选本,在其所选的近700首作品中,初盛唐为

435 首,中晚唐为 256 首,且大都选入了盛唐名家的经典名篇,其中李白与杜甫两位诗坛巨匠的诗歌数量位居前两位。同时它又冲破了复古派"诗必盛唐"的格套束缚,对中晚唐诗并非一概吐弃,在七律与七绝两种体式的选择中,中晚唐入选数量均超过初盛唐,李商隐、杜牧、许浑等人的名篇佳作亦收入其中。可见,《唐世精华》不仅是一部体现选家个性色彩的唐诗选本,同时也是一部具有较高文学价值的唐诗选本。

由上可见,余俨在主观上已经摆脱了复古派影响下以盛唐为尊、从格调等外部形式入手的选诗模式,《唐世精华》的编选突出体现的是作者的精神、编者的性情,以及对二者相通的追求。而这也形象地反映出晚明时期在以公安派为代表的性灵思潮的影响下,人们开始越来越多地关注个体自我,突出主体精神,这种时代风气不仅反映在以上唐诗选本的编撰中,而且在那些受复古派诗学思想影响的唐诗选本中也有所体现。如万历二十四年(1596)张居仁所编《唐诗十二家类选》,就是在嘉靖年间张逊业所辑唐十二家基础上,重新分类编排,共分六卷二十五类,每类之中又以体编次。唐代王勃、杨炯、卢照邻、骆宾王、陈子昂、杜审言、沈佺期、宋之问、王维、孟浩然、高适、岑参这十二家,一向都是复古派所刻意模习的典范,此时张氏重新辑此十二家,说明他仍然受复古思潮影响很大。然而,张氏在卷首《小引》中的一番话却表明他已在选诗切入点上发生了重要改变:"李唐以诗制举,一时振藻之士,刿心词林,翘足艺圃,盖凤翥龙翔,云兴霞蔚哉! 开元、天宝间,少陵、长庚乃称雄长,二氏之外,辄艳言十二家,虽其言人人不类,而陶写性灵、咳唾珠玑,则皆一变六朝之末,自为橐钥权舆,淘千载一时矣。"① 在这里,张氏对十二家的评价已不同于复古派所关注的体格声调,而将他们的成就归之为"陶写性灵",突出的是诗人主体的作用,接下来,他又评价了自己的选诗:"不佞自弱冠即喜声诗,尝读唐人诸所撰著,汗牛充栋,难诣藩篱,如堕终南万叠中,峭壁周遭,莫知所出已。迨治城武而所以治城武,因治唐诗十二家诗,类分雠选,自谓唐人之才也、情也、趣也,尽是矣。客乃谓:唐自唐,十二家自十二家,十二家且不足概唐,选恶足概十二家? 噫! 不闻一脔知鼎乎? 得一脔,全鼎可无问也,且余染指十二家,已日用饮食之矣,浸

──────────

① 张居仁《唐诗十二家类选》卷首,明万历二十四年(1596)张氏自刻本。

假而化予之尻以为轮,蹄以为马,余因而乘之,游开元、天宝间,与十二家相唱和,窅然忘吾之有四肢形骸也。安知我之不为唐耶？十二家之不为我耶？”[①] 张氏称自己所选这十二家诗足以尽唐人之才、情、趣,表明他选诗的切入点已不再是声律、体格等诗歌外部形式,而是以表现诗人主体才情等因素为主。而当有人对此选产生质疑时,张氏的回答进一步表明自己所注重的是与古人精神的相通,在他看来,因为自己能够以全副精神投入古人的作品之中,与古人进行情感的碰撞,相互唱和,超然忘我,完全与十二家融为一体,所以才能够真正体会他们的才、情、趣,也才能够选出这些体现了唐人之才、情、趣的诗作。张氏此论与孙如游在《唐世精华》序中所表述的观点极为相似,作为选诗者,他们不仅突出诗人性情等主体因素,而且特别强调自我与古人的“神”的冥合与情的相适,由这样的选诗观念我们更加清晰地看到了晚明时期性灵思潮对诗坛的巨大影响。

第三节　竟陵派与《唐诗归》

一、竟陵派的兴起

以钟惺、谭元春为代表的竟陵派是晚明时期继公安派之后又一影响巨大的诗歌流派,其流响甚至绵延至清。钟惺(1574—1625),字伯敬,号退谷,别号退庵,竟陵(今湖北天门)人。万历三十八年(1610)进士,授行人,迁工部主事,改南京礼部主事,进郎中,后官至福建提学佥事。天启三年(1623)受党争牵连,仕途坎坷,丁忧遭人言,家居而卒。著有《隐秀轩集》。谭元春(1586—1637),字友夏,为钟惺同里。谭氏自幼聪颖,然功名甚不得意,久困诸生,深受科举之苦。天启七年(1627)始举于乡,崇祯丁丑(1637)参加会试,途经长辛店,卒于旅店之中。著有《谭友夏合集》。

明万历时期,随着王守仁心学的迅速发展,其所倡导的“良知”说

---

① 张居仁《唐诗十二家类选》卷首,明万历二十四年(1596)张氏自刻本。

与"知行合一"说逐渐取代程朱理学。心学强调人的主观能动性,追求
个性解放,使人们长期压抑于心底的最原始的个性情感得以自由抒发,
因而在思想界产生了极大影响并得到广泛共鸣。王学崛起后迅速壮大,
形成了一个庞大的支系,心学传人遍布天下。其中,王学分支泰州学派
门下之人李贽又在此基础上提出了"童心"说。他认为"天下之至文,
未有不出于童心者也";"夫童心者,真心也";"绝假纯真,最初一念之本
心也"①。指出文学应当无任何挂碍地表现人最初一念的本心,包括人最
原始的各种自然欲望,并且强调本心的表达应自然而然,不可矫揉造作。
这些思想都可称得上是对"存天理,灭人欲"的理学传统的颠覆,带有鲜
明的反传统的异端色彩,也显示出晚明时代个体意识崛起的新趋向。在
这种一任本心、崇尚自我思潮的浸染下,文学艺术领域也随即出现了新
气象,徐渭师从王阳明传人王畿,标新立异,崇尚一己之真我与真情;汤
显祖师从泰州学派罗汝芳并受李贽影响,崇尚至情,认为文学作品应表
现真我,充满灵性。在这些先驱的影响下,万历时期的诗坛上先后出现
了两大著名诗歌流派——公安派与竟陵派。

　　钱谦益在《列朝诗集小传·袁稽勋宏道》中言:"万历中年,王、李之
学盛行,黄茅、白苇,弥望皆是。文长、义仍,崭然有异,沉痼滋蔓,未克芟
薙。中郎以通明之资,学禅于李龙湖,读书论诗,横说竖说,心眼明而胆
力放,于是乃昌言击排,大放厥词。"②认为袁宏道受李贽启发而开公安
派之门。他在《遁园集序》中亦言:"中郎、小修皆李卓吾之徒,其指实自
卓吾发之。"③的确,明万历二十一年(1593)袁宏道兄弟曾一起拜访过李
贽,袁中道在《吏部验封司郎中中郎先生行状》中如此描述:"先生既见
龙湖,始知一向掇拾陈言,株守俗见,死于古人语下,一段精光不得披露。
至是浩浩焉如鸿毛之遇顺风,巨鱼之纵大壑。能为心师,不师于心,能转
古人,不为古转。发为语言,一一从胸襟流出,盖天盖地,如象截急流,雷
开蛰户,浸浸乎其未有涯也。"④可见袁宏道在与李贽此次会面后,思想的
确发生了极大转变,仿佛间豁然开朗,完全进入到一个无拘无束、自由自

① 李贽《童心说》,张建业整理《李贽文集》第一卷,社会科学文献出版社2000年版,第91页。
② 钱谦益《列朝诗集小传》丁集,第567页。
③ 钱谦益《遁园集序》,《牧斋初学集》卷三十一,上海古籍出版社1985年版,第919页。
④ 袁中道著,钱伯城点校《珂雪斋集》卷十八,上海古籍出版社1989年版,第755—756页。

在的思维境界。数年后,袁宏道高举"不拘格套,独抒性灵"大旗,求真贵今,扫陈言,剔俗见,一个影响巨大的公安派正式形成了。

同样,李贽等个性思潮的先驱者对竟陵派亦有一定影响。焦竑在为李贽编纂的《藏书》作序时称其:"程量今古,独出胸臆,无所规放。"① 而谭元春在《退谷先生墓志铭》中称钟惺评选《诗归》方式为:"各以意弃取,锄莠除硕,笑哭由我,虽古人不之顾。"② 可见二人无论编史还是选诗皆独出己意,无所羁绊,其间必然有着某种一脉相承的联系。曹学佺在评价《诗归》时称:"予友钟伯敬之《诗归》,予又病其学李卓吾。卓吾之评史则可,伯敬以之评诗则不可。"③ 虽为批评之语,却也恰巧说明钟惺评选《诗归》在某种程度上确是受到了李贽的影响。此外,李贽所提出的"童心"只是"笼统地反对一切外来的闻见和道理,尤其是过分强调了最初一念的绝对纯真,这样便割断了作家主观世界与外在客观现实的持续的有机的联系,使童心说带有一种任意的唯心的倾向"④。这种"任意的唯心倾向"在明末动荡的社会与政治背景中极易引导作家产生消极避世的倾向,于静观默照中寻求自适,沉醉于自我内心世界从而割裂与社会的联系,而竟陵派所提倡的"幽情单绪"恐怕也与这种倾向的影响不无关系。

既然公安与竟陵两派皆是受明代中晚期以来高扬自我、崇尚个性异端思潮的影响而兴起,那么在它们身上必定会接受某些相同的影响因子,例如对"性灵"及"真"的崇尚,袁宏道倡导诗歌创作要发自性灵,"非从自己胸臆流出,不肯下笔"⑤。江盈科在《敝箧集叙》中引袁宏道语曰:"诗何必唐,又何必初与盛? 要以出自性灵者为真诗尔……以心摄境,以腕运心,则性灵无不毕达,是之谓真诗,而何必唐,又何必初与盛之沾沾!"⑥ 皆是强调诗歌要以表现天机自然的性灵为要旨,唯有如此,才

① 李贽《藏书》卷首,中华书局 1974 年版,第 1—2 页。
② 谭元春著,陈杏珍标校《谭元春集》卷二十五,上海古籍出版社 1998 年版,第 680 页。
③ 曹学佺《石仓十二代诗选·唐诗选序》,明崇祯刻本。
④ 王运熙、顾易生主编,袁震宇、刘明今著《中国文学批评通史·明代卷》,上海古籍出版社 1996 年版,第 432 页。
⑤ 袁宏道《叙小修诗》,钱伯城笺校《袁宏道集笺校》卷四,第 187 页。
⑥ 江盈科《敝箧集叙》,钱伯城笺校《袁宏道集笺校》附录三,第 1685 页。

可称得上是真诗。同样,钟惺也曾言:"夫诗,道性情者也。"[①] 谭元春亦主张:"夫作诗者,一情独往,万象俱开,口忽然吟,手忽然书,即手口原听我;胸中之所流,手口不能测,即胸中原我手口之所止,胸中不可强。"[②] 也都是强调诗歌应该表达作者之性情,无拘无束地反映真我。而他们编选《诗归》亦是为了第求古人之"真精神""真性灵"。此外,在反理学、反传统、反前后七子复古模拟等方面,两派也有大致相同的观点。公安与竟陵两派在时间上相继而起,竟陵派出现时正当公安派晚期,袁中道尚健在,再加上两派领袖皆为楚地人,因而最初他们尚有一些较为密切的往来,袁中道将钟惺视为同道中人,他在《花雪赋引》中曾说:"友人钟伯镜(敬)意与予合。其为诗,清崎邃逸,每推中郎,人多窃訾之。自伯镜之好尚出,而推中郎者愈众。湘中周伯孔,意又与伯镜及予合。伯孔与伯镜为同调,皆有绝人之才,出尘之韵,故其胸中无一应酬俗话。余三人誓相与宗中郎之所长,而去其所短。意诗道其张于楚乎。"[③] 可见,钟惺最初非常推崇袁宏道,并且随着钟惺本人诗歌创作与诗学思想影响的逐渐扩大,也使袁宏道的诗学观得到了有效传播,同时由于地域上的接近性,在客观上对楚学阵营的影响壮大也起到了积极作用。此外,钟惺还曾于万历三十七年(1609)亲去拜访长其五岁的袁中道,二人共游天界寺,一起游宴唱和。正因两派之间有着这种千丝万缕的联系,后人在评价竟陵派时总是将它与公安派并称,在《明史》中,钟、谭的评价就紧附于袁宏道评传之下,清代诗评家也从地域的角度以"楚"或"楚风"来并称两派。

　　公安派针对明中期以来七子派拘于盛唐格调、徒事模拟之弊,高倡"不拘格套,独抒性灵",一扫王、李之云雾,扭转了诗坛风气,居功甚伟。然而随着时间的推移,其创作上的弊端也愈发凸显,因信手信腕、随意抒发而陷入骨力贫弱、浅率俚俗的误区。对此,作为三袁后辈的钟、谭清醒地看到了这一点:"大凡诗文因袭有因袭之流弊,矫枉有矫枉之流弊,前之共趋,即今之偏废;今之独响,即后之同声。此中机捩,密移暗度,贤者

---

① 钟惺《陪郎草序》,《隐秀轩集》卷十七,上海古籍出版社1992年版,第275页。
② 谭元春《汪子戊巳诗序》,陈杏珍标校《谭元春集》,第622页。
③ 袁中道著,钱伯城点校《珂雪斋集》卷十,第459—460页。

不免,明者不知。"①此论不仅点明了复古派的模拟因袭之弊,同时也指出了公安派矫枉过正之病。谭元春对公安派末流"舍其大者不言,而于所为翰墨游戏,易于触目者,则赏之不去口,传之不崇朝,而法之不遗力"②的做法亦表示不满。其实,袁宏道晚年对自身创作缺少蕴藉之美已有所觉悟并力图修正。袁宏道谢世后,其弟袁中道静观返照,对公安派矫枉过正所带来的弊端做了更为深刻的反省:"诗以三唐为的,舍唐人而别学诗,皆外道也。国初,何、李变宋元之习,渐近唐矣。隆万七子辈,亦效唐者也。然倡始者不效唐诸家,而效盛唐一二家……其后浸成格套,真可厌恶。后之有识者矫之,情无所不写,景无所不收,而又渐见俗套,而趋于俚矣。"③这与上面所引钟惺的评语大体相同,既对复古派囿于格套进行指摘,同时也对公安派趋于俚俗之流弊有着清醒的认识。也正因此他在教侄儿学诗时亦告诫其应熟读汉魏及三唐人诗才可下笔,不可率自矜臆,带有明显的调和折衷的意味。可以说此时的袁中道与钟惺走在了相同的轨道上,正如前文所引袁中道在《花雪赋引》中言他与周伯孔、钟惺"誓相与宗中郎之所长,而去其所短",亦可看出他们的密切往来也是因继承且修正公安派文学观念的趋同。然而,尽管袁中道此时想要极力挽救公安派并有意拉拢已经有一定影响力的钟惺来扩大其阵营,无奈为时已晚,公安末流的式微已是大势所趋。

于是,自公安派后,钟、谭扛起了引领诗坛风气的大旗,既纠复古派之偏狭,又矫公安派之浅率,意欲自成一家,另立一门,在诗坛的影响愈来愈大。钱谦益《列朝诗集小传》曾说:"伯敬少负才藻,有声公车间。擢第之后,思别出手眼,另立深幽孤峭之宗,以驱驾古人之上。而同里有谭生元春为之应和,海内称诗者靡然从之,谓之钟谭体。"④陈子龙也曾在诗中云:"汉体昔年称北地,楚风今日遍南州。自注:时多作竟陵体。"⑤可见钟、谭独特的诗歌风格在当时传播之盛。不仅如此,竟陵派的影响

① 钟惺《与王稚恭兄弟》,《隐秀轩集》卷二十八,第 463 页。
② 谭元春《袁中郎先生续集序》,陈杏珍标校《谭元春集》,第 600 页。
③ 袁中道《蔡不瑕诗序》,钱伯城点校《珂雪斋集》,第 458 页。
④ 钱谦益《列朝诗集小传》丁集,第 570 页。
⑤ 陈子龙《遇桐城方密之于湖上归复相访赠之以诗》,陈子龙著、施蛰存、马祖熙标校《陈子龙诗集》卷十三,上海古籍出版社 1983 年版,第 415 页。

其至还绵延入清，钱谦益在《刘司空诗集序》中称其：“海内靡然从之，迄今三十余年。”① 清代小品文名家张岱就曾深受竟陵派影响：“余喜文长，遂学文长诗，因中郎喜文长，而并学喜文长之中郎诗，文长、中郎以前无学也。后喜钟、谭诗，复欲学钟、谭诗，而鹿鹿无暇……予乃始知自悔，举向所为似文长者悉烧之，而涤胃刮肠，非钟、谭字不敢执笔。”② 由此可见，竟陵派之诗学影响如洪波汹涌般弥漫诗坛，已渐渐盖过了公安派。正如钱锺书《谈艺录》中所云：“观谭友夏《合集》卷八《东坡诗选序》《袁中郎先生续集序》，则中郎之子述之已化于竟陵；小修《珂雪斋近集》卷二《答须水部日华书》、卷三《蔡不暇诗序》《花雪赋引》皆于乃兄如阳明与朱子之作‘晚年定论’，亦不能谨守家学而坚公安壁垒矣。中郎甚推汤若士，余见陈伯玑《诗慰》选若士子季云诗一卷，赫然竟陵体也，附录傅占衡序，果言其‘酷嗜钟谭’。中郎又亟称王百谷，《诗慰》选百谷子亦房诗一卷，至有‘非友夏莫辨’之目。盖竟陵‘言出’，取公安而代之，‘推中郎者’益寡而非‘益众’。”③ 道出了明末诗坛由宗“公安”转而崇“竟陵”的风气转变。那么，接下来真正能够接掌诗坛权柄，与复古派一较高下的当只有竟陵派了。明末清初著名文学家、篆刻家周亮工曾言：“竟陵、历下各树旌旗，不相统一。”④ 清代钱塘诗人潘问奇亦云：“竟陵与历下，各以偏师攻。”⑤ 并在其辑选的《宋诗啜醨集》自序中云：“于鳞立盟坛砧，迄今百余年，词日饾饤，调入痴肥，使非竟陵起而抉隐剔微，一一表章，不几等祖龙一烬耶！”⑥ 皆是将竟陵与复古两派对峙而言，无论公安。而钱锺书在《谈艺录》中亦通过引用大量明清时人的相关评论做出了更为明确的总结：“后世论明诗，每以公安、竟陵与前后七子为鼎立骖靳，余浏览明清之交诗家，则竟陵派与七子体两大争雄，公安无足比数。”⑦

　　那么，为什么竟陵派的诗学思想能够在晚明诗坛掀起巨浪，最终取公安派而代之呢？那是因为，一方面，竟陵派所倡导的“幽情单绪”和

---

① 钱谦益《牧斋初学集》卷三十一，上海古籍出版社1985年版，第908页。
② 张岱《琅嬛诗集序》，云告点校《琅嬛文集》卷一，岳麓书社1985年版，第63页。
③ 钱锺书《谈艺录》，三联书店2008年版，第251页。
④ 周亮工《南昌先生四部稿序》，《赖古堂集》卷十四，上海古籍出版社1979年版，第587页。
⑤ 潘问奇《怀邓威仪》，《拜鹃堂诗集》第三，清康熙三十四年（1695）刻本。
⑥ 潘问奇《宋诗啜醨集》，乾隆十八年（1753）刻本。
⑦ 钱锺书《谈艺录》，第251页。

"深幽孤峭"的审美理想与身处末世的士人逃避世事、沉醉于孤芳自赏的落寞情怀以及一味寻求内心自适的消极人生态度相契合,正如左东岭先生所说:"竟陵在晚明之影响超过公安远甚,固然有文学自身的因素,但它在人格心态上与多数士人更为接近无疑是重要的原因之一。"①另一方面,在诗学思想上,竟陵派领袖已经意识到复古派的一味模拟、亦步亦趋与公安派的信手信腕、一任己意其实是从一个极端走向了另一个极端,因而他们在两派之间做出了调和,既继承双方的合理因子——公安派的"独抒性灵"与复古派的"求古人真诗",又在此基础上彰显自己的个性追求——孤偏奇崛、清灵幽远。这种做法不仅吸引了复古派的追随者和公安派的同调者,同时也吸引了那些热衷于追求个性的晚明士人。而更为重要的是,以上两方面得以实现又全都仰仗于一部诗歌选本——《诗归》的问世,可以说它的广泛流传对竟陵派诗学思想的广泛传播起到了决定性作用,在当时甚至到了"家置一编,奉之如尼丘之删定"②的程度。相比之下公安派虽提出了令人耳目一新的诗歌主张,但是由于没有示人以具体学习途径,因而真正在诗歌创作上对士人的影响也就大打折扣了。一部诗歌选本对作家潜移默化的影响是不可低估的,它虽不如序跋专论那么系统,但却以直观形象的特点给人带来具体可感的指导,正如复古派的影响之所以能够从明中叶一直绵延至明末,在某种程度上也与李攀龙《唐诗选》的广泛传播有着很大关系,而比起《唐诗选》,诗歌选本的批评价值在钟、谭所编的《诗归》中得到了更为淋漓尽致的发挥。

二、《唐诗归》与竟陵派诗学思想

钟、谭所编《诗归》完成于万历末年,谭元春在《退谷先生墓志铭》中言:"万历甲寅、乙卯间,(钟惺)取古人诗与元春商定,分朱蓝笔,各以意弃取,锄莠除砾,笑哭由我,虽古人不之顾,世所传《诗归》是也。"③又于《自题西陵草》中云:"甲寅之岁,予与钟子选定《诗归》,精论古人之学,似有入焉者。"④可见,《诗归》的具体编撰时间大致为万历四十二年

---

① 左东岭《王学与中晚明士人心态》,人民文学出版社 2000 年版,第 748 页。
② 钱谦益《列朝诗集小传》丁集中,第 570 页。
③ 谭元春著、陈杏珍标校《谭元春集》卷二十五,第 608 页。
④ 谭元春著、陈杏珍标校《谭元春集》卷三十,第 806 页。

至四十三年(1614—1615)间。钟、谭二人为编此选可谓倾尽全力,付毕生之心血,正如钟惺在《与蔡敬夫》中云:"两三月中,乘谭郎共处,与精定《诗归》一事,计三易稿,最后则惺手抄之。手抄一卷,募人抄副本一卷,副本以俟公使至而归之公。"[1]并于万历四十五年(1617)定稿付梓时坦言:"盖平生精力,十九尽于《诗归》一书,欲身亲校刻,且博求约取于中、晚之间,成一家言,死且不朽。"[2]能够为一部选本耗费如此大的精力,这在诗歌编选史上确不多见。整部《诗归》共计51卷,由《古诗归》与《唐诗归》两部分组成,《古诗归》十五卷,选古逸至隋诗七百余首。《唐诗归》三十六卷,共选唐诗2228首,其中初唐五卷,选诗335首;盛唐十九卷,选诗1150首;中唐八卷,选诗484首;晚唐四卷,选诗259首。从数量上看,《唐诗归》比《古诗归》多出了近三倍,在整部《诗归》中占有较大比重,在《诗归》不断被翻刻的同时,亦有单行本《唐诗归》流传于世。本书即从唐诗选本的角度来审视钟、谭的《唐诗归》,由其选诗、评点来看竟陵派的诗学思想。

唐诗选本经唐、宋、元三个朝代的不断发展,其数量与规模越来越大,至明代,选本的诗学批评意味与作用愈发凸显出来,从明初高棅的《唐诗品汇》《唐诗正声》到明中叶李攀龙的《唐诗选》,唐诗选本逐渐成为影响士人诗学观念或者某一流派宣扬其诗学思想的重要武器。钟惺正是洞察到了选本的巨大威力,所以才亲操选政并以毕生精力来完成,他在《诗归序》中云:

> 选古人诗而命曰《诗归》,非谓古人之诗,以吾所选为归,庶几见吾所选者,以古人为归也。引古人之精神,以接后人之心目,使其心目有所止焉,如是而已矣。昭明选古诗,人遂以其所选者为古诗,因而名古诗曰"选体",唐人之古诗曰"唐选"。呜呼!非惟古诗亡,几并古诗之名而亡之矣。何者?人归之也。选者之权力能使人归,又能使古诗之名与实俱徇之,吾其敢易言选哉?[3]

为什么钟惺不把自己的选本命名为"诗选"而是"诗归"呢?在他看来,

---

① 钟惺著,李先耕、崔重庆标校《隐秀轩集》卷二十八,第469页。
② 钟惺《与谭友夏》,李先耕、崔重庆标校《隐秀轩集》卷二十八,第472页。
③ 钟惺、谭元春编,刘敔重订《诗归》,明末刻本。

选者手中握有去取存留的巨大权力,一旦因审美眼光的局限而造成选诗的偏颇,便会导致读者误入歧途,就像当年萧统选古诗,人们就会认为他所选的就是真正的古诗,这其实是蒙蔽了人们寻找真正古诗的双眼。他在《古诗归》中评昭明太子时称其"不知情,爱选板诗,庸诗",便是对其选诗表示不满。钟惺认为萧统选古诗不仅将真正的古诗遮蔽了起来,就连古诗之名也随之消失了,因为后来人们再提到古诗时竟直言"选体",可见选诗对读者的影响有多么巨大。因而他不把自己的选本称为"选",其意在于避免选家对读者的主观引导,而直接将古人诗作中所蕴含的真精神拈出,意欲将古人与后人之精神沟通连接,使后人之心目不再游走于其他层面,仅止于此便好。这就是他所谓的不以己为归,而以古人为归,这也是整部《诗归》的编选初衷。

　　钟、谭以古人之精神为归来进行诗歌编选,除了上述原因外,还有更加直接的外部动因,那就是针对当下诗坛师古与师心两派各自的弊端而力图寻找新的出路,钟惺在《再报蔡敬夫》中云:

　　　　《诗归》一书,自是文人举止,何敢遂言仙佛?然其理亦自深。常愤嘉、隆间名人,自谓学古,徒取古人极肤、极狭、极套者,利其便于手口,遂以为得古人之精神,且前无古人矣。而近时聪明者矫之,曰:"何古之法?须自出眼光。"不知其至处又不过玉川、玉蟾之唾余耳,此何以服人?而一班护短就易之人得伸其议,曰:"自用非也,千变万化不能出古人之外。"此语似是,最能荧惑耳食之人。何者?彼所谓古人千变万化,则又皆向之极肤、极狭、极套者也。是以不揆鄙拙,拈出古人精神,曰《诗归》,使其耳目志气归于此耳。其一片老婆心,时下转语,欲以此手口做聋瞽人灯烛与杖,实与古人本来面目无当。①

很显然,钟惺在这里批判了诗歌创作领域中的两种弊端,矛头直指复古与公安两派。所谓"嘉、隆间名人",指的是明中期以来以前后七子为代表的复古派,钟惺认为他们虽学古却并未学到古人的真精神,而仅仅是为了方便自身创作而学习,最终走向肤廓狭隘,落入俗套;而"近时聪明

---

① 钟惺《再报蔡敬夫》,李先耕、崔重庆标校《隐秀轩集》卷二十八,第470页。

者”则是指以三袁为首的公安派,钟惺指出他们虽口上说自己不师法古人,不机械模拟古人,要自出眼光,然而创作出来的作品不是走向险怪之路就是趋向俚俗一途,这是不足以让人信服的。当公安派为自我辩解,称自己千变万化仍不出古人时,钟惺又尖锐地指出他们所谓的不出古人,仍然只是那些极为肤浅腐熟、模式化的作品。说到底,钟惺所批判的乃是当下弥漫诗坛的浮泛之风,不能真正静下心来去体味和把握古人诗作中最核心、最具灵魂之处,也就是钟惺所谓的“精神”,这样是不能把握古诗的精髓且无益于自身创作的。对诗坛这一状况,钟、谭二人深表忧虑,因而他们拿起手中铨选之笔,以“精神”为核心,力图编选这样一部唐诗选本:它能够扭转诗坛不良风气,有益于人们更好地以古人为归并在此基础上创作出属于自己这个时代的优秀作品。在《诗归序》中,钟惺又再次阐明了他们的忧虑和解决的方法:

　　尝试论之:诗文气运,不能不代趋而下,而作诗者之意兴,虑无不代求其高。高者,取异于途径耳。夫途径者,不能不异者也,然其变有穷也;精神者,不能不同者也,然其变无穷也。操其有穷者以求变,而欲以其异与气运争,吾以为能为异,而终不能为高。其究途径穷,而异者与之俱穷,不亦愈劳而愈远乎? 此不求古人真诗之过也。今非无学古者,大要取古人之极肤、极狭、极熟便于手口者,以为古人在是。使捷者矫之,必于古人之外自为一人之诗以为异。要其异,又皆同乎古人之险且僻者,不则其俚者也,则何以服学古者之心? 无以服其心,而又坚其说以告人曰:“千变万化,不出古人。”问其所为古人,则又向之极肤、极狭、极熟者也。世真不知有古人矣。惺与同邑谭子元春忧之。内省诸心,不敢先有所谓学不学古者,而第求古人真诗所在。真诗者,精神所为也。察其幽情单绪,孤行静寄于喧杂之中,而乃以其虚怀定力,独往冥游于寥廓之外,如访者之几于一逢,求者之幸于一获,入者之欣于一至。不敢谓吾之说非即向者“千变万化,不出古人”之说,而特不敢以肤者、狭者、熟者塞之也。①

---

① 钟惺、谭元春编,刘敩重订《诗归》,明末刻本。

"第求古人真诗所在",即是钟、谭所提出的扭转诗坛不良风气的办法,亦是其编选整部《诗归》的目的。所谓"真诗",钟惺认为即"精神所为"。这里的"精神"应当是指与诗法、诗格相对而言的蕴于诗歌当中的作家的精气、元神、意识、情感等主体性内涵。在钟惺眼中,真诗就是包括情感在内的诗人主体精神的体现,而他所追求的正是读者与作者之间精神的相通。这既不同于复古派局限于模拟古人诗格、诗法而落入俗套与腐熟,亦不同于公安派过分追求一己之情的随意抒发而陷入俗滥与肤浅。作为晚明时期一支异军突起的诗歌流派,竟陵派领袖试图从前人的种种误区中走出,纠偏、调和、高扬个性是其诗学主张中最为突出的关键词,而我们恰恰可以从《唐诗归》的选诗与评诗中看到他们是如何用编辑、评点诗歌选本的方式来阐发其诗学理论、张扬本派诗学观念的。

(一)对复古派的纠偏

以前后七子为代表的复古派是明中期以来诗坛主流诗派,他们对汉魏及盛唐经典的膜拜也曾吸引了众多追随者,但是随着时间的推移,其在师古方面的弊端也愈发凸显出来。至晚明时期,公安派以独抒性灵来反对复古派的模拟因袭之风,才使得复古派气焰渐消。同样,竟陵派领袖也洞察到了复古派诗学思想中的种种偏激之处,通过《唐诗归》中那些尖锐的评点我们看到了竟陵派对复古派的指摘与攻讦。

首先,《唐诗归》中钟、谭对后七子领袖李攀龙的某些观点进行了直截了当的批评。例如对唐人五古的态度,钟、谭与李氏就完全不同。李攀龙在他的《唐诗选》中曾经提出"唐无五言古诗而有其古诗"的独家论断,认为只有汉魏五言古诗才可称得上是五古之正宗,唐人已经写不出那样正宗的五古作品了,这实乃七子派"古体宗汉魏,近体尊盛唐"思想的反映。而钟、谭却不这么认为,钟惺在评张九龄《感遇》诗时说道:"感遇诗,正字气运蕴含,曲江精神秀出,正字深奇,曲江淹密,各有至处,皆出前人之上。盖五言古诗之本原,唐人先用全力付之而诸体从此分焉,彼谓唐无五言古诗而有其古诗,本之则无,不知更以何者而看唐人诸体也。"[①]这与李攀龙"唐无五言古诗而有其古诗"的观点截然不同,钟惺

────────────

① 《唐诗归》卷五,初唐五,钟惺、谭元春编,刘敦重订《诗归》,明末刻本。

对唐人五古持完全肯定的态度,他认为唐人是先于继承汉魏五古一体上下足了功夫,才以此为基础开始了其他体式的创作,假若没有抓住五古这个本原又何来其后诸体的发展呢?不仅如此,他还在王维《哭殷遥》诗后评价道:"王、孟之妙在五言,五言之妙在古诗,今人但知其近体耳。每读唐人五言古妙处,未尝不恨李于麟孟浪妄语。"①又一次对李攀龙的"唐无五言古诗"的观点表示不满。而谭元春也在李白《送韩準裴政孔巢父还山》诗后如是说:"唐人神妙,全在五言古。"②可见,钟、谭二人非常欣赏唐人五言古诗,对李攀龙那种极为偏激苛刻对待唐人五古的观点做出了纠正。

又比如,钟惺对李攀龙以某一格调选诗的做法亦表示不满。在杜甫《后出塞》(其二)诗后钟惺云:"《出塞》前后,于麟独收此首,孟浪之极,应为'落日照大旗'等句与之相近耳。盖亦说其声响,而风骨或未知之也。"③杜甫的前、后《出塞》是两组组诗,《前出塞》九首通过描写一个士兵从军西北边疆的艰难历程和复杂感情,对统治者发动穷兵黩武的不义战争进行了尖锐地讽刺,也真实地反映了战争给士兵和百姓带来的深重灾难;《后出塞》五首同样以一位士兵的口吻诉说他从应募赴军到只身脱逃的经历,通过一个人的遭遇深刻反映了安史之乱酿乱期的历史。同时,这两组诗之间又有着时间和空间的连续性以及情感发展的合理性,前后连贯,全面概括了唐代安史之乱前后的战事状况。然而李攀龙《唐诗选》却仅取其《后出塞》(朝进东门营)一首,钟惺认为如此选诗太不可思议,在他看来,正是由于李攀龙过于偏爱"落日照大旗"这样的音响格调才入选此诗,而杜甫《出塞》组诗中那动人心魄的风骨李氏却并未真正体会到。言外之意,钟惺对以李攀龙为代表的后七子过于注重诗歌的音调声响等外部形式特征而忽略其精神内涵的思想主张是持否定态度的。

其次,钟、谭对复古派过分追捧盛唐为数不多的几位大家甚至尊奉某人某首诗的做法甚为不满。的确,自前七子以来,复古派在模拟学习古人的道路上越走越窄,李梦阳曾云:"三代而下,汉魏最近古。"④何景

---

① 《唐诗归》卷八,盛唐三。
② 《唐诗归》卷十七,盛唐十二。
③ 《唐诗归》卷十二,盛唐七。
④ 李梦阳《与徐氏论文书》,《空同集》卷六十二,《影印文渊阁四库全书》第 1262 册,第 564 页。

明亦云:"学歌行近体,有取于(李白、杜甫)二家,旁及唐初盛唐诸人,而古作必从汉魏求之。"[1]把学习对象压缩到如此逼仄的空间,必定会出现千人一面的模拟之风。而自后七子领袖李攀龙所编《唐诗选》问世以来,诗坛更是出现了满眼李杜、盛唐十二家甚至动辄即谈某某七绝压卷、七律压卷的不良风气。在《唐诗归》中,钟惺对这种现象作出了严厉批评。在王昌龄《出塞》"秦时明月汉时关,万里长征人未还。但使龙城飞将在,不教胡马度阴山"诗后钟惺评道:"诗但求其佳,不必问其某首第一也。昔人问《三百篇》何句最佳及《十九首》何句最佳,盖亦兴到之言,其称某句佳者,各就其意之所感,非执此以尽全诗也。李于麟乃以此首为唐七言绝压卷,固矣哉。无论其品第当否何如,茫茫一代,绝句不啻万首,乃必欲求一首作第一,则其胸中亦茫然矣。"[2]李攀龙《唐诗选》不仅独推盛唐,将目标集中于李白、杜甫、王维、岑参、高适、王昌龄等几位大家身上,并且还将王昌龄的《出塞》(秦时明月汉时关)立为唐代七言绝句的压卷之作,可见其把学诗者可供参考的典范作品压缩到了多么狭窄的境地。后七子重要成员王世贞亦赞同其观点:"李于麟言唐人绝句当以此压卷,余始不信,以少伯集中有极工妙者。既而思之,若落意解,当别有所取。若以有意无意、可解不可解间求之,不免此诗第一耳。"[3]李攀龙在《唐诗选》自序中曾称赞李白五、七言绝句"实唐三百年一人,盖以不用意得之,即太白亦不知其所至,而工者顾失焉"[4]。那么,他推王昌龄"秦时明月汉时关"为七绝压卷,大概也是因此诗"以不用意得之"。而王世贞所言"若以有意无意、可解可不解间求之,不免此诗第一"可谓深谙于麟之意。当然,也有反对于麟观点者,如王世贞之弟王世懋就曾做过如此评价:"于麟选唐七言绝句,取王龙标'秦时明月汉时关'为第一,以语人,多不服。于麟意止击节'秦时明月'四字耳。必欲压卷,还当于王翰'葡萄美酒'、王之涣'黄河远上'二诗求之。"[5]他认为于麟所推七绝不能服人,只是因其欣赏"秦时明月"四字而已。在王世懋看来能

---

① 何景明《海叟集序》,《大复集》卷三十四,《影印文渊阁四库全书》第1267册,第302页。
② 《唐诗归》卷十一,盛唐六。
③ 王世贞《艺苑卮言》卷四,丁福保《历代诗话续编》,第1008页。
④ 李攀龙《古今诗删·选唐诗序》,《影印文渊阁四库全书》第1382册,第91页。
⑤ 王世懋《艺圃撷馀》,何文焕辑《历代诗话》,第779页。

称得上压卷之作的是王翰与王之涣的这两首《凉州词》。其实,无论是赞同王昌龄的压卷之作还是提出不同的压卷作品,本质上都是认同于麟的压卷之说。但是,在钟惺看来,将某人的某首作品视为压卷本身就是不妥的,因为对于诗人来说,只有好作品而不必问哪一首最好、哪一首可称第一,诗歌本身就是诗人兴之所至,只因读者与诗作的精神遇合便会产生不同的喜好,在这种情况下,作为诗坛领袖如何能将自己喜爱的某首作品拿出来抬到极高的位置,从而引导学诗者走入狭隘的模拟之途呢?唐人绝句茫茫不下万首,且不说于麟所推是否得当,仅仅是将一首视为压卷的做法本身就是有问题的,因而钟惺严厉地斥之"固矣哉!"太闭塞了呀!

同样,在对杜甫《九日蓝田崔氏庄》评点中,钟惺又对王世贞推崇七律压卷的做法提出了批评。钟惺云:"凡雄者贵沉,此诗及'昆明池水'胜于'玉露凋伤'、'风急天高'盖以此。王元美谓七言律虚响易工,沉实难至,似亦笃论。而专取四诗为唐七言律压卷,无论老杜至处不在此,即犹四诗中,已有虚响沉实之不同矣,不知彼以何者而分虚响沉实也。特录此黜彼以存真诗。"[1] 王世贞在谈七言律字法时的确曾说过:"字法有虚有实,有沉有响,虚响易工,沉实难至。"[2] 钟惺对此观点表示赞同,他认为杜甫《九日蓝田崔氏庄》以及《秋兴》(其七)的雄浑之气就是来自于字法的沉实。然而,钟惺对王世贞将杜甫的《登高》、《秋兴》(其一)、《九日蓝田崔氏庄》、《秋兴》(其七)作为七律压卷的做法却颇为不满。王世贞在《艺苑卮言》中曾言:"何仲默取沈云卿《独不见》,严沧浪取崔司勋《黄鹤楼》为七言律压卷,二诗固甚胜,百尺无枝,亭亭独上,在厥体中要不得为第一也。沈末句是齐梁乐府语,崔起法是盛唐歌行语,如织官锦间一尺绣,锦则锦矣,如全幅何? 老杜集中,吾甚爱'风急天高'一章,结亦微弱;'玉露凋伤'、'老去悲秋'首尾匀称,而斤两不足;'昆明池水'秾丽况切,惜多平调,金石之声微乖耳。然竟当于四章求之。"[3] 尽管杜甫这四首诗都有不足,但在王世贞看来也仅仅是"金石之声微乖"罢了,丝毫

---

[1]《唐诗归》卷二十二,盛唐十七。
[2] 王世贞《艺苑卮言》卷一,丁福保《历代诗话续编》,第 961 页。
[3] 王世贞《艺苑卮言》卷四,丁福保《历代诗话续编》,第 1008 页。

不影响他对四诗的推崇。而钟惺却认为王世贞将此四诗作为七律压卷是不妥的,且不说它们能否代表杜甫七律的最高成就,即便能够代表,四首诗本身就有虚响、沉实的不同,在钟惺看来,《九日蓝田崔氏庄》以及《秋兴》(其七)显然要比《登高》和《秋兴》(其一)更具有沉实的特征。既然如此,又怎么能够将四首诗并列为唐人七律压卷呢?钟惺在这里巧妙地利用了王世贞自己的观点来驳斥他的七言律压卷之说,同时又亮明了自己的主张,可谓睿智之举。

(二)对公安派的纠偏

如前文所述,公安派高举"性灵"大旗,力图涤荡复古派的模拟因袭之弊,功不可没,然而却又因一任己性、信手信腕最终走向轻疏浅陋之途。为矫公安派之偏,竟陵派领袖又提出了"厚"这样一个独特的审美范畴,并且多次在《唐诗归》中以"厚"来评价作品,例如:

"骨似王、孟而气运隆厚,或过之。"(评刘眘虚《阙题》)①

"其淡,其远,其厚。"(评储光羲《田家杂兴》其一)②

"此诗人但知其幽适,不知其意思宛笃处韵奇气厚。"(评王维《酬诸公见过》)③

"读王储偶然作,见清士高人胸中皆似有一段垒块不平处,特其寄托高远,意思深厚,人不能觉。"(评王维《偶然作》)④

"文房气有极厚者,语有极真者,真到极快透处便不免妨其厚。"(评刘长卿)⑤

"诗中论时事,语露矣,而不伤其厚,其气完也。"(评刘长卿《旅次丹阳郡遇康侍御宣慰召募兼别岑单父》)⑥

"静远幽厚,发为清音。"(评刘长卿《和灵一上人新泉》)⑦

---

① 《唐诗归》卷六,盛唐一。
② 《唐诗归》卷七,盛唐二。
③ 《唐诗归》卷八,盛唐三。
④ 《唐诗归》卷八,盛唐三。
⑤ 《唐诗归》卷二十五,中唐一。
⑥ 《唐诗归》卷二十五,中唐一。
⑦ 《唐诗归》卷二十五,中唐一。

　　"晚唐如此结法,何尝不极深、极厚。"(评李商隐《雨》)①

　　"厚。"(评项斯《送欧阳衮归闽中》末句)②

可见,"厚"的确是钟、谭所推崇的一种审美品格,正如贺贻孙在《诗筏》中所云:"钟、谭《诗归》,大旨不出厚字。"③ "厚"即"深",与"浅""薄"相对,反映在诗歌作品中,即是作品要有深厚的思想、充沛的情感、厚重的内容、深刻的寄寓等等,从流派纷争的角度来看,竟陵派拈出"厚"这个概念是为了纠公安派末流所带来的诗坛浅弱空疏之风。那么,"厚"从哪里来呢? 在竟陵派领袖眼中,"厚"的来源与"灵"以及读书养气密切相关,在《与高孩之观察》中钟惺云:

　　　　夫所谓反覆于厚之一字者,心知诗中实有此境也;其下笔未能如者,则所谓知而未蹈,期而未至,望而未之见也。何以言之? 诗至于厚而无余事矣。然从古未有无灵心而能为诗者,厚出于灵,而灵者不即能厚。弟尝谓古人诗有两派难入手处:有如元气大化,声臭已绝,此以平而厚者也,《古诗十九首》、苏、李是也。有如高岩峻壑,岸壁无阶,此以险而厚者也,汉《郊祀铙歌》、魏武帝《乐府》是也。非不灵也,厚之极,灵不足以言之也。然必保此灵心,方可读书养气,以求其厚。④

这段话首先提到"厚"出自灵心,灵心即诗人灵动的情感,没有灵心便达不到厚的境界,然而有了灵慧之心也并非一定能做到"厚",例如钟惺评常建云:"初盛唐之妙,未有不出于厚者。常建清微灵洞,似厚之一字不必为此公设。非不厚也,灵慧之极有所不觉耳。灵慧而气不厚则肤且佻矣,不可不知。"⑤ "厚"是初盛唐诗歌的突出特征,而常建的诗却给人清微灵洞之感,似乎离"厚"这一风格特征较远,但是钟惺并不认为常建诗歌不"厚",只不过因为灵心的表达甚为突出而使人忽略了其"厚"的特征罢了,因为他的诗源自灵心,所以才能创作出带有"厚"之特征的诗

---

① 《唐诗归》卷三十三,晚唐一。
② 《唐诗归》卷三十四,晚唐二。
③ 贺贻孙《诗筏》,《清诗话续编》,第141页。
④ 钟惺著,李先耕、崔重庆标校《隐秀轩集》卷二十八,第474页。
⑤ 《唐诗归》卷十二,盛唐七。

歌。当然,有了灵慧之心也不一定能达到"厚",如若"气"达不到,也会陷入肤浅、轻佻的误区。

　　所以钟惺认为,在保有灵心之后,要想达到"厚"的境界,其途径便是读书养气。例如,在岑参《送杜佐下第归陆浑别业》诗后钟惺称:"高、岑五言律只如说话,本极真,极老,极厚,后人效之,仅用为就易之资,流为浅弱,使俗人堆积者益自夸示。"又云:"不作一感愤语,使浅躁人读之,心自平,气自厚。"① 在这里钟惺指出,"厚"可以来自于平白如话的抒写,这与上文所引钟惺之弟所言"平而厚者"大致相同。由"平"至"厚"貌似简单,实难做到,这极易让那些没有深厚学识积淀的后学以为自己找到了作诗的便捷之门,但实际上却流于浅弱,只有那些能使浅躁之人变得心平气厚之诗才可称得上是真正由平入厚的作品。又如,孟浩然的诗常常会成为浅薄一路人藏拙的学习对象,因为他的诗平白浅淡,貌似无需读书积累即可做到,但是在钟惺看来"浩然诗当于清浅中寻其静远之趣,岂可故作清态饰其寒窘,为不读书不深思人便门?"② 孟诗看似清浅,然于清浅中蕴含着静远之趣,因而学诗者不可故作清态,还需读书深思才可领会其中的精髓。在评韦应物时谭元春亦云:"总是清之一字要有来历,不读书不深思人侥幸假借不得。"③ 同样是在强调读书思考的重要性。

　　总之,竟陵派领袖认为诗歌创作要抒发作者的真性灵,同时还需要不断的读书养气来加深个人的学识修养,只有如此方能够创作出具有"厚"之风格特征的作品,而这对公安派末流一味张显个性而忽略自身学识积累而造成的浮躁肤浅的诗坛风气做了一定程度的矫正。

(三)对复古派与公安派的调和

　　透过《唐诗归》的选诗与点评我们看到了竟陵派对复古与公安两派的纠偏,不仅如此,作为晚明时期诗歌多元批评大背景下兴起的竟陵派,也在两者之间作出了有意的调和,显现出融通互补的思想倾向。其中最突出地表现在对"师古""师心"问题的态度上。明初以来诗坛崇尚初

---

① 《唐诗归》卷十三,盛唐八。
② 《唐诗归》卷十,盛唐五。
③ 《唐诗归》卷二十六,中唐二。

盛唐的观念就已十分流行,前后七子主盟诗坛后,又高举"诗必盛唐"的大旗,倡导古体尊汉魏、近体尊盛唐:"夫文必先秦两汉,诗必汉魏盛唐,庶几其复古耳。"①而对中唐以下特别是宋元以来的诗歌则又采取绝对否定的态度:"诗自中唐而下,一切吐弃。"②这反映出复古派缺乏通达远观的诗歌发展观,缺乏对唐诗做整体观照的眼光,从而陷入狭隘的机械模拟。公安派领袖袁宏道为矫复古派拟古之流弊,提出"代有升降,而法不相沿,各极其变,各穷其趣"③的观点,倡导"师心",然其末流又因对所谓"变"与"趣"的任意追逐而使创作流于空疏浮泛。

　　一方面,钟、谭在对四唐的整体观照中认为盛唐诗成就最大,并把唐诗初、盛、中、晚的发展变化归结于时代,他们认为"诗文气运,不能不代趋而下"④,这种文学史观近似于七子后学胡应麟的"体以代变,格以代降"⑤说。例如,钟惺在评点初唐诗人张谓的《延平门高斋亭子应岐王教》诗时曾云:"似张谓,人以为钱、刘,不知此等诗非初、盛唐人绝不能为。试取中唐以后最有情致者读之,身分自见。"⑥谭元春在储光羲《田家即事答崔二东皋作》其二诗后云:"以刘文房三韵较此君作,真不能不分中、盛矣。"⑦在总评中唐诗时钟惺又曾说到:"汉魏诗至齐梁而衰,衰在艳,艳至极妙,而汉魏诗始亡。唐诗至中晚而衰,衰在淡,淡至极妙,而初盛之诗始亡。不衰不亡,不妙不衰也。"⑧可以看出,在竟陵派领袖眼中,唐诗从初盛至中晚是一个由盛而衰的过程,这种转变是时代使然。在这一点上,竟陵派与复古派立场一致。在《唐诗归》中,共选唐诗2228首,其中盛唐诗1150首,几乎占据选诗总量的一半,而晚唐诗仅入选了259首,如此悬殊的比例显然透露出了钟、谭对盛唐诗歌的尊崇与偏爱,而这在某种程度上对公安派一味"师心"而忽略向古代优秀作品学习的做法

---

① 王九思《明翰林院修撰儒林郎康公神道之碑》,《渼陂续集》卷中,《续修四库全书》第1334册,上海古籍出版社1994年版,第230页。
② 张廷玉等《明史》卷二百八十五,第7307页。
③ 袁宏道《叙小修诗》,钱伯城笺校《袁宏道集笺校》卷四,第188页。
④ 钟惺《诗归序》。
⑤ 胡应麟《诗薮》,第4页。
⑥《唐诗归》卷四,初唐四。
⑦《唐诗归》卷七,盛唐二。
⑧《唐诗归》卷二十五,中唐一。

具有纠偏的作用。

另一方面，与复古派不同的是，钟、谭并非拘于时代论者，例如，在宋之问《初发荆府赠长史》第八句后谭元春云："'群公莫与言'不曾伤人，反觉古诗'入门各自媚'二句太露，可见有古人气露者，有近人气含蓄者，不可时代拘论。"① 在张说《杂诗》前钟惺云："唐人古诗胜魏晋者甚多，今人耳目自不能出时代之外耳。"② 赵嘏《早发剡中石城寺》诗前钟惺云："清远幽静，气完力浑，七言律至此，使人不敢复言朝代也。"③ 钟、谭并没有落入复古派"诗必盛唐"的窠臼，相反，他们更赞同袁宏道对不同时代诗歌创作"各极其变，各穷其趣"的观点，因而能够对复古派在师古过程中的弊端作出及时的调整，最突出的表现是他们对中晚唐诗采取了较为公正客观的评价。例如，在皇甫松《古松感兴》诗前钟惺云：

> 古人作诗文，于时地最近、口耳最熟者，必极力出脱一番，如晚唐定离却中唐，等而上之，莫不皆然，非独气数，亦是习尚使然。然其所必欲离者，声调、情事而已。至初盛人，一片真气全力尽而有余，久而更新者皆不暇深求而一切欲离之，以自为高，所以离而下便为晚唐，亦有离而上者，为初盛，为汉魏，皆不可知。盖淳厚之脉不尽绝于天地之间也，无一切趋下之理，观此等诗知之。④

在这里，钟惺认为诗文的发展变化不单与气数相关，还与人们的创作习尚密不可分，当人们对时下的审美范型熟习之后，必定会进一步产生出脱、创新的想法，继而形成新的创作范型，正如晚唐离却中唐、中唐离却盛唐等等，皆是如此。但是，又有很多自我出新者仅仅是在前人基础上改变了声调与情事而已，并未抓住前人作品的精髓。就拿唐诗来说，初盛唐人创造了令人叹为观止的诗歌奇迹，而后之求新者不去深入探究其精华实质，只是单纯为出新而出新，于是造成了越变越衰的晚唐局面。到这里，钟惺似乎仍在为其"诗文气运，无不代趋而下"的观点寻找根

---

① 《唐诗归》卷三，初唐三。
② 《唐诗归》卷四，初唐四。
③ 《唐诗归》卷三十四，晚唐二。
④ 《唐诗归》卷三十五，晚唐三。

源,但是接下来他却话锋一转,又指出诗歌的发展变化"并无一切趋下之理",其淳厚之脉总是前后相传的,即便是晚唐作品也不乏"离而上者",正如皇甫松的这首《古松感兴》即是继承盛唐诗歌淳厚之风的典范作品。总体而言,钟惺认为时代与创作习尚的确带来了唐诗由初盛至中晚渐趋而下的整体趋势,但是又不能一概而论,中晚唐仍有不少诗人能够继承初盛唐乃至汉魏诗歌的气脉而创作出优秀的诗歌作品,这是对中晚唐诗的客观公允的评价,比起复古派中唐以下一概吐弃的论调显得通达许多。

　　钟、谭对中晚唐诗的认识不仅比复古派客观、理性,并且还根据他们对不同阶段唐诗的体认,指出了中晚唐异于盛唐诗的独特之处,其中"淡"和"俊"即是他们所提炼出的中晚唐诗歌两个重要的风格特征。如前文所引钟惺对中唐诗的总评云:"唐诗至中晚而衰,衰在淡,淡至极妙,而初盛之诗始亡。不衰不亡,不妙不衰也。""淡"与"浓"相对而言,是诗人心境与诗歌笔力的综合体现。中唐时期,藩镇割据、宦官专权、朋党之争,再加上阶级矛盾日益尖锐,使整个社会陷入严重的危机之中,因而盛唐那种浓烈的浪漫主义热情和理想逐渐消退,诗歌中雄浑的气骨顿衰,代之以诗人对冷酷现实的沉思以及淡远情怀的抒发。时至晚唐,如西风落照般的时局进一步加深了士人的回天乏力之感,故而诗歌创作更加趋向衰淡幽远。在钟惺看来,中晚唐诗与盛唐诗相比,虽然失去了那种浓情壮美的审美风格而渐趋平淡,然而淡亦有淡之妙处,这种淡远之风恰恰也是盛唐人所不能为者。钟惺在总评刘长卿时云:"中晚之异于初盛,以其俊耳。刘文房犹从朴入。然盛唐俊处皆朴,中晚人朴处皆俊。"[1]"俊"是中晚唐诗异于盛唐诗的又一风格特征,"俊",有俊美之意,是诗歌艺术创造的具体体现。的确,中晚唐诗相对而言更注重炼字琢句,追求诗歌的艺术之美,钟惺用"俊"来概之相当准确。不仅如此,他还进一步指出,盛唐诗并非不俊,然而在俊美的外表下却透出了浑厚质朴的灵魂;中晚唐诗也并非不质朴,只不过质朴的外衣亦无法掩盖其华丽之心,这即是中晚唐诗与盛唐诗的细微差别。可见,钟惺对中晚唐诗歌特征的把握是多么的细腻透彻。

---

[1]《唐诗归》卷二十五,中唐一。

正是由于钟、谭看到了中晚唐诗的独特之处，才能够以一种豁达宽容的态度对待它，并不苛求其是否能达初盛唐诗的境界，抓住其最有特色的部分就好，这些部分被钟、谭称之为"妙处"。例如，钟惺在评晚唐诗时云："看晚唐诗，当采其妙处耳，不必问其某处似初、盛与否也。亦有一种高远之句不让初、盛者，而气韵幽寒、骨响崎崟即在至妙之中，使人读而知其为晚唐，其际甚微，作者不自知也。"①也就是说，不能以初盛唐的标准来尺绳晚唐诗，晚唐亦有晚唐之妙处，其中某些诗作体现出的高远之风甚至是可以与盛唐媲美的。除此之外，晚唐诗的"至妙"还在于"气韵幽寒、骨响崎崟"，这是晚唐诗最突出的风格标志，它不是盛唐那种沉雄之气韵，而是走向深幽寒塞；它不具盛唐那种挺拔向上的风力，却有着坎坷困顿中透出的劲骨。正如韩偓《秋村》诗前钟惺云："清奥孤迥，结响最高。"谭元春云："绪孤途险，晚唐人不如此不能妙。"②"清奥孤迥""绪孤途险"正是晚唐诗风的重要特征，也正是因为晚唐诗的这种"妙"处才使其与盛唐诗渐行渐远，就像钟惺评马戴时所言："晚唐诗有极妙而与盛唐人远者。"当然，晚唐也有脱离这种极妙处而上承盛唐神韵的诗作，然而要挣脱时代风格做到"不必妙"是很难的："（晚唐诗）有不必妙而气脉神韵与盛唐人近者，不必妙三字甚难到，亦难言，不足以拟之矣，惟马戴犹存此意，然皆近体耳。"③钟惺对像马戴这样能够挣脱晚唐桎梏而上接盛唐之风的诗人抱有赞许之意，因而在《唐诗归》晚唐部分马戴的入选诗歌达 21 首，在所有入选诗人中位列第二。

由上可见，竟陵派领袖对唐诗的发展流变有着客观而准确的把握，崇尚初盛唐但不排斥中晚唐，这样的观点既是对复古派独尊盛唐的纠偏，又是对公安派信手信腕、无复依傍而导致的空疏之风的规避，带有明显的调和折衷的意味。

（四）个性批评的张显

从《唐诗归》中我们不仅看到了竟陵派领袖对复古派与公安派的

---

①《唐诗归》卷三十三，晚唐一。
②《唐诗归》卷三十六，晚唐四。
③《唐诗归》卷三十四，晚唐二。

纠偏与调和,作为在晚明个性思潮背景下诞生的一支重要的诗歌流派,其诗歌编选的个性化特征也十分明显,这既可以看作竟陵派独特的诗歌批评思想的体现,亦可看作钟、谭二人个性的张扬,两者结合便诞生了这部具有独特意义的唐诗选本,而它的独特性主要表现在以下两个方面:

一是在诗人诗作的选取上,《唐诗归》体现了钟、谭选诗的个性化特征。

《唐诗归》选录情况表

初唐	宋之问49、张九龄47、张说28、沈佺期21、刘希夷21、陈子昂17、杜审言16、王勃11。余皆10首以下,分别为:太宗皇帝6、章怀太子1、虞世南1、魏征1、杨师道2、马周1、李百药1、王绩6、朱仲晦1、上官仪1、卢照邻2、骆宾王3、于季子1、杨衡2、刘允济1、韦承庆1、崔融2、李崇嗣1、乔知之7、王适1、薛稷1、张循之1、吴少微2、长孙正隐1、李峤2、崔湜5、郑愔1、郭元振7、阎朝隐1、卢僎1、苏颋6、张敬忠1、宋璟1、萧嵩1、姚崇2、李邕1、卢崇道1、袁恕己1、闾丘均1、贺遂亮1、王琚1、张谔5、王翰3、韦述2、贺知章4、苏晋1、徐安贞2、袁晖1、孙逖7、蔡环1、常理2、刘元叔1、辛弘智1、徐安期1、沈祖仙2、王训1、张烜1、梁献1、庾光先1、司马承祯1、长孙皇后1、则天皇后1、徐贤妃2
盛唐	杜甫313、王维110、李白98、孟浩然69、储光羲62、王昌龄62、岑参45、高适37、元结34、李颀33、常建29、崔国辅21、祖咏14、刘眘虚13、王季友10、玄宗皇帝10。余皆10首以下,分别为:王湾3、尹懋1、万斋融1、贺朝1、张若虚2、包融4、刘眘虚13、张子容3、卢鸿8、孙思邈1、李适之2、王缙3、裴迪6、崔兴宗1、慕容承1、丘为7、陶翰3、卢象8、崔颢8、万楚3、王之涣1、张旭1、王湮3、贾至2、崔曙4、綦毋潜8、阎防1、丁仙芝4、张潮4、李巙2、薛维翰4、闾丘晓1、张谓8、萧颖士1、李华3、严武5、奚贾3、李康成1、张巡1、颜真卿4、刘方平7、蒋洌1、毕耀1、梁锽1、李琪1、任华1、宋昱2、金昌绪1、杨颜1、余延寿1、殷遥4、薛业1、楼颖2、杨谏1、沈颂3、梁德裕1、朱斌1、郑绍1、沈千运4、孟云卿4、张彪2、元季川1、赵微明2、陶岘1、张志和1、独孤及5、冷朝光1、吴象之1、刘复1、张轸1、朱琳1、景云2、司马退之1、吴筠1、杨贵妃1、元载妻王韫秀1
中唐	刘长卿51、张籍41、孟郊40、韦应物31、卢纶25、皎然19、韩愈17、钱起16、刘禹锡16、李贺16、王建15、贾岛14、僧无可11、顾况10。余皆10首以下,分别为:皇甫冉5、皇甫曾3、韩翃1、秦系2、李穆1、耿㳚8、李端7、严维2、李益8、权德舆3、司空曙3、戎昱1、于鹄9、崔峒2、羊士谔1、畅当4、姚系3、李湛1、元稹6、白居易7、欧阳詹5、鲍溶1、陈润1、薛存诚1、杨巨源1、李正封1、戴叔伦5、柳宗元6、裴度2、吕温4、姚合8、陈羽2、朱长文1、李观1、朱放1、徐凝1、令狐楚1、孟简1、卢仝2、李廓8、李约1、杨衡1、张祜4、周贺6、窦庠1、窦巩1、张建封2、王涯3、僧灵一2、僧法振3、灵澈1、僧清江1、刘采春1、虎丘鬼1、无名氏2

晚唐	曹邺32、马戴21、朱庆余14、李商隐13、齐己11、吴融10、郑谷10、许棠10。余皆10首以下,分别为:杜牧6、许浑3、雍陶2、温庭筠4、刘威1、刘得仁1、许琳3、郑巢1、段成式1、薛能6、赵嘏8、项斯5、陈陶3、李频4、于武陵4、李群玉2、杜荀鹤8、方干2、唐求2、周朴2、聂夷中5、王周4、皮日休1、陆龟蒙2、刘驾2、皇甫松2、刘畋1、谭明1、石召1、顾在镕1、喻凫1、祝元膺1、司空图1、李昌符2、戴思颜1、韩偓6、王贞白3、韦庄2、黄滔2、张蠙8、张乔6、李中1、李咸用3、孙光宪1、王驾1、沈彬1、伍乔1、崔道融2、崔塗1、释泚1、贯休3、任氏1、无名氏1

首先,不以盛名选人。谭元春曾在《诗归序》中明确表示其所编诗选是"代获无名之人,人收无名之篇",这便打破了以往对唐诗传统认知的局限,完全按照自己对诗人诗作的判断理解进行选取。从上表所列可见,除了一些重要诗人入选之外,《唐诗归》的确还选取了很多在唐诗发展的每个阶段中并非十分著名甚至无名的作家。对一些没有被后人抬到很高位置的作家,钟、谭给予了他们足够的重视。如,钟惺在评刘希夷时云:"初唐之刘希夷、乔知之,盛唐之常建、刘眘虚数人,淹秀明约、别肠别趣,后人所谓十二家、四大家等目固不肯使之入。看作者胸中似亦止取自娱,大家两字正其所避而不欲受者。后人正坠其云雾中耳。此书画中所谓逸品也。"①对于刘希夷、乔知之、常建、刘眘虚这样的初盛唐诗人,虽然并未被后人列入所谓的十二家等行列,但是钟惺并没有忽略他们的成就,反而认为那些局限于各种名号来看待作家水平的做法其实是自坠云雾之中罢了。相反地,对于那些早有盛名的诗人,钟、谭也并未盲目推崇,例如对初唐四杰的看法:"王杨卢骆,偶然同时,有此称耳。非初唐至处也。王森秀,非三子可比,卢稍优于骆,杨寥寥数作,又不能佳,其何称焉?少陵云'王杨卢骆当时体',可破盲俗吠声之惑矣。"②在钟惺看来,具有齐名之称的王、杨、卢、骆仅仅是偶然同出于初唐而已,然初唐诗的佳处并不在此四人,并且四位诗人成就亦各不相同,齐名之称本就不妥,正如钟惺在评王勃《咏风》诗末句时所言:"只读此二语,知世人以王杨卢骆并称者为无眼人矣。"③钟惺又借杜甫之言对初唐四杰"当时体"的

---

① 《唐诗归》卷二,初唐二。
② 《唐诗归》卷一,初唐一。
③ 《唐诗归》卷一,初唐一。

性质作了客观评价。再如长孙正隐《晦日宴高氏林亭同用华字》诗前钟惺云："此集诗凡数十首,此作第一,陈子昂亦与焉,其诗不如也,名之不可定人如此。"① 陈子昂之名远盛于长孙正隐,然其同题诗歌在钟惺看来却不及后者,所以他取此黜彼,再次表明其不以名选诗的观点。

此外,钟、谭还特别指出某些诗人诗名未著并不是他们诗歌创作不及那些声名显著的作家,仅仅是因为他们的作品数量较少,钟惺认为能将这样的诗人诗作挑选出来考验的即是选家铨选的眼光与能力:

> 此公有古骨古心,复有妙舌妙笔,然在盛唐不甚有诗名,为其少耳。
>
> 余性不以名取人,其看古人亦然,每于古今诗文,喜拈其不著名而最少者,常有一种别趣奇理,不堕作家气,岂惟诗文?书画家亦然。(评王季友)②
>
> 此君诗少,而别有清骨妙情。(评畅当)③
>
> 妙在止此十四首,一字去不得,其用意狠处全在不肯多,予尝爱此十四首,命林茂之书成小册,而题其后有云:"陶公坐高秋,俗士不敢入。不受人去取,孤意先自立。"良是此君实录。诗少而妙,难矣。然难不在陶洗而在包孕,妙不在孤俨而在深广。读昚虚一字一句一篇,若读数十百首,隐隐隆隆,其中甚多,吾取此为少者法。(评刘昚虚)④

从以上诗人的评价中可见,钟惺选诗并不以名取人,恰恰特喜拈出那些不著名且诗作不多的诗人作品,因为在他看来,这些诗作中蕴含着独特的清骨妙情,别趣奇理。当然,钟惺对这些诗歌数量少然质量非凡的诗人的喜爱,还建立在他对古人诗文创作与流传的独特认识之上,他在《题鲁文恪诗选后》曾经谈到:

> 诗文多多益善者,古今能有几人?与其不能尽善而止存一篇数篇,一句数句之长,此外皆能勿作。即作而能不使传,使后之读者常

---

① 《唐诗归》卷一,初唐一。
② 《唐诗归》卷十六,盛唐十一。
③ 《唐诗归》卷二十七,中唐三。
④ 《唐诗归》卷二六,盛唐一。

有其全决不止此之疑，思之惜之，犹有有余不尽之意焉。若夫篇与
句善矣，而不能使其不善者不传于后，以起后人厌弃，而善者反不见
信，此岂善为必传之计者哉？故夫选而后作者，上也；作而自选者，
次也；作而待人选者，又次也，古人所谓数十首数首之可传者，其全
决不止此。若其善者止此，而此外勿作，正予所谓作其必可传者也。
此其识其力，古今又能有几人乎？①

钟惺认为，在诗文创作中能做到多多益善的作家从古至今实为少数，因
而从流传后世的角度看，作家与其创作数量众多但质量良莠不齐的作
品，不如止于创作若干高质量的作品，因为前者会因其部分不善之作的
流传而引起后人的厌恶之心，从而会令其善者一并遭到质疑，而后者则
会因其止于为数不多但质量超群的作品而令后人思之惜之。因此，作家
创作的最高境界首先是选而后作，也就是要经过作者本人的反复斟酌才
可下笔；其次为作而后选，创作之后由作者本人进行筛选，去粗取精；再
次才为待他人铨选。在钟惺看来，大部分作家都是靠自己或他人的删选
而使其善作得到流传，然其所有作品并非全然如此。对于作家来说，最
难做到的是"作其必可传者"，这必须是有识有力者才能具备，纵观古今
能做到这一点的未有几人，而他所推崇的刘眘虚就是这样一位诗人。钟
惺认为刘诗仅存十四首，但首首至妙，去一字不得，这是很难做到的。因
此，他将诗名不甚显著的刘眘虚之诗全部入选。当然，大部分作家还是
要待他人的删选而使佳作得以流传，如钟惺评独孤及曰："少不喜此君
诗，其全集近八十首，冗累处甚不好看，故所选止此，然其高处已似元道
州矣。以此知诗之难看者，不当便弃之也。使此君止传此数诗，则亦盛
唐好手，惟读其全集，故反生厌，因悟看人诗者贵细，自存其诗者贵精。"②
他认为独孤及全集有诗近八十首，但是大都不佳，尤其是冗累处甚不好
看，因而删其不善者仅入选五首，由这五首诗观之，其佳处已与元结神
似，甚至可进入盛唐好手之列，如观其全集，则会对这位诗人的印象完全
改观。由此亦可看到，选家在诗歌经典的流传中起到了多么至关重要的
作用，对于作者来说真可谓是一大功臣，钟惺对这一点作了非常深入的

① 钟惺《题鲁文恪诗选后二则》，《隐秀轩集》卷三十五，第562页。
② 《唐诗归》卷二十四，盛唐十九。

思考：

> 观古人全诗，或不过数十首，少或至数首，每喜其精，而疑其全者或不止此，其中散没不传者不无。或亦有人乎选之，不则自选，存其所必可传者而已，故精于选者，作者之功臣也。向使全者尽传于今，安知读者不反致崔信明之讥乎？予喜诵乡先达鲁文恪诗文，庚戌官燕，曾从其孙睢宁令乞一部，欲选之，为汤嘉宾太史索去，遂不果。壬子，谭友夏选刻之金陵，至九十首，精矣，该矣。予读之，喜焉，敬焉，有弘正名家所未能入其室者。使予读文恪全集，固未必其喜且敬之至此也。删选之力，能使作者与读者之精神心目为之潜移而不知，然则友夏虽欲不为文恪功臣，固不可得也。或曰：作者为文恪，而后之选者不必如友夏，若之何？予尝与友夏言矣：莫若少作，作其所必可传者，选而后作，勿作而待选。吁，谈何容易哉！①

整段话透露出两层含义：一是选家在诗歌流传中发挥了巨大作用，精于选者即为作者之功臣。正如钟惺的这位同乡先达鲁文恪先生，其诗文经由谭元春的删选后得到了钟惺的极大肯定，甚至认为其可与弘、正名家比肩，但是如果不经谭氏删选而直接观其全集则未必可以达到这样的效果，因此谭即为鲁之功臣。二是如果作家遇不到如谭友夏这样精于删选的选家又该如何呢？钟惺认为解决办法只有一条，那就是"作其必可传者"，这样就可以不必待他人删选了，当然，要做到这一点很难。这又回归到上文所引钟惺对作家创作与流传的话题上去了。

总之，钟、谭二人对于删选古人作品抱着非常谨慎的态度，对于铨选作品的认识亦非常深刻。正基于此，他们在《唐诗归》的选诗中才能够突破前人诗选中的种种弊病，不以诗名取人，不以数量多少选诗，既有其合理性，同时也突显了竟陵派领袖独特的个性批评。

其次，大胆黜落经典名篇，张显其批评个性。前文引谭元春《诗归序》中所云"代获无名之人，人收无名之篇"，概括地点明了钟、谭在诗人诗作选取上的独特倾向。除此之外，他们对唐人的经典名篇亦做出了大胆删却。例如，在整部《唐诗归》选诗中，杜甫一人独大，入选诗歌达313

---

① 钟惺《题鲁文恪诗选后二则》，《隐秀轩集》卷三十五，第561—562页。

首,远远超过了位列第二的王维的110首,大诗人李白仅仅位列第三,入选作品98首。从数量上明显可见钟、谭二人对杜甫的尊崇与偏爱。钟惺本人的确钟爱杜甫,他曾作过一篇写景寄情小品文《浣花溪记》,以细腻生动的笔触描绘了大诗人杜甫成都寓地浣花溪一带清幽、逶迤的迷人景色,同时抒发其对杜甫的敬仰之情,并寄寓自己的情怀。然而即便如此,钟、谭仍对杜甫为大家耳熟能详的著名诗篇断然删却,如历来被认为压卷之作的《登高》,《唐诗归》并未收取,而著名的《诸将》五首,也一首未取,至于《秋兴》八首,则仅选其一首,钟惺认为:"《秋兴》偶然八首耳,非必于八也。今人诗拟《秋兴》已非矣,况舍其所为《秋兴》而专取盈于八首乎?胸中有八首便无复《秋兴》矣。杜至处不在《秋兴》,《秋兴》至处亦非以八首也。今取此一首,余七首不录,说见《诗贬》,予与谭子分谤焉。此诗不但取其雄壮,而取其深寂。"①这里钟惺指出他挥删《秋兴》的原因出于两方面,一是今人只关注《秋兴》八首的组诗数量而忽略诗歌本身之佳处,因而亦步亦趋拟为八首,丢了西瓜捡了芝麻。二是《秋兴》在杜甫整个诗歌创作中并非其至处,那么作为选家的责任就是要删却其不善者而留其佳作。钟惺曾云:"予选杜七言律似独与世界同。盖此体为诸家所难,而老杜一人选至三十余首,不为严且约矣,然于寻常口耳之前,人人传诵,代代尸祝者,十或黜其六七,友夏云,既欲选出真诗,安能顾人唾骂,留此为避怨之资乎。知我者老杜,罪我者从来看杜诗之人也。"②由此可见,钟、谭正是为规避诸如《秋兴》八首这种人人传诵、代代尸祝的作品所带的诗坛腐熟化因袭之弊,并以选出真诗为最终归旨,所以才会不顾唾骂做出十或黜其六七的大胆举措。而诸如杜甫的《覃山人隐居》,钟惺认为此等诗才可称得上是"七言律真诗也"。谭元春则认为"此老杜真本事,何不即如此作律,乃为《秋兴》《诸将》之作,徒费气力,烦识者一番周旋耶!"③所以对大诗人杜甫的不善之作,无论名篇与否,定当断然删却。

李白与杜甫向来双子并称,各具特色,成就皆不凡,然而在《唐诗归》

---

① 《唐诗归》卷二十二,盛唐十七。
② 《唐诗归》卷二十二,盛唐十七。
③ 《唐诗归》卷二十二,盛唐十七。

中李白诗歌入选数量却远不如杜甫,甚至位列王维之后。他的某些为世所称道的名篇佳句也被钟、谭无情删却。《宫中行乐词》诗前钟惺云:"太白《清平》三绝,一时高兴耳,其诗殊未至也。予既特去之。恐千古俗人致骇,复收此一首,以塞聋俗之望。此虽流丽,而未免浅薄,然较三绝差胜。予于选此诗笔削太狠处有之。不过使古人精神不为吷声者所蔽耳。而于五七言律从众概收者十或一二,稍示近人之意,具眼者未免罪我也。"①李白的《清平调》三首是他在长安期间创作的知名度极高的诗歌作品,亦被后世广泛传播。然而钟惺却认为这些诗只是李白一时兴起之作罢了,并非其诗歌至处,因而将其删去。其实对于入选的这首《宫中行乐词》钟惺也并不十分中意,因其过于浅薄,仅仅略胜于清平三绝而已。但是为了不至于骇人耳目,为了不凸显与大多数人的格格不入,钟惺还是要有一点点的从众,不过从本意上他对这样的诗歌仍是持否定态度的。而作为唐人五言古典范之作的李白《古风》六十首在《唐诗归》中的境遇也不算好,仅仅入选了一首,钟惺认为:"此题六十首,太白长处殊不在此,而未免以六十首,故得名,名之所在非诗之所在。"②指出李白诗歌的成就并不在这六十首《古风》之中,其著名的原因在钟惺看来与杜甫《秋兴》八首类似,都是因其组诗的数量而得到盲目的追捧。那么,为什么李白长处不在此呢?谭元春认为:"唐人神妙,全在五言古。而太白似多冗易,非痛加削除不可。盖亦才敞笔纵所至。叹汉、魏二字误却多少妙才快笔耳。"钟惺亦赞同他的观点:"谭语深有所谓,未易为俗人言,妙才快笔之人,极宜顾步此语。"③可见,在钟、谭看来,李白五言古最大的毛病就在于因才敞笔纵而导致的率易冗长。这样的不足在唐五言古诗中常常可见,李白的《寻鲁城北范居士失道落苍耳中见范置酒摘苍耳作》仍是如此:"事妙诗妙矣。只觉多了数语,减得便好,却又不能或不肯。唐五言古往往受此病。李杜不免,故频频拈出。岂惟诗?唐以后文皆有之。"④

由此看来,钟、谭对唐诗名篇并没有一味盲目地崇拜,而是对其认为

---

①《唐诗归》卷十六,盛唐十一。
②《唐诗归》卷十五,盛唐十。
③《唐诗归》卷十五,盛唐十。
④《唐诗归》卷十五,盛唐十。

不能代表诗人创作水平的作品坚决不选,无论它是否是大多数人所认定的名篇佳作。当然,他们在具体铨选时也曾有过顾虑甚至妥协,不过仍然在其评点的言语之间透露出他们对自我诗歌主张与批评观念的那份执着。

二是独特的审美批评。

《唐诗归》中对诗人诗作的选取不仅体现了竟陵派领袖独特的诗歌主张与批评标准,同时也避免陷入“极肤、极狭、极熟便于口手”的误区,无论是不以盛名取人还是黜落名篇都可达到诗歌陌生化的效果,为的是给学诗者提供与众不同的学习范本。这种与众不同的个性还体现在竟陵派领袖独特的审美批评上。

《明史·文苑传》称:“自宏道矫李、王诗之弊,倡以清真。惺复矫其弊,变而为深幽孤峭,与同里谭元春评选唐人之诗为《唐诗归》,又评选隋以前诗为《古诗归》,钟、谭之名满天下,谓之‘钟谭体’。”[1]钱谦益在《列朝诗集小传》中亦云:“(钟惺)思别出手眼,另立深幽孤峭之宗。”[2]皆是将“深幽孤峭”看作竟陵派独特的审美追求,无论是对其开宗立派的肯定抑或是将其看作是竟陵派消极避世、取境偏狭的依据,“深幽孤峭”一直以来都被历代论者所关注,而今学界关于它的论述依然有很多,研究也比较深入,因此本书暂不将其作为重点赘述于此。其实,除了“深幽孤峭”的审美批评观之外,在《唐诗归》中还可见钟、谭其他个性化的审美追求。

首先是对“气平”的追求。“平”即为平和,它来自于诗人内心的恬淡、静远之情。在唐诗人中最符合钟、谭这一审美标准的是储光羲,《唐诗归》共选其诗62首,在盛唐位列第五。钟惺在储光羲《同王十三维偶然作》其五后云:“此首较前数首觉气平,其极厚,极细,极和,乃从平出,此储诗之妙,亦须平气读之。”[3]而其评价王维《偶然作》时云:“读王、储《偶然作》,见清士高人胸中皆似有一段垒块不平处,特其寄托高远,意思深厚,人不能觉。然储作气和而王作骨傲,储似微胜。”[4]面对储、王

---

① 张廷玉等《明史》卷二百八十八,第7399页。
② 钱谦益《列朝诗集小传》丁集中,第571页。
③ 《唐诗归》卷七,盛唐二。
④ 《唐诗归》卷八,盛唐四。

二人的同题之作,钟惺更青睐于储作,原因就在于气和,亦即气平。二诗
如下:

偶然作(其四)

王维

老来懒赋诗,惟有老相随。

宿世谬词客,前身应画师。

不能舍余习,偶被世人知。

名字本皆是,此心还不知。

同王十三维偶然作(其五)

储光羲

空山暮雨来,众鸟竞栖息。

斯须照夕阳,双双复抚翼。

我念天时好,东田有稼穑。

浮云蔽川原,新流集沟洫。

裴回顾衡宇,僮仆邀我食。

卧览床头书,睡看机中织。

想见明膏煎,中夜起唧唧。

王诗主要表达诗人晚年大彻大悟、无喜无悲的淡泊心态。王维晚年因朝
政的黑暗与个人遭际的坎坷,其心境更加枯寂,对世事也更加淡漠了,
“懒赋诗”的“懒”字即是此种心境的表现,“惟有老相随”又透露出诗人
无奈甚至带有些许不平的心态。作为一位诗歌冠世、画绝古今的诗人,
王维并未在乎这些虚名,而仅仅把其看作前世的积习,而这些习惯不能
改变,吟诗作画也只是偶尔被世人知晓。既然决心遁离这污浊的社会,
又却不能改掉本不应有的积习,明知不应为而为,反映了诗人出世与入
世的内心的矛盾。王维虽然皈依佛教,但他仍然还是一位热爱生活、热
爱艺术的诗人。诗人以禅入诗,表现出对人生真谛的直接探索与感悟,
于感伤的低吟中渗透出彻悟之感。储诗则是以一位农夫的口吻叙述了
他日常的生活劳作,诗人以白描的手法描绘了一幅质朴的乡村图画,暮
雨即来时,飞鸟相与还,在夕阳的微光下抚翼而行,农夫感叹天时之好,

在田间辛勤劳作,还有邻里仆童相邀吃饭,到了晚上,读一读床头的书,睡前再看看机杼上的织布,想到还要为明天的饭食打算,叮嘱自己要中夜起来继续劳作。储光羲《同王十三维偶然作》共十首,《唐诗归》入选其五首,而这首诗在钟惺看来最为气平,厚朴、细腻、和气,皆从"平"中来。它没有任何字句表现出农夫对自己苦难生活的愤恨与悲苦之情,但是读者却能隐隐察觉到如此心酸的生活带给农夫的伤痛,然而反观此诗却又会为作者平和的心态所折服。而王维诗尽管看似参透了人生,大彻大悟,然而总会让人在字里行间感受到作者的那份傲骨,矛盾之气在心中的郁结。所以钟惺在对王、储这两组诗进行评价时还是倾向于"气平"的储诗。

钟、谭对"气平"的追求还体现在对晚唐诗人的评价中。例如,在沈彬《塞下曲》诗后钟惺云:"晚唐七言律奇淡,有妙于此者,而此以调高气平居其胜,故诸妙者皆安而逊之。"[1]我们且看晚唐诗人沈彬的这首《塞下曲》:

> 塞叶声悲秋欲霜,寒山数点下牛羊。
> 映霞旅雁随疏雨,向碛行人带夕阳。
> 边骑不来沙路失,国恩深后海城荒。
> 胡儿向化新成长,犹自千回问汉王。

《塞下曲》出于汉乐府《出塞》《入塞》等曲,歌辞多写边塞军旅生活。盛唐诗人创作的《塞下曲》大都以乐观高亢的基调和雄浑壮阔的意境反映出令后世瞩目的盛唐气象。例如李白的同题之作:"五月天山雪,无花只有寒。笛中闻折柳,春色未曾看。晓战随金鼓,宵眠抱玉鞍。愿将腰下剑,直为斩楼兰。"[2]从极地边塞的苦寒之景引出战士的思乡之情,继而叙说军旅生活的紧张,隐隐露出战士们人人奋勇、争为功先的精神,尾联两句进一步借用西汉勇士傅介子慷慨复仇的故事,表现诗人甘愿赴身疆场、为国杀敌的雄心壮志,调高气厚,昂扬向上。沈彬诗主要表现戍边战士的思乡之情以及对国家延误边事行为的不满。首先诗人描

---

[1]《唐诗归》卷三十六,晚唐四。
[2]李白《塞下曲六首》其一。

绘了塞北的秋景,严霜将降,枯黄的树叶似乎感到了霜的威胁,风过处发出声声悲鸣,诗人听来如泣如诉,悲凉凄楚。树木凋零,秋色苍凉,山体裸露,因而见到点点牛羊走下山来。晚霞映照下的旅雁穿行在几点疏雨中,夕阳下的战士走向荒凉的沙石路。夕阳、映霞、旅雁、行人几个意象的结合便营造出戍边征人的思乡氛围。接着诗人笔锋转向对国家懈怠边事的描写,面对胡兵的数度挑衅,诗人隐约发出了这样的拷问:朝中是否应该积极采取军事行动呢?当然,整首诗作者始终没有正面表达对国家的不满,只是单纯描写边塞景况,在平和的叙述中蕴含深意。钟惺认为晚唐七言律诗的妙处在"淡",但是沈彬的这首诗却以调高气平为主要特色,在钟惺看来与"气平"之诗相比,那些以"淡"为主的诗歌就显得逊色很多。可见,"气平"的确是钟、谭所推崇的一种难得的审美风格。

其次是对"含蓄蕴藉"的诗歌风味的推崇。这是《唐诗归》选诗与评点的一个重要的审美标准。在中唐,元白诗派是一个重要的诗歌流派,诗歌创作明白晓畅、通俗易懂。然而《唐诗归》中白居易仅入选诗作7首,元稹仅有6首,原因就在于他们的诗歌不符合钟、谭对作品"含蓄蕴藉"的审美要求。钟惺云:"元、白浅俚处皆不足为病,正恶其太直耳。诗贵言其所欲言,非直之谓也,直则不必为诗矣。又二人酬唱似唯恐一语或异,是其大病,所谓同调亦不在语语同也。今取其词旨蕴藉而能自出者,庶使人知真元、白耳。"[1]在他看来,元、白的浅率俚俗并非其短处,真正的缺点在于太直了,过于直白的语言会削弱诗歌本身的特性,失去诗歌的本色。因此,钟惺精选了他们尚有蕴藉之旨且带有诗人个性的作品,如《清夜琴兴》《采莲曲》《王昭君》《琵琶引》《和微之大嘴乌》、《杂兴》(其三)、《宿紫阁山北村》等,这些诗较其他语出直白的作品的确多了些含蓄韵味。而同样是中唐,《唐诗归》入选张籍的诗歌却多达41首,在整个中唐诗人当中位列第二,那么,钟、谭为何如此青睐张籍诗作?同样也是因为他的诗具有含蓄蕴藉的风格特征,正如钟惺所云:"张文昌妙情秀质而别有温夷之气,思绪清密,读之无深苦之迹,在中唐最为

[1]《唐诗归》卷二十八,中唐四。

蕴藉。"①

　　此外,在《唐诗归》的评点中我们亦可看到钟、谭对"含蓄蕴藉"审美风格的追求。例如,在杜甫《落日》诗后谭元春云:"杜五言律每首中必有一二语绝妙者,多或至五六语,竟以结句味短,使人气闷。今作诗者何可止言对偶,而不留心于此也。"②杜甫是最受钟、谭喜爱的一位诗人,但是谭氏对杜甫五言律中结句缺乏隽永之韵味仍旧进行指摘,并告诫时下作诗者能够在诗歌的韵味上多下功夫。杜甫《捣衣》末句谭元春亦云:"余常爱此二语,与右丞'别后同明月,君应听子规'皆以其涵蓄渊永,意出纸外。而王语之渊永以清,此语之渊永以厚,不可不察。"③可见,在钟、谭的审美批评观中,对诗歌渊永含蓄、蕴藉无穷的艺术风格是极为看重的,这也体现出他们对诗歌艺术特征的有意探索。

　　总之,竟陵派在明末诗坛掀起巨浪,追捧者众多,攻讦者亦不少,关于竟陵派诗学思想的论争也异常激烈,一直绵延入清。但无论怎样,作为明末诗坛具有巨大影响力的诗歌流派,它能够取公安派而代之,并且能够在前人基础上纠偏调和并树起本派诗歌主张之大旗,进而影响到越来越多的人来关注与支持,这本身就是一件非常了不起的事情。钟惺、谭元春作为竟陵派领袖,深谙诗歌选本在诗学思想的传播与宣扬中的重要作用,因而他们拿起手中铨选之笔,以第求古人真诗为旨归,将本派的诗学思想蕴含其中,这也是一项极为聪明的举措。我们从《唐诗归》的选诗与评点中看到了竟陵派在纠偏、调和以及张扬个性等方面的具体主张,也看到了由于它的加入所带来的明代诗歌批评领域的繁荣。随着竟陵派的解体,明代三大诗歌流派之间的较量纷争也渐渐落下了帷幕。

第四节　明末清初流派纷争中的融通互补与李沂《唐诗援》

　　明末清初,代际变迁,社会政治经济以及文化思想状况杂乱无序,然

---

①《唐诗归》卷三十,中唐六。
②《唐诗归》卷二十一,盛唐十六。
③《唐诗归》卷二十一,盛唐十六。

而从诗歌批评的角度看,这却是一个多元并存、极富活力的阶段。在诗学领域,复古、公安、竟陵三派的后续势力仍处在纷争与调和之中,而从唐诗选本的发展进程亦可看出,不同诗学思潮、诗歌流派对立的结果最终是走向融通互补。

一、晚明唐诗选本中的求全与调和意识

明代唐诗选本在经历了发生期、成长期、全盛期后,至明代末季,选家们已认识到,无论是诗法盛唐,还是崇尚中晚,这些以选诗方式为各家流派摇旗呐喊的唐诗选本虽然都在一定程度上为不同诗学观念正面交锋发挥了重要作用,但同时也带有一定的局限性,专选初盛,或仅取中晚,都不能使读者全览唐诗的整体面貌以及不同阶段唐诗的风格特征,因而此时便出现了一些唐诗选本在选诗上求全、求大,兼取四唐,以见唐诗的整体面目。正如吴勉学所言:"作者称诗,上必风雅,下必汉魏六朝、四唐,若风雅则列在学官,汉魏六朝则具诸《诗纪》,独四唐未见全书。"[1]基于此认识,他编选了一部《四唐汇诗》,今天我们只见到其中的初唐汇诗七十卷及盛唐汇诗二百二十四卷,而未见中晚唐汇诗,但吴氏在此书《凡例》中曾说过:"故以初盛中晚,厘为四部,非直天变有限,抑亦时代为紧,所以俾夫吟咏性情者咸得因时以辨文章高下,词气盛衰,本始以达终,审变而归正,亦犹《品汇》分为正始、正宗、羽翼、接武、正变、余响意也。盖自武德而景隆为初,开元而至德为盛,元和、会昌为中,会昌而降为晚。"[2]可见,他是仿照高棅的《唐诗品汇》而有意汇编全唐,未见全璧的原因可能是已散佚或能力及时间等因素导致未能刊刻。曹学佺所辑《唐诗选》一百一十卷,是其《石仓十二代诗选》中的唐代部分,从曹氏的自序中也可看出其求全唐的意图:"自唐六家诗而至近代之《诗删》《诗归》,皆偏师特至,自成队伍;高氏《品汇》独得其大全。予之选亦惟仿其全者而已矣。"[3]黄德水、吴琯所编《唐诗纪》,今所见万历十三年(1585)吴琯刻本,只存初唐诗纪六十卷、盛唐诗纪一百一十卷,李维桢在书前序

---

① 《四唐汇诗凡例》,明万历三十年(1602)吴勉学刻本。
② 《四唐汇诗凡例》,明万历三十年(1602)吴勉学刻本。
③ 曹学佺辑《石仓十二代诗选》,明崇祯刻本。

云："始黄清父辑《初唐诗》十六卷,无何病卒,鄣郡吴孟白以为未尽一代之业,乃同陆无从、俞公临谢少廉诸君,仿冯汝言《诗纪》纪全唐诗,诗某万某千某百有奇,人千三百有奇,名氏若诗阙疑者五十人有奇,仙佛神鬼之类为外集,三百人有奇。考世里、叙本事、采评论、订疑误,稗官野史之说,残篇只字之遗,无所不捃摭,合之得若干卷,积年而告成,盖其难哉!"可见其刊刻初衷是为举全唐。吴琯在书前凡例中亦表明此意:"是编原举唐诗之全,以成一代之业,缘中、晚篇什繁多,一时不能竣事,故先刻初、盛以急副海内之望,而中、晚方在编摩,绪刻有待。"只可惜续刻未成。

　　晚明时期,复古派与公安派各自的流弊已十分明显,它们内部也都已开始有意识修正。相应地,在选诗领域,一些选家也力图在二者之间进行调和,融通互补的思想倾向已见端倪。例如,唐汝询所辑《汇编唐诗十集》,其书前自序云:"余少习廷礼《唐诗正声》,爱其体格纯正,而高华雄浑或未之全;及读于鳞《唐诗选》,则高华而雄浑矣。犹恨偏于一而选太刻,俾秀逸者不尽收;及读伯敬《唐诗归》,则秀逸矣,而索隐钩奇,有乖风雅,字评句品,竟略体裁。是三选各有所至,而各有所未至也。"正因如此,他欲编此集以正三家之偏:"余谓高、李所选,风格森典,李唐之‘二南’;伯敬所收,奇新跌宕,唐风之变什。存变去正,既非其宜,开明广聪,亦所当务。于是取三家而合之,并余所翼高、李而作《解》者,别其异同,定为十集。复采高、李之旧评而补其缺,汰钟之冗杂而矫其偏,庶几高之纯雅、李之高华、钟之秀逸,并显而不杂;而所谓庸者、套者、偏僻者,各加议论,以标出之,令后之来者不堕其轨辙,于诗不无小补焉。"① 合三家之集并自己所作《唐诗解》,辨析异同,以期达到以钟、谭之奇新济高、李之痴板,以高、李之典雅济钟、谭之谲诡的调和目的。郭濬点定的《增定评注唐诗正声》,今存卷十、卷十一,在卷首自序中郭氏称:"我明高廷礼先生尝辑《品汇》,拔其尤为《正声》,标格闲体,典则可法,渢渢乎洵一代雅音矣,而人顾取其平者摘之。济南《诗选》,风骨綦高,而人仅录其然之响,且谓伤于克也。自钟伯敬先生《诗归》出,奇情秀句咸得评目焉,以佐高、李之不及,而不善法者,乃以轻艳为秀逸,拗僻为新奇,于是复诋

---

① 唐汝询《汇编唐诗十集》,明天启三年(1623)刻本。

二家为善音,为残沈,而唐调之可咏者亦亡。"① 在他看来,晚明流行的这三部唐诗选本各有偏颇之处,高棅《唐诗正声》选诗只重平和闲雅一格;李攀龙《唐诗选》选诗仅以风骨奇高为标准;而钟、谭《唐诗归》又带出了轻艳、拗僻的流弊。因此,郭氏增订此集,意欲"合梓二家之选,取其不悖于正者稍益之。收苏双美,救其二偏"②。在《正声》的基础上增入《唐诗选》及《唐诗归》的篇目,以《唐诗归》的"奇情秀句"补《正声》与《唐诗选》之不足,又以《正声》及《唐诗选》来救《唐诗归》的流弊,这正是郭濬增订合选的主要目的。

二、明末清初融通互补诗学思想的代表——李沂《唐诗援》

明末清初,诗坛复古之风依然盛行,宗唐宗宋,畛域分明,然而在对前朝诗学不断反思与检讨的过程中,也渐渐呈现出相互吸收调和、融通互补的趋势。在此时众多的唐诗选本中,最能体现明末清初诗歌思潮这一变化趋向的当属李沂的《唐诗援》。

对于《唐诗援》③,学界多以其编撰者李沂为明晚期人,其刊刻时间亦为明代末期,甚至有人认定其为崇祯五年(1632)所刻④。但是通过对《唐诗援》内容及相关资料的考察,笔者认为其编者李沂为明末清初人,编刻《唐诗援》的时间应为清初。

查清华《明代唐诗接受史》、孙春青《明代唐诗学》均认为《唐诗援》编者李沂为明人,其依据是《明史》卷二百三十四中的记载:"李沂,字景鲁,嘉鱼人,万历十四年(1586)进士,改庶吉士。十六年冬,授吏科给事中……其时周弘禴、潘士藻皆以忤鲸得罪,而沂祸为烈,家居十八年,未召而卒。光宗嗣位,赠光禄少卿。"⑤ 由这段记载可知此李沂确为明人,且死于光宗泰昌以前,即万历年间。然而,《唐诗援·自序》中李沂在论及明末诗坛时云:"至启、祯之际,始有舍盛唐而宗中晚者。"这里提到的

---

① 郭濬《增定评注唐诗正声》,明天启刻本。
② 郭濬《增定评注唐诗正声》,明天启刻本。
③ 现藏北京大学图书馆。
④ 陈伯海《历代唐诗论评选》(河北大学出版社2003年版,第757页)以之为明末刻本;查清华《明代唐诗接受史》(上海古籍出版社2006年版,第140页)、孙春青《明代唐诗学》(上海古籍出版社2006年版,第183页)均以之为明崇祯五年(1632)刻本。
⑤ 张廷玉等《明史》卷二百三十四,第4071页。

启、祯之际显然与其谢世的时间不符,可见《唐诗援》的编撰者并非明代的这位李沂,而是另有其人。

　　其实,明末清初还有一位李沂,曾著有《鸢啸堂集》及《秋星阁诗话》。据《咸丰重修兴化县志》记载:"李沂,字子化,号艾山。幼孤,事母孝。鼎革后,谢诸生,以诗歌自娱,深入盛唐之室。江淮南北数十年言诗派者以阳山为正,阳山之诗醇雅典则以沂为依归。"① 又据李沂从子李骥为其所作传云:"壶菴先生,讳沂,字子化,号艾山,晚年又号壶菴,幼孤而事母孝……鼎革后遂谢去而隐于野。"② 而《唐诗援》卷首正是题为"阳山壶菴先生选",且书前自序落款为"壬申春日壶菴李沂书"。由此可初步断定编《唐诗援》者当为此李沂。此外,李骥为李沂所作传中还透露出这样一条信息:李沂于鼎革后曾"与江西朱远天乳,从兄籀史先生及僧懂子、灵雨日吟哦于西寺,每至夜分始罢。是时诗家多步趋竟陵,中州有张匏客、张凫客两先生者避寇乱,渡淮而南侨寓兴化,先生与之交,出诗质之,嗟其妍妙而谓派不轨于正,于是与先生纵论古今诗,谓当上宗汉魏,下迄盛唐而止。先生欣然从之"③。说明李沂崇尚盛唐的诗学思想是受中州张匏客、张凫客二先生的影响。而《唐诗援·选诗或问》中的一则恰好与之互为参证:"吾尝喜苏、陆而学之矣,数年,自谓颇得其似。后遇张凫客先生痛惩之,翻然始悔其误。盖由下劣,诗魔入其肺腑不自觉耳。兹以盛唐为宗,譬大匠之绳墨、羿之彀率,不为拙工拙射改变者也。"同样也是因张凫客先生的影响而转尊盛唐。由此更足以证明《唐诗援》的编撰者就是兴化县阳山,晚号壶菴的这位李沂,他身跨两朝,在其所作《诸老宴会记》中记载了阳山诸老的一次宴会,所记诸老年龄皆在八十乃至九十余岁,李沂本人时亦七十有五,他称"其所生则皆先朝万历时人也"④,由此推断李沂大致生于明万历末或万历之后,这与宗元豫《唐诗援序》所言"李子生于叔季"时间基本吻合。

　　由于现存《唐诗援》中没有明确的版本信息,我们只知李沂作序时

---

① 梁园棣修,郑之乔、赵彦俞纂《咸丰重修兴化县志》,据清咸丰二年(1852)刻本影印,江苏古籍出版社1991年版,第277页。
② 李沂《鸢啸堂集》卷首,清康熙刻本。
③ 李沂《鸢啸堂集》卷首。
④ 李沂《鸢啸堂集》卷首。

间为"壬申春日",而崇祯五年(1632)恰恰是壬申年,因此一些论者据此将《唐诗援》视为明末刻本或明崇祯五年(1632)刻本,然而仅凭此就下结论,笔者以为尚嫌草率。李沂除编撰《唐诗援》外还著过一部《秋星阁诗话》,共六则,从六个方面为初学者提供了学习方法及建议。清代文学家张潮曾为《秋星阁诗话》作序,张潮生于清顺治八年(1651),其于康熙三十六年(1697)编纂《昭代丛书》,收入了李沂的《秋星阁诗话》,由此可见《秋星阁诗话》的完成时间当在康熙年间,张潮在序中称"艾山年已八十,精神充裕,步履矍铄"①,表明李沂著此书时已为暮年,同样,李沂在《唐诗援》自序中称自己"不惮以衰朽余年订斯编问世,不得已而命之曰'援'也",可见其编《唐诗援》时也是暮年,而且对比两部书,我们还可发现其中某些观点与表述极其相似,如对唐诗初、盛、中、晚以及宋、元诗歌的评价,《秋星阁诗话》称:"初唐乍兴,正始之音,然尚带六朝余习;盛唐始尽善,中、晚如强弩之末,气骨日卑矣……宋、元弥下矣。"②《唐诗援》称:"初唐风气虽开,六朝余习未尽。至盛唐洗濯扩充,无美不臻……至中、晚而衰矣,至宋、元益衰矣。"③崇盛唐而贬抑中晚唐及宋元诗的观点完全一致,表述也几乎相同。再联系二书皆为李沂暮年之作,可推测《唐诗援》与《秋星阁诗话》的创作时间相去不远,也应在康熙年间。再据其自序中"壬申春日"推断,笔者以为,《唐诗援》的编刻时间不应是明崇祯五年(1632),而是清康熙三十一年(1692)春。

《唐诗援》,凡20卷,共选唐人诗1133首,涉及作者174人。其中五言古诗6卷,收诗289首;七言古诗4卷,收诗141首;五言律诗4卷,收诗338首;七言律诗2卷,收诗88首;五言排律2卷,收诗57首;五言绝句1卷,收诗84首;七言绝句1卷,收诗136首。

在174位入选诗人中,杜诗数量最为可观,为305首;接下来是李白,76首;王维,65首。以下孟浩然38首,岑参37首,储光羲28首,王昌龄22首,宋之问21首,张九龄20首,高适17首,李商隐17首,张籍15首,王建14首,刘禹锡13首,常建12首,沈佺期、陈子昂、李颀、韦应

---

① 李沂《秋星阁诗话》,张潮《昭代丛书》卷三十二,清康熙三十六年(1697)刻本。
② 李沂《秋星阁诗话》之"审趋向"一则。
③ 李沂《唐诗援·自序》,北大图书馆藏,清刻本。

物、白居易、韩愈各 11 首。

从以上统计数字可见，李沂选诗颇重盛唐，尤其推崇杜甫，除杜甫、李白二位大诗人外，盛唐田园山水诗派的王、孟，边塞诗派的高、岑，都是选诗较多的作家。单从选诗数量上看，《唐诗援》远不及高棅的《唐诗品汇》，而大大超过李攀龙的《唐诗选》，他认为："《唐诗品汇》虽多广收泛集，殊欠精当。李沧溟《唐诗选》又太约，选者不尽佳而佳者反遗。兹选惟拔其尤者，较《品汇》则太简，较《唐诗选》则倍之矣。"① 虽对此前两部选本都不甚满意，但从其入选的唐初、盛、中、晚四个时期诗人诗作的总体比例来看，《唐诗援》与二者尤其是《唐诗选》还是基本一致的，只是对中晚唐诗的态度没有《唐诗选》那么严苛而已。由此可见，李沂编选《唐诗援》延续的乃是七子派"诗必盛唐"的复古主张。

然而，与明代中叶七子派气焰方盛时期的同类选本不同的是，《唐诗援》选诗力主盛唐是李沂的有意为之，也就是说，李沂编选《唐诗援》不仅仅是为了突出其诗学主张，更重要的是它具有明显的针对性。我们且看其书前自序：

> 诗自三百篇后，莫备于唐。初唐风气虽开，六朝余习未尽。至盛唐洗濯扩充，无美不臻……至中、晚而衰矣，至宋、元益衰矣。明初，刘青田、高季迪诸公，蔚然并起，正始复兴；迨于弘正，李、何、边、徐辈出，文质炳焕，斯道大昌。至启、祯之际，始有舍盛唐而宗中晚者，盖识短则便其卑，力微则爱其薄，源不正则趋于诡，思不洁则流于绘，况更舍唐而宗宋元，窃恐欲新其调调弥俚，欲畅其词词弥率，欲深其意意弥谲也。韩昌黎曰："李杜文章在，光焰万丈长。"陆放翁称岑嘉州诗曰："工夫刮造化，音节配韶蔓。"严沧浪谓："孟襄阳学力下韩退之远甚，而其诗独出退之上者，一味妙悟而已。"又谓："盛唐诸人惟在兴趣，羚羊挂角，无迹可求。"是中、晚及宋、元人皆知尊盛唐，皆知学盛唐，而患不逮，乃今之人背高曾而尸祝其云孙，忘本而逐末，取法乎下，必至风日颓、道日降。沂故不惮以衰朽余年，订斯编问世，不得已而命之曰"援"也。

---

① 李沂《唐诗援·选诗或问》。

显然,李沂编选《唐诗援》主要目的就是针对当下诗坛舍盛唐而宗中晚,甚至舍唐而宗宋元的诗学风气。这一风气的形成最早源于明万历以来的性灵思潮。如前文所述,万历年间,以袁宏道为代表的公安派兴起,他们高举"独抒性灵,不拘格套"[1]的大旗,倡导师心,矛头直指七子派的师古传统。针对七子派独尊盛唐而贬抑中晚唐及宋诗的观念,袁宏道提出:"代有升降,而法不相沿,各极其变,各穷其趣,所以可贵,原不可以优劣论也。"[2]坚决反对以时代而论诗之高下。此论一出,影响巨甚。在性灵思潮的影响下,一方面,中晚唐诗人之集开始被刊刻出售,另一方面,宋诗的价值在某种程度上获得承认。明末这种关注中晚唐乃至宋诗的风气一直延续至清。清初诗坛在对前朝诗学的反思中继续进行着激烈论争,宗唐宗宋,各自成派,壁垒分明。宗宋派以钱谦益、黄宗羲为代表,极力为宋诗张目。而吴之振等人编选《宋诗钞》,也以选诗的方式来为宗宋助阵。与此同时,明末以来崇中晚唐的风气到此时亦愈演愈盛。钱谦益曾对诗分四唐的做法极为不满,他认为:"唐人一代之诗,各有神髓,各有气候。"[3]在其影响下,一大批中晚唐诗歌选本纷纷问世,如陆次云《晚唐诗善鸣集》,杜诏谕、杜庭珠《中晚唐诗叩弹集》,刘云份《中晚唐诗选》,查克弘、凌绍乾《晚唐诗钞》等。宗元豫在《唐诗援》序中所言"时方尚玉台、西昆而遗李、杜,宗眉山、剑南而桃开元",正是清初诗坛风尚的真实写照。而明代七子派崇尚盛唐、依遵格调的诗学传统至此时在批判与反思中变得逐渐黯淡与衰微了。

面对明末至清初以来诗坛审美风尚的转移,李沂站在七子派复古盛唐的立场上与之表示对立,他以老迈之年编选唐诗,并以"援"字名之,针对的就是这种"背高曾而尸祝其云孙,忘本而逐末,取法乎下"的学诗风气,重扬七子派的诗学观。在上面的序言中,他批评那些舍唐而宗宋元的今人,称他们由于识力短浅而趋从卑下之格,因源不正、思不洁而流于诡异与藻绘,其结果往往是"欲新其调调弥俚,欲畅其词词弥率,欲深其意意弥谲"。"俚""率""谲",切中的正是学宋带来的粗率佶屈

---

[1] 袁宏道《叙小修诗》,钱伯城笺校《袁宏道集笺校》卷四,第 187 页。
[2] 袁宏道《叙小修诗》,钱伯城笺校《袁宏道集笺校》卷四,第 188 页。
[3] 钱谦益《唐诗鼓吹序》,《牧斋有学集》卷十五,《中国古典文学丛书》,上海古籍出版社 1995 年版,第 709 页。

之弊。

　　针对中晚唐诗风的盛行,李沂在《唐诗援》中加大了对中晚唐诗人的批评力度,尤以对李贺、李商隐的批评最为激烈:"长吉不求大雅,惟务险涩,其诗适足骇俗人耳,如'几迴天上葬神仙','一夜严霜皆倒飞',尤为荒唐杜撰。义山七言律,大抵俗艳居多,如《锦瑟》诗'沧海月明珠有泪,蓝田日暖玉生烟',读之使人生厌。"[①]李贺瑰丽奇诡的诗风自晚明以来倍受青睐,如这首七言古诗《官街鼓》:"晓声隆隆催转日,暮声隆隆呼日出。汉城黄柳映新帘,柏陵飞燕埋香骨。磓碎千年日常白,孝武秦皇听不得。从君翠发芦花色,独共南山守中国。几回天上葬神仙,漏声相将无断绝。"此诗以官街鼓的亘古长存来反衬人生短暂,表达了诗人痛惜时光流逝的深沉感慨。末二句突发异想,让本应长生的神仙几回死去来与始终如一的隆隆鼓声作对比,更衬托出人生的短促可悲。神仙难逃一死的想象的确是大胆离奇,异于常人。但是,这在李沂看来却是背离盛唐诗风的险怪生涩一派,真真有失大雅,因而斥之为"荒唐杜撰"。同样,对于为世人所称道的李商隐的七律,李沂却直指其"俗艳"之弊,甚至对其著名的《锦瑟》诗也表示厌恶。可见,在李沂心目中,中晚唐之诗的确不足为法。当然,《唐诗援》仍入选了一部分中晚唐诗作,对此,李沂解释道:"中晚非无好诗,而嗜中晚者但趋纤巧肤弱一路,予因选出佳者示人耳。"这种辩解带有塞人耳目之意,因为之后他紧接着说中晚唐诗"较之盛唐则大有径庭矣"[②],好恶之心明白可见。此外,针对当下诗坛学宋元的风气,李沂以自身早年学宋诗的经历为鉴,告诫世人万不可"由下劣诗魔入其肺腑不自觉"[③],一定要以盛唐为宗,表现出他坚定的七子派立场。

　　李沂编选《唐诗援》不仅实践了七子派"诗必盛唐"的诗学主张,而且还表达了与七子派格调论一脉相承的观点,如书前《选诗或问》所云:

　　　　或问曰:"一代有一代之诗,一代有一代之人。诗必欲法盛唐,

[①] 李沂《唐诗援·选诗或问》。
[②] 李沂《唐诗援·选诗或问》。
[③] 李沂《唐诗援·选诗或问》。

无乃固?"曰:"非欲法盛唐,特欲法诗之佳者耳。杜工部曰:'李陵、
苏武是吾师。'杜非规规摹效苏李,亦云取法乎上而已。况调高力
厚,浑成合格,便是盛唐,反此便落末流,解人见之自知,亦不关学不
学也。"

　　或问曰:"选诗尚意乎? 抑尚声调乎?"曰:"意为上,调次之。
然意犹舟也,调犹水也,无水则不能运舟,非调则不能达意。盛唐诗
之冠绝千古者,非徒意工,亦由调美。"

面对"一代有一代之诗,一代有一代之人。诗必欲法盛唐,无乃固"的责
问,李沂虽辩解自己并非师法盛唐,只是法诗之佳者、取法乎上而已,但
是从他对盛唐诗歌"调高力厚,浑成合格"的赞美中还是露出了其格调
论立场。他认为盛唐诗歌之所以能够冠绝古今,原因就在于它不仅"意
工",而且"调美",这是七子派格调论的延续。以"格调"论诗是明代七
子派诗学思想的核心,它主要是将汉魏盛唐诗作为创作鹄的,通过外在
的体格声调体会与把握诗歌的内在精髓,所以在他们的诗论中显现了
对诗歌"格""调"的特别关注。如,李梦阳曾将"格古""调逸"置于诗
歌"七难"的前两位①,并且在《驳何氏论文书》中又明确提出:"高古者
格,宛亮者调。"② 表明他所崇尚的是汉魏盛唐那种高远古朴之格与宛转
响亮之调。何景明曾以"调失流转"批评杜甫的七言歌行,因其失去了
流畅婉转之调而称之为"诗歌之变体也"③,足见其对诗歌声调的重视。
后七子代表谢榛也将辨析声调作为诗歌创作的重要方法之一,在《四
溟诗话》中记载了大量有关诗歌声调运用的技巧方法。七子派对诗歌
"格""调",尤其对声调的特别关注,不仅体现了其对诗歌艺术审美特征
的深刻认识,同时也反映出他们尊崇盛唐、对"主理不主调"的宋诗的有
意识反拨。

　　李沂在这里延续了七子派的格调论传统。他由格调入手体认唐诗,
认为盛唐诗歌不仅具有雄壮深厚的骨力,而且声调高远,浑然天成,合乎

---

① 李梦阳在《潜虬山人记》中云:"夫诗有七难:格古、调逸、气舒、句浑、音圆、思冲、情以发之。"
　《空同集》卷四十八,《影印文渊阁四库全书》第 1262 册,第 446 页。
② 李梦阳《空同集》卷六十二,《影印文渊阁四库全书》第 1262 册,第 567 页。
③ 何景明《明月篇并序》,《大复集》卷十四,《影印文渊阁四库全书》第 1267 册,第 123 页。

高远古朴之格。不仅如此,他还特别强调诗歌当中的声调因素,并将其譬之为运舟之水,对其促进诗歌"达意"的作用充分肯定。他认为盛唐诗歌正是在"意工"的基础上,拥有了与之相适的完美声调,所以才取得了冠绝古今的辉煌成就。由此看来,李沂选诗以盛唐为宗,除了具有极强的针对性之外,还在于盛唐诗歌符合他心中的格调标准。

综上可见,李沂编选《唐诗援》是他面对明万历至清初以来诗学思潮对七子派格调论的巨大冲击,以及相应出现的崇中晚唐乃至宋元诗歌的风气,以选诗作为攻伐异端的武器,高扬"盛唐为宗"的大旗,延续了七子派诗学的传统取向。

李沂虽是站在七子派的立场上编选《唐诗援》,但是明末清初诗坛对七子派复古思想的批判与冲击,也使他不得不静下心来认真地对其进行反思。所以,当我们仔细翻阅这部唐诗选本时便会发现,其审美视角已与明中期那些恪守七子派格调论的唐诗选本有所不同。他在实际的诗歌选评中,已经显现出欲突破体格声调及诗歌法度束缚的倾向。例如,当有人问他:"五七言律中四句,一联言景,一联言情,泃然乎?"他的回答是:"子欲以印板目诗耶?或前联景后联情,或前联情后联景,或两联皆情,或两联皆景。但景中有情,情中有景,诗好则选实无定格。"[①]在李沂看来,只要能够达到情景交融的诗便是好诗,只要诗好,那么选诗则不必受格调规矩的约束。而在七子派的复古思想中,恰恰特别强调从体制结构、句字音声等方面学习古人。前七子领袖李梦阳就曾在模拟古人格调的基础上总结出了具体的音声字句之法,他说:"古人之作,其法虽多端,大抵前疏者后必密,半阔者半必细;一实者必一虚,叠景者意必二。此予之所谓法,圆规而方矩者也。沈约亦云:'若前有浮声,则后必切响,一简之内,音韵尽殊;两句之中,轻重悉异。'即如人身,以魄载魂,生有此体,即有此法也。"[②]不仅在句子或篇章结构上讲求疏密相间、虚实相生,而且借沈约之语道出了诗歌在声调音韵上所应遵循的规矩法则。对这些天生的、不可改变的法度,李梦阳甚至提出要"尺尺而寸寸之"[③]。

---

① 李沂《唐诗援·选诗或问》。
② 李梦阳《再与何氏书》,《空同集》卷六十二,《影印文渊阁四库全书》第1262册,第567页。
③ 李梦阳《驳何氏论文书》,《空同集》卷六十二,《影印文渊阁四库全书》第1262册,第566页。

这种固守古人格调法度，亦步亦趋进行模拟的创作主张实际上成为了七子派诗学思想中最为突出的弊端，并随着时间的推移愈发凸显出来。晚明公安派高倡"独抒性灵，不拘格套"，针对的正是七子派拘于法度、徒事模拟的弊病。而清初钱谦益对其批判更为猛烈，他指责李梦阳之复古"牵率摹拟剽贼于声句之间，如婴儿之学语……毫不能吐其心之所有"①。对此李沂也有着清醒的认识，上面的回答正反映出他与李梦阳严守法度思想的背离。在王维《酬张少府》："晚年惟好静，万事不关心。自顾无长策，空知返旧林。松风吹解带，山月照弹琴。君问穷通理，渔歌入浦深。"诗后李沂评曰："意思闲畅，笔端高妙，此是右丞第一等诗，不当于一字一句求之。"②此诗主要表现了诗人晚年远离现实、恬淡自适的生活理想，李沂以"意思闲畅"概之，极为准确。末二句巧妙地运用问答形式，紧扣"酬"字，又以不答作答，用一幅画面作结，含蓄蕴藉，意味无穷，这又正是他所谓的"笔端高妙"。在李沂看来，学习右丞此等佳作不应拘于字句之间，这也可以看作是他对七子派囿于格调、寸守法度的有意突破。

李沂身跨两朝，明末的性灵思潮以及清初王士禛的神韵学说都对其产生了潜移默化的影响，因而在对七子派某些主张突破的基础上，《唐诗援》还以独特的选评视角体现出了诗学风气的新变化，这主要表现在两个方面：

首先，是对诗歌"意味"的高度关注。李沂在《唐诗援》中对盛唐诗歌作了这样的概括："诗自三百篇后，莫备于唐。初唐风气虽开，六朝余习未尽。至盛唐洗濯扩充，无美不臻。统而论之，冲融温厚，诗之体也；昌明博大，诗之象也；含蓄隽永，诗之味也；雄浑沉郁，诗之力也；清新娟秀，诗之趣也；飞腾摇曳，诗之态也。上可以隐括曩贤，下可以仪型百代，谓之曰盛，不亦宜乎？"③盛唐诗具有独特的风神情韵，这虽与其体格声调相关，但又绝不能仅就格调而论之。韵味是超越具象的言外之意，是流走于心灵间的审美感悟，若仅局限于体格声调，囿于规矩法度，便无法

---

① 钱谦益《列朝诗集小传》丙集，第 311 页。
② 李沂《唐诗援》卷十一。
③ 李沂《唐诗援·自序》。

真正把握盛唐诗歌的精髓。因此,在七子派内部已有人开始对格调论进行反思并予以修正改良。先是后七子领袖王世贞将诗人主体因素融入格调论中,提出了"才思格调"说,进而到末五子之一的胡应麟于体格声调之外又拈出了兴象风神,在格调论中融入了神韵的成份。明末之际的陆时雍又在其《诗镜总论》中明确阐释了"神韵为宗,情境为主"①的诗学主张,更加直接地体现了晚明诗论由"格调"向"神韵"的转移。直至清初,王士祯将"神韵"作为论诗宗旨,正式发展为系统的神韵说。李沂受其影响,从选诗的角度作出了应和。他对唐诗的品评已不仅仅专注于格律声调、体制气格,而是从昌明博大的气象、含蓄隽永的诗味、清新娟秀的意趣、飞腾摇曳的姿态等超出具象之外的因素入手,着重于体会与把握盛唐诗歌所蕴含的独特"意味"。如,评杜甫《客至》:"天然风韵,不烦涂抹。"②评其《江上独步寻花》:"漫兴寻花,颠狂潦倒,大有别致奇趣,想见此老胸中天地。"③无关格调诗法,只关注其中的风韵趣味,准确地把握了唐诗的审美特征。

正是基于对诗歌意味的关注,李沂将含蓄蕴藉、余味无穷也作为其评价诗歌优劣、决定取舍的重要标准。例如,七律中他入选了王维的《酬郭给事》而舍弃岑参的《西掖省即事》。其原因是,前者"结语多少蕴藉,令人一唱三叹。岑嘉州《西掖省》诗后四与此略同,但结语太直,为不及耳"④,我们且看这两首诗:

酬郭给事
王维

洞门高阁霭余晖,桃李阴阴柳絮飞。
禁里疏钟官舍晚,省中啼鸟吏人稀。
晨摇玉佩趋金殿,夕奉天书拜琐闱。
强欲从君无那老,将因卧病解朝衣。

---

① 永瑢等《四库全书总目·〈诗镜〉提要》,中华书局 1965 年版,第 1723 页。
② 李沂《唐诗援》卷十五。
③ 李沂《唐诗援》卷二十。
④ 李沂《唐诗援》卷十五。

西掖省即事

岑参

西掖重云开曙晖，北山疏雨点朝衣。

千门柳色连青琐，三殿花香入紫微。

平明端笏陪鹓列，薄暮垂鞭信马归。

官拙自悲头白尽，不如岩下掩荆扉。

二诗皆体现了诗人归隐出世的思想。王诗在赞美郭给事恭谨为官之后，以自身老迈多病为由，表明其决定远离晨趋夕拜之官场的决心。岑诗叙写自己勤勉为官才华却不得施展，因而自悲华发丛生，决意归隐山林。二诗后四句在内容上出奇地相似，不过细细体味其结语，前者透露出诗人的些许无奈，但似乎又隐含着几分潇洒与淡定，让人难以揣摩，的确是一唱三叹，余味袅袅。后者则直接点明归隐的原因是"官拙"，哀叹官场的不得意，与前者相比，似乎没有给读者留下太多回味想象的余地，正如李沂所云，结语太直了。同样，他评白居易《寒食诗》称："诗最忌尽。王建《寒食诗》《北邙行》俱不及此首者，以其尽也。"[1]"尽"乃作诗之大忌，在他看来，真正的唐诗佳作应当具有含而不露、意味无穷的审美特征，使读者味之无尽。李沂执此标准，同样舍弃了王建的《寒食诗》与《北邙行》。《唐诗援》体现出的对唐诗意味的领悟，反映了明清两代诗歌批评观念的发展变化，他们对唐诗的认识与探索经历了由模糊逐渐走向具体细微的诗法，再慢慢挣脱诗法的束缚，走向曼妙无形的心灵感悟，通过直觉去体会唐诗动人心弦的浓浓情韵，最终抓住了诗歌艺术的生命。这也是《唐诗援》作为清初一部独特唐诗选本的价值体现。

其次，是对才与情的重视。受晚明性灵思潮的影响，李沂品评唐诗已不局限于对高格逸调的追求，而能从作家之才兴与作品所含之情入手，对七子派规模盛唐格调的传统进行了修正。如他对刘禹锡《金陵怀古》的评价："诸公作金陵怀古诗而孟得先成，白乐天谓探骊得珠，遂俱废笔不作。盖才高兴到，纵笔直书，他人不能也。"[2]孟得此诗能得到白居

---

[1] 李沂《唐诗援》卷十。

[2] 李沂《唐诗援》卷十六。

易"探骊得珠"的高度赞美,在李沂看来完全是因为他"才高兴到",凭借自身的才气,兴来如答,一气呵成。

在诗歌品评中李沂还常常以情观诗,用情感体验的方式来发掘诗人在创作时的情感状态。如,评杜甫《梦李白》二首:"二诗字字可泣鬼神,至'千秋万岁名'二句,公悲李亦自悲欤。"① 我们来看此二诗:

梦李白(其一)

死别已吞声,生别常恻恻。

江南瘴疠地,逐客无消息。

故人入我梦,明我长相忆。

恐非平生魂,路远不可测。

魂来枫林青,魂返关塞黑。

君今在罗网,何以有羽翼?

落月满屋梁,犹疑照颜色。

水深波浪阔,无使蛟龙得。

梦李白(其二)

浮云终日行,游子久不至。

三夜频梦君,情亲见君意。

告归常局促,苦道来不易。

江湖多风波,舟楫恐失坠。

出门搔白首,若负平生志。

冠盖满京华,斯人独憔悴。

孰云网恢恢?将老身反累。

千秋万岁名,寂寞身后事。

李白因罪流放夜郎,于乾元二年(759)遇赦放还,远在北方的杜甫不知此情,忧思拳拳,久而成梦,于是写下了这两首诗。诗中表达了杜甫对李白不幸遭遇的关切与同情,通过梦前写生别,极言李白流放绝域、久无音讯给诗人带来的苦痛,接着写梦境,友人魂魄前来,诗人亦喜亦忧,久别

---

① 李沂《唐诗援》卷四。

重逢为喜,路途坎坷为忧。看着友人因壮志未遂搔着白发而去的身影,听着他对江湖险恶的苦苦诉说,诗人心绪难平,从梦中醒来,慨叹世态炎凉。李沂称"二诗字字可泣鬼神",正是从字里行间捕捉到了二人生死不渝、感动千古的兄弟情谊。"千秋万岁名,寂寞身后事"两句,是诗人发出的沉重嗟叹,其中寄托着诗人对李白的深厚同情,也饱含着诗人自己的无限心事。李沂称"公悲李,亦自悲",只是寥寥数语,却见李沂对诗歌情感的细腻把握。

　　像以上这样注重诗歌情感因素的评语在《唐诗援》中还有多处,有时甚至成为李沂决定诗歌去取的重要标准。如,评李白《乌夜啼》云:"刘须溪曰:语有深于此者。然情之所至皆不如此,则亦不必深也。"[1]借宋代刘辰翁之语,将情深看作是语深的关键。评白居易《琵琶行》称:"初唐人喜为长篇,大率以词采相高而乏神韵。至元白,去其排比,而仍踵其拖沓,惟《连昌宫词》直陈时事,可为龟鉴。《琵琶行》情文兼美,故特取之。"[2]唐诗中反映现实的歌行乐府,其艺术性往往遭到质疑,李沂却以"情"作为评价标准,他选取白居易《琵琶行》的重要原因不仅在于其脱去了只重词采、形式拖沓之病,更在于其加入了情的因素,做到了情文兼美。

　　《唐诗援》编成于清康熙年间,从明万历至此时,诗坛已是流派纷争、壁垒分明。既有宗唐宗宋的针锋相对,亦有宗汉魏初盛与崇中晚宋元的相互较量;既有对效模格调的不断修正,亦有对盲目趋新的深刻反思。正是这相互攻讦与修正改良的交叉并行,造就了明清诗歌批评的繁荣局面。与七子派有着相同复古立场的李沂,以其编选的《唐诗援》坚守着"诗必盛唐"的复古论调,而其中对作家主体性情与作品"意味"的高度关注与独到把握,又深深地打上了时代风气的烙印。透过《唐诗援》的编选,我们既看到了明末清初诗学思潮巨流中不同诗学思想间的尖锐对立,激烈纷争,同时也看到了它们之间相互影响、彼此渗透,所呈现出的融合互补的趋势,而这种融合也正是明清诗歌批评不断发展与完善的重要体现。不仅如此,《唐诗援》作为一部唐诗选本,在入选的一千一百余

---

[1] 李沂《唐诗援》卷七。
[2] 李沂《唐诗援》卷十。

首诗中,盛唐诗歌数量超过了八百首,占所选诗歌的近四分之三,且大都选入了盛唐名家具有代表性的经典名篇,其中杜甫与李白两大诗坛巨擘的诗歌入选数量位居前两位,尤其是杜甫,一人独选三百零五首,而最能凸显其艺术成就的律诗就达到一百六十七首。当然,李沂多选杜甫,还与他个人的兴趣好尚关系密切,他本人作诗浑厚稳健、醇雅典则,在某种程度上不能不说是受杜甫诗风的影响。李沂虽尊盛唐,但并非对中晚唐诗歌一概吐弃,例如在绝句一体中,颇具成就的中晚唐诗人的入选数量就超过了初盛唐,像李商隐、杜牧、许浑等人的名篇佳作并没有因其独尊盛唐的选诗宗旨而被忽略掉。由此可见,李沂所编《唐诗援》不仅是一部彰显选家诗学思想的极具学术意义的唐诗选本,同时又是一部体现选家独到的审美眼光、具有较高文学价值的唐诗选本。

第三章 明代唐诗选本中的辨体论

弥漫诗坛的复古思潮是有明一代诗歌发展演进中一个极为突出的现象。明人"举世尊唐"的诗学风气伴随着他们对诗歌创作与发展的深入思考而愈来愈盛。关于明人尊唐崇唐的原因,当然与明初以来社会政治、士人心态有关,但更重要的恐怕还是与文人希望通过复唐诗之盛来为本朝诗歌寻求发展道路密不可分。面对唐代尤其是盛唐诗歌所取得的伟大成就,明人一直在思索与探求着各种各样的方式以使自身的创作能够接续唐诗之盛。于是,他们有意识地将唐诗作为诗歌创作的最高典范不断地学习与研究,并在这一过程中申发出了许多属于明人特有的诗学观念、诗歌理论,其中诗歌辨体意识的突出与强化使明代的文体批评继魏晋南北朝之后又进入了一个高峰期。辨体意识的增强引发了明人对诗歌体式及风格特点等方面的探讨与争论,辨体成为明人诗歌研究、诗歌讨论的重要话题。而对于这一话题的争论也由于有了许多唐诗选家的介入而变得更为激烈与深入,因此,通过考察明代唐诗选本中关于辨体的相关论述,我们可以更为深入与全面地把握明人的辨体理论。

第一节 明前辨体理论的发展

辨体是我国古代文学批评的重要内容之一,其发展也具有非常深远的学术渊源。"体"在中国古代文学批评理论中含义众多,但是作为辨体理论中的"体",主要应包括两大方面,一是指文学作品的体裁,也即体制,二是指体貌,主要指风格。

作为我国文体批评的第一个高峰期,魏晋南北朝的文体论远远地超越了文学体裁的范畴,更多地侧重于对风格的辨析。关于这一点,王运熙先生曾在《中国古代文论中的"体"》一文中论及魏晋南北朝文学批评实践时说:"体,指作品的体貌、风格,其所指对象则是有区别的,大致可以分为三种：一是指文体风格，即不同体裁、样式的作品有不同的体貌、风格。《典论·论文》《文赋》分别指出八种、十种文章体裁的作品体貌不同，都是指文体风格。二是指作家风格，即不同作家所呈现的独特体貌。《文赋》中'夸目者尚奢'四句，已经接触到这一问题。《宋书·谢灵运传论》指出司马相如、班彪父子、曹植、王粲作品的不同体貌，说得就更鲜明了。三是指时代风格，即某一历史时期的主要风格特色。这种时代风格常常为一二大作家所开创，其后，许多文人闻风响应，因而形成一个时期的创作风尚。"①这段话说明，在魏晋南北朝时期所谓"体"，不单单指体裁，更重要的是指风格，只不过此风格不仅指文体风格，还包括作家及时代风格。

　　魏晋南北朝时期对文体的阐述与辨析应首推曹丕，他在《典论·论文》中提出了著名的"四科八体"之说："夫文本同而末异，盖奏议宜雅，书论宜理，铭诔尚实，诗赋欲丽。此四科不同，故能之者偏也；唯通才能备其体。"②其中曹丕所列的奏、议、书、论、铭、诔、诗、赋这八种文章体裁可以说是我国古代文学批评中对文体体类的较早划分。曹丕不仅对文体进行了划分，而且还以"雅""理""实""丽"四个字将这八种文体分为四种类型，即四种文体风格。曹丕对文体分类与风格的辨析与后世相比虽稍嫌粗略，但也具有一定的理论概括性，尤其是他在全面把握文体发展状况的基础上，能够归纳出这些文体的主要特征，使辨体研究从汉代班固、蔡邕等人的零星涉及，发展到较为全面综合的新阶段。

　　继曹丕之后，陆机在《文赋》中也涉及了对各类文体之风格特征的辨析："诗缘情而绮靡，赋体物而浏亮。碑披文以相质，诔缠绵而悽怆。铭博约而温润，箴顿挫而清壮。颂优游以彬蔚，论精微而朗畅。奏平彻以闲雅，说炜晔而谲诳。"③陆机在曹丕"四科八体"的基础上，进一步把文体分为十类，并对其风格特征作了更为深入细致的概括。他对十种文体的风格特征的描述与辨析，包括内容与形式两个方面，但并不是对所有文体风格特征的概括都涉及这两方面，在这一点上陆机与曹丕是一致

① 王运熙《中国古代文论管窥》，齐鲁书社1987年版，第24页。
② 郭绍虞主编《中国历代文论选》第1册，上海古籍出版社1979年版，第158页。
③ 郭绍虞主编《中国历代文论选》第1册，第171页。

的。在陆机对文体风格的辨析中，最值得一提的是他对"诗歌"这一文体风格特征的概括，"诗缘情而绮靡，赋体物而浏亮"，首先他对当时最主要的两种纯文学体裁的特征作了区分，将曹丕"诗赋欲丽"的观点向前发展了一步。其次，他对诗歌"缘情而绮靡"之风格特征的揭示，兼顾到诗歌的内容与形式两个方面，"缘情"侧重于诗歌的表现内容，是对儒家"诗言志"的诗学思想的根本动摇，使诗歌的抒情突破了"止乎礼仪"的巨大束缚。"绮靡"侧重于诗歌外在的语言风格，是对儒家传统"丽以则"的诗学思想的扬弃。较曹丕而言，陆机在辨体理论上更进一步，他不仅辨析了各种文体的风格特征，而且还试图找寻风格多样化及其形成原因。总括起来包括三个方面：一是各种文体在内容与形式两方面有着不同的要求，各有自己的特征，因而也就表现出不同的风格；二是文学作品的描写对象本身的复杂多样造成了文学体裁与风格的多样化，例如他在《文赋》中说道"其为物也多姿，其为体也屡迁"，就表明"体"的多变是由"物"的多姿所决定的；三是作家个性、兴趣的不同也造成了风格的多样。《文赋》中说："夸目者尚奢，惬心者贵当，言穷者无隘，论达者唯旷。"不同文体的不同风格是与作家的创作个性密不可分的。当然，对这一点陆机并未作细致的分析，后来的刘勰在《文心雕龙》中对此才有了较为集中的论述。

晋代挚虞编写了一部《文章流别集》，主要汇集各体文章并加以删汰厘定，且附有系统的评论，是一部大规模的文章总集。只可惜此书早已亡佚，据《隋书·经籍志》集部总集类记载，挚虞所撰《文章流别集》共四十一卷，其中所附《志》与《论》各二卷。据现存佚文来看，《志》为文士的小传，并载有其著述篇目，而《文章流别论》则主要探讨的是文体。

《文章流别论》中所论文体包括颂、赋、诗、七、箴、铭、诔、哀辞、哀策、对问、碑、图识等，分类颇为繁富。挚虞对文体如此细分的做法对后来刘勰《文心雕龙》、萧统《文选》等都有直接的影响。在《流别论》中，挚虞论述了各种文体的源流演变，列举了著名作家作品并加以评论。例如在论诗部分，挚虞说道："《书》云：'诗言志，歌永言。'言其志谓之诗。古有采诗之官，王者以知得失。古之诗有三言、四言、五言、六言、七言、九言。古诗率以四言为体，而时有一句二句杂在四言之间。后世演之，遂以为篇。古诗之三言者，'振振鹭，鹭于飞'之属是也，汉郊庙歌多用之。五言者，'谁谓雀无角，何以穿我屋'之属是也，于俳谐倡乐多用之。六言者，'我姑酌彼金罍'之属是也，乐府亦用之。七言者，'交交黄鸟止于桑'之属是也，于俳谐倡乐多用之。古诗之九言者，'泂酌彼行潦挹彼注兹'之属是也，不入歌谣之章，故世希为之。夫诗虽以情志为本，而以成声为节。然则雅音之韵，四言为正，其余虽备曲折之体，而非音之正也。"①在这里，挚虞不仅谈到了诗歌这一文体的起源，而且还将诗歌各种不同体式的源头归之于《诗经》，认为它们都是由《诗经》演变而来，体现出明显的宗经思想。后来刘勰于《文心雕龙》论文体时也将古诗的源头追溯到《诗经》，与挚虞此论的影响不无关系。而此段话中挚虞提出的"雅音之韵，四言为正"②，则表现出他对四言诗的推重，《文心雕龙·明诗》中刘勰称四言诗为"正体"，而将五言诗视为"流调"，也是对挚虞"四言为正"观念的继承。

此外，挚虞对某一文体的辨析亦相当细致，例如在论到汉魏间流行的"对问"这一文体时，挚虞说："若《解嘲》之弘缓优大，《应宾》之渊懿温雅，《达旨》之壮厉忼慷，《应间》之绸缪契阔，郁郁彬彬，靡不有长焉矣。"③同是用"对问"这种文体写成的文章，却出现了或温雅，或忼慷等多种不同风格，每一种风格都各有所长。这种认识不仅反映出挚虞对文体风格辨析的精细，同时也可看出挚虞并未将文体风格类型固定化，而是一个风格多样化论者。

总之，挚虞虽在文学思想上受儒家正统观念影响较大，很少论及文学本身的特征，但是在辨体理论发展过程中其所论却占有非常重要的地位，他以文体归类的方式编集《文章流别集》，就已显示出较强的辨体意识，而且还在《流别论》中专门探讨各种文体的源流演变与创作规范，其论述方法和某些论点对后人都产生了较为深远的影响。

作为我国古代一部体大思精的文学理论批评巨著，刘勰的《文心雕龙》对于文体分类与风格的辨析更加详尽，体例亦更加严密。六朝时期，由于文学的自觉，文体的发展也日益兴盛，越来越多的文人开始关注起

---

① 郭绍虞主编《中国历代文论选》第1册，第191页。
② 郭绍虞主编《中国历代文论选》第1册，第191页。
③ 郭绍虞主编《中国历代文论选》第1册，第192页。

对文体的辨析,例如对文、笔的划分,当时影响最大是颜延之和范晔二家,其中范晔是以有韵、无韵作为划分标准,认为有韵为文、无韵为笔。刘勰的文体论接受的就是范晔的观点。《文心雕龙》中的文体论主要集中在"论文叙笔"部分,从《明诗》其六至《书记》其二十五为止,在二十篇中,依文笔次序论述了诗、乐府、赋、颂、赞、祝、盟、铭、诔、碑、哀、吊、杂文、谐、讔、史、传、诸子、论、说、诏、策、檄、移、封禅、章、表、奏、启、议、对、书、记三十四种不同文体。刘勰对每种文体的源流演变及特征,基本上都是按他在《序志》篇所说的"原始以表末,释名以章义,选文以定篇,敷理以举统"①四项内容来论述的,这四项内容分别对每一种文体的源头及发展状况、名称之含义及特点、每种文体的代表作、创作要领及规格要求作了深刻而全面的阐述。在这四项中,对明代辨体论影响最大的应属"原始以表末"部分,刘勰对每一种文体的发展状况都掌握得非常全面,从起源到发展现状,索隐钩陈,极为清晰。当然,站在宗经的立场上,刘勰在论述各种文体的源头时,"不仅以经书为源头,大致圈定了各种文体的衍脉,而且以经书为典则,制定了其文体论的'正式',使《宗经》篇名副其实的成为'论文叙笔'的'纲领'"②。他将经书看作是各种文体的源头:"故论、说、辞、序,则《易》统其首;诏、策、章、奏,则《书》发其源;赋、颂、歌、赞,则《诗》立其本;盟、诔、箴、祝,则《礼》总其端;纪、传、铭、檄,则《春秋》为根。并穷高以树表,极远以启疆;所以百家腾跃,终入环内者也。"③将各种文体之源头皆归之于经书,虽不尽符合实际,但是这种为各体寻根溯源的辨体模式为明代辨体论的进一步发展提供了可供参考的方法。

不仅如此,刘勰还通过对五种经书写作特点的论述,将经书视作各种文体规格要求的源头:"夫《易》惟谈天,入神致用,故《系》称:旨远、辞文、言中、事隐。韦编三绝,固哲人之骊渊也。《书》实记言,而训诂茫昧,通乎《尔雅》,则文意晓然。故子夏叹《书》:'昭昭若日月之明,离离如星辰之行。'言昭灼也。《诗》主言志,训诂同《书》;摛风裁兴,藻辞谲

---

① 刘勰著,周振甫注《文心雕龙注释》,人民文学出版社1981年版,第535页。
② 詹福瑞《中古文学理论范畴》,河北大学出版社1997年版,第244页。
③ 刘勰著,周振甫注《文心雕龙注释》,第19页。

喻,温柔在诵,故最附深衷矣。《礼》以立体,据事制范;章条纤曲,执而后显;采掇片言,莫非宝也。《春秋》辨理,一字见义;'五石'、'六鹢',以详略成文;'雉门'、'两观',以先后显旨;其婉章志晦,谅以邃矣。"① 在刘勰看来,五种经书也就是五种不同的文体,它们各自有着不同的功用及写作特点,刘勰以之为源头,在"释名以章义"与"敷理以举统"两项中对各种派生文体名称的意义、文体的功用以及规格要求的阐释中都能够找到与经书的渊源关系。

　　如前文所述,魏晋南北朝时期所谓的辨体论,其所辨之"体"不单单指文章体式,更重要的是指体貌,即文学风格,因而辨体的内容就更多地指向了对风格的辨析。《文心雕龙·体性》篇主要探讨的是文学作品的风格与作家个性之间的关系。刘勰认为,作家的个性在作品风格形成的过程中具有决定性作用:"然才有庸俊,气有刚柔,学有浅深,习有雅郑,并情性所铄,陶染所凝。是以笔区云谲,文苑波诡者矣。故辞理庸俊,莫能翻其才;风趣刚柔,宁或改其气;事义浅深,未闻乖其学;体式雅郑,鲜有反其习。各师成心,其异如面。"② 这里刘勰不仅把作家的个性分为才、气、学、习四个方面,并且将文学作品风格的差异归结于才、气、学、习的不同。在这四方面因素中,才与气是先天的,因各人禀赋的不同而各异;学与习是后天的,与作家的努力程度及其生活环境的影响相关。不过,在刘勰看来,先天的才情、气质与后天的学识、习染对风格形成的影响是有轻重之分的,前者起着"盟主"作用,而后者则起着"辅佐"作用。刘勰对文学作品风格的识辨,与曹丕的"文气"说相比有了较大的发展,关键就在于他既抓住了影响风格形成的先天因素,同时又看到了后天因素对风格形成的影响。"尽管他未似今人那样,把后天的陶染看得比先天的性情更为重要,但是,他能把习染和学识作为影响风格的主要因素,要求作家重视后天的学习,对于风格的理论发展来说,就已经是了不起的进步了"③。

　　在《体性》篇,刘勰不仅辨析了作家个性与作品风格之间的关系,而

① 刘勰著,周振甫注《文心雕龙注释》,第18页。
② 刘勰著,周振甫注《文心雕龙注释》,第308页。
③ 詹福瑞《中古文学理论范畴》,第190页。

且还将纷繁复杂的文学风格归纳为八种类型："若总其归涂，则数穷八体：一曰典雅，一曰远奥，三曰精约，四曰显附，五曰繁缛，六曰壮丽，七曰新奇，八曰轻靡。典雅者，熔式经诰，方轨儒门者也；远奥者，馥采典文，经理玄宗者也；精约者，核字省句，剖析毫厘者也；显附者，辞直义畅，切理厌心者也；繁缛者，博喻酿采，炜烨枝派者也；壮丽者，高论宏裁，卓烁异采者也；新奇者，摈古竞今，危侧趣诡者也；轻靡者，浮文弱植，缥缈附俗者也。故雅与奇反，奥与显殊，繁与约舛，壮与轻乖，文辞根叶，苑囿其中矣。"①对这八种风格类型，刘勰大都从内容与形式两个方面作了简洁的概括。他所提出的"八体"论，突破了曹丕、陆机对风格的阐释，开拓了我国古代文学批评风格类型理论的先河。在这八种风格类型中，刘勰将"典雅"置于首位，成为其最为推崇的理想风格，而所谓"典雅"，指的即是"一种清明、朗健的阳刚风格。这种风格类型的特征是'风清骨峻'，即感情深挚，义理纯正，语言端直，表现思想感情明朗有力"②。当然，刘勰总结出八种风格类型并不表明他将风格类型固定化了，而是以八体为基本因素，在此基础上还会生发出无穷无尽的风格，即所谓"八体屡迁，功以学成"③。

《文心雕龙·定势》篇着重探讨的是文体与作品风格之间的关系。刘勰认为，不同的文学体裁由于在内容与形式上具有不同的特点，从而决定了其不同的风格："是以括囊杂体，功在铨别，宫商朱紫，随势各配。章表奏议，则准的乎典雅；赋颂歌诗，则羽仪乎清丽；符檄书移，则楷式于明断；史论序注，则师范于核要；箴铭碑诔，则体制于弘深；连珠七辞，则从事于巧艳：此循体而成势，随变而立功者也。虽复契会相参，节文互杂，譬五色之锦，各以本采为地矣。"④"势"即事物的客观规律性，"圆者规体，其势也自转；方者矩形，其势也自安：文章体势，如斯而已"⑤。不过刘勰所谓的"势"似乎又是指文学作品的体裁本身所具有的风格趋势，如章、表、奏、议的风格趋势即为"典雅"，而赋、颂、歌、诗的风格趋势则

① 刘勰著，周振甫注《文心雕龙注释》，第 308 页。
② 詹福瑞《中古文学理论范畴》，第 203 页。
③ 刘勰著，周振甫注《文心雕龙注释》，第 308 页。
④ 刘勰著，周振甫注《文心雕龙注释》，第 339 页。
⑤ 刘勰著，周振甫注《文心雕龙注释》，第 339 页。

为"清丽"。此外,从创作主体来说,面对如此众多的文体,作家要善于根据自己的思想性情、兴趣爱好等来主动地选择相应的文体:"夫情致异区,文变殊术,莫不因情立体,即体成势也。"① 尽管作家情志不同,作品变化的方术也各不相同,但有一点是可以肯定的,那就是作家必须要依循自身的感情来确定使用某种文体,然后再根据文体来确定相应的风格趋势。

　　宋代是我国古代辨体理论的重要发展时期,主要表现在对各文体之间的文体形态界限的探讨。正如王水照先生在《宋代文学通论》中所言:"在宋代,文体问题无论在创作中或在理论上都被提到了一个显著的突出地位,一方面极力强调'尊体',提倡严守各文体的体制、特性来写作;一方面又主张破体,大幅度地进行破体为文的种种尝试……如以文为诗、以赋为诗、以古入律、以诗为词……令人目不暇接,其风气日益炽盛,越来越影响到宋代文学的面貌和发展趋向。"② 这其中,对诗文体制及审美规范的严格辨析,更是贯穿于整个宋代诗学批评的始终,并取得了相当的成就,对明代诗学辨体理论的发展产生了重要影响。南宋时期,随着诗学风气的转变,出现了许多强调诗歌之"体"的言论,如张戒《岁寒堂诗话》中云:"论诗文当以文体为先,警策为后。"③ 认为对诗文体制及整体风貌的把握比创作警策佳句更为重要。又如倪思所言:"文章以体制为先,精工次之。失其体制,虽浮声切响,抽黄对白,极其精工不可谓之文也。"④ 认为对文章体制的考虑更重于对艺术技巧的构思。此外,宋代诗学辨体理论中还出现了古体诗内部对不同诗体风格特征的辨析。如吴曾就曾对当时诗歌创作中混淆歌、行、谣、曲诸体制的现象表示不满:"近人昧此(指歌、行、吟、谣之别),作歌而为行,制谣而为曲者多矣。虽有名章秀句,若不得体,如人眉目娟好,而颠倒位置,可乎?"⑤ 这种对不同诗体之间差异的辨析虽然并不深入,但在诗歌辨体领域中应是一个有益的尝试,相对于唐人歌、行混一,谣、曲不分的情况,已是一个不小的

---

① 刘勰著,周振甫注《文心雕龙注释》,第339页。
② 王水照《宋代文学通论》,河南大学出版社1997年版,第64页。
③ 丁福保《历代诗话续编》,第459页。
④ 潘昂霄《金石例》卷九,《影印文渊阁四库全书》第1482册,第352页。
⑤ 吴曾《能改斋漫录》卷十引《西清诗话》,《影印文渊阁四库全书》第850册,第689页。

进步了。

宋代辨体理论中成就最为显著的是严羽,其《沧浪诗话》不仅是整个宋代诗话中影响最深远的理论著作,同时也是宋代诗学辨体理论的集大成之作。严羽论诗特别强调"辨尽诸家体制",他在《答出继叔临安吴景仙书》中云:"作诗正须辨尽诸家体制,然后不为旁门所惑。今人作诗差入门户者,正以体制莫辨也。世之技艺,犹各有家数。市缣帛者,必分道地,然后知优劣,况文章乎? 仆于作诗,不敢自负,至识则自谓有一日之长,于古今体制,若辨苍素,甚者望而知之。"① 可见他将详尽辨析诸家体制看作是诗学批评的基础与前提,充分肯定了辨体的重要性。《沧浪诗话》中的"体制",主要是指"历史上各个时代、流派和重要诗人作品的艺术风格和特色,也包括各种诗歌体裁的特点"②。在《沧浪诗话》中严羽专设"诗体"一节,不仅专门论述各体诗歌的源流演变及体制规范,并且能把握各个时代及重要作家的风格特征:"以时而论,则有建安体、黄初体、正始体、太康体、元嘉体、永明体、齐梁体、南北朝体、唐初体、盛唐体、大历体、元和体、晚唐体、本朝体、元祐体、江西宗派体;以人而论,则有苏李体、曹刘体、陶体、谢体、徐庾体、沈宋体、陈拾遗体、王杨卢骆体、张曲江体、少陵体、太白体、高达夫体、孟浩然体、岑嘉州体、王右丞体、韦苏州体、韩昌黎体、柳子厚体、韦柳体、李长吉体、李商隐体、卢仝体、白乐天体、元白体、杜牧之体、张籍王建体、贾浪仙体、孟东野体、杜荀鹤体、东坡体、山谷体、后山体、王荆公体、邵康节体、陈简斋体、杨诚斋体。"③ 严羽的辨体思想对后世影响甚大,有明一代诗歌批评颇重辨体,从明初高棅《唐诗品汇》对各体诗歌的源流演变,以及对唐代初、盛、中、晚各时期及诗歌特征的把握,到胡应麟"体以代变"思想的提出,再到明末许学夷《诗源辨体》以辨体为核心的理论专著的诞生,无不受到严羽辨体思想的影响。

值得注意的是,从宋代开始,在一些唐诗选本中也体现出了对诗体的辨析,其中洪迈的《万首唐人绝句》是以七言、五言绝句的体裁不同而加以分别,而周弼的《三体唐诗》则选取七言绝句、七言律诗、五言律诗

---

① 严羽著,郭绍虞校释《沧浪诗话校释》,人民文学出版社1961年版,第252页。
② 顾易生、蒋凡、刘明今《宋金元文学批评史》,上海古籍出版社1986年版,第408页。
③ 严羽著,郭绍虞校释《沧浪诗话校释》,第52页、第53页、第58页、第59页。

三种体裁,并于《选例》中对三种不同诗体的诗法加以简单论述,且将具体诗作系于各体诗法之下。

但是真正在选本中体现对诗歌具体体裁辨析的是元末杨士弘的《唐音》。杨士弘以"音"名书,着眼于诗歌的音乐特征。因各体诗歌在声律上的不同,启发了杨士弘对古、律、绝不同体裁的深入认识。在编排体例上也显示出他对体制的重视,如《唐音》之"正音"部分就是按五言古、七言古、五言律(附排律)、七言律(附排律)、五言绝(附六言绝)、七言绝各体分卷编排,每一体又分为上中下或上下卷,卷上录初盛唐诗,卷中下录中晚唐诗。《唐音》这种将所选唐诗"分体编次"的体例直接启发了明初高棅《唐诗品汇》的编撰,其在编选体例上因循《唐音》而稍加变动,以五言古诗、七言古诗、五言绝句、七言绝句、五言律诗、五言排律、七言律诗、七言排律为类依次而分卷。

总之,从魏晋南北朝文体发展的第一个高峰开始,辨体始终贯穿于整个文学批评过程之中,其中有对体裁的分类辨析,亦有对风格的总结归纳,从多方面启发了明人的辨体实践,为明代辨体理论的进一步发展打下了坚实的基础。随着文体发展的日益繁盛,明人对不同文体的关注程度愈来愈深,特别是在明代举世宗唐、倡导格调的大背景下,对诗体的辨析便成为其论诗的必要前提。而通过唐诗选本体现辨体意识也成为明代辨体批评的一大特色。

第二节　明代唐诗选本中的"辨体"论

明代是中国古代文体批评的第二个高峰期,辨体成为明代诗学批评重要的理论问题之一。辨体意识的增强与文体的不断增多密切相关,正如徐师曾《文体明辨序》中所言:"盖自秦汉而下,文愈盛;文愈盛,故类愈增,故体愈众;体愈众,故辨当愈严。"[1] 在辨体愈来愈细密的明代,"体制为先"的言论随处可见,如李东阳《麓堂诗话》云:"予辈留心体制。"[2]

---

① 徐师曾著,罗根泽校点《文体明辨序说》,人民文学出版社1962年版,第78页。
② 李东阳《麓堂诗话》,丁福保《历代诗话续编》,第1369页。

陈洪谟曰："文莫先辨于体，体正而后意以经之，气以贯之，辞以饰之。体者，文之干也；意者，文之帅也；气者，文之翼也；辞者，文之华也。"[1]吴讷《文章辨体·凡例》云："文辞以体制为先。"[2]李梦阳《徐功迪集序》曰："追古者未有不先其体者也。"[3]胡应麟云："文章自有体裁，凡为某体，务须寻其本色，庶几当行。"[4]许学夷《诗源辨体》云："诗文俱以体制为主。"[5]等等，不胜枚举。风气所及，明代还涌现出了大量的辨体著作，其中有诗文评类，如《艺苑卮言》《诗薮》《唐音癸签》等，均以辨体为主要内容；有总集类，如《文章辨体》《文体明辨》《诗源辨体》（选文已佚）等，亦附有对各种诗体的辨析。此外还有一些诗法、诗格著作，也将辨体放在首要位置。除以上这些著作外，明代大量的唐诗选本也蕴含着明人精严的辨体理论，体现出较强的辨体意识。

一、以体为序的编选体例

唐诗选本的体例设置不单单是编选者个人好尚的选择，同时也基于他们对诗歌的不同认识，因而通过考察一个时期内唐诗选本在编选体例上所呈现出的共同倾向，亦可窥测该时期的诗歌观念。

唐人选唐诗大多数是以时代为序来编辑，也就是按照诗人所处的时代先后进行排列，如殷璠《河岳英灵集》、芮挺章《国秀集》、高仲武《中兴间气集》等。从这样的选编方式可以看出，诗歌外部体式在唐人那里还没有得到太多的关注与研究。宋代唐诗选本有承唐人而来的编选体例，如王安石的《唐百家诗选》等，即是按作家时代先后编次。此外，还有一些专选某一诗歌体式的选本，如绝句选、五言诗选、七言诗选、律诗选等，尤其是绝句选，出现了洪迈的《万首唐人绝句》、刘克庄的《唐五七言绝句》、时天彝的《续唐绝句》、柯梦得的《唐绝句选》、林清之的《唐绝句选》等，数量达十余种。此类选本的编辑虽表明宋人对某种诗体有了一定程度的关注，但它们作为诗学范本指导初学之用似乎更被看重。元代唐诗

---

① 徐师曾著，罗根泽校点《文体明辨序说》，第80页。
② 吴讷著，于北山校点《文章辨体序说》，人民文学出版社1962年版，第9页。
③ 李梦阳《空同集》卷五十二，《影印文渊阁四库全书》第1262册，第476页。
④ 胡应麟《诗薮》内编卷一，第21页。
⑤ 许学夷著，杜维沫校点《诗源辨体》卷十一，第137页。

选本数量有限,在编选体例上对明代最有影响的是杨士弘的《唐音》,其"正音"部分以体为序的编次方法,将诗体与诗人世次相结合,开创了唐诗编选的新体例,但这种编选体例并未贯穿《唐音》全书。

至明代,唐诗选本在编撰体例上呈现出的最大特点就是大都采用"以体为序",按照古、律、绝的不同体式来分类编选,表现出明人对诗歌体式的高度关注,而这也成为它与此前唐诗选本在编选体例上的最大不同。从目前可查阅到的明代唐诗选本来看,编选体例多种多样,有以人统体的,有按类分选的,有依韵编次的,亦有以时代先后为序的,但大多数还是采用了"以体为序"的编选体例。如高棅的《唐诗品汇》《唐诗拾遗》《唐诗正声》,符观的《唐诗正体》,顾应祥的《唐诗类钞》,胡缵宗的《唐雅》,李攀龙的《唐诗选》,樊鹏的《初唐诗》,黄凤翔、詹仰庇的《琬琰清音》,李默、邹守愚的《全唐诗选》,张逊业的《唐十二家诗》,李栻的《唐诗会选》,臧懋循的《唐诗所》,郝敬的《批选唐诗》,徐用吾的《唐诗分类绳尺》,黄克缵、卫一凤的《全唐风雅》,徐维桢的《晚山堂选唐诗》,钟惺、谭元春的《唐诗归》,沈子来的《唐诗三集合编》,曹学佺的《唐诗选》,唐汝询的《唐诗解》,周珽的《唐诗选脉会通评林》,施端教的《唐诗韵汇》,佚名的《增奇集》等近三十部,这在现存可供研究的不足百种的明代唐诗选本中几乎占三分之一的比例。

明代唐诗选本"以体为序"的编撰体例,体现了中国古代诗歌批评的重大进步,这表明明人辨体意识不断增强,对诗歌的学习与研究也进一步细化。自高棅《唐诗品汇》始,上承元代杨士弘《唐音》所开创的以体为序的编选体例,以五言古诗、七言古诗、五言绝句、七言绝句、五言律诗、五言排律、七言律诗、七言排律为序依次而分卷,并贯穿于全书。此后,明代唐诗选本在编选体例上大都受其影响,多采用相同的模式。明人将不同诗歌体式分开来列,实际上恰恰说明他们对不同诗体认识的深入。诗歌发展至唐代,各类体裁都已渐趋成熟,诸位诗人作家虽各成一家,但相同的体制还是表现出某种类似的特征,而且随着世次的变迁亦显现出变化的迹象,通过分体编次的方法,明人将每一种诗体自身的体制特点与作家个人诗歌创作及时代变迁完美结合起来,很好地描述了这一变化过程。如高棅《唐诗品汇》即是在辨体观念的主导下,在五、七言古近体分类的基础上,又以正始、正宗、大家、名家等九品标列唐诗,并在每一品前以小序的形式详述该体该品之诗的特点与代表性作家,标示他们的发展变化,最终体现编者的诗体正变观。其他以体为序进行编撰的唐诗选本也大都有此特点。因而,从某种意义上说,明代分体编次的唐诗选本乃是明人辨体意识不断增强的产物,这种将同一体制的诗歌作品集中编排的方式,不仅益于读者揣摩学习,更重要的是为明人进行更深入的诗体辨析奠定了基础。

二、古、律之辨

诗体的发展是整个诗歌史发展过程中的重要组成部分。在唐代,由于律体的大量出现,诗歌在体式上呈现出古律兼出、众体皆备的繁荣局面。而明人在其复古意识的支配下,有意向前代诗歌学习,就必须首先要掌握各体诗歌的体制要求、风格特点及其发展源流,从而为进一步模习前人诗作、研究创作方法打下良好的基础。因此,对古、律这两种差异性极大的诗歌体式明人首先做了细致的辨析。

律诗的出现是诗歌体式发展中的一次重大变革,它与古诗在体制风格及写作要求等方面都有很大差别,因而明人首先把辨体的眼光集中于对律诗变古的是与非上。其中,有人站在"自然"的角度来扬古抑律。如,贝琼曾在《陇上白云诗稿序》中说:"汉魏以降,变而为五言、七言,又变而为律,则有声律体裁之拘;作者祈强合于古人,虽一辞一句,壮丽奇绝,既不本于自然,而性情之正亦莫得而见之也。"[1]对律诗受声律体裁之拘而失去古诗之自然加以批评。林敬伯[2]曾在任蒙阴县主簿时编选过一部唐诗选本,名为《古诗选唐》,专选唐人五、七言古诗共计七百零六首,随诗人世次厘为六卷。林氏曰:

> 窃闻诗缘情而作者也,其部则有风雅颂,其义则有赋比兴,其言或三、或四、或五、或六、或七,其篇或长或短,初曷尝拘拘于其间哉?又曷尝曰我为风为雅为颂也?因事而作,出于国人者则曰风,出于朝廷者则曰雅,用之宗庙郊社者则曰颂,又曷尝曰我为赋为比为兴也?成章之后,直陈其事则曰赋,取彼譬此则曰比,托物起意则

---

[1] 贝琼《清江文集》卷二十九,《影印文渊阁四库全书》第 1228 册,第 486 页。
[2] 林敬伯,生平不详。据苏伯衡《苏平仲文集》记载,知其为平阳人,与苏伯衡友善。

曰兴,如斯而已矣,奈何律诗出,而声律、对偶、章句拘拘之甚也,诗之所以为诗者,至是尽废矣。故后世之诗,不失古意惟有古诗。而今于唐诗亦惟选古,律以下则置之,而况唐之诗近古而尤浑噩,莫若李太白、杜子美,至于韩退之,虽材高欲自成家,然其吐辞暗与古合者可胜道哉!而《唐音》乃皆不之录,今则不敢不录焉。①

在林氏看来,以《诗经》为代表的古诗,其传统是缘情而作,虽有风雅颂体制之别、赋比兴作法之异,语言字数运用也不尽相同,但诗人在创作之初并不拘拘于为风雅颂,为赋比兴,为三言、四言或五言,也就是说,不被这些规矩所困囿,自由抒写,自然为之。而律诗的出现却违背了作诗应本于性情、出于自然的传统,深深拘困于声律、对偶、章句之中,所以林氏宣称"诗之所以为诗者,至是尽废矣",并认为后代诗歌真正能够继承古意的只有古诗一体,扬古抑律的意识十分明显,这也是林氏此选仅收唐代五、七言古诗的原因所在。

其时王行所编的《唐律诗选》,也持相同的观点。在序言中王行说道:

> 选诗者非知诗者也,孔子之删诗,取其既足以感发惩创,又足以被夫弦歌者,非以工拙计也。盖工非诗之所必取,而拙非诗之所必弃。工而矜庄是未免夫刻画,拙而浑朴是不失其自然也。苟弃其拙而取其工,则是遗自然而尚刻画,岂足以言温柔敦厚之教也哉?故曰选诗者非知诗者也。然则是编何以选名也?是编也,盖有不得不然者也,何也?三百篇之诗,非有一定之律也,汉魏以来始渐为之制度,其体已趋下矣。降及李唐,所谓律诗者出,诗之体遂大变。谓之律诗者,以一定之律律夫诗也,以一定之律律之,自然盖几希矣。自然鲜而律既严,则不能不计其工拙也,计其工拙又乌能不为之取舍哉?故曰不得不然也。虽不得不然,其间固有法焉,盖拙而浑朴同乎工,工而刻画同乎拙,终不遗夫自然也,此取舍之大要也。其次乃论其言之工,语之工,联属之工,篇章之工,工多而拙少者取之,拙多

① 苏伯衡《古诗选唐序》,黄宗羲编《明文海》卷二百一十,第 2104 页。

而工少者不取也。[①]

王行认为，选诗之人并非是真正了解诗的人，因为一旦进入选诗领域，选家必定会以工拙来论诗，而以《三百篇》为代表的浑朴自然的古诗又是不可简单地以工拙而论的，如果以工拙为准的，往往会误收工而矜庄的刻意之作，反而遗漏了拙而浑朴的自然之诗。那么，为什么他仍以"选"来名自己所编呢？原因又在于，在他眼中，汉魏以下诗体逐渐发生变化，特别是唐代律诗的出现，"诗之体遂大变"，律诗是"以一定之律律夫诗"，被许多外在的规矩所拘束，从而失却了"自然"。既然"自然"的成份少了，"人工"的因素多了，就必须要考虑工拙的问题，所以他将自己所编名为《唐律诗选》。从这段论述中可见，"自然"与否即为王行辨别古、律二体的重要标志，在此辨析中流露出明显的扬古抑律的倾向。虽然王行称自己是抱着"不得不然"的心态来遴选诗歌，但是在具体选诗时他又不单纯以工拙为标准，而是以"不遗夫自然"为取舍之大要，工拙倒居其次，由此更可看出他是想要尽量在律诗中寻找有如古诗一样自然浑朴的作品，这不仅体现出他对自然的崇尚，而且也再次表明其扬古抑律的观点。

相对于扬古抑律的观点，明人在对待律诗的态度上也有持不同意见者。如景泰进士何乔新所编《唐律群玉》十六卷，共选唐人近体五百六十三首，其中五言律诗一百七十二首，五言长律四十四首，七言律诗二百零三首，五言绝句三十首，七言绝句一百一十四首。何氏在编此选时曾有人提出质疑："孔子之删《诗》，子朱子之注《骚》，刘坦之之注《选》，皆取其可兴、可观、可群、可怨而有裨于风化者也。唐之律诗，其音响节族已荡然无复《骚》《选》之遗音矣，况于《风》《雅》之旨乎，而子何取于此哉？"[②] 就此问题，何氏的回答是："予以为不然。夫诗者，人之性情也。唐之律诗，其音响节族虽与古异，然其本于性情而有作则一而已。读者因其词索其理而反之身心焉，则可兴、可观、可群、可怨而有裨于风化者，岂异于《风》《雅》《骚》《选》哉？"[③] 提问的人是从诗教功用的角

---

① 王行《唐律诗选序》，《半轩集》卷六，《文渊阁四库全书》第1231册，第357页。
② 何乔新《椒邱文集》卷九，《影印文渊阁四库全书》第1249册，第144页。
③ 何乔新《椒邱文集》卷九，《影印文渊阁四库全书》第1249册，第144页。

度来否定唐人律诗,何氏也以相应的角度回应了他。首先,何氏承认唐人律诗在音响、节奏等外在形式上确与《风》《雅》《骚》《选》等古诗不同,这是他对古、律体之别的认识。其次,他认为律诗在抒发性情本质上与古诗又是完全相同的,这是他对古、律体之同的认识。在他看来,在古、律之异同中,同是大于异的,也就是说,律诗与古诗拥有相同的抒情本质,并具有相同的教化人之性情的作用,所以不能简单地因形式之异而否定律诗。这是从儒家传统诗教的角度对律诗作出的肯定。

高棅在《唐诗品汇》中对唐人律体也持比较公允的态度,他引用《诗法源流》的观点来支持自己的主张:"古诗径叙情实,去《三百篇》为近,律诗牵于对偶,去《三百篇》为远,此诗体之正变也。自选体以上皆纯乎正,唐陈子昂、李太白、韦应物之诗犹正者多而变者少,杜子美则正变相半,变体虽不如正体之自然,而声律乃人声之所同,对偶亦文势之必有,如子美近体佳处前无古人,亦何恶于声律哉?"① 这段话包含两层意思:一是律诗由于被声律、对偶等牵绊而远离了《三百篇》的自然传统,是诗体之"变",这与前面王行的观点是一致的;二是认为以声律、对偶为特点的律诗的出现是诗歌发展的必然,况且还有如杜子美创作出的律诗佳作,因而不能因变而恶之。这正是高棅借他人之言对明初诗坛排斥"拘拘于声律对偶"的律诗的一种反拨。

对律诗持肯定态度的还有嘉靖年间的蔡云程,其所编唐诗选本《唐律类钞》共二卷,专从杨士弘《唐音》、高棅《唐诗品汇》中精选出五、七言律诗五百首,分类编之。蔡云程在书前自序中曰:"夫诗之有律,盍征诸乐乎?乐律惟六,音惟八,清明广大、终始周还之象,琴瑟干戚、羽旄萧管之陈,咸若有俪则焉,其归,论伦无患、协比成音而已矣。自《风》《雅》《骚》《选》之迭变,至唐人始以律名家,于体为近,于词为精,于法度森整之中,而格力浑雄,意兴超逸,斯亦善之善乎?"② 蔡氏认为,诗之律与乐律极为相似,乐律有其规矩准则,所谓"论伦无患、协比成音",诗律同样如此。而唐人律诗能够在严格遵守体制规则、语言运用等法度的同时使诗歌具有雄浑的格力、超迈的意兴,实在是善中之善。不仅如此,当有人

---

① 高棅《历代名公叙论》,《唐诗品汇》,上海古籍出版社 1982 年版,第 13 页。
② 蔡云程《唐律类钞》,明嘉靖刻本。

对其仅选唐人律诗发出疑问时,蔡氏回答:"变至律而止,至唐而止,循是以达诸作不犹溯流穷源乎?"认为诗歌之变至唐人律诗而止,通过对唐律的学习研究能够溯流穷源以追《风》《雅》《骚》《选》之诗,足见其对唐人律诗的重视。

明代诗歌辨体中的古、律之辨不仅表现在对待律诗变古的不同态度上,而且还体现于对古、律两大诗歌体制的严格区分中。如,李梦阳曾多次批评孟浩然五言诗"调杂",在评其《从张丞相游南纪城猎戏赠张参军》诗时称:"调杂,非古非律。"[1] 评其《与黄侍御北津泛舟》诗时称:"《登望楚山》诗及此诗又似律,其调太杂。"[2] 李梦阳所谓的"调杂",即是指孟浩然混淆了古诗与律诗,在他看来,古诗应当是纯粹的,不应受律体的影响。杨慎也非常看重古、律之别,他曾批评高棅《唐诗正声》所选陈子昂、李白、刘眘虚等人的五言古诗"皆律也,而谓之古诗,可乎?"[3] 认为他们的古诗不够纯粹,体格近律,只能看作是律诗。基于同样的辨别眼光,他又称:"五言律,八句不对,太白、浩然集有之,乃是平仄稳贴古诗也。"[4] 认为律诗中只要有不符合律体规范的,就应被视为古诗。

面对古、律混淆的现象,明人也归纳出了各自的原则。王世贞认为:"古乐府、选体、歌行有可入律者,有不可入律者,句法字法皆然;惟近体必不可入古耳。"[5] 在古乐府、五言古诗(选体)、歌行的创作中有时可以参用律诗的字法句法,但有时又不可,而近体诗的创作一定要符合律诗的规则,不能写成古诗。王世懋则认为:"律诗句有必不可入古者,古诗字有必不可为律者。"[6] 在古、律的字法句法上各有不相犯的地方,不过他并未作出具体解释。

在处理古、律混淆的问题上李东阳表达得最为清楚:"古诗与律不同体,必各用其体乃为合格。然律犹可间出古意,古不可涉律。古涉律调,如谢灵运'池塘生春草,红药当阶翻',虽一时传诵,固已移于流俗而不自

---

① 《刘辰翁李梦阳评点孟浩然集》,明凌蒙初嘉靖刊本。
② 《刘辰翁李梦阳评点孟浩然集》,明凌蒙初嘉靖刊本。
③ 杨慎《升庵集》卷六十,《四库明人文集丛刊》,上海古籍出版社1993年版,第570页。
④ 杨慎《升庵集》卷五十六,《四库明人文集丛刊》,第508页。
⑤ 王世贞《艺苑卮言》卷一,丁福保辑《历代诗话续编》,第964页。
⑥ 王世懋《艺圃撷余》,何文焕《历代诗话》,第777页。

觉。若孟浩然'一杯还一曲,不觉夕阳沉',杜子美'独树花发自分明,春渚日落梦相牵',李太白'鹦鹉西飞陇山去,芳洲之树何青青',崔颢'黄鹤一去不复返,白云千载空悠悠',乃律间出古,要自不厌也。"① 这里,李东阳首先认为古诗与律诗在体制上是有区别的,必须严格遵守各自的体制规范。而在古、律混淆的问题上他的态度非常坚决,那就是可律间出古,而古不可涉律。其学生邵宝曾言:"《选》诗词意有不可入歌行者,歌行词意有不可入律诗者,盖古今之别如此。以古入近体可也,以近体入古,无乃病乎雅乎?"② 师徒二人观点一致,都认为以古入律,律间有古意尚可接受,而若以律入古则会有害于古诗之雅,移于流俗,则是万万不可的。

由上可见,古诗与律诗作为两大诗歌体式,有着完全不同的体制规范与创作要求,明人在此方面进行认真的研究,形成了自己的认识。尤其是从明人所编唐诗选本中,我们可以看到他们对古、律二体特点的认识与把握,及其在古、律优劣判断上所持的不同态度。此外,明人还对古体、律体作了严格的区分,并且在关于诗歌创作中如何处理二体关系问题上亦有细致深入的思考。而正是在这严格细密的古、律之辨的导引下,又有一个新的辨体命题出现在明人的讨论视野中,那就是唐代五古与汉魏五古之辨。

三、五言古诗的古、唐之辨

明代复古派领袖李攀龙在其著名唐诗选本《唐诗选》序言中有过一段颇受时人瞩目的论述:"唐无五言古诗,而有其古诗;陈子昂以其古诗为古诗,弗取也。"③ 所谓"唐无五言古诗,而有其古诗",意思是说,唐代没有正宗的五言古诗,却有唐人特色的古诗。基于明代复古派所持"古诗尊汉魏,近体尊初盛唐"的基本论调,正宗的五言古诗指的应该就是汉魏古诗。单从以上这句话来看,李攀龙并未作出任何价值判断,并且在《唐诗选》中,五言古诗入选 123 首,数量仅次于七绝的 168 首和五律

---

① 李东阳《麓堂诗话》,丁福保辑《历代诗话续编》,第 1369 页。
② 邵宝《答王郡公简二首序》,《荣春堂续集》卷十七,清雍正年间刻本。
③ 李攀龙选订,王穉登参评《唐诗选》,明闵氏刻朱墨套印本。

的 125 首,可以证明唐"有其古诗"的说法。但紧承这句话李攀龙又曰:
"陈子昂以其古诗为古诗,弗取也。"如此表述似乎在说明:陈子昂等唐
人创作的五言古诗并非正宗古诗,虽有作,但不可取。这就有了贬低唐
代五古的意味。李攀龙还在选诗中突出了他的这一观点,在《唐诗选》
中,只入选了陈子昂的五古 7 首,数量位于杜甫(18 首)、李白(9 首)、储
光羲(9 首)、高适(8 首)、韦应物(8 首)之后,不仅如此,他还对其一向
被公认为继承汉魏风骨的《感遇》三十八首,一首未选。

　　其实,关于唐代五言古诗明人多有论述,如高棅的《唐诗品汇》在区
分九品时,不惜不拘世次,将陈子昂与李白列为五言古诗之"正宗",并且
在各体诗歌的入选数量上五言古诗居首。又如宣德、正统年间吴讷《文
章辨体序说·古诗·五言》中云:"唐初承陈、隋之弊,惟陈伯玉专师汉
魏以及渊明,复古之功于是为大。迨开元中,有杜子美之才赡学优,兼尽
众体;李太白之格调放逸,变化莫羁。继此则有韦应物、柳子厚,发秾纤
于简古,寄至味于淡泊,有非众人之所能及也。自是而后,律诗日盛,而
古学日衰矣。"[1]认为五言古诗只是在韦、柳之后才日益衰落。嘉靖、隆庆
年间的徐师曾在《文体明辨》中延续了吴讷的观点:"唐初承前代之弊,
幸有陈子昂起而振之,遏贞观之微波,决开元之正派,号称中兴。于时
李、杜、王、孟之徒,相继有作。元和以下,遗响复息。故今采汉魏以来古
诗,以类列之,断自韦应物、韩愈而止,使学者三复而有得焉,则其为诗不
求高古而自高古矣。"[2]从以上这些表述中可以看出,他们不仅对唐代五
言古诗没有贬低之意,而且还对陈子昂五古的复古之功多有肯定。

　　但也有人持不同观点,如陈沂称:"五言古,唐人虽名家,终非所长。
盖汉魏优柔浑厚之意丧于齐梁。以后至唐,仅能承其藻丽以入于律,为
一代之盛耳。"[3]认为唐人虽有以五言古诗名家者,但终究不是其所长。
何景明的弟子樊鹏在其所编唐诗选本《初唐诗》叙中言:"诗自删后,汉
魏古诗为近。汉魏后六朝滋盛,然风斯靡矣。至初唐,无古诗而律诗兴;
律诗兴,古诗势不得不废。精梓匠则粗轮舆,巧陶冶则拙涵矢,何况于达

---

[1] 吴讷著,于北山校点《文章辨体序说》,第 31 页。
[2] 徐师曾著,罗根泽校点《文体明辨序说》,第 105 页。
[3] 陈沂《拘虚诗谈》,张寿镛辑《四明丛书》第四集,四明张寿镛约园刻本。

玄机、神变化者哉！"①认为律诗的兴起使唐代古诗呈衰颓之势。可见，李攀龙的观点前人早已有之，然唯独李氏此语一出，诗坛一片哗然，纷争骤起，这大概与李攀龙的表述更直接、更清晰，以及他的诗坛领袖地位和《唐诗选》的影响力有关。那么，究竟唐代五言古诗与正宗的汉魏五言古诗之间有何区别，它们之间的关系如何，怎样看待唐代五古……围绕这诸多问题明人展开了他们的辨体研究。

对李攀龙提出的这一论断，在明代有人赞同，亦有人反对。赞同者大体是从两个角度来表述他们的观点。一是基于古、律之别。前文曾提到过，明人对古、律二体的辨析极为严格，按照他们对古、律的严格区分，唐无正宗五言古诗的命题自然会推导出来，就拿不选陈子昂来说，许学夷就对其作出了这样的解释："五言自汉魏流至元嘉，而古体亡；自齐梁流至初唐，而古、律混淆，词语绮靡。陈子昂始复古体，效阮公《咏怀》为《感遇》三十八首，王适见之，曰：'是必为海内文宗。'然李于鳞云：'唐无五言古诗，而有其古诗。陈子昂以其古诗为古诗，弗取也。'何耶？盖子昂《感遇》虽仅复古，然终是唐人古诗，非汉魏古诗也。且其诗尚杂用律句，平韵者犹忌上尾。至如《鸳鸯篇》《修竹篇》等，亦皆古、律混淆，自是六朝余弊，正犹叔孙通之兴礼乐耳。"②他认为陈子昂虽尚复古，但其创作的古诗仅仅称得上是唐人古诗而非正宗的汉魏古诗，主要原因就在于他"尚杂用律句，平韵者犹忌上尾"，这种混淆古、律的创作方法是无法创作出纯正的五言古诗的。而杨慎也曾以严辨古、律的眼光批评高棅《唐诗正声》对五言古诗选取的不当："高棅选《唐诗正声》，首以五言古诗，而其所取，如陈子昂'故人江北去，杨柳春风生'，李太白'去国登兹楼，怀归伤莫秋'，刘眘虚'沧溟千万里，日夜一孤舟'，崔曙'空色不映水，秋声多在山'，皆律也；而谓之古诗，可乎？譬之新寡之文君，屡醮之夏姬，美则美矣，谓之初笄室女，则不可。于此有盲妁，取损罐而充完璧，以白练而为黄花，苟有屠婿，必售其欺。高棅之选，诚盲妁也。"③这里重点虽不是在批评陈子昂（或李白、刘眘虚、崔曙），但还是指出陈子昂《送客》

① 樊鹏《编初唐诗叙》，黄宗羲编《明文海》卷二百二十，第2219页。
② 许学夷著，杜维沫校点《诗源辨体》卷十三，第144页。
③ 杨慎《升庵诗话》卷四，王仲镛《升庵诗话笺证》，上海古籍出版社1987年版，第131页。

一类的五言古诗已经被律化了，不再是纯正的古诗，所论角度与许学夷大致相同。

　　二是基于复古派格调论诗学对"第一义"的强调。明中期自前七子始，倡言复古，坚决主张取法汉魏、盛唐诗歌，并且明确指出古体学汉魏、近体学盛唐。李梦阳曾言："夫五言者，不祖汉则祖魏，固也。"① 何景明亦云："盖诗虽盛称于唐，其好古者自陈子昂而后，莫若李、杜二家。然二家歌行、近体诚有可法，而古作尚有离区者，犹未尽可法也。故景明学歌行、近体，有取于二家，旁及唐初、盛唐诸人，而古作必从汉魏求之。"② 李攀龙关于"唐无五言古诗，而有其古诗"的判断显然是从前七子那里生发而来，而许多赞同者亦是站在此角度来支持他的观点。如王世贞《梅季豹居诸集序》云："余少年时称诗，盖以盛唐为鹄云，已而不能无疑于五言古。及李于鳞氏之论曰'唐无五言古诗，而有其古诗'，则洒然悟矣。进而求之三谢之整丽、渊明之闲雅，以为无加焉。及读何仲默氏之书曰'诗盛于陶、谢而亦亡于陶、谢'，则窃怪其语之过。盖又进之而上，为三曹；又进之而上，为苏、李、枚、蔡。然后知何氏之语不为过也。"③ 王氏是否真的亲身经历过这几个学习阶段并不重要，重要的是通过对这三个学习阶段的论述表明其古诗尊汉魏的观点，而在这个过程中，李攀龙对唐代古诗的评断成为王氏开悟的一剂良药，王氏对其深表赞同。又如，王世贞之弟王世懋所言："唐人无五言古。就中有酷似乐府语而不伤气骨者，得杜工部四语，曰：'兔丝附蓬麻，引蔓故不长。嫁女与征夫，不如弃路旁。'不必其调云何，而直是见道者，得王右丞四语，曰：'曾是巢许浅，始知尧舜深。苍生讵有物，黄屋如乔林。'"④ 他先是肯定了李攀龙"唐无五言古诗"之言，接着从众多的唐人诗歌中只选出杜甫的《新婚别》和王维的《送韦大夫》中几句酷似古诗者，体现出他评判唐人古诗的标准是汉魏本色。持同样观点者还有胡应麟，胡氏也以汉诗为五古本色："汉，品之神也。"⑤ "汉人诗，质中有文，文中有质，浑然天成，绝无痕迹，所依

---

① 李梦阳《刻陆谢诗序》，《空同集》卷五十，《影印文渊阁四库全书》第 1262 册，第 465 页。
② 何景明《海叟诗集序》，《大复集》卷三十四，《影印文渊阁四库全书》第 1267 册，第 304 页。
③ 王世贞《弇州四部续稿》卷五十五，《影印文渊阁四库全书》第 1282 册，第 727 页。
④ 王世懋《艺圃撷余》，何文焕《历代诗话》，第 778 页。
⑤ 胡应麟《诗薮》内编卷二，第 22 页。

冠绝古今。"① 将汉诗看作最高典范。正基于此,他又称:"四杰,梁、陈也;子昂,阮也;高、岑、沈、鲍也;曲江、鹿门、右丞、常尉、昌龄、光羲、宗元、应物,陶也。惟杜陵《出塞》乐府有汉、魏风,而唐人本色时露。太白讥薄建安,实步兵、记室、康乐、宣城及拾遗格调耳。李于鳞云:'唐无五言古诗,而有其古诗。'可谓具眼。"② 唐代这些著名的五言古诗作者在他眼中均是步趋晋以后,且大多规模六朝,实在是找不出汉代那样的古诗,因而称赞李攀龙眼光独到。

以上均是李攀龙坚定的支持者,而与此同时,持异议者也大有人在。精于辨体的许学夷即是其一。许学夷在区分唐人五古与汉魏五古方面颇有心得,而其所论大都与格调论者相同。正如上文所述,他曾从古、律之别的角度对李攀龙的论断作出解释,从这个角度来说他是赞同"唐无五言古诗而有其古诗"的说法的。但许学夷论诗又极为变通,能够以通变的眼光看待诗歌的发展,因而对李攀龙贬抑唐人五古的绝对态度又是反对的,他说:"李于鳞《唐诗选序》,本非确论,冒伯麟极称美之,可谓惑矣。序曰:'唐无五言古诗,而有其古诗。陈子昂以其古诗为古诗,弗取也。'愚按:谓子昂以唐人古诗而为汉魏古诗弗取,犹当;谓唐人古诗非汉魏古诗而皆弗取,则非。"③ 他认为应当承认唐人五古和汉魏五古的差别,但不能因有差别而将唐人五古一概否定,毕竟"唐人五古自有唐体"④。与许学夷观点极为接近的还有晚明闽中诗坛领袖谢肇淛,他也认为唐人五古与汉魏五古是有差别的,同样不赞同李攀龙的价值判断:"李攀龙曰:'唐无五言古诗,而有其古诗。陈子昂以其古诗为古诗,弗取也。'斯言过矣。子昂、太白力欲复古而不逮者也,未达一间耳。惟少陵《玉华宫》《石壕吏》,刘长卿《龙门咏》等作可谓以其古诗为古诗,然亦风会之趋也,君子观其世可也。于鳞铙歌、乐府,掇拾汉人唾余,而云'日新之谓盛德'也,将谁欺乎?"⑤ 唐人五古变革汉魏古诗是时代风会所趋,是诗人创新的结果,不能以此来否定唐人五古。

---

① 胡应麟《诗薮》内编卷二,第 22 页。
② 胡应麟《诗薮》内编卷二,第 35 页。
③ 许学夷著,杜维沫校点《诗源辨体》卷三十五,第 345 页。
④ 许学夷著,杜维沫校点《诗源辨体》卷十四,第 151 页。
⑤ 谢肇淛《小草斋诗话》卷二外编,清刻本。

　　在围绕五言古诗的争辩中,也有人通过唐诗选本来阐发他们的观点,其中大都持反对意见。如,臧懋循所编《唐诗所》四十七卷,所选皆为初盛唐人诗。在卷首自序中臧氏云:"世之多求于唐者,有云:唐之创为唐音,其功甚伟,后世不能变其格,顾乃古为一变,古亡于唐矣。窃谓:唐之变古良有之,而变独无善不善乎? 唐之变其靡靡者而为唐,唐宁不靡靡若乎? 请视汉为古,魏有变汉,汉亡于魏矣。后乎魏者递变之,递亡之,而独唐黜乎? 诗以变而黜,'风'止'二南'已矣,列国不可黜乎? 大抵古今作者,各笃于时,由前则为古之汉魏,由后则为唐之初盛。举盛以概衰,习无相远。试以论马者论诗,求其神而已。"[①]臧懋循以发展的眼光看待诗歌,认为诗歌从汉至唐有一个递变的过程,不能因变而黜唐,并且认为,论诗如求其"神",则唐人古诗还是继承汉魏的,唐古变汉魏只是在形式上。正因为有了通变观点,所以他反对以古绳今,进而肯定唐古的价值。这与李攀龙的观点显然是对立的,他对唐人古诗的认识带有较浓的辩证色彩。从《唐诗所》选诗情况来看,乐府七卷,三、四言古诗一卷,五言古诗十五卷,七言古诗一卷,杂体古诗一卷,风体、骚体古诗一卷,五言律诗八卷,七言律诗一卷,五言排律八卷,七言排律一卷,五言绝句一卷,七言绝句一卷,阙文一卷。其中五言古诗独占十五卷,在所有体式中位列榜首,足见其对唐人五古的重视。

　　晚明时期,闽中诗人领袖曹学佺在其所编《石仓十二代诗选》之《唐诗选序》中云:"予选唐诗,李集最多,而杜次之,然皆与法合也。选唐诗而不入李、杜者,不重古风故也。于鳞谓'唐无古风',识者哗之。然非观李、杜之古风,则无以见唐古风之盛;非观宋及国初之不以李、杜入选,则无以见唐无古风非始于于鳞之言也。或又以青莲之飘逸而启中唐之门户,少陵之钻研而辟晚唐之蹊径,于义何居? 曰:李之才情与古法合,杜之极思与格调合,故但见其合而不见其离。盖大历以下之诸公,纯用才华而蕴藉少矣;贞元以下之诸公,纯用工巧而风致乖矣,其病皆在不习古风也。如习古风,则发扬之气自不足以胜收敛,而工巧之词自不足以易风致,又何必为中为晚之目乎? 故予凡遇中、晚之古风,若获拱璧焉,即有微瑕,必加润色。知我罪我,不以为患,而中、晚入选之近体,亦无以甚

---

① 臧懋循《唐诗所序》,明万历刻本。

异于初、盛之近体者,即概名之曰'唐诗'可也。"① 从这段话可看出曹学佺选诗观念带有一定的复古性质。就唐人古诗来说,他并不同意李攀龙的"唐无古风"之说,相反,他认为以李、杜为代表的唐代诗人创造了古风之盛,因而不能抹煞其成就。他还从选诗的角度指出,无视唐人古风成就的做法并非始于李攀龙,"宋及国初之不以李、杜入选"就已体现出对唐人古风的漠视。并且认为大历、贞元以后的诗歌少蕴藉、乖风致的原因正在于不习古风。的确,中唐以后律诗渐趋成熟,而古诗创作呈衰颓之势,因而曹学佺在选诗时"凡遇中、晚之古风,若获拱璧焉,即有微瑕,必加润色",可见其对唐人古诗的推崇。《石仓十二代诗选》的选唐部分以古体居多正体现了他的这一观点。

　　《唐诗归》是晚明竟陵派钟惺、谭元春所编《诗归》的选唐部分,共三十六卷,其中关于唐人五言古诗,钟、谭二人也有着不同于李攀龙的观点,如,谭元春评李白《送韩准裴政孔巢父还山》诗云:"唐人神妙,全在五言古。"② 对唐人五言古诗以"神妙"概之,充分肯定其价值。又如前文所提到的,钟惺在总评张九龄《感遇》诗时云:"感遇诗,正字气运蕴合,曲江精神秀出,正字深奇,曲江淹密,各有至处,皆出前人之上。盖五言古诗之本原,唐人先用全力付之,而诸体从此分离,彼谓唐无五言古诗而有其古诗,本之则无,不知更以何者而看唐人诸体也?"③ 在他看来,陈子昂与张九龄的《感遇》诗风格虽不同,但各有所长,均能超越前人,原因在于五言古诗是后来各体诗之本原,而唐人能先倾力于此,才及其余。因而对李攀龙"唐无五言古诗而有其古诗"之说表示反对。

　　基于此认识,钟、谭甩掉了唐人五言古"不如前代"的包袱,对其有了较为客观的评价。如对陈子昂的评价,李攀龙曾言"陈子昂以其古诗为古诗,弗取也",认为陈子昂部分追慕古作的作品,混淆了正宗的五古与唐人五古,所以对陈子昂最有名的《感遇》诗 38 首一首未选。而《唐诗归》入选了陈子昂的 10 首古诗,其中 5 首就是来自他的《感遇》诗,钟惺对其总体评价是:"《感遇》数诗,其韵度虽与阮籍《咏怀》稍相近,身

① 曹学佺《石仓十二代诗选·唐诗选》卷首,明崇祯刻本。
②《唐诗归》卷十五,盛唐十。
③《唐诗归》卷五,初唐五。

分铢两实远过之。俗人眼耳,贱近贵远,不信也。"① 这里,他甚至将陈子昂《感遇》诗置于阮籍《咏怀》之上,直接冲击复古诗论中唐代五言古诗不比汉魏古诗的说法。

同样的观点也体现在钟、谭对其他唐人的评价中,如,在评张九龄《岁初巡属县登高安南楼言怀》诗时钟惺云:"唐人五言古,惟张曲江有汉魏意脉,不使人摸索其字形、音响而遽知其为汉魏,所以为真汉魏也。"② 他认为张九龄真正继承了汉魏五古的传统,他所称"真汉魏"即是指"有汉魏意脉",是着眼于"神"似而非"形"似来看待这种一脉相承的关系,这与臧懋循的观点颇为相似。又如,评王维《哭殷遥》时钟惺云:"王孟之妙在五言,五言之妙在古诗,今人但知其近体耳。每读唐人五言古妙处,未尝不恨李于麟孟浪妄语。"③ 语露意明,认为唐人不仅有上承汉魏的五言古诗,而且作得好,作得妙。最后两句显然是针对李攀龙之语。评颜真卿《赠僧皎然》时钟惺曰:"此诗密理幽致,何减谢康乐,而选者不及,皆为唐无五言古一语抹杀,收此忠臣,不能为诗家立门户邪?"④ 入选此诗亦是对李攀龙之论的反拨。

总之,由李攀龙《唐诗选·序》中的一段话而引发的关于五言古诗的古唐之辨,在明代纷争四起,一直绵延至清。本来这段话出现在一部唐诗选本的序言中,主要是为了表明编者的选诗标准,但是由于《唐诗选》的传播面广、影响力大,再加上李攀龙本人所处的诗坛盟主地位,使得"唐无五言古诗而有其古诗,陈子昂以其古诗为古诗,弗取也"成为了诗界争论不休的话题。在李攀龙那里,唐代五言古诗与汉魏五言古诗是作为两种对立的古诗类型而出现的,作为明代复古诗派的领袖,本着对"第一义"的严守,李氏将汉魏五古视为五言古诗之正宗,对唐人五古持贬抑态度。而其支持者大都是复古派的拥趸,与复古派诗学主张同调,因此他们在对待唐人五古的问题上同样是以贬抑为主,或是从古、律混淆的外在形式上否定之,或是以"格以代降"、追求本色的眼光贬黜之。应该说,他们将唐人五古视作汉魏以来古诗的"变体"并没错,但若一味

---

① 《唐诗归》卷二,初唐二。
② 《唐诗归》卷五,初唐五。
③ 《唐诗归》卷八,盛唐三。
④ 《唐诗归》卷二十三,盛唐十八。

站在伸正黜变的立场上将唐人五古的价值一概抹煞,就显得过于偏激了。而反对者恰恰能够以发展的眼光看待唐人五古,既承认其对汉魏古诗的继承,同时又对其新变表示肯定。持此观点者大致都出现在万历及以后时期,他们的主张也从一个侧面体现了当时主新求变的诗学思潮。最值得注意的是,五言古诗的古、唐之辨这样一个辨体命题的提出始于一部唐诗选本,非但如此,许多选家还通过编选唐诗选本参与到这场大讨论中,既丰富了讨论内容,又拓宽了辨析思路,在其中发挥着不可替代的作用。总之,无论是支持还是反对,是复古保守还是创新求变,对待五言古诗这样一个历史悠长的诗歌体式,明人体现出了前所未有的关注,而这正是明代诗学辨体日趋精微的具体表现。

四、古乐府与唐乐府之辨

"乐府"一词最初是指汉代朝廷中设立的音乐官署,到南朝刘宋前后被人们用来指代不同于诗的歌辞,例如,沈约曾在《宋书》卷一百中说沈林子著有"诗、赋、赞、三言、箴、祭文、乐府、表、笺、书记、白事、启事、论、老子一百二十一首"[1],其中将"诗"与"乐府"并举,表示它们是两种不同性质的文体。刘勰《文心雕龙·乐府》篇中亦云:"昔子政品文,诗与歌别,故略具乐篇,以标区界。"[2] 但是随着时间推移,由于乐府曲调的大量消亡失传,乐府一体与音乐的关系逐渐疏离,然而人们仍在大量拟写乐府题目,于是便出现了把不入乐的拟作也称之为"乐府"的做法。此时,一些人已经意识到了不入乐的乐府诗不再是真正的歌辞,便将其作为诗之一体来对待,如,萧统在编《文选》时,就把"乐府"看作是"诗"大类下面的一个子类,而把入乐的郊庙歌辞另立一类。任昉在《文章缘起》中则把"乐府"解释为"古诗"[3],更说明"乐府"不被视作歌辞。显然,乐府诗已脱离了音乐层面,变成诗之一体了。宋代以来,持此观点者不乏其人,如王灼《碧鸡漫志》中云:"西汉时,今之所谓古乐府者渐兴,晋魏为盛。隋氏取汉以来,乐器歌章古调并入清乐,余波至李唐始绝。

---

① 沈约《宋书》,中华书局1974年版,第2459页。
② 刘勰著,周振甫注《文心雕龙注释》,第66页。
③ 任昉《文章缘起》,清康熙三十三年(1694)方氏偁静斋刻本。

唐中叶虽有古乐府,而播在声律则鲜矣。士大夫作者,不过以诗一体自名耳。"①指出自唐中叶以来,士大夫所作乐府大都不再入乐,只可视为诗之一体。宋初李昉等人所编《文苑英华》也将"乐府"编在"诗"的总类下,亦反映出乐府作为"诗之一体"的性质。

唐代乐府在继汉魏六朝之后取得了不容忽视的成就,从宋代郭茂倩《乐府诗集》收录情况来看,唐代乐府的数量已超过唐前乐府的总和。就质量而言,李白、杜甫、白居易等众多的唐代诗人都留下了大量脍炙人口的乐府名篇。但是,宋代以来的大多数乐府诗选本却未收录唐人作品,表明他们并不认可唐代乐府。元代吴莱在《与黄明远第三书论乐府杂说》中曾对唐人乐府作出尖锐的批评:"奈何后世拟古之作,曾不能倚其声以造辞,而徒欲以辞胜。齐梁之际,一切见之新辞,无复古意。至于唐世,又以古体为今体,《宫中乐》《何满子》特五言而四句耳?岂果论其声耶?他若《朱鹭》《雉子斑》等曲,古者以为标题,下则皆述别事,今返形容二禽之美以为辞,果论其声,则已不及乎汉世儿童巷陌之相和者矣,尚何以乐府为哉?"②人们之所以会产生这样一种认识,主要是由于乐府在唐代已不再入乐演唱,与徒诗没有多大分别。

这种观点至明代仍在延续,郝敬曾云:"唐李白、杜甫诗或用乐府目,或并旧目改换,皆称乐府。大抵诗乐无二,俗士日用不知耳。"③批评李、杜等唐人诗、乐不分,以诗为乐府的做法。由于唐人乐府脱离了与音乐的关系,因而明人也大都将其视为诗之一体,李维桢就曾明确指出:"至唐,而诗诸体分,乐府取一焉。"④从价值取向上看,明人以古乐府为参照,将唐人乐府从属于诗,取消其独立地位,反映出明人对唐代乐府的否定。对待唐乐府的这一主流观念从明人所编唐诗选本中亦可获得印证。

明初高棅《唐诗品汇》在编选体例上虽是以体分类编次,但对乐府一体并未单列,他的理由是:"乐府不另分类者,以唐人述作者多,达乐者少,不过因古人题目而命意,寔不同。亦有新立题目者,虽皆名为乐府,

---

① 王灼《碧鸡漫志》卷一,岳珍校正《碧鸡漫志校正》,巴蜀书社2000年版,第3页。
② 吴莱《渊颖集》卷七,《影印文渊阁四库全书》第1209册,第118页。
③ 吴文治主编《明诗话全编》,江苏古籍出版社1997年版,第5926页。
④ 李维桢《游太初乐府序》,《大泌山房文集》卷二十,明万历刻本。

其声律未必尽被于弦歌也。"① 他认为唐人乐府虽名为乐府,但实际上已不能达乐,已不是真正的乐府了,因此,他的做法是:"只随五、七言古今体分类于姓氏下,先以乐府古题篇章长短次第之,后以杂诗篇章长短次第之。"② 将其分从于各体诗歌之中。其实,在明人所编唐诗选本中,不仅是《唐诗品汇》,大部分唐诗选本在编撰体例中都不采取单列乐府一体的做法,其中最典型的如张之象的《唐诗类苑》、唐汝询的《唐诗解》、陆时雍的《唐诗镜》等,列举这几部唐诗选本的原因是它们都有对应的古诗选本,如张之象的《古诗类苑》、唐汝谔的《古诗解》、陆时雍的《古诗镜》,在这些古诗选本中都保留了乐府体例,而在相应的唐诗选本中却又不约而同地都将此体取消。如,张之象在《古诗类苑·凡例》中曰:"乐府乃一代之典章,其作之有宫徵,肆之有条贯,不容分析破碎。今悉依郭茂倩旧次汇为一部,以便览观。"③ 对于唐前乐府,张氏认为"不容分析破碎",应保持其完整性与独立体类。然而在《唐诗类苑》二百卷的皇皇巨制中,他所收录的乐府诗却相当保守,仅仅于"乐部"中收录唐人乐府三卷,为数甚少。而张氏为之作出的解释是:"乐府诗大都散入别部,如玄宗《祭汾阴乐章》,则入《水部》之'汾水';太宗《饮马长城窟行》,则入《边塞部》之'长城'。以题与古同而命意则异。且有创立新题者,虽皆名为乐府,未可尽被管弦耳。"④ 他将唐人乐府大都散入别部,并指出两点原因:一是题目虽与古乐府同,但寓意有别;二是自创新题者不可入乐,持论基本与高棅一致。

此外,唐汝询所编《唐诗解》,共计五十卷,入选唐代诗人一百八十四家,诗约一千余首。该书《凡例》中云:"诗衰于唐而备于唐。衰者汉魏乐府之声变也;备者长古律绝之音全也。"⑤ 又云:"是编所选诗凡七体,而附以六言,一遵《品汇》之例。""诸家诗体率以五、七古律与排律、绝句为序,而《品汇》独先绝后律,今悉从之。"⑥ 可见其体例完全效法高棅

---

① 高棅《唐诗品汇·凡例》,第 14 页。
② 高棅《唐诗品汇·凡例》,第 14 页。
③ 张之象《古诗类苑·凡例》,《四库全书存目丛书》集部 320,齐鲁书社 1997 年版,第 8 页。
④ 张之象《唐诗类苑·凡例》,清光绪刻本。
⑤ 唐汝询《唐诗解》,清顺治己亥(1659)武林万笈堂藏书本。
⑥ 唐汝询《唐诗解》,清顺治己亥(1659)武林万笈堂藏书本。

的《唐诗品汇》，以五、七言古、绝、律为序，不复为乐府立类。而原因大概如他自己所言"诗衰于唐而备于唐。衰者汉魏乐府之声变也"，唐人乐府已不复有汉魏乐府之声了。而其弟汝谔所编《古诗解》，《四库全书总目提要》中特别指出了其与《唐诗解》编选体例之不同："其兄汝询有《唐诗解》，故此以《古诗》配之。其注释体例略同，惟《唐诗解》以五、七言分古今体，此则分为五类：曰古歌谣辞，曰古逸杂篇，曰汉歌谣辞，曰乐府，曰诗。"① 《古诗解》虽是为匹配《唐诗解》而作，但观其体例，与《唐诗解》虽"略同"而实异。《古诗解》凡五类，乐府独占其一，而《唐诗解》则"以五、七言分古今体"。

如果说《古诗解》与《唐诗解》并非出自一人之手，难免有异，那么晚明陆时雍所编《古诗镜》《唐诗镜》似乎可以进一步说明问题。在《古诗镜》三十六卷中，专门收录乐府的有两卷，分别是卷一"乐府古辞"及卷十一"乐府"。此外，卷三十至三十二为"歌谣"，相当于郭茂倩《乐府诗集》中的"杂歌谣辞"；卷三十三至三十五为"乐章"，相当于《乐府诗集》中的"郊庙歌辞"。不仅如此，由魏至隋的作家，凡入选其乐府诗，均于题前署上"乐府"二字以标示其体例。陆氏对古乐府持肯定态度，其《诗镜·总论》中曰："古歌《子夜》等诗，俚情亵语，村童之所赧言，而诗人道之，极韵极趣。汉《饶歌》乐府，多窭人乞子儿女里巷之事，而其诗有都雅之风。"② 又云："古乐府多俚言，然韵甚趣甚。后人视之为粗，古人出之自精，故大巧者若拙。"③ 所论实多褒奖之意。而其《唐诗镜》五十四卷，却并未集中收录有唐一代的乐府，凡是入选的各家乐府，亦大都分别归入五、七言古今体中，且不复于题前作"乐府"的标示。在《唐诗镜》中为陆氏网开一面的只有李白和元稹，卷十七前一部分收入李白"五言乐府"，后一部分收其"五言古诗"；卷十八则全卷收其"七言乐府"。卷四十六分别收入元稹的"乐府""五言乐府"及"七言乐府"若干首。而其他乐府名家，如白居易、张籍、王建、李贺等辈均不见录。这种编选体例清晰地暴露了陆氏在乐府上有意宗奉汉魏六朝而轻视唐代的倾向。

---

① 永瑢等《四库全书总目》，第 1763 页。
② 陆时雍编，任文京、赵东岚点校《诗镜》，河北大学出版社 2010 年版，第 8 页。
③ 陆时雍编，任文京、赵东岚点校《诗镜》，第 4 页。

　　以上诸选本在对待古乐府与唐乐府的态度上截然分明,或许是随着《唐诗品汇》从明中期开始在诗坛流行,这些唐诗选本在编撰体例上大都受其沾溉,但更重要的恐怕还是与他们自己对唐人乐府的认识有关,他们大都以不入乐为由否定唐乐府作为独立一体而存在,甚至以唐乐府徒有其名而否定其价值,因而唐乐府在这些唐诗选本中基本处于被忽视的地位。但与此同时,也有人持相反的态度,通过唐诗选本的编撰表达他们对唐人乐府的关注与认可。如,臧懋循所编《古诗所》与《唐诗所》。《古诗所》共五十六卷,分二十三门,其前十二门分别为:郊祀歌辞、庙祀歌辞、燕射歌辞、鼓吹曲辞、横吹曲辞、相和歌辞、清商曲辞、舞曲歌辞、琴曲歌辞、古歌辞、杂曲歌辞与杂歌谣辞。与郭茂倩《乐府诗集》大致相同。《四库全书总目·诗所提要》认为臧氏取冯惟讷《古诗纪》“而割裂之”,“颠倒瞀乱,茫无体例”[①]。其实,《古诗所》与《古诗纪》在编撰体例上最大的差异就在于对乐府的安排,《古诗纪》以帝王诗居前,乐府则总列于各代之末,而《古诗所》却将包括“杂歌谣辞”在内的乐府诗皆列于端首。两相比较,难免让四库馆臣有“颠倒瞀乱”之感。继《古诗所》之后,臧氏又编撰了《唐诗所》,他首先对明人一味崇古的选诗观念提出质疑:“请视汉为古,魏有变汉,汉亡于魏矣。后乎魏者递变之,递亡之。而独唐黜乎?……诗以变而黜,风止二南已矣,列国不可黜乎? 大抵古今作者,各笃于时,由前则为古之汉魏,由后则为唐之初盛。举盛以概衰,习无相远。试以论马者论诗,求其神而已。余因复辑《唐诗所》若干卷,与前书合,各体类从,仍如前例,搜引厘正,力倍于前。”[②]诗歌由汉至唐,递相变化,非独至唐始变,乐府的发展亦是如此。若选家为汉魏六朝乐府立类,而独黜唐,或散入别部,皆有悖于文学发展的延续性。因而臧氏欲厘正此弊,其《唐诗所》的编次,仍从《古诗所》体例,共计四十七卷,分为十四门,首二门分别为古乐府(卷一至卷三),以郊祀歌辞、鼓吹曲辞、横吹曲辞等为分;乐府系(卷四至卷七),其中分歌、行、曲、词、引、篇、章、吟、咏、叹、谣十一种。这样既保证了二书体例的前后一贯性,也保持了唐代乐府的相对完整性。总体看来,《唐诗所》收录乐府诗虽名目繁

---

① 永瑢等《四库全书总目》,第 1755 页。
② 臧懋循《唐诗所序》,明万历刻本。

多,稍嫌于滥,但这也只能说明他在编写体例上不够严谨,并不能抹煞臧氏对唐人乐府的洞见,而这恰恰也是其所编《唐诗所》的进步之处。

除《唐诗所》外,在明人所编唐诗选本中,对古乐府与唐乐府体会最为深刻的应属胡缵宗,在其所编《唐雅》中不仅将乐府单列一体,而且对其有着自己独到的认识:

> 乐府者,乐之府,而诗则乐之章也。启于汉惠,宣于汉武,而原于周雅。魏已不及汉,唐亦不及晋,唐以后无乐府矣。唐乐府虽不类汉浑朴,而其体裁亦自春容,可被管弦。李杜诸大家、张王诸名家,嗣汉而皆有作,其作要皆不苟,意兴隽逸、理趣浑涵,其汉之逸响欤? 诸选本类皆编入诗什,以其辞旨不皆如汉郊祀宗庙诸曲。然音调自与诗异,何可不区别之,以追鼓吹诸部邪? 而唐且以五、七言近体撰为乐府,奏之朝廷,于时必有能协而被之者矣。夫唐乐府固与汉殊,然唐乐音岂与汉同邪? 古乐至周已不备,况汉及唐邪? 况乐府及诗邪? 故听周雅如闻钧天之音,听汉乐府如闻堂上之音,听唐乐府如闻堂下之音,然皆乐也。于唐乐府而不选编,汉何述、周何祖邪? 今所录唐乐府,于鼓吹而有《临高台》《上之回》,于横吹而有《关山月》《长安道》,于相和而有《相逢行》《从军行》,于清商而有《大堤行》《江南曲》,于杂曲而有《少年行》《缓歌行》,于舞曲而有《白鸠辞》诸篇,虽非三代之节奏,而实一代之音响也! 周其古乐,汉其今古之间,唐其今乐乎? 故特表而出之,以备唐文一体,而诏后学,矧郭茂倩氏已俱编之乐府全集邪? [①]

这里,胡氏首先对乐府与诗作了区分,他认为乐府是音乐的载体,而诗则是配乐的歌辞,也就是说,乐府与诗最大的区别就在于具有音乐性。所以他不赞同高棅关于唐乐府“声律未必尽被于弦歌”的观点,而认为其体裁春容,可被管弦。并且他还不满于诸多唐诗选本将唐乐府编入诗什的做法,提出唐乐府“音调自与诗异”,应区别待之。接着,胡氏又描述了乐府的发展流变,称其:“启于汉惠,宣于汉武,而原于周雅。魏已不及汉,唐亦不及晋,唐以后无乐府矣。”在他看来,乐府经历了一个由盛而

---

① 胡缵宗《唐雅》卷之一,雅音上。

衰的发展过程。同样的观点也曾出现在他的《拟涯翁拟古乐府引》中：
"乐府起于汉亦盛于汉,汉乐府浑朴,魏近之,晋乃隽逸,宋已不及晋,齐
梁渐流于绮縻,唐变之,然不尽如汉,宋于唐愈远,至元极矣。"[①]无论称唐
乐府不及晋还是不尽如汉,他对其存在价值还是予以认同的,特别是唐
代李、杜、张、王等人的乐府,在他看来是"意兴隽逸、理趣浑涵",继承了
汉乐府的遗风。当然,胡氏也看到了唐乐府在体式上与汉乐府的不同：
"唐且以五、七言近体撰为乐府,固与汉殊。"唐人确有以律体创作乐府
的情况,从体式上看,的确与汉乐府有了较大区别。但从音乐的角度来
说,唐乐府与汉乐府还是一脉相承的,所以他说："听周雅如闻钧天之音,
听汉乐府如闻堂上之音,听唐乐府如闻堂下之音,然皆乐也。"只不过周
为古乐,汉为今古之间,唐为今乐而已。对唐人乐府,胡缵宗以发展的眼
光较为辩证地对待之,既承认其变化,同时又指出其继承性,正基于此认
识,他才将乐府单列,"特表而出之,以备唐文一体"。从整部《唐雅》的
选诗情况看,乐府独占两卷,选诗数量在所选各体中也最多,可见胡氏对
乐府一体的偏爱。

　　自高棅《唐诗品汇》始,五、七言古今体这一选诗体例逐渐得到普
及,并随着众多选本的流传而发挥导向作用,使得那种轻视乃至忽视唐
乐府作为独立一体的观念泛滥开来,并产生了持久性影响。但在这个过
程中,臧懋循之《唐诗所》、胡缵宗之《唐雅》等唐诗选本通过单列乐府一
体的方式表现出与之相异的诗体观,应该说,正因为有了这种关于乐府
的不同观念的交织与碰撞,才使得明代有关辨体的讨论不断丰富,而这
也成为了明代诗学论争的重要组成部分。

五、绝句与律诗之辨

　　绝句是唐代广为流行的一种诗体,其字数恰好是律诗的一半：律诗
八句,绝句仅四句。对于这种短小精悍的诗歌体制明人投入了极大的热
情,不仅将其与律诗作体制上的辨析,并且通过辨析体制来进一步探讨
其风格特征。

---

① 胡缵宗《可泉拟涯翁拟古乐府》,明嘉靖三十六年(1557)汪瀚刻本,《四库全书存目丛书》集
　部62,第498页。

　　明人关于绝句与律诗体制上的争论焦点是：绝句是否为截律诗之半而成，进一步说，绝句是否为律诗派生出来的一种诗体。其中赞成者如吴讷，他在《文章辨体序说·绝句》中引《诗法源流》云："绝句者，截句也。后两句对者是截律诗前四句，前两句对者是截后四句，皆对者是截中四句，皆不对者是截前后各两句。故唐人称绝句为律诗，观李汉编《昌黎集》，凡绝句皆收入律诗内是也。"①《诗法源流》为元人所作，可见元代已有此观点。而根据文中所提李汉编《昌黎集》，则这一观点已见于唐。持同样见解者还有宋绪与吴师曾，宋绪在《元诗体要·七言绝句》中言："绝句者，截句也。句绝而意不绝，蹙烦就简最为难工。有截律诗前后四句，或截前四句、后四句，至有截中二联者，必运意活动，有含蓄不尽之思，承接之间更加转换，宫商自谐，虽止四句，有余味焉。"②吴师曾《文体明辨》论绝句亦云："绝之为言截也，即律诗而截之也。故凡后两句对者是截前四句，前四句对者是截后四句，全篇皆对者是截中四句，皆不对者是截首尾四句。故唐人绝句皆称律诗，观李汉编《昌黎集》，绝句皆入律诗，盖可见矣。"③依上述观点，绝句应本于律诗而出现，且可分为四体：一是截取律诗前半首；二是截取律诗后半首；三是截取律诗首尾两联；四是截取律诗中间两联。

　　但也有人不认同这种观点。从明人所编唐诗选本来看，在涉及绝句一体时，大都没有表明它是在律诗基础上产生，而将其源头追述至汉魏。如，高棅《唐诗品汇·五言绝句叙目》中云："五言绝句作自古也，汉魏乐府古辞则有《白头吟》《出塞曲》《桃叶歌》《欢问歌》《长干曲》《团扇郎》等篇。下及六代，述作渐繁。唐初工之者众，王、杨、卢、骆尤多。宋之问、韦承庆之流相与继出，可谓盛矣。"④《七言绝句叙目》中云："七言绝句始自古乐府《挟瑟歌》，梁元帝《乌栖曲》、江总《怨诗行》等作皆七言四句。至唐初始稳顺声势，定为绝句。然而作者亦不多见。"⑤在高棅看来，绝句之源头为古乐府，其中，五言绝句从六朝至唐初逐渐发展至

①　吴讷《文章辨体序说》，第57页。
②　宋绪《元诗体要》卷十三，《影印文渊阁四库全书》第1372册，第678页。
③　吴讷《文体明辨序说》，第108页。
④　高棅《唐诗品汇》，第388页。
⑤　高棅《唐诗品汇》，第427页。

盛,七言绝句则至初唐开始协律,但作品数量甚少,尚未发展成熟。这样看来,绝句早在律诗之前就已出现了,因而不会是截律诗而成。所以《唐诗品汇》在各体排列时,将绝句置于古诗之后、律诗之前。胡缵宗《唐雅》亦持此论,他在总述五言绝句时称:"五言绝句起于汉《出塞曲》《长干行》诸作。唐变六朝,太白、浩然、摩诘诸子音调亦复古雅,盖辞简而意兴尤长,涵泳之令人卓有余味,故列为雅音中。"[①] 总论七言绝句曰:"七言绝句原于《汉蒲稍》《天马歌》诸作,至唐而盛,谪仙独雄于一代,其次若少伯、若摩诘、幼隣、达夫、嘉州、光羲,又其次若长卿、义山、牧之,端已皆可称述。其诸音调往往隽逸高古可入歌吹,故亦列为雅音中。"[②] 其意与高棅基本一致。

　　明人之中对绝句一体最有心得者当属杨慎,在其所编唐诗选本中,专选绝句者多达四部,分别为《绝句辨体》《唐绝增奇》《唐绝搜奇》及《绝句衍义》。他也不赞成绝句为截律诗而成的说法,其《绝句辨体序》云:"梅都官《金针诗格》云:'绝句者,截句也。四句不对者,是截律诗首尾四句也;四句皆对者,是截律诗中四句也;前对后不对者,是截律诗后四句也;后对前不对者,是截律诗前四句也。'此言似矣,而实非也。余观《玉台新咏》,齐、梁之间已有七言绝句,迥在七言律之先矣。然唐绝大率不出此四体,其变格则又有仄韵,盖祖乐府;有换韵,祖《乌栖曲》;有四句皆韵,祖《白纻辞》;又有仄起平接而不对者,又一体。作者虽多,举不出此八体之外矣。园庐多暇,命善书者汇而录之,亦遣日之具,胜博弈之为云尔。"[③] 杨慎否定了宋代梅尧臣绝句乃截句之说,并以七言绝句为例,认为其在七言律诗之前就已存在了。但他并不否定梅氏所列的四种绝句体式,并在此基础上又归纳出了四种变体,分别为仄韵、换韵、四句皆韵、仄起平接而不对,以此八体囊括唐人绝句。不过,对杨慎此说,亦有人持异议:"用修先生,一代学府,其序驳梅都官,谓齐梁之间已有七言绝句,迥在七言律之先矣。殆未必然。六朝诗格固自有五言、有七字,有多至十数倍,有少至二三联,岂得以二联四句,遂谓之绝句也?杨

① 胡缵宗《唐雅》卷之五。
② 胡缵宗《唐雅》卷之六。
③ 杨慎《绝句辨体序》,王文才等辑《升庵著述序跋》,云南人民出版社 1985 年版,第 205 页。

伯谦云：七言绝句唐初尚少，至中唐而始盛。李汉编韩退之集，以绝句合律诗为一体，盖绝句亦律诗也。齐梁诸作，自是六朝体裁，不可强而一之矣。"[1]可见，关于绝句的体制由来这一问题，争论双方各执己见，争论不休，表现出明人对这一诗体的高度关注与精密辨析。

当然，在这两派中，以杨慎为代表的反对绝句乃截律诗之半的观点在我们今天看来是较为可信的，陈伯海先生曾言："考五言四句的小诗起于汉代民歌，远比律诗产生为早。即使是调声协律的近体绝句，也跟近体律诗同样由齐梁声律说所孕育，而至初盛唐间共同得到完成，并不存在有定型的律诗割取其半以造成绝句的事实。"[2]而罗根泽先生在《绝句三源》一文中考定出"绝句的名称在梁时已经成立，由梁至隋，继续存在，可知绝句的体裁决非源出律诗，绝句的名称也决非缘于截取律诗"[3]。由此看来，早在明代，杨慎等人对绝句一体的体制辨析是具有独到眼光和进步意义的。

除了辨别绝句与律诗体制之差异，明人还将辨析眼光集中于其风格特征、创作要求上。在这方面，明人较多地关注杜甫，因为杜甫虽为律诗高手，但其绝句成就却不甚高，这也恰恰说明绝句与律诗有着不同的体制特征与创作路数。

杨慎曾批评杜甫"诸体皆有绝妙者，独绝句本无所解"[4]，并在《唐绝增奇序》中具体指出杜甫绝句之不足："予尝品唐人之诗，乐府本效古体而意反近，绝句本自近体而意实远，欲求风雅之仿佛者莫如绝句。唐人之所偏长独至，而后人力追莫嗣者也。擅场则王江宁，骖乘则李彰明，偏美则刘中山，遗响则杜樊川。少陵虽号大家，不能兼善，一则拘乎对偶，二则汨于典故。拘则未成之律诗，而非绝体；汨则儒生之书袋，而乏性情。故观其全集，自'锦城丝管'之外，咸无讥焉。近世有爱而忘其丑者，专取而效之，惑矣！"[5]拘乎对偶，便成半首律诗，称其绝句则不可；拘乎典故，便成儒生之书袋，缺乏思想情韵。杜甫拘于对偶和典故，刻意雕

---

① 张栋《绝句辨体后题》，王文才等辑《升庵著述序跋》，第207页。
② 陈伯海《唐诗学引论》，知识出版社1988年版，第175页。
③ 罗根泽《罗根泽古典文学论文集》，上海古籍出版社1985年版，第217页。
④ 杨慎《丹铅摘录》卷十，《影印文渊阁四库全书》第885册，第296页。
⑤ 杨慎《唐绝增奇》，明曼山馆刻本。

琢,语意分明,用在律诗上见长,但用于绝句便成了短处。那么绝句在风格特征与创作要求上到底有何独特之处呢? 杨慎说"绝句本自近体而意实远"。上文说到,杨慎承认唐人绝句本于律诗的四种体式,并在此基础上又归纳出四种变体,因此他称"绝句本自近体",但接下来话锋一转,称绝句"意实远",明确指出了这一诗体的风格特征,所谓"意远",即是指意在言外。杨慎正是以此为标准极为苛刻地评价杜甫绝句,认为杜甫全集中"自'锦城丝管'之外,咸无讥焉"。对其唯一认可的这首《赠花卿》他如此评价:"唐人乐府多唱诗人绝句,王少伯、李太白为多。杜子美七言绝近百,锦城妓女独唱其《赠花卿》一首,所谓'锦城丝管日纷纷,半入江风半入云。此曲只应天上有,人间能得几回闻'也。盖花卿在蜀,颇僭用天子礼乐,子美作此讽之,而意在言外,最得诗人之旨。"① 花卿,名敬定,是成都尹崔光远的部将,曾因平叛立过功,但他居功自傲,骄恣不法,放纵士卒大掠东蜀,又目无朝廷,僭用天子音乐。这首诗字面上全为赞美乐曲,未着一字讽刺,但讽刺之意却暗含其中,因而被杨慎称为意在言外,有诗人之旨。清代沈德潜《说诗晬语》亦作了相同的评价:"诗贵牵意,有言在此而意在彼者。杜少陵刺花敬定之僭窃,则想新曲于天上。"②

在杨慎看来,绝句不仅具有"意远"的风格特征,而且与风雅之诗有相通之处,所以他说"欲求风雅之仿佛者莫如绝句"。《诗经》中的"风雅"之作,尤其是风诗,大都具有风韵天然、浑成无迹的风格特征,而唐人绝句之妙正在于它与风诗有着潜在而深刻的相通。周容云:"唐诗中最得风人遗意者,唯绝句耳。意近而远,词淡而浓,节短而情长。从此悟入,无论李、杜、王、孟,即苏、李、陶、谢皆是矣。"③ 王世懋《艺圃撷余》亦言:"绝句之源,出于乐府,贵有风人之致。其声可歌,其趣在有意无意之间,使人莫可捉着。盛唐惟青莲、龙标二家诣极,李更自然,故居王上。晚唐快心露骨,便非本色。议论高处,逗宋诗之径;声调卑处,开大石之门。"④ 唐人绝句最得风人遗意,最具风人之致,其"意近而远""其趣在

---

① 杨慎《升庵诗话》卷十三,丁福保辑《历代诗话续编》,第903页。
② 沈德潜《说诗晬语》,《原诗 一瓢诗话 说诗晬语》,第251页。
③ 周容《春酒堂诗话》,张寿镛辑《四明丛书》第一集,民国二十一年(1932)张寿镛约园刻本。
④ 王世懋《艺圃撷余》,何文焕《历代诗话》,第779页。

有意无意之间"，形成一种自然而然、不假雕琢的风格。对此，李维桢在唐诗选本中亦有表述，他曾编有《唐诗隽》四卷，书前《唐诗隽论则》论七言绝句说："七言绝句当以盛唐为法。如李太白、杜子美、王摩诘、孟浩然诸公，突然而起，以意为主，意到辞工，不假雕饰，而自有天然真趣，浑成无迹，此所以为盛唐。四公中，又太白称谪仙才者，而七言绝句尤为入神，诚行乎不得不行，止乎不得不止，即太白亦不自知其所以然而然矣。若晚唐，刻意工而气不甚完，间有至者，亦未尽以为足法也。合而言之，初唐盛唐，以无意得之，其气常完，其调常合；中唐晚唐，以有意得之，其气常歉，其调常离。"① 七言绝句以盛唐为法，原因就在其"意到辞工，不假雕饰"，具有自然天真、浑成无迹的风格，而中晚唐却以有意得之有失绝句本色。

关于绝句的创作要求，胡应麟曾言："'野旷天低树，江清月近人'，神韵无伦；'天势围平野，河流入断山'，雄浑杰出。然皆未成律诗，非绝体也。对结者须意尽，如王之涣'欲穷千里目，更上一层楼'，高达夫'故乡今夜思千里，霜鬓明朝又一年'，添著一语不得乃可。"② "对结"是绝句中的一体，即是指后两句采用对偶的形式。这一体式在五、七言绝句中都较为罕见，因为绝句并不一定要用对偶，如果使用则最好用于首联，倘若用于末联，就太像半首律诗了。唐代诗人中，杜甫绝句常用对结，诗家率以半律讥之，如上文杨慎就曾批评杜甫拘乎对偶，为"未成之律诗，而非绝体"，所论与胡应麟一致。绝句对结，易造成呆板滞重之感，与绝句重情韵、重风神之旨背道而驰。如果使用对结，则必须要做到"意尽"，即是要将思想情感一线贯穿，而不能看似半首律诗，意不相联属。如此看来，绝句虽在外部形式上与律诗之一半相同，但在创作要求、审美追求上却与律诗截然不同，不可用律诗的作法来创作绝句。

绝句在创作要求上不仅不同于律诗，还有人认为其难于律诗，敖英曾在《唐诗绝句类选序》，序中云："唐初诗变古而律，而绝句者又律之变，视律尤难焉。盖其韵约而句鲜，序缀无法则冗，转换无力则散，易之则格卑，深之则气郁，直致之则味短，局而执之则落色相，不抑扬不开阔

---

① 李维桢《唐诗隽》卷首，明萧世熙刻本。
② 胡应麟《诗薮》内编卷六，第111页。

则寡音响,不足以感动千古则不可以风。故曰视律尤难焉。"①从创作上说,绝句要比律诗更难以把握,因其句少而韵约,可发挥的空间有限,因而创作要求更高更复杂:语句连结要有章法,段落转换要有力;语意不可太浅,亦不可太深;要不落色相,有余味;音响节奏抑扬开阖;还要有感动千古之情韵。可见,绝句在创作上的确有着更为严格的要求,无怪乎敖英称其"视律尤难焉"。

六、高棅《唐诗品汇》之辨体模式

高棅《唐诗品汇》是一部在诗学批评史上有广泛影响的大型唐诗选本,始编于明太祖洪武十七年(1384),成书于洪武二十六年(1393),初编共九十卷,录唐六百二十家诗五千七百六十九首。后又于洪武三十一年(1398)补辑《唐诗补遗》十卷,计六十一家,诗九百五十四首,附于书后。书前有明洪武辛巳年②夏六月马得华序、洪武甲戌(1394)冬王偁序以及洪武乙亥(1395)秋九月林慈序。该书最早有明成化间陈炜刻本,后陆续有汪宗尼、汪季舒、陆允中、张恂等校订本。1981年上海古籍出版社根据上海辞书出版社图书馆藏汪宗尼本影印出版。该书标举盛唐,以李、杜为宗,在明代影响甚广,客观上成为前后七子"诗必盛唐"模拟复古主张的先河。不仅如此,该书对唐代各体诗歌"叙源流、定品第"的辨析模式,亦对明代唐诗选本的编选体例及辨体思路产生了重要影响。

高棅在《唐诗品汇总叙》开篇即说:"有唐三百年,诗众体备矣,故有往体、近体、长短篇、五七言律句、绝句等制,莫不兴于始,成于中,流于变,而陊之于终。"③诗歌发展至唐,众体兼备,但前代唐诗编选,大抵或以事类编次,或以时代先后编次,或仅备一体。有鉴于此,高棅编选此书旨在"众体兼备,始终该博"④。在《凡例》第一条他就鲜明地表达了自己重视"诗体"的选诗原则:"不立格,不分门,但以五、七言古今体分别类从,各为卷,卷内始立姓氏,因时先后而次第之。"⑤在编选体例上,《唐诗品

① 凌云《唐诗绝句类选》卷首,明凌云刻三色套印本。
② 明洪武帝在位期间没有辛巳年,此处年代有误。
③ 高棅《唐诗品汇》卷首,第8页。
④ 马得华《唐诗品汇叙》,高棅《唐诗品汇》卷首,第2页。
⑤ 高棅《唐诗品汇·凡例》,第14页。

汇》以五、七言古今体为序,其中五言古诗二十四卷,七言古诗(附歌行长篇)十三卷,五言绝句(附六言绝句)八卷,七言绝句十卷,五言律诗十五卷,五言排律十一卷,七言律诗(附七言排律)九卷。每体中又分正始、正宗、大家、名家、羽翼、接武、正变、余响、旁流共九品,九品的划分大致以时间为序:初唐为正始,盛唐为正宗、大家、名家、羽翼,中唐为接武,晚唐为正变、余响,方外异人等诗为旁流。其中五绝无大家、名家、正变三品;七绝无大家、名家;五律无名家、正变;五排无名家、正变;七律无名家。

《唐诗品汇》的编选体例是受元代杨士弘《唐音》的直接影响发展而来。《唐音》全书分"始音""正音""遗响"三部分,其中"始音"仅选初唐四杰之诗,并称其初变六朝而"开唐音之端",然"未能皆纯"[1]。"遗响"则收录初唐至晚唐间,或存诗不多不足以"名家"者,或音调不纯不得列入"正格"者,旁及方外、闺秀、无名氏之诗。这部分是为了与"唐诗正格"相比较而特意列的"偏格"或"变格",从比较中以见唐诗音律之变。"正音"是整部《唐音》最为重要的部分,在编选体例上异于"正始"与"遗响",采用了以体编次的方式,分五古、七古、五律(附排律)、七律(附排律)、五绝(附六言绝句)、七绝六种体式,每一体又以盛、中、晚世次为序分为上、下卷,或上、中、下卷。如,五、七言古诗、五言律诗、五言绝句共四卷,每卷再分上下卷,上卷收"唐初、盛唐诗",下卷收"中唐诗";七言律诗、七言绝句共两卷,每卷再分上、中、下卷,上卷收"唐初、盛唐诗",中卷收"中唐诗",下卷收"晚唐诗"。这种先分体再分期的编选体例,在此前的唐诗选本中从未出现过,当为《唐音》首创。

《唐诗品汇》之体例在分体、分期上明显是受《唐音》的启发,不过,《唐诗品汇》虽取法于《唐音》,却并未止于《唐音》,而是在其基础上又有所发展。发展之一,《唐音》的分体编次仅限于其"正音"部分,而《唐诗品汇》则将分体编次的方式贯穿全书,按照七种体式进行分列,在体例上较《唐音》更完整统一。发展之二,《唐诗品汇》在每体之下又列"正始、正宗、大家、名家、羽翼、接武、正变、余响、傍流"九格,并将这九格与唐诗初、盛、中、晚四个时期相联系,除"傍流"外,八品都关乎诗体流变与品格高下,从纵向看,极为明晰地勾勒出了唐代七种不同诗体的发展脉

----

① 杨士弘《唐音》,明初魏氏仁实堂刻本。

络,每体前皆用"叙目"标之,这是高氏之独创,我们且以五言古诗为例来看其独特的辨体模式:

《唐诗品汇·五言古诗叙目》首先于"正始"部分揭示五言古诗之源头:"五言之兴,源于汉、注于魏,汪洋乎两晋,浑浊乎梁陈,大雅之音几于不振。"继而叙述其在唐初之发展:"唐氏勃兴,文运丕溢,太宗皇帝龙凤之姿,天文秀发,延览英贤,首倡斯道。其《幸庆》《善宫》等作,时已被之管弦,明良满庭,赓歌赞治,若夫世南属和,匡君以正;魏征终篇,约君以礼,辞之忠厚,岂曰文为? 及乎永徽以还,四杰并秀于前,四友齐名于后,刘氏庭芝古调,上官仪新体,虽未遏其微波,亦稍变乎流靡。爰自贞观至垂拱间,通得二十六人,择其诗之颇精粹者共六十七首,列为唐世五言古风之始。""神龙以还,品格渐高,颇通远调,前论沈宋比肩,后称燕许手笔,又如薛少保之《郊陕》篇,张曲江公《感遇》等作,雅正冲淡,体合风骚,骎骎乎盛唐矣。今自沈云卿而下,以尽乎开元初之诸贤,通得二十五人,共诗七十五首,离为下卷,亦曰正始。"从汉魏至唐初,五言古诗的发展流变清晰可见,而这足以"使学者本始知来,溯真源而游汗漫矣"①。

"正宗"乃为此体中品格最高者,最符合此体的本色要求。古体不是唐人体制,故唐代诗人成就高者虽众,但在高棅看来属于"正宗"者并不多。因而五言古诗之正宗仅陈列子昂与李白,陈子昂"始变雅正";"务求真适""伫兴而成";"其音响冲和,词旨幽邃,浑浑然有平大之意"②。李白"天才纵逸,轶荡人群,上薄曹刘,下凌沈鲍";其诗"如无法度,乃从容于法度之中"③。二人的五言古诗最符合汉魏的风雅精神及浑成无迹之本色,因而堪为"正宗"。

"大家"一格专为杜甫一人所辟,高棅引元稹、严羽之言,称杜甫"尽得古人之体势,而兼昔人之所独专",是先辈所谓"集大成者也"④,可见其对杜甫之推崇。但杜甫并不擅长绝句,称其诸体兼善显然并不合适,因而高棅在五、七言绝句中并未将其列入"大家"。而与杜甫齐名的李白各体均入正宗,却又不得与杜甫并目。由此可见,高棅将杜甫列入"大

① 高棅《唐诗品汇·五言古诗叙目》,第46—47页。
② 高棅《唐诗品汇·五言古诗叙目》,第47页。
③ 高棅《唐诗品汇·五言古诗叙目》,第47页。
④ 高棅《唐诗品汇·五言古诗叙目》,第48页。

家"是有其独特考虑的,或许是认为他"律法独异诸家"①,在创作上与盛唐诸家不合,列入"正宗"似不妥,列入"名家"又不足以显其"大"。故专辟"大家",以标示其独特地位。

"名家",被高棅称作"人各鸣其所长",如"襄阳之清雅,右丞之精致,储光羲之真率,王江宁之声俊,高达夫之气骨,岑嘉州之奇逸,李颀之冲秀,常建之超凡,刘随州之闲旷,钱考功之清赡,韦之静而深,柳之温而密"②。这些诗人的五古创作,各具风格,各有所长,但又不尽符合正宗的汉魏古诗之本色,因而以"名家"列之。

"羽翼",是在正宗既定,名家载列,根本已立之后,选择盛唐能够"相与发明斯道",以"鸣乎盛世之音"者。"学者观之,能审诸体、辩所来,庶乎不作开元天宝以下人物"③。可见,以天宝时期为界,正宗、大家、名家、羽翼是高棅标举的唐诗典范,唐人五古以此为"正"。

"接武"部分,高棅称:"天宝丧乱,光岳气分,风概不完,文体始变。"对此时诸如刘长卿、钱起、韦应物、柳宗元等诗人,高棅已突破世次界限,将其列入"名家"。而"郎士元、皇甫冉、李端、卢纶、顾况、戎昱、窦参、武元衡之属,以及乎权德舆、刘禹锡诸人相与接迹而兴起,翱翔乎大历、贞元之间,其篇什讽咏不减盛时"④。高棅以其绍天宝诸贤之后而命之为"接武",使学诗者"知有源委矣"。

"正变"则专选韩愈、孟郊之诗。韩、孟二人"生平友善,动辄唱酬,然而二子殊途,文体差别"。差别在于,韩愈"博大而文,鼓吹六经,搜罗百氏,其诗骋驾气势,嵚绝崛强,若掀雷决电,千夫万骑,横鹜别驱,汪洋大肆而莫能止者,又《秋怀》数首及《暮行河堤上》等篇,风骨颇逮建安,但新声不类",属于"正中之变"⑤。孟郊则"少怀耿介,龌龊困穷,晚擢巍科,竟沦一尉。其诗穷而有理,苦调凄凉,一发于胸中而无吝色,如《古乐府》等篇,讽咏久之足有余悲",属于"变中之正"⑥。"正中之变"为正多变

① 高棅《唐诗品汇·七言律诗叙目》,第706页。
② 高棅《唐诗品汇·五言古诗叙目》,第48—49页。
③ 高棅《唐诗品汇·五言古诗叙目》,第50页。
④ 高棅《唐诗品汇·五言古诗叙目》,第50页。
⑤ 高棅《唐诗品汇·五言古诗叙目》,第51页。
⑥ 高棅《唐诗品汇·五言古诗叙目》,第51页。

少，"变中之正"则反之。虽然二人在五古创作上属于"变"，但因"其遗风之变犹有存者"，故高棅称其为"正变"。

"余响"所选为元和至唐末诗人。高棅称："元和再盛之后，体制始散，正派不传，人趋下学，古声愈微。"此时"张籍、王建、白居易、欧阳詹、李贺、贾岛诸人，各鸣于时，犹有贞元之遗韵。开成后，马戴、陈陶、刘驾、李群玉辈，黾勉气格，尚欲贾前人之余勇，又如司马礼、于濆、邵谒之属，研精覃思，不过历郊岛之藩翰耳。虽然时有废兴，道有隆替，文章与时高下，与代终始，向之君子岂可泯然其不称乎？"这些诗人尚可继中唐之遗绪，"题曰余响，以见唐音之盛，汹汹不绝"①。在"古声愈微"的情况下，高棅仍然记录"余响"，保持了五言古诗在唐代发展流变的完整性。

唐代五言古诗经此勾勒，其兴衰流变的发展线索就判若明火。高棅在描述诗体源流变化的同时，也区分了品格之高下，从而确立了该书的审美取向：开元、天宝乃为"盛唐之盛"，是唐诗"品格最高"者。值得注意的是，高棅虽将开元、天宝的作品视为最高典范，但他并不是一个机械的"时代优劣"论者，而是对于那些在某一诗体中成就突出、符合其心目中最高典范的作家"不以世次拘之"，因而我们看到初唐陈子昂端坐五古之"正宗"，中唐柳宗元等位列五古之"名家"。总观《唐诗品汇》的辨体模式，从纵向来看，在其所列七种体式的发展脉络中，每体皆以世次为经，品第为纬，构成了极为严整细密的辨体理论框架，每一体唐诗盛衰因革的过程不再停留于"四唐"轮廓式的区分，而呈现为各种诗体纵向的演变和同期作家间的横向联系。从横向观察，综合每一诗体的相同类别，即构成了每一时期的唐诗概貌。

《唐诗品汇》这种溯源头、叙流变、定品第的辨体模式也引起了后人对诗体辨析和研究的重视。继《唐诗品汇》之后，吴讷《文章辨体序说》、王世贞《艺苑卮言》、胡震亨《唐音癸签》、徐师曾《文章明辨序说》都设专卷或专章讨论诗体，许学夷《诗源辨体》更是全面而详尽地研究诗体之渊源流变。而胡应麟《诗薮》则继承《唐诗品汇》以辨体为经、品评为纬的复合结构，既纵向延伸，阐述每一诗体在各代的源流嬗变，又横向拓展，展现各体诗的具体风格及其演化，揭示出了一个盛衰兴替的发展过

————————
① 高棅《唐诗品汇·五言古诗叙目》，第52页。

程。不仅如此,《唐诗品汇》的辨体模式还对明代其他唐诗选本的编撰多有启发。如,胡缵宗《唐雅》对诗体的辨析在某种程度上就是受《唐诗品汇》的影响。

高棅在《唐诗品汇总叙》中称:"有唐三百年,诗众体备矣。"胡缵宗在《唐雅》中亦有相同表述,他说唐诗:"去风雅虽远,然大篇、短章、乐府、绝句,至唐皆卓然成家,诗家谓诸体兼备,不其然哉!"[①]他们都认为诗歌发展至唐进入了一个众体兼备的阶段。面对如此多样的诗歌体式,高棅对每一种诗体的源流和发展趋向都作了较为详细的描述,正如他所谓:"兴于始,成于中,流于变,而陊之于终。"[②]而《唐雅》于每一诗体之前皆有一段论述,先是追溯该体诗歌之源头,继而列举此体在唐代的代表性诗人。尽管其论述不及《唐诗品汇》详细,对诗体发展流变的描述不甚清晰,但我们仍然可以从他的论述中看到其在辨体方面所作的努力。如论五言律诗:"五言近体皆云起自唐初,不知梁陈庾徐已具此格,特古今未分尔。夫近体既分,古体渐微,而诗不汉魏若矣。伯玉、必简、云卿、浩然、谪仙、摩诘、嘉州诸子皆称大家,而工部尤备诸美,雄于一代,当与陈李古体并称,今录其音调纯粹者,以其近古而不纯古也,乃列为雅音下。"[③]与高棅在《唐诗品汇·五言律诗叙目》相比,胡氏的论述显得较为粗略,但他基本上也将此体的源流及唐代最擅此体的大家标举出来,所论内容与高棅基本一致,例如,高棅称"律体之兴虽自唐始,盖由梁陈以来俪句之渐也。梁元帝五言八句已近律体,庾肩吾《除夕》律体工密,徐陵、庾信对偶精切,律调尤近"[④]。而胡氏所云"五言近体皆云起自唐初,不知梁陈庾徐已具此格,特古今未分尔",所传达的观点与《品汇》完全相同。并且他还将古、近体诗发展替代的关系用简短的语言表达出来:"夫近体既分,古体渐微,而诗不汉魏若矣。"由于近体的出现,古诗逐渐衰微,唐诗之面貌已与汉魏不同了,从中可见胡氏对汉魏古诗的崇尚。接下来,胡氏所列唐代大家与高棅五言律诗叙目中所列正始、正宗、大家诗人也基本相同,都是初盛唐诗人。只是对杜甫的评价二人略有不同,

---

① 胡缵宗《唐雅序》,《唐雅》卷首。
② 高棅《唐诗品汇总叙》,第 8 页。
③ 胡缵宗《唐雅》卷之七,雅音下。
④ 高棅《唐诗品汇·五言律诗叙目》,第 506 页。

高棅将杜甫列为大家而未入正宗,对杜甫五律的变化持一种保守的态度。但是,胡氏却直接称赞杜甫"尤备诸美,雄于一代,当与陈李古体并称",对杜甫的五律评价极高。

又如,蒋一葵笺释李攀龙之《唐诗选》[①],蒋氏对李攀龙所选诗歌不仅笺语极详,且在每一诗体前都加上了一小段总论,主要论及该体之源头,而其所论基本都是从《唐诗品汇》叙目中直接截取或稍加改动。如下表所示:

诗歌体式	《唐诗品汇》	《唐诗选》(蒋一葵笺释)
五言古诗	五言之兴,源于汉、注于魏,汪洋乎两晋,浑浊乎梁陈,大雅之音几于不振。	五言起于苏、李,然夏歌、楚谣间用五字成句,虽诗体未全,是五言之滥觞也。
七言古诗	七言虽云始自汉武柏梁,然歌谣等作出自古也,如宁戚之商歌,七言略备,迨汉则纯乎成篇。下及魏晋,相继有述,其间杂以乐府长短句,词吟曲引篇行咏调皆名为诗。	七言沿起,咸云柏梁,然歌谣等作,出自古也,声长字纵,易以成文,故蕴气、调辞与五言略异。
五言律诗	律诗之兴,虽自唐始,盖由梁陈以来俪句之渐也。梁元帝五言八句已近律体,庾肩吾除夕律体工密,徐陵庾信对偶精切,律调尤近。唐初,工之者众,王杨卢骆四君子以俪句相尚,美丽相矜,终未脱陈隋之气习。	律体之兴,虽自唐始,盖由梁陈以来俪句之渐也。唐人工之者众,习尚相高,遂臻美妙。
五言排律	排律之作,其源自颜、谢诸人,古诗之变,首尾排句,联对精密。梁陈以还,俪句尤切。唐兴,始专此体,与古诗差别。	排律之作,其源自颜、谢诸人古诗之变,首尾排句,联对精密,与古诗差别。
七言律诗	七言律诗又五言八句之变也。在唐以前,沈君攸七言俪句已近律体,唐初始专此体,沈宋等精巧相尚。	七言律诗又五言八句之变。在唐以前,沈君攸七言俪句已近律体,唐人始专此体。
五言绝句	五言绝句作自古也,汉魏乐府古辞则有白头吟、出塞曲、桃叶歌、欢问歌、长干曲、团扇郎等篇。下及六代,述作渐繁。	五言始自汉魏乐府,如白头吟、出塞曲、桃叶歌、欢问歌、长干曲、团扇郎等篇,皆其体也。六代述作渐繁,入唐尤盛。

① 李攀龙《唐诗选》,蒋一葵笺释,明刻本。

续表

诗歌体式	《唐诗品汇》	《唐诗选》（蒋一葵笺释）
七言绝句	七言绝句始自古乐府《挟瑟歌》、梁元帝《乌栖曲》、江总《怨诗行》等作皆七言四句。至唐初始稳顺声势，定为绝句。	古乐府《挟瑟歌》、梁元帝《乌栖曲》、江总《怨诗行》等作皆七言四句。唐人始稳顺声势，定为绝句。

从上表对比中可见，蒋一葵只在论及七言古诗时言出己意，不仅提及该体的创作源头，亦从创作风格上指出其与五言古诗的不同。除此之外，对其他六种诗体，蒋氏几乎都照搬《唐诗品汇叙目》，或略作改动。其实，李攀龙所编《唐诗选》本身在编撰体例与选诗标准上均受《唐诗品汇》的直接影响，不过李氏并未对每一诗体作具体论述与辨析。而蒋一葵在为《唐诗选》作笺释时，特意加上对每一诗体源头之辨析，应该说是受《唐诗品汇》辨体模式中对各体诗歌寻根讨源之辨体思维方法的影响，从中亦可见明人对诗体的辨析愈来愈细密，关注程度也愈来愈高。

明末施端教所编《唐诗韵汇》三十卷，专采唐人近体，分体按韵排列，分五、七言律诗，五、七言排律，五、七言绝句，以上平、下平韵编次。每一诗体前皆有一段序文总论该体，为陈璜、俞绶等人所撰。如七言律诗前陈璜所作序文：

> 唐诗七律，初唐之盛，沈云卿、杜必简、张燕公、苏小许公华赡飚举，首开宗风。盛唐王右丞、李新乡、高达夫、岑加州雄浑典丽，吐词天拔；崔司勋、李青莲间出古意，品外独绝；杜工部博大高超，才兼诸美。中唐刘文房、钱文仲清新闲雅，风趣一变；韩君平翩翩韶令，郎君胄磊落英多，卢允言、二皇甫之工致，李司马、刘梦得之怆怀。晚唐李义山、温飞卿西昆金荃，自成一体；陆鲁望、皮袭美松陵唱和，刻画为能；杜牧之、许用晦之峭特，赵承祐、薛陶臣之凄婉，吴子华、韩致光香奁秀丽，别自情深。皆卓然名家，可歌可咏、亦风亦雅者也。此外如散玑碎金，披沙剖石，往亦见宝。①

这里，陈璜以初、盛、中、晚为序揭示出了唐人七言律诗的发展过程，并对

---

① 施端教《唐诗韵汇》，清康熙二十年（1681）刻本。

每一时期的代表性作家及其创作风格作了总结归纳。从初唐沈佺期、杜审言等人的"首开宗风",到盛唐李白等人的"间出古意,品外独绝"以及杜甫的"博大高超,才兼诸美",再到中唐刘禹锡、钱起的"清新闲雅,风趣一变",最后到晚唐李商隐、温庭筠的"西昆金荃,自成一体"。他所列举每一时期重要的七律作家与《唐诗品汇·七言律诗叙目》大体一致,不同之处在于,他更侧重对作家创作风格的仔细辨析,而并未从正、变的角度讨论七律一体在唐代的发展流变。序文虽然并非编者本人所撰,但他将这些序文置于每体端首,可见其对序文内容的认可,亦可见其对诗体辨析的重视。

通过以上六方面的阐述我们看到,明人在辨体方面有着独特的心得体会,可以说,他们对诗歌体式的研究兴趣和认识程度都明显超越了前代,在辨体理论方面取得的成就也较前代更为突出。明人热衷辨体的最直接原因恐怕与明代复古思潮的高涨密不可分,在诗歌领域,复古思潮作为诗学主流引导人们将眼光投向汉魏盛唐诗,面对这些被奉为典范的诗歌作品,他们要寻找摸索学习的途径,首先必然要对诗歌的体制要求及风格特征作出明确的辨析和清晰的把握,所以我们看到,无论是对古体、律体的辨析还是对绝句与律诗的关系探究;无论是对五言古诗的古、唐之辨,还是对乐府的古、唐之辨,都显示出明人对诗歌体制强烈的关注及其辨体观念的不断成熟。而明人编撰的唐诗选本恰恰在一定程度上成为了展现这种强烈辨体意识的重要载体,除了参与以上所提到的几方面的辨体讨论外,明代唐诗选本大都采用的"以体为序"的编选体例,以及高棅《唐诗品汇》所构建的辨体模式,都从有异于诗学论著的角度充分展现了明人独特的辨体成果,这为我们更加全面地了解明人的辨体观提供了新的视角。

第四章　明代唐诗选本中的格调论

以前、后七子为代表兴起的诗歌复古思潮是有明一代诗学的主流，其中"格调"论作为复古派诗歌主张中最为重要的组成部分很早就被现代研究者所关注。早在 20 世纪 20 年代，日本学者铃木虎雄就曾以前后七子为研究对象阐发过"格调"论，可谓一石激起千层浪，在国内学界引起巨大反响。著名学者郭绍虞、朱东润等人先后对"格调"进行了深入的剖析阐释，之后踵其迹者愈来愈众，研究亦更为细密深入，角度多元，有人甚至将"格调"作为明代前后七子与清代沈德潜的主要论诗纲领，而称其为"格调派"。但是到目前为止，学界对明代诗学中的"格调"论内涵及其所涵盖的范围仍然是众说纷纭，尚未形成统一的认识。陈国球先生曾在《明代复古派唐诗论研究》一书中详细描述了从 1917 至 1990 年关于明清格调诗说现代研究的发展轨迹，他认为："'格调'是一个明清诗论家常用的术语，在实际批评的操作过程中发挥作用。但当这个术语被同时或后来的论述者认定与某一群体（在此是指明代的复古派、清代的沈德潜）关系比较密切时，这个术语的概念就会被先后各种论述扩大、延伸、膨胀，变成一种诗学态度和主张。"① 在他看来，"格调"本是复古派用来评鉴诗歌的技术词汇，而很多研究者却将其扩大为几乎涵盖复古派所有诗论的一个大的范畴了。笔者认为，"格调"一词的确是明人尤其是复古派论诗时常常用到的一个概念，有时单用"格"或"调"，有时"格调"连用。但是，以"格调"论诗与复古派的复古思想确又有着密不可分的关系，他们经常将"格调"与其强调"第一义"的辨体思想以及"尊唐"的学诗宗尚连结在一起，甚至可以说是以"格调"为基础延伸出了复古派其他的复古主张，因而在笔者看来，明代诗学中的"格调"论尚可以狭义与广义来区分，从狭义上说，仅仅是指明人对"格调"或"格"与"调"的具体论述与使用，如指"体格声调"等。从广义上言之，则又

----

① 陈国球《明代复古派诗论研究》，北京大学出版社 2007 年版，第 364 页。

延伸至学古的典范、学古的方法、学古与抒情的关系问题等。在本章的论述中,我们以明代唐诗选本中的"格调"论为研究对象,为避免和第二章"唐诗选本与复古诗派"的论述内容交叉重合,这里所探讨的仅为狭义的"格调"论。

第一节　明前"格调"论的发展流变

以"格""调"论诗,早在魏晋南北朝时期就已开始,但真正广泛地将"格""调"运用于文学批评则是在唐代。殷璠于《河岳英灵集》中就多次使用"格""调"来论诗、评诗,其叙曰:

> 自萧氏以还,尤增矫饰。武德初,微波尚在。贞观末,标格渐高。景云中,颇通远调。开元十五年后,声律风骨始备矣。[①]

这是对唐诗风貌发展流变的一段概括。六朝诗歌自齐梁以来,越来越走向内容狭窄空洞、追求形式雕琢之途,总体呈现浮靡风气,初唐陈子昂就曾以汉魏风骨来矫六朝之弊,倡导具有思想充沛、刚健有力的内容以及"音情顿挫、光英朗练"形式美的诗风。殷璠则是用"标格渐高,颇通远调"来总括初唐贞观、景云年间诗风,表明这一时期诗歌已开始渐渐脱离六朝影响,其中"格"即是指品格,侧重诗歌内容;"调"则是指声调,侧重外在形式。殷璠认为,贞观末至景云年间,诗歌创作品格渐高,内容逐渐充实,且具有高远流畅的声调,这为盛唐之音的"声律风骨始备"打下了基础。

《河岳英灵集》单独以"调"论诗更为常见,而"调"的内涵大都指向诗歌的自然声调,而并不是与平仄切对相关的诗歌声律。殷璠论诗非常重视声律,但又不拘于声律,《集论》曰:

> 夫能文者,匪谓四声尽要流美,八病咸须避之,纵不拈二,未为深缺。即"罗衣何飘飘,长裾随风远",雅调仍在,况其他句乎?故词有刚柔,调有高下,但令词与调合,首末相称,中间不败,便是

---

① 傅璇琮、李珍华《河岳英灵集研究》,第117页。

知音。①

在他看来,作诗不合四声八病等声律要求也并无大碍,只要词采之刚柔与声调之高下能够从头至尾协调一致,自然贯畅,便是了解了音律。这里所涉及的"调"显然指的不是声律而是自然声调。

在评价诗人诗作时,殷璠也多次使用"调"这个术语,如:

> 维诗词秀调雅,意新理惬。②
> 顾诗发调既清,修辞亦秀。③
> 浩然诗,文彩丰茸,经纬绵密,半遵雅调,全削凡体。④
> 咏诗剪刻省静,用思尤苦,气虽不高,调颇凌俗。⑤

以上评语中所用到的"调",有的与内容相对,有的与词采修辞对举,皆属诗歌外在形式方面的自然声调。不同诗人,其诗作所呈现出的声调特色亦不相同,王维、孟浩然诗自然天真、浑然天成,具有浑雅之调;李顾诗雄浑奔放,发为清壮之调;祖咏诗风格剪刻省静,气虽不高,但由于他用思尤苦,所以诗歌仍具有凌俗之调,也即雅调。

此外,殷璠也曾"格""调"并用来评价作家,如评储光羲:

> 储公诗,格高调逸,趣远情深,削尽常言,挟风雅之迹,浩然之气。⑥

"格高调逸"依然是着眼于诗歌的思想内容与外在声调。储公诗具有深情远趣,挟风雅遗风,这就是所谓"格高",而"调逸"乃是指与内容相谐的高远深幽之调。"格高"与"调逸"并在一起,又共同构成了储诗的风格特色,那就是具有高远飘逸、超凡脱俗的恬淡之风。从殷璠开始,"格高调逸"即成为后世诗评家论诗时常用的批评术语,尤其是到明代,复古派更是将其作为指导诗歌创作的标准来刻意追求与模仿。

在唐代,除殷璠以外,以"格调"论诗者还有皎然与王昌龄。其中

① 傅璇琮、李珍华《河岳英灵集研究》,第119页。
② 傅璇琮、李珍华《河岳英灵集研究》,第148页。
③ 傅璇琮、李珍华《河岳英灵集研究》,第173页。
④ 傅璇琮、李珍华《河岳英灵集研究》,第205页。
⑤ 傅璇琮、李珍华《河岳英灵集研究》,第238页。
⑥ 傅璇琮、李珍华《河岳英灵集研究》,第213页。

皎然在评谢灵运诗时仍是以"格高""调逸"论之,《诗式·文章宗旨》中云:

> 夫文章,天下之公器,安敢私焉?曩者尝与诸公论康乐为文,真于情性,尚于作用,不顾词采,而风流自然。彼清景当中,天地秋色,诗之量也;庆云从风,舒卷万状,诗之变也。不然,何以得其格高,其气正,其体贞,其貌古,其词深,其才婉,其德宏,其调逸,其声谐哉?①

皎然对谢诗评价极高,其中"格高""气正"着重于思想内容;"体贞""貌古"着重于作品风格;"词深"侧重语言;"才婉""德宏"侧重作家才性;"调逸""声谐"强调外在声调。在这里,皎然以"格高""调逸"来说明谢诗在内容上摆脱平浅庸弱,具有清高脱俗的品格;在外在形式上亦具有和谐流畅、飘逸脱俗之音调,其内涵与殷璠所论基本一致。

王昌龄对"格""调"的理解似乎与以上两者不同,托名为其所著的《诗格》中有这样一段话:

> 凡作诗之体,意是格,声是律,意高则格高,声辨则律清,格律全,然后始有调。②

这段话中,所谓"格",仍是指诗歌品格,但王昌龄在这里明确指出了"格"与立意之间的密切关系,立意高则格高,有了高远的立意,作品自然超凡脱俗,达到较高的艺术境界。所以他提出"格"实际上是为了强调诗歌创作中立意的重要性。当然,王昌龄不仅重立意,而且重声律,在他看来,诗歌只有同时具备这两方面才可称得上有"调"。这里的"调"显然不是指声律,也不是指自然声调,而是以立意与声律为基础的内容与形式相统一的诗歌风貌。

总体看来,唐代诗论中所涉及的"格"基本都是指诗歌品格,侧重于诗歌的主观立意、思想内容方面;"调"则是指自然声调或指诗歌整体风貌。

在宋代,以"格""调"论诗也较为常见,如姜夔《白石道人诗说》

---

① 皎然著,李壮鹰校注《诗式校注》,第118页。
② 张伯伟《全唐五代诗格汇考》,江苏古籍出版社2002年版,第160页。

中云：

> 意格欲高，句法欲响，只求工于句字，亦末矣。故始于意格，成
> 于句字。
> 句意欲深欲远，句调欲清欲古欲和，是为作者。[①]

针对江西诗派一味摹仿的弊病，姜夔强调作诗应以意为主，与王昌龄一样，姜夔也将格与意相连，用来强调作品思想内容、主观立意的重要地位，"格"的高下完全取决于立意。而他所说的"调"涵义比较模糊，从字面上看，似是指声律韵调。他认为作诗不能一味求工于字句，而应追求立意深远，音调清远、古朴、和谐。可见，姜夔论"格""调"与唐人一样，仍是侧重于思想内容与外在声调，突出的是二者相辅相成的关系。

宋代严羽的《沧浪诗话》是对明代诗学影响颇深的一部论诗专著，郭绍虞先生就曾将明代复古诗派的格调论与《沧浪诗话》密切联系在一起。的确，在明代前后七子的复古诗论中，其"第一义之悟"的观点与《沧浪诗话》中的"学者须从最上乘，具正法眼，悟第一义"[②]以及"入门须正，立志须高"[③]之说有着直接的渊源关系。其主尊盛唐的观点也源于严羽"借禅以为喻，推原汉魏以来，而截然谓当以盛唐为法"[④]的论断。所以，如从广义上看复古派的格调论思想，确有许多都是来自严羽的《沧浪诗话》。但是，如果以狭义观之，实际上在《沧浪诗话》中并没有直接用到"格""调"或"格调"这些术语。然而即便如此，我们还是可以从《沧浪诗话》中找到一些与"格调"较为接近的表述，而这对后代特别是明代以格调论诗的思维方式是有着重要影响的。如：

> 诗之法有五：曰体制，曰格力，曰气象，曰兴趣，曰音节。[⑤]

严羽论诗主盛唐，他所论的诗之法的这五个方面实际是他对盛唐诗歌艺术成就的高度概括，也是他认为值得后人学习的方面。五方面中他首倡"体制"，诗歌发展至盛唐，各体兼备，而每一种诗体都有各自不同的

---

① 姜夔《白石道人诗说》，郭绍虞《中国历代文论选》第 2 册，第 404 页。
② 严羽著，郭绍虞校释《沧浪诗话校释》，第 11 页。
③ 严羽著，郭绍虞校释《沧浪诗话校释》，第 1 页。
④ 严羽著，郭绍虞校释《沧浪诗话校释》，第 27 页。
⑤ 严羽著，郭绍虞校释《沧浪诗话校释》，第 7 页。

体格规范以及相应的风格特征,所以严羽认为作诗应当先明辨体制,要符合各体的规范要求。这一点在明代被广泛继承,明人论诗首先讲求辨体,而他们在论及诗歌体制及其风格特征时有时恰恰就用"格"来表示,如李东阳的格调论中对"格"的认识即是如此。所以严羽论体制虽未以"格"冠名,却也隐隐牵出了明代以"格"论诗的一条思路。严羽论诗几乎没有单独用到"格"一词,这段话中,他是将其与"力"连用的,所以此"格"就不再是指品格之意了,"格力"强调的是诗歌创作应当明朗刚健,有穿透力、感染力。《沧浪诗话》中亦未明确以"调"论诗,但这里所说的"音节"也暗含了"调"之意,他倡导的是盛唐诗歌那种抑扬顿挫的声律音韵之美。对"音节",也即"调"的重视是唐宋诗评家一直以来的自觉追求,这对明人以"调"论诗的思维习惯产生了极大影响。

元代杨士弘所编《唐音》是一部在多方面具有开创意义的唐诗选本,对明代复古派诗学影响巨甚。之所以这样说,主要基于两个方面:一是其确立了盛唐为宗的学诗典范,这成为明代诗学复古思潮中"诗必盛唐"的先声;二是其选诗宗旨为"审其音律之正变"[①],着眼于"音律"来遴选诗歌以示唐诗之盛衰优劣,这对明代"格调"论中以"调"论诗亦产生了直接影响。

整部《唐音》在"音律正变"的思维指导下分为始音、正音、遗响三部分。正如许多研究者所认为的那样,《唐音》选诗并非是拘于世变论,载入"正音"者有晚唐诗,收入"遗响"者亦有盛唐之作。杨士弘是以"音律"为区分正变的标准,把重点放在探讨唐诗的艺术形式上。如:

> 《始音》不分类编者,以其四家制作初变六朝,虽有五、七之殊,然其音声则一致故也。(《唐音·凡例》)
>
> 《正音》以五、七言古律绝各分类者,以见世次不同,音律高下,虽各成家,然体制声响相类,欲以便于观者。(《唐音·凡例》)
>
> 《遗响》不分类者,以其诸家之诗,篇章长短参差,音律不能谐合,故就其所长而采之。(《唐音·凡例》)
>
> 自六朝以来,正声流靡。四君子一变而开盛唐之端,卓然成家,

[①] 杨士弘《唐音序》,杨士弘编选,张震辑注,顾璘评点,陶文鹏、魏祖钦整理点校《唐音评注》,第7页。

观子美诗可见矣。然其律调初变,未能纯。今择其粹者,列为唐诗始音云。(《唐音·始音序》)

五言古诗盛唐初变六朝,作者极多,然音律参差,各成其家。(《唐音·正音序》)

七言古诗唐初作者亦少,独王、岑、崔、李较多,然其音律沉浑皆足为法者十人,共诗八十二首。(《唐音·正音序》)

唐初作者,五言排律者多,然首尾音律往往不纯,今得八人共诗十五首。(《唐音·正音序》)

唐初作七言律者极少,诸家不过所录者是。然其音律纯厚自然可法者九人,共诗二十六首。(《唐音·正音序》)

中唐来作者渐盛,然音律亦渐微,选其近盛唐者一十七人,共诗五十八首。(《唐音·正音序》)

晚唐来作者愈盛而音律愈降,独许浑、李商隐对偶精密,有可法者二人,共诗二十首。(《唐音·正音序》)

五言绝句盛唐初变六朝《子夜》《杨柳》之类,往往音调高古,皆可为法,十三人共诗六十首。(《唐音·正音序》)

七言绝句唐初作者尚少,独王少伯、贺知章、王维而下,音律高古,可为法者十人,共诗四十七首。(《唐音·正音序》)

右十人通得诗四十首,皆中唐人诗,不得其全以考之,故不入正音,而诸书中采其律调精粹者类附于此云。(《唐音·遗响序》)

右八人通得诗二十七首,其合作者已录正音,其句律虽未甚纯美,而其意调工致有不可弃者,再列于此云。(《唐音·遗响序》)

右通得诗七十五首,皆晚唐以来名家之作也,惜其音律流靡,若贾之清刻、温之丽缛,尚不合乎正音,况其下者乎? 是以就其所长而采之,附于此云。(《唐音·遗响序》)

盖自姚合以下,音律渐微,虽当时相竟为五七言律,皆寒陋无足为法,故不及取,今采取近于乐府唐音者,列于遗响之末云。(《唐音·遗响序》)

以上是杨士弘在《唐音》中以"音律"为基准铨选诗歌时的一些表述,其中大多数是用"音律"一词,有时也用"音声""声响""律调""音调"等术语来代替。"音律"即是指音调声律,它属于诗歌的外部形式,它是以平仄切对、语言长短结构、音韵节奏为基础而形成的,且与诗歌的思想情感相谐相适。那么,杨士弘所欣赏的"音律之正"是什么?而与之相对的"音律之变"又是什么呢?首先,"音律之正"是讲求音律之纯,即音律与体制相符合。他认为古、律混淆即为不纯,例如,他十分看重初唐四杰,赞其变六朝流靡之声,开盛唐之音,但却将他们置于"始音"而非"正音",原因就在于其"律调初变,未能纯"。又如,五言排律,他认为唐初作者虽众,但很多作品首尾音律往往不纯,因而仅选了八人十五首诗。再如,郎士元、戎昱、刘禹锡等八人已有一部分诗作载入"正音",但在"遗响"中又列了他们的二十余首诗,只因这些诗"句律未甚纯美",虽然意调工致,但也只得下移至"遗响"了。可见,杨士弘对音律"正变"的区分首先在于音律是否与体制相符。其次,他所提倡的"正音"是纯厚自然的、沉浑的、高古的,是中正和平的,而这些恰恰是气运昌盛、气象高华的盛唐诗歌所显现出的主要音律特征,不符合者则不能入"正音"。如,李贺、卢全、孟郊、元稹、白居易五人诗只入"遗响",就是因为他们堕于一偏之失,李诗险怪、卢诗泛溢、孟诗寒苦、元白俚俗,皆不符合他所认为的"音律之正"。在他看来,"变音"是流靡的,不谐合的,是与"正音"背道而驰的。如贾岛诗稍嫌清刻,温庭筠诗太过丽缛,皆为流靡之音,音调声律不具谐协之美。

综上可见,杨士弘以音律正变为核心来编选《唐音》,目的就是要为初学唐诗者指明何为"正音",何为"变音",使初学者能够通过他的这部唐诗选本,通过他对音律的辨析找到学诗的门径,找到真正可供参法的典范。他选诗讲求诗歌的声调音律,讲求音律与体制的协调统一,这种以"音律"为主的艺术批评对明人从诗歌的"格调"入手探求诗歌创作之途具有深刻的开启意义。

第二节　明代以"格调"论诗之发展流变

明代以"格调"论诗较前代更为广泛,而明人所论及的"格"与"调",其内涵指向似又与前代不同。明初高启在其《独庵集序》中云:

> 诗之要,有曰格、曰意、曰趣而已。格以辨其体,意以达其情,趣以臻其妙……夫自汉魏晋唐而下,杜甫氏之外,诸作者各以所长名家,而不相兼也……故必兼师众长,随事摹拟。①

他认为作诗最重要的要把握三方面,即格、意、趣,其中"格"是指诗歌的体制规范,所谓"格以辨其体",就是说作诗要先辨清体格,使创作符合不同诗体的体制规范要求。高启论诗主张兼师众长,提倡摹拟与师古,那么在学习与摹拟前人时首要的工作就是辨体,先将不同诗体的规范要求与相应的风格特征辨识清楚。可见,高启这里所说的"格"已由唐宋时期侧重"思想内容、主观立意"的内涵转向诗歌的外部形式特征了,这与严羽所提出的"辨体"思路是一脉相承的。

李东阳是明代"茶陵诗派"的领袖,主持文坛长达三十余年,其论诗主张在当时影响甚大。应当说,明代专门以"格调"论诗且表述较为集中的,李东阳当属第一人,其"格调"论的一个最著名的论断是:

> 诗必有具眼,亦必有具耳,眼主格,耳主声。闻琴断知为第几弦,此具耳也;月下隔窗辨五色线,此具眼也。②

"耳主声"的"声"即是"调",是指诗歌的声调,他认为学诗要会用耳朵辨别其外在的声调。"眼主格"的"格",是指诗歌的体格,也就是诗歌的体制规范。要如同"月下隔窗辨五色线"一样能够清晰地辨别诗歌体制,才可称得上"具眼"。他还曾说:"古诗与律不同体,必各用其体,乃为合格。"③认为古诗与律诗有着不同的体制要求,必须符合各自的体制规范方为合格。此"格"也是指体格之意。

在"格""调"二者中,李东阳更侧重论"调"。如上所述,"调"在他那里是指声调而不是平仄切对等声律规则。之所以这样说,是因为李东阳在体认诗歌时特别注重其与音乐的关系,他曾说:"后世诗与乐判而为二,虽有格律而无音韵,是不过为排偶之文而已。"④认为诗歌离开音乐性,失去了音韵,即使符合格律规范也不能算作诗。又云:"今之歌诗

---

① 高启《高太史凫藻集》卷二,明正统九年(1444)刻本。
② 李东阳《麓堂诗话》,丁福保辑《历代诗话续编》,第1371页。
③ 李东阳《麓堂诗话》,丁福保辑《历代诗话续编》,第1369页。
④ 李东阳《麓堂诗话》,丁福保辑《历代诗话续编》,第1369页。

者,其声调有轻重、清浊、长短、高下、缓急之异,听之者不问而知其为吴、为越也。汉以上古诗弗论,所谓律者,非独字数之同,而凡声之平仄亦无不同也。然其调之为唐、为宋、为元者,亦较然明甚。此何故耶? 大匠能予人以规矩,不能使人巧。律者,规矩之谓,而其为调,则有巧存焉。苟非心领神会,自有所得,虽日提耳而教之无益也。"[1] 由此可见,他所说的"调"与声律并不是一回事,而是一种基于格律之上的音韵、声调。这里李东阳还指出"调"是有时代性的,不同时代的诗歌由于在声调的轻重、清浊、长短、高下、缓急上各有不同,因而也就形成了诸如唐调、宋调、元调等不同的时代声调。

李东阳也曾用"格调"一词来论诗,他说:"费侍郎廷言尝问作诗,予曰:'试取所未见诗,即能识其时代格调,十不失一,乃为有得'。"[2] 这里的"时代格调"是对上面所说的唐、宋、元等不同时代声调的一种扩充,不同时代的诗歌在体制的运用以及与之相应的声调上都呈现出不同的风格特点,这种"格调"的不同是各个时代不同诗歌风貌的外在表现,通过体认诗歌的"格调"即可大致考察其所属的时代。

继李东阳之后,前后七子的"格调"论有了进一步的发展变化。前七子领袖李梦阳论诗也颇重"调",他说:

> 诗至唐,古调亡矣。然自有唐调可歌咏,高者犹足被管弦。宋人主理不主调,于是唐调亦亡。[3]

他在这里提到的古调、唐调其实是延续了李东阳的时代声调之说,此"调"依然是指诗歌的外在声调。古诗有"古调",唐诗有"唐调",而到宋代却因重理而失去了声调这一诗歌所应具有的艺术特征,从中可见李梦阳是将"调"作为衡量诗歌高下的标准来扬唐抑宋的。

李东阳论格调是将"格"与诗歌体制紧密联系,并指明了"调"的音乐特质及其重要性,强调不同时代有不同的诗歌"格调"。到李梦阳这里,他对格调又给予了新的更为具体的解释,他在《驳何氏论文书》中

---

[1] 李东阳《麓堂诗话》,丁福保辑《历代诗话续编》,第 1379 页。
[2] 李东阳《麓堂诗话》,丁福保辑《历代诗话续编》,第 1371 页。
[3] 李梦阳《缶音序》,《空同集》卷五十二,《影印文渊阁四库全书》第 1262 册,第 477 页。

明确提出："高古者格,宛亮者调。"① 在《潜虬山人记》中又云:"夫诗有
七难:格古、调逸、气舒、句浑、音圆、思冲、情以发之,七者备而后诗昌
也。"② 从这两句话中我们发现,李梦阳对"格"的理解与李东阳不同,而
是又回到唐宋人的认识中去了,这里的"格"并不是指诗歌的体制,而侧
重指品格,他对格的限定是"古"或"高古",表明他所崇尚的是高远古朴
之格。而他又将"调"规之以"宛亮",推崇宛转响亮的声调。他认为这
是汉魏盛唐诗歌所具有的值得学习模仿的"格"与"调"。

　　前七子另外一位领袖何景明也曾以"调"为标准来评价诗人,他说:

> 　　既而,读汉魏以来歌诗及唐初四子者之所为,而反复之,则知汉
> 魏固承三百篇之后,流风犹可征焉。而四子者虽工富丽,去古远甚,
> 至其音节,往往可歌,乃知子美辞固沉着,而调失流转,虽成一家语,
> 实则诗歌之变体也。③

何景明本与李梦阳一样推崇杜诗,不过这段话中他将初唐四杰与杜诗作
比较,称四杰诗语言工于富丽,离《三百篇》甚远,但却具有可歌咏之音
节(即"调");杜诗言辞固然沉着,然而调失"流转",在《三百篇》开创的
诗歌传统中实为变体。可见何氏是以"声调"为准则由原先的崇杜转而
改为欣赏初唐诗了。"流转"即为流畅婉转之意,南朝谢朓就曾提出"好
诗圆美流转如弹丸"④,所追求的正是诗歌声调韵律的婉转流畅,圆润和
谐。何氏这里也正体现其对"流转"声调的崇尚。

　　后七子代表谢榛也曾论过"调",他说:"夫平仄以成句,抑扬以合
调。扬多抑少则调匀;抑多扬少则调促。"⑤ 可见,在七子派那里,"调"与
格律虽然相关但并不是一个概念,而是追求一种与音乐之美密切相关的
声调、音韵。他们对"调"的特别关注,不仅体现了其对诗歌艺术审美特
征的深刻认识,同时也反映出他们尊崇盛唐、对"主理不主调"的宋诗的
有意识反拨。

---

① 李梦阳《空同集》卷六十二,《影印文渊阁四库全书》第 1262 册,第 567 页。
② 李梦阳《空同集》卷四十八,《影印文渊阁四库全书》第 1262 册,第 446 页。
③ 何景明《明月篇并序》,《大复集》卷十四,《影印文渊阁四库全书》第 1267 册,第 123 页。
④ 李延寿《南史·王筠传》,中华书局 2000 年版,第 402 页。
⑤ 谢榛著,宛平校点《四溟诗话》卷三,第 78 页。

在明代复古派那里,无论是"格"还是"调",其内涵皆指向诗歌的外部形式特征,对它们的过分关注与追求往往会导致对作家主体性情以及作品风神情韵的忽视,因而在其内部已有人开始对传统"格调"论进行修正与改良。如,后七子领袖王世贞就率先将"格调"与作家之才思联系到一起:

> 才生思、思生调、调生格。思即才之用,调即思之境,格即调之界。①

在他看来,"思"因"才"而生,"调"因"思"而生,"格"因"调"而生,"才思"决定"格调"。这种观点使得只关注外部形式的"格调"论融入了诗人的主体因素。当然,作为复古派领袖,王世贞在很大程度上仍然继承了前辈的观点,他在强调诗人主体才情的同时又以"格调"来规范之:"夫格者,才之御也;调者,气之规也……今子能抑才以就格,完气以成调,几于纯矣。"②抑才就格,完气成调,可见"格调"在他心目中仍然占据了重要位置。

如果说"格调"在王世贞那里体现出了与作家主体的融合的话,那么到末五子之一的胡应麟那里,于"格调"之外又拈出了兴象风神,体现出了由"格调"向"神韵"过渡的倾向。胡氏云:

> 作诗大要不过二端:体格声调,兴象风神而已。体格声调,有则可循,兴象风神,无方可执。故作者但求体正格高,声雄调畅;积习久之,矜持尽化,形迹俱融,兴象风神,自尔超迈。譬则镜花水月:体格声调,水与镜也;兴象风神,月与花也。必水澄镜朗,然后花月宛然。③

"兴象风神",这是此前复古派很少去关注与讨论的话题,这里胡氏却把它与"体格声调"并列为作诗的两大要点,用神韵来弥补单纯关注格调所带来的理论缺失,可以说是对复古派传统格调论的大胆修正。但是

---

① 王世贞《艺苑卮言》卷一,丁福保辑《历代诗话续编》,第 964 页。
② 王世贞《沈嘉则诗选序》,《弇州四部续稿》卷四十,《影印文渊阁四库全书》第 1282 册,第 527 页。
③ 胡应麟《诗薮》内编卷五,第 100 页。

很明显,兴象风神的"无方可执"导致其必须借助"格调"之阶梯才可获得,由此看来,胡应麟也始终没有抛弃传统格调论的观点,只是在此基础上巧妙地融合了神韵说的主张。然而能够对传统格调论作出如此之修正改良,在当时来说已是不小的进步了。

当然,前后七子复古诗派论格调,也绝不仅仅是单纯为了学习前代某格某调,而是希望通过模仿学习找到自身创作的途径。但是他们在探索的过程中由于过分紧盯古人之格调,反而使自己囿于其中难以自拔,致使"格调"最终成为他们论诗的核心。随着明代性灵思潮的不断高涨,已有一些论者在胡应麟的基础上逐渐挣脱"格调"的枷锁,认真探究诗歌的风神精髓,并努力寻找他们认为更为通畅的新的求诗道路。

第三节　明代唐诗选本中的"格调"论

与明代诗学中的"格调"论发展相辅相成的是明人编选的大量的唐诗选本,这些选本以选诗的方式将明人的"格调"论付诸实践。不过这些唐诗选本的意义远非如此,它给我们透露出的信息是无比丰富的,不仅可以使我们更加完整深入地观照整个明代诗学"格调"论的发展始末,而且某些唐诗选本还透露出选家对"格调"的独特认识。有了这些唐诗选本,明代诗学"格调"论才显得更加丰富多彩。这里我们选择其中几部有代表性的唐诗选本以窥一斑。

一、高棅《唐诗品汇》——明代以"格调"论诗之先声

如前所述,明代第一个从理论上开始集中以"格调"论诗的当属成、弘之际的李东阳,有人甚至将其作为明代格调派唐诗论的开山。但是,如果我们将唐诗选本纳入明代"格调"论的研究范围,就会发现,其实在李东阳之前,高棅所辑《唐诗品汇》就有许多以"格调"论诗之处,可以称得上是明代"格调"论之先声,由于此选本在明代影响甚大,"终明之世,馆阁宗之"①,所以他的以"格调"论诗的思想对李东阳以及之后的七

———————

① 张廷玉等《明史》卷二百八十六,第7336页。

子派产生一定的影响也必是自然之事。

　　元明之际，文坛崇尚唐音之风日渐兴盛，闽中诗人更是以师法盛唐相标榜，创作了许多模拟之作。如其代表诗人林鸿"极力摹拟，不但字面句法，并其题目亦效之"①。所以钱谦益批评其学唐诗"摹其色相，按其音节，庶几似之矣。其所以不及唐人者，正以其摹仿形似，而不知由悟以入也"②。这个批评是中肯的。不过，闽中诗人模拟唐诗的做法也不是完全不可理解。唐诗发展至盛唐，各体兼出，"神秀、声律粲然大备"③，可谓成就辉煌，所以想要达到唐人那种登峰造极的境界，有所创获，首先要考虑的就是如何向其学习，而模仿无疑就是最佳学习途径。这就如同学习书法，一定是从临帖开始，先求得形似，日积月累，在熟习的基础上逐渐融入个性，最终变化出新。对于唐诗来说，其"神秀"的特质较为虚空，不易模仿学习，因而闽中诗人就将目光集中在了诗歌的外部形式特征上。作为"闽中十才子"之一的高棅编选《唐诗品汇》，就是试图从诗歌的体制与声律等外部特征入手，勾勒整个唐诗发展演变的历史，不仅彰显了其以盛唐为宗的诗歌主张，更重要的是为时人提供了非常清晰的可供学习的诗学范本。

　　当然，《唐诗品汇》的编选很大程度上还是受元代杨士弘《唐音》的影响。《唐音》标举盛唐，体现了元人崇尚唐诗的诗学倾向，杨士弘以"审其音律之正变"作为选诗宗旨，从诗歌的音律这一艺术特征入手品评唐诗，开了明代重"调"的论诗传统。《唐诗品汇》就是继《唐音》之后，对各体诗歌的品评"因其时世之后先，审其声律之正变"④，着手于声调音律来论诗。

　　唐诗的声律发展自齐梁新体，是对诗歌外在声调的程式化规定。有了声律，唐诗才呈现出独特的抑扬起伏的音乐美。声律与风骨、兴寄等内在因素一起构成了唐诗声情并茂的艺术效果。高棅在《唐诗品汇》中就是抓住了唐诗的声律特征来揭示其正变发展，显现出他对诗歌音乐特质的重视，而这对其后李东阳乃至复古派以"调"论诗、注重诗歌声调特

---

① 李东阳《麓堂诗话》，丁福保辑《历代诗话续编》，第 1374 页。
② 钱谦益《列朝诗集小传》乙集，第 180 页。
③ 高棅《唐诗品汇·凡例》，第 14 页。
④ 林慈《唐诗品汇序》，高棅《唐诗品汇》，第 6 页。

征的诗学思想在某种程度上具有开启之功。例如,在《唐诗品汇·凡例》中高棅说:"乐府不另分为类者,以唐人述作者多、达乐者少,不过因古人题目而命意,实不同。亦有新立题目者,虽皆名为乐府,其声律未必尽被于弦歌也。今只随五、七言古今体分类于姓氏下。"① 这里他解释了为何不将乐府另立一门,而是将其分别置于五七言古今体之后,原因就在于唐人乐府未能达乐,虽然仍以乐府为名,然而在声律上却不能达到古乐府那种可拨于弦歌的境地。可见他是着重于从声调音律角度来阐释其对唐人乐府的看法的。

同样,高棅以声律为线索揭示了唐诗的发展正变。高棅编《唐诗品汇》以盛唐为宗,他认为:"诗莫盛于唐,莫备于盛唐。"② 因而将盛唐诗看作唐诗发展中的"正",在选诗时力求"详于盛唐,次则初唐中唐,其晚唐则略矣"③。虽然从成书后的选诗比例来看,他并未完全贯彻这一铨选原则,但我们还是可以从他对四唐诗歌声律的评论中看出其尊崇盛唐的本心。他认为四唐诗歌"声律、兴象、文词、理致,各有品格高下之不同"④,不过对兴象、文词、理致三方面高棅都很少论及,更多的是从声律的变化上加以论述。如,他在《凡例》中引前辈林鸿的话称"开元、天宝间,神秀、声律粲然大备",认为盛唐诗歌在这两个方面成就斐然,神秀似与其所说的兴象意义接近⑤,但并未作进一步阐释。而声律则是指诗歌尤其是近体诗由于讲求声调平仄及押韵规律所体现出的高低起伏的音乐美感,它在盛唐时期得以完备。高棅评价唐诗正是以盛唐声律作为标准来划分畛域的,我们以七言绝句为例,以见一斑。

《七言绝句叙目》"羽翼"条云:"正宗之外同鸣于时者,王维、贾至、岑参亦盛。又如储光羲、常建、高适之流,虽不多见,其兴象、声律一致也。"⑥ "羽翼"于近体诗是仅次于"正宗"的,他将王维、储光羲等看作是可以羽翼"正宗"的诗人,皆缘于他们的诗作在兴象及声律上与"正宗"

---

① 高棅《唐诗品汇·凡例》,第14页。
② 高棅《唐诗品汇·五言古诗叙目》,第48页。
③ 高棅《唐诗品汇·凡例》,第15页。
④ 高棅《唐诗品汇·总叙》,第8页。
⑤ 高棅于《五言律诗叙目》中曾评价初唐五律:"声调格律易于同似,其得兴象高远者亦寡矣。"以高远来形容兴象,此兴象应该是与诗歌艺术境界相关。
⑥ 高棅《唐诗品汇·七言绝句叙目》,第428页。

诸家相一致。这里似乎还是声律、兴象并重的。但接下来,其"接武"条云:"大历以还,作者之盛,骈踵接迹而起,或自名一家,或与时唱和,如乐府宫词,竹枝杨柳之类,先后述作,纷纭不绝。逮至元和末,而声律不失,足以继开元天宝之盛。"①"接武"是被高棅看作能够与盛唐相接迹的诗人作品,大历以下至元和诸家之所以能列入"接武",正在于其不失盛唐声律,接续了盛唐之盛。这里高棅已抛开了兴象,而只关注其声律因素了。其"正变"条云:"若李义山、杜牧之、许用晦、赵承祐、温飞卿五人,虽兴象不同,而声律之变一也。"②其"余响"条云:"晚唐绝句之盛,不下数千篇,虽兴象不同,而声律亦未远,如韦庄后出,其赠别诸篇,尚有盛时之余韵。"③这两条高棅又是将声律、兴象并提,但是这里的并举反而更体现出他对声律的重视。他称李商隐、杜牧等人诗歌各具兴象,然而仍把他们归入"正变",就是因其声律较盛唐来说发生了变化,其着眼点在于声律之"变";而韦庄等人之诗兴象虽与盛唐不同,然其声律却较盛唐"未远",所以高棅将其列入"余响",所谓"余响",含有"唐音之盛,汎汎不绝"之意,为元和之后仍不失盛唐遗韵者。如他在"余响"中选取了韦庄的七绝八首,其中六首都是赠别诗,就是因为这些诗声律未远,尚有盛时余韵。我们列举其中几首:

江上别李秀才(其一)
千年相送霸陵春,今日天涯各避秦。
莫向尊前惜沉醉,与君俱是异乡人。

江上别李秀才(其二)
千山红树万山云,把酒相看日又曛。
一曲离歌两行泪,不知何地再逢君。

东阳酒家赠别
天涯方叹异乡身,又向天涯别故人。

① 高棅《唐诗品汇·七言绝句叙目》,第 429 页。
② 高棅《唐诗品汇·七言绝句叙目》,第 429 页。
③ 高棅《唐诗品汇·七言绝句叙目》,第 430 页。

明日五更孤店月,醉醒何处各沾巾。

送人归上国

送君江上日西斜,泣向江边满树花。

若见青云旧相识,为言流落在天涯。

这几首诗多用"天涯""异乡""孤店"以及"醉""泪""叹""沾巾""泣"等语词来表达诗人的离别之情,气象萧飒,明显带有晚唐诗特征。因而若论兴象,的确无法与盛唐送别诗之气象高华相比,而且由于过多地注重字句锤炼,也缺乏盛唐绝句的浑成之境与自然真趣。不过,如仅就声律而言,那么这几首诗皆能协律,音调和婉,流转自然,确又与盛唐相去不远。

由此可见,"声律"的确可以称得上是高棅编选《唐诗品汇》的主导思想之一。虽然对各个时期唐诗声律的特点与变化高棅并未作出非常细致的辨析,但在笔者看来,《唐诗品汇》所体现出的对诗歌音律声调这一外部特征的格外关注,正是明人在寻求诗歌创作发展的道路上迈出的重要一步,反映出明初诗坛在对前朝诗歌的不断反思中,寻找创作范型,苦苦思索模习方法的努力。高棅对唐诗声律的发展所作的勾勒,在表面看来虽不是直接言"调",似乎与后来的"格调"论无关,但是从本质上说,它与复古派以"调"论诗的思路是一致的,可以说,它对明代复古派之"格调"论具有不可忽视的开启作用。

当然,在《唐诗品汇》中也不是完全没有直接言"调"之处,经笔者检索,整部《唐诗品汇》用到"调"处达17次。但是这些"调"的含义却又不完全相同。例如,他常常用到"古调"一词:

> 然而李、杜大家不录,岑、刘古调微存。(《唐诗品汇总叙》)
>
> 四友齐名于后,刘氏庭芝古调,上官仪新体,虽未遏其微波,亦稍变乎流靡。(《五言古诗叙目》)
>
> 李翰林天才纵逸,轶荡人群,上薄曹刘,下凌沈鲍。其乐府古调,若使储光羲、王昌龄失步。(《五言古诗叙目》)
>
> 奈何羽翼未成,爰自采撷,及观诸家选本载盛唐诗者,唯殷璠《河岳英灵集》独多古调。(《五言古诗叙目》)

> 盛唐工七言古调者多,李杜而下,论者推高岑、王李、崔颢数家为胜。(《七言古诗叙目》)

"古调"在这里皆代指古体诗,是相对于唐诗近体而言的。他批评杨士弘《唐音》"李、杜大家不录,岑、刘古调微存",一是因《唐音》不录李、杜二人之诗,二是因其未选岑参、刘长卿之五言古体,所以在《唐诗品汇》中他补入岑参五古 31 首,补入刘长卿五古 40 首。因而这里"古调"指的就是古体。上述其他几例意义与此相同,亦是指古体。有时高棅也用"古声"来代替"古调",如《五言古诗叙目》"接武"条,他称中唐郎士元至刘禹锡诸人"翱翔乎大历、贞元之间,其篇什讽咏不减盛时。然而近体颇繁,古声渐远,不过略见一二与时唱和而已"[1]。"余响"条云:"元和再盛之后,体制始散,正派不传,人趋下学,古声愈微。"[2]都是以"古声"来代指五古发展的渐趋衰微。高棅用"古调"或"古声"代指古体,透露出的仍然是对诗歌声调的重视,唐前以汉魏为代表的古诗,其声调自然天真,和谐婉转,至唐代,声律的迅速发展不仅使近体诗定型下来,而且在很大程度上影响到唐代古体诗的发展,形成了不同于汉魏古诗的独特声调。不过高棅在这里用古调代指古体,并不意味着他以汉魏古诗为准来否定唐人古体,恰恰相反,从他补入《唐音》中缺收的岑、刘五古可看出他是极为欣赏唐人五古的。他以古调指代古体,主要还是反映出他对诗歌"调"的关注与看重。后来李东阳提出不同时代之诗由于声调的轻重、清浊、长短、高下、缓急各有不同,因而形成了诸如唐调、宋调、元调等不同的时代声调,就是将高棅以声调言古体诗发展为以声调言一代诗歌,同样体现出对诗歌"调"的重视。

《唐诗品汇》还有几处直接以"声调"论诗,更加明确地表现了他重"调"的诗学思想:

> 中唐来,作者亦少,可以继述前诸家者独刘长卿、钱起较多,声调亦近似。(《七言古诗叙目》)
> 天子倡之,群臣皆属和,由是海内词场,翕然相同,故其声调格

---

① 高棅《唐诗品汇·五言古诗叙目》,第 50 页。
② 高棅《唐诗品汇·五言古诗叙目》,第 52 页。

律易于同似,其得兴象高远者亦寡矣。(《五言律诗叙目》)

　　盛唐作者虽不多,而声调最远,品格最高。若崔颢律非雅纯,太白首推其黄鹤之作,后至凤凰而仿佛焉。(《七言律诗叙目》)

从以上所举几例来看,高棅不仅将声调作为品评诗人诗作的一项标准,而且从他将声调、格律并举,以及崔颢诗歌"律非雅纯",仍被他称之为声调最远,可见此声调与格律含义并不同。这里的声调侧重于诗歌与生俱来的自然音调,不是指格律规范。高棅欣赏的是那种带有"远"之特征的诗歌声调,虽然在《唐诗品汇》中没有明确对"远"作出阐释,但是我们发现,每当他以"远"来形容调时,总是与品格之高联系在一起,如上面所列举的"盛唐作者虽不多,而声调最远,品格最高"。又如《五言古诗叙目》正始条云:"神龙以还,品格渐高,颇通远调。""品格"与作品的主观立意、诗人情思密切相关,品格高应是基于诗歌立意深远、情思高远。由此推断,他所欣赏的"远"调,一定是与深远的立意、高远的情思相谐相适,才可形成较高的诗歌品格。正如他提到的崔颢《黄鹤楼》诗:"昔人已乘黄鹤去,此地空余黄鹤楼。黄鹤一去不复返,白云千载空悠悠。晴川历历汉阳树,芳草萋萋鹦鹉洲。日暮乡关何处是,烟波江上使人愁。"此诗为崔颢吊古怀乡之佳作,诗人从黄鹤楼美丽神秘的传说开始,在描写它周围的芬芳景象的同时,融入了物是人非的怀古之思和沉沉暮色、浩淼烟波中浓浓的思乡之情,令人读罢,如幻如梦,回味无穷。诗人李白对此诗极为推许,并作《登金陵凤凰台》与之仿佛。严羽亦称"唐人七言律诗,当以崔颢《黄鹤楼》为第一"[①]。单以格律言之,此诗并不是规范的七律,如其第三句后六字连用仄声,第四句又以三平调结尾,五、六句的"汉阳树"与"鹦鹉洲"也并非完全对仗,因而高棅称之"律非雅纯"。但整首诗是诗人一气呵成之作,顺势而下,气脉贯畅,虽不完全合律,读起来却更加自然流转。再加上此诗多用"黄鹤""复返"等双声词、"此地""江上"等叠韵词以及"悠悠""历历""萋萋"等叠音词,更平添其铿锵婉转、绵远悠长的音乐美,如此悠远的声调正是基于诗人深沉的情思自然而发,共同构成了此诗高远的境界。高棅以"声调最远,品

---

①《沧浪诗话·诗评》,严羽著,郭绍虞校释《沧浪诗话校释》,第197页。

格最高"称之,确是恰到好处。

由上述分析可见,高棅于《唐诗品汇》中已经透露出了明显的重"调"的倾向,无论是由讲求声律而形成的诗歌声调还是诗歌与生俱来的自然音调,实际上都是唐诗在外部形式方面重要的艺术特征,也是唐人诗歌创作的自觉追求,与宋诗的以"理"为主迥异其貌。高棅对唐诗"声调"的充分关注足以体现其对诗歌重要艺术原质的确切把握。

高棅于《唐诗品汇》不仅重"调",其实对"格"也并未忽略,其中以"格"论诗也有多处,而意义内涵大致可以归纳为三种。第一种是"品格"之意。如,《总叙》云:"至于声律、兴象、文词、理致,各有品格高下之不同。"《五言古诗叙目》"正始"条云:"神龙以还,品格渐高,颇通远调。"《七言律诗叙目》"正宗"条云:"盛唐作者虽不多,而声调最远,品格最高。""羽翼"条云:"天宝以还,钱起、刘长卿并鸣于时,与前诸家实相羽翼,品格亦近似,至其赋咏之多自得之妙,或有过焉。"所谓"品格",是一个带有品第作品之上下高低的概念,从内涵上说,它所包含的范围较广,大致是以作品立意、诗人情感为基础同时兼顾外在形式的评诗标准。第二种是"格律"之意。如,《五言律诗叙目》"正变"条云:"元和以还,律体多变,贾岛姚合思致清苦,许浑、李商隐,对偶精密,李频、马戴后来,兴致超迈时人之数子者,意义格律犹有取焉。"《五言排律叙目》"余响"条云:"元和以还,柳宗元、刘禹锡、韩愈、张籍与夫姚合、李频、郑谷诸人,所作亦不少,然格律无足多取者。"《五言排律叙目》后附"长篇"云:"元和后,张籍、杨巨源各一首,格律亦可取。"皆是指近体诗体制、声律方面的规范要求。

第三种含义最值得关注,指"气格""骨格""格力"。如:

> 开成后,马戴、陈陶、刘驾、李群玉辈,黾勉气格,尚欲贾前人之余勇。(《五言古诗叙目》"余响"条)
> 他若李嘉祐、韦应物、皇甫冉、卢纶、戎昱、李益之俦见一二,虽体制参差而气格犹有存者,亦不可缺。(《七言古诗叙目》"接武"条)
> 盛唐律句之妙者,李翰林气象雄逸,孟襄阳兴致清远,王右丞词意雅秀,岑嘉州造语奇峻,高常侍骨格浑厚,皆开元天宝以来名家。

（《五言律诗》"正宗"条）

　　又自贞元以来，若李益、刘禹锡、张籍、王建、王涯五人，其格力各自成家，篇什亦盛。（《七言绝句叙目》"接武"条）

　　中唐来作者渐多，如韦应物、皇甫伯仲以及乎大历才子诸人，相与接迹而起者，篇什虽盛，而气或不逮。贞元后，李益、权德舆、杨巨源、戴叔伦、刘禹锡之流宪章祖述，再盛于元和间，尚可以继盛时诸家。贾岛、姚合后出，格力犹有一二可取。（《七言律诗叙目》"接武"条）

高棅如此用"格"，与李东阳以及复古派对"格"的主要认识倒是有些不同，后者更注重其"体格"的含义，即作品的体制规范及其相应的风格特征。而高棅这里将"格"与"骨""气""力"连用，显然更强调作品的风骨力度以及雄浑之气。这一点他承袭的是严羽之论，严羽曾在《沧浪诗话》中将"格力"作为诗法之一①，认为作诗在体制、气象、兴趣、音节之外还要学习盛唐诗歌的劲健之力。的确，盛唐诗歌大都有一股精神气脉运于其中，有一种饱满的力量灌注其内，如高棅称高适诗"骨格浑厚"，切中的正是其诗歌骨力遒健、雄浑悲壮的特点。他称中唐韦应物等人七律篇什虽众，但"气或不逮"，不将这些诗人列入"正宗"或"羽翼"，就在于他们缺乏盛唐那种一气浑成的力量。而他选取贾岛、姚合二人之七律，并将其置于"接武"，也是认为其格力尚有可取之处，在《品汇》中，高棅选贾岛七律三首、姚合七律五首，我们试看二人的两首送别诗：

送罗少府归牛渚

贾岛

作尉长安始三日，忽思牛渚梦天台。

楚山远色独归去，灞水空流相送回。

霜覆鹤身松子落，月分萤影石房开。

白云多处应频到，寒涧泠泠漱古苔。

---

① 严羽《沧浪诗话·诗辨》中云："诗之法有五：曰体制，曰格力，曰气象，曰兴趣，曰音节。"严羽著，郭绍虞校释《沧浪诗话校释》，第7页。

送刘禹锡郎中赴苏州

姚合

三十年来天下名,衔恩东守阖闾城。

初经函谷眠山驿,渐入梁园问水程。

霁日满江寒浪静,春风绕郭白蘋生。

虎丘野寺吴中少,谁伴吟诗月里行。

二诗与盛唐相比并不能算送别诗之佳作,缺乏一种大气包举的气象,然时至中晚,二诗却未染衰飒、卑下、靡弱之气已实属不易。细味之,贾岛诗以"楚山远色""灞水空流"这样的大景来映衬友人远去、诗人相送的离情,并且景中含情,不失盛唐气脉。姚合之诗则悬拟诗人别后的一路行程及沿途之景,一气贯之,结句又以诗人在虎丘寺月夜吟诗无人相伴来寄寓怅别之情,亦具意脉流动之气。总体而言,二诗虽不具盛唐遒劲挺特之气,却还是有一二格力蕴于其中。高棅将其选入《品汇》并置于"接武"的原因正在于此。

高棅将"格"与"骨""力""气"连用,其实质是强调作品中诗人的主体精神,因为诗歌外在浑雄刚健的气象正是依托于诗人非凡的精神志气,高棅以此论诗,可以说是抓住了唐诗的精髓。他对"格"的如此理解与运用对其后的复古派也产生了影响,后七子领袖谢榛论诗就特别强调"气格",在其《四溟诗话》中以"气格"论诗处多达15次,如:"诗文以气格为主,繁简勿论。"[1] "杜牧之清明诗曰:'借问酒家何处有,牧童遥指杏花村。'此作宛然入画,但气格不高。"[2] "夫百篇同韵,当试古人押字不苟处,能造奇语于众妙之中,非透悟弗能也。或才思稍窘,但搜字以补其缺,则非浑成气格,此作近体之弊也。"[3] "陆龟蒙《馆娃宫》之作,虽吊古得体,而无浑然气格,窘于难韵故尔。"[4] 等等。他对气格的运用和理解与高棅是基本一致的。不仅如此,谢榛还提到了诗歌浑然之气格的来源,即诗人主体之"气",他称:"自古诗人养气,各有主焉。蕴乎内,着乎外,

① 谢榛著,宛平校点《四溟诗话》卷一,第4页。
② 谢榛著,宛平校点《四溟诗话》卷一,第29页。
③ 谢榛著,宛平校点《四溟诗话》卷三,第94页。
④ 谢榛著,宛平校点《四溟诗话》卷四,第121页。

其隐见异同,人莫之辨也。"①因为诗人养气各有所主,因而作诗亦会呈现出不同的风格特征,其中具有雄浑气格之诗也是来源于诗人所养之气。如他称"子美虽为诗史,气格自高"②。杜甫作诗多用事,但仍具有高迈的气格,就与其内在所养之"气"密切相关,所以学诗之人必当"冲其学识,养其气魄,或李或杜,顺其自然而已"③。谢榛虽未明确地将气格与诗人之养气联系在一起,但从这些片断的描述中我们还是可以领会此意的,而这又是对高棅论气格的进一步发挥。

总之,高棅《唐诗品汇》所体现的以"格调"论诗的思想可以称得上有明一代"格调"论诗学主流的先导,它对诗歌"格""调",尤其是对"调"的关注与体认,直接影响了其后复古派以格调论诗的思维方式。当然,《唐诗品汇》并未对"格调"进行特别集中系统的理论阐释,而笔者却以为其最大的意义在于它将重"格调"的思想融入选诗当中,以更加具体而直观的方式引导后人关注诗歌的格调因素,使人们在对范本的研习中进一步提炼与把握诗歌创作的方式方法,寻找诗歌发展的出路,这正是最形象而又最实际的创作论角度的"格调"说。

二、胡缵宗《唐雅》——明代复古派"格调"论之实践者

继《唐诗品汇》之后,以"格调"论诗在李东阳那里逐步理论化,"格"与"调"都被予以明确的阐释,其后七子派也以"格""调"作为论诗的中心,并由此形成了以辨析诗歌的体格声调来体味与把握诗歌精神与诗人性情的思维方式。而随着这种思维模式逐渐深入人心,反过来更强化了人们对"格""调"的关注与研究的热情。胡缵宗所编《唐雅》就是以选诗的方式实践了七子派的"格调"论。

胡缵宗(1480—1560),字孝思,一字世甫。号可泉,亦号鸟鼠山人。著有《鸟鼠山人集》,明中期著名诗人,曾与李梦阳同游李东阳门下。《唐雅》,凡八卷,共选唐诗1255首,分体编排。胡氏编纂《唐雅》时年已七旬,这部唐诗选本是他一生诗学思想在选诗领域的一次实践,"格

---

① 谢榛著,宛平校点《四溟诗话》卷三,第69页。
② 谢榛著,宛平校点《四溟诗话》卷一,第8页。
③ 谢榛著,宛平校点《四溟诗话》卷二,第45页。

调"论作为其诗学思想的重要组成部分在这部选本中有着较为集中的体现。

其实早在嘉靖三年(1524),胡缵宗于《刻唐诗正声序》中就曾对杨士弘《唐音》与高棅《唐诗正声》作过一番评价,而其评价的着眼点就是"格"与"调":

> 诗自杨伯谦《唐音》出,天下学士、大夫咸宗之,谓其音正,其选当,然未及见高廷礼《唐声》也。夫声犹音也,《书》曰:"声依永,律谐声。"音即律也。故声成文,音成章,皆谓之诗。夫伯谦所选亦精矣,而廷礼所选加精焉。诗岂易言哉?三复之,伯谦其主于调,廷礼其主于格乎?汉诗无调与格,而调雅、而格浑;唐诗有调与格,而调适、而格隽。五代而下,调不协而格不纯,未见其有诗也。杨未选李、杜,高李、杜亦入选;杨于晚唐犹有取焉,高于晚唐才数人数首而止,其严哉。①

在对两部唐诗选本反复研读比较之后,胡缵宗得出了这样的结论:伯谦主于"调",廷礼主于"格"。对"格""调"他并未作详细阐释,不过从文中对格、调的运用可推测,这里所谓的"调"侧重指诗歌所具有的声调、音调;而所谓"格"则是指体格,即古代各种诗体的典范规格,还包括各种诗体在风格上的基本特征。在胡缵宗看来,汉诗无调亦无格,也就是说,它没有唐代以来的声律之调与各体规范,但是却具备雅正春容的自然音调、浑涵天成的风格特征。唐诗拥有了声律以及完备的诗歌体制,而同时也具备了与之适宜的音调与隽永的体格。五代之下,音调既不谐协,体格也不纯完,既不能与唐诗比肩,更无法达到汉诗的境界,可谓无诗。这是从格、调入手来评价历代诗歌,带有明显的复古色彩。他称廷礼主"格",是相对于《唐音》而言,主要着眼于其入选了李、杜之诗,且删去了大量的晚唐诗歌,严守了各体诗歌的"正格",也即严守了各体诗歌方盛时期的主要风格特征。而《唐音》在这方面却不如《唐诗正声》那么精严,因而他称廷礼主"格"。其实,《唐诗正声》与《唐音》有一个共同之处,那就是它们都以音声取诗,都是主"调"的。《唐音》将所选之诗

---

① 《唐诗正声》卷首,明嘉靖何城重刻本。

分为始音、正音、遗响,旨在"审其音律之正变"[1];《唐诗正声》题名为"正声"的原因则在于"取其声律纯完而得性情之正者矣"[2],"若曰以声韵取诗,非以世代高下而弃之,此选之本意也"[3]。胡缵宗显然认识到了两部唐诗选本的这一特征,他认为《唐诗正声》之"声"即是《唐音》之"音","声犹音也",而"音即律也","声""音""律"三者在这里被等同起来,共同指向了诗歌的本质属性,正如他所言,"故声成文,音成章,皆谓之诗"。这与李东阳所谓"言之成章者为文,文之成声者则为诗"[4]异曲同工,都是从音声的角度来体认诗歌。

由上不难看出,胡缵宗论诗具有宗汉、宗唐的倾向,并且是从"格""调"入手来体认汉、唐诗歌,确立学习范型,这与李梦阳等人的复古思想是完全相同的。二十余年后,胡氏辑《唐雅》,再一次将他重"格调"的思想融入了自己所编的唐诗选本中。

在《唐雅序》中,胡氏首先指出:"近代学诗者咸自唐人,由唐入汉,庶可薄风雅而追骚些尔。故诗截然以唐为宗者,其以是哉!"[5]体现了他宗唐以追风雅的复古思想。接下来在论及唐诗与"雅"的关系时他引入了"格"与"调":

> 朱子谓:《三百篇》多可被之管弦,被之管弦即可入雅。然唐贤之诗虽多,可以入雅者亦无几焉。夫咸池韶濩是为雅乐,康衢击壤是为雅倡,商彝周鼎是为雅制,土鼓陶匏是为雅奏,回琴点瑟是为雅操。李唐之诗鸣金戛玉,引商刻羽不谓之雅调乎?故乐以雅为则,辞以雅为至,故义不典则文不雅,致不隽则诗不雅,故思不正则格不雅,兴不适则调不雅。古今谭诗文者一则曰古雅,一则曰典雅。而雅,其体也。嗟夫!学诗者不能为风雅颂,犹学圣者不能为周公之舄、孔子之墙尔。唐诗虽非三代之高唱,然非成周之遗响乎?太宗倡之,玄宗宣之,《庆善》诸篇古朴犹存,《蒲关》诸什浑涵略备,君臣

① 《唐音姓氏并序》,明刻本。
② 《唐诗正声序》,《唐诗正声》卷首,明嘉靖何城重刻本。
③ 《唐诗正声序》,《唐诗正声》卷首,明嘉靖何城重刻本。
④ 李东阳《匏翁家藏集序》,《怀麓堂集》卷六十四,《影印文渊阁四库全书》第1250册,第668页。
⑤ 胡缵宗《唐雅》卷首。

庚歌,列圣倡和,不有喜起柏梁之遗致乎?不可律之以雅乎?诵唐
诗而律之以雅,斯成一代之音以续三代之韵,否则不可言感格矣。①

在他看来,唐诗大都已不可被于管弦,失去了用于演奏的音乐性,因而
称之不可入雅。但是唐诗本身亦有其戛然铿锵之声调,从这一点上说它
还是继承了"雅"的传统。胡氏将唐诗与雅相联系,实际上是在为他崇
唐寻找有力的支撑点。他曾评价汉诗"调雅",这里又称唐诗为"雅调",
并且将"格"与"调"都规之以"雅"。可见胡氏不仅以"格调"论诗,而
且还明确地指出他心目中所推崇的"格调"乃为"雅格""雅调"。正因
为唐诗具有与《三百篇》一脉相承的"雅格""雅调",所以后世学诗者定
当以唐为宗。胡缵宗用来规限格、调的"雅"本是《诗经》六义之一,《毛
诗序》曰:"故诗有六义焉:一曰风,二曰赋,三曰比,四曰兴,五曰雅,六
曰颂。"② 宋代郑樵曰:"风土之音曰'风',朝廷之音曰'雅',宗庙之音曰
'颂'。"③ "雅"作为朝廷乐歌,其曲调中正平和,节奏较为缓慢,可以陶冶
人的思想感情,使之正而不邪,因此它又具有教化作用,带有政治色彩,
所以《毛诗序》中云:"言天下之事,形四方之风,谓之雅,雅者,正也。言
王政之所由废兴也。政有大小,故有小雅焉,有大雅焉。"④ 总之,传统的
《诗经》六义说和诗教精神奠定了"雅"即朝廷之音的至高无上的地位,
从内容上说,它具有归正人之性情的教化作用,从外在形式上说,它具有
平和中正的和谐之美。

胡氏认为,诗歌的格与调都属于外在表现,它们如要具有"雅"的特
征必须要做到思想纯正、感情适宜,否则"思不正则格不雅,兴不适则调
不雅"。可见,胡缵宗论诗不仅重视诗歌外部的体格声调,而且还将其与
"思""兴",即诗人的主体思想与性情密切相连。其实,在复古派那里,
诗人主体的性情等因素也并没有被忽视,他们也有许多关于性情的表
述,所以学界有观点认为他们所遵循的是从体格声调入手来探求诗歌内
在精神与诗人性情的思维模式。笔者认为这种观点无可厚非,的确,复

---

① 胡缵宗《唐雅》卷首。
② 郭绍虞主编《中国历代文论选》(一卷本),上海古籍出版社1979年版,第30页。
③ 郑樵《通志·总序》,《影印文渊阁四库全书》第372册,第9页。
④ 郭绍虞主编《中国历代文论选》(一卷本),第30页。

古派既重格调,同时又重性情,然而在实际的理论阐述中,他们却很少像胡缵宗这样如此明确地将格调与思想性情密切联系,阐释思想性情对格调的决定作用,所以《唐雅》的编撰不仅仅是对复古派格调理论的实践,而且还丰富和发展了其理论内容,由此看来,这部唐诗选本的意义也就非同一般了。

《唐雅》毕竟是一部唐诗选本,它的作用不仅是彰显编者的诗学主张,还要为学诗者提供最佳的诗学范本。因而在实际选诗中,胡缵宗仍然沿袭了复古派由格调入手的思维模式,所以"雅格""雅调"还是成为了胡氏选诗去取的重要标准:

> 然唐诗无虑数百,选唐诗无虑数十,缵宗虽不能尽读,然亦皆涉猎之矣。故读《英华》《纪事》,见唐诗之丽如星;读《品汇》《文粹》,知唐诗之昭如汉;读《河岳英灵》《极玄》,见唐诗之炳如辰;读《正音》《正声》,见唐诗之粲如宿。缵宗所辑《唐雅》,虽不敢望诸先正之明,倘宣畅之,其殆焕乎如斗软!然未敢以为然也。其诸《间气》《国秀》《箧中》《又玄》《三体》《百家选》《类选》诸集,要各有得,姑俟再订云尔。况诸本或不收杨、王、卢、骆,或不录李、杜、韩,或多入贾、温、许、李,则雅音不纯而或缺,谓为一代之诗恐未可称尽美也。故缵宗所辑,必其出汉魏,必其合苏、李,必其为唐绝唱,否则虽工弗取。廷礼谓:予于欲离欲近而取之,愚亦谓:予于欲协欲谐而取之。故乐府必典则,古体必春容,绝句必隽永,近体必雄浑,铿然如金,琤然如玉,虽不可尽陈之宗庙,然皆可咏之间巷也,敢不揣采而辑之,以就正于大雅君子。[①]

在这段话中,胡缵宗对前人编撰的唐诗选本既有肯定,又有不满,不满之处主要在其"雅音不纯而或缺","雅音"即"雅调",也就是说,前人所选唐诗或者音调不符合"雅"之标准,或者将具有雅调之诗遗漏,因此,胡氏称自己所选必定为唐绝唱,而这"唐绝唱"则是出于汉魏、合于苏李、能追《三百篇》的具有"雅调"之诗。不仅如此,胡氏还称"予于欲协欲谐而取之",所谓"协""谐"都是指诗歌的外在声调,他曾在论乐府时说

---

① 胡缵宗《唐雅序》,《唐雅》卷首。

过："然长短急徐、清浊高下,惟协为至,协斯谐矣,谐斯永矣。"① 声调以和谐为最高境界,只有达到声调的长短、急徐、清浊、高下之协调有致,诗歌才能具有和谐之美,才可易于涵咏,这就是"雅调"所具备的外在特征。胡氏取诗不仅以"雅调"为标准,同时又以"雅格"为准的,他说"乐府必典则,古体必舂容,绝句必隽永,近体必雄浑",其实就是为各体诗歌找到他所认为的理想之"格",典则为乐府的风格特征,舂容为古体的风格特征,隽永为绝句的风格特征,雄浑为近体的风格特征,而无论哪种风格特征又都在"雅"的范围之内,与"调"合二为一,共同体现出"铿然如金,琤然如玉"的和谐之美。

　　当然,胡氏在《唐雅》中论及格调时,仍是以"调"为重,这首先体现于他将这部唐诗选本取名为"唐雅"的意图中:"《三百篇》尚矣,代不乏音,汉魏以降,唐之诗亦工,谓尽无诗,非也。骚人宗匠,吐彩如云,中于雅音者不多得,研穷涵咏,协之律吕,仅得若干首,欲备一代之音,取意于乐,故以雅名。"② 其次还表现在他对唐人各体诗歌的评价之中。如,他评李白、孟浩然、王维等人的五言绝句"音调亦复古雅,盖辞简而意兴长,涵泳之令人卓有余味"③。他选取王维等人的五绝是因其具备了古雅之调,而这"雅调"则来源于其简妙之辞及无穷之意味。就以王维为例,胡氏选取了他的《山中送别》《孟城坳》《鸟鸣涧》《鹿柴》《白石滩》《竹里馆》《息夫人》等十二首作品,入选数量居各家之首。仔细品味这些诗,的确具有他所说的这些特征,如《山中送别》:"山中相送罢,日暮掩柴扉。春草明年绿,王孙归不归?"它与以往那些着意于描写离愁别绪的送别诗有所不同,首先以一个看似毫无情味的"罢"字将送别轻轻带过,但是接下来诗人却用一个日暮中"掩柴扉"的动作,暗含了深切的思友之情。可以想象,日落时分,当诗人独自一人轻轻关上柴门时,从心底油然而生的是那一份孤独之感,这种因友人远去而产生的强烈感觉不停敲打着心扉,从这个细微的动作中我们似乎看到了诗人含泪的双眼及颤抖的双手,而离别之悲、怀友之情就被深深地融入其中了。后二句从《楚

---

① 胡缵宗《拟汉乐府自序》,明嘉靖十八年(1539)刻本,《四库全书存目丛书》集部62,第531页。
② 盛汝谦《唐雅叙》,《唐雅》卷首。
③ 胡缵宗《唐雅》卷之五,雅音中。

辞·招隐士》"王孙游兮不归,春草生兮萋萋"句点化而来,友人归期难料,而春草徒然绿矣,可见诗人与友人离别已非一年,故思念积年。这一切诗人并未说明,完全深藏于简洁的诗句背后。王维化用此句,隐寓其离别积年之担忧。明代唐汝询曾评解此诗云:"扉掩于暮,居人之离思方深;草有绿时,行子之归期难必。"① 也正是体会到了诗人复杂的情思。其他几首亦大都如此,从语言上看,简洁明了,不刻意雕琢,正如胡氏所云"辞简",而仔细推敲,却又境界精美,情深如注,味外有味。这正符合了胡氏对绝句"隽永"的风格要求。以上是从审美角度言之,从思想情感上说,这里所入选的诗歌有如《息夫人》以委婉含蓄之笔托古讽今;有如《鸟鸣涧》《鹿柴》《竹里馆》通过对自然景物的细致体会表现空旷、寂静的心灵等等。情与事、与景达到了自然契合,婉转和谐。可见,胡氏将"古雅"之音调作为铨选五绝的标准,是建立在意兴深长的基础之上,这也正好印证了他"兴不适则调不雅"的观点。王维的诗正因其"兴适""意兴深长",所以体现在外部音调上就具备了"古雅"之特征,和谐优美,易于涵咏。

除此之外,《唐雅》还有多处以"音调"入手评诗,如,评唐人乐府"浑朴虽不及汉,其音调亦自冲容,使师挚协之,未必不可被之弦管也"②;评唐人七言绝句"其诸音调往往隽逸高古可入吹"③;评唐人七言近体"音调体格似与古体不同"④;对唐人五言近体则选录"其音调纯粹者,以其近古而不纯古也"⑤。等等。"调"成为胡缵宗评价唐诗以及选诗去取的一个重要依据。相对于"调"来说,他对"格"并未更多涉及,除了评唐人七言近体提到"体格"外,仅有一处再次提到"格":"唐陈、李、韦、柳诸子浑涵冲淡,其格虽与汉殊,而意兴当与魏晋并长。"⑥ 这里的"格"仍是指诗歌的风格特征。

胡氏对诗歌声调的重视,其实是受李东阳与李梦阳之影响。李东阳

① 唐汝询撰,王振汉点校《唐诗解》,河北大学出版社 2001 年版,第 488 页。
② 胡缵宗《唐雅》卷之一,雅音上。
③ 胡缵宗《唐雅》卷之六,雅音中。
④ 胡缵宗《唐雅》卷之八,雅音下。
⑤ 胡缵宗《唐雅》卷之七,雅音下。
⑥ 胡缵宗《唐雅》卷之三,雅音中。

论诗专取"声调",他曾在《麓堂诗话》中云:"今之歌诗者,其声调有轻重、清浊、长短、高下、缓急之异,听之者不问而知其为吴、为越也。汉以上古诗弗论,所谓律者,非独字数之同,而凡声之平仄亦无不同也。然其调之为唐、为宋、为元者,亦较然明甚。此何故邪?"[1] 李东阳这种重声调、求声于诗的观点直接影响到前七子的格调论,前七子领袖李梦阳论诗时曾多次"格""调"并举,但在实践中却更多地落实到诗歌的声调,他认为"宋人主理不主调"[2],就是从声调的角度来否定宋诗,而他本人所推崇的则是一种"宛亮"之"调"[3]。胡缵宗曾游于李东阳之门,又与李梦阳友善,选诗、论诗自然会受到他们的影响。所不同的是,胡氏诗学思想中带有更多的儒家正统诗学的影子,因而他所谓的"调"的内涵也就比李东阳的"声调"指向性更明确,与李梦阳"宛亮"之"调"亦有所不同,其"雅调"具有更加浓厚的儒家传统诗教色彩。

　　总之,《唐雅》是一部以盛唐为宗的唐诗选本,胡氏标举盛唐是因其继承了《三百篇》及汉魏以来的诗歌传统,体现在外部特征上即具有"雅格"与"雅调",胡氏就是从这具体可感的外部特征入手,将"雅格""雅调"作为铨选诗歌的重要标准。胡缵宗的以格调论诗、以格调选诗,对明中期复古浪潮的高涨起到了重要的推波助澜的作用,因为这是一部唐诗选本,是以选诗的方式践行了复古派的格调理论,以具体的活生生的诗作为学诗者提供了研习的典范。随着它的传播,复古派格调论的影响也就愈发地广泛了。当然,胡缵宗的"格调"论还有其独特之处,他不仅提出格调,还以"雅"来规之,所以格、调在这部唐诗选本中也就被赋予了具体而又特殊的涵义,这也可以看作是胡氏与复古派同中有异、独具特色的"格调"论吧。

三、李栻《唐诗会选》——明代复古派"格调"论之改良

　　明代七子派以"格调"论诗的诗学主张,从理论上来说是行得通的,因为诗歌的风神情韵确实可以部分地体现在其外部特征上,所以从

---

① 李东阳《麓堂诗话》,丁福保辑《历代诗话续编》,第1379页。
② 李梦阳《缶音序》,《空同集》卷五十二,《影印文渊阁四库全书》第1262册,第477页。
③ 李梦阳曾于《驳何氏论文书》中曰:"宛亮者调。"《空同集》卷六十二,《影印文渊阁四库全书》第1262册,第565页。

"格""调"入手,对于诗歌创作来说的确不失为一条切实可行的途径。然而,在实际的操作中,七子派却将"格调"不断地细化、缩小为对诗歌体制结构、字句音声等诗法的研究。前七子领袖李梦阳就曾在模拟古人格调的基础上总结出了具体的音声字句之法,他说:"古人之作,其法虽多端,大抵前疏者后必密,半阔者半必细;一实者必一虚,叠景者意必二。此予之所谓法,圆规而方矩者也。沈约亦云:'若前有浮声,则后必切响,一简之内,音韵尽殊;两句之中,轻重悉异。'即如人身,以魄载魂,生有此体,即有此法也。"[①]不仅在句子或篇章结构上讲求疏密相间、虚实相生,而且借沈约之语道出了诗歌在声调音韵上所应遵循的规矩法则。对这些天生的、不可改变的法度,李梦阳甚至提出要"尺尺而寸寸之"[②]。这种固守古人格调法度、亦步亦趋进行模拟的创作主张实际上成为了七子派诗学思想中最为突出的弊端,并随着时间的推移愈发凸显出来。晚明公安派高倡"独抒性灵,不拘格套",针对的正是七子派拘于法度、徒事模拟的弊病。而在七子派内部,也有人开始对格调论进行反思并予以修正改良。先是后七子领袖王世贞将诗人主体因素融入格调论中,提出了"才思格调"说,进而到末五子之一的胡应麟于体格声调之外又拈出了兴象风神,在格调论中融入了神韵的成份。明末之际的陆时雍又在其《诗镜・总论》中明确阐释了"神韵为宗,情境为主"[③]的诗学主张,代表着晚明诗论由"格调"向"神韵"的转移。

　　鉴于"格调"论所带来的诗学弊端,在选诗领域也有人开始对其进行反思与修正,其中李栻所辑《唐诗会选》就是一部极具代表性的唐诗选本。李栻,字孟敬,丰城(今江西省丰城市)人,嘉靖四十四年(1565)进士。《唐诗会选》编于万历二年(1574),共选唐诗一千九百余首,分体编次。李栻对七子派传统"格调"论的突破可见其书前自序中:

　　　　诗岂易言哉?盖必本人情、该物理、深于赋比兴之义而后可以言诗。《三百篇》之后,此意微矣。工于汉魏,衍于晋宋,靡于六朝

---

① 李梦阳《再与何氏书》,《空同集》卷六十二,《影印文渊阁四库全书》第1262册,第567页、第568页。
② 李梦阳《驳何氏论文书》,《空同集》卷六十二,《影印文渊阁四库全书》第1262册,第565页。
③ 永瑢等《四库全书总目》,中华书局1965年版,第1723页。

而莫盛于唐,然求其得诗人之意者盖鲜。予尝尚论古人之诗,《三百篇》之风不可复矣,其次亦必格力、音调、气象、意趣,四者备焉,而后可以言诗。盖诗之为道,必先结构,不程往度,即构不古,不古不高,何以观焉? 故在格力。依永和声,金石可播,管弦可被,唐人诗虽唐调,多可播被,谈者尚之,故在音调。喜则悦愉,怒则激烈,哀则唏嘘,乐则舒畅,动于中,达于言,呈于色,各有区畛,不相假借,否则无当之言已,故在气象。诗非徒作,用以言志,言直陈则无文,故错综经纬,宣志达情,使人读之有渊乎莫测之思、悠然无穷之趣,斯诗之要理也,故在意趣。[①]

在这里,李栻提出了其论诗的四个方面,即"格力""音调""气象""意趣"。其中,"格力""音调"仍然继承了七子派以格调论诗的传统。他所谓的"格力",其实就是体格,对于诗歌创作来说,首先应当考虑的是它的体制结构及其相应的风格特征,在这一点上,李栻认为应效法古人才可获得高古之格。其次,他认为诗歌还应具备音乐美感,要能够依永和声,播于金石,被于管弦。唐诗之音调虽不同于《三百篇》,但是仍具有"唐调",具备了音乐特质,因而谈诗之人多尚之。这两个方面被置于前两位,表明李栻对于诗歌之"格""调"还是非常看重的,复古派的以"格调"入手体察诗歌的思维方式在他这里仍然根深蒂固。然而,李栻编此选本时已经是明代中晚期了,此时复古派的"格调"论弊端逐步显露,并且呈愈演愈烈之势。所以在反思当中,李栻又在"格力""音调"之后加入了"气象""意趣"两个因素。他所说的"气象"本于诗人内心的喜怒哀乐之情,创作时诗人内心的情感决定了整首诗所呈现出的气象,所以"气象"说到底还是根植于诗人的精神。而"意趣"则强调诗歌要具备使人读之而产生渊乎莫测之思、悠然无穷之趣的特质,亦与人的情感息息相关。在李栻看来,只有四者备之,方可言诗,这就突破了复古派仅从"格""调"论诗的局限,他将眼界放宽,援入"气象""意趣",对传统"格调"论进行了修正与改良。

李栻不仅以上述四个方面来论诗,更值得注意的是接下来他又拈出

---

① 李栻《唐诗会选序》,《唐诗会选》卷首,明万历二年(1574)李栻刻本。

了一个"悟"字：

> 格力非悟弗融，音调非悟弗谐，气象非悟弗神，意趣非悟弗邃，
> 其要尤在妙悟。苟有悟焉，四者之美，不期而自合；苟无悟焉，虽强
> 以合之，四者之失必不能免也。固惟不外于四者，不泥于四者，善熔
> 裁而自得焉，而后有以握妙悟之枢管耳。①

在李栻看来，上面所提及的论诗的四个方面都是"悟"的结果，真正要达
到体格圆融、音调和谐、气象传神、意趣深邃，还要靠诗人的妙悟。关于
妙悟的说法，最直接的渊源来自宋代诗论家严羽，他在《沧浪诗话·诗
辨》中云："大抵禅道惟在妙悟，诗道亦在妙悟。且孟襄阳学力下韩退之
远甚，而其诗独出退之之上者，一味妙悟而已。惟悟乃为当行，乃为本
色。"② 将"悟"视为作诗之关键，为当行本色。后七子成员谢榛论诗也讲
"悟"，在其《四溟诗话》中对"悟"屡屡言及，如：《余师录》曰：'文不可
无者有四：曰体，曰志，曰气，曰韵。'作诗亦然。体贵正大，志贵高远，气
贵雄浑，韵贵隽永。四者之本，非养无以发其真，非悟无以入其妙。"③ 认
为作诗如要在体、志、气、韵四个方面臻于妙境，靠的也是一个"悟"字。
而李栻论诗的四个方面虽与谢榛不同，但是对悟的把握却是一致的，可
见李栻的观点与谢榛的影响不无关联。不仅如此，谢榛还曾说过："学诗
者当如临字之法，若子美'日出东篱水'，则曰'月堕竹西峰'；若'云生
舍北泥'，则曰'云起屋西山'。久而入悟，不假临矣。"④ 他沿袭李梦阳的
"临摹古帖"说，将学诗比作临帖，但他更强调在通过临摹领会古人的艺
术精髓之后，最终摆脱摹贴，走向悟入的境界，创作出带有"我"之色彩
的诗歌作品。这种观点也是复古派内部对于一味临摹古人格调而失却
自我的弊端所作的修正。而李栻同样也受其影响，他论诗一方面不舍复
古派所关注的体格、声调，但另一方面又补入气象、意趣，在强调体格声
调等诗歌的外部特征之外，又融入了体现诗人主体精神的因素。而他对
"悟"的强调，也进一步说明其论诗思维方式的转变，他继谢榛而来，从

---

① 李栻《唐诗会选序》，《唐诗会选》卷首。
② 严羽著，郭绍虞校释《沧浪诗话校释》，第12页。
③ 谢榛著，宛平校点《四溟诗话》卷一，第10页。
④ 谢榛著，宛平校点《四溟诗话》卷二，第46页。

以体格声调入手把握诗歌的思维模式中挣脱了出来，更强调诗人的主观性，"悟"是一种对审美对象发自内心的体认，注重的是诗人的直观感觉以及对客观对象的心领神会，它是灵感的自然流淌，是一种豁然开朗的形象思维，而这种思维方式更为接近诗歌的本质。

李栻论诗讲求格力、音调、气象、意趣四者并美，并且以"悟"作为统辖四者的枢纽关键，他的这种诗学观念在整部《唐诗会选》的选诗中得到了很好的体现：

> 呜呼！诗岂易言哉？予少喜论诗，于唐诗诸家之选所阅多矣，未有当予心者。以唐人而选唐诗，则有若《搜玉》《箧中》《极玄》《国秀》《河岳英灵》《中兴间气》诸集，然或限于时而未备，或拘于体而未周，又或滥及猥小，反遗匠哲，取其数语，不计全篇。以后人而选唐诗，则有若《唐音》《鼓吹》《三体》《类钞》《品汇》《正声》《全唐诗选》诸集，然以《品汇》之广而尚遗佳品，以《正声》之严而兼收劣制，则作诗固难，论诗尤难矣。予不敏，敢曰可以论诗，然亦不敢谓无一知半解之悟也。尝以暇日遍阅唐诗，取诸家之选而参以鄙见，有当于心者，虽诸家之遗必取，无当于心者，虽诸家之选必删，若数语之佳而全篇未称，虽工弗录。盖非敢为诸家折衷，然读之泠泠然可以歌，可以讽，可以玩，可以思，四者之失庶乎可免。[1]

可见，李栻在遍阅唐诗及参考前人所编唐诗选本的基础上辑成了这部《唐诗会选》，但同时他又明确说明，自己虽借鉴了前贤诸选，然而真正左右他选诗的还是己见，并不囿于前人的观点。而且在此序中，他还明确宣称，凡是入选之诗一定是令人读之泠泠然可歌、可讽、可玩、可思，兼具格力、音调、气象、意趣四者之美的佳作，这即是他的选诗宗旨。

从具体选诗来看，此前凡是以"格调"作为衡量标准的唐诗选本，在具体的选诗去取时往往将眼光聚焦在盛唐，以盛唐诗歌的格调作为模习的典范，而对其他几个阶段的唐诗表现出较为苛刻的态度。李栻《唐诗会选》则由于突破了单纯以"格""调"选诗的局限，将它们与"气象""意趣"合在一起共同作为选诗的依据，所以对盛唐之外的几个时期

---

[1] 李栻《唐诗会选序》，《唐诗会选》卷首。

的唐诗采取了较为宽容的态度。例如：

> 五、七言律诗虽有初唐、盛唐、中唐、晚唐之分，然去短集长，亦难以尽优劣于其间也。即如初唐沈佺期《卢家少妇》之作，诸家未选，薛西原、何大复诸公以与崔颢《黄鹤楼》诗并称。杨升庵于此二作莫能轩轾，其他可知。晚唐许浑诸公之作偶见疵于方回，后遂沿袭以为定论，而不知其佳者即中唐名家无以过也。如方回《瀛奎律髓》，芜谬特甚，果可以为定论乎哉？予故各取其优者附于初唐盛唐中唐诸名家之后，以见苟有独悟非世代所能限云。①

他认为五、七言律诗有初、盛、中、晚之分，这还是继承了复古派对唐诗分期的传统观念，然而他紧接着说，如果将各阶段唐诗之佳作放在一起，又难分其优劣。如，他认为晚唐许浑等人的律诗虽屡屡见疵于前人，但在他看来，其佳作甚至可以超越中唐诸家，所以于五律他选了许浑十首作品，在选诗数量上超过了韦应物（5首）、郎士元（7首）、皇甫冉（6首）、皇甫曾（5首）、司空曙（5首）、韩翃（6首）、张籍（5首）等中唐诗人，甚至也超过了高适（6首）等盛唐名家。于七律入选了许浑十首、刘沧十三首，也超过了岑参（6首）、钱起（5首）等盛中唐诗人的入选数量。之所以如此选诗，归根结底还是因为他们的诗歌符合李栻心中的铨选标准，正如他所言"苟有独悟非世代所能限"，也就是说，许浑等人入选的这些律诗有着诗人的一己之悟，能够悟入，也就意味着他们的诗歌具有了格力、音调、气象、意趣四者之美。

同样，对五、七言古诗的选择，李栻也突破了初、盛、中、晚的界限。他将五古分为二派，七古列为三体，如其论五古所言："五言古诗旧无分别，自予观之，自有二派……予今以悲壮雄浑者为苏李、曹刘一派，择唐初及李杜、高岑以下诸公之作实之。冲淡萧散者为渊明一派，择张储、王孟、韦柳诸公之作实之。"②这是从艺术风格的角度划分唐人五古，打破了四唐的畛域，所以在选诗时也就能够冲破师尊盛唐的束缚，在五古中入选数量最多者恰恰为中唐诗人韦应物（61首），其次是李白（43首）、刘长

---

① 李栻《唐诗会选·辨体凡例》，《唐诗会选》卷首。
② 李栻《唐诗会选·辨体凡例》，《唐诗会选》卷首。

卿（41首）、储光羲（35首）、杜甫（32首）、王维（26首）、柳宗元（24首）、岑参（22首）……又如其论七古时云："七言古诗皆推盛唐而略于初唐晚，然观何大复尝病杜体，谓初唐犹有诗人比兴之遗，而拟《明月篇》以见意，则其意可推。若李贺之作虽涉奇恠，然自高古不可及，商隐、庭筠诸作虽稍奇丽，然要为一家，非作者不能到也。予故择初唐王刘、沈宋以下诸公之作为一体，盛唐李杜、高岑以下诸公之作为一体，晚唐李贺以下诸公之作为一体。"[①]七言古诗人们皆推盛唐，而李栻却划分三体，此"体"与上文所言"派"大致相同，皆侧重于诗人的艺术风格。对此三体，李栻不分优劣，如晚唐温庭筠（20首）、李贺（12首）的入选数量仅次于盛唐的李白（35首）、杜甫（23首）、岑参（23首）。

而对唐人绝句，李栻更是明言："五、七言绝句，旧亦有初唐、盛唐、中唐、晚唐之分，以予观之，律犹有分，此体独无分别。"[②]所以他对唐人绝句仅以五、七言而不以世次划分。在他眼中，晚唐诸作比起盛唐来毫不逊色："盛唐固佳，晚唐更有佳者，盖其妙悟透彻，托兴深远，殊非后世可及。"[③]尤其是七绝，他选取了李商隐（11首）、杜牧（13首）、许浑（7首）、温庭筠（12首）、韦庄（9首）、雍陶（5首）、薛能（5首）等众多晚唐诗人之作。唐人绝句的最大特点在于意味隽永，李栻引杨升庵言曰："唐人选体虽古诗而意反近，绝句虽近体而意反古，乃唐人之所偏长独至，后人力追莫嗣者也。"[④]他肯定晚唐绝句并不是着眼于其"格"如何、其"调"又如何，而是称赞其"妙悟透彻，托兴深远"，所谓"妙悟透彻"，又是来源于严羽对妙悟的分类，他将悟分为"透彻之悟"与"但得一知半解之悟"，而严羽将谢灵运至盛唐诸公视为透彻之悟，体现的是他诗尊盛唐的观念。李栻从严羽那里继得一"悟"字，但却脱略了其遵循"第一义"的偏狭。他认为晚唐绝句体现了诗人的玲珑透彻之悟，它托兴深远，意味深长，使人读之有言外无穷之意。这种认识不仅突破了从"格""调"入手，对古人机械模仿的思维模式，同时也挣脱了诗必盛唐的束缚，抓住了其更为深层的意蕴，把握住了它真正的价值。

---

① 李栻《唐诗会选·辨体凡例》，《唐诗会选》卷首。
② 李栻《唐诗会选·辨体凡例》，《唐诗会选》卷首。
③ 李栻《唐诗会选·辨体凡例》，《唐诗会选》卷首。
④ 李栻《唐诗会选·辨体凡例》，《唐诗会选》卷首。

　　总之,李桢所编《唐诗会选》一方面延续了七子派以"格""调"论诗的传统思路,另一方面又融入了"气象""意趣"及"悟"等与诗人主体密切相关的因素,这是改良后的"格调"论在选诗中的落实与运用。李桢通过《唐诗会选》的编选显示出与后七子领袖谢榛、王世贞以及晚于其后的末五子之一胡应麟前后相承的改良思路,他们对"格调"论的修正改良意味着明人对唐诗认识的不断深化及其诗学思想的逐渐成熟。透过以上几部唐诗选本我们也清晰地看到了明代诗学"格调"论的发展过程,在这个过程中,明人由囿于"格调",受其束缚,到逐渐挣脱,开放思路,在"格调"的基础上融入诗人性情、兴象风神等因素,以至最终抛开"格调",分别踏入了性灵与神韵的论诗道路。

第五章　明代唐诗选本中的性情论

重情体性是中国古典诗学的传统精神,从中国诗学整体发展来看,传统诗学既是注重诗人主体作用的主体诗学,又是肯定诗人个性情感的人文诗学。诗歌表现人性与人情的特质在历代诗学理论中均受到普遍关注,并逐渐形成了传统诗学的核心范畴——"性情"论。在明代,无论是标举盛唐格调的复古派,还是高扬"独抒性灵、不拘格套"大旗的性灵派,抑或是"第求古人真诗所至"的竟陵派,对性情问题皆多有论述,对性情内涵的认识也不尽相同。不仅如此,在明代大量的唐诗选本中也有许多关于性情的讨论,体现出选家对性情问题的关注,透过这些唐诗选本的序、跋以及评点,依稀可见性情理论在明代诗学中的发展嬗变。

第一节　明前"性情"论之渊源发展

性情理论是我国古典诗学的重要组成部分,起源甚早,且有着较为曲折的发展脉络。历朝历代诗评家都在各自文化背景下,站在不同的立场,从不同角度对性情问题作出过深入探讨,体现出不同的诗学观念。明代诗学中的性情论正是在前代相关理论阐释的基础上,既有继承又有所发展。

诗学批评中的性情论,其发展演变在很大程度上是受哲学性情观的影响。早在先秦时期,儒家哲学中就已出现了有关性情的讨论,表现出对人性与人情的关注,新出土文献《郭店楚墓竹简》中《性自命出》篇曰:"性自命出,命自天降。道始于情,情生于性。"[1]将天、命、性、情、道的关系看作是:由天降命,由命出性,由性生情,道始于情。在这样一个

---

① 李零《郭店楚简校读记》,北京大学出版社 2002 年版,第 105 页。

逻辑结构中，"情"与"性"乃至"天"被联系在一起思考，阐明了"情"与"性"的关系，并将"性""情""命"置于同一高度，这就使得"情"具有了与"性"同等的重要性与根源性。而先秦最著名的哲学论辩当属孟子性善与荀子性恶之争。孟子从人、兽之别的角度来探讨人的本性，提出了性善论，并将情、性、心、才四端并论，但并未进一步区分"情"与"性"。荀子则针锋相对地提出了性恶论，他认为人"生而有耳目之欲，有好声色焉"①，并从探讨人性的角度出发，提出了性情之辨。荀子曰："生之所以然者，谓之性。性之和所生，精合感应，不事而自然，谓之性。性之好、恶、喜、怒、哀、乐，谓之情。"②"性者，天之就也；情者，性之质也；欲者，情之应也。以所欲为可得而求之，情之所必不免也。"③"饥而欲饱，寒而欲暖，劳而欲休，此人之情性也。"④在他看来，"性"是人与生俱来的自然属性，"情"则是性的质的表现。在此基础上，荀子提出性恶论，既然欲望与情感都是人之天性，那么好逸恶劳、趋利远害也是与生俱来的，所以，承认人性的自然属性也即承认了性恶的自然属性。孟子、荀子的性善、性恶之争，从本质上说并不是截然对立的，性情之辨的实质就在于如何教化人的性情，使个人性情合于儒家伦理道德，通过后天引导，使之归于善。

先秦儒家哲学性情观将"性""情"对举并论，甚至将"情"置于"性""命"的高度来论述，突出了"情"的地位。与之相应的，先秦儒家的文学批评在对《诗经》的认识中也体现出了对"情"的重视。上海博物馆藏《战国楚竹书·孔子诗论》云："诗亡（无）隐志，乐亡（无）隐情，文亡（无）隐言。"⑤前两句主要探讨诗、乐与情、志的关系，认为诗、乐不能离开人主体的情与志。而《孔子诗论》在评述《诗经》具体篇章时，多处都是着眼于"情"。如："《绿衣》之忧，思古人也。《燕燕》之情，以其独也……"⑥又如："因《木瓜》之报，以喻婉者也；《杕杜》则情，喜其至

①《荀子·性恶》，《二十二子》，上海古籍出版社1986年版，第346页。
②《荀子·正名》，《二十二子》，第342页。
③《荀子·正名》，《二十二子》，第345页。
④《荀子·性恶》，《二十二子》，第346页。
⑤季旭昇主编《上海博物馆藏战国楚竹书》（读本），北京大学出版社2009年版，第5页。
⑥季旭昇主编《上海博物馆藏战国楚竹书》（读本），第8页。

也。"① 等，对于这些体现诗人忧喜之情的诗歌，解诗者都予以了充分肯定。然而这种单纯地以"情"解诗、体认诗歌，在先秦时期并不占主要地位。正如对后代产生深远影响的"诗言志"理论，儒家诸子所理解的"志"虽不排除情感，承认情的存在，但在其哲学思想的支配下，他们所说的"情"就不再是指人的自然情感，而是带有高度理性规范的情感，是凝聚了理性的感性②。

汉代的哲学"性情"论承先秦而来，董仲舒就曾在人性善恶问题上力图调和荀、孟之争，他认为："人之诚，有贪有仁。仁贪之气，两在于身。身之名，取诸天。天两有阴阳之施，身亦两有贪仁之性。"③ 人受于天而生，正如天有阴阳，人性亦本有善恶。他对"性情"的理解直接继承了荀子的理论，他认为："是正名号者于天地，天地之所生，谓之性情。性情相与为一瞑。情亦性也……身之有性情也，若天之有阴阳也。"④ "命者天之令也，性者生之质也，情者人之欲也。"⑤ "质朴之谓性，性非教化不成。人欲之谓情，情非度制不节。"⑥ 人的"性"与"情"都是与生俱来的自然资质，其不同就在于"性"为"生之质"、"情"为"人之欲"。既然"情"与"性"一样是自然天生的，那么就不应排斥它，而是引导和改造它，通过教化使之符合社会伦理道德规范。

哲学上的性情之辨亦影响与渗透到汉代诗学批评领域。汉人论诗，借用性情之辨理论，从人的自然本性来论述诗歌抒发情感的自然合理性。《毛诗序》云："至于王道衰，礼义废，政教失，国异政，家殊俗，而《变风》《变雅》作矣。国史明乎得失之迹，伤人伦之废，哀刑政之苛，吟咏情性，以风其上，达于事变而怀其旧俗者也。故《变风》发乎情，止乎礼义。发乎情，民之性也；止乎礼义，先王之泽也。"⑦ 抒发情感是百姓的天然本性，不可改变，因而"吟咏情性，以风其上"也就是必然的、自然的。正因认识到了这一点，汉人于《毛诗序》中进一步揭示出了诗歌的抒情特征：

① 季旭昇主编《上海博物馆藏战国楚竹书》（读本），第 9 页。
② 詹福瑞《中古文学理论范畴》，第 30 页。
③《春秋繁露·深察名号》，《四部精要》第 12 册，上海古籍出版社 1992 年版，第 810 页。
④《春秋繁露·深察名号》，《四部精要》第 12 册，第 810 页。
⑤《举贤良对策》，《汉书·董仲舒传》，中华书局 1997 年版，第 2501 页。
⑥《举贤良对策》，《汉书·董仲舒传》，第 2515 页。
⑦ 郭绍虞主编《中国历代文论选》第 1 册，第 63 页。

"诗者,志之所之也。在心为志,发言为诗。情动于中而形于言。"① 诗歌起于人内心之情,"情"是诗歌产生的动因,情动于中,发之为言,便有了诗。《毛诗序》的"情动于中而形于言""吟咏情性"说较之先秦诗论增强了对"情"的存在的关注,肯定了"情"的作用,但是《毛诗序》所强调的"情"并不纯粹是诗人个体内在的个性化情感,而是一种带有普遍性的情感,是"一国之事,系一人之本""言天下之事,形四方之风"的世情,这种世情主要是群体之情。不仅如此,受哲学性情之辨理论的影响,《毛诗序》虽肯定"情",但又不主张放任情感,而是要泄导之,因而提出"发乎情,止乎礼义",就是把"情"圈定在儒家伦理道德中,用礼义来引导与规范之。

魏晋南北朝时期,士人纵情任性之风甚炽,这一风气甚至影响到哲学领域,引发了玄坛关于圣人有情无情的大讨论。其中王弼主张圣人有情,他以为:"圣人茂于人者神明也,同于人者五情也,神明茂故能体充和以通无,五情同故不能无哀乐以应物,然则圣人之情,应物而无累于物者也。今以其无累,便谓不复应物,失之多也。"② 圣人与常人的相同之处在于有情,不同之处则在于圣人能够以"性"统摄其"情"。既肯定了常人的感情,也肯定了圣人的感情。此外,王弼将"性"与"情"的关系看作是"无"与"有"的关系,"性"为体、为本,"情"为用、为末,"性"与"情"不可分割,"性"以"情"显,"情"又不可乱"性",所以他又主张"性其情","以情近性",让性来制约情而不至于远离性。

"尚情"的时代之风也同样体现于文学批评当中,此时的理论家们对情、性并不作严格区分。西晋陆机提出了著名的"诗缘情"说,他所说的"情"与《毛诗序》中的群体之情有所不同,主要是指物感之情,是一种不受礼义规范的诗人的一己之情。南朝时期,诗文主情,文学批评也以缘情为主流。萧纲与萧绎兄弟皆持主情论,只不过"他们所说的情,已逐渐缩小了内涵,由陆机时代的一己之情,缩小到了男女之情。他们所创作的宫体诗,是其抒情理论的具体实践"③。齐梁时期钟嵘的诗歌思

① 郭绍虞主编《中国历代文论选》第 1 册,第 63 页。
② 《三国志·钟会传》注引何劭《王弼传》,中华书局 1997 年版,第 795 页。
③ 詹福瑞《中古文学理论范畴》,第 78 页。

想也带有明显的"缘情"色彩,他在《诗品序》中称:"气之动物,物之感人,故摇荡性情,形诸舞咏。"①"摇荡性情"与萧绎的"性灵摇荡"有相通之处,都在表明:包括诗歌在内的"文"的特质就是抒发情感。所谓"气之动物,物之感人",则是继承了陆机的物感论,钟嵘在此基础上又有所突破,"情"在他那里不仅包括由自然外物触发而产生的情感,还包括由社会世事触动而产生的情感,使"缘情"的内涵扩大到了更为广阔的社会生活内容,强调诗歌要抒发真情、怨情、挚情。魏晋南北朝最著名的文学理论家刘勰对"情"亦极为看重,他在《文心雕龙》之《情采》《体性》《神思》等篇中,都强调了"情"在文学创作中的重要作用。他认为"文质附乎性情",并将文学创作的根源归于人的性情:"文采所以饰言,而辩丽本于情性。故情者,文之经,辞者,理之纬;经正而后纬成,理定而后辞畅,此立文之本源也。"②刘勰所说的"性情"包涵两个方面,一是指应物兴感的自然之情,这是人之情感的一种自然流露。如《明诗》篇所云:"人禀七情,应物斯感,感物吟志,莫非自然。"③二是指人的个人之情,是指人本身固有的自然之情。这种"情"源于作家天生的气质、禀赋,是作家自己无法控制,也无法改变的。正如《体性》篇所言:"若夫八体屡迁,功以学成,才力居中,肇自血气;气以实志,志以定言,吐纳英华,莫非情性。"④血气是才力的生命之源,它可以充实情志,决定人的情性。

及至唐代,韩愈提出了"性情三品说",他于《原性》中曰:"性之品有三,而其所以为性者五;情之品有三,而其所以为情者七。曰:何也?曰:性之品有上中下三。上焉者,善焉而已矣;中焉者,可导而上下也;下焉者,恶焉而已矣。其所以为性者五:曰仁、曰礼、曰信、曰义、曰智。上焉者之于五也,主于一而行于四;中焉者之于五也,一不少有焉,则少反焉,其于四也混;下焉者之于五也,反于一而悖于四。性之于情,视其品。情之品有上中下三,其所以为情者七:曰喜、曰怒、曰哀、曰惧、曰爱、曰恶、曰欲。上焉者之于七也,动而处其中;中焉者之于七也,有所甚,有

---

① 钟嵘著,陈延杰注《诗品注》,人民文学出版社1961年版,第1页。
② 刘勰著,周振甫注《文心雕龙注释》,第346页。
③ 刘勰著,周振甫注《文心雕龙注释》,第48页。
④ 刘勰著,周振甫注《文心雕龙注释》,第308页。

所亡,然而求合其中者也;下焉者之于七也,亡与甚,直情而行者也。"①
韩愈将"性"的内涵概括为仁、礼、信、义、智五方面,并将其进一步划分
为上、中、下三品,其中只有"中品之性"可以进行教化。相应地,韩愈
也把"情"分为上、中、下三品,上品之"情"完全符合道德准则;中品之
"情",有合乎道德,亦有不合道德者,需要调和;下品之"情",则完全不
符合道德规范。韩愈的"性情三品说"是在反对佛教出世主义和禁欲主
义的背景下提出的,是将汉代董仲舒"性三品"思想作了进一步的条理
化。与韩愈不同,李翱对"性"的认识借鉴的是孟子的性善理论,他认为
"人之性皆善",恶的源头不是"性",而是"情"。因而,他提出了"性善情
恶"论。李翱在《复性书》中说:"人之所以为圣人者,性也。人之所以
惑其性者,情也。喜怒哀惧爱恶欲七者,皆情之所为也。情即昏,性斯匿
矣。非性之过也,七者循环而交来,故性不能充也。"②李翱所言的"性"
是一种排除掉任何情欲的境界,而"情"在他眼中则是一种邪妄的东西。
即所谓的"情者,性之邪也""情者,妄也,邪也"。这与佛学思想中的禁
欲主义有相似之处。韩愈和李翱在性情论的内涵、"情"产生的原因以
及"性""情"的相互关系上各有异同。但李翱的性情论对后来的宋明
理学影响更为深远,他在《复性书》中所倡言的"灭情复性",成为宋代
理学家抑"情"论的先导。与之相应地,在文学批评领域,则恢复了汉代
"吟咏情性""风动教化"的儒家诗学思想传统,如白居易诗云"雅哉君
子文,咏性不咏情"(《祗役骆口驿喜萧侍御书至兼睹新诗吟讽》),将"咏
性"放在了"咏情"之上。

　　宋代理学家对性情问题则持不同的看法,程颢云:"夫天地之常,以
其心普万物而无心;圣人之常,以其情顺万事而无情。""圣人之喜,以
物之当喜;圣人之怒,以物之当怒。是圣人之喜怒,不系于心而系于物
也。"③他认为,圣人也有喜怒之情,但其喜怒决定于物而不决定于心,从
顺应自然的角度来说,亦可看作无情。而邵雍则进一步区分情与性,并
极力鼓吹"性善情恶",他认为:"以物观物,性也;以我观物,情也。性公

---

① 《昌黎先生集》卷十一,《四部精要》集部三,第 89 页。
② 李翱《李公文集》卷二,《影印文渊阁四库全书》第 1078 册,第 106 页。
③ 程颢《答横渠先生定性书》,《二程文集》卷三,《影印文渊阁四库全书》第 1345 册,第 605 页、
　第 606 页。

而明,情偏而暗。"任我则情,情则蔽,蔽则昏矣;因物则性,性则神,神则明矣。"①他以"因物"和"任我"作为区分性、情的标准,绝对地肯定"性"而否定"情",提倡"以物观物",而反对"以我观物",由否定情发展到否定人的主体性。朱熹对性情问题所持的基本观点是:"心统性情,性体情用。"他认为性与情是体与用的关系,它们之间相互依存,"有这性,便发出这情;因这情,便见得这性"②。这种性体情用的说法虽含有以性理为本的意思,但也为"情"的存在提供了依据,因而他反对李翱的"灭情复性"论:"李翱复性则是,云'灭情以复性'则非。情如何可灭?此乃释氏之说,陷于其中不自知。"③"情"既然是"性"的外在表现,自然不可灭。不过朱熹也承认情有"不善",并将其原因归结为:"心之本体,本无不善,其流为不善者,情之迁于物而然也。"④情虽决定于性,但也可以反作用于性,由于情没有受到节制,随外物而变化,才使得本来的善性变得不善了,由此说明节情的重要性。

在文学批评领域,邵雍的"性善情恶"论表现为对诗人之情感的绝对排斥,邵雍曾批评近世诗人:"穷戚则职于怨憝,荣达则专于淫泆。身之休戚,发于喜怒;时之否泰,出于爱恶。殊不以天下大义而为言者,故其诗大率溺于情好也。"⑤甚至高呼"情之溺人也甚于水"⑥。把诗人的个体情感完全排斥在诗歌之外。但这种极端的观点在宋代诗学领域并不占主流,宋人更为重视从性情本源之正出发来谈诗歌的感情抒发问题。随着宋代道德形上学及心性学兴起,理学家重新阐释人性,并提倡涵养性情。姜夔曾于《白石道人诗说》中云:"吟咏情性,如印印泥,止乎礼义,贵涵养也。"⑦他在"止乎礼义"之后又提出"贵涵养",就把礼义从外在的规范内化为个体内在的自觉修养。宋代理学家既主张传统诗学命题"吟咏情性",同时又强调诗本源于性情之正,这样,诗歌就由性情的写照变成了性情之正的自然流露,既不违于人之常情,又将情纳入

① 邵雍《观物外篇》,《皇极经世书》卷十四,《影印文渊阁四库全书》第803册,第1085页。
② 朱熹《朱子语类》卷五,中华书局1994年版,第89页。
③ 朱熹《朱子语类》卷五十九,第1381页。
④ 朱熹《朱子语类》卷五,第92页。
⑤ 邵雍《击壤集自序》,《影印文渊阁四库全书》第1101册,第3页。
⑥ 邵雍《击壤集自序》,《影印文渊阁四库全书》第1101册,第3页。
⑦ 姜夔《白石道人诗说》,何文焕《历代诗话》,第682页。

"理""道"的范围之内。所谓"性情之正",是指诗歌所表达的情感符合儒家传统的伦理道德,诗歌以表现"忠厚恻怛之心,陈善闭邪之意"[①]为正。朱熹曾将《国风》中的二十三首情诗斥为淫奔之诗,就在于这些诗所表现的情感不符合儒家性理善的要求,并且从"正人性情"的角度肯定《诗》教"的基本价值:"盖《诗》之言美恶不同,或劝或惩,皆有以使人得性情之正。""凡《诗》之言,善者可以感发人之善心,恶者可以惩创人之逸志,其用归于使人得其性情之正而已。"[②]在情感表达上,他对儒家传统诗教之"乐而不淫,哀而不伤"作了重新阐释,在论《诗经·柏舟》《诗经·绿衣》时他说:"所谓'可以怨',便是'喜怒哀乐发而皆中节'处。推此以观,则子之不得于父,臣之不得于君,朋友之不相信,皆当以此意处之。如屈原之怀沙赴水,贾谊言:'历九州而相其君,何必怀此都也!'便都过常了。"[③]他所强调的"喜怒哀乐发而皆中节"即是"乐而不淫,哀而不伤"的重新表述,只有"乐而不淫,哀而不伤"才是"情性之正"的最高境界。宋代理学家一方面充分认识到诗歌"发于人情怨愤"的特点,肯定其抒情本质,而另一方面又对情作了理学的限制,以理节情,以性范情。由此可见,在性情问题上,宋人与汉人的观点既有联系又有差异。他们都不讳言"情",但在汉人那里是"发乎情,止乎礼义",强调对情的外在规范,要求"情"合于外在的礼;而宋人则提出"吟咏性情之正"的抒情主张,将情与性理规范统一起来,其内涵是"正心""诚意""思无邪",注重内在的心性修养。这样就由汉代以"礼义"对情的限制一变而为以"天理""性理"对情的控制,而诗歌也就成为诗人道德人格以及高远胸襟的流露,且具有符合儒家审美理想的"中和"之美。

第二节　明代唐诗选本中的"性情"论

　　进入明代,哲学性情观较宋代有了根本性转变,王守仁的性情论继

---

① 朱熹《诗经集传原序》,《影印文渊阁四库全书》第 72 册,第 748 页。
② 刘瑾《诗传通释》卷首,《影印文渊阁四库全书》第 76 册,第 274 页。
③ 朱熹《朱子语类》卷八十,第 2070 页。

承朱熹的观点认为："心统性情：性，心体也；情，心用也。"但他在此基础上又进一步提出："夫体用一源也，知体之所以为用，则知用之所以为体者矣。虽然，体微而难知也，用显而易见也……君子之于学也，因用以求其体。"①因为"性"难知而"情"易见，所以君子要因"情"求"性"，不仅要在"性"上下功夫，还应在"情"上下功夫，可见其对情的重视。泰州学派中言情者甚众，不仅如此，更有人进一步提出"情性合一"说，如杨复所云："要晓得情也是性。"②焦竑亦云："不捐事以为空，事即空；灭情以求性，情即性；殄灭消煞，则二乘之断见矣。"③而"情性合一"说最具代表性的人物则是明末大儒刘宗周，他所提出的"指情言性，非因情言性也""即情即性也，并未尝以已发为情，与'性'字对也"④，完全清除了情与性的界限，最终得出了性即是情、情即是性的结论，这就从根本上解放了情。

相应地，在明代诗歌批评中，理论家们已经彻底摆脱了"性善情恶"论的羁绊，对诗歌中的"性情"因素进行了深入探讨，对其认识程度较之前代也有了质的飞跃。不过，纵观整个明代诗歌批评史，我们发现，明人对"性情"的阐释在内涵上还是有区别的，也就是说，明人的"性情"观有一个发展嬗变的过程，而透过明代大量的唐诗选本我们恰恰可以清晰地观测到这一发展变化的过程。

一、理学思想浸染下的"性情"论

明初，统治者大力推行程朱理学，以此牢笼士人思想，朱元璋在开国之初曾多次诏命："一宗朱氏之学，令学者非五经、孔孟之书不读，非濂、洛、关、闽之学不讲。"⑤成祖朱棣又下令编《四书五经大全》和《性理大全》，进一步强化程朱理学在社会生活中的地位。这种思想文化政策与八股取士制度相结合，使程朱理学迅速地成为有明一代的主导性意识形态，文以载道、注重教化的儒家传统文学观成为士人的普遍认识。受此

---

① 王守仁《答汪石潭内翰》，《王文成全书》卷四，《影印文渊阁四库全书》第1265册，第125页。
② 黄宗羲《明儒学案》卷三十四，《影印文渊阁四库全书》第457册，第575页。
③ 黄宗羲《明儒学案》卷三十五，《影印文渊阁四库全书》第457册，第588页。
④ 黄宗羲《明儒学案》卷六十二，《影印文渊阁四库全书》第457册，第1099页。
⑤ 《东林列传》卷二，《影印文渊阁四库全书》第458册，第199页。

影响,在明代前期诗学批评中,"性情"理论大都染上了理学色彩。如盛行于永乐朝的台阁体文学流派,其思想核心即是正统儒家的文学观,主张传圣人之道与鸣国家之盛,提倡典则雅正、和平温厚的文风。在论及"性情"问题时,受理学思想影响,台阁诗人反复强调诗歌要"皆出于性情之正",杨荣《省愆集序》云:"君子之于诗,贵适性情之正而已。""苟非出于性情之正,其得谓之善于诗者哉?"① 他所谓"性情之正"即源自宋代朱熹等理学家的观点,认为"情"要受性理的约束,其实质就是要求人们在诗歌中只能抒写符合儒家伦理道德规范的所谓平和之思。而这不仅是台阁体诗人作诗抒情的一大准则,同时也成为他们评价唐诗的着眼点,如,对待杜诗他们就特别强调其"得性情之正"。杨士奇曾在《杜律虞注序》中云:"律诗非古也,而盛于后世。古诗《三百篇》皆出乎情,而和平微婉,可歌可咏,以感发人心,何有所谓法律哉? 自屈、宋下至汉魏及郭景纯、陶渊明,尚有古诗人之意,颜、谢以后,稍尚新奇,古意虽衰,而诗未变也。至沈、宋而律诗出,号近体,于是诗法变矣。律诗始盛于开元、天宝之际,当时如王、孟、岑、韦诸作者,犹皆雍容萧散有余味,可讽咏也。若雄深浑厚有行云流水之势,冠冕佩玉之风流出胸次,从容自然而皆由夫性情之正,不局于法律,亦不越乎法律之外,所谓从心所欲不逾矩,为诗之圣者,其杜少陵乎? 厥后作者代出,雕镂锻炼,力愈勤而格愈卑,志愈笃而气愈弱,盖局于法律之累也,不然则叫呼叱咤以为豪,皆无复性情之正矣。夫观水者必于海,登高者必于岳,少陵其诗家之海岳欤?"② 杜诗超乎唐人之处在于其"雄深浑厚有行云流水之势、冠冕佩玉之风流出胸次",不逾规矩但又不为规矩所拘,达到了从容自然的境地,而这一切皆来自其"性情之正"。相反地,其后诗人由于拘泥法律而导致格卑、气弱,或叫呼叱咤以为豪,归根结底都因其未得"性情之正"。杨士奇还曾为《读杜愚得》作过序,也表达过同样的观点,他说:"李杜正宗大家也,太白天才绝出,而少陵卓然上继三百十一篇之后,盖其所存者,唐虞三代大臣君子之心,而爱君忧国伤时闵物之意,往往出于变风变雅者所遭之时然也。其学博而识高,才大而思远,雄深闳伟,浑涵精诣,天

---

① 杨荣《文敏集》卷十一,《影印文渊阁四库全书》第 1240 册,第 168 页、第 169 页。
② 杨士奇《东里续集》卷十四,《影印文渊阁四库全书》第 1238 册,第 541 页、第 542 页。

机妙用而一由于性情之正,所谓诗人以来,少陵一人而已。"①他以"一由于性情之正"为基点高度赞扬杜诗,而这里的"性情之正",主要内涵即是杜诗所体现出的"唐虞三代大臣君子之心""爱君忧国伤时闵物之意"。与三杨交往密切的黄淮在《读杜愚得后序》中亦云:"诗以温柔敦厚为教,其发于言也,本乎性情,而被之弦歌,于以格神祇,和上下,淑人心,与天地功用相为流通,观于《三百篇》可见矣。汉魏以降,屡变屡下,至唐稍惩末弊而振起之,既而律绝之体复兴焉。当时擅名无虑千余家,李杜为首称,而杜为尤盛,盖其体制悉备,譬若工师之创巨室,其跂立翚飞之势,巍峨壮丽,干云霄,焜日月! 而墙高数仞,不得其门而入,析而观之,轩庑堂寝,各中程度;又析而观之,大而栋梁,小而节棁榱桷,皆梗楠杞梓、黝垩丹漆也。其铺叙时政,发人之所难言,使当时风俗世故了然如指诸掌;忠君爱国之意,常拳拳于声嗟气叹之中,而所以得夫性情之正者,盖有合乎《三百篇》之遗意也。"②虽然对杜诗众体兼备、众体兼工等艺术方面的成就也有所认识,但他似乎更重视其于声嗟气叹之中的拳拳爱国之心与忠君之意,因而称其"得夫性情之正",上承《三百篇》之遗意。

　　洪武二十六年(1393),高棅编选完成了一部大型唐诗选本《唐诗品汇》,其后,"又虑其编目浩繁,得其门者或寡,复穷精阐微,超神入化,采取唐人所作,得声律纯正者凡九百二十九首,分为二十二卷,名曰《唐诗正声》"③。在《唐诗正声凡例》中高棅明确指出了自己编选《正声》的初衷:"尝谓风骚辍响,五言始兴。汉氏既亡,文体乃散。魏晋作者虽多,不能兼备诸体。齐梁以还,无足多得。其声律纯完,上追风雅,而所谓集大成者,唯唐有以振之。因编《唐诗品汇》一集,自贞观迄于龙纪三百年间,观时运之废兴,审文体之变易,凡所谓大、名家十数公与夫善鸣者殆将数百家,其言足以没世而不忘者,悉录之,分编定目,随体类从,凡九十卷,共诗五千七百六十九首,与好事者共之。切虑博而寡要,杂而不纯,乃拔其尤,汇为此编,亦犹精金粹玉,华童异采,斯并惊耳骇目,实世外自

① 杨士奇《东里续集》卷十四,《影印文渊阁四库全书》第1238册,第541页。
② 黄淮《介庵集》卷十一,《四库全书存目丛书》集部27,第78页。
③ 黄镐《唐诗正声序》,《唐诗正声》卷首,明成化十七年(1481)补刻本。

然之奇宝。"①《唐诗品汇》的编选,意在"观时运之废兴,审文体之变易",以时代为经,诗体为纬,展示唐诗的发展变迁,重在"史"的描述。但因其广罗唐诗、力求全备而造成了选诗的"博而寡要,杂而不纯",高棅个人的选诗标准也不得不埋没于浩繁的卷帙之中。因而他剪除杂芜,取其精要纯正者编成此书,并在凡例中指出,此选本"题曰《正声》者,取其声律纯完而得性情之正者矣"②。可见,《唐诗正声》是从《唐诗品汇》中拔其尤者编选而成,且其选拔标准有二:一是形式上的"声律纯完",二是内容上的"得性情之正"。

　　所谓"得性情之正",高棅在序中有明确解释:"诗者,声之成文也,情性之流出也。情感于物,发言以为声,故感有邪正,言有是非。唯君子养其浩然,存其真宰,平居抱道,与时飞沉,遇物悲喜,触处成真,咨嗟咏叹,一出于自然之音,可以披律吕而歌者,得诗之正也。其发于矜持忿愠谤讪侵凌,以肆一时之欲者,则叫噪怒张,情与声皆非正也,失诗之旨,得诗之祸也。观者先须遣妄返真,秉心明目,然后辨是非,察邪正,以定其取舍,而有迷谬者寡矣。"③从这段话可见高棅受理学思想的影响,朱熹曾说过:"诗者,人心之感物而形于言之余也。心之所感有邪正,故言之所形有是非。"④高棅化用此说,认为诗歌是诗人性情的自然流出,外界事物触发了诗人内心情感,涌动于心,发之为声,便有了诗。但是诗人内在的性情又有邪正之分,所谓性情之"正",即为抱道而居的君子涵养,是本于真性的中正平和的心态。而性情之"邪",则是逞一时之欲,发矜持忿愠、谤讪侵凌之情,没有节制的叫嚣怒张。这与理学家主张"约其情使合于中",反对"纵其情而至于邪僻"的观点一脉相承。高棅对"性情"的阐释不仅受理学的影响,而且与明初统治者所采取的高压政策有关,朱元璋对待士人,一方面善用人才,礼聘名士,与廷臣诗酒倡和,营造君臣和睦的气氛,另一方面又对稍有过失或不为所用的士人残酷杀害。严格的思想管制与对待士人既用又压的政策,以及士人有限的生存空间,构成了明初文学思想发展的环境。高棅在此环境中以"得性情之正"作为自

①　高棅《唐诗正声凡例》,《唐诗正声》卷首。
②　高棅《唐诗正声凡例》,《唐诗正声》卷首。
③　高棅《唐诗正声凡例》,《唐诗正声》卷首。
④　朱熹《诗经集传原序》,《影印文渊阁四库全书》第72册,第748页。

已选诗的标准,实际上也是在高压政治气候下对士人生命与精神的一种保护。所以许学夷称高棅所选唐诗"既无苍莽之格,亦无纤靡之调,而独得和平之体"①。

从选诗的角度看,高棅在严守"声律纯完"这一标准上表现得似乎更为明显,他完全以盛唐诗歌为"正声":"以'正声'采取者,详乎盛唐也,次初唐、中唐,元和以还,间得一二声律近似者,亦随类收录。若曰以声韵取诗,非以时代高下而弃之,此选之本意也。"②故《正声》所选,大都为盛唐的中正和平之音,大历以下诗篇仅占三分之一。其实,以盛唐为正声的标准不仅仅是"声律纯完",还包括"得性情之正",这两项准则在高棅选诗中常常是相互关联、不可分割的。他所说的"情感于物,发言以为声,故感有邪正,言有是非",就在表明性情之正决定声之正。在对律诗的去取中,我们便可看到这两项选诗标准的结合,胡应麟曾对《正声》中律诗的去取作过如此评价:"《正声》不取四杰,余初不能无疑。尽取四家读之,乃悟廷礼鉴裁之妙。盖王、杨近体,未脱梁、陈;卢、骆长歌,有伤大雅。律之正始,俱未当行。惟照邻、宾王二排律合作,则《正声》亟收之。至李、杜二集,以前诸公未有敢措手者,而廷礼去取精严,特惬人心,真艺苑功人,词坛伟识也。"③《唐诗正声》除卢照邻与骆宾王两首排律外,高棅对初唐四杰的律诗概不涉及。而从胡氏的褒奖之词中可见,高棅不选初唐四杰,原因在于王勃、杨炯的律体诗声调旖旎,未脱梁陈,不符合他心目中"声律纯完"的标准,卢照邻、骆宾王的长篇歌行语词绮靡,有伤大雅,亦悖于其"性情之正"的准则。只有卢照邻《西使兼孟学士南游》及骆宾王《晚泊蒲类》两首排律最为"合作",符合他心中之铨选标准,我们且看这两首诗:

西使兼孟学士南游

地道巴陵北,天山弱水东。

相看万余里,共倚一征蓬。

零雨悲王粲,清尊别孔融。

---

① 许学夷著,杜维沫校点《诗源辨体》卷三十六,第 364 页。
② 高棅《唐诗正声凡例》,《唐诗正声》卷首。
③ 胡应麟《诗薮》外编卷四,第 191 页。

裴回闻夜鹤,怅望待秋鸿。

骨肉胡秦外,风尘关塞中。

唯余剑锋在,耿耿气成虹。

这是一首送别诗,既有朋友间的难舍情谊,又有对二人前途的无限担忧,既称赞了友人的刚直品格,又蕴含了自己无奈西去的悲愁。最后诗人以利剑自比,尽管不为人所用,但忠心耿直,气贯长虹。此诗以两个典故结尾,表现了诗人忠心为国的强烈情感,精诚之气可感天地。

晚泊蒲类

二庭归望断,万里客心愁。

山路犹南属,河源自北流。

晚风连朔气,新月照边秋。

灶火通军壁,烽烟上戍楼。

龙庭但苦战,燕颔会封侯。

莫作兰山下,空令汉国羞。

这是一首边塞诗,唐军与吐蕃的蒲类津之战,随军而行的诗人面对战事的不利局面,心生哀愁,而此"愁"不仅仅是个人的思乡之愁,更饱含诗人对国家和民族前途的担忧。诗人在外征战,心念着祖国家园,渴望能出现班超式的英勇人物来克敌制胜。最后诗人借汉代李陵战败投敌之事表现自己宁死不屈的英雄情怀。

从声律上看,这两首排律写得流畅自然,声韵协调,一气呵成,而又起伏迭宕,一扫梁陈旖旎婉转之态。从情感上看,前一首从与朋友的惜别之意上升至报国之情,后一首则表达了诗人为国捐躯、建功立业的豪情壮志,在情感内容上皆属于理学家所谓的"忠厚恻怛之心",在表达方式上则都运用典故将感情表达得从容不迫、恰如其分,亦符合理学家性情观"中节"之标准。由此可见,高棅对"性情"的理解确与宋代理学有着千丝万缕的联系,他所强调的"性情之正",在具体内涵上不仅指平居抱道的君子涵养,亦包括忠君爱国之诚心,而此内涵在对杜诗的铨选中表现得更为突出。

高棅选诗尊盛唐,尤尊李、杜,但二人在《唐诗品汇》与《唐诗正声》

中的地位却是不同的。《品汇》共选李白诗四百零五首,并于各体皆位列正宗;杜甫或为大家,或居羽翼,入选诗歌仅为二百七十七首,比李白少了近一半。而在《正声》中,杜诗升至第一位,共入选九十三首,比排在第二位的李白多了十二首。可见,在高棅心目中杜诗更加符合其"正声"的标准。而在其选中的九十三首杜诗中,五言古诗为数最多,达三十八首,远远超出其他各体的数量①,占《品汇》杜诗五古数量(84首)的百分之四十五;而李白五古仅占《品汇》中其五古数量(196首)的百分之十八。相较而言,《正声》中杜甫五言古诗的入选比例要远高于李白,由此可见高棅对杜甫五古的重视程度。这三十八首五言古诗,皆为杜甫的经典之作,既然入选,那就意味着它们在内容上符合高棅"得性情之正"的标准。三十八首诗中,《前出塞》九首及《后出塞》五首,借乐府古题写时事,表现了征人以身许国的豪情壮志,揭示了战争给人民造成的深重灾难以及封建军队中官兵不公的现实,反映了征人戍边筑城的艰难困苦及其对故乡和亲人的思念,还大力刻画了士兵奋勇作战的场景。总体看来,这两组连章体诗借古题写时事,洞悉人情,深明大义。"三吏""三别"两组作品则用写实之笔表达了诗人对国家中兴的展望、对人民苦难生活的深切同情,并非发泄自己的私怨,体现出诗人博大的胸怀。"三吏""三别"及前、后《出塞》两组诗占据了三十八首诗中的大半篇幅,它们的共同特点是,不仅具有反映现实的意义,更重要的在于这些作品饱含着诗人对祖国人民的关切之情,渗透着强烈的忠君爱国情感。这正是高棅所谓"性情之正"内涵的有力体现。此外还入选了七首入蜀纪行诗《寒峡》《石龛》《凤凰台》《白沙渡》《水会渡》《五盘》《成都府》,杜甫的二十四首入蜀纪行诗大都用生词僻字,多险句,押仄声韵,波澜起伏,大起大落,而这七首诗则多是通过凶险艰难的山水描写表达诗人深深的家国身世之悲,在声韵上较为平缓婉转,皆属中正和平之音,在内容上亦符合"性情之正"。如《凤凰台》,表面上为写山水,实为咏怀:"我能剖心血,饮啄慰孤愁。心以当竹实,炯然忘外求。血以当醴泉,岂徒比清流。所重王者瑞,敢辞微命休。坐看彩翮长,举意八极周。自天衔瑞图,

---

① 《唐诗正声》入选杜甫各体诗歌数量分别为:五言古诗38首、七言古诗14首、五言律诗15首、五言排律7首、七言律诗16首、五言绝句3首。

飞下十二楼。图以奉至尊,凤以重鸿猷。再光中兴业,一洗苍生忧。深衷正为此,群盗何淹留。"凤凰是杜甫理想的图腾象征,他把凤凰视作太平盛世之祥瑞,所以欲以自己的心血来哺育它。"再光中兴业,一洗苍生忧"是杜甫的理想,也是他一生为之奋斗的目标。又如《寒峡》篇:"行迈日悄悄,山谷势多端。云门转绝岸,积阻霾天寒。寒峡不可度,我实衣裳单。况当仲冬交,溯沿增波澜。野人寻烟语,行子傍水餐。此生免荷殳,未敢辞路难。"诗人面对寒峡的恶劣气候,描述了行程的艰难及渡峡的悲苦,而"此生免荷殳,未敢辞路难",又表达出诗人的忠厚之性,虽身陷困境,但想到自己一生从未为国家受过役苦,眼下的困难就自不必言说了,真正做到了"哀而不伤",所以宋代刘辰翁称其:"怨伤忠厚,得诗人之正。"[1]

总而言之,《唐诗正声》中体现了高棅的"性情"观,他对"性情"的理解受宋代理学家,尤其是朱熹性情观的影响,朱熹曾在《诗集传序》中说:"惟《周南》《召南》亲被文王之化以成德,而人皆有以得性情之正。"[2] 所谓"得性情之正",即是指诗歌所表达的情感应符合儒家的伦理道德,可以感发人之善心。同样,他在《楚辞》研究中强调屈原志行"皆出于忠君爱国之诚心",亦在表明屈原作品中所表达的情感能够"增夫三纲五典之重"[3],符合其"性情之正"的要求。高棅在选诗时所强调的"性情之正"即来源于此,讲求君子涵养,表现忠君爱国之诚心,中正平和而非乖戾叫嚣,这就是他对"性情"的诠释。

除《唐诗正声》外,这种受理学思想浸染的"性情"论在明初其他唐诗选本中也有所体现。如景泰进士何乔新所编《唐律群玉》,共16卷,专选唐诗近体,其中五言律诗172首、五言排律44首、七言律诗203首、五言绝句30首、七言绝句114首。何氏在序中云:"或曰:'孔子之删《诗》,子朱子之注《骚》,刘坦之之注《选》,皆取其可兴、可观、可群、可怨而有裨于风化者也。唐之律诗,其音响节族已荡然无复《骚》《选》之遗音矣,况于《风》《雅》之旨乎?而子何取于此哉!'予以为不然。夫诗

---

① 高棅《唐诗品汇》卷之七,第115页。
② 朱熹《诗集传原序》,《影印文渊阁四库全书》第72册,第748页。
③ 朱熹《楚辞集注序》,《影印文渊阁四库全书》第1062册,第301页。

者,人之性情也。唐之律诗,其音响节族虽与古异,然其本于性情而有作则一而已。读者因其词索其理而反之身心焉,则可兴、可观、可群、可怨而有裨于风化者,岂异于《风》《雅》《骚》《选》哉?"① 这是他针对当下理学思潮中普遍贬抑唐诗的倾向而作的反拨。他认为"诗自《风》《雅》《骚》《选》之后,莫盛于唐"②,唐人律诗在音响节奏上虽与古异,但同样是本于性情而作,因而从本质上说并没有什么不同。尽管何氏从"性情"的角度肯定唐诗,然而此"性情"并非是指无任何约束的一己之情,而是在理学视域下,从伦理功用的角度来规范之,他所说的"性情"带有儒家传统诗教色彩,是符合儒家伦理道德规范的"性情",读者读之可反观自身,从而起到有裨风化的作用。

　　天顺七年(1463),羊城人康麟编选《雅音会编》十二卷,他认为:"诗之学尚矣,《三百篇》之后莫盛于唐。"③ 然前人唐诗选本音韵各出,或遗李、杜、韩,"初学之士如欲一览而周焉,未免有得此失彼之患"④。因而他将当时流行的唐诗选本诸如《唐音》《三体》《鼓吹》《正声》《唐诗选》《光岳英华》以及李、杜、韩三家集中的近体诗依其所押韵部,分为三十韵重新编排。本只为个人私下检阅之便,但有人却提出将其付梓,与四方学者共之,康麟序曰:"予耳其言有理,肆俾求善本正讹,缮写成帙,用镂诸梓,以广其传,是亦表章先贤之珠玉,非敢妄有僭窃于斯也。虽然,诸家之音春容浑厚、清新俊逸,皆发于性情之正,《三百篇》之遗意蔼然尚存,非后世争妍斗靡者之可比也。尝于退食之余或诵或咏,如作咸英,如奏韶濩,不觉夫性情之舒且悦也。吁! 诗之为用大矣哉! 若夫编选去取之严,审音辨律之密,则有诸先正谨之于前,非予所敢议也。然初学之士或有取焉,亦未必无小补云。"⑤ 这段话体现了康麟对唐诗的认识,所选诸家之诗在他眼中继承了《三百篇》之遗意,春容浑厚、清新俊逸,皆发于性情之正。这里的"性情之正"与高棅的认识相同,都源自宋代理学家之说,强调的是性情中"正"的成份,诗歌所抒之情受性理约束,符合伦

---

① 何乔新《唐律群玉序》,《椒邱文集》卷九,《影印文渊阁四库全书》第 1249 册,第 144 页。
② 何乔新《唐律群玉序》,《椒邱文集》卷九,《影印文渊阁四库全书》第 1249 册,第 144 页。
③ 康麟《雅音会编》卷首,明万历二十二年(1594)重刊沈藩勉学书院本。
④ 康麟《雅音会编》卷首。
⑤ 康麟《雅音会编》卷首。

理道德规范,便是"正",过于此,便是"邪"。康氏称后世争妍斗靡者不比唐诗,关键就在其未得"性情之正"。不仅如此,他还认为好的诗歌能够涵养性情,通过反复吟咏诵读这些具有"性情之正"的唐诗,人之性情也自然受其浸染,随之趋于"正"了。

至明代中叶,持此"性情"论者仍不乏其人。何东序在《十二家唐诗类选序》中云:"有唐之兴,文思渐被。时陈子昂者以雅易郑,能自拔于颓波之中,学者从飙起,相邀归于正途,然后诗人遗响洋洋复振于世。而开元、天宝之间,崔、王、张、严、钱、孟、李、杜、韦、高、司空、皇甫之徒,相继而出,虽言人人殊,其发之中伦,歌之成声,皆各不失乎性情之正,可谓得其门而入者。"①认为陈子昂遏六朝之颓波,以雅易郑,开辟正途,开元、天宝间十二家虽风格各异,但都能够得其门而入,原因就在于其"不失乎性情之正"。他对诗歌中所抒之情强调的仍然是"性情之正",即受儒家伦理道德浸染的"性情"。

米荣在《刻全唐诗选序》中曰:"夫诗之作,其来尚矣。必发于中和,然后能感人心,以裨世教,非特取其音律体制之工也。昔者圣人删述六经,其去取也严矣。匹夫匹妇间巷歌谣之言,而亦笔诸经者,以其或渐王化,或罹事变,触于中而形于咨嗟咏叹者,皆真性自然、无所为而为也。故观此可以识性情,可以验风俗,可以考政治。是诗也,所以寓教,可少乎哉! ……然至灵者,性也,而见有明暗、言有得失者,心之存与不存焉耳。方其心无所放而形于吟咏,有以合乎中和而进于古人者,未尝不散见于诸家。吾录其醇正而舍其偏驳,采其实用而略其虚夸,则诸家之作,皆可以班李杜而肩古人也,皆可以养吾之性情而不戾于中和也。"②米荣对诗歌产生的认识来自朱熹,《诗集传序》曰:"人生而静,天之性也,感于物而动,性之欲也。夫既有欲矣,则不能无思;既有思矣,则不能无言;既有言矣,则言之所不能尽,而发于咨嗟咏叹之余者,必有自然之音响节族而不能已焉。此诗所以作也。"③米荣亦认为诗歌是人遭于事、触于中而形于咨嗟咏叹,是真性的自然表露,无所为而为也。并且他十分重视

---

① 何东序十二家《唐诗类选》卷首,明隆庆四年(1570)刻本。
② 李默、邹守愚《全唐诗选》卷首,明嘉靖二十六年(1547)曾才汉刻本。
③ 朱熹《诗经集传原序》,《影印文渊阁四库全书》第 72 册,第 748 页。

诗歌的政教之用,认为诗歌具有识性情、验风俗、考政治的功用。而对诗歌中的性情,他的认识依然是宋代理学思想的延续,认为其所选诗歌"皆可以养吾之性情而不戾于中和也",肯定诸家之诗涵养"性情"的作用,而此性情当是一种不违背"中和"的性情。"中和"是儒家道德人格修养所要达到的理想境界,《中庸》云:"喜怒哀乐之未发,谓之中;发而皆中节,谓之和。中也者,天下之大本也;和也者,天下之达道也。致中和,天地位焉,万物育焉。"朱熹谓此篇"乃孔门传授心法"①,他本人曾有过两次"中和之悟"②,第一次"悟",得出了"未发为性,已发为心"的结论,其《答张敬夫》云"据其已发者而指其未发者,则已发者人心;而凡未发者皆其性也"③,主张通过已发之心来体会未发之性。米荣这里所说"至灵者,性也,而见有明暗、言有得失者,心之存与不存焉耳",即是受朱熹影响,将"性"作为至灵之本体,而心为已发,见之明暗、言之得失的关键就在于是否"存心",只有"存心"才可体会至灵之性,方可达到中和。就此推论之,那么当心存于诗,诗亦会合乎中和,因而他称"方其心无所放而形于吟咏,有以合乎中和而进于古人者,未尝不散见于诸家"。可见,米荣承宋代理学家朱熹之说,将心、性、情联系在一起讨论,虽没有对情单独论述,不过他从心、性关系出发,最终落脚在养性情而使之不戾于中和,说明他对性情的认识仍与宋代以来理学思想中求"性情之正"、以性束情、涵养性情以至于中和的观点一脉相承。

二、性灵思潮影响下的"性情"论

明中叶,前七子倡导的诗学复古运动如火如荼地展开,他们在以格调论诗的同时,并未忽视对诗人主体情感的关注,在明代诗学"性情"论的发展过程中起着重要的承接作用。前七子领袖李梦阳论诗极为重情,他说:"夫诗有七难:格古、调逸、气舒、句浑、音圆、思冲,情以发之,七者备而后诗昌矣。"④认为在诗歌所要具备的七个要素中,前六者的实现都要归根于"情",将"情"放在了决定性的位置上。在《梅月先生诗序》中

① 朱熹《四书章句集注》,《影印文渊阁四库全书》第 197 册,第 200 页。
② 张毅《宋代文学思想史》,中华书局 1995 年版,第 250 页。
③ 朱熹《晦庵集》卷三十二,《影印文渊阁四库全书》第 1143 册,第 713 页。
④ 李梦阳《潜虬山人记》,《空同集》卷四十八,《影印文渊阁四库全书》第 1262 册,第 446 页。

又云:"情者,动乎遇者也……故遇者,物也;动者,情也。情动则会,心会则契,神契则音,所谓随遇而发者也……契者,会乎心者也,会由乎动,动由乎遇,然未有不情者也……故天下无不根之萌,君子无不根之情,忧乐潜之中而后感触应之外。故遇者因乎情,诗者形乎遇。"①认为诗歌产生于情与物的遇合,从发生论的角度指出了"情"在诗歌产生过程中的根本性作用,准确揭示了诗歌的本质特征。与李梦阳一样,徐祯卿也认为诗歌的产生本源于情:"情者,心之精也。情无定位,触感而兴,既动于中,必形于声……盖因情以发气,因气以成声,因声而绘词,因词而定韵,此诗之源也。"②他把"情"看作是"心之精",与宋代理学家的"性体情用"说相比,更加提高了情的地位,认为情是本、是体,是诗歌产生的源头。何景明也同样重情,他说:"夫诗,本性情之发者也,其切而易见者,莫如夫妇之间。"③前七子对诗歌情感因素的关注,在很大程度上是对宋明理学浸透于诗学的一种反拨,欲将性理为本复归于传统诗学的"性情"为本,这是其进步之处。不过,前七子对"性情"内涵的认识尚有局限,他们所关注的"性情"仍不同于那种自由抒发的一己之情,而是对其作了限制,李梦阳曾言:"不已者情也,发之者言,成言者诗也;言靡忘规者义也,反之后和者礼也,故礼义者,所以制情而全交合分而一势者也。"④所谓"制情",强调的是情感必须受到礼义的规范与制约。王九思在《碧山乐府·碧山续稿序》中说自己当时的创作"或兴激而语谑,或托之以寄意,大抵顺乎情性而已"。其后不久,又在《碧山新稿》自叙中说:"溪田先生近辱赐予书曰:乐府,风情甚矣。《诗》不云乎,善戏谑兮,不为虐兮。公其裁之。然予前此已有反正之渐矣,奉教以来,每有述作,辄加警惕,语虽未工,情则反诸正矣。"⑤前面认为自己的创作为"顺乎情性",但随后又对情加以制约,欲使其反诸正。由此可见,前七子对"性情"的理解更多的还是依赖于传统诗教的观念,偏重于儒家诗教所提倡的规范化

---

① 李梦阳《空同集》卷五十一,《影印文渊阁四库全书》第 1262 册,第 471 页。
② 徐祯卿《谈艺录》,何文焕辑《历代诗话》,第 765 页。
③ 何景明《明月篇并序》,《大复集》卷十四,《影印文渊阁四库全书》第 1267 册,第 123 页、第 124 页。
④ 李梦阳《题东庄饯诗后》,《空同集》卷五十九,《影印文渊阁四库全书》第 1262 册,第 543 页。
⑤ 王九思《王九思诗话》,吴文治主编《明诗话全编》,第 1940—1941 页。

的群体情感,甚至仍受到理学思想的影响,强调"性情之正"。这种认识一直到明代晚期才发生彻底转变。

明万历时期是思想界发生重大变革的时期,随着王阳明心学不断深入人心,人们对个体自我投入了前所未有的关注。徐渭、李贽、汤显祖等人大力张扬人的个性精神,文学上公安派领袖袁宏道高举"独抒性灵,不拘格套"的大旗,突破复古派的格调束缚,承认并尊重人的个性差异,倡导性灵文学观。他曾说:"唐人之诗,无论工不工,第取而读之,其色鲜妍,如旦晚脱笔研者;今人之诗,即工乎,然句句字字拾人饤饾,才离笔研,已似旧诗矣。夫唐人千岁而新,今人脱手而旧,岂非流自性灵与出自模拟者所从来异乎!"①就是将性灵的自然流露看作是唐诗千古而新、流传不朽的根本原因。在性灵大潮的影响下,人们对性情的理解越来越偏离理学的轨道,摆脱性理对情的束缚,逐渐转向对诗人个体情感的关注。在涉及作家主体情感时,人们也不再着意于区分情、性,有时以"性情"论之,而更多的则是直接言"情"。

屠隆为"末五子"之一②,是七子派流裔,不过他与汤显祖、袁宏道亦有交谊,其诗论体现了格调派与性灵派的调和。他曾明确指出唐诗与宋诗的不同在于:唐诗"以吟咏写性情"③,重在以诗来抒写性情;而宋人则"多好以诗议论,夫以诗议论即奚不为文而为诗哉?"④认为以议论为诗是违背诗歌本质特征的,这是明显的扬唐抑宋的论调,也是其作为七子后学所得到的师承。但是生于晚明时代的他,思想已不完全同于其前辈,在已经到来的性灵浪潮中,他成为了一名积极的实践者,其《论诗文》云:"各极才品,各写性灵,意致虽殊,妙境则一。"⑤这里所说的"性灵"略同于"性情",是说诗人充分发挥各自的才赋,抒写各自的心灵感受,诗意虽不同,但都可达到美妙的境界。强调创作主体的个性情感,突出诗人性情在诗歌创作中的重要作用,正是他修正七子派拘挛格调弊端的

---

① 江盈科《敝箧集引》引,《雪涛阁集》卷八,黄仁生辑校《江盈科集》上册,岳麓书社1997年版,第398页。
② 王世贞在《末五子篇序》中以赵用贤、李维桢、屠隆、胡应麟、魏允中为七子文学事业的继承(王世贞《弇州四部续稿》卷三)。
③ 屠隆《与友人论诗文》,《由拳集》卷二十三,明万历刻本。
④ 屠隆《文论》,《由拳集》卷二十三,明万历刻本。
⑤ 屠隆《鸿苞集》卷十七,明万历刻本。

利器。他曾说："诗本性情、写胸次,捷于吹万、肖于谷响,弗可遁也。"①
更是直接点明了诗歌抒情写性的本质特征。屠隆不仅重性情,而且他对
"性情"的理解也与前人截然不同,带有明显的时代特色,其"性情"论的
内涵在他为一些唐诗选本所作的序中得到了很好的诠释。

《唐诗品汇选释断》为明人黄氏所选,黄氏生平不详,此选本亦不传,
庆幸的是,屠隆为其所作的序文完整地保存了下来,其中体现了屠隆的
性情观:

> 夫诗由性情生者也。诗自《三百篇》而降,作者多矣,乃世人往
> 往好称唐人,何也? 则其所托兴者深也。非独其所托兴者深也,谓
> 其犹有风人之遗也,非独谓其犹有风人之遗也,则其生乎性情者也。
> 夫性情有悲有喜,要之乎可喜矣,五音有哀有乐,和声能使人欢然而
> 忘愁,哀声能使人凄怆恻怛而不宁。然人不独好和声,亦好哀声,哀
> 声至于今不废也。其所不废者,可喜也。唐人之言,繁华绮丽,悠游
> 清旷,盛矣! 其言边塞征戍、离别穷愁,率感慨沉抑,顿挫深长,足动
> 人者,即悲壮可喜也。读宋而下诗则闷矣,其调俗、其味短,无论哀
> 思,即其言愉快,读之则不快,何也?《三百篇》博大,博大则诗;汉、
> 魏诗雄浑,雄浑则诗;唐人诗婉壮,婉壮则诗。彼宋而下何为? 诗道
> 其亡乎。廷礼高氏选《唐诗品汇》,其所取博则博矣,精未也,乃黄观
> 察公选之加精焉,而又为之释断,然后唐人河岳之精灵历百千载如
> 在乎,则观察公之勤,奈何可渺小也。②

他认为,诗歌是诗人内心情感自然流露的产物,唐诗受世人追捧的原因
在于它继承了《三百篇》遗风,托兴深远,发自性情。在他看来,性情就
是诗人内心的一己之情,只要能将其真实表达,无论悲喜,便都是可喜
的。正如唐人那些表现边塞征戍、离别穷愁之诗,感慨沉郁、顿挫深长,
感人至深,虽悲壮亦可喜也。而宋以下诗格调低俗,缺乏悠长的韵味,屠
隆以一个"闷"字总括之。闷,即心情不畅之意,他认为宋以下诗不要说
表达悲情,即便是欢喜之情,那也是故作欢颜、强作欢语,使人读之心中

---

① 屠隆《抱恫集序》,《白榆集》文集卷二,《续修四库全书》第 1359 册,第 557 页。
② 屠隆《唐诗品汇选释断序》,《由拳集》卷十二,明万历刻本。

不快。究其原因，就在于它不是诗人真性情的自然表达。由此可见，屠隆所说的"性情"，在内涵上包括两方面，一是指创作主体的一己之情，此情不受伦理道德的约束。二是指性情之"真"。《三百篇》之博大、汉魏诗之雄浑、唐诗之婉壮，都是诗人真性情的自然流露，而并非虚情假意、矫揉造作而成。屠隆对性情之"真"极为看重，他曾说："故诗不论才，而论性情，亦存乎养已。世有心溺圭组，口挂丹霞，其言虽佳，其味必短，何者？为其非真也。"[①]人之性情若不真，即使语言再华美，诗歌也会索然无味。

　　屠隆的性情观突破了理学对诗人性情的种种束缚，强调个人的一己真情，而他也正是基于此来解读诗歌的功用以及理解和品味诗歌的。明高以达所辑《选唐诗》[②]曾得到屠隆的高度评价："楚高以达先生所选唐诗，祭得而卒业焉，精且备矣。昔高廷礼氏选《唐诗品汇》，备矣而太滥，约而《正声》，精矣而多遗，至李于鳞《选》更加精焉，然取悲壮而去清远，采峭直而舍婉丽，重气骨而略性情，犹不无遗恨焉。先生所选精且备矣，譬如鲛人入海，所得皆珊瑚木难，淘英灵之府哉！先生为人耿介高旷，风尘表物，于世无所好，而好诗，宜其鉴裁玄朗若是，后之学诗者请以兹选为宝筏，可乎？"[③]他对高氏此选极为赞赏，称其"精且备"，而对先前著名唐诗选本诸如高棅之《品汇》《正声》则颇有微词，尤其对李攀龙的《唐诗选》，称其"重气骨而略性情"，直接指出其专拘某格某调而忽略性情的偏狭做法，体现出他对诗歌性情的高度关注。

　　在高以达《选唐诗》序中，屠隆对诗歌功用有自己独到的认识："夫诗者，技也，技，故其道不尊……皇帝巨鹿之战，光武昆阳之师，两军相持，长戈互云，急矢如雨，当其时，诗故无毛发用。措大持一诗，向屠沽儿市杯醪片胔，辙唾之不顾，何如阿堵乃济日用。夫诗安能与死龟之壳、败鼓之皮同价哉！而学士大夫往往不废者何？夫天地之生物，用风雷雨露尔，而不废云霞，夫云霞何用之有？万物之生，用牛马鸡狗尔，而不废麟凤，夫麟凤何用之有？醍醐、甘露、雪藕、交梨，无疗饥之益，而有

① 屠隆《李山人诗集序》，《白榆集》文集卷三，《续修四库全书》第1359册，第568页。
② 高以达，约生活于明万历年间，生平未详，此书今未见流传。
③ 屠隆《高以达少参选唐诗序》，《白榆集》文集卷三，《续修四库全书》第1359册，第579页。

消烦之功,世并珍之。诗于道不尊,于间无当,而千秋万岁不废。故不尊之尊蓖伦,无用之用滋大。市杯裔,则不如阿堵;济日用,则不如皮壳。而舒畅性灵,描写万象,感通神人,或有取焉。"①宋明理学家常常指责诗歌无补生民日用,而屠隆却认为,诗歌虽无补生民日用,但却能"舒畅性灵,描写万象,感通神人"。其中"舒畅性灵"不仅指诗人,亦指读诗之人。诗歌是诗人性灵之所托,诗人心中之情通过诗歌得以释放,从而获得心灵的舒放自由;诗歌亦可使读诗之人在曼妙的情境里、款款的情语中得到心灵的陶冶与共鸣,从而倍感舒畅,而这一切功用皆基于诗歌的抒情本质。屠隆在充分体认诗歌抒情本质的前提下如此清晰地把握诗歌的特殊功用,可谓是对宋明理学乃至传统儒家诗学认识的一种超越。

不仅如此,屠隆还多从情感的角度来体味唐诗:"诗自《三百篇》、汉魏而下,独推唐。唐以诗登士,士弗工诗则弗登,故合山川之灵而毕其力以趋之。有林卧读书数十年而后发之为诗者。取之千秋而收之于语,索之人外而得之目前,构之累月而成之晷刻。当其思涩,呕血刿心,玄鬓早白;当其神来,心旷气爽,凡骨立仙。略而读之,则山川花月,机杼有限;徐而味之,则飞云流霞,意象无穷。故语山川,则躁竞之意烟消;谈放旷,则郁结之胸雾散。洒以清凉,则内热者饮水;熙以温辞,则苦寒者挟纩。赋边霜,则征夫霣涕;咏闺月,则思妇动魂。烟疾雄深,则风雨骤至;妙诣玄解,则神物下来。是唐人之所长也。"②唐人作诗,合山川之灵,倾其全力而为之,凝聚了全部情感与灵气。细细味之,唐诗的优长正在于它的以情动人。读唐诗,能消散烦躁之心,化去胸中之郁结;能使内热者如饮清凉之水,苦寒者似挟丝绵之衣;边塞寒霜之诗催征夫泪下,深闺月明之咏使思妇动魂。正是诗中那条情感之线,连结起诗人与读者,跨越时空获得心灵的沟通。屠隆对唐诗如此细腻的品味应该说就是他性情观的直接体现。

屠隆的"性情"论,将创作主体的性情作为诗歌的根本,强调诗人的

---

① 屠隆《高以达少参选唐诗序》,《白榆集》文集卷三,《续修四库全书》第1359册,第577—578页。
② 屠隆《高以达少参选唐诗序》,《白榆集》文集卷三,《续修四库全书》第1359册,第578页。

一己真情,这是晚明主情文学思潮的具体实践,在此大潮的影响下,与屠隆持相同观点者不乏其人。如,叶向高曾在《精注百家唐诗汇选叙》中曰:

> 诗自《三百篇》而后,咸谓诗必汉魏盛唐,自严沧浪已持此论,今世之三尺童子能言之,不知诗必研穷中晚,方尽诗家之变。但善论诗者,问其诗之真不真,不问其诗之唐不唐、盛不盛。盖能为真诗,则不求唐、不求盛,而盛唐自在;苟徒徇盛唐之名,而概谓中晚之不足观,则谬矣。盖诗本性情,若系真诗,则一读其诗,而其人性情入眼便见。大都其诗潇洒者,其人必畅快;其诗庄重者,其人必敦厚;其诗飘逸者,其人必风流;其诗流丽者,其人必疏爽;其诗枯瘠者,其人必寒涩;其诗丰腴者,其人必华赡;其诗凄怨者,其人必拂郁;其诗悲壮者,其人必磊落;其诗不羁者,其人必豪宕;其诗峻洁者,其人必清修;其诗森整者,其人必谨严。如桃梅李杏,望其华便知其树。惟抄袭掇拾者,麑蒙虎皮,莫可方物。假如未老言老,不贫言贫,无病言病,此是杜子美家窃盗也。不饮一盏而言一日三百杯,不舍一文而言一挥数万钱,此是李太白家掏摸也。举其一二,余可类推。如是而曰诗本性情,何啻千里!信乎,论诗当求其真!苟不惟真之求,徒刻画其一二,虽戴林宗之巾,披王恭之氅,曳郑赐之履,拄阮宣之杖,事事仿效如是,而希必传,必无是理。余谓诗必求真,不必论唐之盛、中、晚矣,况汉魏乎哉!又况《三百篇》乎哉! ①

针对七子派独尊盛唐、拘于格调的弊病,叶氏提出"诗本性情",以性情来对抗格调。他所谓"真诗",即是一读其诗,其人性情便入眼可见,实际上指的就是具有真性情的诗。叶氏认为,诗歌就是诗人性情的外在体现,诗人有什么样的性情,其作品就会呈现什么样的风格。这一观点屠隆也曾提及,他说:"李白超旷,故其言飘洒;王维空寂,故其言幽远,斯声以情迁者也。" ② 说到底强调的仍是性情中"真"的内涵。叶氏批评那些格

①《唐诗选注》卷首,明万历三十三年(1605)世美堂刻本。
②屠隆《论诗文》,《鸿苞集》卷十七,明万历刻本。

调派诗人的摹拟习气,认为其徒袭古人之貌而缺乏一己真情。学老杜,然不老言老,无病言病,不贫言贫;学李白,本不饮一盏、不舍一文,而称自己日饮三百杯、一挥数万钱,学来学去只得皮毛而未得精髓。因而叶氏叹曰:"如是而曰诗本性情,何啻千里!"可见,叶氏将性情作为诗歌之本源,他的"论诗必求其真",所追求的就是诗歌的真性情。

对"真"的追求其实早在七子派那里就已开始了,李梦阳曾说:"真者,音之发而情之原也。"[①]又说:"虚假为不情。"[②]他所谓真诗,就是真实情感的自然流露,辨其音便可察其情。谢榛也曾提出作诗应有性情之真:"今之学子美者,处富有而言穷愁;遇承平而言干戈;不老曰老,无病曰病。此摹拟太甚,殊非性情之真也。"[③]叶氏对格调派的批判之语即由此而来。但七子派求真诗的初衷却在追寻格调的"倒学"过程中被淹没掉了。万历时期,性灵派诗人再次以"真"论诗,袁宏道曰:"大抵物真则贵,真则我面不能同君面,而况古人之面貌乎?"[④]他关注的是诗歌所表现出的真性情,而不赞同七子派的以古绳今。江盈科论诗与袁宏道相近,亦提倡"真诗",他说:"善论诗者,问其诗之真不真,不问其诗之唐不唐,盛不盛。盖能为真诗,则不求唐,不求盛,而盛唐自不能外。苟非真诗,纵摘取盛唐字句,嵌砌点缀,亦只是诗人中一个窃盗掏摸汉子……故余谓做诗,先求真,不先求唐。"[⑤]又说:"诗本性情,若系真诗,则一读其诗,而其人性情入眼便见。"[⑥]强调的都是诗歌当中的性情之"真"。叶向高序言中有一些就直接借用江盈科的原话,足以见其对江氏观点的认同。

以上唐诗选本中所体现出的对诗歌性情的关注、对一己真情的强调,是万历时期性灵思潮中人们对"性情"的诠释。这种认识相对于明初乃至明中叶的性情观来说已有了极大转变,而这一转变还体现在明末两部重要的唐诗选本中,一部是《唐诗归》,另一部是《唐诗镜》。这两部

---

① 李梦阳《诗集自序》,黄宗羲编《明文海》卷二百六十二,第2736页。
② 李梦阳《论学上篇第五》,《空同集》卷六十六,《影印文渊阁四库全书》第1262册,第605页。
③ 谢榛著,宛平校点《四溟诗话》卷二,第47页。
④ 袁宏道《丘长孺》,钱伯城笺校《袁宏道集笺校》卷六,第284页。
⑤ 江盈科《雪涛诗评》,黄仁生辑校《江盈科集》下册,第799页。
⑥ 江盈科《雪涛诗评》,黄仁生辑校《江盈科集》下册,第806页。

唐诗选本都是在性灵思潮的影响下出现的,以诗人性情、作品的灵韵为审美旨趣,最为重要的是,这两部选本都突出地反映了明代末期士人对"性情"的理解。

《唐诗归》是钟惺、谭元春所辑《诗归》的选唐部分,共三十六卷,其中初唐五卷、盛唐十九卷、中唐八卷、晚唐四卷。《唐诗归》的编选体现了竟陵派与公安派的分歧,但两派对性情的高度关注则是一致的。钟、谭论诗极为重情,钟惺说:"夫诗,道性情者也。"① 谭元春在《朴草引》中亦云:"诗者,性情之物。"② 正因认识到诗歌"道性情"的本质特征,钟、谭在为《唐诗归》选篇及评点时常常关注其中的"性情"因素。

如在遴选诗歌时,钟、谭就常以"情"为标尺,评刘希夷《公子行》时钟惺云:"希夷自有绝才绝情,妙舌妙笔,《公子行》《代悲白头翁》,本非其佳处,而俗人专取之,掩其诸作,古人精神不见于世矣。今收此一篇与前后诸作同载,使有目者共之。"③ 《公子行》《代悲白头翁》为前人公认的名篇,但钟惺认为其并非刘希夷诗歌佳处,反倒是掩其诸作,使诗人之绝才绝情不见于世。因而他选诗不以名气而以性情为准则,如入选《捣衣篇》,称其:"密理深情,远胜《公子行》等篇。"④ 称《江南曲》:"写景处多,然妙在情而不在景。"⑤

对杜诗,钟、谭抛却了诗法、诗格等格调派论调,也不强调诗中的忠君爱国、忠厚恻怛等性情之正,而只是关注其个人的细腻情感。如《法镜寺》:"身危适他州,勉强终劳苦。神伤山行深,愁破崖寺古。婵娟碧鲜净,萧摵寒箨聚。回回山根水,冉冉松上雨。泄云蒙清晨,初日翳复吐。朱甍半光炯,户牖粲可数。拄策忘前期,出萝已亭午。冥冥子规叫,微径不敢取。"这是杜甫自秦州至同谷途中所作。此时诗人已经过了"乱石无改辙""山深苦多风"的赤谷、"缥缈乘险绝"的铁堂峡以及"积阻霾天寒"的寒峡,正当他满身疲惫地神伤于这孤险寂寥的深山之中,崖间的一座古寺突然映入眼帘,破去了诗人心中多日的忧愁。虽然此时正值仲

---

① 钟惺《陪郎草序》,《隐秀轩集》卷十七,第 275 页。
② 谭元春《朴草引》,陈杏珍标校《谭元春集》卷第二十四,第 678 页。
③ 《唐诗归》卷二,初唐二。
④ 《唐诗归》卷二,初唐二。
⑤ 《唐诗归》卷二,初唐二。

冬,而此地温暖的气候却送给诗人一份颇有生机的山寺美景:山间碧净的青苔如此的明润,早已凋零的冬箨密密地丛集在一起,似乎在等待着新生命的再次萌生;山脚下迂回流淌的是生生不息的泉水,而那劲拔的山松之间闪动着宿雨的珠光。此时,诗人抬头,望见的是清晨初生的太阳,它在飘散的云朵间时隐时现,崖间红色的寺梁半映着霞光,明亮的户牖鲜明可数。面对这怡人的景色,诗人流连其中,似乎一下子忘掉了前面经历的所有艰险与悲苦。当深幽的山谷间传来子规的啼鸣,更为此地平添了几分生意,此时的诗人只恨山路细危而无法继续攀登了。这是杜甫入蜀纪行诗中难见的明朗情调,体现了诗人由苦至喜的情感变化,而诗人正是善于从细细的景物描写中体现其细腻的情感变化,即景即情,无论悲喜,皆由景中可见。所以钟惺评曰:"老杜蜀中诗,非唯山川阴霁,云日朝昏写得刻骨,即细草败叶,破屋危垣皆具性情。千载之下,身历如见。"[1] 正是透过诗人对沿途景物的细致描写,从细微之处捕捉到了诗人在身陷险境的时期里刻骨铭心的心理感受,将批评的眼光融进了诗人真挚的情感之中。

又如杜甫后期的一首作品《将别巫峡赠南卿兄瀼西果园四十亩》:"苔竹素所好,萍逢无定居。远游长儿子,几地别林庐。杂蕊红相对,他时锦不如。具舟将出峡,巡圃念携锄。正月喧莺末,兹辰放鹢初。雪篱梅可折,风榭柳微舒。托赠卿家有,因歌野兴疏。残生逗江汉,何处狎樵渔?"此诗作于大历三年(768)正月,诗人将要离开夔州出峡赴江陵,临行前将其在瀼西的四十亩果园送给了朋友。杜甫写此诗时已经历了由秦入蜀、自阆而夔的流离辗转的生活,他哀叹自己就像浮萍转蓬一样居无定所,在长期的漂泊中儿子渐渐长大了,也告别了不知几所林园茅庐。而此时的他又要面临再次的离别,多少不舍? 多少珍重? 心中想象着等到春来之时,他那满园的红花嫩蕊定会枝头映放,连美丽的锦缎也无法相比。离别的行船虽已备好,可诗人还是要时时巡视自己的果园,舍不得放下手中的锄头。正月末是黄莺鸟开始喧闹的日子,也是诗人放舟远行的时候,看着积雪覆盖的篱笆边伸手可折的梅枝、春风拂煦的台榭旁微微舒展的柳条,怎忍离去? 然而更加割舍不下的还有他辛勤培育的果

---

[1]《唐诗归》卷十八,盛唐十三。

园,诗人郑重地将其托赠于友人,而自己就此要将余生与奔流的江汉连接在一起,却又不知到哪里才能找到心灵的自由解脱。整首诗以赠果园为题,在诗人的娓娓叙说中,透露出对家园的无比留恋与不舍。对这首诗,钟惺的点评一语即抓住了它的灵魂:"以果园赠好友,全是一片爱惜珍重,深情别趣,此诗所由妙也。"①他体会到的不仅是诗人以果园赠好友的行为所体现的别趣,也即诗人自己所言之"野兴",更重要的是诗人对家园深深的爱惜与珍重之情。

对杜甫后期创作的咏物小作,《唐诗归》入选了《苦竹》至《归雁》共十五篇,钟惺曰:"以上十五首于诸物有赞羡者,有悲悯者,有痛惜者,有怀思者,有慰藉者,有嗔怪者,有嘲笑者,有赏玩者,有劝诫者,有指点者,有计议者,有用我语诘问者,有代彼语对答者。蠢者灵,细者巨,恒者奇,默者辨。咏物至此,仙佛圣贤,帝王豪杰,具此难着手矣。然生其性情,出其途辙,亦能为善知识开一便门。"②这十五首诗体现出诗人不同的情感内容,而"每一小物,皆以全副精神、全副性情入之,使读者不得不入"③。咏物虽为小作,诗人却以全部感情投入其中,将情与物紧密连结在一起,有了情,物即有了生命,诗亦变成了活物,它会吸引读者进入多彩的情感世界去思索、感动与共鸣。如其中的《病马》篇:"乘尔亦已久,天寒关塞深。尘中老尽力,岁晚病伤心。毛骨岂殊众?驯良犹至今。物微意不浅,感动一沉吟。"描写的是一匹骑乘已久的驯良老马,表达了诗人对物的关爱之情。这匹马虽是个微物,但在诗人眼中,它就像自己的老朋友,他会为老马的忠心尽力而充满感动,也会为老马的年终衰病而满心伤悲,饱含着诗人对老马的浓浓深情。谭元春对此诗作了这样的评语:"真深情,真厚道。"④正是抓住了杜甫此类咏物小诗以情动人的微妙之处。

对于以禅寂清远著称的王维,钟、谭并不关注其清雅淡远、幽适枯淡的风格,而是将视线集中于情。《酬诸公见过》后谭元春云:"四言诗字字欲学《三百篇》,便远于《三百篇》矣。右丞以自己性情留之,味长而气

①《唐诗归》卷二十二,盛唐十七。
②《唐诗归》卷二十一,盛唐十六。
③《唐诗归》卷二十一,盛唐十六。
④《唐诗归》卷二十一,盛唐十六。

永,使人益厌刘琨、陆机诸人之作。"① 他认为徒事摹拟只能使人生厌,真正能流传千古、打动读者的还是诗中所体现的性情,右丞之诗正是蕴含无限情韵的佳作。其《送别》诗"但去莫复问,白云无尽时"句后钟惺评曰:"感慨寄托尽此十字,蕴藉不觉,深味之,知右丞非一意清寂无心用世之人。"② 王维虽好禅,喜清寂,但并不寡情,他的诗歌含蓄蕴藉,似寂而不枯,正在于其中寄托了诗人的无限深情,因而钟惺称:"右丞禅寂人,往往妙于情语。"③ 在钟、谭眼中,王维是位写情诗的高手,即使是情艳诗,也写得细腻醇厚、婉笃深曲。钟惺云:"情艳诗到极深细、极委曲处,非幽静人原不能理会,此右丞所以妙于情诗也。彼专以禅寂、闲居求右丞幽静者,真浅且浮也。"④ 写情艳诗易堕艳俗,而右丞能够将情艳诗写得超凡脱俗,精妙之至,更说明其内心之幽静,此幽静不仅指王维从禅学中悟得的空与寂,还应包括他对世事人情的达观自适及淡泊平和的心态。而正是这幽静,也给王维带来了对情感体察的细致入微,他的闲寂诗、田家诗才能写得淡然醇雅,细腻婉转,而其情艳诗也才能在此基础上得以升华。如这首《早春田园作》:"屋上春鸠鸣,村边杏花白。持斧伐远扬,荷锄觇泉脉。归雁识故巢,旧人看新历。临觞忽不御,惆怅思远客。"诗人描画了一幅春天的田园图景:屋上的春鸠欢快地啼鸣,村边的杏花开得一片雪白,大自然已悄悄地把春的信息捎来,惊醒的人们走出家门,或砍伐桑枝,或勘测泉路,开始了属于春天的活动。此时,燕子从南方再次回到了去年的巢居,想必会在这春天里孕育新的生命,而屋子的主人正在翻看新的日历,心中一定也在憧憬着、规划着新的一年。眼下,诗人完全被这春意盎然的景象陶醉了,欢喜的心情使他举起了酒杯,忽然间,他的思绪又飞到了远行在外的游子那里,为他们不能如他一样欣赏这如诗如画的春景而感到无比惆怅。整首诗带有浓浓的春的气息,而诗人却始终没有着意渲染春天的姹紫嫣红,他只是淡淡地描述,平静地感受与品味着生活的味道。由此可见,王维内心的幽静不但没有使他成为一个寡情的人,反而给他带来了对自然、对生活更加敏锐与细腻的情感体察,这种

---

① 《唐诗归》卷八,盛唐三。
② 《唐诗归》卷八,盛唐三。
③ 王维《早春行》诗后钟惺评语,《唐诗归》卷八,盛唐三。
④ 王维《西施咏》诗后钟惺评语,《唐诗归》卷八,盛唐三。

情感的细细流淌使他的田园诗出于俗而又超凡脱俗，正如谭元春在此诗后作的评语："情诗、闲寂诗、田家诗，右丞一一能妙。如闲寂诗、田家诗不妙，情诗便是俗艳。"① 他清楚地看到了王维田家诗、闲寂诗中这种独特的情感体现，并认为这是其情诗远离俗艳的重要因素。可见谭氏不仅重情，而且将诗人之情体会得极为深刻透彻。

同样，钟、谭在评价元结时，也是抓住了一个"情"字。我们且看钟惺对元结三首诗的评价：评《去乡悲》："语不多而情多，情不多而感人处多。觉深曲者反浅一层。"② 评《与瀼溪邻里》："世人无乡里情，终日留心经济，只是虚意耳。看次山惓惓《瀼溪》便知其《舂陵行》《贼退示官吏》所以伤心之本，总不出一情字。"③ 评《刘侍御月夜宴会》："读此序及《舂陵》诸作，此公经济文章皆生于一情字。"④ 无论是此三首诗，还是其著名的《舂陵行》《贼退示官吏》，在钟惺看来都是诗人全情投入的产物，所以对元结作诗的总体评价是"经济文章皆生于一情字"。

像以上这样以情观诗、充分肯定诗人性情的例子在《唐诗归》的评点中随处可见。从钟、谭二人对性情的观照中可以看出，他们所理解的性情皆为诗人的一己之情，有朋友间的至深友情，有邻里情，有爱情，有悲世之情，有怜悯之情，有幽情，有怨情……而这些有关情的评语没有一处对情附加约束，无关伦理道德，无关性理，仅仅是诗人内心本能的情感。不仅如此，如同公安派以及屠隆、叶向高等人一样，钟、谭也特别强调性情之中"真"的质素。钟惺在《诗归序》中提倡"以古人为归"，是对公安派任我率性、信手信腕的反拨，而他们又不同于七子派师法古人格调，提出"第求古人真诗所在。真诗者，精神所为也"⑤。这是钟、谭学古的要领。"真"是艺术的生命，因此，"真性情"才是竟陵派追求性灵的根本。正如钟惺所云："意于林壑近，诗取性情真。"⑥ "真"，是诗歌的灵魂，只有具备了真实情感的诗歌才会感人，才会有影响力、震撼力，才会使

---

① 《唐诗归》卷八，盛唐三。
② 《唐诗归》卷二十三，盛唐十八。
③ 《唐诗归》卷二十三，盛唐十八。
④ 《唐诗归》卷二十三，盛唐十八。
⑤ 钟惺《诗归序》，《诗归》卷首。
⑥ 钟惺《寄吴康虞》，《隐秀轩集》卷六，第86页。

读者为之动容,产生心灵的共鸣,而它本身也才会具有永恒不朽的艺术魅力。

钟、谭在评诗时就多次提到"真"。如岑参的《逢入京使》:"故园东望路漫漫,双袖龙钟泪不干。马上相逢无纸笔,凭君传语报平安。"这是诗人在西征边塞途中所作。由于离开长安时日已久,回首遥望远在东方的故园,一时间,离别的相思,对家人故土的眷恋全部涌上了心头,诗人不禁怆然,扑簌簌地落下激动的热泪。家园啊!亲人啊!是否一切安好?此时恰逢有人回京,但在征途当中,你我是走马相逢,没有纸笔,无法写信,那么,就请你给我捎个平安的口信回家吧!可想而知,使者捎回的不是一句话,而是诗人的思念和对家人的慰藉之心。钟惺对此作评语道:"只是真。"①一个"真"字就把整首诗最动人之处捕捉到了。此诗语言朴素自然,诗人把心头所想、口里要说的话不加任何修饰地表现出来,但就是在这看似平平的叙述中,我们却看到了一个在赴边途中眷恋故土、思念家园的活脱脱的游子形象,以及他内心情感最真实的一面。钟惺所言"真",正是体会到了此诗情感释放的真切自然,从而被诗人的真情所感动。

又如杜甫《舍弟占归草堂检校聊示此诗》:"久客应吾道,相随尔独来。熟知江路近,频为草堂回。鹅鸭宜长数,柴荆莫浪开。东林竹影薄,腊月更须栽。"诗人在动身下吴楚前,念念不忘成都草堂,于是派弟弟杜占回草堂照料家务。整首诗作家常语,诗人将细节琐事向弟弟一一作着交待:家中的鹅鸭啊,要记得常常点数,不要随便把柴门打开;我在东林种的那片竹林也要多去看看,如果稀疏了一定要趁着腊月认真补栽……在这看似唠叨的叮嘱背后体现了诗人对草堂的无比依恋之情。然而这首诗使人体会更深的还是其浓浓的兄弟亲情,钟惺评此诗抓住的正是这一点:"家务琐屑,有一片骨肉友爱在内。"对于诗人来说,四处漂泊的生活带来的是与亲人朋友的长期分离,兄弟中也只有这一位跟在自己身边,所以家中的许多杂事诗人都放心地托付给他,这种兄弟亲情、手足情谊就是在琐事的交待叮嘱中真实地流露出来,所以钟惺说:"只觉其真,

①《唐诗归》卷十三,盛唐八。

不觉其俚且碎。"① 正因此诗体现了浓浓的兄弟真情,所以在他看来毫无琐碎俚俗之感。

　　除此之外,钟、谭还有多处以"真"评诗。如王绩《田家》后谭元春云:"真至,可以开诗家气运。"钟惺云:"说得不酸馋,只是一真。"② 评王昌龄《宿京口期刘眘虚不至》钟惺曰:"有真朋友,自有真诗文。"③ 岑参《江上》"终日不如意,出门何所之"句后钟惺说:"语到极真亦妙,不必责以浑厚。"④ 二人从诗中悟到的都是作者的真情。在白居易《和微之大嘴鸟》诗后谭元春评:"长篇中,情事极真朴委折处,其法亦有自《焦仲卿妻诗》及蔡琰五言《悲愤诗》来者。"⑤ 他将白居易长篇入选在内的重要原因也是在于其叙述情事中所体现出的真朴之情。可见,钟、谭所谓"真",即是指"真性情",这是性情的核心内涵,他们准确地抓住了诗歌最本质的内在元素。正是基于此,他们才最为欣赏那些从内心自然流出、具有一己真情的作品。

　　明末还有一部重要的唐诗选本《唐诗镜》,为陆时雍所编,共五十四卷,以诗人年代编次,初唐八卷,盛唐二十卷,中唐二十卷,晚唐六卷。陆氏著有《诗镜》九十卷,分为二集:《古诗镜》与《唐诗镜》。《诗镜》前有《总论》一篇,《四库全书总目提要》称其"大旨以神韵为宗,情境为主"⑥。陆时雍的诗学思想代表了明代诗学由格调向神韵的转化,直接开启了清代王士禛的"神韵"说,这一点已得到学界公认。例如他说:"有韵则生,无韵则死;有韵则雅,无韵则俗;有韵则响,无韵则沉;有韵则远,无韵则局。"⑦ 评王维《观猎》"会境入神",评李白《寓言》三首"风神绝佳"。神韵的确成为他评判诗歌高下的一项重要标准。然而,陆时雍不仅重神韵,而且重情,故而常常情、韵并举:"诗之可以兴人者,以其情也,以其言之韵也。""是故情欲其真,而韵欲其长也,二言足以尽诗道矣。"⑧ 评李

①《唐诗归》卷二十,盛唐十五。
②《唐诗归》卷一,初唐一。
③《唐诗归》卷十一,盛唐六。
④《唐诗归》卷十三,盛唐八。
⑤《唐诗归》卷二十八,中唐四。
⑥ 永瑢等《四库全书总目》,第 1723 页。
⑦《诗镜·总论》,陆时雍编,任文京、赵东岚点校《诗镜》,第 13 页。
⑧《诗镜·总论》,陆时雍编,任文京、赵东岚点校《诗镜》,第 9 页。

白《子夜四时歌》：“余情余韵无穷。”①非但如此，他还将情看作是韵的基础，认为韵由情生：“诗家最病无情之语，中、晚律率多情不副词，堆叠成篇，故无生韵流动。”②“王龙标七言绝句，自是唐人骚语。深情苦恨，襞积重重，使人测之无端，玩之无尽。”③在他看来，正是诗歌的情造就了其灵动的神韵，情决定着韵，可见陆时雍对情亦极为看重。

因为重情，所以在选诗定篇时陆时雍常常以情作为衡量标准。如，他评陈子昂《感遇》诗：“阮籍《咏怀》出自深衷，子昂《感遇》情已虚设，言复不文，虽云不乏风骨，然此是顽骨不灵也。其诗三十八首，余谓首首俱可省得。”④陈子昂《感遇》诗不若阮籍《咏怀》，关键就在其缺少真情，因此陆氏对其一首未选。再如对储光羲的评价：“诗家恬淡之难，甚于绚烂。千古惟陶徵君恬淡，而绚烂者，比踵接肩。储光羲衷无本情，语无定趣，前后自不相喻。殷璠谓其格高调逸，趣远情深。《栾城遗言》谓高处似陶渊明，平处似王摩诘，此诚不识。所谓聊就其佳者一二论之。”⑤储光羲在唐代素以诗风恬淡著称，而陆氏却认为其内心缺乏本真之情，因而否定了前人对其作品的高度评价，仅仅选其五首诗。

不仅如此，陆时雍在评点诗歌时也常常着眼于情。如前文提到的杜甫《梦李白》二首，是两首记梦诗，乾元元年（758）李白流放夜郎，第二年遇赦返还，杜甫身在远方，不知此情，由于挂念挚友而忧心入梦，钟惺评此二首诗时重在体味李、杜两位大家深深的兄弟情谊，突出了一个“情”字。同样，陆时雍对其评价也是着眼于“情”，陆氏评曰：“是魂是人，是梦是睹，都觉恍惚无定。亲情苦意，无不备极矣。‘死别已吞声，生别常恻恻’，便是千情万恨。‘出门搔白首，若负平生志’，彼此怀抱都尽。”⑥陆氏品味二诗，抓住了其中两处最打动他的语句，一为“死别已吞声，生别常恻恻”，如果是死别，尚可以绝望地痛哭一场而了之，唯独生别，才会让人久久地陷于痛苦之中，在陆氏看来，这真的是“千情万恨”；

①《唐诗镜》卷十七，陆时雍编，任文京、赵东岚点校《诗镜》，第612页。
②《唐诗镜》卷五十二，陆时雍编，任文京、赵东岚点校《诗镜》，第1198页。
③《诗镜·总论》，陆时雍编，任文京、赵东岚点校《诗镜》，第8页。
④《唐诗镜》卷三，陆时雍编，任文京、赵东岚点校《诗镜》，第436页。
⑤《唐诗镜》卷九，陆时雍编，任文京、赵东岚点校《诗镜》，第515页。
⑥《唐诗镜》卷二十一，陆时雍编，任文京、赵东岚点校《诗镜》，第685页。

一为"出门搔白首,若负平生志",这是诗人梦见李白转身离开时的一个细节动作,其中寄托着诗人对李白怀才不遇的深切同情,也饱含着诗人自己的无限心事。陆氏以"彼此怀抱都尽"评之,深深地体味到了两位诗坛巨擘在坎坷仕途中的共同遭遇,评语虽不长,但他对诗歌情感的细腻把握却清晰可见。

对王昌龄,陆时雍最推赏其绝句,也是因其情深意长。如评其《从军行》:"烽火城西百尺楼,黄昏独坐海风秋。更吹羌笛关山月,无那金闺万里愁。"曰:"'烽火城西百尺楼'一绝,'黄昏独坐'一绝,'海风秋'一绝,'更吹羌笛关山月'一绝,'无那金闺万里愁'一绝。昌龄作绝句,往往襞积其意,故觉其情之深长而辞之饱快也。人解后二语,谓从军者闻羌笛而起金闺之思,非也,盖因边城闻笛而代为金闺之愁耳。言己之愁已不堪,而闺中之愁将何奈,此昌龄诗法不与众同也。"[1]王昌龄绝句意曲深远,情感抒发极为深长,正如这首《从军行》,陆氏认为后两句不仅写出了征人之思,更是通过边关的笛声传达出思妇的金闺之愁,将征人思妇以笛声系联在一起,深情婉曲。对其以情见长的宫怨诗,陆氏更是作了细致的评点,如评其《西宫秋怨》:"芙蓉不及美人妆,水殿风来珠翠香。却恨含情掩秋扇,空悬明月待君王。"曰:"'却恨含情掩秋扇',一语三折。夫情之不能已也,却自恨其含情而掩秋扇。掩之者,以不忍见也。既自恨其含情矣,而终不能已于情。所以悬月以相待,而又自笑其空为此举也。诗人下字之妙,此一'悬'字,谁为悬之。此须人自领会。"[2]陆时雍能够将此诗所传达出的情感如此细腻的体会与分析,可见他确是将情作为诗歌的灵魂来进行细微的捕捉。对中、晚唐绝句陆氏颇有微词,为他所认可的只有刘禹锡:"中晚绝句多以意胜。刘禹锡长于寄怨,七言绝最其所优,可分昌龄半席。"[3]刘禹锡绝句长于寄怨,就是说有浓情在其中,尤其是他的七言绝句,更可与王龙标相媲美。而大多数中晚唐绝句却是以意胜,换言之,即是缺乏情感的寄托。

在"意"与"情"之间,陆时雍毫不犹豫地站在了情的一边,他认为

①《唐诗镜》卷十二,陆时雍编,任文京、赵东岚点校《诗镜》,第554页。
②《唐诗镜》卷十二,陆时雍编,任文京、赵东岚点校《诗镜》,第555页。
③《唐诗镜》卷三十六,刘禹锡《魏公词》后评,陆时雍编,任文京、赵东岚点校《诗镜》,第935页。

诗歌应当以情为主,反对作诗主意:"少陵五古,材力作用,本之汉、魏居多。第出手稍钝,苦雕细琢,降为唐音。夫一往而至者,情也;苦摹而出者,意也;若有若无者,情也;必然必不然者,意也。意死而情活,意迹而情神,意尽而情远,意伪而情真。情意之分,古今所由判矣。少陵精矣刻矣,高矣卓矣,然而未齐于古人者,以意胜也。假令以《古诗十九首》与少陵作,便首首皆意;假令以《石壕》诸什与古人作,便首首皆情。此皆有神往神来,不知而自至之妙。太白则几及之矣。"[1] 意是刻意为之,是死的、虚假的、易尽的;情是一往而至,是活的、真实的、深远的。有了情,才会达到神来神往的境地,具有不知而自至之妙。

　　由上可见,陆时雍所说的性情,或曰情,仍然没有超出万历以来人们理解的范畴,亦是指诗人一己之真情。在晚明这样一个特殊时代里,哲学领域对人的个性的张扬与解放、文学领域的主情观念,诗坛中的性灵大潮,这一切带来了人们思想的转变,对"性情"这样一个传统命题也重新给予了带有时代特色的诠释。当然,除了共性的认识外,不同唐诗选本还体现出编者各自的审美趣味,以至于使他们所理解的性情也带上了明显的个性特征。如钟、谭在《唐诗归》的评点中多次提到情之幽,更由于他们偏爱幽深孤峭的诗歌风格,所以他们的性情观更倾向于那种不为时人所察觉、所熟悉的"幽情单绪"。而《唐诗镜》体现出陆时雍对情的关注,此情是他论"神韵"的前提基础,而且陆氏还经常将情与神、韵、趣等联系在一起进行诗歌评点,使得他所理解的情似乎变得有些虚空,既要有情但又不为情所累,在似有似无之间感受真情的味道,所以他更欣赏那种具有情味无尽的诗歌。无论怎样,所有的共性与个性组合在一起,共同构成了晚明时期无比丰富的性情观。

---

[1]《诗镜·总论》,陆时雍编,任文京、赵东岚点校《诗镜》,第9页。

附录 明代唐诗选本序跋及凡例集纂

一、高棅《唐诗品汇》九十卷(上海古籍出版社 1982 年影印明汪宗尼校订本)

唐诗品汇叙

天地元气之精英钟乎人,发而为诗,至唐赢六百家。作者固难,选者尤难耳。唐历三百余年,有始终淳漓之异,故声文亦随而降。有能褒群作、辨众体,得于大全而无憾者,斯戛戛其难矣。尝观《英灵》《间气》《极玄》《三体》等集,非无足观法,然得于此而或遗于彼,继是而选者落落也。近世襄城杨士弘所编《唐音》,其始终正变,区别特异诸选,然亦未免遗珠之叹。信乎! 知言之难也。龙门高廷礼氏,性嗜诗,取唐人为式,凡唐之遗编断什散落人间者搜括悉尽。初叹汪洋,罔知攸济,沉浸含咀,岁积月增,一悟之见,默会与鸢鱼之表,则古人声律兴象,长短优劣,不能逃心目之间矣。于是考摭正变,第其高下,从类而定品,仍各叙篇端。凿凿甚明,视《唐音》倍蓰。其选凡若干篇卷,名曰《唐诗品汇》。其众体兼备,始终该博,浩浩乎若元气坱圠,充两间周万汇而靡遗,所谓大全无憾者也。於乎! 诗自《三百篇》而下,正声不传久矣,唐反纯正,足以契《二南》、薄《风》《雅》而轨范时俗,其盛矣乎! 然学者虽有志于古之知言,不过剿其皮肤,掇其土苴,未能脱去旧习窠臼,试使读唐诗,辩其为某家某家,且不易得,况能玩词审音,品定高下,为去取乎? 余阅是编,知廷礼用心之勤,而超卓之见异于人人也。全闽学古者振发歆动,能相与鸣国家之盛,必廷礼为之倡。海内文士欲历唐人之蹊径,闯唐人之壸奥,则必于《品汇》求之。

(洪武辛巳夏六月初吉玉融马得华序)

唐诗品汇叙

选唐诗者非一家,惟殷璠之《河岳英灵》,姚合《极玄集》,有以知唐人之三尺,然璠、合固唐人也,而选又专主于五言,以遗乎众体。寂寥扶疏,不足以尽其妙奥。下此诸家所选,皆私于一己之见,见之陋,则选之得其陋者。虽以王荆公号称知言,而《百家选》偏得晚唐刻削为奇,盛唐冲融浑灏之风在选者戛戛无几,他盖可知矣。及至近代襄城杨伯谦《唐音》之选,始有以审其始终正变之音,以备述乎众体之制,可以扫前人之陋识矣。然其中不能无详略之可议者,故今吾龙门漫士之《品汇》出焉,於乎! 自有唐诗以来,七八百年,至是方无弃璧遗珠之恨,士之获遇知己也,难哉! 余尝闻之漫士之论诗曰:"诗自《三百篇》以降,汉魏质过于文,六朝华浮于实,得二者之中,备风人之体,惟唐诗为然。然以世次不同,故其所作亦异。初唐声律未纯,晚唐气习卑下,卓卓乎其可尚者,又惟盛唐为然。"此具九方皋目者之论也。故是选专重于盛唐,而初唐晚唐,特以备一代之制。充充乎去取之合于公,而不偏于一己之私见者也。编成,漫士持以质是非于偶,噫! 以偶之陋,何足以知此也。因为序其选取之意于首。漫士姓高名棅,字廷礼,博古好雅,君子也,推是心以往,虽古今之礼乐,漫士亦将有志于折中焉,又不但是集之编也。

(时洪武岁在甲戌仲冬月灵武王偁序)

唐诗品汇叙

　　诗自《三百篇》而下莫盛于唐,盖唐以诗设科取士,故当时士大夫辈多以诗鸣。今诵其词、审其音,温厚和平,本乎性情,谐于风雅,兼备两汉魏晋六朝诸体,真所谓集大家者,降是无足取焉。观者苟非读书穷理,精通妙悟,且不能窥其藩篱,况敢定其去取乎! 长乐高君廷礼潜心于诗二十余年,吟咏之际,如亲睹唐人眉宇,聆唐人謦欬,一旦恍然有得,谓同志曰:诸君不有志于唐诗则已,苟有志焉,舍唐人名家弗由。虽曰能之,吾未之信,于是悉取唐诗自贞观迄于龙纪,因其时世之后先,审其声律之正变,分编定目,曰正始、曰正宗、曰大家、曰名家、曰羽翼、曰接武、曰正变、曰余响、曰旁流。上而朝廷公卿大夫,下而山林隐逸士子,外而夷貊,内而闺秀女冠,与夫方外异人、衲子羽客之流,凡有一题一咏之善者,皆采摭无遗,共得诗若干篇,编次既成,揔名曰《唐诗品汇》。暇日持以示余,征言为叙,余阅之久,喟然叹曰:昔吾夫子在齐闻韶,三月忘味,余得是编,诵之累月,无所不忘。噫! 观止矣,蔑以加矣,余何敢序? 兹编一出，必传之当世来今，又何待序？序与不序不足为《品汇》重轻，然慨念吾廷礼十年用心之勤，思欲与海内学者共契唐人理趣。返淳风于后代，他日出而庚歌，鸣治世之音，列诸朝廷，以敦教戒，荐诸宗朝，以和神人，上追雅颂之作，此廷礼素志，而或者未之知也。于是乎序。

（洪武乙亥九月朔日伸蒙子后人林慈书）

唐诗品汇总叙

有唐三百年，诗众体备矣，故有往体，近体，长短篇，五、七言律句，绝句等制，莫不兴于始，成于中，流于变，而陊之于终。至于声律、兴象、文词、理致，各有品格高下之不同。略而言之，则有初唐、盛唐、中唐、晚唐之不同；详而分之，贞观、永徽之时，虞、魏诸公稍离旧习，王、杨、卢、骆因加美丽，刘希夷有闺帷之作，上官仪有婉媚之体，此初唐之始制也。神龙以还，洎开元初，陈子昂古风雅正，李巨山文章宿老，沈、宋之新声，苏、张之大手笔，此初唐之渐盛也。开元、天宝间，则有李翰林之飘逸，杜工部之沉郁，孟襄阳之清雅，王右丞之精致，储光羲之真率，王昌龄之声俊，高适、岑参之悲壮，李颀、常建之超凡，此盛唐之盛者也。大历、贞元中，则有韦苏州之雅澹，刘随州之闲旷，钱、郎之清赡，皇甫之冲秀，秦公绪之山林，李从一之台阁，此中唐之再盛也。下暨元和之际，则有柳愚溪之超然复古，韩昌黎之博大其词，张、王乐府得其故实，元、白序事务在分明，与夫李贺、卢仝之鬼怪，孟郊、贾岛之饥寒，此晚唐之变也。降而开成以后，则有杜牧之之豪纵，温飞卿之绮靡，李义山之隐僻，许用晦之偶对，他若刘沧、马戴、李频、李群玉辈，尚能黾勉气格，将迈时流，此晚唐之变态之极而遗风余韵犹有存者焉。是皆名家擅场，驰骋当世，或称才子，或推诗豪，或谓五言长城，或为律诗龟鉴，或号诗人冠冕，或尊海内文宗，靡不有精粗、邪正、长短、高下之不同，观者苟非穷精阐微、超神入化、玲珑透彻之悟，则莫能得其门而臻其壶奥矣。今试以数十百篇之诗，隐其姓名，以示学者，须要识得何者为初唐，何者为盛唐，何者为中唐、为晚唐；又何者为王、杨、卢、骆，又何者为沈、宋，又何者为陈拾遗，又何为李杜，又何为孟，为储，为二王，为高岑，为常刘、韦柳，为韩李、张王、元白、郊岛之制。辩尽诸家，剖析毫芒，方是作者。余凤耽于诗，恒欲窥唐人之藩篱，首踵其域，如堕终南万叠间，茫然弗知其所往。然后左攀右涉，晨跻夕览，下上陟顿,进退周旋,历十数年,厥中僻蹊通庄,高门邃室,历历可指数,故不自揆,窃愿偶心前哲,采摭群英,芟夷繁螡,裒成一集,以为学唐诗者之门径。载观诸家选本,详略不侔,《英华》以类见拘,《乐府》为题所界,是皆略于盛唐而详于晚唐。他如《朝英》《国秀》《箧中》《丹阳》《英灵》《间气》《极玄》《又玄》《诗府》《诗统》《三体》《众妙》等集,立意造论,各该一端。唯近代襄城杨伯谦氏《唐音》集,颇能别体制之始终,审音律之正变,可谓得唐人之三尺矣。然而李、杜大家不录,岑、刘古调微存,张籍、王建、许浑、李商隐律诗载诸"正音",渤海高适、江宁王昌龄五言稍见"遗响",每一披读,未尝不叹息于斯。由是远览穷搜,审详取舍,以一二大家、十数名家,与夫善鸣者,殆将数百,校其体裁,分体从类,随类定其品目,因目别其上下、始终、正变,各立序论,以弁其端,爰自贞观至天祐,通得六百二十人,共诗五千七百六十九首,分为九十卷,总题曰《唐诗品汇》。呜呼!唐诗之偈弗传久矣,唐诗之道或时以明,诚使吟咏性情之士观诗以求其人,因人以知其时,因时以辩其文章之高下、词气之盛衰,本乎始以达其终,审其变而归于正,则优游敦厚之教,未必无小补云。

(洪武癸酉春新宁高棅谨序)

唐诗品汇凡例

先辈博陵林鸿尝与余论诗:"上自苏李,下迄六代,汉魏骨气虽雄而菁华不足;晋祖玄虚,宋尚条畅;齐梁以下,但务春华,殊欠秋实;唯李唐作者可谓大成,然贞观尚习故陋,神龙渐变常调,开元、天宝间,神秀、声律粲然大备。故学者当以是楷式。"予以为确论。后又采集古今诸贤之说,及观沧浪严先生之辩,益以林之言可征。故是集专以唐为编也,其为凡例见诸左方云:

　　一　是编不言选者,以其唐风之盛,采取之广,故不立格、不分门,但以五、七言古今体分别类从,各为卷。卷内始立姓氏,因时先后而次第之。或多而百十篇,或少而一二首。凡不可缺者悉录之,此《品汇》之本意也。

　　一　诸体集内定立正始、正宗、大家、名家、羽翼、接武、正变、余响、旁流诸品目者,不过因有唐世次文章高下而分别诸卷,使学者知所趋向,庶不惑乱也。

　　一　大略以初唐为正始,盛唐为正宗、大家、名家、羽翼,中唐为接武,晚唐为正变、余响。方外异人等诗为旁流。间有一二成家特立与时异者,则不以世次拘之,如陈子昂与太白列在正宗,刘长卿、钱起、韦柳与高岑诸人同在名家者是也。

　　一　乐府不另分为类者,以唐人述作者多、达乐者少,不过因古人题目而命意,寔不同。亦有新立题目者,虽皆名为乐府,其声律未必尽被于弦歌也。今只随五、七言古今体分类于姓氏下,先以乐府古题篇章长短次第之,后以杂诗篇章长短次第之,不复如郭茂倩专以古题为类也。学者详之。

　　一　五言长篇、七言长篇、排律长篇、六言绝句不分诸品目者,以其诗人著述之少,故附见于诸体卷末,以备一制作。

　　一　品目叙论备见于五言古诗类,他类不过纪其姓名篇什之数耳。

　　一　诸家评论繁甚,其有评论本人诗者,则附于姓氏之后;有评论本诗者,则附于本诗之前后;有评论本句者,则附于本句之下。夫文章者,公器也,然而历代辞人志趣不叶、议论纵横,使人惑于趋向。今取其正论悟语悉录之,其或文儒奇解、过中之说,一无取焉。

　　一　诸体姓氏下略具字里世次,其于出处大节历仕始终并详于前,无考者缺。

　　一　是编之选,详于盛唐,次则初唐、中唐,其晚唐则略矣。

(高棅)

二、高棅《唐诗正声》二十二卷(明嘉靖二十四年何城重刻本)

重刊唐诗正声序

　　古诗凡三千余篇,孔子删之,定为三百五篇,夫风雅颂,殷周之诗之正声也。唐人之声独无正者乎?国朝高廷礼汇唐诗为九十卷,中又择其声之正者九百首有奇,别为一编,其亦孔子删定之意也与哉!夫诗本性情,发乎正,声成而为文,则五、七言律体之变,亦犹夫《三百篇》耳,奚必同?是编之诗,格调高矣,意兴深矣,岂直风云之形,月露之态而已耶?观其征戍放逐之辞,读之令人多悲慨;栖迟游览之辞,读之令人多潇散;朝会应制之辞,读之令人油然有忠爱之想焉。盖唐一代之盛衰,风化之淳漓,亦于是乎寓,未可尽以文目之,安得不以"正"名之也?故愚尝谓

《品汇》之外，唐人无诗矣；《正声》之外，唐之诗得其正者亦鲜矣。观斯集者，尚以孔子删定之意折衷之，其亦可以群、可以怨、可以事父与君耳矣，而何拘拘然格调意兴之评哉！旧板于吴，岁久而敝矣，乃重梓之，以广其传。

（嘉靖二十四年己巳九月吉武昌守何城序）

唐诗正声凡例

　　高漫士曰：诗者，声之成文也，情性之流出也。情感于物，发言为声，故感有邪正，言有是非。唯君子养其浩然，存其真宰，平居抱道，与时飞沉，遇物悲喜，触处成真，咨嗟咏叹，一出于自然之音，可以被律吕而歌者，得诗之正也。其发于矜持忿詈谤讪侵凌，以肆一时之欲者，则叫噪怒张，情与声皆非正也，失诗之旨，得诗之祸也。观者先须遗妄返真，秉心明目，然后辨是非，察邪正，以定其取舍，而有迷谬者寡矣。棟也不敏，窃愿偶心前哲，采撷群英，爰因棲迟，得谐夙志。尝谓风骚辍响，五言始兴，汉氏既亡，文体乃散，魏晋作者虽多，不能兼备诸体，齐梁以还，无足多得。其声律纯完，上追风雅而所谓集大成者，唯唐有以振之，因编《唐诗品汇》一集。自贞观迄于龙纪三百年间，观时运之废兴，审文体之变易，凡所谓大名家十数公，与夫善鸣者，殆将数百家，其言足以没世而不忘者悉录之。分编定目，随体类从，凡九十卷，共诗五千七百六十九首，与好事者共之。切虑博而寡要，杂而不纯，乃拔其尤汇为此编，亦犹精金粹玉、华章异彩，斯并惊耳骇目，实世外自然之奇宝，题曰《正声》者，取其声律纯完而得性情之正者矣。仍掇严子之论列其端以质诸知音，庶几予用心之不谬矣。所谓凡例，见诸左方：

　　一　是编以五、七言古今体分别类从，然后随体标立姓氏，毋论其人品高下，篇什多寡，只从世次而先后之，不具者阙。

　　一　诗体之次第为卷，先五言古诗，次七言古诗，次五言律，次排律，次七言律，次五、七言绝句，其四言六言等制不多得，故不收类。

　　一　以"正声"采取者，详乎盛唐也，次初唐、中唐，元和以还，间得一二声律近似者，亦随类收录。若曰以声韵取诗，非以世代高下而弃之，此选之本意也。

　　一　李、杜二大家或以为不当选，或曰李可选而杜不可选。杜，诗史也,非词人才子等,虽然,唐三百年诗如子美者几何?子美凌轹沈、宋,与太白并驱,而高、岑辈实相羽翼,可谓唐诗之大备矣。今既曰唐诗选,岂敢于此乎缺?故予所取者,非旧选所常取,予于欲离欲近而取之矣。观诗至子美则又当刮目。

一　诸家评论甚繁,今略其悟语以附见,其或文儒奇解、过中泛论,一无取焉。

一　正诗所集、夹注所引,合用诸书名目并诗人字里本末,备见于《品汇》,此不重出。

(高棅)

三、何乔新《唐律群玉》十六卷(已佚)

唐律群玉序

诗自《风》《雅》《骚》《选》之后,莫盛于唐。选唐诗者数十家,惟周伯弼之《三体》、杨伯谦之《正音》、石溪周氏之《类编》、新宁高氏之《正声》盛行于时。予尝取四家所选而考之,或精而不博,或博而不精,读者不能无憾焉。乃即所选拔其尤可喜者,得五言律诗一百七十二,五言长律四十四,七言律诗二百三,五言绝句三十,七言绝句一百一十四,析为十有六卷。雨雪之朝,风月之夕,居闲独处之时,沉潜而玩之,从容而讽之,若游虞庭而闻戛击之音,若入周庙而睹琬琰之列,若登元圃而得蒲谷之质也,故命之曰《唐律群玉》。或曰:孔子之删《诗》,子朱子之注《骚》,刘坦之之注《选》,皆取其可兴、可观、可群、可怨而有裨于风化者也。唐之律诗,其音响节族已荡然无复《骚》《选》之遗音矣,况于《风》《雅》之旨乎,而子何取于此哉?予以为不然。夫诗者,人之性情也。唐之律诗,其音响节族虽与古异,然其本于性情而有作则一而已。读者因其词索其理而反之身心焉,则可兴、可观、可群、可怨而有裨于风化者,岂异于《风》《雅》《骚》《选》哉?遂书以冠其篇云。

(此书已佚,何乔新此序见《椒邱文集》卷九)

四、康麟《雅音会编》十二卷(明万历二十二年沈藩刻本)

雅音会编序

诗之学尚矣。《三百篇》之后莫盛于唐,若杨士弘之选《唐音》,周伯弼之选《三体》，与夫遗山《鼓吹》，高棅《正声》，《唐诗选》《光岳英华》等集，是皆披沙炼金，至为精密，梓行于世久矣。世之学诗者无不宗之，盖以其备十料、全四则、该二十四品、具一十九体，家法正大，非后世能鸣之士所能及也。然其所编，音韵各出，暨李、杜、韩诗不在选列，初学之士欲一览而周焉，未免有得此失彼之患。予于案牍之暇，手录诸先正所选之诗，李、杜、韩三家集特取其五言七言绝律凡若干首，各以本韵荟萃为一，名曰《雅音会编》，厘为十有二卷，藏之巾笥，姑以私便检阅而已。天顺癸未春，余按清漳，暇日出以示诸校官之知诗者，令其拾遗补误，因复余曰：“是编之作，提韵次举其纲，分类以详其目，披览之次如阅府库奇珍异货，井布条例使人应接不暇，其嘉惠后学之心至渥矣。盍诸寿梓与四方学者共之，不几于仁者之用心乎？”予耳其言有理，肆俾求善本正讹，缮写成帙，用锓诸梓，以广其传，是亦表章先贤之珠玉，非敢妄有僭窃于斯也。虽然，诸家之音春容浑厚、清新俊逸，皆发于性情之正，《三百篇》之遗意蔼然尚存，非后世争妍斗靡者之可比也。尝于退食之余或诵或咏，如作咸英，如奏韶濩，不觉夫性情之舒且悦也。吁！诗之为用大矣哉！若夫编选去取之严，审音辨律之密，则有诸先正谨之于前，非予所敢议也。然初学之士或有取焉，亦未必无小补云。

　　（天顺癸未春三月既望奉政大夫福建等处提刑按察司佥事羊城康麟
文瑞识）

翻刊雅音汇编叙

　　诗自选而下，沈宋之后，体格几变，远古矣。盖唐制以诗赋优劣其人则工，顾非后学之比。如今场屋之校文，体裁虽异而词旨则同，要不出于情性之正，纯雅而温柔，俊逸而雄浑，次之华丽纤媚，则有盛、中、晚之分。世之学者固多法唐。所谓诗而能歌，和协溜亮，音响节奏可以被管弦，不至于淫泆亵狎者也。名曰“雅音”，不亦宜乎？再取李、杜、韩三家之律、绝为纲，诸作次系韵编，是以会通百家而条贯万首，盖尝精选于前，真披沙而炼金也。非武库乍开，干戈森列，不无利钝之谓。然弗是非先正工拙前人王子曰：述而不作，以俟后世。无亦矜角弗失，敦厚近仁者之用心哉！呜呼！士之为政而固不难于为学，方案牍之应接不暇，复有编磨纪评之工，传曰：兴于诗，宓子身弗下堂而邑治，吾道亦在于斯乎！康夫子耆旧台臣,弗及一识,观其辑,理遗惠之心概可见矣。书房之刻最多,而闽板获之未易。予尝检阅诗之编次,款目俱佳。嗟夫!公输未尽其善,亦古雅简朴而可取,中虽舛讹颇多,然君子不以辞害意,而况于刻善与否抑何伤乎?因付所司翻梓以与好诗、好古者共云。

　　　　　　　(大明嘉靖岁舍乙巳仲冬吉日沈藩南山道人题于敕赐博文楼)

重刊雅音会编引

　　诗,韵语也。《三百篇》而下未有不韵而曰诗者,古韵得转叶至沈韵而严,唐近体律韵必以平贵清也,平声为韵凡三十,唐三百年间,骚人墨客,抽思骋辞,执是为矩镬,乌得而逾焉。然兴之所至,因言以为韵,因韵以成声,初非有意于韵也。故各韵之诗散见于诸集,泛载于各家,未有会韵以为编者。天顺中,羊城康文瑞氏始以三十之唐韵萃全唐之雅什,名曰《雅音会编》,使学者因韵以求诗,若按图而索骏,诚便于检阅矣。昔吾祖宪王尝序而刊之,大为秋林所珍,久残缺,览者患焉。予暇日再校一过,重寿诸梓。然此书无拘盛唐,不遗晚季者,贵博也。故不曰选,具只眼者当自择之。

　　　　　　　(时万历甲午嘉平望日沈藩继成子识)

五、顾应祥《唐诗类钞》八卷(明嘉靖三十一年自刻本)

唐诗类钞序

　　古今论诗者必曰唐诗,选唐诗者非一家,惟襄城杨伯谦《唐音》最为严恪,分别始音、正音、遗响,非合作者弗录。予自入仕以来,每携一帙自随,然中唐以后多有杰然脍炙人口者,俱不见录,未免考诸别集,苦于检阅,乃取《唐诗品汇》《三体》《鼓吹》及真西山《文章正宗》所载,摘其中间为世所称者,增入数首,仍以五、七言古风、近体各为一类,俱以世代为先后,名曰《唐诗类钞》。夫伯谦之意正病诸家所选略于盛唐而详于晚唐,乃今复以晚唐入之,欲以便观览云尔,非选也。若李杜韩三大家各有全集,旧俱不录,然李杜诗多有选者,惟韩无选,故亦附入云。

　　　　　　　(嘉靖壬辰夏五月望吴兴顾应祥谨志)

书唐诗类钞后

是编为大司寇笤谿顾公所汇次者，公易历中外，每携以自随，间尝示贵，受而阅之，采摭周而鉴识精，固不分别品题，亦不加之批点，虽弗以选自命，而凡号称选者或未之能过也。卷帙视《唐诗品汇》减十之七，而多《唐音》三之一。云公盖玩心高明，不以一毫世累介胸中而其所著《归田诗选》率皆希声远，直逼晋魏。至于咀全唐诗之华，钩名家之玄，此特其□余耳。公将付梓，命贵校焉，既复于公且告夫观者。

（嘉靖壬子夏五月朔清江王贵谨书）

六、胡缵宗《唐雅》八卷（嘉靖二十八年文斗山堂刻本）

唐雅序

诗自《三百篇》后，五、七言继作，古今体嗣出，诗之变极矣。汉近古、魏犹古，晋稍工、唐尤工，诗去《风》《雅》虽远，然大篇、短章、乐府、绝句，至唐皆卓然成家，诗家谓诸体兼备，不其然哉？《传》谓：周以降无诗，愚亦谓：唐以降无诗。故近代学诗者咸自唐入，由唐至汉，庶可薄《风》《雅》而追骚些尔。故诗截然以唐为宗者，其以是哉！朱子谓：《三百篇》多可被之管弦，可被之管弦即可入雅。然唐贤之诗虽多，可以入雅者亦无几焉。夫咸池、韶濩是为雅乐，康衢、击壤是为雅倡，商彝、周鼎是为雅制，土鼓、陶匏是为雅奏，回琴、点瑟是为雅操。李唐之诗，鸣金戛玉，引商刻羽，不谓之雅调乎？故乐以雅为则，辞以雅为至，故义不典则文不雅，致不隽则诗不雅，故思不正则格不雅，兴不适则调不雅。古今谈诗文者一则曰古雅，一则曰典雅，而雅其体也。嗟夫！学诗者不能为风雅颂，犹学圣者不能为周公之墙、孔子之墙尔。唐诗虽非三代之高唱，然非成周之遗响乎？太宗倡之，玄宗宣之，《庆善》诸篇，古朴犹存；《蒲关》诸什，浑涵略备。君臣庚歌，列圣倡和，不有喜起、柏梁之遗致乎？不可律之以雅乎？诵唐诗而律之以雅，斯成一代之音以续三代之韵，否则不可言感格矣。今观唐诗，杨、王、卢、骆辟之日初升、月初出，其光煜煜，其色沧沧；陈、杜、沈、宋、李、杜、王、孟、高、岑、储、李、王、常辟之日既高、月既复，其光皛皛，其色盈盈；刘、钱、韦、柳辟之日未昃、月未亏，其光晖晖，其色耿耿，皆可仰而不可及。唐之世代抑可考而见，而其文献亦可按而知也。求唐诗入雅者，盍于是涵泳也哉？外诸君子以求雅，亦难乎其声金振玉矣！是故乐府多可歌舞鼓吹，故可以格、可以歆；古体绝句多可歌舞，故可以感、可以创；近体亦多可歌，故可以倡、可以和。斯不可为雅乎？斯不可为《三百篇》之遗乎？然唐诗无虑数百，选唐诗无虑数十，缵宗虽不能尽读，然亦皆涉猎之矣。故读《英华》《纪事》，见唐诗之丽如星；读《品汇》《文粹》，知唐诗之昭如汉；读《河岳英灵》《极玄》，见唐诗之炳如辰；读《正音》《正声》，见唐诗之粲如宿。缵宗所辑《唐雅》，虽不敢望诸先正之明，倘宣畅之，其殆焕乎如斗欤？然未敢以为然也。其诸《间气》《国秀》《箧中》《又玄》《三体》《百家选》《类选》诸集，要各有得，姑俟再订云尔。况诸本或不收杨、王、卢、骆，或不录李、杜、韩，或多入贾、温、许、李，则雅音不纯而或缺，谓为一代之诗恐未可称尽美也。故缵宗所辑，必其出汉魏，必其合苏、李，必其为唐绝倡，否则虽工弗取。廷礼谓：予于欲离欲近而取之，愚亦谓：予于欲协欲谐而取之。故乐府必典则，古体必舂容，绝句必隽永，近体必雄浑，铿然如金，琤然如玉，虽不可尽陈之宗庙，然皆可咏之间巷也，敢不揣采而辑之，以就正于大雅君子。

（嘉靖二十有八年春正月癸未鸟鼠山人胡缵宗序）

唐雅叙

吾师可泉胡公，昔守皖，大倡文翁、朱司农之化，以其暇游潜岳，登大龙，揖浮渡。时进谦辈于门墙，与之论德、考礼、试文，亦未尝不及诗辞，居然古有道者之风。今年秋，谦按兹土，谒公，出林泉制作数十帙，浑浑烨烨，谦乞以归，徐持选唐诗四卷，名之《唐雅》。命谦叙焉。谦曰：雅者，正也。《三百篇》有大小雅，其俗古，其意厚，其辞蓄，足以平心宣化，此而下各以其所能鸣，可言雅乎？公曰：《三百篇》尚矣！代不乏音，汉魏以降，唐之诗亦工，谓尽无诗，非也。骚人宗匠，吐彩如云，中于雅音者不多得，走研穷涵咏，协之律吕，仅得若干首，欲备一代之音，取意于乐，故以雅名。谦曰：渊哉！声音之道与政通，审音知乐，审乐知政，是以孔子闻韶不知肉味者三日，犹恐其为郑声乱则欲放之，重夫雅也，理天下之道良在兹矣。吾师宿负经济，寄情词华，枕籍乎风雅颂者有年，遴辑是编，一字不合于古者弗收，以唐诗固时尚也，于其中拔雅以觉人耳。嗟乎！百乐在堂，雅郑莫辨，自非养粹而听聪，才逸而兴远，纯乎天真未凿者，安能会声气之元，而精大成之选有如此邪？移之以相天下，其有裨于闻音律、察治忽以出纳五言者必矣。公曰：有是哉！爰以寿诸梓。

（时嘉靖戊申之秋赐进士第文林郎监察御史皖郡盛汝谦谨叙）

题唐雅后

天水胡公既辑《雍音》，诸凡雍之产者、仕者、寓者、隐者，诸名家成章之言备矣。兹复辑《唐雅》者何？盖以诗自《风》《骚》而下，变而为汉魏六代乐府古诗，代不乏贤，至唐而极尔。然唐人之制有三变焉：初唐绮而不靡，丽而欲则，盖无恶焉，然陈隋之流波尚有存者。自子昂而始高蹈，曲江而始澹适，李、杜而始豪放沉浑，王、孟、储、岑而始清婉超逸，韦、柳而始古质，钱、郎而始闲靓，并称能言。至浑、牧、商隐以还，则太朴既斫，风骨索露，无复浑涵之体矣。古今之选，无虑数家，说者谓：襄城杨伯谦《唐音》，长乐高廷礼《品汇》，允有赏鉴，廷礼又摘其菁华以为《正声》，视《唐音》所选加严矣。而翁复选是者，岂非以二家抡择尚有遗憾乎？且古之雅乐，皆君臣和豫、会同，荐之朝堂，大也可以章教而垂戒，次也可以达政而恫俗，变也可以企古而迪今，是以知言者录之，迹其善败之端，味其献替之实，以裨史氏之缺。今详唐之诸制，关于君臣豫游政理治忽者少，而出于幽人、羁士、逐臣、弃妇，托之以洩其不平者多，无乃变雅变风之余而非中和之致乎？翁以命世之才，文卿墨儒咸望其上续获麟以振大雅之响，而乃选是编焉。盖谓唐人诸制，犹有得于变雅变风以见先王之泽未泯也。昔者刘履氏注选诗命为《风雅翼》，其意亦可概见，然翁命兹编曰《唐雅》，厥旨深哉！

（时嘉靖戊申冬仲望后三日仪城许樾撰）

唐雅跋

可泉先生自登进士入翰苑，虽以文章政事见知明时，然谈经谈理惟日孜孜焉。故崔宗伯谓：救事宜民，发中机宜，探义酬言，沛沛乎若居胶庠，是故宦成而名立。顷执宪于冀、兖、徐、豫都御史行台，已逾三载，乃引灾请退，遂得归田，今十载矣。课耕之余，谈经谈理，其志益力，尝窃自谓曰：假我数年，可以学《礼》，可以学《春秋》矣。乃辑《仪礼集注》《春秋集传》《读礼记钞》《读六子录》，皆将脱稿，而先生犹日为探永，暇日乃编次《汉音》《魏音》《雍音》，乃选辑《唐雅》，今皆入梓。夫潜心《仪》礼，不有志于师周公乎？笃志于《春秋》，不有志于师孔子乎？夫为学而不师周、孔，何得为学圣？为政而不师周孔，何得为学主？钞《记》录《子》，以羽翼《易》《书》《诗》《礼》，不有意于遗经之断简残篇乎？编《音》选《雅》以舆卫《风》《雅》《颂》，不有意于季世之变风变雅乎？而先生之山居不为投闲矣。刻《唐雅》成，敢跋是于末简。

（嘉靖己酉春二月二日吴岳山人曹士奇跋）

七、杨慎《绝句辩体》八卷（万历二十五年张栋张氏山房刻本）

绝句辩体序

　　梅都官《金针诗格》云：“绝句者，截句也。四句不对者，是截律诗首尾四句也；四句皆对者，是截律诗中四句也；前对后不对者，是截律诗后四句也；后对前不对者，是截律诗前四句也。”此言似矣，而实非也。余观《玉台新咏》，齐、梁之间已有七言绝句，迥在七言律之先矣。然唐绝大率不出此四体，其变格则又有仄韵，盖祖乐府；有换韵，祖《乌栖曲》；有四句皆韵，祖《白纻辞》；又有仄起平接而不对者，此又一体。作者虽多，举不出此八体之外矣。园庐多暇，命善书者汇而录之，亦遣日之具，胜博弈之为云尔。

（嘉靖癸丑五月朔日杨慎用修序）

八、杨慎《唐绝增奇》（明曼山馆刻本）

唐绝增奇序

　　予尝品唐人之诗，乐府本效古体而意反近，绝句本自近体而意实远，欲求风雅之仿佛者，莫如绝句。唐人之所偏长独至，而后人力追，莫嗣者也。擅场则王江宁，骖乘则李彰明，偏美则刘中山，遗响则杜樊川。少陵虽号大家，不能兼善，一则拘乎对偶，二则泪于典故。拘则未成之律诗，而非绝体；泪则儒生之书袋，而乏性情。故观其全集，自“锦城丝管”之外，咸无讥焉。近世有爱而忘其丑者，专取而效之，惑矣！昔贤汇编唐绝者洪迈，混沌无择，珉玉未彰，章、涧两泉盛行今世，既未发覆于庄语，仍复添足于谢笺。其余若伯弼、伯谦、柯氏、高氏，得则有矣，失亦半之。屏居多暇，诠择其尤，诸家脍炙不复雷同，前人遗珠，兹则缀拾，以“唐绝增奇"为标题,以神、妙、能、杂分卷帙,逃虚町卢,聊以自娱,跪石之吟,下车者谁与?

(见《升庵集》卷二,文渊阁四库全书本)

九、杨慎《绝句衍义》四卷(明曼山馆刻本)

绝句衍义序

　　谢叠山注章泉涧泉所选《唐诗百绝》,敷衍明畅,多得作者之意,艺苑珍之。顷者,禺山张子谓余曰:唐人绝句之佳者良不翅,是为之例也则可,曰尽则未也。属余椒取百首注之,久未暇,丙辰之夏,连雨闭门,因取各家全集及洪氏所集,随阅得百首,因笺而衍之。或阐其意,或解其引用,或正其讹误,或采其幽隐,因序之曰:近日多为禅梵绝学之说,或以六经为糟粕而薄之,又以为尘埃而拂之,又以为赘疣而去之,又以为障翳而洗之,不畏天命,狎大人、侮圣言。六经且然,何有于诸子百氏乎? 间有志于好古者亦曰:观书必去注,诗不必注,讽诵之久,真味自出。余诘之曰:《书》云:"孝乎惟孝,友于兄弟,施于有政,是亦为政。"非孔子之注书乎? 有物必有则,民之秉彝也,故好是懿德。非孔子之注诗乎? 譬之食焉,是蘸是蒦,实坚实好矣。又必或舂或揄,或簸或蹂,释之叟叟,烝之浮浮,而后得饔飧。岂能吞炎芒食生米乎? 真味何由出也? 甚矣,近日学之卤莽灭裂矞宇,委琐自欺而又欺人也。卿自用卿法,吾自用吾法,因以印可于禺山云。

(嘉靖丙辰夏五之望升庵杨慎书)

十、桂天祥《批点唐诗正声》二十二卷(明嘉靖刻本)

刻批点唐诗正声序

　　诗自杨伯谦《唐音》出,天下学士、大夫咸宗之,谓其音正,其选当,然未及见高廷礼《唐声》也。夫声犹音也,《书》曰:"声依永,律谐声。"音即律也。故声成文,音成章,皆谓之诗。夫伯谦所选亦精矣,而廷礼所选加严焉。诗岂易言哉? 三复之,伯谦其主于调,廷礼其主于格乎! 汉诗无调与格,而调雅,而格浑;唐诗有调与格,而调适,而格隽。五代而下,调不协而格不纯,未见其有诗也。杨未选李、杜,高李、杜亦入选;杨于晚唐犹有取焉,高于晚唐才数人数首而止,其严哉! 华生见予是本,求刻焉,予弗许,长洲郭令曰:"华生之请,富而好礼矣。"许之。

(嘉靖三年春三月十日直隶苏州府知府前进士南京吏部郎中天水胡
缵宗世甫序)

十一、蔡云程《唐律类钞》二卷(明嘉靖刻本)

唐律类钞序

夫诗之有律,盍征诸乐乎?乐律惟六,音惟八,清明广大、终始周还之象,琴瑟干戚、羽旄萧管之陈,咸若有俪则焉,其归,论伦无患、协比成音而已矣。自《风》《雅》《骚》《选》之迭变,至唐人始以律名家,于体为近,于词为精,于法度森整之中,而格力浑雄,意兴超逸,斯亦善之善乎?予不能诗,藏拙留署,簿书多暇,因去杨伯谦、高廷礼诸选唐人诗,举其五、七言律尤粹者分类钞之。盖初、盛为多,中唐次之,晚唐间取之,英华则大略在是。夫作诗固难,识尤不易。予非具目,曷敢轻有崇黜,以速僭妄之诮哉?顾惟时窃吟讽,以觊一知半解之悟,亦所愿效于同好者也。或疑钞止律,所遗不既多,曰:变至律而止,至唐而止,循是以达诸作,不犹溯流穷源乎?然则李、杜何以不载?大家未易诠释,当览其全尔。是编为类凡十有五,诗凡五百首。

(蔡云程)

十二、高叔嗣《二张集》四卷(明刻本)

二张集叙

二张:九龄,韶州人,字子寿,谥文献,有《曲江集》;说,洛阳人,字道济,谥文贞,有《燕公集》。马氏《经籍通考》载之。自文章道熄,修文之士荟粹篇题,略采名作,习所目见,不复知有诸家集。余曩岁得《曲江集》京师,盖丘文庄公录自阁本,刊传之。求《燕公集》,亡有也。后再至都,始获写本。友人大理评事应君子阳有宋刻,然不完,二集缺谬,亡复可考。二公俱唐相,事玄宗,遭李林甫,文献出为荆州,文贞出为岳州。叙曰:夫诗之作,岂不缘情哉?余读二公诗,方其登台衡、执鼎铉,抽笔兰室,雍容应制,词何泽也!及临荆南、履岳牧,怀人寄言,托物写心,又何悽也!夫士,抱器丁年,曷尝不欲感会云龙,道佐明主,建不朽之业,垂非常之誉乎?而时谬不然,远迹江海之湄,放意鱼鸟之区,事与愿违,心以迹孤。况逢按剑之怒，方同窃铢之疑。知谗不免，欲语从谁？是以忧来无端，咸宣于诗尔。尝观文献在荆诗云："一跌不自保，万全焉可寻。"又云："众口金可铄，孤心丝共梦。"文贞在岳诗云："淮念三千里，江潭一老翁。"又云："平生歌舞席，谁忆不归人。"词旨悲凉，令人太息。然文贞特牵归思，而文献良多惧心，岂其遭倾夺之余，尚险仄未平耶？今集中载林甫《秋夜》一篇，公酬答甚逊，得于《周易》避咎之道焉。彼谗人者，竟泯澌何在？而公名德烂然存于终古。呜呼，哲哉！叔嗣游郎署时，览公诗，未觉沉痛，既涉江汉，三复焉，乃知意所由兴，复以尝践兹地也。因合刻之，置广视堂斋中，堂据江夏山首，下瞰江汉，前使君叶县卫正夫修筑。

（嘉靖丁酉夏四月朔河南高叔嗣撰）

十三、李攀龙《古今诗删》（文渊阁四库全书本）

选唐诗序

　　唐无五言古诗而有其古诗，陈子昂以其古诗为古诗，弗取也。七言古诗，惟子美不失初唐气格而纵横有之。太白纵横往往强弩之末，间杂长语，英雄欺人耳。至如五、七言绝句，实唐三百年一人，盖以不用意得之，即太白亦不自知其所至，而工者顾失焉。五言排律，诸家概多佳句。七言律体，诸家所难，王维、李颀颇臻其妙，即子美篇什虽众，愦焉自放矣。作者自苦，亦惟天实生才不尽，后之君子乃兹集以尽唐诗，而唐诗尽于此。

（李攀龙）

十四、樊鹏《初唐诗》三卷（明嘉靖十二年刻本）

编初唐诗叙

　　南溟樊鹏曰：余嘉靖癸巳督储濠梁，得关中李子宗枢，相与评古今诗。李固豪杰士，识鉴精敏，动以初唐为称，适与余契。退而编成，叙曰：诗自删后，汉魏古诗为近，汉魏后，六朝滋盛，然风斯靡矣。至唐初，无古诗而律诗兴，律诗兴，古诗势不得不废。精梓匠则粗轮舆，巧陶冶则拙函矢，何况于达玄机、神变化者哉？惟古闾里咸习歌咏，是以其教不肃而成，唐兴，三宗上倡科目取士，天下枕藉于词章。今传者百中一二尔，然已不下百家。故后世必曰唐诗云。余尝有言：初唐如池塘春草，又如未放之花，含蓄浑厚，生意勃勃。大历以后，锄而治之矣。乃于披阅之余，专取贞观至开元间诗，编为三册，凡若干人，题曰《初唐诗》，而古诗不与焉。诚以律诗当于初唐求之，古诗当于汉魏求之，此则编诗意也。昔人论初唐曰：使曹、刘降体，未知孰胜。斯其知言者乎？笃斋汤子观诸金陵，曰：余志也。即诸德安刻之。

〔嘉靖十二年春叙（樊鹏）〕

初唐诗叙

昔者，有唐氏之王天下也，其文盖屡变焉，而诗因之，故有初唐、盛唐、中唐、晚唐之别。学者多称盛唐尚矣，而他或略焉。余观中唐以降，雕章缛彩，刻象绘情，故多浮靡肤露之辞，失古者歌咏之义，绌而不取，诚所宜也。至乃初唐，居近体之首，质而不俚，华而不艳，其浑沦敦厚之意有足观法者。余尝总括上世作者之家，品其大较，以为唐人斯作亦犹《三百篇》有殷周之盛，赋有屈原之体，五言有初汉之辞，皆当变更之始，为创制之宗，譬诸天地初分，百为未备，虽风教朴野，而元气蔼如也。善乎！樊子推言之也！曰："如池塘春草。"又曰："如未放之花。"斯不易之论矣！非笃好苦学，心知其意，何足以语此？余固为叙，列其因以贻来者有所籍凭焉。

（嘉靖癸巳秋九月少泉王格叙）

十五、张之象《唐雅》二十六卷（嘉靖三十一年无锡县刻本）

唐雅序

张子撰《唐雅》成，东海何良俊曰：余读谢康乐《拟魏太子邺中集》诗，盖未尝不伤之焉。夫世有辞章之士，苟得见知其主，上下齐契，君臣同声，相与游谈咏歌，雍容盛美，顾不谓显荣哉？然好文之主不世出，难进之士，彼其于世又不屑屑也，遂有伏死岩穴，终身不得望帝王之门者，此其遇不遇何如也？世有如此者，可胜叹哉！可胜叹哉！诚使谢与七子比肩于建安之朝，则公干、仲宣之亚匹，自伟长而下，有不得争骋而较疾矣。乃遂偃蹇下僚，终以狂侻取罪当世，故其言独伤。宋玉、唐、景、邹、枚、严、马之主不文，汉武帝雄猜多忌，而以邺中之娱为书籍未见，此其意不无少望也。今余考郪中诸作，自公谦赠答之外，不少概见，独有唐君臣之盛，视昔有加焉。夫唐当太宗草昧之初，即好篇咏，海内风动，群士响臻。是以俊彦在列，风雅盈朝。每朝章国典、锡爵宠行、节候和韶、物色妍冶，苟情有所属、事足乐咏者，则君唱于上，臣和于下，虽以一事之微，而铺张陈写，曲尽其变，猎秘搜奇，穷绮极丽，顾盼而兴风云，唾咳则成珠玉。至景龙中，上官昭容以宫闺之媛，往往与朝士埒能，窦从一以将臣而时有属缀蹈厉之音，初无间于彤管婉约之辞，亦不遗于武弁转移之机，有符神宰陶铸之功，无爽玄造，谓之曰盛，信不诬耳。使谢而得闻兹风，则其感叹当又何如耶？然世有谓：诗者，无益于治。天子在上，可无用诗，於戏！兹岂然哉？夫诗之所从来远矣！自《卿云》《赓载》之歌作于朝，《康衢》之谣兴于野，诗道其滥觞乎！厥后世代递变，流别渐繁，虽美刺杂陈而风雅无别，至孔公删诗，始定著为《风》《雅》之名。《诗序》云："以一国之事系一人之本谓之风，言天下之事形四方之风谓之雅。"则雅之义盖兼风矣。古者天子在上，则在下之人苟有其情而不得言，与言之而不能尽者，必托之诗以自陈于天子。故凡王政缺失、民俗吡乱，以至贫士失职，匹夫匹妇不得其所，一见之于诗。天子初不下堂，遂由此而览知天下是非得失之故。是上以风化下，下以风刺上，上下之间但以微辞相感动，而精神流通，虽最僻远，若出一体。诗之为用岂细故哉？及王泽竭而雅亡，天子遂不用诗，士亦耻以辞章自进，由是天下之情始有雍而不通，而困穷之士愁苦怨嗟之声作。夫愁苦怨嗟之所谓诗，则古《简兮》《考槃》之属，君子以为衰世之征，是岂诗之本然耶？世之集唐诗者众矣，率多里巷歌谣，要非诗之本。张子特取唐君臣唱酬之作，集而刻之，其亦有康乐之感也夫！夫聆钧天之奏者，塞耳不愿巴渝之歌；观黼黻之文者，瞥目不愿茹芦之色。自《唐雅》出，则诸集诗者可尽废矣。或者又以为：唐初承陈隋之习，诗歌靡曼，君子盖无取焉。夫陈隋以偷安之君，竞事淫侈，乃造为《玉树后庭花》《春江花月夜》等曲，轻绮浮艳，特委巷之下者耳，亦何足宣之庙堂，布之典训，其风雅之罪人乎？若唐太宗以英武之姿，雄略盖世，卒能混一区宇，奢服戎蛮，故其诗有曰"雪耻酬百王，除凶报千古"，又何壮耶！至于所谓"庶几保贞固，虚己厉求贤"，则禹汤之规也；"灭身资累恶，成名由积善"，则风惩之戒也。其后玄宗虽颇骄盈，而饯赠守牧拳拳子惠之言，《春台望》有"还念中人罢百金"之辞，犹志存检节,苟概以陈隋视之,不亦过乎?且一时之臣如魏征之咏汉书,则责难于兴礼;虞伯施之观宫体,则弼违于雅正;李景伯回波之辞,秩秩初筵之警;李日知定昆之作,悠悠劳者之歌;宋延清应制龙门,追思农扈;魏知古从猎渭水,取类虞箴。并辞托婉讽,义存忠鲠,即诗序云"主文而谲谏,言之者无罪,闻之者足以戒",若此者非耶?苟得推是而广之,亦三代之遗也。世主因不用诗,遂以为诗不足用,於戏!可无伤哉?是编起自武德,迄于开元,得诗二千余篇,分二十六卷。自天宝以后则风格渐卑,其音亦多怨思矣,故削去不录。张子撰述之精,世自有能知者,故弗论,乃相与论著其大者如此云。

(嘉靖辛丑四月望华亭何良俊撰)

十六、卓明卿《唐诗类苑》一百卷(明万历十四年崧斋活字印本)

唐诗类苑序

诗而以类称者何昉乎?昉自梁萧氏统之类也。大较则文据十之八,而诗仅得一二,普通以后弗之及已,天监以前倦于采而勤于汰,识者往往遗憾焉。宋之《文苑英华》名为仿萧氏而弗偏弗择,则又其下骊矣。嘉靖间有吏于楚者,偏取其诗梓之曰《苑诗类选》,友人卓澂甫读而叹曰:是可以已乎哉!夫诗之体莫悉于唐,而唐莫美于初盛,自武德而景隆者,初也;自开元而至德者,盛也;大历之半割之矣。初则由华而渐敛,以态韵胜;盛则由敛而大舒,以风骨胜。然其所遭之变渐多,而用亦益以渐广,今者获寓目焉,萃而为书,一有所需,遂叩而足,燦若指掌。譬之大将军,将十万众,部别垒置,旌旄异色;譬之贾胡巨肆,珠瑶服馽,各安其所,用之固不必卷搜,人阅而左右逢源,不亦快哉!且夫事同者工拙自露,情一者深浅迥别,时代之升降,才伎之长短,亦可以旁通而曲引,固不必钟记室之《品》、高廷礼之《正》而后辨也。于是有张玄超、毛豹孙者皆博浃、工文章,与澂甫志合而任校焉,古近体共得百卷,曰《唐诗类苑》,既成,属士贞为序。或谓澂甫苟欲以小便博世好,夫诗取适情、主淡泊为上乘,足矣!胡至龈龈征事如《华林》《北堂》,与白仆等伍也?是不然。孔子删诗而分别雅、颂、国风之属,有赋、比、兴之异,故其语曰可以兴、可以群、可以怨,而终之以多识鸟兽草木之名。使孔子而废博也则可,孔子而不废博,何以难卓氏《类苑》为?虽然,请更以博进澂甫,澂甫既以大历之半割之，其余者若元和、会昌为中，中可录也。会昌而降为晚，晚可采也。不然吾惧操觚者之有后言也。澂甫曰："善，请受教，姑先次子之言以弁。"

（万历十四年岁次丙戌端阳日弇州山人王世贞撰）

唐诗类苑序

卓澂父辑《唐诗类苑》百卷，授之梓人。余客虎林，从诸君子敦社事，于时澂父为主，出是籍以观。坐中自言：明卿少服儒，后经艺而先诗教。是籍也，穷搜慎简，更二十年，愿陈删述之庭，以竢论定，既皆卒业，藉藉多澂父劳。一客怃然而疑，洒然而目澂父：治唐诗者众矣，或取节，或举纯，或区分，或类聚，或辨体，或审音，其书不啻五车，各有所当。乃今分类为苑，总总林林，古人先得我心，则类聚之属也，铢权寸度不已锐乎？吾惧其将为馂余，吾惧其将为猎殿，盖其俑也。余则否否，澂父其殆不然！求诗于唐，犹品殽烝、较狩获，口不及虚、目不及瞬，此难以趣辨也。澂父起家光禄，亦尝供恒豆、扈上林，服采人主之前，独观大体，此之为博，依其深于诗也，固当。当其方丈毕陈，左八珍而右六齐，馨香潆瀄，随所欲而敬进之，玉食具矣，顾必司羞奉羞、司酏奉酏、割者奉割、烹者奉烹，各有司存，而后可待君举。上林延袤千里，吞云梦、挟孟诸，地广获多，从禽之至乐也，顾必树者树、畜者畜、佃者佃、渔者渔，场师、渔师，罗氏、虞氏，各效其职，由是而拥万乘，备三驱，乃可以逞？曲士拘论，恶睹大方，直将厌一脔、掩一隅，胡为乎而废百也？澂父既反初服，刍狗倘来，方且与化人居，业白石壁，北面摩诘将受诗禅正宗，则以释氏之圆通，各随其所入，其未入也，六根为桎梏，四大为桁杨，局局然小矣。入之则刳心堕体，官止神行，夫然后音可观，手可眼，肘可柳，尻可轮，五官之用可通，百体之灵可易，无尘不入，无刹不融，离无所离，合无所合，此其大乘也。澂父桥足而入，意在斯乎？客谓：函翁以禅为悟门，吾党以诗为当户，灵钧而下何必禅哉？嗟乎！西极圣人默存而化夫夫，直以离合为一条，出入为一贯，概诸吾道其孰曰不侔？易有之触类而能事毕知，此则知道，且知澂父知禅、知诗。

（万历丙戌九月九日左司马汪道昆书）

唐诗类苑序

夫神能飞形，诚能移山。道集者虚，帝畏者专，物未有不精而诣者。灵明一窍，含生而有，视其所用之风斤，偃偶僚丸蝇射霍若神人，然语精也。秦铸越庐胡弓车，岂必其天性能哉？夫中窍而出之为声，声叶而和之为韵，韵比而歌之为诗。帝子黄娥，瑶水白云，阴阳合节，宫羽流响，其发乎天倪邪？野人击壤而讴，里妇连袂而谣，而机弥天，而音弥真，官采之而圣删之。巧诣必习，习诣必精。习而精焉则唐人为最，然而人巧之极几于天。唐文皇神武定区寓，既手提戈与群逐鹿者角，又手操觚与群雕龙者角，王者精神，鼓扇一世。故当时海内士人，人毕力称诗，其称诗要不苟然，比物连汇，是故竖而括之千古；极情放意，是故横而收之八弦；泽颜膏首，是故绌媙而荐施；伐毛洗髓，是故蜕凡而超圣。声必谐律、体必禀裁，外无乏境，内无乏思，是唐人之长也。即如四杰佻放，其诗砑宏；沈宋俊轻，其诗清绮；审言简贵，其诗沉拔；无功朗散，其诗闲远；燕公流播，其诗悽惋；曲江方伟，其诗峭岩；少陵思深，其诗雄大；青莲疏逸，其诗流畅；右丞精禅，其诗玄诣；襄阳高隐，其诗冲和；东野苦心，其诗枯瘠；长吉耽奇，其诗谲宕。譬如参佛豫流，各自其见，解而入焉，不无小大，及其印可证、果则同，而又王者之政驱之、风移之，莫有出其笼罩者。初唐之政善，其风庞，诗葩而含；盛唐之政洽，其风畅，诗蔚而藻；中唐之政衰，其风降，诗惋而弱；晚唐之政乱，其风敝，诗飒而悲。人代递迁，其率有名家者，后来用以聆音亦以观世，故并传。选唐诗者无虑数百家，譬之海贾市海，陆贾市陆，汉贾市汉，胡贾市胡，各从其习且好，好者必多，非其好者必寡。近者余友卓澂父集唐诗，该综三才，搜罗万物，分部编类，诠为成书，名曰《唐诗类苑》，不立苍素，罕置雌黄，富矣哉！盖大珠之庭，群玉之府，过者目眩，入者神怖。澂父美丈夫，结发读书称诗，文采菀起，倾身下士，交知遍海内。不佞与澂父交晚而最厚，顷读澂父集，洋洋缅缅，备而法该，肤充而神足。然则有唐诸家诗即谓为皆澂父家宝亦可。不佞少好此道，得之甚易，涉之甚浅，以故海内亦滥有诗名，而自知实无当作者。今老矣，臣精销亡，好反而皈依大觉金仙，置此道不讲，澂父犹然强而与余谈诗，余请谈其粗者，其精者以俟当世主盟君子。

（东海屠隆长卿甫撰）

唐诗类苑序

古者，道性情、通志意、达讽刺、辨风俗，一本于诗。其于神人之感召，家国之休戚，应若景响，故谓诗为百福之宗、万物之尸焉。盖欢歌则舞忭会，愁吟则郁愤泄；饥者歌食，劳者歌事，得诸正理，非矫强也。今学诗者，字钉句饤，趋尚颇易，至使曲士卑鄙斯道，亦云极矣。然不思唐虞之世，君臣赓和于上，儿童兴谣于下，莫不声中金石焉。降至列国，君臣交会，咸称诗喻志，于以别贤不肖而观其盛衰，下逮闾巷妇女皆有歌曲，其比物兴感，赋所见闻，使国无遁风，事无隐情，具可采而逆睹也。及其歌咏不行于列国，而周道浸微，诗之所系亦大矣。历汉、魏、晋、宋而下，迭兴迭废，体裁数变，究其极，有靡靡之音焉。于是有唐革故布新，汰浮进雅，用之取士，讵无见哉？岂衰世昧，尼父学诗之义闇，周官掌教之职猥，云小技无裨政化者，得权其轻重耶？张、姚、宋、李，世称贤辅，其于兴象，往往符合。睢阳之役，懔懔短篇，臣节尽矣。开元、天宝之政，诵其诗知其终始，三百年可考检也。故风不可亡于乡间，雅不可废于朝廷，颂不可寝于郊庙，即感之有邪正，发之有得失，未易概其杳渺焉。至其祖敦庞浑厚之训，契柔婉温和之教，然后随才量力，发机造端。或抽其奇思，或振其逸气，或骋其雄迈，或奋其遒劲，或陈其尔雅，或布其绵密，或洞其清澈，或耸其峭峻，或本其冲容，或被其腴润，载激载印，匪雕匪琢，神解默会，色泽自备。即至险僻谲怪，殊调异趣者，亦疵瑕不掩，率能本诸情志，节于音声之正，铿锵蕴藉，咸足冠冕词林焉。言诗者舍唐，吾不知其所宗矣！但时世遐邈，篇帙分散，鄙人虽每厌其伙，志士则贵求其全。昔贤所汇，未或尽美，可略而言：《国秀》诸集，调合斯取，仅仅数章，用标准的，非所以示人也。至若《鼓吹》之鄙悖，《三体》之委琐，大抵无虑十数家，皆甚无谓。它如《正音》，非不华也；《正声》，非不严也；《品汇》，非不博也；《诗纪》，非不备也。及其指类摘纰，厥有异同，披条索类，茫无涯涘，操觚者深厌苦之。虽绌于人是所见，亦其所捄者未邃，所证者不广耳。卓光禄澂甫于是穷搜遐搆，总括众编，分门析类，手自缮写，殆比诸家增广什百，且其义例井井焉，有穷日之莫竟而暂览之可周者。夫诗以类从，则优劣易知，人以世次，则正变易考。后学之士藉肯循环讽咏，必能有所触悟。时饫岁厌，性灵自通，乃捭建安、揖苏李，而会于风雅，则无几执是编为左券焉。苟曰：才可以超跨汉魏，而薄唐不为，则英雄欺人之说，作者所不道也。亦有儇子睢睢盱盱以景附当世知名之士,拾其败稿废牍,多方剿剥之,以盗名而炫俗,洋洋然日恣快其冥趋,又乌知昭昭之途之在兹乎?

　　　　　　　　　　　　　　　　(万历丙戌秋九月望日京兆李自奇季常撰)

唐诗类苑自序

　　诗之为教也,其始于《三百篇》乎!宣尼删诗,而《周南》《召南》皆闺门之德;《鹿鸣》《四牡》皆燕享之作;《采薇》《杕杜》皆征役之事;《尹氏》《正月》皆讥刺之言。它如《郊庙》《燕乐》各为一什,由此观之,则宣尼于诗,固自以类相系矣。嗣后《文选》亦用类次,而《英华》分门尤博,大都以文章为本,诗不多载。且唐远出梁后,而宋人拾取颇杂。降至五代,或相采辑,而于贞观、开元之间,反致疏脱,可为秘苑备阅之书,非诗家所得蹊径也。汉魏而降,篇什虽众,而初学于唐为近,我朝作者辈出,高太史倡其源,北地、信阳正其体,琅琊、历下极其化,以至海内家铅椠而人佔毕,可谓盛矣。然不能舍唐而自开户牖,第全诗浩瀚,人皆病之。余乃取初盛唐诸家,分门析类,上自天道,下逮人事,旁及鸟兽草木,惟其类不惟其体,使操觚者按而索之,较若指掌,以呈弇山公,公曰:“子之编严矣,而未备也。夫钱、刘诸君子,体裁或少变,而才情有出初盛之外者,那可尽废也?且子不见变雅之末犹不为圣人所删乎?”不佞谢不敏,将续以广兹,计卷若干,付之梓人,传之同好。若大方之家,素所睹记,当出于是编之外,幸为补缀其缺漏焉。

　　　　　　　　　　　　　　　　(万历丙戌上元日西河卓明卿撰)

唐诗类苑凡例

　　一　每类之中俱以咏题为首。如天部雨类,则先之以咏雨,次喜雨,次苦雨,又名以类相从,不得紊乱,余从此。

　　一　每类编诗体先五古,次七古,次五律,次七律,次五排,其七排,次五绝,次七绝。如无古诗者,即以律诗首编之,余从此。

　　一　编辑此书,专以类聚为主,故凡其所咏同事者,即编入一类,以便观览,虽时之先后不同,亦不能拘也。如天部雪类,喜雪之作,先太宗,次许敬宗,次玄宗,次张说,俱编为喜雪一类,余从此。

一　此书各部有类，而一类之中又复类，暂以便观览，如人部行役，则又有早发、晚泊；人部闺情，则又有春思、秋思。不必分类而其类自见也，览者详之。

（卓明卿）

十七、李默、邹守愚《全唐诗选》十八卷（嘉靖二十六年曾才汉刻本）

全唐诗选序

余丁酉冬与今浙江宪长李古冲公官于南海，抚几论文，公悄然曰："唐代诸作者皆能㸌然以其所长名世，余尝私辑览焉，今逸矣！"其意甚珍，乃醉中不能拒，余请，以诀示余。如其言，辑复就完，以白于公，于是公欢然手校，题曰《全唐诗选》。且谓余曰："子旧尝守州，力可为也，盍共诸？"余谨诺，居无何，余以忧去，不果为。去岁秋，余以分守武昌，坐补过亭中，暇取删之，视旧易什一焉，以示林常德熙载，曾武昌明卿，则又请曰："是集也，比它选为备，盍与共诸？"余曰："嘻！是其不使余有诺责于古冲公也乎，余志也！"乃相与捐俸刻之，既讫工，余乃为之序曰：夫论撰之指，知者屡作，如沧浪诸人所云，至矣，然不能加也。余搜其情，匠心藻咏，罕袭故常；聆其音，比物丑类，谐于宫商；要其道，群伦止义，不淫不伤，其大都由汉魏而上，泽于风雅，炳炳如也。嗟乎！虽诸作者不相为同，然翰勋诗史所在，宁不有神明护持者邪？余性酷嗜心韵，非适俗，时取哦咏如其身践，更其劳苦懂忻，㦦㦦其胸腹而为之者，琅然如金石，足可怡悦，不更为也！即有为者，毋亦其糟粕渣滓矣乎？谨书之以寄古冲公并告同志云。诗凡五言九卷，一千六首；七言九卷，七百九十四首；总一千八百首。

（嘉靖丁未春王正月人日赐进士出身大中大夫湖广布政使司右参政
史莆田一山邹守愚撰）

刻全唐诗选序

是集也，尝编次于古冲李公而未备，一山邹公继之再加考订，少有增损，集乃用成，遂命二守曾君梓之，予言以叙其始末。予读其集而爱焉，抑又深有所感也，其庸己于言哉！夫诗之作，其来尚矣，必发于中和，然后能感人心，以裨世教，非特取其音律体制之工也。昔者圣人删述六经，其去取也,严矣！匹夫匹妇、闾巷歌谣之言而亦笔诸经者,以其或渐王化,或罹事变,触于中而形于咨嗟咏叹者,皆真性自然无所为而为也。故观此可以识性情,可以验风俗,可以考政治。是诗也,所以寓教也,可少乎哉？三代以下,诗学渐兴,逮至于唐,以诗取士,而学者遂专意于此。当时作者非一家,而后世评诗者多推重于李、杜,夫二公之外岂尽无其人耶？二公之诗岂尽合夫道耶？不费斧凿而清莹自然,忧思深远而忠爱恳至,或无有踰于二公者,此人心之公,取予之正也。彼镕意铸辞,敲金琢玉,非不富丽也；品题风月,颠倒景象,非不奇绝也。一有意于求工焉,则精神运用止于亿度想像,非吾真性感通之妙用,兢巧争研无复古人冲淡之真味,诗虽工,艺焉而已矣。其可以立教而风天下乎？然至灵者,性也,而见有明暗,言有得失者,心之存与不存焉耳,方其心无所放而形于吟咏,有以合乎中和而进于古人者,未尝不散见于诸家,吾录其纯正而舍其偏驳,采其实用而略其虚夸,则诸家之作皆可以班李杜而肩古人也,皆可以养吾之性情而不戾于中和也,抡选之功不有待于人乎！二公闽中豪杰士也,文章政事,种种过人。清政之暇,取全唐之诗之精当者互相考辑,以尽游艺之学,其于本末先后贯彻无遗矣。读是集者欲求作者之心,必求二公所以抡选之心,则当有感悟于言语文辞之外者矣,夫如是,则斯集也庶有补于风教。

（嘉靖丁未春王正月赐进士第奉政大夫湖广按察司佥事闽良所米荣撰）

全唐诗选后叙

方伯一山邹公,自弱冠时以文名海内,兹宦游楚,诸凡大制作多出手笔,政余,躬阅坟典,每忘倦。一日,进属吏曾才汉于庭,出《全唐诗选》,论曰："此与吾友宪伯李古冲氏凤共选辑者也。"夫温柔敦厚,诗教本原,学者必求雍睦和平以理性情之正,而诗其可少哉？自唐以诗取士,故说诗者必举唐为称首,无亦以其体裁备而寓意深也？第简册浩繁、名类叠出,有《唐音》,有《正声》,有《品汇》,有《会编》,学者殆难遍览,乃择盈帙,用示式矜,子偕林守侵梓以传,汉拜受,读乃飏言曰：公辑是编,寓意其深远哉！盖盛唐之诗,典则纯正,李杜二大家多为收采,初唐近于俪,晚唐流于弱,似失偏焉者,规矩悉备,字句求工,岂可易视哉？乃亦择取其尤，会通为集，是可以观甄别之精矣。今读其诗，如曰"无论去与往，俱是梦中人"者，行止俟命之义也；曰"尽知行处险，谁肯载时轻"者，知几量力之虑也；曰"清净当深处，虚明向远开"者，志趣高远之识也；曰"常恨言语浅，不知人意深"者，默识神会之道也；曰"浮沉千古事，谁与问东流"者，无心万物之见也。是故知俟命之义重而倖心消矣，知量力之累少而贪心去矣，知高远之识宏而隘心扩矣，知默识之益深而诞心息矣，知无心之智大而见道明矣。夫惟见道分明，则凡贪、倖、隘、诞之弊悉已扫除，而性情中和、德业纯正矣。然则公寓微意诗教指南不于兹可见耶？学者究心是编，则唐诗诸集可以不必遍观，而涵泳性情、比兴时物，优柔平中、和畅顺适，所谓直、温、宽、栗之九德可以咸事矣。是编为教，其益容有方耶！汉不敏，承命叙诸末简，用以识公选辑之深意云。

（嘉靖丁未春王正月奉政大夫同知湖广武昌府事进朝列大夫泰和曾
才汉撰）

十八、潘光统《唐音类选》二十四卷（明嘉靖四十三年刻本）

唐音类选序

唐诗以音名久矣，音由心起，与政通者也。史臣称："太宗除隋之乱，比迹汤武。"嗟乎！谅哉！夫变六朝之体，成一代之音，骈偶为律，错杂古体，实肇于太宗，观《帝京篇》则可见已。其始言之也，惟叙秦川、函谷之胜，笳管、烟月之景焉尔，言之不足，辄及于妖妍、罗绮，然后崇文驻辇、淹留坟典而篇章成焉，何者？汤之不迩声色，闲邪也；武之克堪用德，存诚也，故能创业贻谋，克配天命，太宗盖能步其迹云。是以世有女祸，政杂于夷，亦自其音召之也。迨幸武功庆善宫，乃乐其所自生者，燕饮赋诗，被之管弦，乐名九功之舞，惟用教坊俗调，以夹钟为律本，于是淫哇之风浃于四海矣。公卿名士，宫府边庭，翕然化之，而诗体古与律复分为二，虽绝句小词，乐伶皆能歌而奏之。后世为诗莫不宗唐，而不知太宗所肇也。宋、元以来，选唐诗者独襄城杨士弘有《唐音》，新宁高棅有《品汇》大行于世，皆为词林所尚。然沿流不溯其源，效音不论其心，虽诲淫乐祸之词，亦以为工焉。《三百篇》之旨，凡其"感发善心""惩创逸志"，如吾夫子所云"思无邪"者，泯而弗闻矣。门人潘上舍光统，乃广搜博采，凡唐人诗集百余家，皆究心研虑，历五寒暑，凡遗逸在《初学记》《乐府诗集》《文苑英华》《太平御览》诸书又数十家,亦皆选及无遗焉。其大指则谓:音虽起于心而通于政,君实主之,而臣邻承之,然后士民感其善,则日入于治;惩其邪,则日免于乱。帝舜作歌,而皋陶赓之,《喜起》《明良》所以感也;《从脞》《惰堕》所以惩也。故初唐之诗,太宗为主,而承以虞、魏诸臣。其音硕以雄,其词宏以达,洋洋乎甚巴矣哉!故贞观之治,几致刑错,然心则不纯,有愧汤、武,此女乱所由作。而王、杨、卢、骆犹袭六朝之绪,陈、杜、沈、宋虽力振之,时称其工,而犹诣事武、韦。噫!可耻也哉!盛唐之诗,玄宗为主,而张说、苏颋,世称燕许者,鸣于馆阁;李白、杜甫,名为大家者,鸣于朝野;王、孟、高、岑,名亦次之。然贵妃、禄山,表里为乱,而词不能掩,故其音丰以畅,其词直而晦,文胜质矣。中唐之诗,德宗为主,时则内阉外镇,承敝擅权,虽欲拨乱而不能自强。其后奕叶,辅导无人。迄于元和,宪宗得裴度,始建淮西之勋,而蕃夷横犷,莫或遏之,故其音怒以壮,其词郁以幽。前则有刘长卿之峻洁、韦应物之冲澹,后则有韩愈之博大、柳宗元之超旷,皆其最也。晚唐之诗,文宗仅知绝句,而臣民习之,精致无愧盛时,然巨篇阒尔蔑闻。排律惟应科第,拘拘偶对,恣为绮靡。杜牧、李商隐、温庭筠、许浑,其迈焉者也,其音怨以肆,其词曲而隐,其五季之先驱乎?夫御家惜欲不能闲也,临政假仁不能存诚也。太宗则然,奚以责其后?此其所为唐也。嗟乎!《三百篇》之遗轨其犹存乎?赋兴兼比,句有短长,而理寓乎情景之中,后世所以宗其古也。《邶》之《柏舟》曰:"觏闵既多,受侮不少。"《小雅》之《车攻》曰:"允矣君子,展也大成。"间有偶对以谐协,其韵曷尝拘哉?后世颛为律诗,则非诗人之意矣。至于《赓歌》变为《联句》,《南风》之诗变为《琴操》,后之古于律诗、绝句,大抵循风人之义尔。而《雅》《颂》古体,唐人亦能为之,然选者弗及也。于是选兹三者备录于后,凡为二十有四卷。编成,予阅之,略加订正,俾梓行焉,不揣愚陋,用叙为首。

（嘉靖四十三年岁次甲子孟冬吉旦赐进士出身中顺大夫詹事府詹事兼翰林院侍读学士前南京国子祭酒经筵讲官同修国史玉牒泰泉黄佐撰）

唐音类选后序

唐诗选之行世者,元杨伯谦氏、皇明高廷礼氏而已。《唐音》则遗李、杜而略盛唐,鉴别紊矣;《品汇》胪列名第,稍为近似,至古、律莫辨,五言繁隈不择,亦奚取焉? 光统尝学诗于泰泉先生,间命广搜遗逸,辅以二家,以为是编。逾时遂可缮写,因以唐乐《霓裳》诸谱冠于篇端,论叙其政治之得失、谣俗之美恶,于太宗之诒谋三致意焉。辨其体而系其世,盖寓删述之意也。或曰:诗贵品格、尚声吻,缘绮靡而饰观听,斯已矣。子是之言,无乃翦翦拘拘,非谈艺之本旨与? 噫! 言政而不及化,言声而不及雅,昔人忧之。遡唐之始风也,馆阁绮纨,盖齐梁之余习耳。迨其变也,风沙征伐,迁谪行旅,怨怒哀思,其亡国之音乎! 昔李涪非太宗论乐之言,宋沈述玄宗新声之乱,唐祚不竞,职此之由,自非李、杜复之于古,韩柳矫之以正,吾惧其靡靡而莫之止也。先生尝悯乐书之缺,著为典传,谓:"唐人以五、七言绝句为乐音,如《水调》《六幺》《阳关三叠》,无不可被之管弦者。"是知音生于心,发于声律,征于人事,其感召之速如此,作者其可自比于慢以坏其坊与? 嗟乎! 流别渐远,古风日沦,大历以后,遂往而不返,非声音之遽亡也,程试之习拘之也。媒声利而趋便易,诗安得而不亡乎? 识其变而反之正,非大雅君子其孰能之? 昔赵孟观七子赋诗,知其存亡,季札历聘列国,预睹兴废,亦惟声音之道,莫能逃尔。先生是编,因往昭来,本隐之显,而有唐一代治乱兴衰之迹灿然可睹,岂惟艺学之轨则哉? 审其正变,治其性情,无邪尔思,授之以政而达矣,毋曰:"诗艺而可以易评也。"此则先生缀辑之意,固非耳学所能疵议也。

（嘉靖甲子仲冬望日门人潘光统谨序）

十九、李栻《唐诗会选》十卷（明万历二年李栻刻本）

唐诗会选序

诗之为教,非小技也,其感人非小用也。夫古昔《三百篇》,不过里巷歌谣之语,与夫大夫君子舒泻其胸中之夭绍,并禋祀、朝会、宴飨之乐章耳。然夫子选之至,与羲、文、周公之《易》,尧、舜、禹相授之《书》,垂教万世,且谆谆为训曰:"何莫学乎诗?"何哉灼见! 其发之性情,止乎礼义,悲而不伤,哀而不怨,温厚和平之音溢于言表。其于养性淑身,诚哉有赖也。周厉之际,《风》《雅》《颂》之旨亡矣。盛汉仅可取者,苏、李之上,《古诗十九首》与夫《饮马长城窟行》《长歌行》诸作而已。建安、黄初之间,林林作者,亦时有仿佛一二焉,然以厕《三百篇》之音,区以别矣。自是而后，代兴代替，愈巧愈拙，至于齐梁，其靡殆甚。入唐而后，稍自振拔，成一代之长，亦备诸体。故今之言诗必曰"唐音"，以其原本伦化，陶写性灵，识超景会，不娓娓调声磨韵间，庶几犹有古风焉。然犹中号得上乘者，代不数家，人不数首，刘勰少许乎通圆，严羽致惜乎滥觞，岂其诬哉？选唐诗者无虑数家，惟襄城杨士弘、新宁高棅二刻差可人意，然《初学记》《乐府诗集》《文苑英华》诸书多可采者，不以入选，至其所选，时脍炙一脔，未睹大全。作者诚难，而选之岂易哉？侍御勺溪李君，泛澜艺苑，雅号知音，间以其公暇，萃唐人诸作，去取之，名《唐诗会选》，属予为序。君之言曰："诗在妙悟，而格力、音调、气象、意趣四者尽之，苟一缺焉，不以入选。"故其所取者，于五言古定为二派，于七言古分为三体，于近体、绝句各以五、七言次之，汇而弗别，仍附以长古、长律、六言，而有唐一代风谣，大都洋洋乎醇备矣。王锡爵曰："余于是帙，而有感于世代循环之故，士君子际遇之机也。"夫《大雅》不作，浸淫千载，唐兴仅三百年，而善鸣其间者亦三变焉。文章气运，大致相关矣。初唐必盛，盛唐不能不晚，则变始之力与沿下之趋异耶？抑有使之者不尽在声诗间邪？盖谈者称宋元无诗，诗教之兴盛于我朝，而尤莫盛于今日，絷人墨士卑大历以后弗取，亦往往矫厉太过，失其中行，此侍御君所为忧也。扬榷风雅，助流教化，则是编也，直诗云乎哉！侍御君讳栻，字孟敬，江西丰城人，起家嘉靖乙丑进士。

（万历二年甲戌冬十月赐进士及第国子监祭酒经筵讲官前翰林院侍讲学士春坊谕德实录副总裁太仓王锡爵拜撰）

唐诗会选序

昔钟参军嵘品诗有六义，兴也，比也，赋也。弘斯三义，酌而用之，干以风力，润以丹彩，使味者无极，闻者动心，诗之至也。意深则词踬，意浮则文散。刘舍人勰又明诗有定体，思无定位，识其难而其易也至，忽其易而其难也来。情周辞运，是在镕裁耳。余执二公之言而读唐人之诗，无论其体与时，乃悲壮、冲逸，虽人人殊，而指事写物昭畅曲中，如李、杜、高、岑、王、孟，尤表表焉。选者数家，止见一斑耳。顷侍御李公孟敬合为《会选》，各分其体，而实以诸作千载诵之犹有生气，至论格调、意象真得《三百篇》之遗者。孟敬才高学博，工于诗，故所选如此。勰之言曰："操千曲而后晓声,观千剑而后识器。"其斯之谓与？若淄渑并泛,朱紫相夺,准的无依,如参军所痛,吾知免矣。孟敬按楚,属余序而梓之。孟敬与余谈诗辄解颐,今所作能合其所见,余益信知言之难云。

（万历甲戌夏日赐进士第中宪大夫四川按察司副使奉敕提督学校沔阳陈文烛玉叔撰）

唐诗会选序

诗岂易言哉？盖必本人情、该物理,深于赋比兴之义,而后可以言诗。《三百篇》之后,此意微矣！工于汉魏,衍于晋宋,靡于六朝,而莫盛于唐。然求其得诗人之意者盖鲜。予尝尚论古人之诗,《三百篇》之风不可复矣,其次亦必格力、音调、气象、意趣四者备焉,而后可以言诗。盖诗之为道,必先结构,不程往度,即构不古,不古不高,何以观焉？故在格力。依永和声,金石可播,管弦可被,唐人诗虽唐调,多可播被,谈者尚之,故在音调。喜则悦愉,怒则激烈,哀则嘘唏,乐则舒畅,动于中,达于言,呈于色,各有区畛,不相假借,否则无当之言已,故在气象。诗非徒作,用以言志,言直陈则无文,故错综经纬,宣志达情,使人读之有渊乎莫测之思、悠然无穷之趣,斯诗之要理也,故在意趣。然四者殊矣。格力非悟弗融,音调非悟弗谐,气象非悟弗神,意趣非悟弗邃,其要尤在妙悟。苟有悟焉,四者之美,不期而自合；苟无悟焉,虽强以合之,四者之失必不能免也。固惟不外于四者,不泥于四者,善镕裁而自得焉,而后有以握妙悟之枢管耳。呜呼！诗岂易言哉？予少喜论诗,于唐诗诸家之选所阅多矣,未有当予心者。以唐人而选唐诗,则有若《搜玉》《箧中》《极玄》《国秀》《河岳英灵》《中兴间气》诸集,然或限于时而未备,或拘于体而未周,又或滥及猥小,反遗匠哲,取其数语,不计全篇。以后人而选唐诗,则有若《唐音》《鼓吹》《三体》《类钞》《品汇》《正声》《全唐诗选》诸集,然以《品汇》之广而尚遗佳品,以《正声》之严而兼收劣制,则作诗固难,论诗尤难矣。予不敏,敢曰"可以论诗"？然亦不敢谓无一知半解之悟也。尝以暇日遍阅唐诗,取诸家之选而参以鄙见。有当于心者,虽诸家之遗必取；无当于心者,虽诸家之选必删。若数语之佳而全篇未称,虽工弗录。盖非敢为诸家折衷,然读之泠泠然可以歌,可以讽,可以玩,可以思,四者之失庶乎可免。亦聊以自娱云尔,而见者多有取焉。

每从索观,愧无以应,乃命工刻之,以请正于作者,因以编选之意,具列如左云。

(万历甲戌秋仲既望赐进士第巡按湖广监察御史剑江李栻书)

唐诗会选辨体凡例

一　五言古诗旧无分别,自予观之,实有二派。朱子尝云:"作诗不从陶、柳门中来,无以发冲淡、萧散之趣。"盖明言之矣,然未分也。予今以悲壮雄浑者为苏、李、曹、刘一派,择唐初及李、杜、高、岑以下诸公之作实之;以冲淡萧散者为渊明一派,择张、储、王、孟、韦、柳诸公之作实之。而以长古附之于后,读者当自得焉。

一　七言古诗皆推盛唐而略于初唐、晚唐,然观何大复尝病杜体谓:"初唐犹有诗人比兴之遗,而《拟明月篇》以见意,则其意可推。"若李贺之作,虽涉奇怪,然自高古不可及。商隐、庭筠诸作,虽稍奇丽,然要为一家,非作者不能到也。予故择初唐王、刘、沈、宋以下诸公之作为一体,盛唐李、杜、高、岑以下诸公之作为一体,晚唐李贺以下诸公之作为一体,亦以长古附之于后,读者当兼取其长云。

一　五、七言律诗,虽有初唐、盛唐、中唐、晚唐之分,然去短集长,亦难以尽优劣于其间也。即如初唐沈佺期《卢家少妇》之作,诸家未选,薛西原、何大复诸公以与崔颢《黄鹤楼》诗并称。杨升庵于此二作莫能轩轾,其他可知。晚唐许浑诸公之作,偶见疵于方回,后遂沿袭以为定论,而不知其佳者,即中唐名家无以过也。如方回所选《瀛奎律髓》,芜谬特甚,果可以为定论乎哉?予故各取其优者附于初唐、盛唐、中唐诸名家之后,以见苟有独悟,非世代所能限云。若七言长律,未有佳者,姑附二作,以备一体。

一　五、七言绝句,旧亦有初唐、盛唐、中唐、晚唐之分。以予观之,律犹有分,此体独无分别。盛唐固佳,晚唐更有佳者,盖其妙悟透彻,托兴深远,殊非后世可及。杨升庵谓:"唐人选体虽古诗而意反近,绝句虽近体而意反古,乃唐人之所偏长独至,后人力追莫嗣者也。"实有以得其三昧矣。故予择其精者,以五、七言为分,不以世代为分,真使人读之有言外无穷之意,观者当自得之。若六言者,附录数首,亦以备一体云。

(李栻)

二十、黄德水、吴琯《唐诗纪》一百七十卷（明万历十三年吴琯刻本）

唐诗纪序

始黄清父辑初唐诗十六卷，无何病卒。鄮郡吴孟白以为未尽一代之业，乃同陆无从、俞公临、谢少廉诸君，仿冯汝言《诗纪》纪全唐诗，诗某万某千某百有奇，人千三百有奇，名氏若诗阙疑者五十人有奇，仙佛神鬼之类为外集，三百人有奇。考世里、叙本事、采评论、订疑误，稗官野史之说，残篇只字之遗，无所不捃摭，合之得若干卷，积年而告成，盖其难哉！不佞闻：声音之道与政通，世隆则从而隆，世污则从而污。《三百篇》不可胜，原第言成周。周以勤俭肇基，其诗为《邠》，愿而厚，详而中于人情。文王文明，柔顺化行汝坟、江汉，其诗为《周南》《召南》，婉而有致，恭而不诎。武成之际，公旦相之，反商政，尊周道，其诗为《雅》《颂》，和而正，华而实，宴然而有深思。东周王迹熄，其诗为《变风》《变雅》，若《板》《荡》怒，而《黍离》哀，去先民远矣！上下千年，污隆之故，瞭然指掌，匪诗何观焉？然而以《诗》论世易，以唐诗论唐世难，谈者曰：唐以诗进士，童而习之，故盛；士以诗应举，追趋逐嗜，故衰。少陵宗工，曾不得一第，右丞杂伶人而奏技主家，于诗品何损也？贞观、开元二帝，以豪爽典则先天下，诗宜盛；而最闇弱者中宗，能大振雅道，即德、文两朝不及，中晚人才朴遫，诗宜衰，彼元白、钱刘、柳州姑无论，昌黎望若山斗，犹且膺服工部、供奉而避其光焰，何也？古者上自人主，下自学士大夫以及细民，莫不为诗，而诗盛衰之机在上；后世细民不知诗，人主罕言诗，仅学士大夫私其绪，而诗盛衰之机在下。长庆、西昆、玉台能为体以自标异，而无能使人尽为其体。少陵诗盛行乃在革命之代，其转移化导之力讵足望人主乎？则唐与古殊矣。乐八音皆诗，《诗三百》皆乐。唐人乐府已非汉魏六朝之旧，自郊庙而外，时采五、七言绝句、长篇中隽语被管弦而歌之，代不数人，人不数章，则唐与古殊矣。六朝以上，惟乐府选诗，眉目小别，大致固同，至唐而益以律、绝、歌行诸体，复不相侔。夫一家之言易工，而众妙之门难兼，则唐与古殊矣。先王辨论官才，劝惩微恶，于诗焉资其极。至于饗神祇而若鸟兽善作者，莫如周公，堇堇可数，他皆太史所采，稍为润色。春秋列国卿大夫称诗观志，大抵述旧。而唐一人之诗常数倍于《三百篇》，一切庆吊问遗遂以充筐篚饩牵，用愈滥而趋愈下，则唐与古殊矣。《三百篇》删自仲尼,材高而不炫奇,学富而不务华。汉魏近古,十肖二三。六朝厌为卑近,而求胜于字与句,然其材相万矣。固博而伤雅,巧而伤质。唐人监六朝之弊而刜濯其字句,以当于温柔敦厚之旨,然其学相万矣。故变而不化,近而易窥,要其盛衰可略而言:律体情胜则俚,才胜则离,法严而韵谐,意贯而语秀,初盛夺千古之帜,后无来者;绝句不必长才而可以情胜,初盛饶为之,中晚固无让也;歌行伸缩由人,即情才俱胜,俱不失体,中晚人议论多而敦琢疏,故无取焉;初盛诸子啜六朝余沥,为《古选》不足论,子昂、应物复失之形迹之内,李杜一二大家,故自濯濯,要之不越唐调,不敢目以汉魏,况《三百》乎?汉魏六朝递变其体为唐,而唐体迄于今自如。后唐而诗衰莫如宋,有出于中晚之下;后唐而诗盛莫如明,无加于初盛之上。譬之水;《三百篇》,昆仑也;汉魏六朝,龙门积石也;唐则滇渤尾闾矣。将安所取益乎?不佞窃谓:今之诗不患不学唐,而患学之太过。即事对物,情与景合而有言,干之以风骨,文之以丹彩,唐诗如是止尔。事物情景,必求唐人所未道者而称之,吊诡搜隐,夸新示异,过也。山林宴游则兴寄清远,朝飨侍从则制存壮丽,边塞征戍则悽惋悲壮,睽离患难则沉痛感慨,缘机触变,各适其宜,唐人之妙以此。今惧其格之卑也,而偏求之于悽惋、悲壮、沉痛、感慨,过也。律体出,而才下者沿袭为应酬之具,才偏者驰骋为夸诩之资,而选古几废矣。好大者复讳其短,强其所未至,而务收各家之长,撮诸体之胜,揽撷多而精华少,摹拟勤而本真漓,是皆不善学唐者也。呜呼!由《三百篇》以来,得失之林较然甚著。孟白暨诸君子会萃斯编,其取精多而用物弘矣,倘以不佞言,能窥一斑否?

　　　　　　　　　　　　　　　　(万历乙酉冬十月云杜主人李维桢撰)

初盛唐诗纪序

　　古郢吴太学琯,既校刻六朝以上《诗纪》,传之四方矣。复汇编有唐一代之业,而以初盛诗百七十卷先之。其凡例一准诸《诗纪》,而属序于不佞。沆即不佞,未有知,窃闻诸长老先生之谈艺也,爰序之曰:声诗之变,若循环然。《三百篇》删自仲尼,其旨温柔而敦厚,沨沨乎蔑以加矣。由秦而汉,五言肇于苏、李,七言创自《柏梁》,它若乐府饶歌,体制小别,简质则同。建安扬其流风,江左啜其余沥,齐梁陈隋竞为绮丽,盖稍稍滥筋焉。唐人乐府选诗袭六朝之遗,去古益远,即李杜一二大家,亦不能越唐调而有所取财,它可知也。至于律、绝、歌行,唐诗人概多名家,而初盛遂为千古之冠,迄于今莫或损益焉。不佞以论其世:《三百篇》其犹唐虞之际乎?汉魏六朝,其殷周质文之交乎?唐律、绝、歌行,其有周文胜之代乎?人巧极,天工错,何论作者卑卑?籍令苏李、曹刘生于唐之后,而以意加之,恶得而加诸?顾后之为唐体者,往往失之,何也?嗟乎!燕赵之士多忼慨,吴越之士多丽辞,地弗同矣;才高者,索之意象之外以标异;学博者,敦琢其一字一句以为工,趋弗同矣;情胜者,失之咄易而乏风骨,景胜者,求之色泽而寡雄深,品弗同矣。惟夫大雅君子,不囿于风气而融化其学与才,机动于窍而景傅于情,干之以风神,润之以藻绘,则唐体庶几乎!由斯而六朝、而汉魏、而《三百篇》,浸假竢之已尔。谈者曰:初盛之外,若钱刘、韦柳诸家,非不脍炙人口,而不以入兹编,何也?盖初盛以无意得之,其调常合;中晚以有意得之,其调常离。由无意而有意也易,自离而合也难。故言江汉者必首岷嶓。古人祭川先河而海,斯刻初盛唐诗本指也。是役也,同吴氏雠校者:江都陆弼氏、古鄣谢陆氏、俞体初氏、东吴俞策氏、陆文组氏、永嘉周才甫氏,皆当世词章家。异时吴氏而欲举全唐,则李太史维桢序之矣。

(万历乙丑秋九月七闽方沆撰)

刻唐诗纪凡例

一 校刻《历代诗纪》,已有定规,而是编剖劂俱仍其旧,杀青斯竟,犹合璧然,以便全收者之可归于一也。

一 是编原举唐诗之全,以成一代之业,缘中晚篇什繁多,一时不能竣事,故先刻初盛以急副海内之望,而中晚方在编摩,续刻有待。

一 初盛中晚,大概主《品汇》,所列姓氏爵里而分。然《品汇》所分诸诗,既以初唐为"正始",而陈子昂乃在"正宗";以中唐为"接武",而钱刘、韦柳乃在"名家"。谓诸子成家特立与时异者,则不以世次拘之。是编则否,盖《品汇》主于选,故所重在人,此主于纪,故所论在世,又不嫌于各异也。

一 是编初唐原系黄清甫首事,止编一十六卷,今特列其名,以示不忘始之者。

一　《历代诗纪》前列引用诸书,以古逸暨诗评旁见杂出,故并载之。是编多本人原集或金石遗文,故不复列。

一　《历代诗纪》目录,以累世各朝难以考索,故统列于前。而是编仅分为四,且中晚有待,故目录分列于初盛之首,不必泥前式也。

一　《历代诗纪》其在古逸,则分体,西京以还,则分人。冯公业已有说。诗至于唐,则体俱有定,人多可考。故尽以人统其体,一如西京之例。

一　《历代诗纪》诸人乐府,每分一类。而是编惟以古诗统之,不另分类者,盖从高氏,不从郭氏之意也,说在《品汇》,观者详之。

一　作者所书要略,俱主正史本传,以次及于《纪事》诸书,其无纪者,但存其名,其无名者,乃附于末,一如前例也。

一　是编校订,先主宋板诸书以逮诸善本,有误斯考,可据则从。其疑仍阙,不敢臆断,以俟明者。

一　虞世南、袁朗,居隋末唐初,作于隋时者,冯公已入《隋纪》,是编则收唐世之所作者。乃若郑蜀宾在唐,而冯公误收。及刘斌、孔绍安、陈子良诸人,亦居隋唐之间,冯公误兼收其在唐者,故于《隋纪》不敢辄删。今则不妨重收,缘与世南、袁朗不同也。

一　诗有并载于甲乙集者,以无所据,故甲乙互见。其有据者,则止入本集,但于题下注"一作某",不复互见。

一　《历代诗纪》阙文诗,皆附于别集之后。是编以别集有待,故先纪之,恐易至遗失耳。

（吴琯）

二十一、蒋孝《中唐十二家诗集》七十八卷（嘉靖二十九年蒋孝刻本）

中唐十二家诗集序

诗者,六经之一,《离骚》继《风》《雅》之变,而五、七言之体兴焉。褒正异裁,今古殊调,《三百篇》之义,其失已久。至于模写物类,摅发志意,则未尝不本之性情。礼失而求诸野,然则古人之篇咏亦未可尽废也。予性嗜古人书,见书辄手录,以故家多书。迺者获寻旧业,回读开元以后诸诗,遂掇数家,授梓以赡口实,是虽不能窥望六艺,而格深律正,所以寄幽人贞士之怀,以发其忧沉郁抑之思者,盖已妙具诸品矣。呜呼! 士君子不能以道自致而窃附于古人,不能根极理要而取古人之文词,则先儒所谓文词而已者,陋矣。虽然,一觞一咏于十亩之间,斯亦足以内观性情而乐乎天倪,是则诗人之助为多,不诚愈于犹贤乎己者哉? 是集也,自储光羲以下凡若干人,古今以为中唐诗云。

(嘉靖庚戌春三月昆陵后学蒋孝书)

刻中唐诗序

　　移斋蒋子惟忠,得中唐人诗十家刻成语,薛子序之。薛子曰:文章与时高下,而声音与政相通。诗固声之成音而尽文章之变者也。古昔盛时,行人采之,太史陈之,以观民风、察治忽,而季札、赵孟亦因之以论世观人,是盖言之不可以已者也。自《三百篇》后,汉魏六朝,代有作者,惟唐以之设科,土类兴起。迨至中叶,沉涵超悟,舒愫发情,不靡不弱,宛然真切,而三百年污隆升降之会,一讽咏而可得矣。虽其人品造诣不能皆同,而言有可取,固不当以人而废,矧其间若独孤常州者,尚德艺经,立宪诚世,深为梁萧崔祐甫诸人之所揖让,刻诸吾郡,固亦甘棠之遗音也。蒋子杜门自修考业,尚友其为是也,又岂将止于诗学而已哉? 余故乐为之序。

(嘉靖庚戌春二月既望外方山人薛应旂)

二十二、黄贯曾《唐诗二十六家》五十卷(明嘉靖三十三年黄氏浮玉山房刻本)

刻唐诗二十六家序

　　夫诗自《三百篇》以来,代有作者,至于李唐而音律始备。今流传者无虑百家,元和以后,沦于卑弱,无足取者。自武德迄于大历,英彦蔚兴,含毫振藻,各臻玄极,虽体裁不同,要皆洋洋乎《尔雅》矣。大家如李、杜,有集广播。洞庭徐太宰刻陈、杜而下十二家,迩毗陵蒋氏刻钱、刘而下十二家,翼徐刻行世。至如唐初若李峤、若苏颋辈,盛唐若李颀、若崔颢、若常建、若祖咏、若王昌龄辈,中唐若李嘉祐、若郎士元、若皇甫曾、冉辈,较之二氏所刻诸名家岂少哉? 而都无刻本。嗟乎! 荆玉在璞,隋珠在蚌,孰谓不可与照乘连成俅者? 贯曾少游五岳家兄之门,耽情艺苑,颇工诗学,玩诵之下,每惧湮沉,遂倾箧货赀,以寿诸梓,庶几传播久远,俾苦吟啄句之士,尽睹一代美丽之撰云尔。

　　　　　　　　　　　　（嘉靖癸丑冬仲长至日后学江夏黄贯曾谨序）

刻唐诗二十六家序

　　叔氏浮玉子梓唐人诗,自武德迄建中二十有六家,成,有诋之者曰:"唐人诗自贞元以后,其音缓替之渐也,弗梓可也。"以问余,余作而叹曰:夫诗者,声也。元声在天地间一气,而其变无穷者也。取诸洩志而真已矣,代曷论也?今之谈诗者,其谁不曰:风骚而下,其汉与魏乎?汉魏而下,其唐之盛乎?指五尺童子而问之,亦知谈如是也。嗟乎!名言也,而未为通方之说也。即是而论,则《三百篇》已矣,奚有于骚?奚有于汉、于魏?又奚有于唐之盛耶?呜呼!今古时迁,质文俗革,圣人制礼乐而不制于礼乐,故苟根于志,不必复古,苟出于真,何嫌于今?奚必易衣裳而绻领,反雕峻于茅茨者哉?昔九方堙相马曰:"臣得其精而牝牡骊黄弗与也。"以代论诗,是以牝牡骊黄相马,失其精者众矣!若曰气有强弱,调有高下,以是疵焉,则天地可以声求者莫如风雷,必以奋者迅者为雷,则殷殷然以鼓者非雷也耶?必以飘者飑者为风,则飔飔然以嘘者非风也耶?故悲壮雄奇者诗也,温柔畅婉者亦诗也,唯其真焉而已。浮玉子曰:"彼之诋者,亦知贞元、建中诸子之撰,其律和,其情备,非不嘉藻也,虑夫效之者,其调日趋而莫之底也。"余曰:"否否,在人。"今夫闺房里巷,未尝讨论,而其言可被管弦,彼宿儒老师曰"某格某调",卒岁穿求而不能几一言者有矣。故如其人,虽俯而为贞元、建中,真也,犹之章缝之士而为纤陌之谈,俗亦雅也;非其人,虽企而为开元、天宝,弗真也,犹之市井之夫而习都人之语,雅亦俗也。尝闻陈思王曰:"有南威而论淑媛,有龙泉而议断割。"窃笑夫穷鄙之社,空空其夫,句读字义尚未或通,却仍剽窃其辞,倔强其语,哓哓然曰"我汉、我魏、我盛唐"也,而辄置其蝥喙以凌诮往哲,可羞也已。悲夫!悲夫!良工独苦,宁自今哉?有唐三百年间,不知作者凡几,而流传于世者仅百人耳,虽所到不同,缅想吟魂,靡不极虑沉思,殚其生平者矣!则虽卑弱如晚唐,不可以训,而亦不可以湮也。况郎拾遗、秦隐君、皇甫、司空辈与钱、刘抗行者哉?至如李、苏、虞、许,接轸于沈、宋、灏、咏、顾、建,方驾于王、孟者,所不待赘也。于是浮玉子命书简末以诏同志云。浮玉尝学于五岳山人，故知诗。

（嘉靖癸丑岁腊月望日书于赤城山房士雅山人黄姬水撰）

二十三、余俨《唐世精华》十二卷（明万历四其轩刻本）

唐世精华序

诗之选也，一如其作者，作者以其神旨探于寥廓，一语赏心，手舞足蹈，若神相之，非以俟夫知己于后者而得之。一时垂之篇牍，其神固与其人俱往矣。选者非身自有之，乌能以其不相涉之神而仰探作者之神，以穷正变、辩妍媸也？夫子何自删诗哉？删夫浮淫之旨，荡人志意，而不轨于正；删夫夸诞之章，唯藻缋是务，而不根于性术也。当其时，夫子尸之，游、夏弘之，以范模乎！千百世而下，固旨贯之以夫子之神耳。《三百篇》而后，代不乏作者，而唐为盛，谈诗者非唐不攻也，攻唐者年莫或唐，而仅就其己之所为诗者尔已。就己所为诗，而朝夕之所披诵，才情之所结想，又靡非唐也者。岂唐以诗罗士，家传户习，举三百年人士所共攻之，物神独华焉，而后之人即竭其才之所至，卒莫嗣其响欤？选唐者难以缕数，滥取者以滥病，而苛求者以苛漏，盖神不与作者通而强以意解耳。善哉乎！《精华》之选也！卷不盈几，而自初唐迄晚季，唯其什不惟其时，诸诗之体裁与诸人之名篇犁然毕具。岂其身自有之乎？而于以企作者之神固自不可诬也。父学余君与中翰杜君，夙尚风雅，两人同心，乃成此帙。读是者得以神游于唐，而因得两君之神于所选也，则是编有足述矣。

（甲寅中秋日东越孙如游撰）

唐世精华序

诗至李唐，所谓古体、近体、长短、歌行、绝句、排律等制，沨沨乎盛矣，备矣，蔑以加矣！然自贞观之开元，贞元之乾宁三百年间，宿老、钜公、大手笔、大宗匠、大家、名家，若雅正、飘逸、雄沉、高古、清新、悲壮、冲淡、真率以及寒瘦、怪癖，虽气骨不同，声律各变，总之不离性情者近是。选唐者自芮挺章《国秀集》爰及我明，无虑数十家，或略于盛而详于晚，或繁于近而简于古，彼弃此取，此取彼弃，或同或不同，或少异或大异，家各不同，总之近吾性情者选是。余结发而嗜诗，上自汉魏，下泊六朝，浑噩或乏英华，骈靡则不高古。惟李唐体制、音律，灿然大成，尤为后学楷式,尤欲窥其藩篱,晨渔旰猎十余年来,得诸体之精者,辄手录之,上下唐之初盛中晚间,共得人百四十七,诗七百有奇,题曰《唐世精华》,藏之箧中,聊以适吾之所嗜,取其近吾性情者耳。犹之入合浦取珠,所遗固不少,然明者、钜者、圆而赤者、径寸而照乘者,见之吾不舍矣,谓唐世之精华尽是编也固不可,谓唐世之精华不在是编也亦不可。

（万历甲寅中秋会稽余俨谨序）

二十四、吴勉学《四唐汇诗》七十卷（明万历三十年吴勉学刻本）

四唐汇诗序

诗必唐人能言之,而分唐可四,且相沿为常谈。余谓:唐以诗取士,故士工于诗,今人为诗而工者,孰非唐哉? 故谓诗之工者为唐则可,而谓诗必唐人则不可。至取唐人而四之,则过矣。唐之初,士风朴茂,故诗亦朴茂。至盛唐,而渐淳厚矣。至中唐,而渐藻饰矣。至晚唐,则刬朴凋雅,人无余巧,诗亦无余巧。盖盛之不能为初,中之不能为盛,犹晚之不能为中、为盛、为初也。夫此亦论其世耳。犹世之中,人有初盛中晚,诗亦有初盛中晚。如李林甫、卢杞辈,使在贞观,当止能为会昌体,何可概论! 岂惟人与世,即一诗中,岂无初盛中晚哉? 余不能诗,亦不喜谈诗。然为诸生时,间有人取一切诗句,从傍读之,必曰:"此初唐,此盛唐,此中唐,此晚唐。"又于一诗中,亦必曰:"此初唐联,此盛唐联,此中唐联,此晚唐联。"友朋中瞿肤夫最知余之不学,亦最善余之能辩诗,有所感,形于声歌间,或与古律合。不知者嘲曰:"此蹈袭也。"而余之不为蹈袭,惟心自知之。是知人无先后,诗无古今。宋人唐思,凡诗皆古;唐人宋语,凡诗皆今,而况分初盛中晚为四哉! 分之为四者,姑自其世论之,而非以此为高下优劣也。余门第师古,耽酖书史,如饥求食,寒求衣。故善刻盈斋,歌而于诗取四唐汇之。唐诗刻,吴氏旧有《纪》矣,《汇》视《纪》更详,亦更晰。余恐世之人求初于初,求盛于盛,求中于中,求晚于晚,而不能别其何为初盛中晚也。爰书此以志其端。嗟夫! 淆淄异味,易牙能尝,夫水不尝,味何以别? 然不为易牙,而概曰能尝,窃恐其犹未尝也。顾易牙之尝,易牙不能语人矣,而余欲以余之所知者语人,其谁信之? 是为序。

（楚黄亭州一壑居士伯箧甫彭好古书于古杭西湖之悦心楼）

四唐汇诗序

今学诗者惟步盛唐，上不及初，下何言中晚？夫诗莫盛于唐，一代之音递有升降，可以观政，可以考俗，胡可不备也？吾夫子删诗，周家一代始末灿然矣。由今而论，《关雎》《芣苢》诸什，质朴坦夷，则其初也；《卷阿》《皇矣》诸什，典则和平，则其盛也；《云汉》《无羊》诸什，详赡激切，则其中也；《大东》《黍离》诸什，忧愤悼厉，则其晚也。吾夫子不厌于周之末，而于唐之叔季何选焉？唐自文皇挥戈讲艺，行仁有效，时和年丰，文教翔洽。于时诸作，有大心，无苦语；有厚调，无婉言。开元而降，丰亨豫大，奸衅从生，国家多故，感慨啸歌。于时诸作，有巧思，无直致；有妙语，无朴心。中晚而降，政散民离，万几旁落，元气萎蕤，人才凋谢。于时诸作，有艳语，即有黯气；有清声，即有儇态。任意则薄，修词则险，其气散，其格卑，啴谐慢易，其音靡靡，而陋者反在宋元之下矣。吾以为，初唐虽沿习绮丽，而雄浑自在，质木沉郁，不伤浮，不斗巧，太平之音也。盛唐诸公，易其绮丽者而为清空；化其质木者而为婉约；汰其沉郁者而为水月空花。人以为诗家三昧，而吾以为土鼓蒉桴之意亡矣。以渐而降，其清空、婉约必之而为中晚之庸薄，其水月空花必之而为中晚之彫镂。夫盛之必为中晚也，势也。将亦政事风俗以渐而降，而声音随之乎？近代言诗，亟称王维、李颀，虽四杰之博雅，子美之博大，太白之宕荡，且有后言。后生小子一切以影响求，而吾夫子可观、可兴、可群、可怨，事父事君，多识草木鸟兽之旨微矣。一家之言，风动海内，真边见也。钟嵘有言："古今胜语多非补假，皆由直寻。"吾以为，求诗于情，即里言巷语，可谱而咏也。情尚乎真，真则俗矣。求诗于事，即朝章物理，可铺而述也。事尚乎详，详则支矣。求诗于学，即性命天人，可阐而绎也。学尚乎易，易则腐矣。真不近俗，详不伤支，易不陈腐，能者从之。有唐诸诗盛衰得失可睹也。今浮慕盛唐，递相沿袭，竟成书抄，既昧真常，全无实际，不能博依，复罕润泽。凡于实境实事概不能言，而虚声浮气以为超悟。夸毗之子，凌厉为豪；庸琐之俦，空谈为妙，而诗道远矣。吴师古氏沉酣古雅，多蓄往言，累世之藏，半在校雠。《四唐》此刊，主其备不主其删，以汇而集，以便览观。若夫选择而使大而化之，神而明之，信而好古，自我作古，存乎其人。

（万历壬寅五月五日江夏郭正域撰）

四唐汇诗凡例

一　作者称诗,上必风雅,下必汉魏六朝、四唐。若风雅则列在学宫,汉魏六朝则具诸《诗纪》,独四唐未见全书,操觚之士每致慨焉。于是不佞旁综博采,积有岁时,爰荟斯编,以承汉魏六朝之绪,为卷四百有奇,代必尽人,人必尽业,林林总总,囊括无遗。其间人则世次,体则类分,类分之中,又即其题,使各为类,敢僭署曰“类诗”,确伤大雅,然亦小成,览者幸毋以编法绳之。

一　有唐三百年之诗,众体备矣。然贞观尚习故陋,神龙渐变常调。开元、天宝,音节景响,意象风神,倡和转移,捭阖飞动,无所不得。大历而下,不啻波流,故以初、盛、中、晚,离为四部,非直天变有限,抑亦时代为紧,所以俾夫吟咏性灵者咸得因时以辨文章高下,词气盛衰,本始以达终,审变而归正,亦犹《品汇》分为正始、正宗、羽翼、接武、正变、余响意也。盖自武德而景隆为初,开元而德至为盛,元和、会昌为中,会昌而降为晚。

一　唐诗行世,其书不啻五车,或区分,或类聚,或审音,或辨体,或遗李杜,或存中晚,立意造论,各得一端。故不佞所辑,务举其全,堂徒成有唐三百年之业,抑且泛澜艺海,庶不致憾遗珠。至于按题综汇,必于其伦,如鼓吹、横吹、相和、清商、舞曲、琴曲、杂曲、近代曲、杂歌谣诸题,则署曰“乐府”;如朝会、省直、封禅、军旅、狩猎、制科诸题,则署曰“典礼”;如悲生事坎坷、惊岁月流迈及怀乡、爱国、进爵、左迁诸题,则署曰“志感”;如赐赠、呈献、简寄、酬答诸题,则署曰“赠答”;如祖饯、睽离诸题,则署曰“送别”;如巡幸、扈从、奉使、迁谪、从戎、羁栖诸题,则署曰“行迈”;如行旅燕游所经故都、战场、陵墓,吊古感旧诸题,则署曰“古迹”;如公宴、醑宴、临幸、扈从、寻访、过谒诸题,则署曰“宴游”;如园林、物色、河山、花虫、草木、典籍、什物诸题,则署曰“题咏”;如哀伤、吊挽诸题,则署曰“悲悼”。使其事同者工拙易露,情一者浅深迥别,庶几操觚之士临池器使,固不必卷搜人阅而左右逢源矣。

（吴勉学）

二十五、唐汝询《汇编唐诗十集》四十八卷（明天启三年刻本）

汇编唐诗十集自序

物有所相济而后能成声,非独八音然也,文亦有之。夫《春秋》紧严,而左氏以浮夸翼,龙门洪放,而扶风以简古参,非其相济乎? 余少习廷礼《唐诗正声》,爱其体格纯正,而高华雄浑或未之全。及读于鳞《唐诗选》,则高华而雄浑矣,犹恨偏于一而选太刻,俾秀逸者不尽收。及读伯敬《唐诗归》,则秀逸矣,而索隐钩奇,有乖风雅,字评句品,竟略体裁。是三选各有所至,而各有所未至也。伯敬之选《诗归》也,于古则黜昭明,于唐则排高、李,一切以为庸且套,而删夷殆尽。其书始出,少年宗之,且以为尼父之删述;乃李、王旧社诸贤,未弃鸡肋,则又以为外道而共摒之。二说纷挐而莫之解。余谓高、李所选,风格森典,李唐之"二南";伯敬所收,奇新跌宕,唐风之变什。存变去正,既非其宜,开明广聪,亦所当务。于是取三家而合之,并余所翼高、李而作《解》者,别其异同,定为十集。复采高、李之旧评,而补其缺,汰钟说之冗杂,而矫其偏,庶几高之纯雅、李之高华、钟之秀逸,并显而不杂。而所谓庸者、套者、偏僻者,各加议论,以标出之,令后之来者不堕其轨辙,于诗不无小补焉。今夫巴之鼓瑟,旷之奏琴,子晋之吹笙,渐离之击筑,正平之挝鼓,柏伊之弄笛,秦青之曼声,孙登之长啸,技各至矣,要不可为清庙明堂用者,偏于一也。假令圣王御俗,合诸贤之技于廷,矫其偏而奏之,安知其不为咸、为英、为云门韶濩哉? 故曰:物有所相济而后能成声。今而后,钟、谭之奇新良足以济高、李之痴板,而高、李之典雅独不足以济钟、谭之谲诡耶?

(天启癸亥孟秋华亭唐汝询序)

汇编唐诗十集凡例

　　一　是编合四家选以成书,《说》见各集之首。高分为五,甲、乙、丙、丁、戊尽之矣;李分为四,甲、乙、己、庚尽之矣;钟分为五,甲、丙、己、辛、壬尽之矣;余《诗解》分合诸家而别其特出者为癸集。

　　一　凡三言、四言,诗选不多见,且非唐人所长。退之《琴操》在辛癸集者,偶列五古之前,若壬集所编,宜以太宗压卷,故并列七绝之后。

　　一　凡唐人杂言,均谓之七言古,然篇中必有一二语合式,如无七字成句,不得拘此例。故陈伯玉《幽州歌》、沈云卿《霹雳引》之类,俱编在末卷。

　　一　全唐诸人散见诸集,如钱之无贯,而初盛中晚亦难概分,特立目录以统摄之,经以体分,纬以代次,题下悉注诸集,令读者一展卷而四唐在目,十集井如。其题繁而难具载者,间删数字,《诗归》人备,一遵其序,诸本不无先后。

一　高、李选唐,惟论体裁,不摘字句,故无圈点涂抹。钟、谭专摘字句,则全用此法矣。乃己之评语奚须标榜,而亦字字着圈,有类小学生初习时艺者所为,故注中圈点,一切去之,诗则一如其旧,但其涂抹处,不过为七子常谈,原无大丑,况人各有好憎,伯敬所最圈点者,安知非不佞所极欲涂抹者耶?请皆己之,以存古人体面。

一　钟、谭诗评,惟任己见。予所品骘,舆论并存,独恨架无藏书,交不出户,采不及广,偶有闻见,片善必书,然浮泛而不切于诗者,一切弗录。

一　诗中典故虽极显著者,亦必以数字点出,俾读者知所来历,其不易晓者,则加详焉。

一　是编合四家之全书,不复有所损益。独《诗归》五言律中有缺一两句者,既无善本可证,一切删之。

一　诸本互有异同,讹字杂出,或旧本原无挂误而钟、谭好新妄改,必据文义定其是非而标出之。字有两可,直云"某本作某字"。壬集独无互证者,以邺架易穷,寄目难博,姑仍其旧云。

一　是书编选批评者六家,而采掇引用间有得诸近代名公者,书字而不著其名,则无从查考,故特标列于首,而宋元诸人见《品汇》,蒋注者略焉,若参订诸公,已见各卷,兹不重载。

(唐汝询)

汇编唐诗十集各集引言

甲集:

甲集,体之纯粹者也。凡高廷礼《唐诗正声》、李于鳞《唐诗选》、钟伯敬《唐诗归》,参三家而合者汇此。不称四家者,予《诗解》与李本无异同耳。

乙集:

乙集,纯正中有气骨者也。凡廷礼《正声》与于鳞《选》合者汇此。高本吴逸一评,李本蒋仲舒笺释,间采一二。

丙集：

丙集，纯正中之森秀者也。凡《正声》与《诗归》合者汇此。钟、谭有评，吴评则间采矣。

丁集：

丁集，典雅中主神韵者也。凡高廷礼《正声》除合李、钟而为余所解者，哀为一帙，吴逸一评几全载矣。

戊集：

戊集，体之一于平者也。凡高廷礼《正声》与诸家合者为甲集，与于鳞合者为乙集，与伯敬合者为丙集，除二家外而为余所解者为丁集。其不为余所笺释而附刻《唐诗解》者，此集是也。吴逸一有评，余稍加点缀，知纯正不可偏废云。

己集：

己集，雄浑中深秀者也。凡于鳞、伯敬合者汇此。

庚集：

庚集，体主气格者也。凡于鳞《选》分附于高，合载乎钟，而别其特出者，自为一帙。蒋仲舒笺虽不甚佳，而行世已久，间采以附。

辛集：

辛集，体主清新，合乎风雅者也。凡《诗归》与余《诗解》合者汇此。

壬集：

壬集，诗之变体也。凡《诗归》与三家合者分附诸集，而别其特出者自为一编，原本以人次，而此以体分，不以二于三家也。其评之虚泛而无关于诗者，稍删一二；其偏僻而有害于诗者，则置辨焉。倘二君以僭妄罪我，其何敢辞？以疏浅罪我，则海内有识者在。

癸集：

癸集，风雅之平调也。余作《唐诗解》，本借人目、假人腕以成书，无从遍阅有唐全帙，聊就《品汇》采掇以补高、李之不足。今编合钟、谭者为辛集矣，余篇寥寥，业同敝帚，徒以庄儿少所呻哦，不忍弃去，因与宗侄元常品评笺释，以满十集，适钟、谭一捧腹耳。假我数年，得尽读唐人诸集，当别采新声，成一家言，未肯谓高、李、钟、谭选外无诗也。若癸集所载，肤易平直，指南初学可矣，名世之选，要不在此。

（唐汝询）

二十六、杨一统《唐十二名家诗》十二卷（万历十二年杨一统刻本）

刻唐十二家诗序

唐而后诗且蚀者年数百，国朝突起，北地重之，历下、弇州诸公，斯道朗并，红明曜卒。世习此者，脱诗匪唐唐矣？匪式舔名家富盈笥乎？弗齿已近唐诗，有辑有选，牟驾夕喆。历下选，庚为精约，睹者辟履周行，亡其羊肠，然苟非稍窥其堂，则茹英咀华，难语新知。唐诸名家之全，可无善本俾游目极骋，得反衍驯喻精约乎？顾今非亡全刻，而久历曜灵，蠹讹递仍，家刻而家异，徒荣梨哉！颟蒙弥悠，暗犹故矣。杨君属性于诗，为坟刻十二家，核讹墐落，裒然全盛。历下约，此博即详，校督严搜，有斯不得齐峨眉积雪，而学者得循此渐研精约，则是刻抑亦先驱也乎！故唐诗不尽于此，而杨君之意则溥已。

（合肥黄道日书于青阳山房）

刻唐十二家诗序

都有唐诸作而赙之，则兹集数人为首，令海内人士不翅沉酣枕籍之。故江都之刻不数载已复初木，余友人杨允大甫刊于白下，而校加精焉，属不佞序之首。简夫讴歌出闾巷，圣人察而采之，流载谱牒，后世莫尚焉。下沿两京、晋魏六朝，代各不同，而言亦以异。惟迄李唐，斯道大隆，集历代之大成，创为近体，比事联类，诚圣人所不易。然于时作者众多，篇章繁赘，选醇摘粹，种种相望，苟严于历下，泛滥于新宁，使务精者致憾于多，博撦者遗恨于寡，均之二集，未为折衷。故揽唐初四杰及陈、沈、王、孟十二人为集，上尽正始之英，中罗开元之美，外联甫白之萃，下杜中晚之渐。有唐之盛班然备于斯集矣。若曰得岸舍筏,学者奚必取资于是,是则非筏何以及岸,则是集也岂非斯道津梁乎?顾世作者搦笔云兴,后彦无尽,欲修其极,在慎厥始,然舍是无所指南,是则杨君微意也,夫人味之哉!

(万历甲申玄提月东郡孙仲逸撰)

重刻十二家唐诗引

　　自魏晋降而诗靡,至隋极矣。唐兴,龙门、梓州诸子群起而振之,变浮艳为古雅,收溃乱归纪律,以开一代之先,遂使前贤失步,后辈却立。呜呼! 诸子之生,迨萃数百年风气之盛哉! 此其作所由集,集所由传也。顾集久,传讹不无,鲁鱼亥豕,影肖形遗,鄙私欲定之,爰惧蠡测管窥或溢滋前舛,幸赖同志诸友相与共成,合其出处之纲,析其题拟之目,略加论叙,删正荒唐,庶几哉归于条理矣。若夫诸家之体裁各殊,瑕瑜不蔽,悉置其雌黄者,则自有海内之法眼在,余小子恶乎敢。

(万历甲申孟冬上浣南州杨一统允大甫书于绮霞馆)

二十七、赵完璧《唐诗合选》十五卷(明万历十一年赵慎修刻本)

唐诗合选序

　　诗选之难久矣! 选唐诗者非一手,多寡异同各持己见,卒无定论。自伯谦《唐音》出,虽伯生氏亦赏其度越常情。至我国初,又有廷礼之《正声》焉,以此参彼,虽有增损,然亦不为无见,又特加李、杜二公之作,以增美前歉,近世吟豪,曾不偏废而兼阅之。如天水胡公,以为伯谦主调、廷礼主格,《音》精而《声》加严焉。顾、桂二公又尝于二集详加批评,皆遗梓天雄。余因小子慎修承乏是郡,递寄新刻,互对相观,同者过半,异者殆无几矣。要之二公皆所以垂范而加意焉者,与其歧而二之,而烦且劳,孰若合而一之,而简且便耶? 乃于《音》集中随各名类,以《声》集参续,合者标其同,不合者标其异,无标者其《音》之余也。虽合而犹分也,各仍不失二公原选之意。迂叟窥管何知? 但谛观《音》集,原始要终,拔其纯粹,擷其英华,虽采及晚唐亦不为多;再睹《声》选,区别精详,取予严正,虽略及晚唐亦不为少。二美混而为合选焉,约而要,非初学指南一佳器耶？宜梓而广焉，不识后之览者以为何如。

（万历癸未春杪望胶东八襄有四海壑翁赵完璧书）

二十八、杨肇祉《唐诗艳逸品》四卷（明天启元年闵一栻刻朱墨套印本）

唐诗艳逸品叙

品唐诗者，类以初、盛、晚三变为定品。三变之品，时也，非品也。作诗者不一人，诸品具标；品诗者不一人，只眼各别。有如俎豆一陈，水陆毕备，满前珍错，下箸为难。余椎鲁无能，不解风人之旨，而晴窗静几，讽咏唐诗，于《名媛》《香奁》《观妓》《名花》诸篇，偶有所得。非独钟情于佳人佚女、丽草疏花也，以唐诗之艳逸者，首此四种。艳如千芳绚彩，万卉争妍，明灭云华，飘摇枝露，青林郁楚，丹巘葱蒨，而一段巧缀英蕤，姿态醒目；逸如湖头孤屿，山上清泓，鹤立松阴，蝉翳萝幌，碧柯翘秀，翠筱修纤，而一种天然意致，机趣动人。此余《艳逸品》所由刻也。若谓"艳逸"非所以品唐诗，余亦甘之矣。

（杨肇祉君锡甫题）

唐诗艳逸品总凡例

一　是集也，出自君锡选定，极其精矣，不佞实深爱之，可谓千里同心，故略为次先后，加批评而无弃取。

一　原刻诗次离乱，今特以五言绝、七言绝、五言律、七言律、排律、古风、杂体诸项分编。而各项之中，或以朝代之先后序，或以四时之早晚序，庶觉类聚群分，若谓如此恐观者反厌，则非所以论唐诗之妙矣。

一　原本只有圈点而无评语，今特广搜名家，如释无可、周伯敬、释天隐、国成德、刘会孟、秦少游、王介甫、梅圣俞、苏东坡、黄山谷、米元章、朱晦庵、谢叠山、虞伯生、萨天锡、赵子常、杨用修、唐六如、焦弱侯、李崆峒、敖清江、李于鳞、王元美、宗方城、徐子与、胡元瑞、李本宁、蒋仲舒、顾华玉、李卓吾、汤若士、袁中郎、王百谷、钟伯敬、谭友夏等，表表在人耳目，无论已。又如我先庄懿暨宗伯午塘公，有二尚书诗集行于世，又如故兄景倩、侄以平、故友庄若谷等，皆以诗名于三吴者，其评语大都悉当博采择焉。虽有一二与君锡圈点相矛盾，而议论可采者亦录，唯浮泛不切者不录。

　　一　集中所载，梁简文帝、陈后主诸歌，本非唐诗，似宜删去，然亦近唐诗，今姑仍原本者，幸无以混入罪我也。

　　一　原本讹谬其的差者，悉已改正。其两可者，悉已注明。他如同一诗也而前后两载，同一人也而名字迭书，同一人之诗也而句子略异，此其关系犹小，故不复改。若夫"名媛集"王昌龄《阿娇怨》第一绝，复于"香奁集"刻李白《美人怨》；"香奁集"薛维翰《春女怨》复于"名花集"刻薛涛《梅诗》；又"名媛集"《长信秋词》二绝的系王昌龄，而误刻崔国辅；"观妓集"《燕子楼》诗第七绝已于"名媛集"刻乐天《咏盼盼》者矣，乃其后又总系之《关盼盼》；"香奁集"刘商《怨妇》第二绝有刻崔国辅《古意》者；"名花集"卢纶《白牡丹》绝，万首诗中原作开元名公不著姓氏，而他本有刻裴邻者，杨浑《海棠》律有刻郑谷者。诸如此项，姑仍原本，各各注明，而观者玩其诗不必辨其人矣。

　　一　各集凡例系君锡所著，今仍分刻于前，使君锡选辑之意不至埋没云。

　　　　　　　　　　　（天启元年巧日乌程后学闵一栻谨识）

唐诗艳逸品凡例

《名媛集凡例》：

　　一　所记名妃淑姬，声妓孽妾，凡写其志凛秋霜、心盟匪石，递密传踪者，咸载焉。

　　一　宫怨闺情多有以传寂寞之情，写现在之景，令读之不能起艳逸之思，适增离索之悲者，不载。

　　一　幽禁中自有一种丰姿，落寞中另有一种妖冶，此所谓益悲愤而益堪怜者，斯载。

　　一　有从味美人不纪其生平之踪迹，但写身之丰韵者，自有"香奁集"可载，不入于此。

　　一　名妓列其具行藏者，载传青楼烟馆之迹者，不载。

《香奁集凡例》：

　　一　香奁以纪闺阁中事，有十几不传但咏其窈窕之姿，以兼闺阁之用者,载焉,非不入名媛之讹。

　　一　《采莲》等诗以莲上起兴者,不载。若太白"若邪溪畔"等词,盖传女郎之态度者,咸载焉。

《观妓集凡例》:

　　一　观者,以我观之也。若徒列妓之品题,则于观者何裨也?故必娇歌艳舞,足以起人之幽怀,发人之赞赏者,斯载。

　　一　古宦宅妓,非青楼比也。故赞美者则载,谈情者不入。

　　一　高朋满座,群妓笙簧,亦足以畅其胸次者,载。

　　一　不必评妓之臧否,而观之者有艳逸之思者,亦载。

《名花集凡例》:

　　一　咏花者,多以花之代谢寓意于人事之浮沉,则于花无当也,不入。

　　一　花有以艳名者,有以逸名者,有以香与色名者,则载。无一于此,不入。

　　一　观花有感与携觞共赏者,皆具一时之乐事,非以言花之精神也,不入。

（杨肇祉）

二十九、黄克缵、卫一凤《全唐风雅》十二卷（明万历四十六年刻本）

刻全唐风雅序

　　诗至于唐,《三百篇》之一变也。而称风雅者,以唐诗继《三百篇》也。先儒谓:删后无诗。其意甚高,而其语不能无过。夫以风雅律唐诗,则虽谓无诗亦可;以唐诗追风雅,则虽谓再睹风雅亦可。何也?必字字句句皆如风雅,则其去风雅也远矣!予尝谓:文章与世推移如制度,然古人疆理天下,其制作不可及矣,而有一事可以佐古人之未备者,郡县是也;古人经纬天下,其文章不可及矣,而有一体可以续古人之遗韵者,唐诗是也。法之善则百王不能易,词之美则千载莫能变,是二者虽与宇宙相终始可也。尝试论之:风雅与唐异者,其体庄而古,其词简而文,其比兴深而婉,唐人不能为也。若因事造端,比物连类,其所处者皆君臣父子骨肉交游之间，而其所咏者皆忠孝仁义礼乐征伐之事，虽古人不能与唐异也。唐拟古而自为古，变古而创为律，古无常格，律有定韵，法度可循，骈俪易工，穷学力之所至，骋才情之所极，上下古今，出入宇宙，罗网山川，飞潜动植，仙佛怪诞之事，以理裁之，皆可为吾用也。故唐诗虽风雅一大变乎？然变而不失其正。其烂然者使人目夺；温然者使人气和；凄然者使人神清；其情至之语，往往使人感慨欷歔而继之以泣也。斯亦何惭于风雅乎？古今选唐诗者无虑数十家，惟高廷礼之《品汇》、李于鳞之《诗选》最著。高之收广，广则难精，且《纪事》《搜玉》等篇未经寓目，能无遗乎？李之选严，严责多弃，即李建勋、韦庄诸人已相伪朝，何必录乎？故今所选，于高去十之五而增入者十一，于李去十之一而增入者十八。大都取其文章尔雅，音韵谐畅，雄浑高古，沉抑顿挫，无不兼取，而用意必归于忠厚，庶几风雅之遗。乐而淫，如万楚"五丝续命"之句，无取也；怒而骂，如商隐"不及莫愁"之章，可弃也；轻而佻，如禹锡"江湘卧龙"之句，可删也。诸如此类，咸以意裁，撷一代之精华，为后学之准则。世分初、中与晚，而评无取"羽翼""正宗"。盖仪凤、通天之际，淫哇盛行，神龙、景云之间，雅音未畅，差快人意，独一开元，而天宝、至德，海内风尘已骚然动矣，安所称盛？彼杜陵、昌黎，俨然为百代师，与王、岑、钱、刘、韦、柳皆唐中叶人，何必高视初盛而卑视中唐也？故予欲于二百九十年间，以九十余年为初，百年为中，九十年为晚。论诗，中唐视初、晚辄倍收焉，祖构之士其许我乎？或曰：于鳞选诗不过数百篇，而谓唐诗尽于此，今子所选数倍于李，可谈全唐乎？曰：何可谈也？夫子删《诗》，而其门人引"素绚"之章与之论学，乃逸诗也。岂曰删后悉皆唾余？夫采珠合浦，夜光之气上烛于天，大者取之，去数斛而光不为之减，小者捐之，留数斛而光不为之增，惟多故也。唐以诗取士，故诗之合浦也。今虽精择博取，而沧海遗珠，常以为恨，敢曰此外无诗？第恐买椟还珠为贾胡所窃笑耳。于是授之剞劂，以俟世之工诗者评焉。

（万历岁次戊午孟夏月晋江黄克缵序）

唐诗风雅序

诗之为道，比物附情，传音合节，常有不尽之思，故其入人也微，而其感人也至速。吾夫子盖喜谈之，时举以为教，曰：不学诗，无以言。诗可兴、可观、可群、可怨、可事君父,而多识可以蓄德也,而又达于政事,通于学问。其要也如是,宜其多收而并采也。顾其所删十五《国风》,大小《二雅》,以及《三颂》,上下千数百年,仅存三百十一篇,何其少耶?岂三百十一篇外独无可为兴观群怨之资乎?又何以生解于绘素?采其句而不存其篇,诸如此类,宜亦不少,岂其音节声调之不合欤?抑合寡而乖多耶?何其喜之甚而取之甚严也?且其综错时代,参互正变,王之风,卫之雅,鲁之颂,豳之殿于列国,取一代制作而以意差次而不拘于时。夫子固曰:吾取其可兴、可观、可群、可怨,可引翼彝教,触发学问,如是而已。使人读而得吾所以差次去取之意,于诗亦有助焉。故曰:《诗三百》一言以蔽之,曰思无邪。此夫子选诗之法也。后世之诗,去《三百》远矣,而选者又多艳其辞而遗其义,拘于时而失其旨,专取声调而不本于情实。如唐诗诸选,国初惟高廷礼为称,约有《正声》,多有《品汇》,当其搜辑之始,不观姓名即知谁作,可谓善于寻声矣。而但以声调为主,无局外之观,作者亦时有病之。厥后于鳞有《选》,又但以其意所及者为贤,英雄欺人,耳食可笑。其他议论,分别羽翼正宗,规规初盛中晚,若隔畛域。总之随声测响,未合大通,安足窥于"兴观群怨""无邪"之旨哉?吾乡司马黄公,尝慨于是。军务之暇,吟讽斟酌,亲为裁定,于高、李之选各有删除,而增其所漏者十之六七。以唐无盛际,而唐诗之盛,亦时见于初、中之间,不得专称,遂去"盛"而以"初""中""晚"为号。大约于全唐之作,取其温柔,不取其怒张;取其敦厚,不取其佻薄。尽芟"正宗""羽翼"之说,惟雅是归。其间雄浑、高古、渊沉、幽怆、顿挫、盛艳、冲淡、婉约、劲挺,无不毕备。较之高、李,尤为多寡适均,而精当过之。谓予:结发受诗,宜为推明其意。予以性情在人,声气在宇宙,发为诗歌,虽视其时之所向与其气运之盛衰,而一种浑涵深厚和平之气,终未尝绝。时盛则磅礴一世,时衰亦留于数人。故唐诗之尤者,多有《三百篇》遗意,何论中晚,亦何必苦分中晚也?吾夫子选诗在可兴、可观、可群、可怨,可翼彝教、达政学,而不拘于正变,世乃以时代论诗,夫子以"思无邪"一言尽诗之义,世乃以声调格之,高其论者曰:删后无诗。卑其言者曰:诗在初盛。然则一种浑涵深厚和平之气,其果终绝于世矣乎?其亦不广之甚矣!司马公此选,庶几有夫子之意,而唐风亦尽是,然愚犹以为,并初中晚之名不立可也。司马公厚重精详,寡欲嗜义,言必本于彝教,绝去矫饰,有古大臣风。其好学至老不倦,著述甚富,而是选尤其嘉惠后学之深心云。

（万历戊午秋日百洞山人董应举书）

三十、张居仁《唐诗十二家类选》六卷（万历二十四年张氏自刻本）

唐诗十二家类选小引

李唐以诗制举,一时振藻之士,刿心词林,翘足艺圃,盖凤翥龙翔,云兴霞蔚哉! 开元、天宝间,少陵、长庚乃称雄长。二氏之外,辄艳言十二家,虽其言人人不类,而陶写性灵、咳唾珠玑,则皆一变六朝之末,自为橐钥权舆,洵千载一时矣。不佞自弱冠即喜声诗,尝读唐人诸所撰著,汗牛充栋,难诣藩篱,如堕终南万叠中,峭壁周遭,莫知所出已。迨治城武而无所以治城武,因治唐诗十二家诗,类分雠选,自谓唐人之才也、情也、趣也,尽是矣。客乃谓:唐自唐,十二家自十二家,十二家且不足概唐,选恶足概十二家? 噫! 不闻一臠知鼎乎? 得一臠,全鼎可无问也,且余染指十二家,已日用饮食之矣,浸假而化予之尻以为轮,蹄以为马,余因而乘之,游开元、天宝间,与十二家相唱和,宿然忘吾之有四肢形骸也。安知我之不为唐耶? 十二家之不为我耶? 客复谓:子非唐,安能知唐之才也、情也、趣也? 余解之曰:我非唐,不能知唐之才也、情也、趣也,审矣! 子非我,安知我不知唐之才、之情、之趣乎? 客首肯者再。于是梨人枣人就剞劂之役。

（万历岁丙申仲夏廿日）

三十一、臧懋循《唐诗所》四十七卷（明万历刻本）

唐诗所序

余向辑《古诗所》,至宫体以降,辄废卷太息。盖《诗》有《陈风》,季札先尝病之曰:"国无主,其能久乎? "国非无主也,其下竞为靡靡而无所惮,犹无主也。矧如叔世之君臣,相率而趣靡靡,不亡何待? 非藉唐风节之,倾耳皆伶伦属尔。然唐实基于随,随则何时哉? 而其中雄什绰有典刑,是殆《易》穷则变,天实开之。太宗以勘定之功,适符其运,顾世儒遂予其文容化下,亦过矣。太宗固尝效为宫体,而虞永兴规之;其为《秦王破陈》之曲,庶乎本质;创兴别制,徒为貌言至千;广置昭文学士,声诗流滥,是皆上官昭容为政,其不为亡国之续也者几希。是故唐之为唐音也,非唐为之,其运微矣!世之求多于唐者有云:唐之创为唐音,其功甚伟,后世不能变其格,顾乃古为一变,古亡于唐矣。窃谓:唐之变古良有之,而变独无善不善乎?唐之变其靡靡者而为唐,唐宁不靡靡若乎?请视汉为古,魏有变汉,汉亡于魏矣。后乎魏者递变之,递亡之,而独唐黜乎?诗以变而黜,"风"止《二南》已矣,列国不可黜乎?大抵古今作者,各笃于时,由前则为古之汉魏,由后则为唐之初盛。举盛以概衰,习无相远。试以论马者论诗,求其神而已。余因复辑《唐诗所》若干卷,与前书合。各体类从,仍如前例,搜引厘正,力倍于前,乃敢私寓轩轾?姑以初盛为前集,寻以中晚为后集,以中晚之可抑者为别集,抑之而不忍废者,尚未后乎唐者地也。书成而病我不伦,实无所逃罪,然余任在举赢,删非所事。噫!其孰删之,付诸来者。

(万历丙午夏日书于秦淮僧舍,吴兴臧懋循撰)

三十二、高棅撰,郭濬评点《增定评注唐诗正声》十二卷(明天启刻本)

增定唐诗正声序

高新宁选唐诗曰《正声》,旨哉其称名矣!诗以声感人,风以声感物,均也。其懆怒烦冤、惊幽骇浊,非正也。若夫泠然习然,舒芬而佇芳,如和琴筑,如唱笙竽,斯新宁选风矣。至若爽籁凌空,悲商叩林,戛乎其鸣也,梵乎其留也,斯济南选风乎!其他调调而刁刁,吹万不同,为声之正,均也。且诗由正也,品骘训诂由之射,一人射未若众射之多获也。增而辑之,又广其评焉,不亦可乎?合者主之,小不合者附之,其于审音抑又严矣。郭君彦深,予尝目为才士,序其文以行世者也。而两周君为予年家友,皆博闻强识,故所辑诗能得其三昧若此。学诗者伐柯取,则是编不远也已。

(天启乙丑岁仲春大泌山人李维桢本宁父撰)

增订评注唐诗正声序

夫诗主于声,孔子于"四诗"删其不合弦歌者,盖十九也。至于唐,古调亡矣,然自有唐调可歌咏,其合者,犹足被管弦也。我明高廷礼先生尝辑《品汇》，拔其尤为《正声》，标格闲体，典则可法，沨沨乎洵一代雅音矣！而人顾取其平者摘之。济南《诗选》，风骨綦高，而人仅录其戛然之响，且谓伤于刻也。自钟伯敬先生《诗归》出，奇情秀句咸得评目焉，以佐高、李之不及，而不善法之者，乃以轻艳为秀逸，拗僻为新奇，于是复诋二家为善音，为残沈，而唐调之可歌咏者亦亡。嗟乎！诗主于声，发于情，虽言不测之妙，感触突应，即鱼潜鸟嘤，月出风拂，未足流情思。此唐人诗独于《三百篇》为近也。若欲专作理语、绮语，何不为文、为词而诗为耶？余与二三友人反复商榷，合梓二家之选，取其不悖于正者稍益之。收苏双美，救其二偏，俾世之为诗在知象必意，副情必法，畅歌之而声中宫商，揽之而色薄云泽，循循然不逾矩镬，而一出于性情之正，唐调其不亡矣。

（天启丙寅秋七月朔武林郭濬彦深父题于毂采斋）

增订评注唐诗正声凡例

一　选唐诗者不啻充栋，而正法眼藏无如高、李二家，今已收其二美，汇为全珍。二家之外不无遗珠，并为增入，然仍以"正声"为名者，从其备而一轨于正云。

一　是编合刻李于鳞先生《唐诗选》，一篇不遗，其与《正声》同者，于每篇目录下注云李选，《正声》所无者，则云李选增，其有增入他集者，则止书一增字。

一　从来评唐诗者或杂附于注后，或节缀于句末，颇觉烦碎不属，今已悉为采合，标于每篇之上。其句法、字法有应赏摘者，俱从旁列，以定妍媸。

一　是编评者悉遵刘、杨、王、顾、钟、谭、唐诸名家。于鳞评诗少见笔札，蒋评李选未必悉当，今采其合者而标为李云，以便观览。如系近代名公定评，间为采入而著其字，迂谈僻解、过中泛论，一无取焉。

一　诗中引用事实在淹洽者，无烦训诂；在初学，实不可少。今特博引群书，旁参直指，俾读者知所从来。每体中有重用事者，文约则另引他书，或仍用前注，文繁则云已见前注，其不易晓者加强焉。

一　四唐诗人姓字爵里，悉遵李选，随篇分附，已详别卷者不重见，其不可考者姑缺之。

　　一　凡《正声》、李《选》间有平调不足法者,悉遵《诗解》,并略其注而附于每卷之末,以二编行世已久,不欲损其全书云。

　　一　歌行长篇及骚体,难与七言古并列,故另为编出,列于七言古之后。

　　一　圈点凡词旨精到、雄浑奇拔者用〇,秀丽清逸者用 丶,其诗眼字法照应关键者,另用单〇以别之,宁简毋滥,以俟高明。

　　一　诸本互有同异、讹字杂出者,必据其文义,定其是非而标出之。字有两可,则云一作某字,以备参考。

　　一　是编评注舆论并收,间参私臆,其或援引未赅、品题未确,良以邺架易穷,管窥无当耳,统俟博雅者教焉。

(郭濬)

三十三、邵天和《重选唐音大成》十四卷(明嘉靖五年刻本)

重选唐音大成序

　　古者教人学乐诵诗,此先王爱人为治之美意,无非欲以和人情、谐物理,而使学之者之习其音声,则易以兴起。诗之于人岂徒为哉?粤自唐虞,太古之音不作,《三百篇》之义已亡,汉魏而降,虽去古未远,不能不与时而高下沦趋,以至于六朝之变而坏乱斯极,能使习之者之不厌乎?赵宋多文章之士,然皆专心于道德性命之源,君子小人、邪正是非之辩,而不克意于声诗。惟苏、黄为诗家称首,然与唐人尚有一关之隔。元人虽善咏物,少混厚风。至正间,襄城杨伯谦独取李唐一代名家,编为数卷,命曰《唐音》,其用心亦至矣。第取于盛唐者太严,而于晚唐似又颇恕,以李、杜、韩三大家而不与,尚自不能无遗憾。尝闻朱晦翁谓杜诗佳处在用事造语之外,初年甚精,晚益旷逸;李阳冰谓太白不读非圣之书,耻为郑卫之作,三代之下一人;司空图谓韩吏部诗若掀雷抉电,掌决于天地间。皆为确论。伯谦以各有全集而不之入,岂以三家格调无不可师式,无庸取舍,故谦让而未遑耶?噫嘻!余末学小子,岂敢置喙其间?窃以三氏之在唐为大家,犹金石在八音为大成,无金石则八音并废,无三大家则一代之盛音不全,殆尝用心于是。故自初唐至晚唐,昔所遗者今并收之,昔所恕者今且汰之,三氏之作则倍蓰于诸家,凡为卷十五,总曰《唐音大成》,将使开卷顷刻而一代之盛音悉览无遗。庶乎学者得不惑于多门而无归。此帙既成，寔正德之甲戌春也，俯仰之间，不觉数岁，每思手自抄录以与知己共之而未暇迻者。待罪江右，分道湖东贵溪官舍，退食之余惜文献大邦书肆乏籍，值天台叶君敬之以进士出宰兹土，政有余力，方欲作兴文学，惓惓于词章之收蓄，闻余是帙编正既成，亟请弗置，遂授之，俾锓诸梓。幸令圣天子在上，励精图治，庶绩咸熙，方乐与臣下赓歌，宛然古昔盛时气象。为诗者肯日诵是帙而有得，未必不为歌咏治平之一助。愧乎！井天之见，谬戾颇多，惟有道者正焉。

（时嘉靖五年腊月望日后学义兴邵天和节夫谨书）

唐音大成凡例

　　一　旧本《始音》不分类者，以四家制作初变六朝，虽有五、七之殊，音声则一令从之。

　　一　旧本《正音》以五、七言古、律、绝各分类者，以见世次之不同，其大小高下虽各成家，然声律体制无不相似，故各从其类，以便观者，今亦不变。

　　一　旧本《遗响》不分类者，以诸家之作篇章长短参差，音律不能谐合，就其所长而采之，今亦一如其旧。

　　一　旧本以李、杜、韩诗世多全集而不录，诚为缺典，故续选补之。

　　一　旧本古词、乐府、联句俱未录，今于《补音》中略收一二，所以全一代之音也。

　　一　旧本尽采诸家，失之太繁，今重选去三之一，非敢取舍其间，实求简约，使观者之不厌。

　　一　旧本虽重选去三之一，其间有不忍尽去，尚录一二，并名氏存之，难其人也。

　　一　诸篇中字有不安者，姑从旧本，尚俟识者正焉。

　　一　李、杜、韩不当居后，以续补后之昭大家也。

　　一　旧本无地图世系，今增入之，使观者易考。

　　一　旧本《遗响》先后若相庆然，今改《余音》。

　　一　李、杜、韩若以旧本例之，当为《正音》，今续选补，又不敢辄紊前卷，故曰《补音》。

（邵天和）

三十四、唐汝询《唐诗解》五十卷（四库全书存目丛书影印吉林大学馆藏明万历四十三年杨鹤刻本）

唐诗解序

诗自《三百篇》后至唐，称极盛矣。古今选唐诗者不下数十家，独新宁高廷礼氏《品汇》为最著。廷礼又于《品汇》中拔其尤异者为《正声》，选綦精矣，而济南李于鳞《唐诗选》则弥精，而微伤于刻，然皆盛行。海内习唐诗者，人人以为津筏，不废也。顾未有加以训诂通释而为之解者，有之，自吾郡唐山人仲言始。山人，故名家子，五岁丧明，未就外傅。父兄俱业儒，旦夕吾伊声不辍，山人从旁窃听，率有味乎其言，因请遍读诸书，则尽发箧中藏，为口授，而山人谛听之，入耳不忘，不烦再授。久之，而上自丘索坟典，中逮诸子百家，下及稗官野史，无不口诵说而心悬解。海内弘博之士不能傲山人以所不知矣。山人既以盲废，度不能应制策名，致身青云，则弃去经生帖，括业不习，一意属书摛词，尤究心于诗学，因取高、李二家所选唐诗，句栉字比，采摭群籍所载故实以为证，而又逆探作者之意，启扃发键，为读唐诗者作指南，名曰《唐诗解》，厥功巨矣。杀青既竟，出以示不佞，因请一言弁首简。不佞窃惟：诗人奋乎百世之上，后之说诗者欲悬断于百世之下，以为古人意指云何云何，固未敢必其尽然，顾诗本性情，性情无古今，一也。世人不学，窾启寡闻，而又傲僻骄志，不务降心相从，以公虚求古人，而必牵合附会，以偏执成己见，作者如彼，说者如此，诗学大坏，极弊久矣。仲言不以我解诗，而以诗解诗，每奏一篇，不佞未尝不拊膺高蹈，以为真得古人意中之意、言外之言，即起有唐诸作者于九原定当首肯。不佞尝谓：古人著书必资众力，聚千腋以为裘，良亦匪易。仲言以一手一足之力，成一家而俟百世，一难也；纂辑家不废翻阅，尚多纰缪，仲言悉自胸贮腹笥中倾倒而出，不假外索，二难也；唐诗诸家，惟李杜有注，其余则否，仲言念初盛中晚诸作者，人及半千，篇几倍万，而一一为之搜诂、为之洞诠，三难也；自古盲而以著述自见者不少，大抵在中年晚岁，学业已成之后，仲言童而盲，不识点画形象作何等，而从耳根入者，乃富于百城，四难也。有此四难，故不佞谓山人异人，此书异书，若遇中郎，当为枕中之祕，千载而下，天壤间不能废唐诗，必不能废山人此解，明矣。夫《三百篇》得卜子夏小序，而义始明，汉儒因之，为作笺注，自考亭之说行而序稍诎，然好古者终不能不为西河氏左祖，其抑首受紫阳功令者，束于制也。传经翼圣，不以其故贬名。仲言异日当与西河氏并垂不朽矣。仲言，名汝询，仲言，其字也，别号酉阳山人云。

（万历乙卯仲夏之吉，赐进士出身，中宪大夫，南京太仆寺少卿，前山
　　西等处提刑按察司按察使，河南分守大梁道左参政，奉敕提督学校
　　副使，南京吏部文选清吏司郎中，颖川陈所蕴子有父撰）

唐诗解序

余撰有《十异人传》，仲言唐君其一也。君五岁丧明，犹未受父师句读，问之八方五色不复省记，若声音点画种种文字，懵如也。稍长，坚坐无所事事，辄以耳受书，从旁复读一二番，旋即记忆。久之，贯串经史、诸子百家及稗官言，而最喜作诗。有《编蓬》《姑蔑》等集行于世，多为通人所赏。前太守周翰许公，延见赐粟帛。嵯使者修龄杨公，旌其庐曰"耳学淹通"，又损俸为君刻《唐诗解》。而陈子有冏卿、张叔翘参知诸君争资助之。其诗计五十卷，大约取高廷礼《正声》及李于鳞《选》而稍益之，精汰诸笺，附以己意。典而核、裁而文，既不掊击古人，而又鲜迁就附和之弊。譬如古太师审乐，清浊高下皆从静深笃挚中得来，彼后夔、季札，虽精专门，不逮也。世人不解诗，遂不解奇君。即奇君者，不奇其博而奇其目。嗟乎！此未易与俗人论也。《经》云："天去地八万四千里。"吾曹仰天而见日月，则目有八万四千里之分量。若无日月，又无灯光，目虽具，悉与仲言等。然世人但能以三光见，而仲言又能以不见见者也。其书无所不浏览，其笺注无所不采择，不握管而笔端有眼，不具相而通身是眼，不谬衡鉴、不依光明而法眼、天眼、千手眼皆备矣。今人六根具足，授以此诗，不谛句读，或以上著下，或以下著上，首尾颠倒，莫知指归。间有因文解义，略涉音声者，非萤火借光，则眼中著木樿子相似。试与仲言说诗，吾未知其明暗果安在也！古之异人，废心而用形；今之异人，废形而用心。余向闻新安诗人有汪大吕顷，又得仲言唐君，觉上帝之五官无权，而仓颉之六书可废，异哉！有目者得此诗而读之，将无愧死也夫！

（友弟陈继儒撰）

凡　例

诗衰于唐而备于唐。衰者,汉魏乐府之声变也;备者,长古律绝之音全也。家伯氏既采黄虞以下歌词讫隋末为《古诗解》,予因取三唐诸作编选而笺释之,名《唐诗解》,其凡例列诸左方:

　　一　是编所选诗凡七体,而附以六言,一遵《品汇》之例。独人以世次,诗以体别,不无有所更定,如进子昂于九龄之前,分骚体、琴操于七古之末,列《长安古意》于歌行长篇是也。又选汰既精,难以分品,高氏标目,一切从删。

　　一　五、七言古俱有长篇,而李、杜五言,似乏古雅,故并不载。独采歌行之逾四百言者,仅仅得六章,以其汪洋浩荡,难概与七言古并列,故另为卷,以附次其后。

　　一　唐人诗中有绝类楚词者,如太白《鸣皋》、摩诘《山中人》之属,语既参错,调亦不伦。又退之《琴操》有通篇四言者,高氏并目为七言古诗,失制殊甚。今分二体,列于长古之后,俾作者知江汉非可同源云。

　　一　诸家诗体率以五、七古律与排律、绝句为序,而《品汇》独先绝后律,今悉从之,乃更七律于排律之前,则以篇章长短为次。

　　一　凡古诗有半似律体者,如伯玉“故人洞庭去”、太白“去国登兹楼”是也;有律体而彻首尾不对者,如襄阳“挂席东南望”、青莲“牛渚西江夜”是也;又有仄体而目为律者,如工部“已从招提游”、常侍“垄头远行客”是也。此类甚多,难以殚述。今归古于律,则音声不调,归律于古,则浑厚浸薄。姑从廷礼编次,不复更定云。

　　一　诸家诗散佚汗漫,廷礼之选,已无遗珠。故是编悉掇《品汇》之英,不复外索。虽盛唐诸公间有一二参入,而中晚及初,一无采焉。至若白香山之《长恨歌》,搜之本集,然亦寥寥无几矣。

　　一　选唐诗者无虑数十种,而正法眼藏无踰高、李二家。然高之《正声》,体格綦正而稍入于卑;李之《诗选》,风骨綦高而微伤于刻。余欲收其二美,裁其二偏,因复合选之,得若干首,令观者驾格于高而标奇于李,其于唐诗或庶几矣。乃不称“选”而称“解”,就予意所重云。

　　一　凡《正声》所选有应删者,略其注而各附于诸人之末。其无可附者,则以世次而附于一卷之末。正以是编行世既久,不欲废其全书云。

　　一　是编之解有二:属辞比事则博引群书,遵李善注《文选》之例;

揣意摹情则自发议论,遵朱氏传《诗》之例。其或援引不赅,疏解未当,则畸人耳食有限,玄晏壁藏易穷,请以俟夫博雅君子。

一　引注之法有三:凡诗中用事,即引本事以解之者,曰正注;遡流寻源,至博采他书以相证者,曰互注;字释句解,必求剖析其义而无害其文者,曰训注。正注、互注非陈隋以上之书不列于篇,而训注则自唐宋及国朝,间为采入,然必按诸本籍,参互古书,终不敢以口吻为策府也。

一　凡引二十一史,必书"某史某传",诸子百家则削其篇名,至引古人诗赋,其题或书或不书,大都从略。

一　凡引唐二史,称"唐书某志某传"者,并欧阳氏及宋氏所修也。至于刘昫所录,则加"旧"以别之。

一　是编引用诸书,悉标目于首,若歌赋杂文,题不胜载,则以词人姓氏按代列之,以备考索。

一　凡诗中所咏邑里、山川、古迹,必稽之前籍,参以《唐志》,又实以我明地志诸书。盖陵谷既迁,名号数易,非本诸《唐志》则不知所自来,非证以今名则不复可寻考,兼而列之,庶几览古之一助云。

一　凡宋元及我明诸家诗话,有关词义,间采一二。其他品陟高下、较量浅深等语,一切删去。正以是编贵解而未及评,雕龙之论,姑俟异日。

一　诗中有误用事者,如少伯之"龙城飞将"是也;有借用事者,如右丞之"卫青天幸"是也;有合用事者,如伯玉之"中山放麂"、临海之"延年女弟双飞入"是也;有借古事以咏今者,如少陵之"关中既留萧丞相"、香山之"汉皇重色思倾国"是也。诸如此类,不可枚举。今是编之注,误者辨之,借者证之,合者必两载其事,而借古咏今者则挽古而以时事实之,非敢如宋元诸人辄窜易古书而曲为之说也。

一　投赠诗题,有以名称者,有以爵及行次称者。称名则实以二史,其书爵书行次者,并阙。盖爵秩更袭,氏族多同,非可据以求其人。必如元德秀之称爵,綦毋潜之称行,确然无疑,始正以本史云。

一　诗中字有疑误,必索古本订之。其无可参订者,则云"当作某字";字有两可者,则云"一作某字"或"某本作某字";其应改而无可疑者,则直书所改而云"旧本误刻某字"。至于点画讹舛,鲁鱼混淆,则不佞固寄目以视,假腕以书,亦难保其必无也,所恃世之君子无加苛责云耳。

　　一　每体中有重用字者,文约则另引他书或仍用前语,文繁则云"见上某人注",其在各体,文虽繁而并载,俾观者不烦远索云。

　　一　杜集旧有千家注,而李集惟杨、萧二家。然杜注多伪,李注近烦。今以古书证之,杜载其十之三,李载其十之五。其伪托古书者,一切删去,其自为议论者,则加本集注以别之。

　　一　《品汇》所录诗人爵里,考索既备,不复能加,惟汰其冗杂而增其缺遗者,至其行事有关于诗,则随篇分附,此不复入。

三十五、李攀龙选,蒋一葵笺解,黄家鼎评订《卯庵重订李于鳞唐诗选》七卷(崇祯元年刻本)

唐诗选序

　　诗者,性情之寄也。非无幻思慧才,穷天地之所不有,搜古今之所为尽,要不能吞吐性情,则笔精墨怪,腕鬼舌妖,有格之者。其次字栉句比,衣冠古人,非少形似而出身模拟,与流自性灵分途,又不啻天壤焉。风雨虹霆,转瞬已变,星云日月,习见犹新,此唐诗所为可法、可传,历千秋如一日也!夫不能从自己性情中想见古人笔墨之妙,断不能从古人情性中想见自己笔墨之妙,亦断不能从自己笔墨中想出自己情性之妙。人至不能自喻其性情,而川云岭月,景在何处?花落鸟啼,想在何处?阳关渭城,情在何处?凤皇台畔、兴庆池边,春江负花月之期、秋思动昭阳之怨,泪灰子夜、肠断宫词,遗恨又在何处?率尔摘句拈词,便欲压倒元白,嗟乎!谈何容易哉!屈指古今作者,称圣、称仙、争王、争霸,是非、非是,舌波日沸。于鳞有《选》,简严精确,屹然如山,而风雅之遗若习染一变也。至今日钟、谭复有《诗归》选,浑雄博大,森然如组,而风雅之道又若翕然一变也。至此而唐人声价定矣,作者性情出矣。予为参酌加评焉而寿诸梨,而沸者亦可止矣。未也,客有难予者曰:"如子言,则两家衡鉴不啻昭明选体也,人且尸龟奉之。子为下上其间,得毋又增一沸乎?"余曰:"否。有说爨下桐有至音焉,蒙以尘腻,则纹理闇然;芙蓉之锷有霜铦焉,拭以华阳之土而光彩四映;碔砆易售,市之人以为玉也,知其石而掉臂去矣;骐骥伏枥,途之人以为凡也,知其骏而千金售矣。厌常喜新,时人之耳目也。提古人性情焕时人之耳目,心旷焉,神怡焉,恍与古人游。对妃子赏名花、饮醇酒,真不觉其悦目可口、适适然心醉也。经一番提唱现一番神理,经一番剥换现一番面目,境所偶触,心能摄之,心所欲吐,腕能运之。合予与两家及古诸作者俱可无憾,则谓兹刻与李选同也,可即谓与李选异也,可以快吾性情之所寄而沸者亦可止矣。

（崇祯改元戊辰六月上澣矵庵道人黄家鼎于研山丰草间）

三十六、李攀龙选,王穉登评《唐诗选》七卷（续修《四库全书》影印复旦大学馆藏明闽氏刻朱墨套印本）

唐诗选序

诗之秘尽泄于唐。盖自汉魏以还,风会一大转也。初唐、盛唐、晚唐诸家,稍知诗者便为甲乙,虽从来评骘相沿,大都异者什一,同者什九。此非作者之难,而选者之难也。夫诗名莫盛于李杜,而犹互有短长,岂非荆山之璞、延津之剑,遇合自有定价耶？我朝留心唐律者首推高廷礼,《品汇》固是精详,稍嫌胪列。李于鳞崛起,更加芟削,良工苦心所不必言,而刻碔有之,恒自谓足以尽唐诗,乃知其精心妙会,自具别解。非唐诗之果尽,要亦选唐诗者之心尽也。庆历以来,政索解人未易,会从秦淮把臂玉遮,欢剧累日,出所批本,展读一过,不觉涣然冰释。非惟于鳞未尽之藏得以晓畅,若乃点次安详,位置如故,则于于鳞一段苦心庶几不磨云尔。

（琅琊焦竑识）

叙唐诗选

谚云:山有木,工则度之;宾有礼,主则择之。故必知诗者而后可以谈诗,非刻语也。唐诗选本多矣,而选愈繁愈不工者,何则？耳蚀者多,心解者少也。独李于鳞氏苦心斯道,穷年累月,觉唐人面目各各自献,如明镜悬空,妍丑毕露,至今为后学宗工。非有一段真精神与之摹合,吾未见其能凌铄古人,师范后辈也。登以天地闲身期了诗债,间取于鳞一编漫为参究,正自信嗜痂之疥,诚难辞续貂之诮耳。玩是编者,倘谓其弃取太刻,未尽唐人佳句,则岂惟于鳞之旨晦？即余读选诗者亦自觉浑浑尔矣。虽然,独行者不侔于众,见高者不谐于俗。吾何从向子期觅牙弦哉？请以质之知诗者。

（太原王穉登撰）

三十七、李攀龙选,蒋一葵笺释《唐诗选》七卷(四库全书存目丛书影印清华大学馆藏明刻本)

笺释李选唐诗序

济南藻嗣青莲,音调《白雪》。其选唐也,飞翰牛毛,拔毫麈角,其人亿之一,即收其撰,亦亿之一,故曰"维其有之,是以似之",知言哉,弇州也!欲问济南奇绝处,峨眉天半雪中看。以是选唐,宁渠《锦瑟》之什,靡当素丝之绖,即彩花应制,夜珠博赏,其人昧爽心,必无几矣。蒋仲舒氏刿鉥文心,诠释诗圣,原本遡于八阅,幽奇征于三艳,其用心抑何勤也!噫嘻!六代淄渑,理乐方之东箭,三乘水月,喻禅匹彼西来。求诗而鸿爪于释者,其龙鸾于唐者乎?即旦莫遇济南,当独秀峨眉之雪矣。

(时万历癸巳王正晋陵吴亮书)

三十八、李维桢《唐诗隽》四卷(明萧世熙刻本)

唐诗隽序

六经彪炳,诗《三百篇》尤昭揭日星,李唐尚以选士,宁音录哉!治性情、占学术,随学术卜事业,是以少陵、长庚百名家。人文云蒸,卓越失后。今其诸篇俱在,我皇明诸公靡不尸祝。第汗牛充栋,即屡经博士选,竟未见汇编、题解如李本宁是录也者。本宁学探二酉,技擅五绝,每向颂诗中尚多古人,陬于南宫,唾啸时评。朗谓"唐隽"者,上自魏、汉、晋,堪垂不朽者犹存十一,以正诗始,从而先初唐,次盛唐,又次中唐,而后晚唐,溯流穷源,缘天运之递迁,以著国运之徙转。又如为绝,为律,为排,为仄,为近体、古风,靡不条之有训,题之有释,句之有评,且门有一剖,不一混入,汇去汇编,不一错之。上下李唐间,琼瑶不遗,碔砆不采,令人一展卷真能了于目并了于心。言之有活泼之趣,字之有会通之神,诚乃诗中画、画中诗,即谓登李唐之堂,遍阅其击节咏唱可也。于鳞《诗选》,百谷尤呈并其隘,乃知本宁《诗隽》堪称评中之阳春,选里之白雪,稍解一片宫商者,未有不令解颐参微。宜李唐之指南,抑亦皇明之嚆矢。

(颍川陈所蕴)

唐诗隽论则

绝句则：

绝句者，截句也。后两句对是截律诗前四句；前两句对是截律诗后四句；四句皆对是截律诗中四句；皆不律者是绝律。律诗之首尾，是虽正变不齐，而首尾布置亦由四句为起承转合，未尝不同条而共贯。然起、承、转、合四字，施之绝句则可，施之于律则未尽然矣。

五言绝句则：

五言绝句以调古为上，以情真为得体。五言难于八句，五言绝难于七言绝，要一句一绝，语短而意义不短，令人读之愈玩而愈有味，方为作家。卷中惟王维可法，次则孟浩然。

七言绝句则：

绝句之法在七言或稍可悠扬，然要婉曲回环，删芜就简，句绝而意不绝，多以第三句为主，而第四句发之，有实接有虚接，承接之间，开与合相关，反与正相依，顺与逆相应，一呼一吸，宫商自谐。大抵起承二句固难，然不过平直叙起为佳，从容承之为是，至如宛转变化，工夫全在第三句，若于以转变得好，则第四句如顺流之舟矣。七言绝句当以盛唐为法，如李太白、杜子美、王摩诘、孟浩然诸公，突然而起，以题为主，意到辞工，不假雕饰，而自有天然真趣，浑成无迹，此所以为盛唐。四公中又太白称谪仙才者，而七言绝尤为入神，诚行乎不得不行，止乎不得不止，即太白亦不自知其所以然而然矣。若晚唐，则意工而气不甚完，间有至者，亦未可尽以为足法也。合而言之，初唐、盛唐以无意得之，其气常完，其调常合；中唐、晚唐以有意得之，其气常歉，其调常离。

律诗则：

律诗要铺叙正、波澜阔、用意深、琢句雅。不可使一字无用，须是字字不得；又不可使一字不准，须是字字稳当；又不可使一字无来历，字字要有出处。要无鄙俗，然皆贵乎实，实则随事命意，遇景得情，如传写真，各尽其态，自不至有重复迹袭之患。尤要首尾相应，多见人中间一联，仅有奇拙，全篇凑合，如出二手，便不家数。此一句一字必须着意要圆活，理要简易,说事不可僻,说人不可露,人多言而我寡,人难言而我易,自不入俗。

五言律诗近体:

律诗之兴,虽自唐始,盖由梁、陈以来俪句之渐也。唐人习尚相高,递臻美妙,然贵乎浑雄、秀丽、含蓄、缜密,言有限而意无穷,格纯不驳杂。

七言律诗近体:

七言律又五言律之变也,在唐以前,沈君攸七言俪句已经近其调,至唐始专此体,务在浑雄,富丽之中有清沉微婉之态,故明白雅畅而不疏浅,优游含咏而不轻浮,最忌俗,俗浊纤巧则夫言又风调。盛唐惟李、杜、王、岑、高、李最得正体,是为规矩。后之学者不晓音律,学雄浑者枯硬,学清沉者必软腐而归于庸俗矣。七言律难于五言律,七言下字较粗实,五言下字较细嫩,七言若可截作五言,便不成诗,须字字去不得,方是所以。句要藏字,字要藏意,如联珠不断方妙。若长律妙在铺叙时,将一联挑转又平平说去,如此转换数匝,却将数语收拾妙矣。

五言排律并亥韵:

排律之体,所贵反覆,议论井井有条,意兴迭出,一气呵成,赋字入事,皆须各当其可,索然而强益其言则深可厌矣。若五言亥韵诗,全在调古与兴高,神气俊迈,不贵对偶,要出自然,本与古诗一例,然此或用排对或平易可入,与律相似,故别立一卷,惟作者自得之。

长篇古风古体:

长篇之法,如波涛初作,一层系于一层,拙句不失大体,巧句最害正气。诗格有韵,渊明"悠然见南山"之句,格高也;康乐"池塘生春草"之句,韵胜也。格高者难,韵胜者易,兼此二者惟孟浩然得之。长篇古风最忌铺叙,意不可尽,力不可竭,贵有变化之妙。气格高,虽拘对,不害为大家;气格卑,虽不拘对偶,亦是小家。长篇古体,参差中出整齐,语犹是,笔力最戒似对非对,但涉江湖热闹语便即鄙俗,但用通用字无法即软弱易疗,鄙俗难医。

炼格炼字则：

炼格之体，如太白《赠汪伦》曰"桃花潭水深千尺，不及汪伦送我情"，此兴也。陆龟蒙《咏白莲》曰"无情有恨何人见，月晓风清欲堕时"，此趣也。王建《宫词》曰"自是桃花贪结子，错教人恨五更风"，此意也。李涉《上于襄阳》曰"下马独来寻故事，逢人惟说岘山碑"，此理也。悟者得之，庸心以求或失之矣。诗尤要炼字，字者，眼也，如老杜诗"飞星过水白，落月动沙虚"，炼中间一字，又"红入桃花嫩，青归柳色新"，炼第二字，遂不入童诗。又曰"暝色赴春愁"，又曰"无人觉来往"，非炼"赴""觉"字便是俗诗。如刘沧诗云"香销南国美人尽，怨入东风芳草多"，是炼"销""入"字，"残柳宫前空露叶，夕阳川上浩烟波"，是炼"空""浩"二字，最是妙处。

三十九、张玉成《七言律准》五十卷（明万历四十四年刻本）

七言律准自序

诗之有七言，引五言而伸之者乎？不也，《皇娥》《白帝》之歌所从来矣。唐之有七言律，昉于唐乎？前此矣，梁简文以下寔始基之，而特未以律名也。以律名昉于唐也。律者何？诗之为道，通于乐者也。诗言志而律以宣之，律所以谐声也。又，律者，法也，辟之兵家之有纪律也。今夫乐，文以五声、播以八音，登歌击拊下，管、鼓、柷、弦、匏、鞉、磬、竽、笙、埙、篪、箫、篴、柷、敔之属，备举迭奏，无相夺伦，盖律寔为之乎！黄帝使伶伦断竹于嶰谷，听凤鸣于阮隃，黄钟以调，十二律以别，是为律本。考声物气厥用为弘，比汉京房，谓竹声不可以度调，而律准作焉。准如瑟，长丈而十三弦，应黄钟以隐间，均中弦而定画，而六十律之节以达。准之为言，则也，律皆取则焉，诗以被乐，即三言期于协律，律以名诗，唯近体得而专称，盖言法之严也！非准无以法，法准安在？初盛唐之诗可按而求也。五言多专籍而行者不具论，乃乐有七始，音有七律，而诗有七言。此天地间自有之音，而音之成律，亦天地间必至之法。句七言以象七政，章八句以象八风。造始以金声，成终以玉振，耦俪居中，引商刻羽，四声不紊，五韵维谐。《绿草》《庭中》诸什，其律本乎贞观、永徽之间，犹然黄桴也。景龙、开元之际，其《云门》《大咸》乎！君臣相悦，授简称诗，《龙池》诸篇，管弦与被，是称正始之音，从之而开元之季以至大历之初，为磬乎！夏乎！濩乎！武乎！繁会之音，洋洋盈耳，而子美寔集大成准具是矣，顾未有汇而成帙者，余乃专辑而全收之，有搜罗无简择，鲁备六代，庶邦之乐，涩观而加鉴别，其在今日乎？而中晚不与，则自郐以下无讥焉。至其间事有隐滞、字有日用而不知者，悉为援据而加。故排律，律之推也；论世，诗之概也。总之得四十七卷，命曰《七言律准》。乐有准六十，律之节以达；诗有准五十六，言之法以昭；度有准，万器之情以得。善哉乎！《淮南子》言："准之为度也，平而不险，均而不阿，广大以容，宽裕以和，柔而不刚，锐而不挫，流而不滞，易而不秽，发通而有纪，周密而不泄。准平而不失，万物皆平。"得准之义，是可与言诗已矣。

（万历丁未秋相朔日如皋张玉成撰）

七言律准序

《记》称："作者之谓圣，述者之谓明。"故尼父孙作而居述。述固训诂之所由起也。夫作者难矣，而述亦何易？《易》之《十翼》、《礼》之《经解》、《诗》之《尔雅》、《春秋》之《义例》，庸讵非述？而庸讵功少于作者乎？自大道剖而为诸子骚赋，变而为古诗，六朝降而为唐律，训诂之家盖纷如矣。后之学为声诗者，体裁异尚而律则必准于唐，唐律作者无虑数十百家，而七言律必准于初盛。初唐始变梁陈绮靡之习，浑浑灏灏如元气之自充；盛唐复变初唐骈偶之过，形形色色如生物之各肖。至杜工部一人，则又纵横变幻、吞吐出没，如大海之无不纳。信犹六律之分数，损益相生，有一定之准而不可易也。顾其寄托微远，称引繁富，诠释者未易措手，昔人谓：不行万里路，不读万卷书，看杜诗不得，而余可知已。余友成倩张子，才性夷旷，思纬淹通，甫束发即有志于论著，而长益该览流略，沉酣册府，胥臣之多闻、子产之博物，庶几兼之，而特挹损弥下，骤而遇之，呐然无所见其长，徐而与之，质古今探隐奥，始知其胸武库而腹经笥也。中岁以后，贫日甚，遇益日困，乃思垂空文以自见，于是取初、盛唐七言近体诠释之，而以六代之相近者为之前茅，其编自梁太宝至唐大历末载凡若而年，自梁简文至唐僧处一凡若而人，自《乌夜啼》至杜《岳麓道林》凡若而首，因其世以知其人，因其人以知其诗，因其诗以知其盛衰、穷达、离合、忧喜之故。其所研核则系表之意，象外之言靡不贯也；其所证据则字必有指、句必有由、章必有原，靡不悉也；其所捃摭则上自六籍、下及百家、旁至稗官小说呗梵仙书，靡不收也。而总名之曰《七言律准》，示所宗也。由草创而脱稿，十年有奇，而借当道洎诸友之力，始克付梓而竣事焉。殷子受而卒业，乃喟然叹曰：呜呼！富矣！赡矣！可以传矣！即谓不止于述，而直当于作焉可矣。夫士亦有焚膏继晷、穿研腐毫以务深沉之思者，要不过托宿于章句，假途于帖括，以基进取而止。即或雅意慕古、妄希传后，而无安世之闳览、太冲之覃精、世南之默识，未有不自厓而返者也。即余于成倩谬以臭味相附，而资学不逮远甚，今且发种种老矣，进不能跃马食肉，退又无金石之业以照映来兹，以观成倩是编，能不恧然而内自愧乎？盖成倩尝为余言：古今训诂之家非一，而独裴松之《三国志》注、刘孝标《世说》注、李善《文选》注，旁引曲证，似不专文义之解而自可孤行于字内，故是编一祖其例。而余以三君皆贵仕也，家富载籍，文献足征，且裴、刘于诸代世次非远，参考为易。李则有曹宪为之授业，而讲肆于汴泗之间久矣。三书之博奥固宜，乃成倩以一穷措大，凭一手两目之力阅市借读，手札腹藏，卒能着子秋之业，以自表见，不更伟欤？或又谓：成倩为诸生久，是编成而适得谢以去，则若仰面视屋梁者为之祟。夫曹子桓不云乎："年寿有时而尽，荣乐止乎其身，二者必至之常期，未若斯文之无穷。"君子读而悲焉，固成倩著书意也。尝怪唐文皇以金戈铁马取天下，而至其修《晋书》也，犹自撰《宣帝纪》与逸少诸传，以与文士争名。夫以天子之尊且不自贵，而必假著述以传区区一青衿，又何有焉？成倩所借以不朽者在此而不在彼明矣。遂书之简端以俟知者。

（时万历丙辰正阳之月社弟殷之泽谨撰并书）

七言律准叙

　　盖自举业之途浸广，而天下衿裾之士往往浸淫于诗。顾问其所为诗则律，问其所为律则七言而已。何以故？既未尽曙于体，而复易见其才故也。乃问其所为七言律，则我知之矣，历下、弇州其殆滥觞乎？曾未遡观于北地、信阳也者，而何唐之能为？又况能博搜精择？曰：孰为初盛？孰为中晚？暨初盛之所以盛，中晚之所以衰，不及格而为此毋为彼乎？吾友张君成倩，固所号衿裾士也。君为人白皙纤好，若好女子，骤而遭之于道，恂恂粥粥，若不能措一辞，浊醪数篝，稍与周旋，而意兴勃郁生矣。藉使分曹授简，假之容日之力，而第睹其文不睹其貌，得无如太史公之慨想于其家子房者耶？君于举业能精言之而不恒言，于诗古文尤精言之而不自言，一青衿逾二十载而萧然不得志于有司，以故乡塾训子弟者指不一为君屈，而至于寿筵墓道则不得不藉君言以重。君终岁非逃于酒，则酌者之辞丽牲之石与刻画无盐而已，其固于举业之外，嗜古与诗则日益以甚，其置书也每不胜其嗜，而其读书也，间亦不胜其置，而尤倍屣于世之置而读者，是故腹无所不贮，以奇字僻事质者，无所不任答，而肆其余力为是编，则专初盛所为七言律者，语有之：丰玉俭谷，言适用也；夏葛冬裘，言从时也。斯君之有慨于中者也。乃书既成，而任校雠于殷承丽氏、不佞愈昌氏。于是昌卒业而叹曰：美哉！其征事若崇庭彝鼎焉，盖最称笃古矣，又博辨哉！如观万货于贾胡之肆焉。彼冯汝言之《诗纪》、梅禹金之《乐苑》《诗乘》，非为唐设者也；高彦恢之《品汇》、李于鳞之《诗选》，非为近体设者也；杨用修之《律祖》、潘景升之《始音》，非为七言设者也。且也诸君子任述非任作，君几以述而兼作矣。奇者搜僻者抉，习矣不察者著，推而上之而为外卷，则又若探山脉于昆仑，寻河源于星宿，一发简而七言之美物具已。苟七言不废而是编其可废乎哉？因忆曩偕君及承丽结社而称诗若文时相得欢甚，及余以事去而四方见谓专治诗也，而寋跋涉交游见夺固宜，文质无所底。承丽十七举业，十三诗文亦既斌斌，而年且踚强，仅守诸生，既禀居，尝语两君有始终，无以自见，后之人安知不借口吾侪而以读书为讳也耶？承丽怢然，而君且颔之。美哉乎！君之有是编也，将一出而群天下文人才士争先睹之，而曰何物？张郎博雅如是，余请得以书家所云"上下三千年，纵横一万里"者，拟之乡里衿裾，姑置勿论可也。

（万历丁未春王正月舍弟冒愈昌撰，门人冒梦斗书）

七言律准释例

一　南北朝诗六章，仿《通鉴外纪》而题之曰《外卷》，非外之也，如云人之有外家，唐律其出也。其七言而间以五言者何附焉？虽非纯七言，而七言近体逗于斯矣。其说在杨用修先生之《词品》也。

一　解题则题之曰"按"。按者，考也，验也。或人，或官，或地，或事，或物，有可考者必致详焉。

一　释诗则题之曰"注"，以别于解题也。

一　凡作诗者即书官爵、封谥及地、姓、名、字于简端。

一　引援古人鲜有直书名者，或书官，或书谥，或书字，而后系之以名，崇往哲也。

一　引释古事，虽近在耳目之前者，必具原委，便初学也。

一　引证古语，必著其篇端。如某书、某篇、某人、某诗之类，详所自也。

一　注有略于此而详于彼者，有不注于前而注于后者，意义有分，各从所重。一二概见，余可类推。

一　如“阊阖”解于凌祭酒《七夕》诗，而又解于王右丞《早朝》诗者，凌义属天门，而王义属君门也。“百合香”略解于凌诗，而又解于杜工部《即事》诗者，前主香车，而后主香物也。“天泉”解于刘元度《兴庆池》诗，而又解于张燕公《定昆池》诗者，前释池名，而后援三日曲水事也。“朱旗”解于燕公《扈从》诗，而又解于杜《诸将》诗者，前表仪饰，而后辨殷闲也。

一　如“平阳”既释于马文公之“主家台沼胜平阳”，再释于李贞公之“向晚平阳歌舞合”者，一概释平阳而一则释其歌舞也。其间韦孝公之“林间花杂平阳舞”，李之“平阳馆外有仙家”则无庸赘已。然蔡起居《打球篇》注又引平阳事，不已复乎？盖引以证主第奉恩迎事耳。

一　如“风流”凡三释焉：释文德后之《春游曲》，采英媛之芳标也；释王江宁之《九日登高》，揽名流之逸致也；至释杜工部“习池”之句，则不以风流而以风流尽也。

一　如“度曲”一见于宋考功之“鸟向歌筵来度曲”，再见于李子至之“歌莺度曲绕仙杯”，皆不释，至萧鄮公之“匝地金声初度曲”而始释者何？前皆托鸟声，而后乃属人籁也。

一　援事征辞，逖稽往古，而唐以后不与焉。然有载籍可以参订者，稗官必采，近代兼收。间引后语则书“后某亦云”。

一　荟萃诸说，不无异同，或有管窥，必唯援据，别以予按，间署鄙名，欲莹所疑，以俟君子。

一　有一题而诗数章者，诗统列于前，而注分疏于后。

一　有奇闻僻事可因诗而旁及者，细书附于注末。

一　有间出鄙见者，虽鲜臆说，未敢蓄疑，亦细书附于注末，以就正大方,亦窃比郑氏之作毛笺耳。

一　杜诗千家注虽多,而发明者少,十不采其三。《杜诗事实》则所谓伪书也,十间遴其一。

一　诗取兼赅,无事拣择。注取证诂,靡置讥弹。而通章大义应自了然,亦罔庸勤说,唯杜工部称文章海,诸家注释见解各殊,未敢折衷,间为诠录,则有临川虞文贞公之《杜律注》,永嘉张文忠公之《释义》,滨州赵中宪公之《测旨》,秣陵焦太史公之《笔乘》,诸籍琅琅,敬以藉手足,令工部首肯而来学解颐,予小子何敢居其功!

一　如采虞注直用其辞,则题之以"虞伯生曰"云云;或师其意而简其辞,则题之以"虞伯生谓"云云;或虞赵有互发而兼辑者,则题之以"虞注及《测旨》合略"。观者自得,它多仿此。

一　诗有异代而同题、同题而异体者,有题不尽同而诗赋相因者,皆辑附本诗之左方,以便学林之阅览。

一　七言律广而为排律。十三簧之笙、五十弦之瑟,八音繁会,自翕徂成,协律逾工,条理极变,辑排律。

一　篇什既存,人与不朽。诵其诗而懵其人,子舆非之。纪传足征,崖略可考,瑕瑜不掩,尚友斯托,辑论世。

一　论世梁陈四代,南北兼收,仙李盘根,旧新错采。有主《旧唐书》而参以《新》者,有主《新唐书》而参以《旧》者,有《旧》《新》半者,有两书之外汇群籍而成篇者。名实维核,窃有取裁,又有文献不足而爵里无稽者,史尚阙文,私惭挂漏,尚须博雅共重订之。

(张玉成)

四十、钟惺、谭元春《诗归》五十一卷(明末刘敕重订本)

诗归序

选古人诗而命曰《诗归》,非谓古人之诗以吾所选为归,庶几见吾所选者以古人为归也。引古人之精神,以接后人之心目,使其心目有所止焉,如是而已矣。昭明选古诗,人遂以其所选者为古诗,因而名古诗为"选体",唐人之古诗曰"唐选"。呜呼!非惟古诗亡,几并古诗之名而亡之矣。何者?人归之也。选者之权力能使人归,又能使古诗之名与实俱徇之,吾岂敢易言选哉?尝试论之:诗文气运不能不代趋而下,而作诗者之意兴，虑无不代求其高。高者，取异于途径耳。夫途径者，不能不异者也，然其变有穷也；精神者，不能不同者也，然其变无穷也。操其有穷者以求变，而欲以其异与气运争，吾以为能为异，而终不能为高。其究途径穷，而异者与之俱穷，不亦愈劳而愈远乎？此不求古人真诗之过也。今非无学古者，大要取古人之极肤、极狭、极熟，便于口手者，以为古人在是。使捷者矫之，必于古人外自为一人之诗以为异。要其异，又皆同乎古人之险且僻者，不则，其俚者也；则何以服学古者之心？无以服其心，而又坚其说以告人曰："千变万化，不出古人。"问其所为古人，则又向之极肤、极狭、极熟者也。世真不知有古人矣！惺与同邑谭子元春忧之。内省诸心，不敢先有所谓"学古""不学古"者，而第求古人真诗所在。真诗者，精神所为也。察其幽情单绪，孤行静寄于喧杂之中，而乃以其虚怀定力，独往冥游于寥廓之外。如访者之几于一逢，求者之幸于一获，入者之欣于一至。不敢谓吾之说非即向者千变万化不出古人之说，而特不敢以肤者、狭者、熟者塞之也。书成，自古逸至隋，凡十五卷，曰《古诗归》。初唐五卷，盛唐十九卷，中唐八卷，晚唐四卷，凡三十六卷，曰《唐诗归》。取而覆之，见古人诗久传者，反若今人新作诗。见己所评古人语，如看他人语。仓卒中，古今人我，心目为之一易，而茫无所止者，其故何也？正吾与古人之精神，远近前后于此中，而若使人不得不有所止者也。

（明万历四十五年丁巳岁八月朔日景陵钟惺撰）

诗归序

春未壮时，见缀辑为诗者，以为此浮瓜断梗耳，乌足好？然义类不深，口辄无以夺之，乃与钟子约为古学，冥心放怀，期在必厚，亦既入之出之，参之伍之，审之克之矣。有教春者曰："公等所为，创调也，夫变化尽在古矣。"其言似可听，但察其变化，特世所传《文选》《诗删》之类，钟嵘、严沧浪之语，瑟瑟然务自雕饰而不暇求于灵迥朴润。抑其心目中别有夙物，而与其所谓灵迥朴润者不能相关相对欤？夫真有性灵之言，常浮出纸上，决不与众言伍。而自出眼光之人，专其力，一其思，以达于古人，觉古人亦有炯炯双眸从纸上还瞩人，想亦非苟然而已。古人大矣，往印之辄合，遍散之各足。人咸以其所爱之格，所便之调，所易就之字句，得其滞者、熟者、木者、陋者，曰我学之古人，自以为理长味深，而传习之久,反指为大家,为正务,人之为诗,至于为大家,为正务,驰海内有余矣,而犹敢有妄者言之乎?呜呼!此所以不信不悟,而有才者至欲以"纤"与"险"厌之,则亦若人之过也。夫滞、熟、木、陋,古人以此数者收浑沌之气,今人以此数者丧精神之原,古人不废此数者,为藏神奇、藏灵幻之区,今人专借此数者,为仇神奇、仇灵幻之物,而甚至以代所得名之一人,与一时所同名之数人,及人所得名之篇,与篇所得名之句,皆坚守庄诵而不敢飏言之,不过曰古今人自有笃论。夫人有孤怀,有孤诣,其名必孤行于古今之间,不肯遍满寥廓,而世有一二赏心之人,独为之咨嗟傍皇者,此诗品也。如狼烟之上虚空,袅袅然一线耳,风摇之,时散时聚,时断时续,而风定烟接之时,卒以此乱星月而吹四远。彼号为大家者,终其身无异词,终其古无异词,而反以此失独坐静观者之心,所失岂但倍也哉!今之为是选也,幸而有不徇名之意,若不幸而有必黜名之意则难矣;幸而有不畏博之力,若不幸而有必胜博之力,又难矣;幸而有不隔灵之眼,若不幸而有必骛灵之眼,又难矣。法不前定,以笔所至为法;趣不强括,以诣所安为趣;词不准古,以情所迫为词;才不由天,以念所冥为才。恬一时之声臭,以动古今之波澜,波澜无穷,而光采有主,古人进退焉,虽一字之耀目,一言之从心,必审其轻重深浅而安置之。凡素所得名之人,与素所得名之诗,或有不能违心而例收者,亦必其人之精神止可至今而不能不落吾手眼。因而代获无名之人,人收无名之篇,若今日始新出于纸,而从此诵之将千万口,即不能保其诵之盈千万口,而亦必古人之精神至今日而当一出,古人之诗之神所自为审定安置,而选者不知也。惟春与钟子克虑厥始,惟春克勘厥中,惟钟子克成厥终,诗归哉!

(景陵谭元春撰)

诗归序

　　诗文一道也。文必定所归而后纵横变化,不出吾宗,而文可以名世。古之先秦、两汉,今之四大家是也。惟诗亦然。《三百篇》,其诗之祖欤,自是而后,代各有诗,诗各有归。得其归者,如百川之汇大海而不误流旁溪;如群望之登泰山而不错趾土阜,不则悲望洋而泣歧路,纵风云月露,连章累牍,只足供慧眼人覆瓿耳!善乎,钟、谭两先生之选《诗归》也!钟先生在求真诗,谭先生在求诗品,言真而品在其中矣,而揆之不出"精神"两字。夫古人之精神与今人之精神无以异也,胡以古有诗而今无诗,古之诗有归而今之诗无归?是非特风气使然,则用之者之过也。古人精神用在辨格,在命意,在言外,在笔先,宁拙毋俗,宁朴毋巧,宁结孤赏无投群好。而今则流连景光,涂饰面目,或庸俗腐烂,或轧苗敖牙,失真乱品,而古诗之意荡然矣。吾谁与归哉!选自万历丁巳,距今数年而久,枣梨再易,鱼豕迭见,余开卷怃然,因复取而新之。噫!读是选者庶亦知余之所归也夫!

（吴郡刘敔题）

四十一、陆时雍《诗镜》九十卷（文渊阁四库全书本）

诗镜原序

道发声著情,通神达灵,油油接于人而不厌。鸟之关关,鹿之呦呦,未闻其何韵之选、何律之调也,而闻辄欣然遇之。人发声而言,言成文而诗。古称《诗》千有余篇,而夫子删之,存止三百,亦取其感通之至捷者耳。而后之人必以义断,则《郑》《卫》何以并存也?风之来,其枢摇摇,树头草腰,人乘之逍遥。故诗之所感,令人之戾也释,而其捍也消。夫然,而是非之畛、理义之辨,必附性情而后见,而果以知夫子之存《郑》《卫》非导淫也。夫子曰:"威仪棣棣,不可选也,无体之礼也。凡民有丧,匍匐救之,无服之丧也。"圣人之用诗道若是,其广也。汉兴,柏梁倡歌,苏、李迭奏,然诗五言而体直,七言而意放,雕镂至于六代,而古道荡然。故六义远而事类繁,四韵谐而声气隔。古亡于汉,汉亡于六朝,六朝亡于唐,唐亡不可复振。惟夫后之为诗者,哀必欲涕,喜必欲狂,豪必极放,而戚若有亡。然意之所设,而情不与俱,不能强之使人,故闻之者闷焉。古之人,一唱而三叹,有余音者矣;载歌而载起,有余味者矣。婴儿语,童子歌,鸟之关关,鹿之呦呦,不知其可而不厌,是谓之道。宵宵冥冥,隐隐轰轰,如雷如霆,则声之所起者微,而诗之所托者眇也。或谓鸟之关关,鹿之呦呦,闻辄欣然遇之,《诗》曷为而为是删者?盖物各类知,使凤听而麟莅,则鸟颉兽盻,必多嗫吟而不进者,是故鸺鹠怪而狐狸妖也。十五《国风》之不同情也,而言皆可以适道,性受则淫言亦正,情受则正言亦淫,《关雎》可以荡思,而《溱洧》亦能止则。且夫言微而能广用之者,此道是也。夫王通氏之续《诗》,通之谬也。狐裘而羔袖,有毳焉者矣,取其葛而屫之,其然乎哉?余之为是选也,将以通人之志而遇之微也。不惟其词而惟其情,不惟其貌而惟其意,使天下闻声而志起,意喻而道行,《诗》虽亡,有存焉者矣。为是多方以诱之,而极虑以解之。甚矣,余之不得已也!

(槜李陆时雍撰)

唐诗镜序

唐之胜于六朝者,以七古之纵、七律之整、七绝之调,此其故在气局声调之间,而精神材力未能驾胜。以五律视昔,相去远矣,声不逮韶,色不逮丽,神不逮晔,情不逮深,虽沈、宋绮思,仅足当梁、陈之中驷耳。至五言古诗,其道在神情之妙,不可以力雄,不可以材骋,不可以思得,不可以意致。虽李、杜力挽古风,而李病于浮,杜苦于刻,以追陶、谢之未能,汉、魏乎!韦苏州得六朝之藻而无其实,柳子厚得六朝之干而无其华,亦足并李、杜而称一代之雄矣。五言绝句,古道尽亡,间有作者,存十一于千百矣。然唐之有可称者,以其能洗妖淫之气,而归平正之音也。代不如古,亦以见风气之所趋矣。

(陆时雍)

参考文献

《重选唐音大成》，明邵天和编，明嘉靖五年叶良佩刻本。

《初唐汇诗》，明吴勉学编，明万历三十年吴勉学刻《四唐汇诗》本。

《初唐诗》，明樊鹏编，明嘉靖十二年刻本。

《二张集》，明高叔嗣编，明嘉靖十六年刻本。

《古今诗删》，明李攀龙编，影印文渊阁四库全书。

《汇编唐诗十集》，明唐汝询编，明天启三年刻本。

《笺注唐贤绝句三体诗法》，宋周弼著，元释圆笺注，明嘉靖二十八年吴春
　　刻本。

《精选唐诗分类评释绳尺》，明徐用吾编，明万历二十五年刻本。

《绝句辨体》，明杨慎编，明嘉靖三十二年张氏山房刻本。

《七言律准》，明张玉成编，明万历四十四年刻木。

《前唐十二家诗》，明许自昌编，明万历三十一年刻本。

《全唐风雅》，明黄克缵、卫一凤编，明万历四十六年黄氏刻本。

《全唐诗选》，明邹守愚、李默编，明嘉靖二十六年曾才汉刻本。

《删正唐诗品汇》，明愈宪编，嘉靖三十二年潘梅刻本。

《诗归》，明钟惺、谭春元编，明刘敩重订《诗归》，明末刻本。

《十二家唐诗类选》，明何东序编，明隆庆四年刻本。

《十家唐诗》，明毕效钦编，明万历毕懋谦刻本。

《石仓十二代诗选》，明曹学佺编，明崇祯刻本。

《四唐汇诗》，明吴勉学编，明万历三十年吴氏刻本。

《唐二十六家诗》，明黄贯曾编，明嘉靖三十三年刻本。

《唐风定》，明邢昉编，民国二十三年贵阳邢氏思适斋影刻明刻本。

《唐乐府》，明吴勉学编，明刻本。

《唐律类钞》，明蔡云程编，明嘉靖刻本。

《唐人八家诗》，明毛晋编，明崇祯二年毛晋汲古阁刊本。

《唐诗广选》，明李攀龙编，明万历凌濛初刻套印本。

《唐诗合选》,明赵完璧编,明万历十一年赵慎修刻本。

《唐诗会选》,明李栻编,明万历二年刻本。

《唐诗纪》,明黄德水、吴琯编,明万历十三年吴琯刻本。

《唐诗解》,明唐汝询编,明万历四十三年刻本。

《唐诗隽》,明李维桢编,明萧世熙刻本。

《唐诗绝句类选》,明敖英编,明凌云补,明吴兴凌氏刻三色套印本。

《唐诗类钞》,明顾应祥编,明嘉靖三十一年顾氏自刻本。

《唐诗类苑》,明张之象编,清光绪刻本。

《唐诗类苑》,明卓明卿编,明万历十四年崧斋活字印本。

《唐诗类韵》,明张可大编,明万历刻本。

《唐诗品》,明徐献忠著,明嘉靖十九年朱警刻唐百家诗本。

《唐诗品汇》,明高棅编,明弘治六年张璁刻嘉靖十七年康河重修本。

《唐诗品汇》,明高棅编,明嘉靖十八年牛斗刻本。

《唐诗品汇》,明高棅编,明末张恂刻本。

《唐诗品汇》,明高棅编,明万历三十三年陆允中刻本。

《唐诗三集合编》,明沈子来编,明天启四年刻本。

《唐诗十二家类选》,明张居仁编,明万历二十四年张居仁自刻本。

《唐诗所》,明臧懋循编,明万历三十四年刻本。

《唐诗选》,明李攀龙编,明陈继儒笺释,明万历刻本。

《唐诗选》,明李攀龙编,明蒋一葵笺释,明万历二十八年武林一初斋
　　刻本。

《唐诗选》,明李攀龙编,明王稺登评,明万历闵氏刻本。

《唐诗选脉会通评林》,明周珽集注,明陈继儒评点,明崇祯八年刻本。

《唐诗选玄集》,明万表编,明聚好楼抄本。

《唐诗训解》,明李攀龙编,明袁宏道校,明万历四十六年居仁堂余献可
　　刻本。

《唐诗艳逸品》,明杨肇祉编,明天启六年闵一栻刻本。

《唐诗援》,明李沂编,清康熙刻本。

《唐诗韵汇》,明施端教编,清康熙二十年刻本。

《唐诗正声》,明高棅编,明成化十七年黄镐重刻正统七年刻本。

《唐诗正声》,明高棅编,明桂天祥批点,明嘉靖刻本。

《唐诗正声》,明高棅编,明嘉靖二十四年何城重刻本。

《唐诗正声》,明高棅编,明万历七年计谦亨刻本。

《唐诗正声》,明高棅编,明正统七年彭曜刻本。

《唐诗正音》,元杨士弘编,明正统七年道立堂刊本。

《唐诗直解》,明李攀龙编,明叶羲昂直解,清鸰鸪斋刻本。

《唐十二家诗》,明张逊业编,明嘉靖三十一年黄埻刻本。

《唐十二名家诗》,明杨一统编,明万历十二年杨一统刊本。

《唐世精华》,明余俨编,明万历四其轩刻本。

《唐雅》,明胡缵宗编,明嘉靖二十八年文斗山堂刻本。

《唐雅》,明张之象编,明嘉靖三十一年无锡县刻本。

《唐雅同声》,明毛懋宗、朱谋垔编,明万历十六年刻本。

《唐音》,元杨士弘编,明初魏氏仁实堂刻本。

《唐音类选》,明潘光统编,明嘉靖四十三年刻本。

《雅音会编》,明康麟编,明嘉靖二十四年沈藩刻本。

《增定评注唐诗正声》,明高棅编,明郭濬点定,明末刻本。

《中唐十二家诗集》,明蒋孝编,明嘉靖二十九年蒋孝刻本。

《白榆集》,明屠隆著,明万历刊本。

《拜鹃堂诗集》,清潘问奇著,清康熙三十四年刻本。

《半轩集》,明王行著,影印文渊阁四库全书。

《沧溟集》,明李攀龙著,明刻本。

《大复集》,明何景明著,影印文渊阁四库全书。

《大泌山房文集》,明李维桢著,明万历刻本。

《大秘山房集》,明李维桢著,影印文渊阁四库全书。

《丹铅摘录》,明杨慎著,影印文渊阁四库全书。

《东里集》《东里续集》,明杨士奇著,影印文渊阁四库全书。

《东维子文集》,明杨维桢著,四部丛刊本。

《二程文集》,宋程颢、程颐著,影印文渊阁四库全书。

《高太史凫藻集》,明高启著,明正统九年刻本。

《鸿苞集》,明屠隆著,明万历刻本。

《怀麓堂集》,明李东阳著,影印文渊阁四库全书。

《皇极经世书》,宋邵雍著,影印文渊阁四库全书。

《晦庵集》,宋朱熹著,影印文渊阁四库全书。

《椒邱文集》,明何乔新著,影印文渊阁四库全书。

《介庵集》,明黄淮著,影印文渊阁四库全书。

《空同集》,明李梦阳著,影印文渊阁四库全书。

《李公文集》,唐李翱著,影印文渊阁四库全书。

《鸾啸堂集》,明李沂著,清康熙刻本。

《渼陂续集》,明王九思著,续修四库全书。

《明儒学案》,明黄宗羲著,影印文渊阁四库全书。

《鸟鼠山人小集》,明胡缵宗著,明刻本。

《泊庵集》,明梁潜著,影印文渊阁四库全书。

《清江文集》,明贝琼著,影印文渊阁四库全书。

《荣春堂续集》,明邵宝著,清雍正刻本。

《升庵集》,明杨慎著,影印文渊阁四库全书。

《诗传通释》,元刘瑾著,影印文渊阁四库全书。

《四明丛书》,清张寿镛辑,四明张寿镛约园刻本。

《四书章句集注》,宋朱熹著,影印文渊阁四库全书。

《宋诗啜醨集》,清潘问奇著,清乾隆十八年刻本。

《王文成全书》,明王守仁著,影印文渊阁四库全书。

《文敏集》,明杨荣著,影印文渊阁四库全书。

《文章缘起》,梁任昉著,清康熙三十三年方氏侑静斋刻本。

《小草斋诗话》,明谢肇淛著,清刻本。

《逊志斋集》,明方孝孺著,影印文渊阁四库全书。

《俨山外集》,明陆深著,影印文渊阁四库全书。

《弇州四部稿》,明王世贞著,影印文渊阁四库全书。

《由拳集》,明屠隆著,明万历刻本。

《渊颖集》,元吴莱著,影印文渊阁四库全书。

《元诗体要》,明宋绪著,影印文渊阁四库全书。

《愿学编》,明胡缵宗著,续修四库全书。

《昭代丛书》,清张潮编,清康熙三十六年刻本。

《白苏斋类集》,明袁宗道著,钱伯城标点,上海古籍出版社 1989 年版。

《碧鸡漫志校正》，宋王灼著，岳珍校正，巴蜀书社 2000 年版。

《沧浪诗话校释》，宋严羽著，郭绍虞校释，人民文学出版社 1961 年版。

《陈子龙诗集》，明陈子龙著，施蛰存、马祖熙标校，上海古籍出版社 1983 年版。

《杜诗详注》，明仇兆鳌注，中华书局 1979 年版。

《二十二子》，上海古籍出版社 1986 年版。

《郭店楚简校读记》，李零著，北京大学出版社 2002 年版。

《汉书》，汉班固著，中华书局 1997 年版。

《江盈科集》，明江盈科著，黄仁生辑校，岳麓书社 1997 年版。

《珂雪斋集》，明袁中道著，钱伯城点校，上海古籍出版社 1989 年版。

《琅嬛文集》，明张岱著，云告点校，岳麓书社 1985 年版。

《李贽文集》，明李贽著，张建业整理，社会科学文献出版社 2000 年版。

《历代诗话》，清何文焕辑，中华书局 1981 年版。

《历代诗话续编》，丁福保辑，中华书局 1983 年版。

《列朝诗集小传》，清钱谦益著，上海古籍出版社 1983 年版。

《明诗别裁集》，清沈德潜著，上海古籍出版社 1979 年版。

《明诗话全编》，吴文治辑，江苏古籍出版社 1997 年版。

《明实录·英宗睿皇帝实录》，孙继宗监修，李贤、陈文、彭时总裁，"中研院"历史语言研究所 1962 年版。

《明史》，清张廷玉等著，中华书局 1974 年版。

《明文海》，明黄宗羲编，中华书局 1987 年版。

《牧斋初学集》，清钱谦益著，上海古籍出版社 1985 年版。

《南史》，唐李延寿撰，中华书局 2000 年版。

《拟山园选集》，清王铎著，王钟翰主编《四库禁毁书丛刊》，北京出版社 2000 年版。

《清诗话续编》，郭绍虞编选，富寿荪校点，上海古籍出版社 1983 年版。

《上海博物馆藏战国楚竹书》（读本），季旭昇主编，北京大学出版社 2009 年版。

《升庵诗话笺证》，明杨慎著，王仲镛笺证，上海古籍出版社 1987 年版。

《升庵著述序跋》，王文才等辑，云南人民出版社 1985 年版。

《诗式》，唐皎然著，李壮鹰校注，齐鲁书社 1986 年版。

《诗薮》,明胡应麟著,上海古籍出版社 1979 年版。

《诗源辩体》,明许学夷著,杜维沫校点,人民文学出版社 1987 年版。

《书林清话》,清叶德辉著,耿素丽点校,国家图书馆出版社 2009 年版。

《四部精要》,上海古籍出版社 1992 年版。

《四库全书总目》,清永瑢等著,中华书局 1965 年版。

《四溟诗话》,明谢榛著,宛平校点,人民文学出版社 1961 年版。

《宋书》,南朝沈约著,中华书局 1974 年版。

《谭元春集》,明谭元春著,陈杏珍标校,上海古籍出版社 1998 年版。

《唐人选唐诗(十种)》,唐元结著,上海古籍出版社 1978 年版。

《唐诗画谱》,明黄凤池编,上海古籍出版社 1982 年版。

《唐诗解》,明唐汝询编,王振汉点校,河北大学出版社 2001 年版。

《唐诗镜》,明陆时雍编,任文京、赵东岚点校,河北大学出版社 2010
　　年版。

《唐诗品汇》,明高棅编纂,明汪宗尼校订,葛景春、胡永杰点校,中华书局
　　2015 年版。

《唐诗品汇》,明高棅编选,上海古籍出版社 1982 年版。

《唐诗选本提要》,孙琴安著,上海书店出版社 2005 年版。

《唐音癸签》,明胡震亨著,上海古籍出版社 1981 年版。

《唐音评注》,元杨士弘撰,明顾璘批点,明张震辑注,陶文鹏、魏祖钦整理
　　点校,河北大学出版社 2006 年版。

《唐音统签》,明胡震亨辑,上海古籍出版社 2003 年版。

《文体明辨序说》,明徐师曾著,罗根泽校点,人民文学出版社 1962 年版。

《文心雕龙注释》,南朝刘勰著,周振甫注,人民文学出版社 1981 年版。

《文章辨体序说》,明吴讷著,于北山校点,人民文学出版社 1962 年版。

《咸丰重修兴化县志》,清梁园棣修,清郑之乔、赵彦俞纂,据清咸丰二年
　　刻本影印,江苏古籍出版社 1991 年版。

《艺苑卮言校注》,明王世贞著,罗仲鼎校注,齐鲁书社 1992 年版。

《隐秀轩集》,明钟惺著,李先耕、崔重庆标校,上海古籍出版社 1992
　　年版。

《袁宏道集笺校》,明袁宏道著,钱伯城笺校,上海古籍出版社 1981 年版。

《原诗》,清叶燮著,人民文学出版社 1979 年版。

《中国方志丛书·山东省临清县志》，徐子尚修，张树海等纂，成文出版社
　　1968 年影印本。

《中国古籍善本书目》，上海古籍出版社 1996 年版。

《中国历代文论选》，郭绍虞、王文生编，上海古籍出版社 1979 年版。

《中国善本书提要》，王重民著，上海古籍出版社 1983 年版。

《朱子语类》，宋朱熹著，宋黎靖德编，中华书局 1994 年版。

《河岳英灵集研究》，傅璇琮、李珍华著，中华书局 1992 年版。

《理学文化与文学思潮》，韩经太著，中华书局 1997 年版。

《历代唐诗论评选》，陈伯海著，河北大学出版社 2003 年版。

《罗根泽古典文学论文集》，罗根泽著，上海古籍出版社 1985 年版。

《明代复古派诗论研究》，陈国球著，北京大学出版社 2007 年版。

《明代隆庆、万历间文学思想转变研究》，饶龙隼著，西南师范大学出版社
　　1995 年版。

《明代诗文的演变》，陈书录著，江苏教育出版社 1996 年版。

《明代诗文论争研究》，冯小禄著，云南人民出版社 2006 年版。

《明代诗学》，陈文新著，湖南人民出版社 2000 年版。

《明代唐诗接受研究》，查清华著，上海古籍出版社 2006 年版。

《明代唐诗选本研究》，金生奎著，合肥工业大学出版社 2007 年版。

《明代唐诗学》，孙春青著，上海古籍出版社 2006 年版。

《明代文化史》，商传著，东方出版中心 2007 年版。

《明代文学复古运动研究》，廖可斌著，上海古籍出版社 1994 年版。

《明代文学批评史》，袁震宇、刘明今著，上海古籍出版社 1991 年版。

《明代文学批评研究》，简锦松著，学生书局 1989 年版。

《明代文学研究》，邓绍基、史铁良著，北京出版社 2003 年版。

《明代哲学史》，张学智著，北京大学出版社 2000 年版。

《明永乐至嘉靖初诗文观研究》，黄卓越著，北京师范大学出版社 2001
　　年版。

《明中后期文学思想研究》，黄卓越著，北京大学出版社 2005 年版。

《清代唐诗选本研究》，贺严著，人民出版社 2007 年版。

《全唐五代诗格汇考》，张伯伟著，江苏古籍出版社 2002 年版。

《宋代文学思想史》，张毅著，中华书局 1995 年版。

《宋代文学通论》，王水照著，河南大学出版社 1997 年版。

《宋金元文学批评史》，顾易生、蒋凡、刘明今著，上海古籍出版社 1986年版。

《宋明理学研究》，张立文著，中国人民大学出版社 1985 年版。

《隋唐五代文学思想史》，罗宗强著，中华书局 1999 年版。

《谈艺录》，钱锺书著，三联书店 2008 年版。

《唐代诗学》，乔维穗、尚永亮著，湖南人民出版社 2000 年版。

《唐人选唐诗新编》，傅璇琮主编，陕西人民教育出版社 1996 年版。

《唐诗书录》，陈伯海、朱易安编，齐鲁书社 1988 年版。

《唐诗学史稿》，陈伯海著，河北人民出版社 2004 年版。

《唐诗学史论稿》，朱易安著，广西师范大学出版社 2000 年版。

《唐诗学书系》，陈伯海主编，上海古籍出版社 2015 年版。

《唐诗学引论》，陈伯海著，东方出版中心 1996 年版。

《照隅室古典文学论集》，郭绍虞著，上海古籍出版社 1983 年版。

《中古文学理论范畴》，詹福瑞著，河北大学出版社 1997 年版。

《中国古代文论管窥》，王运熙著，齐鲁书社 1987 年版。

《中国诗学史》，陈伯海、蒋哲伦著，鹭江出版社 2002 年版。

《中国思想史》，葛兆光著，复旦大学出版社 2001 年版。

《中国文学理论批评发展史》，张少康、刘三富著，北京大学出版社 1995年版。

《中国文学批评通史》，王运熙、顾易生主编，上海古籍出版社 1996 年版。

《中国选本批评》，邹云湖著，上海三联书店 2002 年版。

《中国哲学史》，冯友兰著，华东师范大学出版社 2000 年版。

《〈删补唐诗选脉笺释会通评林〉与明代唐诗学》，丁放，《文学评论》2017年第 1 期。

《从本色论到童心说——明代性灵文学思想的流变》，左东岭，《社会科学战线》2000 年第 6 期。

《对"格调说"及几个相近概念的省察》，孙学堂，《求是学刊》2004 年5 月。

《古代文论中的体类与体派》，詹福瑞，《文艺研究》2004 年第 5 期。

《论汉魏六朝文体辨析观念的产生与发展》，傅刚，《文学遗产》1996 年第

6 期。

《旧题李攀龙〈唐诗选〉的早期版本及接受现象》，许建业，《文学遗产》
    2018 年第 5 期。

《论明代景泰之后文学思想的转变》，罗宗强，《学术研究》2008 年第
    10 期。

《明代格调派的演变历程及其对意图说的否定》，陈文新，《武汉大学学
    报》2001 年第 3 期。

《明代诗学"体制为先"观念之内涵及其流变》，汪泓，《江西社会科学》
    2007 年第 5 期。

《明代文章总集与文体学——以〈文章辨体〉等三部总集为中心》，吴承
    学，《文学遗产》2008 年第 6 期。

《明代哲学情性论的嬗变与主情文学思潮》，蔡钟翔，《中国哲学史》1996
    年第 3 期。

《试论明代七子派的诗歌格调理论》，史小军，《陕西师范大学学报》1999
    年第 2 期。

《释"诗体正变"——中国诗学之诗史观》，陈伯海，《社会科学》2006 年
    第 4 期。

《宋代以后的辨体批评》，王济民，《华中师范大学学报》1992 年第 1 期。

《元代诗学性情论》，查洪德，《文学评论》2007 年第 2 期。